Franziska Hoffmann
Finding myself in You

AF286675

FRANZISKA HOFFMANN

Finding

myself in

You

Bibliografische Information der Deutschen Nationalbibliothek: Die
Deutsche Nationalbibliothek verzeichnet diese Publikation in der
Deutschen Nationalbibliografie; detaillierte bibliografische Daten
sind im Internet über dnb.dnb.de abrufbar.

Instagram: @franzihoffmann_official
TikTok: @franzihoffmann_official

Verlag: BoD · Books on Demand GmbH, In de Tarpen 42, 22848
Norderstedt
Druck: Libri Plureos GmbH, Friedensallee 273, 22763 Hamburg

ISBN: 978-3-7583-4281-3

Für das 16-jährige Ich
in jedem von uns

Erstes Buch

- Paige & Aaron -

Intro

Die Schließfächer und Fenster flogen förmlich an mir vorbei, während ich die Gänge meiner High School entlangrannte. Ich wusste nicht, wo ich hinwollte, nur, dass ich wegmusste. Wie hatte mein Leben sich so schnell ändern können? Noch vor ein paar Minuten war es perfekt gewesen und dann mit einem Mal ... alles weg. Mein Schicksal entglitt mir einfach. Ich hatte immer gedacht, es läge in meiner Hand, wie mein Leben verlief, doch da hatte ich mich offensichtlich getäuscht. Plötzlich brachte mich etwas zum Straucheln und ich sah, wie mir der Boden entgegenkam, noch bevor ich begriffen hatte, was passiert war. Ich fiel hin, hielt die Tränen allerdings noch zurück. Kurzerhand riss ich mir die High Heels von den Füßen und stand wieder auf. Dann rannte ich weiter. Jetzt stand das Salzwasser schon in meinen Augenwinkeln, lange konnte ich es nicht mehr daran hindern, in Strömen über mein Gesicht zu laufen. Als ich um eine Ecke bog, hielt ich mich an der Kante eines Schließfaches fest, um gegen keine Wand zu prallen. Die ganzen Leute mussten mich wohl für völlig durchgeknallt halten, denn nun fing ich auch noch hemmungslos an zu schluchzen. Die Tränen liefen über meine Wangen und durch den Wasserschleier, der über meinen Augen hing, sah ich fast nichts mehr. Auf einmal stieß ich gegen etwas oder jemanden, der aus dem Nichts vor mir aufgetaucht war und fiel abermals zu Boden. Meine Schuhe rutschten mir aus den Händen, die Schultasche sprang auf und der Inhalt verteilte sich über die gesamte Breite des Schulflurs. Leise fluchend kroch ich umher und sammelte hektisch alles wieder ein. Da kam mir eine Hand zu Hilfe und reichte mir einen Stapel Bücher. Der Jemand, den ich umgerannt hatte, redete mit mir. Er klang sehr besorgt und nicht einmal wütend, dass ich in ihn hineingelaufen war.

»Alles okay?«, erkundigte er sich mit besorgter Stimme. Ich schluchzte noch heftiger.

Eins

»Ja los, dreh dich um. Ich will doch so gerne dein Gesicht sehen.«, murmelte ich vor mich hin, während ich an einer Weintraube kaute. Doch er wollte sich wohl nicht umdrehen, er unterhielt sich lieber mit seinen Freunden. Enttäuscht seufzte ich und senkte meinen Blick wieder auf meine Brotdose vor mir.

»Oh schau mal, er guckt her.«, flüsterte meine beste Freundin neben mir.

»Wirklich?«, fiepte ich aufgeregt und blickte wieder auf.

»War nur ein Scherz, Mann. Wenn das dein Freund sehen würde.« Ich verdrehte die Augen und wollte mich gerade wieder meinem Essen widmen, als er wirklich in meine Richtung schaute. Er lächelte breit und winkte mit der Hand, als Zeichen, dass ich zu ihm kommen sollte. ›Was, ich?‹ Ich machte ein fragendes Gesicht und deutete mit dem Zeigefinger auf mich. Sollte ich wirklich seiner Bitte nachkommen? Es bestand kein Zweifel. Er wollte, dass ich zu ihm kam. Gerade als ich mich erhob, stieß mich plötzlich jemand brutal zur Seite, so dass ich mir meine eigene Faust in die Wange schlug und mit den Knien auf dem Granitboden des Schulflurs aufschlug. Circa ein Dutzend Weintrauben rollten in verschiedene Richtungen davon.

»Jordan.«, knurrte ich, richtete mich wieder auf und klopfte mir den Staub von der Jeans, dann rieb ich mir die Wange, »Aua. Mann, tut das weh.« Währenddessen war Jordan schon bei Aaron, um *ihn* mal beim Namen zu nennen. Küsschen links und rechts und ein süßes: »Hallohoo.«, von Jordan, dann hatte er sich auch schon wieder umgedreht.

Abermals seufzte ich. Wie hatte ich nur glauben können, dass Aaron Baxter mich, Paige Young, bei sich haben wollte? Bescheuert, echt. Da hörte ich ein Kichern von der Seite. Abby, meine beste Freundin. Sie hielt sich die Hand vor den Mund und tat so, als müsste sie husten, doch ich hörte trotzdem ihr Lachen.

»Sorry Paige, aber das war einfach gerade echt witzig.« Ich funkelte sie böse an, bevor ich mich wieder abwandte und weiter Aaron beobachtete.

Mein Name ist Paige Young, ich bin 15 Jahre alt und wohne in einer kleinen Stadt namens Winston-Salem in North Carolina, über eine Stunde vom Strand entfernt. Ich habe schulterlange, glatte und schokoladenbraune Haare und langweilige dunkelbraune Augen. Langweilig jedenfalls, wenn es nach mir geht. Meine Mom zieht mich oft damit auf, dass sie eigentlich rehbraun sind. Als würde das irgendeinen Unterschied machen.

Neben Aaron bernsteinfarbenen, strahlenden Augen, kann alles andere nur farblos und stumpf wirken. Okay, ich übertreibe vielleicht etwas, aber es ist eben Aaron Baxter. Seine Haare sind dunkelblond, fast braun und außerdem immer perfekt gestylt. Von seiner Statur fange ich besser gar nicht erst an. Aber das Allerbeste an ihm ist: Seine Eltern sind nicht reich.

An die West Salem High School gingen sonst nur Kids, die von ihren Eltern teure Ballettstunden bezahlt bekamen. Oder Gesangsstunden. Aber so einer war Aaron nicht. Und ich auch nicht. Meine Mom, mein kleiner Bruder Ethan und ich wohnten schon seit ich denken konnte in einem drei Zimmer Appartement. Und Aaron wohnte mit seiner Mutter seit einiger Zeit gleich drei Stockwerke über uns. Jeden Nachmittag ging er mit seinem Golden Retriever spazieren. Auf diesen Spaziergängen hielt er jedes Mal im Stadtpark an, wo einige Freunde Hip-Hop Musik hörten und dazu tanzten. Und Aaron konnte sehr gut tanzen, ohne jemals eine einzige Tanzstunde genommen zu haben. Es war ›nur‹ Freestyle, aber darin war er wirklich der Beste, den ich kannte. Noch besser: Mrs Sparks, die Musiklehrerin, hatte ihn gebeten eine AG aufzubauen. Die AG Tanz: Hip-Hop, Freestyle, Break

Dance. Ballett hatten wir hier schon genug. Natürlich hatte ich mich in die Liste für die AG eingeschrieben. Aaron war in der Abschlussklasse, ich in der Zehnten.

»Paige. Hallo.« Abby wedelte vor meinen Augen mit ihrer Hand herum. »Bist du noch da?« Ich blinzelte.

»Ja ... ja klar.« Abby lachte.

»Wo du schon wieder mit den Gedanken bist. Es hat geklingelt.« Hastig sprang ich auf und schnappte meine Tasche. Der Flur war schon leer, bis auf Jordan und Aaron. Sie versuchte sich ihm an den Hals zu schmeißen, doch er hielt sie auf Abstand und lachte.

Jordan ... mit ihren schlanken braun gebrannten Beinen, den langen dunklen Haaren und ihren leuchtend grünen Augen, war auch in der Abschlussklasse und eine Balletttänzerin der Extraklasse. Dessen war sie sich auch leider bewusst und nutzte es gegenüber den Jungs aus. Sie hing oft bei der Gruppe um Aaron ab, aber er hatte sie noch nie als etwas Anderes als eine Bekannte angesehen. Was nicht wirklich seltsam war, denn ich hatte ihn noch mit keinem Mädchen knutschen sehen. Wahrscheinlich tat er das nicht öffentlich, denn es gab genug Mädchen, die auf ihn standen. Jedenfalls gafften ihn die meisten verträumt an, wenn er vorbeilief und mussten dann von Freunden wieder auf die Erde zurückgeholt werden. Wie ich gerade zum Beispiel. Abby schmiss ihre hellbraunen Haare nach hinten, musterte mich noch einmal mit ihren grauen Augen und zog mich dann weiter zu unserem Klassenzimmer.

»Mein Gott, das ist ja schon fast peinlich, wie du diesen Aaron anhimmelst. Wenn Jack das mal sehen würde. Du weißt doch wie eifersüchtig und besitzergreifend Footballspieler oft sind.« Jack war seit drei Monaten mein fester Freund und Mitglied des Schulfootballteams, den ›Wolverines‹. Sein Traum war es – genau wie der aller anderen Spieler – die Position des Quarterbacks zu erreichen.

»Ach, ich himmle ihn doch nicht an. Ich finde ihn nur hübsch, wie jedes Mädchen an dieser Schule.« Sie hob abschätzig die Augenbrauen, doch dann ließ sie das Thema fallen und packte ihre Sachen aus. Ich war froh darüber und tat es ihr gleich. Wir hatten Biologie, aber was der Lehrer erzählte verstand ich größtenteils nicht, also gab ich auf und starrte gedankenverloren aus dem Fenster. Ich konnte nur daran denken, dass morgen zum ersten Mal die AG stattfand. Keine Ahnung wo, aber das würde ich heute hoffentlich erfahren.

»Paige. Der Typ will was von dir.«, flüsterte Abby und stupste mich an.

»Aaron? Wo?«, keuchte ich erschrocken, weil ich so plötzlich aus meinen Gedanken gerissen worden war. Sie schlug sich die Hand gegen die Stirn und schüttelte verzweifelt den Kopf.

»Miss Young. Würden Sie freundlicherweise meine Frage beantworten?« Ich fuhr zusammen und drehte meinen Kopf langsam herum zu unserem Lehrer, der vorne an der Tafel stand und mich streng ansah.

»Ach *der* Typ.«, meinte ich zu mir selbst und knirschte mit den Zähnen.

»Mann, war das peinlich. Ich wäre am liebsten im Boden versunken.«, jammerte ich auf dem Weg zu Mathe und holte einen Apfel aus meiner Tasche, um einen Biss davon zu nehmen, bevor die nächste Unterrichtsstunde begann.

»Ich sag immer wieder, du sollst besser aufpassen, aber du willst ja nicht auf mich hören.« Ich schenkte Abby nur noch meine halbe Aufmerksamkeit, denn ein blauer Zettel am schwarzen Brett nahm gerade die andere Hälfte in Beschlag.

Wegen der großen Anzahl Interessierter an der AG Tanz, können wir diese nicht in einem der kleinen Tanzstudios veranstalten. Die Schule stellt uns freundlicherweise einen größeren Raum zur Verfügung, so dass wir uns dienstags (erstes Mal am 25. September) 14:30 im Tanzstudio 3 treffen. Ich freue mich auf euch.
Aaron Baxter

Neben mir schielte Abby auf den Aushang. Ihr Mund öffnete sich empört.

»Unglaublich. Die Schule bestärkt diesen kulturlosen Quatsch auch noch. Das Studio 3 ist das Größte, das sie hier haben. Wahrscheinlich haben plötzlich alle ihr Hirn verloren.« Abby war sehr stolz an eine Schule zu gehen, an der Kunst, vor allem der Tanz, so gefördert wurde. Aber eben nur wenn es sich um klassische Tanzarten handelte. Sie wollte später einmal Primaballerina werden und auf den ganz großen Bühnen stehen beziehungsweise tanzen. Wie man hier nun auch so nicht-klassische Tanzarten wie Hip-Hop und Break Dance aufnehmen konnte, verstand sie gar nicht.

»Mach dir nichts draus Abby. Du musst ja nicht hingehen.« Grinsend drehte ich mich um und wollte weitergehen, doch etwas traf mich an der Schulter und ich fiel hin. Der Apfel rutschte mir aus der Hand und rollte ein Stück über den Boden. Dann erschien eine Hand in meinem Blickfeld, die ich ergriff und von der ich mich wieder auf die Füße ziehen ließ.

»Heute ist wohl nicht gerade mein Glückstag. Schon das zweite Mal umgerannt.« Wütend schaute ich auf und erstarrte.

»Sorry, das wollte ich nicht. War keine Absicht ... Ähm ...« Aaron schaute mich fragend an, bis ich endlich kapierte.

»Ach so ... ja ... äh Paige.« Er nickte.

»Okay, war keine Absicht Paige. Oh hier.« Er hob den Apfel auf und hielt ihn mir entgegen.

»Ach, behalte ihn.«, sagte ich verlegen lächelnd. Er zuckte mit den Schultern und lief davon.

»Bis irgendwann mal Aaron.«, rief ich ihm noch nach, aber wahrscheinlich hörte er es eh nicht mehr.

»Ach mach dir nichts draus Paige. Der Apfel wird ihn schon noch dazu bewegen, sich in dich zu verlieben.« Abby grinste belustigt von meiner peinlichen Begegnung und fing dann an zu lachen. Ich musste unwillkürlich die Augen verdrehen und wurde im nächsten Moment abermals überrascht.

»Na Süße? Schon wieder auf Männersuche?« Zwei Hände fassten mich sanft an den Schultern und drehten mich um.

»Hey Jack. Natürlich nicht.« Er nahm mein Gesicht zwischen seine Hände und küsste mich sanft.

»Da bin ich ja froh.«, flüsterte er und fuhr mit den Fingern zu meiner Hüfte hinab, dann steckte er seine Hände in meine hinteren Hosentaschen. Ich legte meine Arme um seinen Hals und lächelte ihn an. Er grinste schief zurück. Abby wurde es anscheinend zu blöd, denn sie seufzte genervt und lief weiter.

»Du bist so süß Paige.«, murmelte Jack und küsste mich wieder.

»Ja du bist auch ... echt ... scharf?« Er lachte und in seinen Augenwinkeln bildeten sich Lachfältchen.

»Scharf? Na gut, das lasse ich mal gelten. Übrigens sind meine Eltern heute Abend nicht da. Du könntest zu mir kommen ... na ja du weißt schon.« Ich schluckte schwer, versuchte mich aber trotzdem an einem Lächeln. Es sah vermutlich zum Fürchten aus.

»Ja ähm ... weißt du Jack ... das ist heute ganz schlecht. Ich ... Ethan. Tja Mom ist nicht da und da muss ich die ganze Zeit auf Ethan aufpassen.« Er nahm die Hände von mir weg und trat einen Schritt zurück.

»Ach so ... na dann eben nicht.« Er schaute beiläufig umher. An einem Punkt hielt er inne und stöhnte entnervt.

»Also dieser Aaron Baxter bringt mich echt auf die Palme. Er steht nur da und isst einen Apfel und alle Mädchen schmachten ihn an. Das ist ja so erbärmlich.« Ich drehte mich um und sah, dass Jack recht hatte. Aaron lehnte an einer Wand und aß meinen Apfel.

»Na ja in fünf Minuten geht die nächste Stunde los, ich geh mal Süße.« Er küsste mich noch einmal kurz auf die Wange, dann war er verschwunden.

Am nächsten Tag war es endlich so weit. Vom Unterricht vormittags bekam ich überhaupt nichts mit, ich war nur auf den Nachmittag fixiert. Nach der letzten Stunde verschwanden alle und sehr schnell wurden die Flure sehr leer. Ich allerdings ging bis in den obersten Stock, wo sich die vier Tanzstudios befanden. In jedes konnte man hineinsehen, denn alle waren vollverglast. Die Parkettböden glänzten und die Spiegel zeigten den ganzen Raum noch einmal. Auch hier war niemand, außer im dritten Studio. Von dort kamen viele Stimmen, also lief ich hin und schaute hinein. Schüler saßen auf dem Boden und redeten miteinander, an der Tür stand Aaron und schaute auf ein Klemmbrett. Ein Mädchen ging gerade in den Raum, also trat ich etwas zögernd zu Aaron.

»Hey.« Er blickte auf und lächelte.

»Hey. Name?« Ich war überrascht und mein Mund stand offen.

»Ähm … wir haben uns gestern … gesehen.« Er runzelte die Stirn.

»Ach ja? Wann?«

»Ich … du … hast mich umgerannt.«, stotterte ich und da lachte er.

»Ach ja. Sorry noch mal. P … Paige. Richtig?« Ich nickte. Er fuhr mit dem Finger auf der Liste nach unten.

»Paige Young? Zehnte Klasse?« Ich nickte abermals.

»Okay, dann willkommen. Schön, dass du da bist.« Nun lächelte er freundlich und winkte mich durch. Ich erwiderte das Lächeln und lief weiter. Mitten im Raum blieb ich stehen. *Jordan* … saß an einem Spiegel in schwarzen Leggins mit rosa Stulpen und einem engen lila Top. Sie schien sich gerade zu dehnen. Seufzend stellte ich meine Tasche an eine Wand und setzte mich daneben. Noch ein Mädchen kam herein und dann schloss Aaron die Tür.

»Okay Leute. Zieht bitte erst einmal die Schuhe aus. Die Lehrer mögen hier keine schwarzen Striemen auf dem Fußboden. Und so lässt es sich dann auch leichter tanzen. Danach setzt ihr euch doch bitte in der Mitte in einem großen Kreis zusammen.« Ich schnürte meine Chucks auf und stellte sie vor meine Tasche. Aaron kam auf mich zu und blieb neben mir stehen. Er trat sich seine Schuhe – und ich konnte es kaum glauben, aber auch er trug Chucks – von den Füßen, dann zog er seinen Pullover über den Kopf. Das T-Shirt, dass er darunter trug, wurde ein kleines Stück von dem Pullover mitgezogen, bevor der Saum wieder locker herabfiel Ich wollte eigentlich wegschauen, doch ich konnte einfach nicht. Ich hatte mir Aaron Baxter immer mit Sixpack und stählernen Armmuskel vorgestellt. Nun bekam ich die

Bestätigung. Sein Bauch war flach und sicherlich gut durchtrainiert. Er zog das weiße T-Shirt zurecht und lief zur Mitte des Raumes, wo schon alle in einem großen Kreis saßen. Er setzte sich mit hinein und schaute sich dann um.

»Paige. Willst du nicht mit herkommen? Los Leute rutscht noch etwas, damit Paige noch einen Platz findet.«

»Oh ja, sorry.« Hastig stand ich auf und setzte mich neben Aaron, an den einzig freien Platz im Kreis. Er lächelte strahlend.

»Okay, jetzt müssten alle, die sich in die Liste eingeschrieben hatten, auch da sein. In Zukunft wäre es cool, wenn ihr euch irgendwelche bequemen Klamotten mitbringt. Jogginghosen, weite Oberteile und so weiter. Egal was oder wie es aussieht, es muss bequem sein und ihr müsst euch darin gut bewegen können. Ab nächster Woche. Da wir jetzt mindestens ein Jahr hier zusammen üben werden und vielleicht auch Auftritte haben, sollten wir uns kennen lernen. Dazu haben wir die erste Stunde heute. Die AG geht immer eine Stunde, also von 15 Uhr bis 16 Uhr. Wenn wir nach dem organisatorischen Teil heute noch Zeit haben, können wir schon ein bisschen beginnen. Gut, als Erstes, würde ich vorschlagen, stellt sich jeder nach der Reihe vor. Sicherlich wissen wir dann in ein paar Wochen die meisten Namen. Also fange ich gleich mal an. Ich bin Aaron aus der Abschlussklasse. Also bin ich 17 und ich freue mich schon, an diese Schule mal etwas nicht ganz so Klassisches wie Break Dance oder Hip-Hop bringen zu dürfen.« Dann stellten sich die anderen nach der Reihe vor. Es waren sogar einige Jungs in der AG, von denen ich vermutete, dass es ihnen nicht um Aaron ging. Als Allerletzte war ich an der Reihe.

»Ja also ich bin Paige aus der zehnten Klasse. Ich bin 15 und na ja ich wollte eben nie Ballett oder so tanzen, aber Tanzen an sich gefällt mir, also dachte ich, könnte ich diese AG mal ausprobieren.« Alle nickten zustimmend und lächelten, ich lächelte in die Runde zurück.

»Okay, dann gibt es jetzt noch ein paar Infos.«, ergriff Aaron dann wieder das Wort, »Wir werden uns, wie schon gesagt, immer dienstags 15 Uhr hier treffen. Wenn jemand

18

krank ist, dann sagt einfach einer Freundin oder einem Freund Bescheid, der hierherkommt oder ruft mich auf 14:30 an. Meine Nummer gebe ich euch gleich mal.« Er gab einen Stapel kleiner Zettel rum, auf denen eine Handynummer stand. Ich steckte den Zettel sofort in meine Hosentasche.

»Die Schule hat außerdem entschieden, dieses Jahr ein Fest zu veranstalten, bei dem die Schüler ihre Talente zeigen können. Solisten werden singen, ein Chor wurde gegründet, die verschiedenen Tanzgruppen werden ihr Können unter Beweis stellen und ... wir. Wir dürfen den Leuten eine eigene Choreografie zeigen, wenn wir möchten, und das werden wir. Bis dahin sind es noch ein paar Monate also haben wir noch viel Zeit zum Üben. Wenn es so klappt, wie ich hoffe, wird jeder im Laufe der Zeit seinen eigenen Stil entwickeln. Ich vermute, dass auch noch einige aufhören werden, weil sie merken, dass es doch nichts für sie ist. Dann können wir, denke ich, bis zum Konzert eine Choreo zusammenstellen. Wahrscheinlich werden nicht alle mitmachen können und deshalb werden manche allein weiter trainieren, aber das ist keineswegs der Weltuntergang. Denn beim nächsten Mal sind diese dann sicher mit am Start. Es ist unwahrscheinlich, dass jeder gleich beim ersten Auftritt mit dabei ist und ich hoffe, ihr nehmt es mir dann auch nicht übel.« Alle nickten verständnisvoll. »Okay cool ... dann legen wir doch gleich mal los. Ihr könnt übrigens auch eigene Musik mitbringen. Für Vorschläge von eurer Seite bin ich immer offen.«

Am späten Nachmittag saß ich in meinem Zimmer und machte Hausaufgaben. Meine Haare hingen strähnig herab, weswegen ich sie auch in einem losen eingedrehten Zopf zusammengebunden hatte. Neben mir stand eine Tüte mit Chicken Nuggets, die ich nach der AG gekauft hatte und jetzt genüsslich aß. Mom war mit meinem kleinen Bruder auf einem Spielplatz in der Nähe. Ich erwartete niemanden, so dass ich mich zu Tode erschrak, als es an der Tür klingelte. Stöhnend stand ich auf und lief den Flur entlang zur Wohnungstür.

»Was ist denn jetzt schon wieder Mrs Bringston?«, rief ich im Gehen. Mir war es egal, wie ich gerade aussah, ich hatte sogar meine Chicken Nuggets in der Papiertüte mitgenommen. Sicher war es wieder die alte Dame aus dem Stockwerk unter uns, die sich wieder einmal wegen irgendeiner eingebildeten Ordnungswidrigkeit bei uns beschweren wollte. Genervt öffnete ich die Tür ... »Sorry, aber ich bin leider nicht Mrs Bringston.« ... und schlug sie sofort wieder zu. *Das* hatte ich nicht erwartet. Klar wusste ich, dass er drei Etagen über uns wohnte, aber es überraschte mich doch, dass er plötzlich vor meiner Tür stand.

»Hey ... Paige. Richtig? Ich wusste gar nicht, dass du hier wohnst.«

»Tu ich auch nicht. Ich heiße gar nicht Paige. Mein Name ist ... Caitlin und ich kenne dich nicht. Fremde darf ich nicht in die Wohnung lassen.« Er lachte auf und ich sah förmlich vor mir, wie er seinen Kopf für einen Moment in den Nacken legte.

»Okay Caitlin und warum machst du die Tür einer fremden Wohnung auf und nicht die Eigentümerin?« Ich schwieg. »Komm schon Paige mach auf, ich will doch nur ein bisschen Chili- und Paprikapulver ausleihen. Bei der alten Bringston will ich nicht fragen, die ist mir unsympathisch.« Ich seufzte und öffnete die Tür einen Spalt.

»Mach die Augen zu.« Er lächelte belustigt, tat aber wie ihm geheißen.

»Und warum?«

»Egal.« Er lächelte noch breiter.

»Na dann kann ich sie ja auch wieder aufmachen.« Ich wollte gerade protestieren, da schaute er mich auch schon an und grinste nun so breit, dass seine Lippen wohl bald reißen würden. Dann hustete er, um sein Lachen zu verbergen. Ich schaute hinunter auf mein Sweatshirt und entdeckte an der Stelle, die er betrachtete, einen großen Ketchup Fleck, der von den Chicken Nuggets stammen musste.

»Jetzt lachst du mich aus.« Er verstummte.

»Nein Quatsch. Ich finde das süß. Schlimmer wäre es doch gewesen, wenn du nackt vor mir gestanden hättest, oder?« Ich senkte den Blick zu Boden. »Darf ich?«, fragte er und deutete auf die Tüte in meiner Hand. Ich hielt sie ihm hin und er nahm sich einen Chicken Nugget. »Und wo ist jetzt der Ketchup?« Nun hielt ich ihm einen kleinen Becher mit Ketchup hin. Er schmierte sich etwas auf sein Nugget und biss grinsend davon ab. Dann wischte er seine Finger an seinem Pullover ab, so dass ein roter Fleck entstand.

»Oh jetzt habe ich mich auch noch vollgekleckert. Wie ungeschickt.« Er aß das Nugget auf und grinste breit. »Tja, so schnell kann es kommen. Darf ich jetzt rein? Wenn Mrs Bringston mich so sieht, hält sie mich noch für einen Obdachlosen und benachrichtigt das Jugendamt oder so, du weißt ja, wie sie ist.«, meinte er lächelnd. Ich musste lachen und winkte ihn herein.

»Die alte Schreckschraube kam heute schon wieder zwei Mal. Einmal war Ethan angeblich zu laut und beim zweiten Mal, meinte sie wir hätten den Strom in ihrer Wohnung ausgeschaltet, was zwar logistisch unmöglich ist, aber na ja.« Er lachte und legte den Kopf tatsächlich in den Nacken, so wie ich es mir noch einen Moment zuvor vorgestellt hatte.

»Zu uns kommt die alte Dame auch des Öfteren. Meistens behauptet sie, dass Lio auf ihrer Fußmatte Dreck gemacht hat, na ja ...« Lio war Aarons Golden Retriever. Ich lief ihm voraus in die Küche.

»Also Chili- und Paprikapulver, ja?« Als ich nach hinten schaute, sah ich wie er nickte und öffnete nebenbei die Schranktür, hinter der sich unsere Gewürze befanden.

»Ja, wenn ihr habt. Das wäre toll. Ich mache gerade Hühnchen. Meine Mom kann nicht sonderlich gut kochen.« Ich hob die Augenbrauen.

»Und du schon?« Er grinste und legte den Kopf von einer auf die andere Seite.

»Tja ... ja. Jedenfalls besser als sie, bei mir erkennt man wenigstens, was es darstellen soll.« Ich musste unwillkürlich lachen.

21

»Na und das ist doch eigentlich die Hauptsache.« Ich gab ihm die Gläser mit den Gewürzen.

»Das denke ich auch.«, antwortete er und nahm sie entgegen, »Danke Paige und du warst heute übrigens echt gut.« Ich lief rot an, was hervorragend zu dem Fleck auf einem Oberteil passen musste.

»Danke, aber das sagst du doch nur so.« Er schüttelte den Kopf und einer seiner Mundwinkel hob sich ein Stück.

»Nein wirklich. Ich meine es ernst.« Dann drehte er sich um. »Ich finde selbst die Tür. Keine Sorge. Danke nochmals.« Und schon war er verschwunden. Ich lauschte noch bis die Tür ins Schloss fiel, dann ging ich raus auf den Flur. Ich konnte es kaum glauben. Aaron Baxter war gerade bei mir zu Hause gewesen und er hatte mit mir gesprochen, ganz normal. Einen Moment lang blieb ich noch stehen und fixierte die Tür, dann machte ich mich weiter an die Hausaufgaben.

Als ich diese fertig hatte, ging ich ins Bad, um zu duschen. Mom und Ethan waren immer noch nicht da. Gerade als ich aus der Dusche stieg, klingelte es erneut an der Haustür.

»Ja Mom. Ich mache dir gleich auf.«, schrie ich, während ich mir ein Handtuch um den Kopf und eines um den Körper wickelte. Sie hatte wohl wieder einmal ihren Schlüssel liegen gelassen. Mit nassen Füßen tapste ich den Flur entlang und als ich die Tür geöffnet hatte, musste ich grinsen.

»Das musste wohl so kommen.«, seufzte ich und lehnte mich in den Türrahmen.

»Na das kommt dem Nacktsein doch schon ziemlich nahe.« Er grinste ebenfalls und hielt die Gewürze hoch. »Eigentlich wollte ich nur zurückbringen, was ich ausgeliehen hatte. Aber vielleicht sollte ich später wiederkommen?« Ich winkte ab und stieß mich vom Holz des Türrahmens ab.

»Ach nein, gib einfach her.« Ich wollte die Gläser gerade nehmen, doch dann presste ich mir die Hände auf die Brust, als ich merkte, dass das Handtuch zu rutschen begann.

»Vielleicht könntest du sie einfach hier abstellen? Das wäre nett.« Ich deutete auf die kleine Kommode hinter mir. Er lachte leise und gab ein Nicken als Antwort.

Er schob sich an mir vorbei und stellte die Gewürzgläser auf das Schränkchen, dann durchquerte er abermals den Türrahmen hinaus in den Flur.

»Danke nochmal für … die Gewürze.«, meinte er noch und ich musste kurz auflachen, als mir das Ausmaß dieser seltsamen Situation noch einmal deutlich wurde.

»Gerne doch, wenn du dann mal Curry machst, weißt du an wen du dich wenden musst.« Auch er lächelte in sich hinein und nickte. Da hörten wir plötzlich Stimmen durch das Treppenhaus.

»Ich denke mal das sind meine Mom und mein kleiner Bruder.« Er schaute zum Aufzug, der seit einigen Tagen außer Betrieb war, so dass meine Mom und mein Bruder die Treppe würden nehmen müssen.

»Dann gehe ich mal. Trockne dich schnell ab, nicht dass du wegen mir noch eine Erkältung bekommst.« Zwinkerte er und lief gerade die ersten Stufen hinauf, als meine Mutter mit Ethan an der Hand um die Ecke bog. Sie schaute ihm nach und mich dann verwundert an.

»Wer war das? Und was ist denn hier in meiner Abwesenheit so passiert?« Ich seufzte halb verzweifelt und lief in die Wohnung zurück.

»Er hat sich nur ein paar Gewürze ausgeliehen.« Sie lachte und folgte mir.

»Ach so und du warst ganz zufällig unter der Dusche und musstest ihm halb nackt die Tür öffnen, oder wie?«

»Ja, genau so war es.« Sie lachte abermals und hängte ihren Schlüssel an ein Brett mit Haken neben der Tür.

»Sicher Paige. Du kannst mir deinen neuen Freund ja mal vorstellen. Allerdings dachte ich, du wärst noch mit Jack zusammen. … Aber er war doch nicht mit unter der Dusche … oder?«

»Oh nein. Mom hör auf mit so etwas. Er kam, um sich Chili- und Paprikapulver auszuleihen, dann bin ich unter die Dusche und als es wieder klingelte, dachte ich, dass ihr es seid. Aber es war Aaron, der die Gewürze zurückbringen wollte. Und jetzt gehe ich meine Haare trockenföhnen.« Ich kehrte ihr den Rücken zu, doch ich hörte noch ihr unterdrücktes Lachen hinter mir.

Am nächsten Tag in der Schule hatte ich ein Hochgefühl. Ich hatte mit Aaron Baxter geredet und mich letzten Endes nicht völlig blamiert. Selbst Abby bemerkte meine übertriebene Fröhlichkeit.

»Was ist denn mit dir heute los, Paige?« Ich zuckte die Achseln.

»Tja ich bin eben einfach glücklich.« Sie hob fragend eine feine Augenbraue.

»Ach wie war denn die Tanz AG gestern?«, fragte sie nach, doch es klang ein wenig so, als hoffte sie, es wäre schlecht gelaufen.

»Ja schön ... war echt cool.« Sie blinzelte fragend.

»Wie ... cool?« Ich musste leicht lachen.

»Na eben cool. Wir haben erst einmal mit ganz einfachen Sachen angefangen und es macht wirklich Spaß.« Nun schien sie völlig verwirrt.

»Du hast dich nicht bis auf die Knochen blamiert?« Ich verdrehte genervt die Augen und lief weiter vor ihr her. »Na ja es hätte ja sein können, dass du kein Wort rausbekommst, weil *er* da war.« Ich musste weiter lächeln, schüttelte aber den Kopf.

»Nein keine Sorge. Es ist alles ... super gelaufen.« Da kam Aaron mir plötzlich entgegen, die Treppe herauf. Ich war mir nicht sicher, was jetzt passieren würde. Er sah mich, lächelte und deutete im Vorbeigehen auf mein Oberteil, das ausnahmsweise mal kein Ketchup Fleck zierte.

»Hey Paige. Hübsches Shirt.« Er zwinkerte mir zu und ich wusste sofort, woran er dachte. Dann lief er weiter zu seinen Freunden. Ich wollte ebenfalls weiterlaufen, doch Abby hielt mich am Arm zurück.

»Was war denn das gerade eben?«, fragte sie mit riesigen Kulleraugen. Ich zuckte mit den Schultern und tat so, als wäre das gerade keine große Sache gewesen.

»Keine Ahnung. Was war denn?« Innerlich grinste ich breit und war überglücklich. Abby folgte mir trotz einiger Verwirrung. Da kam mir Jack entgegen.

»Hey Paige Schatz.« Er nahm mich in den Arm und küsste mich. Abby stolzierte an mir vorbei, mit einem Blick, der sagte: ›Also da will ich jetzt wirklich nicht dabei sein. ‹ Plötzlich steckte Jack mir seine Zunge in den Mund. Ich schubste ihn erschrocken von mir und er schaute mich verwirrt an.

»Hey Jack. Was soll das?« Er zuckte mit den Schultern und trat wieder einen Schritt näher zu mir.

»Ich dachte du magst das vielleicht. Wollte es mal ausprobieren. Aber anscheinend stehst du nicht auf Zungenküsse.« Ich seufzte und schaute über seine Schulter. An einem kleinen Tisch mitten im Flur saß Aaron und schaute zu mir. Er runzelte die Stirn und tat so, als ob er ins Leere starren würde, doch ich bildete mir ein, dass er uns beobachtete. Halb eifersüchtig, halb desinteressiert. Schnell schaute ich wieder Jack in die Augen.

»Entschuldige Jack, ich … egal.« Hastig küsste ich ihn und löste mich dann aus seinen Armen, um weiterzugehen, doch er hielt mich zurück.

»Paige weißt du … ich warte ja auf dich. Ich respektiere deine Entscheidungen und deinen Willen, aber weißt du, womit du mir eine riesige Freude machen könntest?« Ich schüttelte den Kopf und runzelte etwas verwirrt die Stirn. Was würde nun kommen?

»Du könntest dich mal hübsch machen. Ich meine ich finde dich natürlich auch so hübsch, aber du könntest dich ja mal etwas mädchenhafter anziehen. Etwas Make-Up oder so, verstehst du? Ich will dich natürlich zu nichts drängen, aber ich möchte auch nicht, dass die Jungs weiter über dich sagen, dass du wie ein Junge rüberkommst. Ich liebe dich auch so, aber vielleicht würde es dir helfen.« Ich schluckte schwer und nickte dann wie betäubt.

»Okay … ja klar … mädchenhafter. Make-Up. Ja, mach ich … Schatz.« Er lächelte glücklich, legte die Hände an meine Taille und küsste mich, die Zunge ließ er dieses Mal in seinem Mund.

»Mädchenhafter anziehen, pah. Make-Up pff. Ich bin total das Mädchen, das sieht man doch.«, murmelte ich, vier Stunden später auf dem Heimweg, wütend vor mich hin. Niedergeschlagen schaute ich an mir hinab ... ein schwarzes Shirt mit einem karierten Hemd darüber, eine einfache Jeans und ein paar ausgetretene Chucks ... und seufzte. Er hatte recht. Ich sah wirklich nicht wie ein typisches Mädchen unserer Schule aus, aber das konnte ich ja ändern. Zuhause angekommen durchwühlte ich sofort meinen Kleiderschrank und fand, was ich suchte. Dann ging ich ins Bad und durchsuchte dort die Schränke. Mein nächster Halt waren Moms Kommoden. Mit einem Arm voller Dinge und einem breiten Grinsen im Gesicht schob ich die Schubladen wieder zu und kehrte in mein Zimmer zurück. Die Leute in der Schule würden schon sehen, *wie* feminin ich sein konnte. Jack würden am nächsten Tag sicher die Augen aus dem Kopf fallen, redete ich mir ein, während ich mich an meine Hausaufgaben setzte. Später am Nachmittag ließ ich Wasser in die Badewanne und legte mich mit meiner Lieblingsmusik auf den Ohren in die entspannende Wärme. Genüsslich schloss ich die Augen und konzentrierte mich auf die Klänge aus dem Kopfhörer und die Wärme um meinen Körper. Dabei stellte ich mir schon die Blicke der anderen vor, wenn sie mich morgen sehen würden.

Zwei

»Auf diesen Moment, liebe Paige, habe ich schon mein ganzes Leben gewartet. Oder jedenfalls, seitdem du in die Pubertät gekommen bist.«, meinte meine Mom und betrachtete mich von allen Seiten. »Sieht super aus. Anders … aber gut.« Sie zupfte hier und da an den Klamotten und nickte dann fröhlich.

»Also so bekommst du den Jungen von letztens sicher rum.« Ich seufzte.

»Um den geht es doch gar nicht Mom. Das hier ist für Jack.« Sie hob überrascht die Augenbrauen und war einen Moment sprachlos.

»Paige, ich hoffe du weißt, dass du mit mir über alles reden kannst. Auch wenn es ernster mit Jack wird und ihr …« Ich unterbrach sie sofort.

»*Nein.* Stopp Mom. Das ist peinlich und so etwas will ich aus dem Mund meiner Mutter auch gar nicht hören. Ich gehe jetzt zur Schule.« Sie lächelte und nickte.

»Du bist wunderschön Paige … egal was du trägst, vergiss das nicht.«, meinte sie sanft, woraufhin ich die Augen verdrehte und mich zur Tür wandte.

»Paiki is wundersön Mommy, nich?«, rief nun Ethan. Abermals seufzte ich. Mein dreijähriger Bruder konnte noch nicht einmal meinen Namen richtig aussprechen, plapperte aber alles andere nach, was er so hörte. Dann verließ ich die Wohnung, leicht schwankend wegen der hohen Absätze der High Heels. Da ich in den Schuhen den Schulweg nicht zu Fuß bewältigen wollte, nahm ich heute den Bus. Ich nahm mein Handy aus der Handtasche, die ich am Arm trug, um zu schauen wie viel Zeit ich noch hatte. Da rempelte mich plötzlich etwas von hinten an, so dass ich stolperte, aber zum Glück nicht hinfiel, da mich das etwas am Oberarm packte und mich so vorm Sturz bewahrte.

»Oh sorry. Ich war in Eile und da habe ich Sie nicht geseh ... Paige?«, meinte Aaron erschrocken und gleichzeitig nach Verzeihung bittend.

»Oh hallo Aaron.«, stotterte ich und richtete meine Kleidung wieder.

»Ich habe wohl ein Talent dafür, dich umzulaufen.«

»Oder ich, im Weg zu stehen.« Er nickte belustigt und konnte sich ein schiefes Grinsen nicht verkneifen.

»Aber um ehrlich zu sein, hätte ich dich ohne Ketchup Fleck und verwuschelte Haare fast nicht erkannt. Deine Haare sind ... offen und lockig ... ganz anders.« Ich lächelte leicht und schob verlegen eine Strähne meines Haars hinter mein rechtes Ohr.

»Ja ... gefällt's dir?« Er öffnete den Mund, sagte jedoch nichts. »Ach, auch egal ... ich muss los.«, meinte ich dann und er nickte. Als ich schon ein paar Meter entfernt war, ergriff er doch noch einmal das Wort.

»Läufst du?«, rief er mir nach, wobei ich mich kurz umwandte und den Kopf schüttelte.

»Nein, ich fahre heute mal mit dem Bus wegen ...« Ich schaute auf meine Füße, die in den nicht ganz so bequemen Schuhen steckten.

»Oh ja ... in solchen Dingern sollte man ja nicht so lange Wege zurücklegen ... dann, bis später ... vielleicht.« Ich nickte und beobachtete noch, wie er in sein Auto stieg. Es war nicht das Allerneuste oder besonders teuer gewesen, aber er pflegte es gut, so dass es ihn zur Schule und zurückbrachte. Dann wandte ich mich zum Gehen, doch da rief er mich zurück.

»Paige ... ähm ... willst du vielleicht ... vielleicht bei mir mitfahren?« Ich drehte mich zu ihm um und war einen Moment fassungslos.

»Ich? Ja ... ähm ... ja klar.« Und schon saß ich auf dem Beifahrersitz. Er redete nicht wirklich viel auf der kurzen Fahrt zur Schule und schaute mich auch nicht an. Auf dem

Schulparkplatz stellte er sein Auto ab und ich stieg aus. Als ich an den Jungs vor dem Schultor vorbeilief, pfiffen sie mir nach. Aaron stieg nach mir aus dem Auto und die Jungs waren noch entzückter, anhand der Tatsache, dass ich aus Aaron Baxters Auto gestiegen war.

»Hey Aaron. Neue Braut am Start? Super, Mann. Oder ist das etwa deine kleine Schwester? Hast uns noch nie was von ihr erzählt, wenn es so ist.«, meinte einer von ihnen, die anderen lachten. Aaron seufzte und lief in mindestens fünf Metern Abstand hinter mir her, wahrscheinlich damit uns nicht noch mehr Leute zusammen sahen.

Komisch an diesem Tag war, dass ich mich dauernd im Mittelpunkt wiederfand. Die meisten Jungs schauten mich an, als wollten sie mich ausziehen oder als wären ihre Augen Nacktscanner. Die Mädchen sahen mich eher abschätzig und zu einem gewissen Teil auch abwertend an. So fühlte ich mich sehr unwohl in meiner Haut. Die Schule, in die ich seit fünf Jahren ging, wurde mir plötzlich unheimlich. Doch zum Glück kam Abby und sie schaute mich fröhlich lächelnd an.

»Hey Paige. Hübsch siehst du aus. Gefällt mir.« Ich lächelte etwas verlegen und sie hakte sich bei mir ein.

»Die schauen mich alle so komisch an.«, flüsterte ich meiner besten Freundin ins Ohr. Sie lachte.

»Sei einfach selbstbewusster, dann starren sie nicht mehr so.« Ich nickte, trotzdem fühlte ich mich noch nicht völlig sicher. Nach der dritten Unterrichtsstunde traf ich dann Jack. Er stand mit ein paar Footballkumpels im Flur herum. Ich atmete tief ein und nahm meinen ganzen Mut zusammen. Dann stöckelte ich so gerade und selbstsicher wie möglich zu ihnen hinüber. Keine Reaktion, als ich ankam.

»Jack?« Ich stupste ihn an der Schulter an. Immer noch keine Reaktion, er redete weiter mit seinen Kumpels.

»Jack.«, machte ich nun nachdrücklicher auf mich aufmerksam und drehte ihn zu mir um. Erst schien erst ziemlich verärgert, doch als er mich erkannte, hellte sich seine Miene sofort auf.

»Paige ... wow ... ich bin echt beeindruckt.« Ich schaute noch einmal an mir hinunter. High Heels von meiner Mom, ein enger schwarzer Rock mit einer Feinstrumpfhose darunter, ein pinkes Top mit einem Jäckchen mit kurzen Ärmeln darüber. Er nahm mich an der Hand und lief mit mir ein paar Schritte von der Gruppe weg.

»Du siehst super aus.«, flüsterte er, legte die Arme um meinen Oberkörper und küsste mich. Ich ließ es zu und war glücklich, denn auch er schien glücklich zu sein.

»Du bist wirklich wunderschön.« Und wieder drückte er seinen Mund auf meinen und seine Zunge teilte meine Lippen. Ganz geheuer war mir das nicht, aber ich sagte mir einfach, dass es auch mal einen nächsten Schritt geben musste und so ließ ich es zu. Nach ein paar Momenten löste er sich von mir und strahlte mich an.

»Weißt du wie sehr ich mich freue? Komm wir gehen an einen Ort, wo wir etwas unbeobachteter sind.« Ich lächelte, schüttelte allerdings den Kopf.

»Sorry Jack, aber ich muss weiter zur nächsten Stunde ich wollte nur schnell mal Hallo sagen.« Er seufzte, akzeptierte aber meinen Einwand.

»Na dann bis später. Hab dich lieb.«, murmelte ich und küsste ihn noch einmal kurz. Dann verschwand ich um die nächste Ecke, wo ich mich gegen die Wand drückte, seufzend ausatmete und mich umsah. Niemand war zu sehen, außer ein paar Mädchen, die lachend auf einer Bank saßen und mich glücklicherweise nicht beachteten, so dass ich normal weitergehen konnte.

Nach dem Unterricht machte ich mich mit Abby auf zum Shoppen. Ich hatte mir etwas Geld von Mom geben lassen. Zuerst gingen wir in eine Boutique, bis wir merkten, dass ich mir kein einziges Kleid dort leisten konnte. Sie kosteten ungefähr doppelt so viel wie ich hatte, aber sie waren schön. Dann gingen wir in einen Laden, in dem man zwar keinen kostenlosen Champagner bekam, dafür aber Klamotten, die um einiges billiger waren und die man sich leisten konnte.

»Okay, zuerst brauchst du ein paar schöne Schuhe, in denen du auch laufen kannst und dann stellen wir dir ein paar Outfits zusammen.«, meinte Abby und lief sofort los, um ihren Plan in die Tat umzusetzen. Auch ich ging und schaute mir ein paar Schuhregale an. Nach einigen Minuten kam Abby mit den Armen voller Schuhe wieder.

»Die probierst du alle an.«, befahl sie mir und drückte mich auf einen Stuhl. »Währenddessen suche ich noch ein paar andere.« Seufzend nahm ich mir das erste Paar Schuhe und zog sie an. Leicht schwankend stand ich auf und lief einige Schritte. Diese Schuhe waren auf jeden Fall schon einmal verträglicher als die, die ich von meiner Mutter ausgeliehen hatte. Sie hatten einen Keilabsatz und mit einer Schnürung.

»So, hier ist die nächste Ladung.« Abby betrachtete mich und strahlte.

»Ich weiß ja nicht ...«, ich zog mir die Schuhe wieder von den Füßen und schaute mir den Haufen Schuhe an, den sie mir herausgesucht hatte. Abby seufzte und drückte mir ein Paar mit Riemchen in die Hand.

»Doch Paige. Die sind jetzt total angesagt und sie stehen dir super. Die nehmen wir auf jeden Fall.« Ich zog noch unzählige andere an, doch am Ende entschieden wir uns für einige, die ein Kompromiss aus Abbys und meinen Ansprüchen darstellten. Dann begaben wir uns zu den Kleiderständern. Ich verbrachte circa zwei Stunden in der Kabine. Abby brachte mir immer wieder neue Sachen zum Anprobieren. Zum Schluss hatte ich in meiner Einkaufstüte helle und schwarze Strumpfhosen, einen schwarzen Faltenrock, ein paar Basic Tops in verschiedenen schlichten Farben, zwei Röhrenjeans, verschiedene Oberteile und zwei Hotpants. Mein Portemonnaie war danach leer. Schwer beladen, aber trotzdem glücklich machte ich mich auf den Weg nach Hause. Abby ebenfalls, aber sie musste in eine ganz andere Richtung. Langsam taten mir durch die Absätze meine Füße weh, doch ich hielt schwankend durch. Ein junger Mann kam mir entgegen auf meinem Weg durch den Park. ›Ziemlich süß‹, dachte ich mir und musterte ihn verstohlen ›Nur nicht zu sehr schwanken Paige. Jedenfalls solange er dich sehen kann.‹, redete ich mir ein und verfestigte meine Schritte. Genau als wir aneinander vorbeiliefen, schaute er mir in die Augen. Die seinen waren tiefblau und seine Haare waren hellbraun. Er hatte diese Frisur, die viele Typen zurzeit hatten. An den Seiten kurz geschnitten und oben etwas länger. Er lächelte nur leicht und lief weiter. In dieser Sekunde war ich zu abgelenkt, stolperte über eine winzige Unebenheit im Boden und die Steinplatten des Gehwegs kamen mir entgegen. Mir entfuhr ein erschrockenes Japsen und ich wirbelte mit den Armen durch die Luft, im Versuch das Gleichgewicht zurückzuerlangen. Aus Peinlichkeit blieb ich auf dem Boden knien und schlug mir die Hände vors Gesicht. Plötzlich spürte ich eine Hand auf meiner Schulter.

»Hey, alles okay?« Ich nahm langsam die Hände weg und hob vorsichtig den Kopf. Die blauen Augen lachten mich an. Ich nickte langsam und ließ mir beim Aufsetzen helfen.

»Danke.«, krächzte ich und machte meine Schuhe auf.

»Nichts zu danken. Diese Dinger können schon echte Todesfallen darstellen.« Er sagte es nicht so, als würde er sich über mich lustig machen wollen, eher als merke er wie peinlich mir die Situation war und lächelte leicht. »Ich bin Gabe. Also eigentlich Gabriel, aber ich finde, das klingt so biblisch, deswegen lieber Gabe.« Ich nickte lächelnd und stellte die High Heels zur Seite.

»Ich bin Paige.« Wir schüttelten uns die Hände und er zog mich auf die Füße.

»Du warst wohl extrem-shoppen.«, bemerkte er mit Blick auf die Tüten. Ich nickte abermals.

»Ja, sozusagen. Ich habe halt ein paar Sachen gekauft.« Er schaute in die Schuhtüte.

»Ah, noch mehr Todesfallen, klar davon könnt ihr Frauen ja nicht genug besitzen, habe ich gehört.« Ich nahm die Tüten in eine Hand und die Schuhe in die andere.

»Ja, ich wollte gerade nach Hause.« Er nickte immer noch lächelnd und streckte eine Hand nach den Griffen der Einkaufstüten aus.

»Gib her, ich nehme dir etwas ab.« Er nahm alle Tüten, so dass ich nur noch meine Schuhe tragen musste. Dann liefen wir nebeneinanderher weiter durch den Park.

»Danke, dass du dich nicht über mich lustig machst.« Er lächelte schief.

»Warum sollte ich auch? Erstens könnte ich selber in so was nicht laufen und zweitens hättest du dir irgendwas brechen können und das finde ich nur ganz selten witzig. Obwohl es schon ziemlich crazy aussah, wie du deine Arme herumgewirbelt hast.« Ich musste selbst etwas lachen.

»Sei froh, dass du nicht in solchen Dingern laufen musst.«, erwiderte ich murmelnd, woraufhin er wieder ein bisschen lachte.

»Na ja, wer zwingt dich denn dazu? Wenn du willst, kannst du es doch lassen. Oder etwa nicht?« Es war komisch mit Gabe. Er gab mir nicht das Gefühl, dass er sich über mich amüsierte, aber er fühlte sich auch nicht dazu gezwungen nicht ehrlich das auszusprechen, was ihm in den Sinn kam.

»Nein, ja klar. Du hast recht. Eigentlich habe ich mich selbst in diese Lage gebracht.«, überlegte ich laut und stimmte ihm dabei zu. Er musterte mich von der Seite und tat dann so, als würde er ganz angestrengt nachdenken.

»Mhh okay, dann rate ich jetzt einfach mal, ja?« Er betrachtete mich noch einmal. »Also entweder bist du so 15-16Jahre alt und hast zu wenig Selbstwertgefühl oder du bist 11 und bist zu selbstbewusst. Aber ich tippe eher mal auf … 16. Oder doch 11?« Er grinste und ich schüttelte belustigt den Kopf.

»Okay, jetzt bin ich dran. Also entweder bist du ein totaler Macho oder ein ganz netter Kerl, der es mit dem Flirten etwas übertreibt.« Er lächelte keineswegs verlegen und nickte, weil er wusste, dass er diesen kleinen Seitenhieb verdient hatte.

»Und was ist, wenn ich ein 35-jähriges Muttersöhnchen bin und versuche mein Leben zu ändern, indem ich mich an minderjährige Mädchen ranmache?«, witzelte er dann und brachte mich sofort zu Lachen. Doch dann schüttelte ich den Kopf.

»Nein, dann hättest du wahrscheinlich nicht so abgetragene Kleidung an, wenn Mama sie dir immer fein waschen und bügeln würde.« Ich lachte und er tat es mir gleich.

»Abgetragen also. Jetzt hör mir mal zu Schätzchen. Nicht jeder braucht Markenkleidung und manche Leute stehen halt auf lässig.« Ich verdrehte die Augen nach oben, ließ mein Grinsen allerdings noch etwas breiter werden.

»Das war doch nur ein Witz, du siehst total lässig aus.« Er grinste schelmisch.

»Ich weiß.«

»Na ja trotzdem denke ich nicht, dass du ein Muttersöhnchen bist. Also tippe ich auf ›ganz netter Kerl‹ und du bist ... 18?« Er lachte auf und hob überrascht die Augenbrauen.

»20, aber trotzdem danke. Ich übertreibe also mit dem Flirten, ja?« Das Lächeln schien nicht mehr von meinem Gesicht weichen zu wollen.

»Nur ein ganz kleines bisschen.«, meinte ich dann und zeigte ihm das Ausmaß seines übertriebenen Verhaltens zwischen Daumen und Zeigefinger.

»Und du bist also 15. Woher kommt das fehlende Selbstbewusstsein?« Ich zuckte mit den Schultern, denn ich wusste tatsächlich nicht, was ich darauf antworten sollte.

»Ich habe mich in meinen Jeans und Chucks immer wohl gefühlt, aber mein Freund meinte, ich solle mich mal etwas femininer anziehen.« Gabe wurde plötzlich ganz still.

»Ah ... dein ... Freund.«, murmelte er dann nachdenklich, »Na ja, das hätte ich mir ja denken können. So ein hübsches Mädchen ... klar hast du einen Freund. Aber wenn er sagt, dass du dich femininer anziehen sollst, will er Sex ... das ist dir doch klar?« Ich nickte seufzend.

»Und wenn du mit mir flirtest, willst du das nicht?« Nun lächelte er wieder munter.

»Nein, ich hätte mir höchstens einen Kuss erhofft.« Wir waren an meinem Haus angekommen.

»Danke fürs Tragen, aber ich denke bis nach oben schaffe ich es allein.« Er nickte und deutete noch ein schiefes Lächeln an.

»Okay, war mir ein Vergnügen, Paige.« Er stellte die Tüten neben mich und ich dachte schon, er würde sich jetzt umdrehen und gehen, als er sich plötzlich noch einmal an mich wandte und den Mund öffnete. »Ich weiß, wir haben uns gerade zum ersten Mal getroffen, aber ich mag dich echt und würde dich gerne einmal wiedersehen. Also falls dir dein Freund irgendwann mal auf die Nerven geht ...« Er zog einen schwarzen Filzstift aus der Jackentasche und schrieb mir eine Nummer in die Hand. Dann drehte er sich um und ging davon.

»Du machst das wohl öfters.«, rief ich ihm nach und er drehte sich zu mir um.

»Was?«

»Na Mädchen, die du gerade erst getroffen hast, deine Nummer aufschreiben. Ich meine kein normaler Mensch hat einfach so einen Filzstift in der Jackentasche.« Er lachte und lief weiter.

»Dann bin ich eben nicht normal.« Ich schaute ihm hinterher, als er die Straße entlangging, in die Richtung, aus der wir gekommen waren.

Mit den ganzen Beuteln kämpfte ich mich die Treppen hinauf, da der Fahrstuhl zurzeit außer Betrieb war und bereute Gabe weggeschickt zu haben. Als ich an der Wohnung ankam, holte ich keuchend Atem und wischte mir den Schweiß von der Stirn. Bei dem Versuch, meinen Schlüssel aus der Tasche zu bekommen, ließ ich einige Tüten fallen, die umkippten, so dass sogar ein Paar Schuhe ein paar Stufen der Treppe hinunter fielen.

»Ach Mann. Shit.«, fluchte ich und steckte den Schlüssel ins Schlüsselloch, bevor ich auf dem Boden herumkroch, um alles einzusammeln.

»Hey, kann ich helfen?«, fragte Aaron hinter mir.

»Nein ... ich meine ja, danke.«, seufzte ich unentschlossen.

»Lio sitz.«, wies er leise seinen Hund an und kniete sich neben mich. »Große Shoppingtour, was?« Ich nickte erst nur stumm, dann wollte ich doch die Stille überbrücken und versuchte, mich zu erklären.

»Ja, na ja ... irgendwann muss man sich ja mal anpassen nicht?« Er holte von den Treppenstufen die Schuhe und legte sie zurück in eine Tüte.

»Anpassen nennst du das also ... ja na da hast du wahrscheinlich sogar recht.« Er gab mir alles zurück und nahm Lios Leine wieder in die Hand.

»Danke für die Hilfe.«, murmelte ich noch und sperrte die Wohnungstür auf.

»Ja klar, kein Problem.«, meinte er nur dazu und ich hörte schon seine Schritte, wie er die Treppe hinab ging.

»Aaron?«, rief ich ihm mit dünner Stimme hinterher. Er schaute zurück.

»Ja?« Ich schluckte schwer.

»Dir ... dir gefällt das nicht, oder?« Ich deutete auf meine Klamotten und er zuckte die Schultern.

»Mir muss das doch auch nicht gefallen, oder? Wir kennen uns kaum.« Ich nickte traurig und wandte mich zur Tür.

»Paige?«, ertönte Aarons Stimme dann noch einmal. Ich wandte mich überrascht um und hielt mich an der Tür fest. »Du solltest nicht so sehr auf die Meinung anderer achten. Es ist dein Leben und du musst es leben, niemand sonst.« Dann lief er endgültig die Treppe hinab und als die Haustür zuschlug, schloss auch ich die Wohnungstür. Mom kam mir sofort entgegen.

»Na Schatz? Hast du dir was Schönes gekauft?« Ich lachte, momentan vollkommen verwirrt von all den Dingen, die Gabe, Aaron, Abby und Jack zu mir gesagt hatten. Und nun kam auch noch meine Mom daher und ich wusste erst gar nicht, was ich auf diese einfache Frage antworten sollte. Doch dann beschloss ich einfach das zu sagen, was die meisten von mir zu erwarten schienen.

»Oh ja, Mom.« Sie lächelte mich milde an und betrachtete die Tüten. »Mein Geld ist dann wohl vermutlich weg, was?« Doch sie schien nicht böse zu sein und strich mir übers Haar.

Ich hatte wirklich die beste Mutter der Welt.

Ungefähr eine Woche später klingelte es eines Nachmittags an der Wohnungstür. Seit der peinlichen Begegnung mit Aaron, bei der ich ihm im Handtuch die Wohnungstür geöffnet hatte, hatte ich mir angewöhnt, immer erst durch den Türspion zu schauen. Doch zum Glück war es dieses Mal nicht Aaron, was mich auch gewundert hätte. Seit unserer Unterhaltung im Treppenhaus hatte er, außer in der Tanz AG, keinen Kontakt mehr zu mir aufgenommen. Die Gespräche in der AG waren allerdings auch nicht sehr tiefgründig, denn sie bestanden aus einer Begrüßung meinerseits: »Hey Aaron. Wie geht's?« und einer Antwort seinerseits: »Gut, du musst mehr in die Knie gehen und halt deinen Arm ausgestreckt, nicht schlapp werden.« Also im Prinzip Funkstille.

Ich öffnete die Wohnungstür und lächelte der Person davor entgegen.

»Hallo Schatz.«, begrüßte Jack mich und trat einen Schritt zu mir, um mich küssen zu können.

»Hey Jack, was machst du denn hier?« Er lächelte und drängte mich in die Wohnung.

»Na ich wollte dich besuchen.« Er schloss die Wohnungstür hinter sich und fing wieder an mich, zu küssen.

»Es ist wohl gar niemand da?«, murmelte er, als er sich kurz von mir löste. Ich schüttelte zur Antwort den Kopf und hätte mich im nächsten Moment schon dafür ohrfeigen können.

Er lächelte breit, hob mich hoch und trug mich in mein Zimmer. Dort legte er mich aufs Bett und stützte sich über mir ab. Wieder fing er an mich leidenschaftlich zu küssen, doch es war auch ein Drang darin, der mir gar nicht gefiel.

»Jack, ich glaube meine Mom müsste bald wieder da sein. Sie ist schon eine Weile weg.« Er schob seine Hand unter mein T-Shirt und lächelte.

»Hey Paige, keine Angst. Schatz, ich will doch nur ein bisschen kuscheln.« Er küsste mich am Bauch und fuhr dabei immer weiter nach oben. »Du bist so wunderschön Paige. Ich liebe dich so sehr.« Er war schon bei meinem BH-Verschluss angelangt, als ich ihn wegstieß.

»Jack, bitte. Hör auf damit.« Er war von mir heruntergerollt und hob beschwichtigend seine Hände. Während er auf dem Bett liegen blieb, stand ich auf und richtete meine Kleidung hastig.

»Sorry, Paige ... Das wollte ich nicht. Komm her, ich werde es wieder gut machen. Versprochen.« Einen Moment lang überlegte ich, wie ich reagieren sollte. Doch dann legte ich mich wieder zu ihm. Er nahm mich in den Arm, wie er es immer getan hatte, strich mit der Hand über meine Schulter und küsste mich auf die Wange.

»Ich liebe dich Paige.«, murmelte er an meinem Ohr und ich nickte nur stumm.

»Ich habe dich auch lieb.«, flüsterte ich mit kratziger Stimme. Ich wusste nicht, ob er meine Satzstellung bemerkte, aber *ich* tat es und auf eine unerklärliche Weise machte es mich traurig zu wissen, dass ich immer noch nicht ›ich liebe dich‹ zu ihm sagen konnte.

Es war Dienstagnachmittag und ich verbrachte meine Zeit nach dem Unterricht im Tanzstudio 3. Einige der anderen tanzten Freestyle zu selbst mitgebrachter Musik und zeigten einander verschiedene Schrittfolgen, während Aaron plötzlich auf mich zukam und mich zur Seite zog.

»Hey Paige, ich muss mal mit dir reden.« Ich erstarrte, da ich nicht wusste, was er mir zu sagen hatte. »Es geht um das Schulkonzert, bei dem wir auftreten sollen.« Mein Herz machte einen Sprung. Ich war dabei. Schon letzte Wochen hatte Aaron verschiedene Leute angesprochen und sie sozusagen mit ins Boot geholt.

»Ja also ... das ist jetzt etwas unangenehm. Paige ... du hast super Fortschritte gemacht und du bist echt gut geworden, aber ... es tut mir leid. Du kannst nicht mitmachen. Eigentlich sind wir vollzählig und na ja du bist halt nicht ... gut genug.« Ich schwieg kurz und nickte, dann schluckte ich schwer.

»Nicht ... gut ... *genug*. Ich verstehe ... okay.« Ich drehte mich um und lief zur Tür, als er mir hinterherrief.

»Es tut mir leid, Paige ... wo willst du hin?«

»Ich muss mal kurz ... sorry.« Es war so übertrieben, in diesem Moment zu heulen. Aaron hatte uns zu Beginn der AG schon gesagt, das nicht alle am Konzert würden teilnehmen können. Deshalb war es kindisch, so traurig darüber zu sein, dass er mich nicht dabeihaben wollte. Doch dann wurde mir klar, dass das gar nicht der eigentliche Grund war, warum mir plötzlich Tränen in den Augen brannte. Es war eine Mischung aus allen Situationen und Gesprächen, die ich in den letzten Tagen und Wochen durchgemacht hatte. Jack, Aaron, Abby, meine Mom, dieser Fremde Gabriel ... irgendwie hatte sich einiges an Verwirrtheit in mir angestaut und wollte jetzt raus. Und dann rannte ich los. Weg von diesem schrecklichen gläsernen Kasten und den anderen Mädchen und Jungen, die so hart für das Konzert trainierten. Halt machte ich erst vor der Tür der Mädchentoilette, die, genau wie die Jungentoilette in diesem Stockwerk, mit Duschen ausgestattet war. Dadurch konnte man nach dem Tanzen gleich duschen. Dort setzte ich mich in eine gefliese Ecke und zog die Beine an die Brust. Meinen Tränen ließ ich freien Lauf, auch wenn sie jetzt wohl die ganze Wimperntusche verschmierten. Mein Schluchzen hallte in dem ganzen Raum, wodurch ich die näherkommenden Schritte nicht hörte. Plötzlich legte sich eine Hand auf meinen Arm und zog ihn von meinem Gesicht.

»Paige ...«, flüsterte Aaron und zog auch noch den anderen Arm zur Seite. Ich versuchte ihn klar zu sehen, doch die Tränen hinderten mich daran.

»Geh. Du sollst mich nicht so sehen.« Er sagte nichts dazu und kniete sich direkt vor mich. »Aaron bitte. Geh. Du dürftest nicht einmal hier sein.« Er lächelte schief und schien belustigt, dass ich trotz der Tränen noch an die Schulregeln dachte.

»Das ist ja nun wirklich das kleinste Übel. Paige ... sieh mich an, bitte.« Ich schüttelte den Kopf und vergrub ihn wieder in meinen Armen. Ich spürte, wie er sich neben mich an die Wand setze, doch er schwieg einfach. Nach ein paar Minuten Stille schniefte ich und wischte mir die Tränen weg.

»Warum machst du das?«, fragte ich noch verwirrter und schaute ihn vorsichtig von der Seite an.

»Warum mache ich was?« Er wandte den Kopf zu mir.

»Na hier sitzen und versuchen, mich zu trösten. Du hättest mich doch einfach heulend hier sitzen lassen können. Du hättest mir nicht einmal nachgehen müssen. Du hast gesagt wir kennen uns kaum und deshalb braucht es dich nicht zu interessieren, wie es mir geht.« Er seufzte, was ebenfalls im gefliesten Raum hallte.

»Ach Paige … du musst wohl immer alles kompliziert machen. Ich kenne dich jetzt schon eine kleine Weile und weiß Einiges über dich. Wenn du auf dem Flur mit einem Lehrer redest, ziehst du automatisch den Kopf ein. Du magst keine Zungenküsse und wenn du mal nichts in der Hand hast, fährst du dir ständig nervös durchs Haar. Ich könnte dir jetzt noch mehr aufzählen, aber das würde noch eine Weile dauern. Der Punkt ist: Ich lerne dich immer mehr kennen und wenn ich mir die Mühe mache, dann ist es mir definitiv nicht egal, wie es dir geht und ob ich dich verletze. Ich mache mir nicht sehr oft die Mühe, jemanden richtig kennen lernen zu wollen … denn nicht die Hälfte meiner Mitmenschen ist interessant genug, jedenfalls nach meiner Auffassung.« Ich errötete leicht. »Lass mich dich trösten Paige. Ich vermute mal, nicht nur meine Nachricht hat dich in die Mädchentoilette getrieben. Von den anderen Dingen habe ich vielleicht keine Ahnung, aber es tut mir wirklich leid, dass du bei dem Konzert nicht mitmachen kannst. Ich wünschte ich könnte wenigstens daran etwas ändern, aber ich entscheide das nicht allein, sondern mit den anderen zusammen.« Ich wischte mir die Tränen von den Wangen und nickte. Ich war froh, dass er wusste, dass ich nicht nur weinte, weil er mir eine Absage für das Konzert erteilt hatte. Ich wollte es mir zuerst nicht eingestehen, weil es so abwegig war. Aber Aaron Baxter schien mich – ob widerwillig oder nicht – tatsächlich ein kleines bisschen zu kennen.

»Du hättest mir wirklich nicht folgen müssen.«, stellte ich klar, während er mir eine Hand reichte, um mir auf die Füße zu helfen.

»Ich weiß.«, war seine nüchterne Antwort darauf, doch sie ließ mich etwas lächeln. Wir liefen zu den Spiegeln und ich blieb stehen, um mich darin zu betrachten.

»Ach deswegen brauchen Mädchen immer so lange auf der Toilette.«, bemerkte Aaron belustigt, der schon halb die

Tür geöffnet hatte. Er stellte sich nun vor den nächsten Spiegel und zupfte an seinem Haar.

»Ach ich hasse meine Haare … und meine Augen. Schrecklich und außerdem bin ich so wahnsinnig fett. Warum hat Gott mich nur so gemacht?«, spielte er das durchschnittliche West Salem High School Mädchen perfekt nach und grinste. Ich konnte mir ein Lachen nicht verkneifen, presste mir aber eine Hand auf den Mund.

»Jetzt übertreib mal nicht.«, kicherte ich und er schüttelte belustigt den Kopf.

»Sagen Mädchen so was denn nicht?« Es folgte einen Moment Stille.

»Na ja … ähm.« Er schnaubte, meine Antwort schien ihn zu amüsieren.

»Habe ich recht oder habe ich recht?« Doch ich wollte ihm diese Genugtuung nicht geben und zuckte nur mit den Schultern.

»Na ja, ich sehe gerade total … dafür gibt es eigentlich gar kein Wort.«, bemerkte ich und er zog lächelnd ein Stofftaschentuch aus seiner Hosentasche. Unter einem der Wasserhähne feuchtete er es etwas an, dann strich er über einige Stellen meines Gesichts und mit der Hand durch meine Haare.

»So jetzt bist du wieder wunderschön.« An den Stellen, an denen seine Finger meine Haut berührt hatten, breitete sich ein Kribbeln aus und einen Moment lang schauten wir uns in die Augen, dann trat er einen Schritt zurück.

»Ich vermute mal, die anderen sind schon weg. Soll ich dich nach Hause fahren?«

»Danke fürs Heimfahren.«, murmelte ich und wandte mich zu meiner Wohnungstür um.

»Schon okay, ist doch selbstverständlich. … hör mal Paige, es tut mir wirklich leid, dass du bei dem Konzert nicht mitmachen kannst, aber es war nicht meine alleinige Entscheidung und es wird sicherlich noch andere …« Ich unterbrach ihn lächelnd.

»Schon gut Aaron, das hast du vorhin schon gesagt und da habe ich es auch schon verstanden. Ich werde mir wegen dieser Sache jetzt nicht etwa die Pulsadern aufschneiden oder mich von der nächsten Brücke stürzen. Keine Sorge.« Er erkannte meinen sarkastischen Unterton und nickte, nun ebenfalls lächelnd.

»Okay dann bin ich ja beruhigt.«, erwiderte er ähnlich sarkastisch »... Willst du vielleicht morgen früh wieder bei mir mitfahren?« Ich überlegte kurz und nickte dann glücklich.

»Ja danke, das wäre super. Bis morgen dann.« Er lächelte noch immer und wandte sich zur Treppe.

»Bis morgen, Paige.« Dann betrat ich meine Wohnung und schloss hinter mir die Tür, an der ich fast augenblicklich hinabrutschte. Ab jetzt konnte mein Leben nur noch besser werden. Steil Bergauf. Langsam stand ich auf und lief ins Bad, um mich zu duschen. Der morgige Tag würde sicher super werden.

Doch es kam wieder einmal anders als gedacht. Frühmorgens zog ich meinen schwarzen Faltenrock, dazu ein Basic Top und ein Oberteil mit tiefem Ausschnitt. Nachdem ich mich geschminkt hatte, nahm ich meine Tasche, sagte Mom und Ethan Tschüss und lief dann die Treppen hinunter. Auf halbem Weg holte Aaron mich ein.

»Hey Paige ... du siehst hübsch aus heute.« Ich lächelte zur Antwort.

»Hi, danke. Du ... auch.« Er sah so gut aus wie immer. Die Haare perfekt gestylt, in einer dunklen Jeans und einem lässigen karierten Hemd. Er schaute mich etwas komisch an, grinste dann aber.

»Danke.«, antwortete er nüchtern, stieg neben mir ins Auto und startete den Motor.

»Also ich meine natürlich nicht, dass du hübsch aussiehst ... also schon, aber eben eher ... Na ja, du siehst eben gut aus.« Er unterbrach meinen nervösen Redefluss grinsend.

»Schon gut Paige, ich habe es schon verstanden. Wie gesagt: Danke.« Ich lief leicht rot an und senkte den Blick.

»Was hast du heute alles für Stunden? Schreibt ihr irgendwelche Tests?« Ich schüttelte den Kopf. »Und wie lange hast du Unterricht?« Ich schwieg, er verdrehte die Augen. »Du kannst ruhig mit mir reden.« Ich seufzte.

»Bis halb zwei.« Er nickte.

»Gut, ich auch. Dann kannst du wieder mit mir nach Hause fahren, wenn du möchtest.« Ich nickte.

»Ja danke, aber du musst dich nicht mit mir abgeben, nur, weil du Mitleid mit mir hast.« Er schaute mich stirnrunzelnd von der Seite an.

»Wie kommst du auf so etwas?« Ich zuckte mit den Schultern.

»Du hast mich nie gesehen. Nie auch nur beachtet und jetzt, seitdem ich vor dir geheult habe, bist du so zuvorkommend. Das lässt mich darauf schließen, dass du Mitleid hast und versuchst, mich nett zu behandeln.« Er lachte auf und schüttelte belustigt den Kopf, während er auf den Schulparkplatz einbog.

»Okay … du hast schon manchmal einen kleinen Schuss, oder? Weißt du eigentlich, wie viele Leute an unsere Schule gehen? Soll ich die alle kennen? Wenn ich dich schon früher hätte beachten sollen, hättest du halt mal ankommen müssen und sagen müssen: ›Hey Aaron, ich bin Paige. Schön, dich mal kennen zu lernen. Wie geht's denn so?‹ Und ist dir schon mal in den Sinn gekommen, dass ich dich, jetzt da ich dich kenne, einfach nett finden könnte?« Ich schnaubte fast etwas verächtlich und schaute zur Seite aus dem Fenster.

»Du hörst schon, wie blöd das klingt mit dem ›Hey Aaron wie geht's‹, oder?« Er lachte abermals und parkte in einer freien Lücke ein.

»Dann hättest du eben gesagt: ›Hey du da. Was geht?‹. Klingt das besser für dich?«, grinste er breit und schaute mich an. Ich verdrehte die Augen nach oben.

»Nicht wirklich, aber okay, wie du meinst.« Er zuckte mit den Schultern.

»Auf jeden Fall habe ich kein Mitleid und handele aus freien Stücken. Versprochen.«

»Okay, war ja nur so ein Gedanke.« Er seufzte und holte seinen Rucksack vom Rücksitz.

»Einer der Gründe, warum ich mich nicht so oft auf Mädchen einlasse.« Ich runzelte die Stirn bei diesem Kommentar und schnallte mich schon ab.

»Was?« Er schaute mich fragend an.

»Was, was?«

»Na, was ist der Grund dafür, dass du dich auf kein Mädchen einlässt?« Er lächelte bitter und schaute nach vorne durch die Windschutzscheibe.

»Dass ihr euch bei allem gleich etwas denkt. Aus jeder Bewegung, die ich mache, schließt ihr euch immer gleich etwas und so könnte ich es euch ja sowieso nie recht machen, also habe ich den Frauen abgeschworen.«

»Bist du jetzt sauer auf mich?«, fragte ich vorsichtig, denn es fühlte sich so an. Er schüttelte den Kopf.

»Nein Paige. Nicht auf dich.« Ich schwieg kurz, dann flüsterte ich.

»Ja, aber sauer bist du trotzdem, wenn nicht auf mich, dann auf jemand anderen.« Er zuckte die Achseln.

»Ja, aber das hat einen anderen Grund und unser Gespräch bringt das gerade alles wieder hoch. Erinnerungen, die ich verdrängt zu haben glaubte.« Ich hob die Augenbrauen, doch er sprach nicht weiter.

»Ich nehme mal an, du wirst mir nicht sagen, welche Erinnerungen das sind?« Er schüttelte den Kopf und öffnete seine Autotür.

»Nein eher nicht. Bis heute Mittag Paige.« Dann stieg er aus, wartete noch bis ich ebenfalls aus dem Auto geklettert war und sperrte es ab. Er lief vor mir zum Schulgebäude und ich fühlte mich schlecht. Ich hatte ihn doch nicht verletzten wollen … oder was war sonst mit ihm los? Er hatte gesagt, durch unser Gespräch wären Erinnerungen wieder hochgekommen, sollte ich mich nun schuldig fühlen?

Der Unterricht an diesem Tag ging viel zu langsam um und ich sah kein einziges Mal Jack. Aaron traf ich auch nicht. Doch nach dem Unterricht lief mir mein Freund dann direkt in die Arme.

»Ah, hallo Jack. Ich dachte schon, du versteckst dich vor mir.« Er lächelte, nahm mich in den Arm und küsste mich. Doch es lag Bitterkeit darin.

»Was ist los, Jack?«, fragte ich verwirrt, er zuckte mit den Schultern.

»Nichts, was soll los sein?« Er küsste mich weiter, brach jedoch abrupt ab.

»Ich ... Paige ... es tut mir leid, aber ich kann das nicht mehr.« Ich runzelte die Stirn.

»Was? Was kannst du nicht mehr Jack?« Er seufzte.

»Dich belügen. Du weißt, dass ich immer auf dich gewartet habe. Ich habe gesagt, ich warte, bis du bereit bist. Aber das konnte ich nicht mehr. Weißt du, ich habe auch meine Bedürfnisse.« Mein Mund stand offen.

»Du hast mit einer anderen geschlafen? Du hattest eine Affäre?« Er schluckte schwer, das sah ich, dann nickte er.

»Ja und ich will das nicht länger vor dir geheim halten.« Ich atmete tief ein.

»Wer war sie? Wer? Kenne ich sie?« Er nickte und schaute auf einen Punkt ein paar Schritte hinter mir. Ich drehte mich um.

»Oh hi Abby. Kannst du uns mal kurz allein ... Abby?« Ich drehte mich ruckartig wieder zu Jack um. Er hatte den Kopf gesenkt.

»Abby? Bist du wahnsinnig? Meine beste Freundin? Du tust es mit meiner besten Freundin?«

»Paige, bitte. Es tut mir leid, ich liebe dich.« Ich schnaubte und schlug ihm mit der flachen Hand ins Gesicht.

»Nein Jack, das tust du nicht. Wenn du mich je geliebt hättest, hättest du mich nicht so bedrängt und auf mich gewartet. Das wird mir nun klar. Es ist aus. Fahr zur Hölle.« Dann wandte ich mich um zu Abby, die wie angewurzelt dastand.

»Und du ... Ich hätte früher erkennen müssen, was für eine Schlange du bist. Das wars dann wohl auch mit unserer Freundschaft. Viel Spaß mit meinem Ex. Bin ich froh, dass ich noch Jungfrau bin.« Sie starrte mich wie gebannt an, bis ich an ihr vorbeilief und nach der nächsten Ecke anfing zu rennen. Ich war so stolz auf mich, wie ich die Situation, ohne vor den beiden zu weinen, gemeistert hatte. Doch nun fühlte ich wieder, wie mir die Tränen in die Augen stießen. Ich rannte vorbei an Schließfächern und Fenstern. Ich stolperte und fiel hin, doch ich stand wieder auf und rannte, ohne Schuhe, weiter. Immer und immer schneller, mit Tränen in den Augenwinkeln, bis ich plötzlich gegen jemanden prallte.

»Alles okay?« Ich schluchzte noch heftiger. Aaron half mir hoch und schaute mich an.

»Was ist los Paige?« Er wischte eine Träne auf meiner Wange weg. Ein erneutes verkrampftes Schluchzen stieg in mir auf.

»Er hat mit meiner besten Freundin geschlafen.«, flüsterte ich unter Tränen. Aaron fragte nicht weiter, wer *er* war, er verstand sofort und schloss mich fest in die Arme. Mein Gesicht drückte ich gegen seine Schulter. Ich weinte weiter und spürte, wie seine Hand sanft über meinen Rücken strich.

»Das tut mir leid ... es tut mir so leid, Paige. Schon gut ... das wird wieder.«, flüsterte er, nahe an meinem Ohr, dann spürte ich wie er meine Stirn küsste.

»Tu das nicht.«, bat ich.

»Was?«

»Mir das Gefühl geben, dass du mich magst und mir Hoffnungen machen, obwohl das sowieso alles sinnlos ist.« Er schob mich eine Armlänge von sich weg und betrachtete mich.

»Schau mich nicht an, ich sehe schrecklich aus.« Auf seiner Schulter bemerkte ich einen schwarzen Fleck.

»Du siehst wunderschön aus, keine Sorge.« Ich seufzte und wischte meine Tränen weg.

»Du machst es schon wieder.« Er lächelte aufmunternd.

»Das ist nicht meine Absicht ... Wein nicht, Paige. Ein Junge wie er ist deine Tränen nicht wert.« Ich nickte dankbar und hob meine Tasche vom Boden auf.

»Komm, ich fahre dich nach Hause.«, schlug er vor, nahm mich an die Hand und führte mich zu seinem Auto. In diesem Moment war ich einfach nur froh, Aaron als guten Freund zu haben.

Drei

Seit Jacks Geständnis hatte ich mit Abby, die in fast jeder Unterrichtsstunde neben mir saß, kein Wort mehr gesprochen und wenn ich an Jack vorbeilief, ignorierte ich ihn. Allerdings konnte ich leider nicht außer Acht lassen, wie die beiden in den Fluren lachten und rumknutschten. Auch wenn ich sie hasste, war es schwer für mich, Abby und Jack zusammen zu sehen. Aaron sah ich eigentlich fast nur dann, wenn wir zur Schule und wieder nach Hause fuhren. An einem Mittwochnachmittag wartete ich an seinem Auto eine Viertelstunde auf Aaron, doch er kam nicht. Also kehrte ich noch einmal in das Schulgebäude zurück, um nach ihm zu suchen. Im obersten Stock hörte ich Musik und lief den Gang entlang. Dabei schaute ich in jedes Tanzstudio, an dem ich vorbeikam. Aus Studio 4, einem der kleineren, kam die Musik und ich blieb im Türrahmen stehen. Aaron tanzte vor einem der Spiegel und war völlig versunken. Ich musste bei dem Anblick unwillkürlich lächeln und schaute ihm weiter zu. Plötzlich endete das Lied und Aaron blieb keuchend vor einem Spiegel stehen. Er stützte die Hände auf die Knie und sein Brustkorb hob und senkte sich schnell.

»Da denkt man, dass man einmal ungestört ist, und dann kommen die Stalker.«, murmelte er gerade so laut, dass ich es verstand. Ich lächelte noch breiter.

»Ich hätte auch nach Hause laufen können, aber ich dachte mir dann so: ›Vielleicht ist ihm etwas passiert.‹ Falls du irgendwo rum liegst, muss ich dich doch finden.«, scherzte ich und er seufzte.

»Sorry Paige. Ich hatte eine Stunde eher aus und dann habe ich hier oben die Zeit vergessen. Tut mir leid.« Ich winkte ab, zum Zeichen, dass die Sache keine Entschuldigung wert war.

»Schon gut. Ich schaue dir auch gerne beim Tanzen zu.« Er lächelte und hob sein Shirt an und wischte sich etwas Schweiß von der Stirn.

»Nichts da. Wenn du schon einmal hier bist, bekommst du auch gleich eine Privatstunde. Ich krieg dich schon noch mit in die Schulaufführung.« Ich hob überrascht die Augenbrauen.

»Wie meinst du das?« Er nahm meine Hand und zog mich in das Studio.

»Du brauchst deinen eigenen Stil und den werden wir jetzt entwickeln. Du bist etwas zierlicher als andere, deswegen glaube ich, dass etwas Ballett gut aussehen würde.« Ich verzog das Gesicht.

»Ballett? Ich hasse Ballett.« Er lachte und bedeutete mir mit der Hand, dass ich es lieber ausprobieren sollte, ehe ich mir ein Urteil bildete.

»In der Kombination mit Hip-Hop wird es dir sicher gefallen.« Ich zuckte mit den Schultern. Versuchen konnten wir es ja.

»Na wenn du meinst, aber ich habe jetzt gar keine Klamotten mit, in denen ich mich gut bewegen könnte.« Er grinste und lief zu seiner Tasche. Heraus zog er eine hellgraue Jogginghose.

»Hier, zieh die an.« Er reichte sie mir, sah dabei meinen misstrauischen Blick und lachte

»Ich habe sie noch nicht getragen ... keine Sorge. Ich denke, wir sollten einmal pro Woche eine Privatstunde einlegen.« Ich war zu beschäftigt, mir zu überlegen, wie ich aus meinem Rock und in die Jogginghose kam, also nickte ich nur.

»Na gut, aber du musst dich jetzt umdrehen.« Er lachte abermals und drehte sich zum Spiegel. Unsere Blicke trafen sich darin und ich warf ihm einen kritischen Blick zu, der ihm sagte, was ich davon hielt, dass er mich heimlich beim Umziehen beobachten wollte. Er grinste noch breiter und drehte sich um, um aus dem Fenster nach draußen auf den Schulhof zu schauen.

Als ich sicher war, dass er wirklich wegschaute, zog ich mich hastig um und betrachtete mich in einem der Spiegel. Die Hose war mir natürlich viel zu groß, aber wenigstens bequem. Als Aaron bemerkte, dass ich fertig war, kam er neben mich und betrachtete mich ebenfalls im Spiegel.

»Steht dir super.«, meinte er, »Kann es losgehen?« Ich nickte zustimmend. Als Erstes stellte er ein sehr ruhiges Lied ein.

»Okay, du weißt, dass auch ich kein Ballettexperte bin, aber ich kenne so einige Schritte, die gut zu Hip-Hop passen würden.« Und dann begann er, mir die Figuren zu zeigen und ich kam aus dem Staunen nicht mehr heraus, wie gut diese normalerweise für meine Augen steif aussehenden Bewegungen des Balletts perfekt in mir schon bekannte Freestyle Schritte übergingen.

Eine Stunde lang wirbelte ich im Kreis herum, fiel oft hin, stand aber jedes Mal wieder auf. Und tatsächlich machte mir diese Art zu tanzen großen Spaß. Irgendwann stand ich dann genauso keuchend da, wie Aaron als ich ihn im Tanzstudio gefunden hatte. Er stellte sich neben mich und musste lachen anhand meines hastigen Atmens.

»Können wir nach Hause fahren?«, fragte ich atemlos und brachte ihn so umso mehr zum Lachen.

»Ich will dir noch eine letzte Figur zeigen. Dann fahren wir heim, okay?« Seufzend nickte ich, atmete einmal tief durch und streckte mich.

»Na gut, dann los.« Er legte eine Hand an meine Taille, mit der anderen nahm er meine rechte Hand.

»Lass dich einfach von mir und der Musik führen, okay?«

»Okay, wenn du meinst, dass das gut geht.« Er lächelte, schaltete die Musik ein und führte mich in einige Drehungen und komplizierte Schritte und dann plötzlich machte er den Arm lang und ließ mich von ihm weg wirbeln. Als ich zum Stehen kam, kippte ich fasst um, doch er kam und hinderte mich am Fallen. Auf einmal fand ich mich an seiner Brust wieder, unsere Gesichter nur Zentimeter voneinander entfernt.

»Das mit der Balance müssen wir noch üben.«, meinte er mit rauer Stimme und ich nickte, wie betäubt, dabei beobachtete ich jede seiner Bewegungen. Dann lagen unsere Lippen plötzlich aufeinander. Der Kuss war süß, jedoch nicht von langer Dauer. So plötzlich wie er begonnen hatte, endete er auch wieder und wir lösten uns erschrocken voneinander.

»Es tut mir leid.«, hauchte ich sofort und drückte mir die Finger auf die Lippen, als könnte ich das anhaltende Gefühl seines Mundes wegwischen.

»Nein, mir tut es leid. Du sagst, ich soll dir keine Hoffnungen machen und dann küsse ich dich, das war dumm von mir.«, meinte er und entfernte sich einige Schritte von mir.

»Nein, der Kuss kam ja von mir, nicht von dir, also muss ich mich entschuldigen.« Ich atmete einmal tief durch.

»Egal, vergessen wir es einfach.«, meinte Aaron dann und ich nickte zustimmend.

»Ja ... gehen wir dann jetzt? Willst du deine Jogginghose zurück?« Er winkte ab und schüttelte den Kopf. Seine Reaktion kam zu schnell. Die Situation war ihm peinlich und er wollte sie schnell beenden. Aber er hatte mir versprochen, mich mit nach Hause zu nehmen.

»Nein behalte sie ruhig erst einmal an ... wir fahren jetzt wirklich lieber nach Hause.« Kurz überlegte ich, einen vergessenen Termin vorzuschieben, so dass er mich nicht im Auto mitnehmen musste. Doch da hatte er seine Tasche bereits geschnappt, die Musikanlage ausgeschaltet und lief zur Tür. Schweigend gingen wir nebeneinanderher zu seinem Auto, die peinliche Stille war fast nicht zu ertragen.

Am Abend stand ich vor Aarons Wohnungstür und überlegte hin und her. Sollte ich klingeln oder lieber nicht? Ich fasste all meinen Mut zusammen und drückte den Klingelknopf. Nach wenigen Minuten öffnete Mrs Baxter. Sie lächelte mir entgegen.

»Hallo ... ich bin Paige Young, ich wohne drei Stockwerke unter Ihnen ... ähm ich bin eine Freundin von Aaron. Ist er da?« Ihr Lächeln war warm und einladend, als sie nickte und mir antwortete.

»Ja klar, warte. Ich rufe ihn.«, versprach sie, »Aaron, Paige will mit dir reden.«, rief sie dann über die Schulter, während sie den Flur wieder in Richtung Küche verließ. So hatte ich kurz Zeit, mit ein paar Blicken den vorderen Teil der Wohnung zu erfassen. Dort stand ein Hundebett für Lio, es gab eine Garderobe und eine kleine Kommode mit einer metallenen Schlüsselschale darauf. Eine Tür öffnete sich und Aaron kam heraus.

»Hey Paige.«, begrüßte er mich. Lio kam ihm bellend voraus gestürmt und sprang an mir hoch, um mich zu begrüßen. Ich lachte leicht und kraulte ihn am Kopf. »Lio, geh ins Bett.«, meinte Aaron leise zu seinem Hund, der sofort reagierte und sich auf dem Bett erwartungsvoll schauend niederließ. »Okay, was willst du mir erzählen?«, fragte Aaron dann lächelnd wieder an mich gewandt.

»Ähm … ja also, ich wollte dir nur sagen, dass ich morgen zur Schule laufen werde.«

»Oh, okay, hast du eine Stunde später?« Ich schüttelte den Kopf. Er seufzte, trat zu mir in den Hausflur und schloss die Tür hinter sich.

»Paige, ich weiß was hier los ist, aber du musst das nicht tun. Wir haben doch gesagt, wir vergessen es einfach. Der Kuss hatte keine Bedeutung.« Ich schluckte schwer, denn er hatte wieder einmal genau ins Schwarze getroffen.

»Das ist das Problem.«, murmelte ich, doch er verstand mich natürlich trotzdem. Wir waren allein im Flur, wie hätte er mich auch überhören können.

»Ich … Paige, ich will dich jetzt nicht verletzen, das weißt du … Du bist inzwischen eine gute Freundin geworden und wahrscheinlich auch meine einzige ehrliche … und das ist mir wichtig. Ich will es nicht zerstören, verstehst du?« Ich nickte, schaute ihm jedoch nicht in die Augen.

»Ja, ich verstehe dich absolut. Und, wie gesagt, werde ich morgen zur Schule laufen.« Er atmete tief ein, während ich mich zum Gehen wandte.

»Du machst es mir nicht gerade leicht, Paige. Bei dir bekommt man immer so schnell Schuldgefühle, für alles

Mögliche.« Ich blieb stehen, drehte mich allerdings nicht zu ihm um.

»Schuldgefühle für was?«

»Na ja, irgendwie denke ich, ich bin schuld, dass du mir aus dem Weg gehen willst. Ich wollte dir keine falschen Hoffnungen machen und es tut mir leid, dass ich es da im Tanzstudio doch getan habe. Du musst verstehen, ich fange nichts mit Mädchen an, was tiefer geht als Freundschaft, weil ich schlechte Erfahrungen gemacht habe. Es liegt also nicht an dir, okay?« Ich lachte trocken und drehte mich doch noch einmal zu ihm um.

»Also hast du so etwas wie ein Keuschheitsgelübde abgelegt, oder was?« Er legte den Kopf schief und verdrehte die Augen.

»Das wäre wohl etwas zu spät.«, murmelte er und wollte seinen Kommentar in einem Räuspern verstecken, als er merkte, wie er geklungen hatte, »Sorry, das war …« Doch da lief ich schon die Treppe hinab, in unsere Wohnung zurück.

Wie ich es vorgehabt hatte, ging ich am nächsten Tag zu Fuß zur Schule und auch die gesamte Woche hielt ich das durch. Genauso beachtete ich auch die Regel, die ich für mich selbst aufgestellt hatte, ihn zu ignorieren und nicht überrascht auszusehen, wenn er plötzlich vor mir stand. Außerdem verkniff ich es mir, auch nur ein Wort mit ihm zu reden. Nur irgendwie lief Aaron mir dauernd über den Weg und an seinem Aussehen hatte sich natürlich nichts geändert. Er sah immer noch … wie Aaron aus. Daher starrte ich ihn öfter an, ohne es zu bemerken. Hoffentlich bemerkte er es ebenso wenig.

Die Tanz AG am darauffolgenden Dienstag war eine besonders große Herausforderung. Ich wandte den Blick ab, wenn er zu mir schaute, aber er hatte zum Glück sehr viel mit denjenigen zu tun, die beim Schulkonzert auftreten sollten. Jordan war auch mit bei ihnen. Doch als alle eine kurze Pause machten, außer uns anderen die allein weiter trainierten, kam er zu mir.

»Hey, das sieht doch schon gut aus. Ich sagte doch, dass dir das Ballett super steht.« Er wollte gerade meine Hand nehmen, um mich zu drehen, als ich aufhörte zu tanzen, zu meiner Tasche lief, um meine Trinkflasche herauszuholen und etwas zu trinken Er kam hinter mir her und tat so, als wäre nichts.

»Morgen Privatstunde, okay? Studio 4, 14 Uhr.« Dann lief er wieder zu seiner Gruppe hinüber. Zu der Privatstunde ging ich natürlich nicht. Und so lebte ich mehrere Wochen. Da ich nicht mehr mit Abby befreundet war und mit den anderen aus der Klasse nicht sehr viel zu tun hatte, sagte ich in der Schule nur das Nötigste. Also beantwortete ich nur die Fragen der Lehrer. Aaron meinte zwar in jeder AG-Stunde, ich würde immer besser werden und könne vielleicht doch noch mit in die Gruppe für den Auftritt, doch ich antwortete ihm nie und nickte nur gezwungen lächelnd.

Als ich an einem Mittwochnachmittag in meinem Zimmer saß und Hausaufgaben machte, dachte ich wieder daran, dass ich jetzt mit Aaron Baxter allein in einem der Tanzstudios im obersten Stock der Schule sein könnte, als es plötzlich an der Wohnungstür klingelte. Meine Mom machte auf und ich erschrak, als ich die Stimme eines Mannes hörte. Eines sehr bekannten Mannes.

»Hallo Mrs Young. Ich heiße Aaron, ich bin ein guter Freund von Paige. Kann ich mit ihr reden?« Hastig stürmte ich zu meiner halb offenen Zimmertür, wartete bis Mom mich anschaute, dann schüttelte ich den Kopf und untermauerte die Wichtigkeit der Verneinung, indem ich mir mit der Hand über die Kehle fuhr.

»Tut mir leid, sie ist leider nicht da, Aaron.«, sagte meine Mom zu ihm. Ich lauschte weiter dem kurzen Schweigen und was Aaron antwortete.

»Okay … kann ich vielleicht trotzdem zu ihr?« Er wusste natürlich, dass meine Mutter für mich gelogen hatte. Schnell setzte ich mich wieder an meinen Schreibtisch und klickte an meinem Laptop herum, so als müsste ich etwas ganz Wichtiges recherchieren. Da klopfte es an meiner Tür und Aaron trat ein.

»Hey Paige.«, er schaute sich um, »Schönes Zimmer.«, meinte er dann und blieb mitten im Raum stehen. »Du willst mich also weiter ignorieren … na gut. Dann rede ich also einfach weiter mit der Luft und hoffe, dass du zufällig zuhörst.« Ich tat weiter, als wäre ich beschäftigt und blätterte in einem Schulbuch. »Obwohl du gesagt hast, dass du mich verstanden hättest, weiß ich, dass es nicht so ist. Ich habe dich verletzt und das tut mir wirklich leid.« Ich stöhnte leise. »Gut, du hörst mir zu, das ist ein Anfang.«, seufzte er. »Okay, also ich vermisse dich, Paige.«

»Als würde es mir Spaß machen, keinen Freund mehr zu haben.«

»Du redest.« Er kam zu mir an den Schreibtisch und ich schlug mir erschrocken die Hand auf den Mund. »Nein, rede weiter. Deine Stimme habe ich ewig nicht mehr gehört. Ich weiß, dass es meine Schuld ist, dass du so verletzt wurdest. Ich habe dir immer wieder Hoffnungen gemacht und das tut mir aufrichtig leid ... aber ich habe jetzt etwas begriffen.« Ich schüttelte langsam den Kopf.

»Es ist nicht deine Schuld Aaron. Wie könntest du schuld sein, dass ich mich in dich verknallt habe? Mir hat der Kuss etwas bedeutet und dir nicht. Das muss dir nicht leidtun.« Er kniete sich vor mich und nickte.

»Ja, du hast recht. Daran bin ich nicht schuld. Das will ich auch gar nicht sein, denn das würde bedeuten, dass du auch schuld daran bist, dass ich jetzt so für dich fühle, wie ich es eben tue.« Ich runzelte verwirrt die Stirn. Was er sagte, ergab kaum einen Sinn.

»Woran bin ich schuld?« Er lachte leicht und zog mich auf die Füße.

»Nein eben nicht. Die letzten Wochen haben mir gezeigt, dass ich dir keine falschen Hoffnungen gemacht habe. Da hat sich etwas angebahnt, Paige. Und ich wollte es einfach nicht zugeben, aber wenn ich es noch länger ignoriere ..., wenn du mich noch länger ignorierst ... Ich fürchte, dann werde ich noch wahnsinnig.« Ich schaute ihn mit großen Augen an und wehrte mich nicht, als er meine Hände nahm und sie an seine Taille legte, bevor er seine Arme um mich schlang. »Ich fürchte, ich habe mich auch in dich verknallt.«, flüsterte er, drückte mich an sich und schaute mir tief in die Augen. Sein Gesicht kam meinem immer näher und ich spürte seinen warmen Atem auf meiner Haut. Eine seiner Hände berührte sanft meine Wange und dann, ganz plötzlich lagen seine Lippen auf meinen. Dieses Mal löste er sich nicht sofort von mir und als wir wieder die Augen öffneten, sah er fest in meine, als wollte er mich daran hindern, weg zu schauen.

»Auch, wenn ich versucht habe es uns beiden auszureden, ist da etwas zwischen uns, dass ich nicht beeinflussen kann.« Mir blieb der Atem weg und der Mund offenstehen.

»Wehe, du meinst es nicht ernst.«, hauchte ich dann, »Ich dachte du fängst nichts mit irgendwelchen Mädchen an.« Er lächelte schief und nickte.

»Das tue ich auch nicht, aber zum Glück bist du ja nicht irgendein Mädchen.« Ich runzelte die Stirn und ließ eine Hand über den weichen Stoff seines Pullovers direkt über seinem Herz fahren.

»Und was soll das jetzt bedeuten?«, fragte ich ihn, mein Herz machte sich zum Sprung bereit.

»Na ja, das ist die indirekte Frage, ob du probieren möchtest, mehr als Freunde zu sein?« Ich legte meine Arme um seinen Hals und er schlang seine fest um mich, dann küssten wir uns noch einmal.

»Sag mal, ist das ein Traum?«, fragte ich und er zwickte mir zärtlich in die Nase. Ich legte meinen Kopf auf seine Schulter und schloss die Augen. »Wenn es doch ein Traum sein sollte, will ich nie wieder aufwachen.«, flüsterte ich.

»Ich auch nicht.«, erwiderte er und strich mir mit der Hand über den Rücken. »Weißt du, wie viel Mut es mich gekostet hat, hier her zu kommen? Ich war vorhin erst einmal im Park. Meine Freunde dort haben ewig gebraucht, mich zu überreden. Ich habe mich einfach nicht getraut.« Ich runzelte, immer noch mit geschlossenen Augen, die Stirn.

»Warum?« Er hielt mich etwas von sich und strich mit seinem Daumen über meine Wange.

»Weil du mehrere Wochen nicht mit mir geredet hast und so offensichtlich wütend auf mich warst. Da habe ich befürchtet, dass ich gesteinigt werde, wenn ich mich blicken lasse.« Ich musste lachen und legte eine Hand an seine Wange.

»Ich wollte eben jeden Kontakt vermeiden, um mich selbst nicht noch weiter reinzureiten und ... na ja dich nicht zu killen.« Er lachte ebenfalls und biss sich dann auf die Unterlippe.

»Willst du vielleicht morgen mitkommen? Ich meine in den Park, zu meinen Freunden? Sie meinten, sie würden dich gerne einmal kennen lernen.« Ich blieb kurz stumm, doch dann nickte ich.

»Ja, wenn das auch für dich okay ist.« Er zog mich wieder an sich und drückte mir einen Kuss auf die Stirn.

»Vollkommen okay.«, versicherte er mir dann. Plötzlich löste er unsere Umarmung und schien zu überlegen.

»Was ist Aaron? Du kannst es mir sagen.« Er wiegte den Kopf hin und her, vermutlich abwägend, ob ich wütend werden würde oder nicht.

»Na ja ... ich will dich jetzt nicht wieder verletzen oder so. ... Aber mit Jeans und Chucks hast du mir irgendwie besser gefallen.« Er hielt den Atem an und wartete wohl meine Reaktion ab und ich überraschte ihn sichtlich.

»Kein sexy Dekolleté?«, fragte ich belustigt und schaute auf mein T-Shirt, das heute einen ziemlich großen Ausschnitt hatte. Er grinste und schüttelte amüsiert den Kopf.

»Wenn es dir gefällt, zieh an was du willst. Aber ich brauche die hohen Schuhe und das andere nicht.« Seine Geste mit der Hand umfasste mein Outfit, das ich vor Jack niemals so getragen hätte. Ich umarmte ihn wieder und drückte mein Gesicht an seine Schulter.

»Danke ... das ist kein Problem für mich. Ich schmeiße das ganze Zeug morgen aus meinem Kleiderschrank.« Er legte die Hände an meinen Rücken und lachte leise. Da fiel mir plötzlich etwas ein.

»Das hätte ich sowieso schon viel früher tun sollen. Mit Jack ist es schon lange aus und er war eigentlich der Grund, warum ich mir diese Kleidungsstücke zugelegt hatte. Er wollte mich doch anders und nicht ich selbst.«, seufzte ich.

»Alles okay? ... Ich meine Jack hat dir etwas bedeutet und wir haben nach diesem bestimmten Tag gar nicht mehr darüber geredet, wie du mit allem klarkommst. Wie geht es dir jetzt in Bezug auf ihn und die ... ganze Sache?« Ich zuckte mit den Schultern und stellte fest, dass ich bei der Erwähnung von Jack nicht mehr die Trauer spürte, die ich erwartet hatte.

»Gut ... denke ich. Ja ... es geht mir gut. Da gab es nie viel zu bereden. Ich meine, klar habe ich ihn gemocht. Dann hat er es mit meiner besten Freundin getan und da habe ich die beiden nicht mehr gemocht. Sowohl ihn als auch sie. Ende der Geschichte.« Er schwieg, woraus ich schloss, dass er nichts mehr zu erwidern wusste.

»Ich ... es tut mir leid. Habe ich etwas Falsches gesagt?«, fragte ich dann, als die Stille immer angespannter wurde. Er schüttelte den Kopf.

»Nein ... es muss dir nicht leidtun. Mir tut es leid.« Er schob mich, sanft und doch bestimmt, etwas von sich.

»Denn ... ich habe sie gehört. Auf der Männertoilette ... Erst fand ich es ganz witzig ... doch als ich mir die Hände wusch, kamen sie aus der Kabine und ich sah im Spiegel, wer es war. Ich weiß nicht, ob sie mich bemerkt haben, aber ich habe sie natürlich sofort erkannt. Da fand ich es natürlich nicht mehr ganz so witzig.« Ich ließ ihn los, setzte mich aufs Bett und starrte zu Boden. Ich konnte ihn nicht anschauen. Mein Mund stand offen und in meinen Augen brannten die Tränen.

»Ich war wütend und hätte ihn am liebsten zu Tode geprügelt, aber natürlich tat ich das nicht. Ich hatte kein Recht, ihn zu verurteilen. Wenn ich dich zu diesem Zeitpunkt nicht schon gekannt hätte, wäre es mir wahrscheinlich auch egal gewesen. Dann konnte ich es dir natürlich nicht sagen, ich wollte dich nicht noch mehr verletzen und wer weiß, ob du es mir überhaupt geglaubt hättest. Ich war immer in der Gefahr, dass mir etwas rausrutschen könnte, deswegen beschränkte ich mich auf neutrale Gespräche oder gar keinen Kontakt. Es fiel mir ehrlich schwer und als du weinend in mich rein ranntest, wusste ich, was geschehen sein musste, noch bevor du es ausgesprochen hattest. Ich dachte, du hast vielleicht das Recht es zu erfahren. Ich ... *mir* tut es also leid. Alles.« Er trat vor mich und kniete sich hin. Ich hielt die Tränen noch zurück.

»Er hat es also mit ihr in der Schule getan? Im Männerklo? Sie hatten also auf dem Männerklo, vielleicht nur ein paar Meter von mir entfernt, Sex? ... Warum? ... Ich habe mich für ihn verändert. Ich habe mein ganzes Wesen auf den Kopf gestellt. Warum war ihm das nicht genug?« Aaron schwieg einen Moment, dann antwortete er leise.

»Weil du ihm nichts bedeutet hast. Er wollte nicht dich oder deine Liebe. Er wollte nur ... na ja Sex. Es liegt nicht an dir, dass du ihn nicht genug geliebt hast oder so ... Es liegt einzig und allein an Jack und seinen Erwartungen.« Ich schaute hinauf in Aarons hellbraune Augen.

»Nicht an mir? Wirklich nicht?« Er schüttelte den Kopf. »Ich bin so froh, dass ich seinem Drängen nicht nachgegeben habe und ihm nicht auch noch das gegeben habe.« Er lächelte und setzte sich neben mich.

»Das wirklich Klügste, was du hättest tun können. Er war es nicht wert, etwas so Wertvolles geopfert zu bekommen.« Ich nickte, die Tränen waren einem Lächeln gewichen.

»War *sie* es wert?«, fragte ich und er runzelte verwirrt die Stirn.

»Wer? Was meinst du damit?« Ich seufzte.

»Ich hatte gehofft, dass ich es nicht ausführlich erklären muss, aber du meintest letztens, ein Keuschheitsgelübde käme bei dir zu spät. War *sie*, das Mädchen, es wert?« Seine Miene klärte sich, dann verdunkelte sie sich schlagartig wieder.

»Anhand der Tatsache, dass ich auch sagte, ich hätte schlechte Erfahrungen mit Mädchen gemacht, lässt sich erkennen, dass sie es nicht war. Ich hatte bis jetzt erst eine richtige Beziehung, die der Grund war, warum ich vor einem Jahr hierherkam.« Erst jetzt fiel mir wieder ein, dass Aaron noch nicht immer hier wohnte. Ich wusste noch genau, wie er angekommen war. Ich war 14 Jahre alt gewesen und schon damals fand ich ihn einfach super.

»Willst du mir erzählen, was passiert ist?«, fragte ich vorsichtig und versuchte seinen Blick zu deuten.

»Nein.«, meinte er leise, dann sprang er schlagartig auf, »Ich muss jetzt gehen. ... Bevor meine Mutter im Versuch zu Kochen, die Wohnung abfackelt.« Er gab mir einen flüchtigen Kuss, bevor er sich zur Tür wandte. »Ich nehme dich morgen früh gerne wieder mit.« Ich nickte, war mir jedoch sicher, dass er es nicht mehr sah, denn er war schon im Flur verschwunden. Wenige Sekunden später hörte ich wie die Wohnungstür zuschlug.

Am Morgen wachte ich glücklich auf. Bis zum Frühstück war der dunkle Schleier, der über den Erinnerungen des letzten Abends lag, vergessen. Doch als ich einen Löffel Cornflakes in meinen Mund schob und SpongeBob Schwammkopf dabei zusah, wie er seine Schnecke fütterte, fiel mir wieder das Schweigen ein, dass auf meine Frage, ob Aaron mir alles erzählen wollte, gefolgt war. Irgendetwas wollte er mir nicht erzählen. Aber warum? War es so schrecklich, dass er glaubte, ich würde es nicht verkraften? Hatte Aaron Baxter eine Leiche im Keller? Hastig schüttelte ich den Kopf, um den Gedanken zu verscheuchen. So ein Unsinn, ich musste wohl zu viele Krimis gesehen haben. Vielleicht verschwieg er mir auch etwas, weil es ihm peinlich war. Das redete ich mir dann ein und nahm mir vor, ihn nicht weiter zu löchern. Also zog ich mich an und lief die Treppe hinunter. Aaron saß schon in seinem Auto, das immer am Straßenrand geparkt stand. Schnell stieg ich auf den Beifahrersitz und schaute rüber zu ihm. Er schaute mich ebenfalls erwartungsvoll an. Ich schwieg kurz, öffnete dann aber den Mund, um die Stille zu beenden.

»Ja ... hi.« Er lächelte und beugte sich zu mir rüber.

»Hi.«, hauchte er und küsste mich auf die Wange. Es schien so, als ob er darauf wartete, dass ich ihn wieder nach seinem Geheimnis fragen würde, doch ich hielt mich zurück und lächelte ihm entgegen. Mit einem Finger deutete ich auf meinem Mund und er nahm lächelnd mein Gesicht zwischen seine Hände und küsste mich.

»Hey.«, hauchte er noch einmal und drehte sich dann nach vorne. Nachdem ich mich angeschnallt hatte, startete er den Motor.

»Paige ich muss dir noch etwas erzählen. In den Ferien, die ja bald beginnen, können wir leider nichts zusammen machen. Da muss ich meinen Vater in New York besuchen. Er wohnt dort und besteht darauf mich alle heilige Zeit mal zu sehen ... dafür, dass er den Unterhalt zahlt.« Ich nickte und versuchte meine Gedanken zu sammeln.

»Ja, das verstehe ich. Soll ich mitkommen?« Er schüttelte den Kopf.

»Nein lieber nicht. Ich glaube, du musst ihn nicht unbedingt kennen lernen. Er war nie ein guter Vater, also brauchst du dich nicht mit ihm abzugeben.« Ich nickte abermals.

»Okay, na gut. Wenn du meinst.«

»Ich verspreche dir, in den nächsten Ferien machen wir dann ganz viel gemeinsam, okay?«

»Ja, okay.«, stimmte ich zu und lächelte, während er auf dem Parkplatz der Schule einparkte.

»Dann ist ja gut.«, meinte er und küsste mich sanft. Ich erwiderte den Kuss, öffnete danach meine Autotür und stieg aus. Er tat es mir gleich und lief neben mir her zum Schulgebäude. Vor der Eingangstür wollte ich mich mit einem kurzen Kuss von ihm verabschieden, doch er drehte den Kopf weg und umarmte mich.

»Wir treffen uns dann in der Pause.«, sagte er und winkte mir zu, bevor er in der Schule verschwand. Leicht verwirrt folgte ich ihm, ging jedoch zu meinem Schließfach, um meine Sachen für die ersten Stunden zu holen.

Die Minuten vergingen viel zu langsam, sie fühlten sich eher wie Stunden an, während der Lehrer vor uns redete und redete. In der ersten großen Pause suchte ich dann nach Aaron und fand ihn, wie er mit Jordan und zwei anderen mitten im Flur stand und redete.

»Hey Aaron.«, begrüßte ich ihn und legte ihm von hinten eine Hand auf seine Schulter. Er drehte sich zu mir um und lächelte sofort.

»Hey Paige. Sorry Leute, entschuldigt mich bitte.«, sagte er an die anderen gewandt und bedeutete mir, ihm zu folgen. Er führte mich in das nächste leere Klassenzimmer und schloss die Tür hinter sich.

»Hey. Ich habe dich vermisst.«, hauchte er und legte seine Lippen liebevoll auf meine, doch ich war zu verwirrt, als dass ich den Kuss einfach so hätte erwidern können. Mit etwas Mühe schob ich ihn von mir weg.

»Was soll das?«, fragte ich ihn, doch er runzelte die Stirn.

»Was? Ich verstehe nicht.« Er schien ebenso verwirrt wie ich.

»Heute früh, wollte ich dich küssen, da hast du abgeblockt und jetzt plötzlich? Und was machen wir überhaupt hier?« Er seufzte und trat einen Schritt zurück.

»Ich hatte gehofft, dass es dir nichts ausmacht … na ja weißt du ich bin nicht so der Typ, der in aller Öffentlichkeit zeigt, mit wem er zusammen ist. Es muss doch nicht gleich jeder wissen, oder? Ich finde das schon so oft unangebracht, wenn ich Paare sehe, die mitten im Schulflur rumknutschen. Sollen mir alle dabei zusehen? Nein, das muss ich nicht unbedingt haben. Ich will lieber allein mit dir sein, da kann uns niemand stören. Kannst du mich da irgendwie verstehen?« Ich nickte. Natürlich konnte ich es verstehen. Oft genug hatte ich mich angeekelt von Jack und Abby abgewandt oder von den Typen, die Jordan an den Lippen klebten. Aber ein ganz kleiner Teil von mir ging auch auf die Lauer.

»Ja, irgendwie schon. Ist vielleicht auch besser so, wenn alle denken, du bist weiterhin Single. Sonst hätte ich vielleicht eine Menge Konkurrentinnen, die dich mir ausspannen wollen. So denken sie einfach weiter, dass niemand bei dir eine Chance hat.« Er grinste und wieder spürte ich seine Lippen auf meinen. Nach ein paar kurzen Momenten löste er sich von mir und lächelte mir entgegen.

»Ich mag deinen Klamottenstil heute übrigens.«, bemerkte er und schaute an mir hinab.

Ich hatte die High Heels wieder gegen meine gelben Chucks eingetauscht. Statt einer Feinstrumpfhose und Rock trug ich eine dunkle Röhrenjeans und ein tiefgelbes kurzärmliges T-Shirt.

»Ehrlich gesagt, mir ist etwas kalt.«, antwortete ich und schlang mir die Arme um den Oberkörper. Er trat einen Schritt zurück, fasste sein Sweatshirt am Bund und zog es sich über den Kopf. Darunter hatte er einen dünnen Pullover an.

»Hier, dann wird dir bestimmt wieder warm.«, sagte er und gab mir den Kapuzenpulli. Ich stülpte ihn mir über und profitierte sofort von Aarons Körperwärme, die im Pullover gespeichert war. Zusätzlich umarmte er mich noch und ich schmiegte mich an seine Brust. Plötzlich ertönten die Schulklingeln und unterbrach den perfekten Moment.

»Ich glaube, wir sollten zur nächsten Stunde.«, meinte er und küsste mich kurz auf die Stirn.

»Ja, wahrscheinlich.«, stimmte ich zu und löste meine Arme von ihm. »Willst du deinen Pullover zurück?«, fragte ich, als er seine Hand schon auf der Türklinke hatte. Er drehte sich um und musterte mich.

»Nein, der steht dir viel zu gut.«, bemerkte er dann und grinste, »Gib ihn mir einfach heute Nachmittag. Vergiss nicht, du gehst heute mit Lio und mir in den Park.« Ich nickte lächelnd und hielt ihn am Arm zurück, als er abermals die Tür öffnen wollte.

»Bekomme ich noch einen Kuss, damit ich die restlichen Stunden überlebe?«, fragte ich mit einem Hundeblick. Er lachte leise.

»Ja klar ... da fällt mir ein, ich habe nur noch zwei Stunden. Dann gehe ich schon nach Hause. Wir sehen uns also nicht mehr bis wir heimfahren.« Ich hob die Augenbrauen.

»Wie willst du mich mit nach Hause nehmen, wenn du schon eher Schluss hast als ich?« Er legte eine Hand an meine Wange, während er schief lächelte.

»Indem ich dich abhole?«

»Du kommst extra wegen mir noch einmal hergefahren? Das muss doch nicht sein. Ich laufe natürlich.« Er schüttelte den Kopf.

»Ich komme dich abholen.« Ich wollte protestieren, doch er unterbrach mich, indem er mich küsste, »Keine Widerrede. Ich komme dich abholen.«, stellte er klar und verließ endgültig das Klassenzimmer. Mit einem Schulterzucken und seufzend ging ich hinaus auf den Gang, machte die Tür hinter mir zu und machte mich auf den Weg zu Geschichte.

Am Mittag kam Aaron wirklich, wie versprochen, um mich abzuholen. Zuhause angekommen sagte er, ich solle mich schnell umziehen, denn er würde nur schnell Lio holen und dann wollte er loslaufen. Ich zog einen von meinen eigenen Kapuzenpullis, eine Jogginghose und dazu wieder meine Chucks an. Dann sagte ich noch schnell meiner Mutter Bescheid und verließ mit Schlüssel die Wohnung. Aaron lehnte an der Wand gegenüber unserer Tür mit Lios Hundeleine in der Hand.

»Na endlich. Ich bin schon alt und wieder jung geworden in der Zeit, die du zum Umziehen brauchst.«, schimpfte er gekünstelt. Ich verdrehte die Augen.

»Ja, sicher.«, dann wandte ich mich an seinen Hund. »Na mein Süßer? Wie geht's?« Ich kniete mich hin und tätschelte seinen Kopf. Lio schloss genüsslich die Augen und seine Zunge hing aus dem offenen Maul.

»Ja, ja, schon gut. Genug gekuschelt, los geht's.«, meinte Aaron plötzlich und lief in Richtung Treppen. Ich eilte an seine Seite, wobei ich fast lachen musste.

»Jetzt schon eifersüchtig?«, fragte ich amüsiert und musterte seinen Gesichtsausdruck.

»Vielleicht ein bisschen.«, stimmte er ebenfalls scherzhaft zu.

Ganz gemütlich schlenderten wir durch die Stadt, wo Aaron an einem Imbissstand einen Hot Dog für mich kaufte, den ich als Mittagessen verspeiste. Dann kamen wir beim Park an und ich sah seine Freunde schon von weitem. Abrupt blieb ich stehen und kaute hektisch auf dem Bissen Brötchen, den ich gerade im Mund hatte. Aaron blieb ein paar Schritte vor mir ebenfalls stehen und schaute zu mir zurück.

»Hast du dich doch noch umentschieden?«, fragte er und kam zurück.

»Möglicherweise.«, hauchte ich und schluckte schwer, »Was, wenn sie mich nicht mögen? Wenn sie mich hässlich und uncool und so finden? Vielleicht sagen sie ja, dass ich gar nicht zu dir passe und reden dir ein, Schluss zu machen.« Er lachte und legte seine Hände an meine Wangen.

»Du machst dir völlig unnötig Sorgen. Sie werden dich toll finden. Ich mache außerdem nicht einfach so wieder mit dir Schluss, also keine Angst. Komm.« Er nahm meine Hand und verschränkte seine Finger mit meinen.

»Ich dachte, du magst so was nicht.«, flüsterte ich ihm zu und deutete auf unsere Hände.

»In solchen Momenten ist es mir egal.«, flüsterte er zurück und dann standen wir vor seinen Freunden. Natürlich bemerkten sie uns sofort durch Lio und nun kam der Moment der Wahrheit. Erst standen sie alle wie angewurzelt da, mit Hip-Hop Musik im Hintergrund, doch dann lächelten sie alle breit. Ein Mädchen kam auf uns zu, musterte mich erst von Kopf bis Fuß, und umarmte mich auf einmal herzlich.

»Hey, du musst Paige sein. Aaron hat uns schon viel über dich erzählt. Aber ich muss sagen, in einem Punkt hat er uns angelogen.«, sie wandte sich an Aaron. »Bei ihrem Aussehen hast du maßlos untertrieben. Sie ist nicht niedlich, Aaron. Sie ist bezaubernd.« Sie lächelte mich an. »Ich bin Heather. Ich habe gehört, dass du gut tanzen kannst?« Ich lächelte verlegen zurück und zuckte die Schultern. Sie lachte und zog mich in die Mitte der Gruppe.

»Dann zeig mal was, du draufhast.«, verlangte sie von mir und schaltete das nächste Lied an. Ich schaute verzweifelt zu Aaron, der sofort Lio von der Leine machte und zu mir kam. Der Golden Retriever legte sich an den Rand und schloss die Augen. Ich spürte die Musik in jeder Faser meines Körpers. Aaron nahm meine Hand und augenblicklich fühlte ich mich sicher und geborgen.

»Ja, ja. Ich komme ja schon.«, rief ich, während ich zur Wohnungstür lief und sie öffnete, »Hi.«, begrüßte ich Aaron, der davorstand. Er lächelte mir entgegen.

»Selber hi.« Er küsste mich zärtlich und strich mir über die Wange.

»Ich fahre dann gleich los und wir müssten noch Lios Sachen runterbringen. Kommst du mit hoch?« Ich nickte zustimmend und lief hinter ihm die Treppe hinauf. Es war eine Woche vergangen und die Ferien hatten angefangen. Zeit für Aaron, seinen Vater zu besuchen. Er gab mir ein Hundebett und zwei Fressnäpfe. Aaron nahm eine große Tüte Futter, Spielzeug, unter anderem einen Gummiknochen und eine Leine. Lio lief hinter ihm her. In der Wohnung angekommen stellte ich alles auf den Boden.

»Die Näpfe stelle ich in die Küche und das Bett in mein Zimmer, okay?«, fragte ich und Aaron nickte zufrieden.

»Ja, das passt schon.«

»Stell bitte das Futter in der Küche unter die Bank und die Leine kannst du auf die Kommode im Flur legen.«, meinte ich zu ihm und nahm das Spielzeug und das Bett. Lio lief mir nach in mein Zimmer und legte sich neben meinen Schreibtisch.

»Okay, am besten gehst du früh und abends kurz mit ihm raus und Nachmittag eine große Runde. Ich gebe ihm abends immer eine Schüssel Futter und nachts legt er sich einfach in sein Hundebett. Du musst ihm nur zeigen, wo du es hingestellt hast, ansonsten … zeigt er dir schon, was er will.« Ich nickte.

»Gut, das wird schon. Er mag mich.« Er lächelte.

»Oh ja, das tut er und nicht nur Lio mag dich.« Er legte seine Arme um meinen Oberkörper und plötzlich hob er mich hoch.

»Es ist wohl gar niemand da?«, fragte er, während er mich aufs Bett legte und sich daneben.

»Nein Mom ist einkaufen.« Er nickte und drehte sich auf die Seite, um mich ansehen zu können. Ich streckte ihm meinen Kopf entgegen und unsere Lippen trafen sich.

»Musst du wirklich gehen? Jetzt?« Er nickte und drehte sich auf den Rücken. Ich richtete mich auf und setzte mich auf ihn, unterhalb seines Bauches. Er legte seine Hände an meine Unterschenkel, die rechts und links von seinem Körper verweilten und strich darüber.

»Ich bin mal gespannt, womit er mich dieses Mal kaufen will. Dad verdient recht gut, wodurch er auch den Unterhalt schmerzlos zahlen kann. Und wenn ich dann mal bei ihm bin, hat er immer ein großes Geschenk für mich. Letztes Mal wollte er mir ein Motorrad schenken.«

»Du hast es nicht genommen?« Er schüttelte den Kopf.

»Nein, mein Dad fährt es jetzt selbst.« Ich kicherte und schüttelte den Kopf.

»Das ist ja echt verrückt. Vielleicht wird es dieses Mal ein schönes Auto. Würdest du das nehmen?« Er wiegte den Kopf hin und her.

»Ich denke mal schon, wenn es besser ist als mein Jetziges. Ich weiß nicht, wie lange es noch fahren wird.« Ich lächelte und legte mich auf ihn.

»Diese Woche wird die langweiligste meines Lebens.«, seufzte ich und malte Muster auf seinen Pullover.

»Ach das überstehst du schon, außerdem hast du doch Lio, der den Tag gar nicht langweilig werden lässt. Wir sehen uns dann am Wochenende wieder.« Er grinste und hielt mich an den Handgelenken fest. Er zog mich sanft näher zu sich und küsste mich. Immer wenn er sich von mir lösen wollte, ließ ich es nicht zu und fasste ihn im Nacken. Sein Mund formte sich zu einem breiten Lächeln und ich gab ihn frei.

»Du bist wirklich nicht nur irgendein Mädchen, du bist etwas ganz Besonderes.«, hauchte er und ich richtete mich wieder ins Sitzen auf, »Ich muss jetzt los. Ich würde ja wirklich gerne noch etwas bleiben, aber es geht eben nicht. Sonst komme ich nie in New York an. Wir telefonieren, okay? Ach, und danke nochmal, dass du dich um Lio kümmerst. Du nimmst damit auch meiner Mom eine riesige Last ab, sie hätte es neben ihrem Job kaum geschafft, mit ihm rauszugehen.« Ich nickte seufzend und setzte mich neben ihn aufs Bett. Er stand auf und kniete sich vor seinen Hund.

»Bis bald, mein Großer.«, sagte er und streichelte Lio den Kopf. »Wir telefonieren.«, versprach er noch einmal an mich gewandt und legte seine Lippen ein letztes Mal auf meine. Ich begleitete ihn noch mit zu seinem Auto und schaute ihm nach, wie er davonfuhr. Dann kehrte ich in die Wohnung zurück, wo ich mich neben Lio setzte und ihn kraulte.

»Na? Jetzt sind wir ganz allein. Er ist einfach so gegangen.« Der Hund schloss nur die Augen und legte den Kopf auf mein Bein. »Komm, wir gehen gleich mal eine Runde.«, schlug ich vor und stand auf. Der Golden Retriever sprang ebenfalls auf und rannte mir voraus in den Flur. Ich musste fast lachen und nahm seine Leine. Aaron hatte seinen Hund wirklich gut erzogen, denn dieser setzte sich vor die Kommode und wartete still, bis ich mich angezogen und ihm die Leine angelegt hatte. Dann lief er, vor Vorfreude hechelnd, zur Wohnungstür. Ich lächelte: Dieses Schauspiel durfte ich nun eine ganze Woche genießen.

Jeden Tag stand ich schon ziemlich früh auf, ging erst mit Lio eine Runde, bevor es Frühstück gab, dann Mittag war die Runde größer und führte meistens durch den Park. Dort spielte ich mit ihm und besuchte Aarons Freunde. Abends bekam Lio etwas zu Fressen und dann gab es noch eine kleinere Runde. Wenn ich schlafen ging, legte auch Lio sich in sein Bett und früh weckte er mich, indem er seine nasse Nase an meine Wange stupste und mich anhauchte. Mitte der Woche rief dann Aaron an und überraschte mich. Ich lag schon im Bett als plötzlich mein Handy klingelte.

»Hey Paige. Du hattest recht.« Ich war verwirrt.

»Recht? Mit was?«

»Mit dem Auto.« Erschrocken setzte ich mich auf.

»Wie Auto?«

»Er hat mir ein neues Auto geschenkt und mein altes Auto verschrotten lassen.« Ich riss die Augen weit auf.

»Oh mein Gott ... das ist ja ... wow. Das hätte ich nun wirklich nicht gedacht.« Er lachte trocken und ich konnte sein Gesicht förmlich vor mir sehen, wie er die Augen über die Verrücktheit seines Vaters verdrehte.

»Ja ich auch nicht. Er muss wohl zu viel Geld haben. Na ja, ... wie geht's dir und meinem Hund so?«, fragte er nun, etwas ruhiger.

»Ach, ganz gut. Lio und ich haben Spaß. Er ist sehr gut erzogen.«

»Ach, das zeigt er mal?«, Aaron klang amüsiert, »Schön …
meine Mom wird sich sicher auch nochmal bei dir
bedanken, sie klang am Telefon fast so, als wäre es für sie
ein kleiner Urlaub ohne mich und Lio in der Wohnung.« Es
schien ihn nicht zu stören, eher zu belustigen.

»Ja, das ist schon okay. Ich mache das gerne.«

»Das ist schön. Voraussichtlich komme ich Freitagabend
zurück, aber du musst nicht warten, wenn du willst. Es
könnte spät werden. Soll ich bei mir schlafen oder zu dir
kommen?« Ich musste lächeln bei dem Gedanken, dass ich
Samstagmorgen neben Aaron aufwachen könnte.

»Komm ruhig zu mir. Ich schlafe auf dem Sofa, damit ich
dich höre. Wenn du klingelst, mache ich dir auf.«

»Ja in Ordnung. ... Ich vermisse dich und ich freue mich
schon auf dich.«, antwortete er.

»Ich vermisse dich auch.«, gab ich zurück.

»Gute Nacht, Paige.« Ich lächelte glücklich und erwiderte,
dann legte ich auf. Noch einmal strich ich Lio über den Kopf,
dann löschte ich das Licht und schloss die Augen.

Vier

Am Morgen wachte ich auf, als Lio sich quer über meine Beine legte.

»Lio. Du sollst doch nicht aufs Bett.«, murmelte ich verärgert und öffnete langsam die Augen. »Oh ... du bist ja gar nicht auf dem Bett.«, stellte ich verwundert fest und richtete mich auf. Wenn ich rechts neben mich schaute, erblickte ich die Bettkante, die mir die Sicht zum Fenster nahm. »Oh Mann. Warum habe ich nicht gemerkt, dass ich aus dem Bett gefallen bin?«, fragte ich mich laut, streichelte Lio und schob ihn dann von meinen Beinen, um aufstehen zu können. Wie immer machte ich eine kleine Runde mit Aarons Hund, dann setzte ich mich mit ihm vor den Fernseher und aß Frühstück. Bis zum Mittag surfte ich ein wenig im Internet und machte etwas für einen langfristigen Vortrag in Geschichte. Dann liefen wir die Mittagsrunde, doch dieses Mal traf ich im Park nicht nur die Tänzer, sondern auch einen Jungen, den ich schon fast vergessen hatte.

»Gabe.«, rief ich aus und stellte mich vor ihn.

»Ähm ... kennen wir uns?«, fragte er mich und runzelte die Stirn. Ich hob die Augenbrauen und neigte den Kopf interessiert zur Seite.

»Ähm, hallo? Ja wir kennen uns?« Er lachte und umarmte mich plötzlich.

»Hallo Fremde.«, er küsste mich auf die Wange. »Paige, du hast mich nicht angerufen. Damit hast du mich tief getroffen. Hier rein.« Er legte sich die Hand aufs Herz und ich musste lächeln.

69

»Sorry, Gabe.«

»Na ja, daraus schließe ich, dass dein Freund zur Vernunft gekommen ist und du ihn noch nicht satthast? Ich meine, du bist nicht mehr so aufgestylt.« Ich zuckte die Achseln.

»Nein, ich habe Schluss gemacht, aber mein *neuer* Freund ist nicht so und mag mich lieber in Jeans und Chucks.« Er seufzte, grinste dann aber breit.

»Neuer Freund. Oh Mann, da bin ich wohl wieder mal zu spät. Na ja, … es ist wie es ist. Herzlichen Glückwunsch, ich hoffe er ist besser zu dir als dein Letzter. Du hast es verdient.«

»Danke. Aaron ist zurzeit in New York und kommt erst am Ende der Woche zurück. Deswegen habe ich auch seinen Hund, Lio.« Er kniete sich lächelnd hin und kraulte Lio am Kopf.

»Wie alt ist Aaron?«, fragte er dann und schaute zu mir hoch.

»Müsste dich das etwas angehen?«, fragte ich lachend.

»Ja, weil ich mich gerne mit ihm vergleichen möchte.« Ich lachte.

»Ach Gabe, wir kennen uns doch fast nicht. Hast du wirklich geglaubt ich würde einfach mal so mit meinem Freund Schluss machen, um etwas mit einem 20-Jährigen anzufangen, den ich ein einziges Mal getroffen habe?« Er seufzte und stand auf.

»Ehrlich gesagt nein, aber ich hätte es mir gewünscht. Also, wie alt ist Aaron denn nun?« Ich verdrehte die Augen, antwortete aber trotzdem.

»17, bald 18.« Er nickte.

»Ach so … und ich bin dir … zu alt. Du weißt ja selbst nicht mehr, was du willst. Als Nächstes sagst du mir, dass du gerne mit mir befreundet wärst.« Ich senkte, leicht beschämt, den Kopf. Gabe seufzte und hob mein Kinn mit zwei Fingern an.

»Es wäre mir eine besondere Ehre und Freude mit dir befreundet zu sein.« Ich lächelte und umarmte ihn fest.

»Danke Gabe.« Er erwiderte meine Umarmung und strich mir mit einer Hand über den Rücken. Er ging mit Lio und mir noch eine Runde spazieren, dann kam er mit zu mir nach Hause und wir aßen zusammen Nudeln mit Tomatensoße. In den folgenden Tagen trafen wir uns sehr oft. Einmal gingen wir ins Kino, in den Park liefen wir täglich. Dann kam der Freitag. Als Gabe an diesem Abend heimfuhr, legte ich mich mit Lio ins Wohnzimmer und schaute Fernsehen. Mom ging ins Bett und auch ich schlief schlussendlich mitten in Pretty Woman ein.

Ich wachte kurz auf, als jemand meine Decke anhob und sich hinter mich aufs Sofa legte.

»Was ... Aaron?« Er beugte sich über mich, so dass ich sein Gesicht sehen konnte.

»Hey.«, hauchte er und küsste mich auf die Wange.

»Wie bist du reingekommen? Hast du geklingelt?« Er lächelte.

»Ja, habe ich. Deine Mutter hat mich rein gelassen.«

»Ich habe es nicht gehört.«, seufzte ich. Er deckte uns beide zu und zog mich fest an sich.

»Das ... habe ich gemerkt.«, er gähnte, »und es ist okay. Gute ... Nacht. Ich liebe dich.« Und schon hörte ich ein leises Schnarchen, das mir sagte, dass er eingeschlafen war. Und davor hatte er *es* einfach so gesagt. Wir waren gerade mal zwei Wochen zusammen und er sagte: ich liebe dich. Allerdings wusste ich, dass ich es wohl noch nicht sagen konnte. Ich mochte ihn, aber ob ich ihn liebte ... wusste ich nicht genau. Plötzlich war seine Umarmung nicht mehr sanft, er erwürgte mich fast und doch wusste ich, dass es nicht an seinen Armen lag, sondern eher an dem Gefühl, das sich gerade in mir breitmachte. Ein sehr unangenehmes Gefühl. Ich würde sein Liebesgeständnis so gerne erwidern, doch ich konnte es aus irgendeinem Grund nicht und diese Tatsache drückte mir alles zusammen. Ich kniff die Augen zu und versuchte in den Schlaf über zu gleiten, doch es schien eher so, als würde ich die ganze restliche Nacht wach liegen. Als mich allerdings die Sonne am nächsten Tag weckte, wusste ich, es war mir doch gelungen einzuschlafen. Beim ersten Versuch aufzustehen, scheiterte ich zunächst, denn Aarons Arm lag immer noch um mich und hielt mich fest.

Vorsichtig hob ich seinen Arm in die Höhe und legte ihn auf seinen eigenen Körper. Erst dann konnte ich aufstehen und deckte ihn wieder zu. Mit nackten Füßen tapste ich in die Küche und stellte die Kaffeemaschine an. Wenige Minuten später kam Mom augenreibend in den Raum.

»Warum hat mitten in der Nacht ein hübscher Junge namens Aaron an meiner Wohnungstür geklingelt, Schatz?«, fragte sie gähnend.

»Weil er aus New York wieder da ist und zu mir kommen wollte. Eigentlich wollte ich aufmachen, aber ich habe das Klingeln nicht gehört.« Sie lachte kurz auf.

»Ihr seid jetzt also zusammen. Das ist süß. Wo ist er jetzt?« Ich deutete auf die Wohnzimmertür.

»Er schläft noch auf dem Sofa.« Sie nickte und machte sich am Kühlschrank zu schaffen. »Geh ruhig und mach dich fertig. Ich kümmere mich ums Frühstück.«, versicherte sie mir lächelnd und ich zuckte nur die Schultern. Nachdem ich geduscht hatte, zog ich mich an und kehrte in die Küche zurück. Der Tisch dort war für vier Personen gedeckt und Ethan saß schon auf seinem erhöhten Stuhl.

»Peace Paigi.«, rief er mir entgegen und ich blieb mit offenem Mund stehen.

»Wer hat dir denn so was gelernt?«, fragte ich und stellte mich neben ihn. Doch nicht er, sondern meine Mutter antwortete.

»Du weißt doch, was er immer im Kindergarten auf-schnappt.« In dem Moment kam Aaron in die Küche.

»Guten Morgen, Mrs Young. Paige.« Er lächelte mich süß an, küsste mich allerdings nicht, dann lief er zu Ethan und hockte sich vor ihn damit sie auf Augenhöhe waren. »Hey … Ethan, richtig?« Ethan starrte mit riesigen Augen zurück.

»Wer bis du?«, fragte er in seiner kindlichen Stimme und deute mit seinem kleinen Zeigefinger auf Aaron.

»Ich bin Aaron, ein Freund von Paige.« Jetzt lachte Ethan und klatschte in die Hände.

»Aaron. Peace.« Er zog den Namen ganz lang und hängte gleich sein neu gelerntes Wort hinten ran, ich war mir nicht sicher, ob er wusste, was es bedeutete, aber wohl eher nicht.

Aaron stimmte in das Lachen mit ein und kam wieder zu mir.

»Na toll, deinen Namen kann er sofort, meinen nach drei Jahren immer noch nicht.«, murmelte ich und setzte mich auf einen Stuhl am Tisch.

Später, nach dem Frühstück, gingen wir dann zu Aarons neuem Auto, das sich als Sportwagen herausstellte und holten seine Tasche. Was hieß, dass er die Tasche nahm und mir einen Beutel gab. Wir schafften alles, auch Lios Sachen, hoch in die Wohnung, die Aaron und seine Mutter bewohnten. Hier war ich schon das ein oder andere Mal gewesen, doch Aarons Zimmer sah ich heute zum ersten Mal. Die Wände waren dunkelblau gestrichen, die Fensterrahmen schwarz, ein dunkler Kleiderschrank stand an einer Wand, an einer anderen ein dunkler Schreibtisch. In einem großen Regal aus dunklem Holz standen viele Bücher und eine Stereoanlage. Auf dem Schreibtisch lagen einige Blätter, Stifte und Aarons Laptop, daneben legte er jetzt sein Handy. Der einzige Kontrast zu dieser unheimlichen aber auch seriös wirkenden Dunkelheit, war das Bett. An der Wand, an der sich der Länge nach zwei Fenster befanden, stand ein großes weißes Bett. Der Matratzenbezug war weiß, die beiden Kissen und die Decke ebenfalls. Es war etwas schmaler als ein Doppelbett, aber für zwei Personen ausgelegt.

»Oh Mann, da würde ich mich jetzt gerne drauf fallen lassen.«, sagte ich grinsend und deutete mit dem Finger auf das Bett.

»Dann tu das doch, während ich auspacke.«, schlug er vor und ich ließ mir das nicht zweimal sagen.

Er öffnete eine Schublade und stapelte ein paar Shirts hinein. Ich ließ mich einfach nach hinten auf das Bett fallen, woraufhin Aaron sich umdrehte und mich betrachtete.

Er hatte nur wenige saubere Klamotten aus New York mitgebracht und schnell im Schrank verfrachtet. Nun ließ er sich neben mich auf die weiche Matratze fallen und schaute an die weiße Zimmerdecke.

»Dein Dad muss echt verrückt sein. Ein Sportwagen ...«, sinnierte ich und wandte den Kopf, um ihn anschauen zu können.

»Tja er denkt eben immer noch, dass er sich damit meine Liebe erkaufen kann ...«, antwortete er, ebenso in Gedanken versunken und drehte seinen Kopf, so dass sich unsere Blicke trafen. Sein Mund verzog sich zu einem Lächeln und er rutschte näher zu mir, woraufhin ich ebenfalls lächelte. Im nächsten Augenblick stützte er sich über mir ab und küsste mich.

»Weißt du, ich habe dich ganz schön vermisst.«, murmelte er an meinen Lippen. Ich drehte uns so, dass ich auf ihm lag und stützte mich ab.

»Das Gefühl kenne ich irgendwoher ... ich habe dich nämlich auch vermisst.«, erwiderte ich belustigt und drückte meine Lippen wieder auf seine.

»Da fällt mir ein.« Er beendete unseren Kuss abrupt, drehte uns wieder um und stand auf. Ich blieb auf dem Bett liegen und schaute ihn verwirrt an. »Ich habe ja was aus New York für dich mitgebracht.«, verkündete er stolz und holte die Tüte, die er mir vorhin schon einmal gegeben hatte. Ich nahm sie und schaute hinein. Es war ein weißes T-Shirt darin.

»Oh okay ... ein Shirt ...« Er seufzte und verdrehte die Augen. Dann setzte er sich neben mich aufs Bett und zog es aus der Tüte. Er hielt es vor mich hin, so dass ich den Aufdruck lesen konnte. HARD ROCK CAFÉ NEW YORK. Ich musste kurz überlegen, woher ich das kannte. Ich hatte es irgendwo schon einmal gesehen, dann ganz plötzlich erinnerte ich mich wieder.

»Oh mein Gott. Das ist ja cool. Ich hatte mal so eins. Mein Dad hatte mir mal eines davon mitgebracht, als ich zehn Jahre alt war. Aus Atlanta war das, glaube ich.« Ich stand auf und zog, ohne auch nur darüber nachzudenken, mein T-Shirt aus und das Hard Rock Café T-Shirt an.

»Hast du hier irgendwo einen Spiegel?«, fragte ich Aaron und er deutete auf eine Kleiderschranktür, die ich daraufhin öffnete. An der Innenwand war ein Spiegel befestigt, in dem ich mich nun betrachtete.

»Darf ich fragen, was mit deinem Vater passiert ist? Ich meine, meiner hat uns einfach verlassen, als ich noch nicht einmal geboren war, aber deiner ...?« Ich seufzte und setzte mich wieder neben ihn. Sollte ich es ihm wirklich erzählen? Die Sache, von der niemand wusste, außer Mom und mir? Ich hatte lange gebraucht, um sie zu verwinden und es wäre sicher schmerzhaft, alles wieder hervorzukramen. Aaron legte einen Arm um meine Schulter und drückte sie mit der Hand.

»Schon gut, du musst es mir nicht erzählen, wenn du nicht willst. Ich werde nicht weiter nachfragen. Versprochen.« Nun war ich mir sicher. Ich wollte es jemanden erzählen und Aaron konnte ich vertrauen. Einer Person wie Jack hätte ich das nie berichtet, aber ich fühlte mich nach zwei Wochen mit Aaron schon so wohl bei ihm, dass ich einfach nicht anders konnte.

»Ich erzähle dir alles, aber du musst versprechen, dass du erst ganz am Schluss etwas dazu sagst.« Er nickte und mir lief schon, bevor ich das erste Wort überhaupt gesagt hatte, eine Träne über die Wange.

»Mein Dad war nicht so einer, der einfach seine Familie verlässt ... Ich war zwölf Jahre alt und Mom mit Ethan schwanger. Sie bekam Wehen und ich rief den Notarzt. Der Rettungswagen kam schnell und brachte uns ins Krankenhaus. Dort rief man meinen Vater an, der noch unterwegs war. Dad arbeitete damals im Außendienst einer Firma für elektrische Küchengeräte und kam dadurch viel rum. Er war gerade auf dem Heimweg und freute sich sehr über die bevorstehende Geburt seines zweiten Kindes, als er einen Anfall bekam. Mom erzählte mir erst später die Ursache dafür. Mein Vater hatte, als ich neun Jahre alt war, mit einem Hirntumor zu kämpfen. Meine Eltern erzählten mir nichts. Die Ärzte entfernten ihn operativ, danach folgte eine Chemotherapie. Nicht einmal als mein Vater mit einer Glatze nach Hause kam, sagten sie mir die Wahrheit. Sie erzählten mir, er wolle einen neuen Look ausprobieren. Man dachte, dass der Tumor vollständig entfernt sei, doch er hatte metastasiert. Dad hatte gerade wieder mit der Arbeit begonnen, da er zwei Jahre wegen des Tumors hatte aussetzten müssen. Am Steuer bekam er einen Krampfanfall, fuhr durch das Geländer einer Autobahnbrücke und riss mit sich noch einen anderen Mann in den Tod. Beide verstarben noch am Unfallort und mein Vater bekam sein zweites Kind nie zu Gesicht.« Aaron nahm mich in den Arm und streichelte mir übers Haar.

»Das tut mir so unendlich leid ... ich wusste ja nicht ...« Ich krallte mich in sein T-Shirt und unterbrach ihn.

»Ist schon gut, aber erzähle es niemandem. Du bist der Erste, dem ich es anvertraue.«, schniefte ich. Er nickte und streichelte mich weiter.

»Er ... mein Dad ... er hieß Evan. Er schlug vor das Baby Ethan zu nennen. Er meinte es würde nicht zu sehr nach ihm klingen ... aber es passt. Mom ... sie hasste den Namen ... doch nach dem Tod meines Vaters ... war das der einzige Name, der ihr richtig für ihren Sohn erschien. So hat sie eine Erinnerung an meinen Dad, die nicht zu sehr schmerzt ... er hieß Evan. Mein Dad ... er hieß Evan.«, flüsterte ich fast tonlos, während die Tränen meinen Blick verschleierten. Er war stumm und versuchte mich wortlos zu trösten. Er streichelte mich immer weiter und hielt mich ganz fest, damit ich nicht auseinanderbrechen konnte. Irgendwann dann hatte ich zu Ende geweint. Die Tränen versiegten und mein Atem ging wieder gleichmäßig.

Als ich am nächsten Tag in der Schule saß, dachte ich wieder an meinen Vater und wurde vom Lehrer aus meinen Gedanken gerissen.

»So meine Lieben, ich habe einen neuen Sitzplan für euch. Außerdem haben wir eine neue Schülerin, deswegen auch die Umstellung. Abby setz dich doch bitte rüber zu Mark ...« Abby seufzte und nahm ihre Sachen. Ich musste unwillkürlich lächeln. Endlich war sie weg. Er setzte noch einige andere um, doch ich blieb allein auf meinem Platz. Plötzlich ging die Tür auf und ein Mädchen trat ein.

»Oh, da bist du ja. Du wirst bei Paige sitzen, ihr werdet euch sicher gut verstehen.« Jetzt verstand ich auf einmal, warum ich allein geblieben war. Er wollte keinen der anderen auf die Neue loslassen. Er kannte uns eben genau.

»Leg doch deine Sachen ab und komme dann nach vorn, um dich vorzustellen.« Sie verdrehte zwar leicht die Augen, tat aber wie ihr geheißen. Sie hatte eine super Figur, das sah man durch ihre Klamotten hindurch deutlich. Anders als die ganzen anderen Mädchen hier hatte sie Sneaker, Jeans und eine Lederjacke über ihrem Shirt an. Sie fiel völlig aus dem Rahmen, genau wie ich. Die Tasche, die sie neben mich auf den Stuhl stellte, war schwarz und übersät mit Buttons verschiedener Bands. Dann trat sie vor die Klasse und wirkte dabei total gelassen.

»Okay ... also ich bin Xenara. Karev. Ich komme aus New York ... gibt es noch etwas, was ihr wissen müsstet?« Unser Klassenlehrer wandte sich an sie.

»Ja, Xenara. Warum hast du die Schule mitten im Schuljahr gewechselt und warum North Carolina gewechselt?« Er war wieder einmal viel zu neugierig und die Neue seufzte.

»Weil ich aus meiner Schule in New York geflogen bin und ich meine Eltern überreden konnte, dass mir ein Neustart guttun würde.« Die ganze Klasse verstummte, selbst der Lehrer, doch dieser nickte, als er sich wieder gefasst hatte. Er hatte wohl etwas anderes, wie einen Jobwechsel der Eltern oder Ähnliches als Grund erwartet.

»Also sind deine Eltern extra wegen dir hierhergezogen?« Sie schüttelte verwundert den Kopf.

»Nein ... warum sollten sie? Sie haben in New York beide super Jobs.« Nun schien unser Klassenlehrer völlig verwirrt.

»Aber ... wo wohnst du denn ... ich meine ... es muss doch ein Erziehungsberechtigter ...«, stotterte er herum und Xenara lachte höchst amüsiert.

»Ach so, machen sie sich mal keine Sorgen. Ich habe hier eine Tante, bei der ich wohnen soll.« Es klang so, als wäre die Wahl ihrer Worte berechtigt. Als hätten ihre Eltern gesagt, sie solle bei der Tante leben ... doch sie hielt sich nicht daran? »Jetzt alles Wichtige gesagt?« Er nickte erschöpft, als wäre es ein unglaublich mühsames Unterfangen gewesen, zu verstehen, dass einige Eltern ihren Kindern keinen GPS-Sender einpflanzten oder sie um 19 Uhr zu Hause erwarteten. Xenara setzte sich neben mich und grinste mir zu, ich lächelte fröhlich zurück. Jetzt glaubte ich ebenfalls, dass wir uns super verstehen würden. Mir gefiel ihr Humor.

»Paige, richtig?« Ich nickte und betrachtete sie von Nahem. Ihre Augen waren blau und sie trug ihre blonden Haare in einem stufigen Long Bob. Die Frisur gab ihr ein etwas verwegenes Aussehen, obwohl es auch eine sehr elegante weibliche Frisur war. Soweit ich die Neue bisher kannte, passte der Schnitt ihrer Haare perfekt zu ihrem Wesen.

»Soll ich dich vielleicht durch die Schule führen?«, bot ich der Neuen in der Pause an. Sie nickte, leicht lächelnd.

»Ja klar, warum nicht?« Ich ging mit ihr hoch in die Tanzstudios und erzählte ihr von der AG. Die Turnhalle, das Footballfeld und die Mensa bekam sie auch zu sehen, dann fragte ich sie, ob sie mir etwas von sich erzählen wollte. Sie schwieg einen Moment und seufzte.

»Ach Paige weißt du ... das mit den Tanzstudios habe ich noch nicht so richtig kapiert. Wer darf die alles benutzen?« Ich wusste, dass sie vom Thema ablenken wollte, doch ich ließ es zu und spielte mit. Vielleicht war ihr, ihre Vergangenheit peinlich. Sie hatte davon gesprochen, dass sie einen Neuanfang wagen wollte. Wenn sie mir nichts erzählen wollte, würde ich auch nicht weiter nachfragen.

»Jeder, der möchte. Natürlich sind meistens die älteren Schüler drin, um zu trainieren. Aber wenn man sich rechtzeitig einschreibt, der Plan hängt übrigens im Sekretariat, falls ich das noch nicht erwähnt habe, kann jeder da rein.« Sie nickte und schien offensichtlich froh darüber, dass ich sie nicht weiter ausfragte. Ich zeigte ihr noch die wichtigsten Fachräume, wie zum Beispiel die Labore für Chemie, Physik und Biologie, dann schlenderten wir einfach ein wenig durch die Gänge. Die ganze Zeit hatte sie aufmerksam zugehört und interessiert dreingeschaut. Ob es sie wirklich so sehr interessierte, konnte ich nicht recht erkennen. Wenn nicht, war sie eine ausgezeichnete Schauspielerin. Plötzlich zeigte sie auf einen Jungen am Ende des Flures und grinste.

»Der Typ dort, wie heißt er? Wer ist das?« Ich seufzte.

»Das ist Aaron Baxter. Er ist in der zwölften Klasse. Lass lieber die Finger von ihm.« Sie grinste weiter vor sich hin.

»Danke für den Rat, zur Kenntnis genommen.«, murmelte sie und schaute erschrocken um sich, als es zur nächsten Stunde klingelte.

»Meine Güte, was ist das? Feueralarm?« Ich lachte schallend los.

»Nein, die normale Klingel.« Sie schnaubte und lief neben mir her zu unserem Klassenzimmer.

»Also ich glaube, daran muss ich mich erst einmal gewöhnen. Die Klingel in New York war um vieles angenehmer. Sie war sogar so unauffällig, dass sie mich manchmal nicht einmal aus meinem mittäglichen ... Schläfchen gerissen hätte.«

»Du kamst regelmäßig zu spät, was?« Sie lachte ebenfalls.

»Ja, aber das hatte einen anderen Grund.« Beide ließen wir uns auf unsere Plätze nieder und lauschten, eher gelangweilt als interessiert, den Worten des Lehrers, der vorne an der Tafel stand. Halbherzig machte ich mir einige Notizen, wobei ich vermutete, dass ich später nicht mehr verstehen würde, was sie mir sagen wollten. Wieder dachte ich an meinen Vater und den tragischen Unfall, der sein Leben beendet hatte. Seitdem hatte Mom nicht mehr so richtig glücklich gewirkt. Ich wusste nicht, ob sie noch immer trauerte, aber einen neuen Versuch in Sachen Liebe hatte sie noch nicht gestartet, obwohl ich es ihr nicht verübelt hätte. Wahrscheinlich gab es auch wenige Männer, die sich so schnell auf eine Frau mit einem kleinen Sohn und einer Teenagertochter einlassen würden, ... ich wusste es nicht. Plötzlich riss Xenara mich aus meinen Gedanken.

»Kommen wir noch einmal zurück zu diesem Aaron. Wie ist er so?« Ich starrte sie erschrocken an.

»... Ähm keine Ahnung. Woher soll ich das denn wissen? Er ist in der zwölften Klasse, wie ich schon sagte.« Sie lachte leise.

»Oh, Paige ... lügen kannst du echt gar nicht. An deinem erschrockenen Gesicht kann ich schon mal ablesen, dass du voll auf ihn stehst. Offensichtlich ... die ganze Schule steht auf ihn. Ich korrigiere mich. Auf sein Aussehen steht die ganze Schule ... aber du ... Komm schon Paige. Erzähl mir von ihm.« Ich seufzte.

»Okay ... also er leitet die Tanz AG, er hat eine Freundin ...«, ließ ich möglichst nebenbei mit einfließen, »... er ist nett und hübsch ... was willst du denn sonst noch wissen?« Sie wiegte den Kopf hin und her.

»Wahrscheinlich kannst du mir gar nicht viel mehr erzählen ... wo er doch in der *Oberstufe* ist, nicht wahr?«, sie grinste, »Wie heißt die Freundin?« Ich holte tief Luft und entschied mich dann gegen die Wahrheit.

»Keine Ahnung, das weiß niemand, es geht nur das Gerücht um, dass er wieder eine hat. Wurde ja auch langsam Zeit ... ich meine er war das ganze Jahr, das er jetzt schon hier ist, Single.« Sie nickte und schien nun selbst vertieft in ihre Gedanken.

»Sicher ... die ganze Zeit also keine ...« Sie starrte vor sich hin und schien komplizierten Gedankengängen zu folgen. Diese wurden allerdings von dem Lehrer vor ihr unterbrochen.

»Ms Karev, Sie sind einen Tag bei uns und scheinen meinen Unterricht schon jetzt unnütz zu finden. Hatten Sie das Thema schon an Ihrer alten Schule in New York?« Sie schaute überrascht zu ihm auf und dann nach vorne an die Tafel.

»Ähm ... Sinussatz, habe ich recht? Ja, den hatten wir schon.«, verblüffte sie den Mann vor ihr. Doch er reagierte schnell.

»Gut, dann kommen Sie doch gleich einmal vor an die Tafel und zeigen der Klasse ihr Können. Vielleicht können wir noch etwas von Ihnen lernen.« Sie nickte steif und stand dann auf. Nach ein paar Metern festigten sich ihre Schritte und sie nahm selbstsicher den schwarzen Stift von unserem Mathelehrer entgegen.

»Was soll ich denn alles ausrechnen?«, fragte sie falsch lächelnd und bekam prompt eine genauso gehässige Antwort.

»So viel wie Sie können, wenn Sie Hilfe brauchen, sagen Sie ruhig Bescheid.« Ihr Blick sagte, dass sie gar nicht daran dachte, sich gerade von diesem Lehrer helfen zu lassen. Am Ende kam sie an den Platz zurück, nachdem sie circa fünf Minuten gebraucht hatte, alle Seiten, Winkel, den Flächeninhalt und Umfang des rechtwinkligen Dreiecks auszurechnen. Der Mathelehrer stand etwas unschlüssig vorn und die anderen Schüler, einschließlich mir, saßen da und starrten an die Tafel, während wir krampfhaft versuchten herauszufinden, was um alles in der Welt sie da gerechnet hatte.

»Ja also ... ähm das ist schon einmal alles richtig ... aber den Kosinussatz wollten wir erst später drannehmen ... trotzdem danke Ms Karev ...«, stotterte der Mann vor der Klasse an Xenara gewandt, »An die anderen, keine Angst. Ihr versteht das sicher auch noch.« Nach dieser Stunde lief ich neben Xenara her zu ihrem Schließfach.

»Ihr seid uns wohl ganz schön voraus, was?« Sie lachte.

»Nein, überhaupt nicht, aber mein Dad ist der Meinung, er muss mir dauernd etwas in Mathe beibringen, auch wenn wir das noch gar nicht hatten, er ist ein richtiger Mathefreak.« Ich runzelte die Stirn.

»Was arbeitet dein Vater denn?«, wollte ich dann wissen, sie zuckte die Achseln.

»Frag mich was Leichteres. Er hat zwar öfters mal versucht, es mir zu erklären, aber ich vergesse es dauernd wieder. Ich glaube, er ist so etwas Ähnliches wie Architekt, nur hat er mit steinreichen Leuten zu tun, die am liebsten ihre Luxusyacht in ihren Gärten abstellen wollen. So dieses Kaliber ...« Ich staunte nicht schlecht.

»Und deine Mom? Was macht die?« Xenara seufzte.

»Sie ist Gynäkologin am New York General. Hilft dauernd dabei, Kinder zur Welt zu bringen und operiert sie, wenn irgendetwas nicht stimmt. Also auch noch in der Mutter drin ... finde ich irgendwie unvorstellbar und eklig. Ich will niemals Kinder.« Ich wurde stutzig.

»Wirklich? Nicht einmal, wenn du den Richtigen gefunden hast und er gerne Kinder hätte?« Sie lachte auf.

»Den werde ich niemals finden Paige. Da mache ich mir gar nichts vor.« Ich schnaubte.

»Doch, ich glaube, genau das machst du. Du siehst super aus, hast Humor ... der Richtige wird auch für dich kommen.« Sie stellte ein paar Bücher, die sie bis jetzt bekommen hatte, in ihr Schließfach.

»Wo wir gerade davon reden. Wie sieht es denn bei dir aus? Hast du den Richtigen schon gefunden ... beziehungsweise hast du einen Freund?« Ich überlegte kurz, was ich antworten sollte. Dann entschied ich mich für die Wahrheit.

»Ja, habe ich.« Sie lächelte schief und hob den Daumen.

»Super und ist er hier an der Schule?« Ich nickte.

»Ja ... ähm Xenara?« Nun schien sie neugierig zu werden. »Ich ... ich, bitte halte dich von Aaron fern.« Sie runzelte die Stirn.

»Warum?«, fragte sie daraufhin.

»Na ja ... wie gesagt, er hat eine Freundin und ich glaube nicht, dass er mit ihr Schluss macht.« Sie winkte ab.

»Das muss er auch gar nicht.« In mir brodelte die Eifersucht und auch Wut. Dieses Mädchen hatte es ganz klar auf Aaron abgesehen und wahrscheinlich dachte sie, er würde sich auf eine Affäre mit ihm einlassen.

»Xenara ... *ich* bin mit Aaron Baxter zusammen.«, flüsterte ich nun nachdrücklich und sie schaute mich mit großen Augen an.

»Du? Na, dann sage ich mal herzlichen Glückwunsch.« Genau in dem Moment als Xenara sich wieder zu ihrem Schließfach umdrehte, kam Aaron den Gang entlang und blieb bei mir stehen.

»Hey Paige, ich habe dich vorhin gar nicht gesehen. Wollen wir ... oh wer ist denn deine neue Freu ... oh mein Gott, Xeni?« Sie drehte sich zu ihm um und grinste ihn an.

»Aaron.«, begrüßte sie ihn herzlich und die beiden umarmten sich fest.

»Was machst du denn hier, Xeni?«, fragte mein Freund die Neue und nun reichte es mir.

»Ihr kennt euch? Aaron, ist das deine Ex?« Die beiden vor mir schauten mich eine Sekunde lang sprachlos an, dann fingen sie – wie, als wäre das Codewort gefallen – gleichzeitig an zu lachen.

»Meine Ex? Xeni?« Sie lachten weiter und das Mädchen schmiegte sich an meinen Freund strich ihm mit der Hand über die Brust.

»Oh Aaron ... ich bin gekommen, um dich zurückzuerobern. Ich habe die Zeit mit dir so sehr vermisst.«, schnurrte meine neue Sitznachbarin und sie verstummten gleichzeitig abrupt, als sie meinen Gesichtsausdruck sahen.

»Okay, ich glaube, das reicht langsam. Die arme Paige bekommt ja noch einen Herzinfarkt.«, meinte Aaron und deutete dann auf das Mädchen in seinem Arm, »Paige das ist Xenara Karev.« Ich schnaubte.

»Ja, so viel wusste ich bis jetzt auch schon. Das erklärt aber nicht, warum ihr euch kennt und warum Xenara so scharf auf dich ist.« Sie verdrehte die Augen.

»Wie schon gesagt, das ist Xenara Karev ... meine Cousine. Die Tochter, des Bruders, meiner Mutter. Sie lebte seit ihrer Geburt ein paar Häuser von uns entfernt und ging auf die gleiche High School wie ich, als ich noch in New York wohnte.« Ich seufzte und lachte nun ebenfalls.

»Und ich dachte ... oh mein Gott, bin ich erleichtert.« Die beiden lächelten ebenfalls und Aaron wandte sich an seine Cousine.

»Xeni würde es dir etwas ausmachen, wenn wir uns mal verziehen? Du kannst ja schon mal ein paar neue Freunde finden.«, schlug er vor und sie nickte grinsend.

»Nein, Aaron, es macht mir nichts aus, denn du hast mich schon immer allein gelassen.«, lachte sie im Weggehen und Aaron atmete tief durch, als hätte ihr Kommentar ihm einen Stich versetzt. Wir schauten ihr noch kurz hinterher, dann nahm Aaron meine Hand und zog mich in ein Klassenzimmer. Zum Glück war es leer und so drückte er mich gegen eine Wand. Er öffnete den Mund, doch ich kam ihm zuvor.

»Ich habe dich auch vermisst.« Er lachte leise und drückte seine Lippen auf meine. Er ließ mich nicht mehr zu Atem kommen, bis er sich kurz von mir löste.

»Ich liebe dich, Paige.«, flüsterte er und steckte seine Hände in meine hinteren Hosentaschen.

»Ich ... ich.«, stotterte ich, doch er schüttelte den Kopf und legte mir einen Finger auf den Mund.

»Schon gut. Sag es nicht, wenn du es noch nicht willst.«
Er lächelte mich süß an und küsste mich abermals. Im
nächsten Moment fuhr er an meinem Hals hinab, dann
kehrte er wieder zu meinem Mund zurück und sprang nach
hinten, als sich die Tür öffnete. Eine kleine Lehrerin stand
im Türrahmen und schaute uns erschrocken an.

»Mes amis. Entschuldigt bitte. Je suis désolé.« Sie hastete
wieder nach draußen und die Tür schlug hinter ihr zu.
Aaron schüttelte lachend den Kopf.

»Dass sie ihr Fach immer so ausleben muss.« Ich lächelte
ebenfalls, denn ich musste ihm recht geben. Diese kleine
Französischlehrerin konnte wahrscheinlich schon gar nichts
mehr außer Französisch.

Wir fanden Xenara vor dem Schultor, zusammen mit ein
paar Elft- und Zwölftklässlern.

»Hey Aaron. Wie geht's, wie steht's?« Sie nahm ein
kleines weißes Röllchen von einem der Typen entgegen und
zündete es mit dem Feuerzeug an. »Ich will dir jemanden
vorstellen. Das hier ist mein neuer bester Freund Bill.« Der
Junge protestierte, als sie den Arm um seine Schulter legte,
nur nicht deswegen, sondern weil ihm sein neuer Name
offensichtlich nicht gefiel.

»Ich heiße aber Blake.« Xenara winkte ab.

»Wie gesagt, wird er mein neuer bester Freund, denn …«,
sie zog an dem Joint und verzog das Gesicht, »… er hat das
schlechteste Gras, das ich jemals ertragen musste. Tut mir
leid, wird wohl doch nichts aus unserer Freundschaft. Sorry
Bill.« Sie schmiss den Joint auf den Boden, drückte ihn aus
und lief dann mit uns zurück auf den Schulhof.

»Ich dachte du hättest aufgehört, Xeni.«, meinte Aaron,
sie zuckte mit den Schultern.

»Ach weißt du, es hat sich so einiges verändert, als du
weggegangen bist. Er hat mir so früh das Leben versaut, da
hat er es natürlich auch ein zweites Mal geschafft.« Wen sie
mit *er* meinte, wusste ich nicht, doch ich fragte auch lieber
nicht nach. Wahrscheinlich wollte ich die Antwort gar nicht
hören.

»Du weißt hoffentlich, warum ich weggegangen bin.«, merkte Aaron an und sie nickte.

»Ja, klar habe ich das mitbekommen. War eine Zeit lang Thema Nummer Eins.« Er seufzte.

»Und warum bist du hier?« Xenara lächelte bitter.

»Ich bin rausgeflogen. Sie haben mich mit Oxy erwischt. Es war Joeys, aber das wollten sie mir natürlich nicht glauben, weil ich ja auch schon beim Kiffen erwischt wurde. Na ja, und da ich minderjährig bin, waren sie gezwungen, mich der Schule zu verweisen.« Mein Freund legte ihr eine Hand auf die Schulter.

»Ich helfe dir wieder raus, wie damals auch, okay? Es tut mir leid, dass ich dich allein gelassen habe, aber ich musste einfach weg. Verstehst du?« Sie nickte.

»Ja klar verstehe ich das. Ich wäre gerne mitgekommen, aber erstens haben Mom und Dad mich damals nicht gelassen und zweitens gab es ja auch noch Joey.« Aaron runzelte bei ihren Worten die Stirn.

»Was heißt denn ›gab‹? Was ist mit ihm?« Nun seufzte Xenara.

»Überdosis Oxy. Ich habe mit seinem Dad seine Tür aufgebrochen, als er nicht selbst aufmachen wollte, da lag er schon mindestens zwei Stunden dort. Na ja, eigentlich hat nur er mich noch in New York gehalten, weil ich ihm helfen wollte, aber jetzt ... Ich habe meine Eltern überredet, dass diese Lösung besser ist. Ich soll eigentlich bei dir einziehen, aber bis jetzt wohne ich im Hotel. Ich möchte euch nicht zur Last fallen.« Langsam wurde mir alles zu viel.

»Wer zum Teufel ist Joey? Oder eher ›war‹, offensichtlich ist er ja tot. Worüber redet ihr überhaupt?«, fragte ich die beiden, wohl lauter als gedacht. Sie blieben abrupt stehen und starrten mich an, als wäre mir ein dritter Arm oder etwas Vergleichbares gewachsen. Xenara regte sich als Erste.

»Ganz ruhig, Paige. Darüber muss man nicht so laut reden. In New York war alles etwas anders als hier. An der New York Union gab es eine Gruppe Drogenabhängige und Dealer. Mein bester Freund Joey gehörte dazu und ich habe versucht ihm da wieder rauszuhelfen, aber am Ende hat es nichts genützt und jetzt ist er tot. Als ich so 13 Jahre alt war, hat so ein Typ mich dazu gebracht, zu Kiffen – Ja, ziemlich früh, ich weiß – und Aaron hat mir geholfen, aufzuhören. Dann war genau dieser Typ der Grund dafür, dass Aaron weggegangen ist. Und dann hat der gleiche mich auch *wieder* mit runtergezogen.«, erklärte sie ausführlich und doch oberflächlich.

»Und wer war dieser Typ?«, fragte ich. Xenara wollte gerade ansetzen, als Aaron sie unterbrach.

»Das ist egal, es ist sowieso vorbei. Das liegt alles weit hinter mir, und hinter dir jetzt auch, Xeni. Ich helfe dir, wieder aufzuhören und dein Leben kommt wieder in Ordnung. Ich freue mich, dass du hier bist.« Sie nickte lächelnd und hakte sich bei ihm unter.

»Du hast ja völlig recht, Cousin. Das Erste wäre: Ich möchte in diese AG, sie wird mich ablenken.« Aaron lachte.

»Da lässt sich sicher was machen.«, meinte er dann und nahm sie halb in den Arm, während wir zum Schulgebäude zurückliefen. Wieder einmal hatte ich das Gefühl, dass Aaron einen großen Teil seines Lebens in New York vor mir verheimlichen wollte.

Fünf

Zwei Monate vergingen und alles lief perfekt. Xenara und ich verstanden uns fantastisch. Ich war froh endlich wieder eine Freundin gefunden zu haben, mit der ich über alles reden konnte, nachdem Abby mich so hintergangen hatte. Es war eine ganz neue Erfahrung für mich mit jemandem shoppen zu gehen, der einen ähnlichen Klamottenstil wie ich hatte. Xenara kombinierte zwar zu jedem Outfit noch eine Lederjacke oder Boots, aber sie hielt absolut gar nichts von High Heels und grellen Farben. Und mit Aaron war ich so glücklich, wie ich es mit Jack wohl nie geworden wäre. Mit ihm hatte ich das Gefühl, dass ich mich nicht verstellen musste, denn egal was ich sagen oder tun würde, er verstand es und drängte mich zu nichts. Ich musste mich für ihn nicht verändern und konnte bei ihm einfach genau das Mädchen sein, das ich nun einmal war. Es war ein Gefühl absoluter Geborgenheit. Das geplante Schulkonzert, bei dem auch die Tanz AG auftreten sollte, rückte immer näher und wir trainierten inzwischen nicht mehr nur einmal die Woche. Aaron hatte nicht nur mich, sondern auch seine Cousine, die deutlich talentierter als ich war, noch kurzfristig mit ins Programm aufgenommen, so dass wir an den meisten Nachmittagen in einem der Tanzstudios gemeinsam übten. Die einzige Sache, die diese glücklichen Tage überschattete, war die Tatsache, dass mein Freund Xenaras Sucht nicht so schnell in den Griff bekam, wie er es sich erhofft hatte. Es war nicht so einfach, ihr einfach ihre Droge wegzunehmen und schon war alles wieder gut. Es war wichtig, dass sie sich langsam entwöhnte, so dass das Risiko eines Rückfalls möglichst gering war.

Am Nachmittag vor dem Konzert saß ich dann auf meinem Bett und las ein Buch, um nicht zu nervös zu werden. Schon jetzt, zwei Stunden bevor wir auftreten mussten, bekam ich höllisches Lampenfieber. Ich verstand kaum einen Satz, den ich las und erschrak fast zu Tode, als mein Handy, das neben mir auf dem Bett lag, piepste. Neugierig öffnete ich die eingegangene Nachricht und betrachtete stirnrunzelnd, was mir geschickt worden war. Es war die Fotografie eines Chats und auf den ersten Blick sah ich nur, dass er zwischen Aaron und einem Kumpel namens Christian geführt worden war. Dann las ich Wort für Wort und mein Entsetzen wurde immer größer.

Christian: Sag mal Aaron, was läuft da eigentlich zwischen dir und dieser Kleinen aus der Zehnten?

Aaron: Weiß nicht. Eigentlich gar nichts.

C: Echt? Ich frage nur, weil du immer mit ihr verschwindest ... ich meine, das sieht schon ziemlich nach was Ernstem aus.

A: Ach, Quatsch. Das ist auf jeden Fall nichts Ernstes. Alles nur Spiel. Ich hatte einfach Mitleid, als sie in der Öffentlichkeit geheult hat, weil ihr Freund mit ihrer besten Freundin gevögelt hat. Aber ich kann ihn schon verstehen. Ich habe ihr gesagt, dass ich mit dem Sex auf sie warte, aber ganz ehrlich? Hast du sie dir mal angeschaut? Da würde ich lieber mit jedem anderen auf dieser Welt schlafen, nicht mal für Geld würde ich es mit ihr tun.

C Und deswegen verschwindest du in den Pausen immer mit ihr ... das ergibt irgendwie keinen Sinn Aaron.

A: Oh Mann, das mache ich, weil sie mir peinlich ist. Ich meine, würdest du dich gerne mit ihr in der Öffentlichkeit sehen lassen? Ich kann es aber nicht beenden, dann würde sie vielleicht wieder vor allen eine Szene machen.

C: Shit, du verarschst die Kleine ja richtig krass und sie glaubt dir alles? Warum hast du überhaupt was mit ihr angefangen?

A: Ach keine Ahnung, Mann. Es hat Spaß gemacht auszunutzen, dass sie so sehr in mich verknallt ist. Inzwischen ist es nur noch peinlich.

C: Ich dachte, du hast sie deinen Freunden im Park vorgestellt?

A: Ja, ich habe den Leuten im Park von ihr erzählt und sie sagten, sie wollten die Kleine mal kennen lernen. Jetzt wissen sie, dass ich nicht übertrieben habe. Nach der Woche in New York haben sie mir erzählt, dass sie jeden Tag ankam und sie genervt hat. Findest du das nicht auch erbärmlich? Hängt sich an die Leute, um überhaupt gesehen zu werden. Und sie glaubt wirklich, dass ich sie liebe. Sie ist so peinlich.

Mein Mund stand offen, meine Augen waren geweitet. Das hatte doch auf keinen Fall Aaron geschrieben. So ein Arsch war er ganz sicher nicht. Oder? Die Wahrheit war, dass ich ihn eigentlich gar nicht kannte. Vielleicht hatte er mir wirklich die ganze Freundlichkeit nur vorgespielt. Jetzt wurde mir auch Vieles klar. Er wollte sich in der Öffentlichkeit nicht mit mir blicken lassen, nicht einmal meine Hand halten, weil ich ihm peinlich war. Seine Freunde im Park hatten mich komisch angeschaut und Heather hatte gesagt, dass er mit meiner Schönheit untertrieben hatte. Das hatte damals schon so komisch geklungen, jetzt wusste ich, wie sie es gemeint hatte. Wahrscheinlich hatten sie nach jedem Mal, wenn ich bei ihnen gewesen war, über mich gelacht. Alles Lügen. Dass er sich in mich verliebt hatte, dass er mich trainiert hatte, damit ich beim Konzert mitmachen konnte. Er fand mich sowieso erbärmlich. Von vorne bis hinten, von Anfang bis Ende, alles eine riesengroße Lüge. Als ich noch einmal über den Chat schaute, sprangen mir einzelne Wörter ins Auge. Erbärmlich, peinlich, und SPIEL. Alles nur ein Spiel. Er hatte mich nie geliebt. Der Satz hatte keine Bedeutung für ihn gehabt. Mit Tränen in den Augen schloss ich die Nachricht und wählte Xenaras Nummer. Ich versuchte meine Stimme so ruhig wie möglich klingen zu lassen, als sie ranging.

»Hey, P. Was ist? Kalte Füße, wegen dem Auftritt heute Abend?« Sie klang fröhlich und als würde sie sich schon freuen. Ich atmete tief durch.

»Nein, aber sag Aaron ..., dass ich nicht kommen werde.« Sie blieb kurz still, dann lachte sie.

»Okay ... abgesehen davon, dass du kommen wirst.« Ich schüttelte den Kopf, obwohl sie es ja nicht sehen konnte.

»Nein, Xenara ... mir geht es nicht gut. Ich habe mir auf dem Heimweg den Fuß verknackst ... ich hatte gedacht, es geht wieder bis heute Abend, aber er ist ganz dick und tut weh. Ihr müsst ohne mich auskommen. Ihr schafft das schon ... ihr braucht mich ja eigentlich sowieso nicht.« Nun unterbrach sie mich fast.

»Paige, ihr habt ein Duett. Einmal seid nur du und Aaron auf der Bühne zu sehen, wie denkst du dir das?« Ich schluckte schwer und räusperte mich, um meine Stimme so normal wie möglich klingen zu lassen.

»Das muss er dann wohl allein machen, oder du tanzt mit ihm, du schaffst das schon. Auf jeden Fall komme ich nicht.« Dann legte ich schnell auf und schmiss das Handy vor mich aufs Bett. Ich drehte mich auf den Bauch und drückte mein Gesicht in ein Kissen.

Abby hatte mich mit Jack betrogen, Aaron war ein verlogener Arsch und Xenara würde wohl eher zu ihrem Cousin halten, den sie schon 16 Jahre lang kannte, als zu mir, mit der sie erst zwei Monate befreundet war. Wen hatte ich am Ende noch? Meine Mom, der ich ganz sicher nichts von alldem erzählen würde. Der einzige Mensch, der jetzt vielleicht noch an meiner Seite bleiben würde, war ... ich schnappte mein Handy und wählte die Nummer, die ich vor Monaten von meiner Handfläche in meine Kontaktliste übertragen hatte.

»Ja? Paige?«, antwortete eine Stimme am anderen Ende.

»Können wir uns treffen? Jetzt?«

»Ähm ... ja klar. Wo? Im Park?«, fragte er und schien bemerkt zu haben, dass etwas nicht stimmte.

»Ja, bis gleich.«, antwortete ich. Hastig schnappte ich mir meine Wohnungsschlüssel und verließ mein Zimmer. Im Wohnzimmer saß meine Mom und schaute Fernseher.

»Mom, ich verschwinde mal, ich gehe heute auch nicht zu dem Konzert.« Ich lief schon weiter, als sie mich noch einmal zurückrief.

»Paige. Alles okay?« Ich zuckte mit den Schultern.

»Ja klar, warum auch nicht?« Sie runzelte die Stirn, konnte allerdings nichts mehr erwidern, da ich schon die Wohnungstür hinter mir schloss. Mit großen Schritten machte ich mich auf zum Park und als ich ankam, sah ich schon eine dunkle Gestalt auf einer Parkbank sitzen. Es dämmerte und so sah er ganz schön gruselig aus, wie er dort saß. Als er meine Schritte hörte, stand er auf und nahm die Kapuze ab.

»Was ist los, Paige? Was ist passiert? Du siehst schrecklich aus, wenn ich das so anmerken darf.« Ich schwieg und warf mich in seine Arme. Er legte sie um mich und ließ mich weinen.

»Gabe, willst du immer noch was von mir?«, Er strich mir eine Haarsträhne hinters Ohr und schaute mich dann weich und mit schief gelegtem Kopf an.

»Was ist passiert, Paige?«

»A ... Aaron ist ein verlogenes Schwein.« Er runzelte die Stirn.

»Ich dachte, ihr liebt euch so. Was hat er gemacht?« Ich seufzte und schüttelte den Kopf.

»Ich kann dir das nicht erzählen ... ich ... ich zeige es dir einfach.«, stotterte ich, zog mein Handy aus meiner Hosentasche und gab es ihm, mit der offenen Nachricht. Gabe brauchte ungefähr halb so lang wie ich, bis er alles erfasst hatte. Als er fertig war, umarmte er mich und steckte mein Handy in eine meiner hinteren Hosentaschen.

»Das tut mir so leid. Aber das ist völliger Schwachsinn, was er da geschrieben hat. Das trifft alles nicht auf dich zu. Okay? Du kannst mir glauben. Wenn er so etwas wirklich denkt, kennt er dich kein Stück.« Ich unterdrückte die Tränen, die erneut in meine Augen stiegen.

»Aber du kennst mich, oder wie soll ich das jetzt verstehen?« Er drückte mich noch fester an sich.

»Ja, Paige. Du bist für mich ein offenes Buch. Ich habe schon bei unserer ersten Begegnung, als du mit tausend

Tüten auf mich zu gestöckelt kamst, gewusst, dass du nicht so eine bist. Kein verwöhntes Mädchen, das die Aufmerksamkeit aller benötigt. Du bist wunderschön, ohne High Heels, Minirock und weiten Ausschnitt. Sowohl äußerlich als auch innerlich bist du atemberaubend schön. Ich habe noch nie ein so tolles Mädchen, wie dich, kennen gelernt. Jungen, wie Aaron oder Jack, haben dich einfach nicht verdient, Paige. Du hast so viel mehr verdient. Einen Mann, der liebevoll ist, der dich so liebt wie du bist ...« Ich unterbrach ihn.

»Also, denkst du, du hast mich verdient?«, fragte ich und schob ihn eine Armlänge von mir, um sein Gesicht sehen zu können. Er behielt den Mund offen, dann senkte er den Blick zu Boden.

»Nei ... nein, wohl eher nicht.«, gab er zu und schaute mir tief in die Augen, »Aber ich werde immer für dich da sein Paige. Egal was ...« Meine Reaktion war eine Reaktion auf das, was in der letzten halben Stunde passiert war. Und es war nicht fair gegenüber Gabe, aber ich konnte nicht anders. Ich nahm sein Gesicht in die Hände und küsste ihn auf den Mund. Er löste sich sofort von mir.

»Ich glaube du hast das gerade falsch verstanden. Ich habe gesagt, dass ich dich *nicht* verdient habe.«, meinte er grinsend und ich drückte wieder meine Lippen auf seine.

»Halt die Klappe.«, murmelte ich und lächelte dabei sogar leicht.

»Kannst du noch mit zu mir kommen? Oder wir gehen zu dir, na ja, auf jeden Fall würde ich gerne noch eine Weile reden.«, überlegte ich laut und er nickte zustimmend.

»Klar, das wäre schön. Komm, ich bin mit dem Auto da.« Ich nickte ebenfalls und nahm seine Hand in meine. Mit ihm lief ich an den Rand des Parks und dann fuhren wir gemächlich zu mir nach Hause.

»Sei einfach still, ich rede, okay?«, meinte ich zu Gabe, als ich die Wohnungstür aufsperrte. Er nickte und drückte meine Hand sanft. Langsam und leise lief ich zum Wohnzimmer und schaute, ob Mom noch wach war.

»Warum schleichst du denn so, Schatz?«, fragte sie mich sofort, als ich dort angekommen war.

»Ach … hi, Mom. Ja … also ich wusste nicht, ob du vielleicht schon schläfst.« Sie lachte und schaute auf ihre Armbanduhr.

»Um halb neun?« Ich schluckte schwer und stotterte weiter sinnloses Zeug zusammen. Dann trat Gabe an meine Seite und schon im nächsten Moment lief er auf meine Mutter zu, um ihr die Hand zu reichen.

»Hi Mrs Young, mein Name ist Gabriel. Ich bin ein Freund von Paige und würde gerne noch ein wenig hierbleiben, um mit ihr zu reden, ist das okay?« Sie nickte lächelnd.

»Ja natürlich Gabriel. Sie fahren heute Nacht doch nach Hause, nicht wahr?« Er nickte lächelnd und kehrte zu mir zurück. Meine Mom wandte sich wieder dem Fernseher zu und beachtete uns gar nicht weiter, also nahm ich wieder Gabes Hand und zog ihn zu meinem Zimmer.

»So viel zu: du redest.«, witzelte er und knuffte mich in die Seite.

»Wichtigtuer.«, murmelte ich und ließ mich auf mein Bett fallen. In Wirklichkeit war ich ihm dankbar, ich war doch wieder erwartend völlig überfordert mit der Situation gewesen.

»Einer von uns muss die Rolle ja übernehmen, nicht?.«, stellte er fest und ließ sich neben mir nieder. Er lächelte und schaute sich interessiert in meinem Zimmer um. Er deutete auf eine Wand, die mit Plakaten meiner Lieblingsbands und -serien behangen war und sein Grinsen wurde breiter

»Endlich habe ich die Gelegenheit, dich richtig kennen zu lernen. Die Zimmereinrichtung sagt meist mehr als tausend Worte es könnten.« Mir wurde klar, dass wir uns bisher meist nur im Park getroffen hatten. Er war noch nie in meinem Zimmer gewesen.

»Dann muss ich mir wohl auch bald mal deine Wohnung anschauen.«, erwiderte ich, in Gedanken bei dem Schulkonzert, bei dem wohl gerade Aaron und Xenara auf der Bühne waren. Gabe neben mir ließ sich zurückfallen, so dass er auf dem Rücken lag und schloss genüsslich die Augen.

»Können wir gerne bald machen.«, lächelte er und rieb sich die Augen. Ich stützte mich neben ihn auf einen Ellenbogen und betrachtete sein Gesicht im Profil. Er sah so erwachsen aus, obwohl er gerade mal vier Jahre älter war als ich und Aaron und ihn trennten nur zwei Jahre. Abermals ohrfeigte ich mich in Gedanken, weil *sein* Name schon wieder darin aufgetaucht war. Dann schloss ich ebenfalls die Augen und genoss Gabriels Anwesenheit.

Am nächsten Morgen weckten mich die Sonne und die Stimme meiner Mutter.

»Er fährt also noch am Abend nach Hause, oder wie war das?«, fragte sie, doch leicht belustigt. Ich schreckte auf und schaute neben mich. Gabe lag an meiner Seite mit offenem Mund und leise schnarchend. Ich stand hastig auf und verließ leise mit meiner Mutter das Zimmer.

»Sorry, Mom. Er wollte eigentlich nicht bleiben, aber wir haben die ganze Nacht geredet und dann sind wir aus Versehen eingeschlafen.« Sie verdrehte die Augen, nickte dann aber.

»Na gut, er scheint ja ziemlich nett zu sein, aber was ist denn jetzt mit Aaron?« Ich zuckte die Schultern zur Antwort.

»Nichts … es ist Schluss.« Sie hob fragend eine Augenbraue.

»Schluss? Meine Güte Schätzchen, du wechselst deine Freunde ja wie deine Unterwäsche.« Ich verdrehte die Augen und lief in mein Zimmer zurück, wo Gabe inzwischen aufrecht im Bett saß.

»Hey, du warst plötzlich nicht mehr da, als ich aufgewacht bin. Ist was passiert?« Ich winkte ab.

»Meine Mom hat nur mitbekommen, dass du immer noch da bist.« Er stand sofort auf.

»Oh Mist … ich bin eingeschlafen. Hast du viel Ärger bekommen?« Ich schüttelte den Kopf.

»Nein, sie war nicht wütend.« Er nickte erleichtert und zog sich seine Jacke an.

»Ich gehe trotzdem lieber. Ich habe mich sehr gefreut als du angerufen hast und ich bin immer für dich da, wenn du mal reden willst oder so.« Ich lächelte und nickte. Er fasste mich an den Schultern und küsste mich auf die Wange.

»Ich würde mich freuen, wenn wir uns bald wiedersehen würden.«, meinte er dann und ich nickte.

»Ja, wieso nicht. Ich würde dich gerne noch besser kennenlernen.« Er lachte auf.

»Ja, das würde ich auch gerne. Aber ich muss jetzt los, zur Arbeit.« Ich riss die Augen auf.

»Du arbeitest schon?« Er wiegte den Kopf hin und her.

»Na ja, schon irgendwie, ja. Ich mache eine Sanitäter Ausbildung. Also Krankenwagen fahren, Versorgung vor Ort und ins Krankenhaus zurückfahren ...«

»Okay ... wow. Das hätte ich wohl wissen müssen. Ich meine, du bist 20 Jahre alt und nicht mehr in der Schule. Dann viel Spaß heute bei der Arbeit.« Er lachte leicht, die Türklinke schon in der Hand.

»Jetzt habe ich dir wohl etwas Angst gemacht, aber keine Sorge. Wir lernen uns richtig kennen und dann ist es das normalste von der Welt, dass du morgens zur High School fährst und ich ... eben nicht.« Wir mussten beide leicht lachen. Währenddessen liefen wir nach draußen in den Flur, wo Gabriel in seine Schuhe schlüpfte und mich zum Abschied noch einmal auf die Wang küsste. Ich schloss die Wohnungstür hinter ihm und drehte mich erschrocken um zu meiner Mutter, die gerade den Kopf aus der Küchentür steckte.

»Gabriel ist wohl schon weg? Hatte er keine Lust auf einen Bagel?« Ich seufzte und setzte mich an den Esstisch in der Küche.

»Nein, ich bin mir ziemlich sicher, dass er gerne eines gehabt hätte, aber er musste zur Arbeit.« Sie riss entsetzt die Augen auf.

»Arbeit? Sag mal, wie alt ist dieser Gabriel eigentlich?« Ich nahm einen Bagel, bestrichen mit Frischkäse, von ihr entgegen.

»20. Gabriel ist 20 Jahre alt und macht eine Sanitäter Ausbildung.« An meinem kleinen Finger blieb etwas vom Frischkäse hängen. Ich leckte ihn weg und stand dann auf, um mir Schokocreme zu holen.

»Okay 20 ... das sind vier Jahre Unterschied, aber wenn du meinst ...« Mit dem Messer, das neben Moms Teller lag, schmierte ich mir noch eine Schicht Schokocreme auf den körnigen Frischkäse. »Obwohl er ja dann eher was für mich wäre.«, fügte sie etwas leiser hinzu und ich stöhnte auf.

»Oh Mom, bitte hör auf damit. Das will ich mir gar nicht erst vorstellen. Du und ... Gabe? Nein. Daraus wird hoffentlich nie etwas.«, meinte ich darauf hin und verschwand, so schnell es ging, in meinem Zimmer.

Mir graute vor dem Montag und der unvermeidbaren Begegnung mit Aaron. Er hatte mir einige Nachrichten geschickt und des Öfteren versucht, mich anzurufen, doch ich hatte Xenara geschrieben, dass meine Mom und ich übers Wochenende bei einer Verwandten waren, so dass Aaron wenigstens nicht vor unserer Wohnungstür auftauchte. Trotz des mulmigen Gefühls stand ich am Montagmorgen aus dem Bett auf und ging unter die Dusche. Ich verließ die Wohnung, eine halbe Stunde bevor Aaron normalerweise zur Schule fuhr, und lief zur High School. Xenara saß neben mir im Unterricht und fragte mich immer wieder, ob alles in Ordnung sei. Ich nickte nur und irgendwann hatte sie dann wohl kapiert, dass ich nicht mit ihr sprechen wollte und ließ mich in Ruhe. Später dann in der Hofpause traf ich auf ihren Cousin. Er wollte mich umarmen, doch ich stieß ihn von mir.

»Du hast echt Nerven.«, bemerkte ich empört. Er runzelte die Stirn.

»Was ist denn los?«, fragte er daraufhin, »Du warst heute früh gar nicht beim Auto und deine Mom sagte, du wärst schon gelaufen und am Freitag beim Konzert hast du gefehlt, weil du dir den Knöchel verstaucht hattest? Du hast nicht auf meine Nachrichten geantwortet und bist nicht ans Handy gegangen. Ich habe schon vermutet, dass irgendetwas nicht stimmt, aber ich weiß nicht was. Habe ich was falsch gemacht?« Ich musste unwillkürlich etwas lachen.

»Etwas falsch gemacht? Nein, du warst einfach genauso, wie ich es hätte erwarten müssen. Eben typisch Aaron

Baxter.« Er riss überrascht die Augen auf und hielt mich zurück, als ich an ihm vorbei gehen wollte.

»Was habe ich denn gemacht?« Ich winkte ab und entwand ihm meinen Arm.

»Das ist jetzt wohl egal. Es ist sowieso aus. Das müsste dir ja sogar gerade recht kommen, dann musst du nicht Schluss machen. Und keine Sorge ... ich mache dir keine Szene. Ich weiß ja, dass dir das peinlich wäre. Wie konnte ich mich so von dir blenden lassen oder überhaupt glauben, dass du ein Herz hast?« Entschlossen drehte ich mich um, um zu verschwinden. Aaron wollte mich abermals zurückhalten, doch da kam Xenara und hielt ihn fest.

»Lass sie Aaron. Das bringt jetzt nichts. Lass ihr etwas Zeit und Ruhe.« Aaron hörte glücklicherweise auf seine Cousine, sonst wäre meine Hand wohl in seinem Gesicht gelandet. Er blieb stehen und ich spürte seinen Blick in meinem Rücken. Sein verletztes Ego konnte ich förmlich spüren.

Eine Woche später, in der ich viel Zeit mit Gabriel verbracht und versucht hatte Aaron zu vergessen, glaubte dieser anscheinend ich hätte genug Zeit und Ruhe gehabt. Nach dem Unterricht sprach er mich im Flur an.

»Paige, ich weiß, du willst wahrscheinlich nicht mit mir reden, aber ich muss dich trotzdem noch einmal fragen, was ich falsch gemacht habe. Ich bin mir wirklich keiner Schuld bewusst.« Ich schnaubte verächtlich.

»Etwas Anderes hätte ich von dir auch nicht erwartet. Der große Aaron *Baxter* macht nie Fehler und Schuld hat er sowieso nie.« Ich wollte schon weiterlaufen, doch dieses Mal wollte er mich nicht gehen lassen und versperrte mir den Weg, indem er sich vor mich stellte.

»Ich habe schon verstanden, Paige. Ich bin ein mieses Arschloch und so ... aber vielleicht könntest du mir einfach mal sagen, warum ich plötzlich bei dir so unten durch bin.«

»Aaron, ich habe die Unterhaltung gelesen, die du mit deinem Kumpel Christian über mich geführt hast. Vielleicht sollte ich der Person danken, die mir den Screenshot geschickt hat, sonst wüsste ich immer noch nicht Bescheid.« Meine Worte schienen ihn nur weiter zu verwirren.

»Welches Gespräch mit Christian über dich? Welcher Screenshot?« Ich seufzte, nahm mein Handy aus meiner Hosentasche und suchte das Foto heraus. Dann gab ich es Aaron zum Lesen. Er runzelte die Stirn und gab mir das Handy wieder, als er mit Lesen fertig war.

»Das kann nur ein Missverständnis sein. Ich würde nie so etwas schreiben ... und das habe ich auch nicht.«, wollte er sich verteidigen.

»Und wie kommt es dann, dass mir jemand einen Screenshot davon geschickt hat?«, fragte ich und hielt ihm noch einmal mein Handy entgegen, um meine Frage zu unterstreichen. Er zuckte die Schultern.

»Keine Ahnung. Fake halt. Paige, ich kann es dir beweisen.« Er zog seinerseits sein Handy aus der Hosentasche und loggte sich wohl seinen Account ein, von dem dieser Chat stammte.

»Hier.«, forderte er mich auf, mit auf das Display zu sehen. Als er das Feld mit den Nachrichten von Christian berührte, erschien der gesamte Text. Jedes einzelne Wort, alles war da. Aaron schaute entsetzt.

»Wow, das war ja mal ein toller Beweis. Hast wohl vergessen, die Nachrichten zu löschen. Arschloch.« Mit Schwung platzierte ich meine flache Hand auf seiner Wange und legte dann mit einem riesigen Kloß im Hals, so stolz und dramatisch wie möglich meinen Abgang hin.

»Er wollte mir zeigen, dass er den ganzen Mist nicht geschrieben hat und da hat er mir einfach so den Text gezeigt. Das ist doch echt die Höhe.« Gabriel nickte nachdenklich und steckte noch einen Löffel Eis in den Mund.

»Ja klar, ist es.« Er wandte den Blick wieder zum Fernseher.

»Ich will ja nur damit sagen ... das kam rüber, als wollte er mir noch einmal zeigen, was für ein Arsch er ist.« Gabe neben mir seufzte.

»Willst du doch lieber wieder über Aaron reden, dann können wir vielleicht einfach den Film ausmachen.« Ich stutzte, dann schüttelte ich den Kopf.

»Nei … nein, natürlich will ich nicht über Aaron reden. Schauen wir den Film. Du hast ja recht, wir haben das Thema vorhin schon ausgiebig genug besprochen.« Gabe nickte abermals und schaute wieder auf den Bildschirm. Außer den Stimmen im Fernseher herrschte kurz Stille, dann ergriff ich abermals das Wort.

»Aber du musst doch zugeben, dass es ziemlich grob von ihm war, noch einmal in die offene Wunde zu greifen.« Der Mann neben mir nahm die Fernbedienung und schaltete den Fernseher aus.

»Also reden jetzt doch wieder über Baxter.«

»Nein nur … es war gemein von ihm. Du würdest das niemals tun. Oder? Mich verletzten, wenn ich sowieso schon am Boden liege.« Gabriel legte seinen Kopf zurück, so dass er auf der Rückenlehne des Sofas lag.

»Oder Gabriel? Das würdest du niemals tun.« Er seufzte abermals und stand auf.

»Paige, ich sage es ja nicht gerne, weil ich in dich verknallt bin, aber genau deswegen muss ich es dir sagen. Hast du schon mal daran gedacht, dass sich vielleicht jemand in Aarons Profil gehackt hat? Dass der Chat vielleicht wirklich ein Fake ist? Wenn Aaron wirklich so entsetzt geschaut hat, hieß das wahrscheinlich nicht: ›Oh shit, ich habe den Chat nicht gelöscht.‹, sondern wohl eher: ›Oh shit, wer hat sich da in mein Profil gehackt und so einen Mist geschrieben? Wer will mir schaden?‹ Hast du in deinem Hass auf ihn schon mal daran gedacht?« Ich schwieg einen Moment und dachte über seine Worte nach.

»Denkst du wirklich? Ich meine, wir haben die ganze Zeit nur davon geredet, dass er so unverschämt war …« Gabe unterbrach mich.

»*Du* hast davon geredet.«, berichtigte er mich. Ich verdrehte die Augen.

»Ja gut, aber … du könntest recht haben. Was wenn … er das eigentliche *Opfer* ist?« Gabriel lachte auf und fuhr sich mit einer Hand durch die Haare.

»Du bist jetzt richtig froh darüber, oder? Dass er das ganze Zeug doch nicht geschrieben haben könnte.« Ich wollte gerade widersprechen, als er schon wissend nickte. »Na klar bist du das.« Er drehte sich um und lief hinaus in den Flur, ich folgte ihm.

»Gabe, bitte. Es tut mir leid.« Er nahm seine Jacke und zog sie an.

»Ist schon okay, Paige. Ich mag dich echt und ich verstehe auch, dass dein Ex dich verletzt hat und du immer noch an ihm hängst, aber ich brauche jetzt erst einmal meine Ruhe, okay? Du bist echt toll, aber heute Abend gehe ich lieber nach Hause. Ich rufe dich morgen an.« Er ließ mich nicht mehr zu Wort kommen, öffnete die Wohnungstür und erstarrte.

»Na toll. Wenn man vom Teufel spricht, ist er meistens nicht fern.« Er schob sich an Aaron vorbei und rannte leichtfüßig die Treppenstufen hinunter. Aaron schaute ihm kurz nach, dann wandte er sich an mich.

»Paige, ich wollte ...« Doch ich unterbrach ihn.

»Lass mich in Ruhe. Ich will dich hier nicht mehr sehen.«, verlangte ich von ihm und knallte ihm die Tür vor der Nase zu.

Aaron

›Na toll, danke auch.‹, dachte ich mir, als ich mich umdrehte und die Treppe zu Moms und meiner Wohnung hinauflief. Aber das hätte mir klar sein müssen. Sie wollte mich natürlich nicht mehr sehen, nach allem, was ich ihr angetan hatte. Allerdings ... wer war dieser Mann gewesen? Der war mindestens 19 Jahre alt gewesen. Oder vielleicht sogar 20? Nur ein guter Kumpel, ein Verwandter? ›Oder ihr neuer Freund?‹, schoss es mir dann durch den Kopf und ich schüttelte ihn hastig. An so etwas wollte ich noch nicht einmal *denken*. Aber wie konnte ich ihr beweisen, dass ich den Chat nicht verfasst hatte? Wahrscheinlich würde sie Christian auch nicht glauben, wenn ich ihn darum bat, mit ihr zu reden. Apropos Christian. Was hatte er überhaupt mit der ganzen Sache zu tun? Das konnte ich wohl nur durch Fragen herausfinden. Morgen würde ich ihn einmal darauf ansprechen. Niedergeschlagen ließ ich mich auf mein Bett fallen. Lio kam angetrottet und legte seinen Kopf auf mein Bein.

»Ich weiß mein Großer. Du willst noch mal raus, aber ich habe keine Lust.« Er jaulte leise und ich stand seufzend auf. Gelangweilt nahm ich seine Leine von der Kommode im Flur und legte die Hand an die Türklinke.

»Mom, ich gehe noch einmal mit Lio.«, rief ich durch die Wohnung, doch sie antwortete nicht. Schulterzuckend öffnete ich die Tür und erstarrte.

»Perfektes Timing, würde ich mal behaupten. Gerade wollte ich klingeln.«, meinte meine Cousine grinsend, »Ich wollte dich fragen, ob du Bock hättest, mit mir noch eine Runde zu gehen, dann könnten wir noch etwas quatschen.« Abermals zuckte ich die Achseln.

»Klar, wieso nicht.« Lio kam hinter mir durch die Wohnungstür, um zu schauen, wer dastand.

»Lio, mein Guter.«, begrüßte Xenara ihn und kraulte meinen Hund am Kopf. Er hechelte, froh, sie endlich einmal wieder zu sehen.

»Genau das hatte ich mir vorgestellt. Schön mit meinem großen und kleinen Cousin spazieren gehen.« Sofort wusste ich, dass nicht nur ich etwas zu berichten hatte.

»Erzähl schon, was ist passiert?« Sie grinste, doch dann winkte sie ab.

»Nein, erst erzählst du wie es mit Paige läuft. Wie geht es deinem wunderschönen Gesicht?« Ich schüttelte den Kopf.

»Also hat sich das schon wieder in der gesamten Schule rumgesprochen.« Sie nickte, traurig lächelnd.

»Den Augenzeugen zufolge, hat Paige dir eine gescheuert und ist dann ›davon gerauscht‹. Du standest danach da, wie bestellt und nicht abgeholt und ihr müsst wohl auch ziemlich rumgeschrien haben. Ein paar Leute sagen sogar, dass sie sich sicher sind, dass du sie geschwängert und jetzt verlassen hast. Klar ist sie da sauer, nicht wahr?« Ich schnaubte verächtlich. Das war ja mal wieder typisch für diese Kleinstadt.

»Meine Güte, die haben ja alle eine blühende Fantasie. Nein, ganz so war es dann doch nicht. Sie hat mich ein Arschloch genannt, mir dann eine gescheuert und danach ist sie, wie du so schön sagst, ›davon gerauscht‹.« Xenara schloss die Haustür hinter uns, denn wir waren die Treppen schon hinuntergegangen und traten nun ins Freie.

»So wie das zurzeit aussieht, ist es aus und vorbei. Ich glaube nicht, dass aus uns noch einmal was wird.« Sie winkte ab und verdrehte die Augen.

»Ach, das wird schon, Aaron. Was hat sie denn eigentlich gegen dich in der Hand?« Ich nahm seufzend mein Handy aus meiner hinteren Hosentasche und gab es ihr mit dem offenen, gefakten Chat zwischen Christian und mir. Sie las einige Momente, dann gab sie es mir zurück.

»Okay, das ist schon ganz schön hart, aber ich vermute mal, du hast ihn nicht geschrieben? Wenn es so ein großes Missverständnis ist, wie ich denke, wirst du das geklärt bekommen. Lass ihr erst einmal ihren Frieden und bald dann greifen wir wieder an.« Ich nickte, mit wenig Hoffnung zwar, aber immerhin.

»Von mir aus, aber zuerst muss ich mit Christian reden. Ich frage mich, welche Rolle er dabei spielt und wer den Chat nun wirklich geschrieben hat, wo ich doch weiß, dass ich es ganz sicher nicht war. Wer hätte einen Vorteil aus der Trennung?« Sie zuckte mit den Schultern.

»Das ist eine berechtigte Frage, denn wer hat etwas gegen dich oder Paige? Außerdem: Wer wusste von eurer Beziehung? Du meintest doch, ihr habt sie nicht an die große Glocke gehängt.« Ich überlegte einen Moment und ging im Kopf verschiedene Möglichkeiten durch.

»Na ja, wir haben in der Öffentlichkeit nicht rumge-knutscht oder so. Aber nachdem ich hier noch nie eine Freundin hatte, ist es wohl ungewöhnlich ein Mädchen aus der zehnten Klasse zu umarmen und mit ihr manchmal Hand in Hand zu laufen? Die Einzige, die uns wirklich mal erwischt hat, war Paiges Französischlehrerin. Aber was hätte sie von der Trennung zweier Schüler?« Xenara nickte und verkniff sich ein Lachen.

»Nichts natürlich ... Tja vielleicht bist du mit einem Knutschfleck aus einem Zimmer gekommen, das Paige einige Minuten später ebenfalls verlassen hat?« Ich schüttelte den Kopf und verdrehte die Augen nach oben.

»Xenara, wir haben nicht wild rumgemacht oder ich weiß nicht, was du gerade für ein Kopfkino hast. ... Oh nein.« Ich schlug mir die Hand gegen die Stirn und stöhnte. Meine Cousine hob fragend die Augenbrauen.

»Der Pullover. Als ich mit Paige frisch zusammen war, habe ich ihr als ihr kalt war meinen Pullover gegeben. Als ich in die Schulflure zurück bin, kam Jordan mir auf der Treppe entgegen. Ich dachte mir in dem Moment natürlich nichts dabei, aber es war wohl doch ziemlich auffällig, dass Paige nach unserer Begegnung aus dem gleichen Klassenzimmer mit meinem Kapuzenpullover kam. Für andere Schüler mag das unwichtig gewesen sein, aber Jordan ist schon so aufdringlich, seit ich hier angekommen bin. Sie hat uns sicher nachspioniert, als sie sah, dass ich mit einer Zehntklässlerin verschwand und dann die richtigen Schlüsse gezogen. Und sie hat auch eindeutig ein Motiv. Ob sie Christian überredet hat ihr zu helfen, uns auseinander zu bringen?« Das Mädchen neben mir zuckte mit den Schultern.

»Vielleicht. Ist Christian ein guter Freund?« Ich schüttelte nachdenklich den Kopf und blieb stehen, während Lio an einer Laterne schnüffelte.

»Nein, eigentlich nicht. Er ist im Footballteam, aber ich habe nur mal mit ihm geschrieben. Ich denke mal, ihm ist mein Liebesleben egal. Aber Paige konnte ja nicht wissen, dass er kein besonders guter Kumpel von mir ist. Sie sah in dem Chat wohl einfach beste Freunde, die sich alles erzählen.« Xeni seufzte und trat mit dem Fuß nach einem Stein, so dass dieser erst Meter von uns entfernt wieder auf den Boden traf.

»Ja wahrscheinlich. Wir fragen Christian morgen, aber jetzt bin ich endlich dran.« Sie nahm aus ihrer Jackentasche ein Tütchen mit schon fertig gedrehten Joints und zündete einen davon mit einem Feuerzeug an.

»Du auch?«, fragte sie mich, doch ich lehnte dankend ab.

»Ich hoffe mal, das ist dein Einziger heute.«, tadelte ich sie und sie zog den Kopf ein, während sie einen Zug nahm.

»Der zweite.«, meinte sie kleinlaut dazu und ich seufzte.

»Xenara, ich weiß nicht, ob du das allein, beziehungsweise nur mit meiner Hilfe, so einfach hinbekommst. Vielleicht solltest du doch mal an eine Entzugsklinik denken.« Sie verdrehte die Augen.

»Mein Gott, ich vertrage nur den kalten Entzug, nicht so gut. Ich gehe doch nicht in irgendeine Klinik, wo ich abgeschnitten von euch allen bin. Es reicht schon, dass ich nicht mehr in New York und bei *ihm* bin. Er hatte einen wahrlich schlechten Einfluss auf mich, aber jetzt wird alles wieder gut. Ich ... wir schaffen das schon.« Sie nahm noch einen Zug und pustete Rauch in die Luft, während sie sprach.

»So jetzt zu mir. Footballteam. Ich muss sagen, da sind schon so ein paar schnuckelige Jungs drin.« Ich lächelte.

»Oh, du hast dich also in einen Footballspieler verknallt. Wer ist es? Wie ich dich kenne, ist es der Quarterback.« Sie schüttelte den Kopf. »Was gibt es noch? Der Kapitän?« Sie lachte, doch abermals schüttelte sie den Kopf.

»Aaron du hast wirklich keine Ahnung von Football und dem Team, das du seit einem Jahr anfeuern solltest, oder? Der Kapitän – Duck – *ist* der Quarterback. Also nein, es ist nicht Duck, aber er ist genauso hübsch. Einziger Makel: Er hat eine Freundin. Hilfst du mir?« Ich starrte sie fassungslos an.

»Wobei soll ich dir helfen? Da gibt es nichts zu helfen. Du kannst warten, bis sie sich vielleicht trennen und dann könntest du versuchen ihn zu bezirzen.« Sie grinste hinterhältig und versuchte, mich mit einem besonders bittenden Blick zu überzeugen.

»Ja ... oder wir beschleunigen die Trennung ein wenig.« Ich schnaubte und wehrte mit den Händen ab, um ihr zu zeigen, dass ich mit der Sache nichts zu tun haben wollte.

»Nein Xenara, das tun wir nicht. Ich habe es nämlich am eigenen Leib erfahren, wie es ist, wenn jemand deine Beziehung kaputt macht, und ich kann dir sagen, es ist scheiße. So etwas tue ich jemand anderem nicht an.«, stellte ich klar und sie seufzte.

»Och Mann, aber vielleicht würde es ja Spaß machen.« Ich schüttelte verständnislos den Kopf.

»Vielleicht sollte ich auch in Betracht ziehen, dass du den Chat geschrieben haben könntest.« Sie lachte auf und schüttelte belustigt den Kopf.

»Und was hätte ich davon? Du bist mein Cousin, mit Verwandten fange ich nichts an und lesbisch bin ich auch nicht, also will ich ebenfalls nichts von Paige ... Obwohl lesbisch sein manchmal sicherlich einfacher ist.« Ich verdrehte lachend die Augen.

»Weißt du, wie er heißt? Der Footballspieler?«, fragte ich dann und sie nickte.

»Na klar, er heißt Jack.« Sie zog den Namen liebevoll in die Länge und ich stutzte.

»Jack? Bist du dir sicher?« Sie nickte abermals.

»Ja, er heißt Jack und seine Freundin Abby.« Ich zog scharf die Luft ein.

»Xenara, das ist Paiges Ex, der sie mit ihrer besten Freundin betrogen hat.« Xenara stockte und schmiss dann ihren Joint auf den Boden, um ihn auszutreten.

»Du verarschst mich doch gerade.«, beschuldigte sie mich, doch ich schüttelte entschuldigend den Kopf.

»Nein, leider nicht.« Sie stöhnte auf und trat gegen den nächsten kleinen Stein auf dem Gehweg.

»Na toll, also kann ich den Typ abschreiben?« Ich zuckte die Achseln und nickte dann.

»Wenn du Paige eine gute Freundin sein willst, lässt du die Finger von ihm.« Sie seufzte abermals und steckte die Hände in die Jackentaschen, um sie aufzuwärmen.

»Na gut, dann ist das wohl so.«, murmelte sie und starrte zu Boden. Wir waren inzwischen vor ihrem Hotel angekommen.

»Bis morgen, Cousinchen.«, verabschiedete ich mich von ihr und umarmte sie.

»Ja, bis morgen. Dann führen wir den weiteren Plan zur Mission ›Gewinne Paige zurück‹ durch.« Ich hob eine Augenbraue.

»Welchen Plan?« Sie grinste verschwörerisch und wandte sich zum Eingang des Hotels.

»Den denke ich mir heute Nacht noch aus.« Sie winkte mir noch einmal zu, dann verschwand sie im Foyer. Ich wandte mich von den erleuchteten Fenstern und dem Hauptportal ab und lief mit Lio die laternengesäumten Straßen entlang zurück nach Hause.

Sechs

Am nächsten Morgen weckte mich mein Wecker mit einem nervtötenden Piepsen. Ich schlug mit einer Hand nach dem Schalter auf der Oberseite, um ihn zum Verstummen zu bringen. Danach schaltete ich das kleine Licht über meinem Bett an und schaute neben mich auf den Boden, wo mein Golden Retriever Lio in seinem Bett lag und darauf wartete, dass ich aufstehen und mit ihm spazieren gehen würde.

»Na, mein Großer? Lust auf eine kleine Runde?«, fragte ich gähnend, obwohl ich zum einen wusste, dass er nicht wirklich antworten würde und die Frage zum anderen völlig überflüssig war, da Lio immer gerne spazieren ging. Er erhob sich, als ich die Beine über die Bettkante schwang, und wedelte mit dem Schwanz. Nachdem ich mir eine Jogginghose und einen Kapuzenpullover angezogen hatte, nahm ich Lios Leine und verließ die Wohnung mit meinem Hund, der vor mir her trabte. Wie er so früh morgens so wach und fröhlich sein konnte, verstand ich nicht. Es war mir ein Rätsel. Allerdings schlief ich noch halb und so ging ich mit ihm nur eine Runde über den Rasen. Er wäre wohl am liebsten eine Stunde herumgetollt, doch ich brachte ihn dazu, wieder mit hochzukommen, indem ich ihm das Versprechen gab, heute Nachmittag länger zu laufen. Als wir an Paiges Wohnung vorbeikamen, öffnete sich die Tür und meine Ex-Freundin trat mit Schultasche und Jacke heraus.

»Hey Paige. Gehst du jetzt schon zur Schule?« Sie nickte, schaute mich jedoch nicht einmal an.

»Ja, ich laufe.«, antwortete sie knapp und wandte sich schon zur Treppe, die nach unten führte. Ich holte tief Luft und nahm damit meinen gesamten Mut zusammen.

»Wenn du willst, kannst du bei mir mitfahren. So in circa einer halben Stunde mache ich los.« Einen Versuch war es schließlich wert.

»Nein, danke. Da laufe ich lieber.«, erwiderte sie scharf und rannte leichtfüßig die Stufen hinunter. ›Okay, dann eben nicht.‹, dachte ich mir und ging deprimiert weiter. Im Flur vor meinem Zimmer, legte sich mein Hund in sein anderes Körbchen und ich lief in mein Zimmer, um mich anzuziehen. ›Wieso hatte das alles so kommen müssen?‹, fragte ich mich im Stillen, während ich mir kurz durch die Haare fuhr, allerdings hatte ich keine besondere Lust, sie zu ordnen und mit Haargel in Form zu bringen. Ich könnte jetzt so eine schöne Zeit mit Paige haben, doch irgendjemand war wohl scharf darauf, mir das zu verwehren. Aber irgendwie *musste* ich das wieder in Ordnung kriegen. Das schwor ich mir und machte mich in Turnschuhen, Jeans und dunkelblauem Pullover auf zu meinem neuen Auto, das mir mein Vater geschenkt hatte. Manchmal war er schon recht nützlich, das musste ich zugeben. Doch, dass er mich verlassen hatte, noch bevor ich geboren worden war, würde ich ihm wohl nie verzeihen können. Auf dem Schulparkplatz angekommen, sah ich Christian mit seinen Kumpels aus dem Team einen Football hin und her werfen. Schnurstracks lief ich zu ihm, hielt meinen Gesichtsausdruck jedoch so neutral wie möglich, obwohl die Wut darunter mächtig brodelte.

»Hey, Christian.«, rief ich ein paar Meter von ihm entfernt. Er drehte sich zu mir um und schien überrascht. Bei ihm angekommen, legte ich ihm eine Hand auf die Schulter und täuschte ein Lächeln vor.

»Aaron, was gibt's? Alles klar?«, fragte er und schmiss den Football zu einem seiner Kollegen. Ich nickte, doch dann zog ich ihn zur Seite, um in Ruhe mit ihm reden zu können.

»Jungs, ich komme gleich zurück.«, teilte er den anderen mit und wandte sich wieder zu mir um, »Was gibt's, Aaron?«

»Christian, ich habe ein etwas größeres Problem, dass ich mit deiner Hilfe gerne lösen würde.« Er runzelte verwirrt, aber auch nachdenklich die Stirn.

»Klar, was soll ich tun? Ich helfe gerne.« Ich lächelte und holte mein Handy aus meiner hinteren Hosentasche.

»Du musst mir nur sagen, ob du etwas über diesen ...« Ich klickte auf das Feld, das alle Nachrichten zwischen mir und Christian Reed öffnete und gab ihm das Handy, »... Chat weißt.« Er schaute interessiert auf den Handybildschirm und ganz plötzlich weiteten sich seine Augen.

»Ähm ... nein ... ich ... weiß nichts darüber.« Ich nickte verständnisvoll, denn ich erkannte sofort, dass er log. Und zwar nicht gerade gut.

»Okay ... wer hat dich erpresst?«, fragte ich auf seine Antwort hin und er senkte sofort den Blick zu Boden.

»Shit Aaron ... ich wollte das doch nicht. Ich wusste ja nicht ... hör mir zu, ich habe echt eine große Chance auf die Stelle des Teamkapitäns. Duck ist nicht mehr tragbar, das wissen alle und der Coach meinte ich sei einer seiner Favoriten. Nächstes Jahr mache ich hier meinen Abschluss und Kapitän zu sein ... das wäre meine Chance vielleicht ein Stipendium an einem guten College zu bekommen. Aber der Coach ... du weißt, er ist *ihr* Vater.« Ich seufzte, denn natürlich wusste ich mit wem der Coach des Footballteams sich seinen Nachnamen teilte.

»Also doch Jordan.« Er nickte mit zerknirschtem Gesichtsausdruck und reichte mir mein Handy.

»Ja Jordan, aber du musst mir glauben. Ich wusste nichts von dem Chat. Ich wusste nicht einmal was von dir und Paige. Jordan meinte, sie bräuchte für einen Nachmittag mein Facebook Passwort. Wenn ich es ihr nicht geben würde, fände sie wohl Mittel und Wege ihren Vater von meiner fehlenden Kompetenz für die Kapitänsstelle zu überzeugen. Ich hatte keine Ahnung, was sie mit dem Passwort vorhaben würde, und mir ist auch nichts aufgefallen, als ich es änderte. Nichts war verändert, nichts gelöscht ... also dachte ich, alles sei gut und ich hakte das Thema ab. Es tut mir leid Aaron, das wollte ich wirklich nicht.« Ich glaubte ihm, dass er nicht gewusst hatte, was

Jordan mit seinem Passwort vorgehabt hatte, und nickte zur Antwort.

»Schon okay, Christian. Danke, dass du mir jetzt die Wahrheit gesagt hast, du hast mir sehr geholfen.« Ich lächelte ihn nun ehrlich freundlich an und er nickte ebenfalls lächelnd. Dann joggte er zurück zu seinen Freunden. In Gedanken versunken betrat ich das Schulgebäude und erstarrte sofort, als ich Paige an ihrem Schließfach stehen sah. Sie beachtete mich jedoch überhaupt nicht, selbst als sie direkt an mir vorbeilief. Ich schaute ihr sehnsüchtig hinterher und wandte den Blick dann ab, denn Jordan war neben mich getreten.

»Hey Aaron. Ich freue mich schon so auf heute Nachmittag. Auf die AG. Du warst wirklich super beim Konzert. Das wollte ich dir nur noch einmal sagen.« Sie streckte sich und küsste mich auf die Wange.

»Wirklich gut. Ich werde sicher nie so gut … tanzen können. Vielleicht kannst du mir ja noch was beibringen? In Einzelstunden? Nur wir … zwei?«, flüsterte sie und näherte sich meinen Lippen. Sie glaubte wohl schon mich hypnotisiert zu haben, doch ich stieß sie von mir.

»Nein, wohl eher nicht. Ich habe leider keine Zeit für Privatstunden. Du wirst mit den AG-Stunden auskommen müssen. Danke für das Kompliment, aber ich muss jetzt los.« Ich lief schon weiter, doch dann drehte ich mich noch einmal zu ihr um. »Ach so … heute fällt die AG aus.« Sie starrte mich kurz entsetzt, ja sogar wütend, an, dann hatte sie sich wieder im Griff und lächelte gezwungen.

»Ja klar, okay. Du hast sicher viel zu tun.« Ich nickte kurz und lief dann hastig weiter den Gang entlang. Wo war meine Cousine? Ich musste ihr sofort alles über Christian und Jordan berichten. Doch ich fand sie nirgends und so machte ich mich widerstrebend auf in den Unterricht. Allerdings war sie auch in der Hofpause nicht auffindbar. Ich klebte ein Schild ans schwarze Brett, an dem für alle zu lesen war, dass meine AG heute ausfallen würde. Die weitere Suche nach meiner Cousine blieb trotzdem vergebens. Wenn ich ihr schon die Neuigkeiten nicht darlegen konnte, dann eben anders. Entschlossen, meine Beziehung mit Paige zu retten, machte ich mich auf zum Ausgang. An meinem Auto würde ich auf sie warten. Doch schon auf halbem Weg über den Schulhof blieb ich wie angewurzelt stehen. Paige stand auf dem Schulhof, jedoch nicht allein. Der Typ, der mir gestern aus Paiges Wohnung entgegengekommen war, stand ihr gegenüber und lächelte. Sie umarmte ihn und dann küssten sie sich. Entsetzt musste ich feststellen, dass sie schon wieder einen Neuen hatte. Ich war einfach durch einen Jungen oder eher einen Mann, der mindestens zwei Jahre älter war als ich, ersetzt worden. Enttäuscht ließ ich den Kopf hängen und seufzte. Ich durfte mir nichts vormachen. Wahrscheinlich hatte dieser Typ viel mehr zu bieten als ich. Vielleicht hatte er sogar Geld, einen Job und eine eigene Wohnung. Das alles konnte sie von mir natürlich nicht bekommen. Das Geld, das meine Mutter verdiente plus Unterhalt von meinem Vater reichte für uns beide gut, aber auch erst seit wir für mein Auto keine Versicherung, sondern nur noch Spritgeld zahlen mussten. Lio hätten wir uns davor eigentlich gar nicht leisten können, aber ich hatte ihn nun mal schon ewig. Ich wusste, wie unsere finanzielle Lage ausgesehen hatte, bevor ich von meinem Dad das bessere Auto bekommen hatte, obwohl meine Mutter versucht hatte mich aus den Problemen herauszuhalten.

So schnell und unauffällig, wie möglich, stahl ich mich an den beiden vorbei zu meinem Auto. Mir war klar, dass ich gerade im Begriff war, die Schule zu schwänzen, denn eigentlich hätte ich noch zwei Stunden gehabt, aber das war mir egal. Ich startete den Motor und fuhr geradewegs zu Xenaras Hotel. Wenn sie nicht in der Schule zu finden war, musste sie dort sein. Auf dem Weg zu ihr, hielt ich noch an einer Tankstelle und kaufte einen Sixpack Dosenbier, zum Glück wollte der Verkäufer meinen Ausweis nicht sehen und hielt mich wohl schon für 21 oder er verkaufte regelmäßig Alkohol an Minderjährige. Im Foyer des Hotels ließ ich mir Xenaras Zimmernummer sagen und fuhr mit dem Fahrstuhl in den fünften Stock. An der Tür von Zimmer 506 klopfte ich und meine Cousine öffnete mit einem Lächeln im Gesicht.

»Ich habe mir gerade die Haare geföhnt. Super Timing, wie im ...« Beim Anblick meines Gesichtsausdruckes unterbrach sie sich, zog sich hastig eine Lederjacke über und nahm eine Mineralwasserflasche aus der Minibar.

»Tut mir leid, dass ich heute nicht in der Schule war. Ich habe heute früh ziemlich verschlafen, um nicht zu sagen, dass ich erst 11 Uhr aufgewacht bin. Na ja, da dachte ich mir, für die paar Stunden lohnt es sich nicht und habe mal einen Tag krankgemacht.«, versuchte sie Smalltalk zu führen, doch ich erwiderte nichts und hielt ihr die Eingangstür auf, als wir dort angekommen waren. Sie startete sofort einen neuen Anlauf und traf damit direkt ins Schwarze.

»Ich habe mir heute einen super Plan überlegt. Ich wette, Paige springt darauf an und kommt zu dir zurück, bevor du sagen kannst: Ich ...« Ich unterbrach sie.

»... bin zu spät. Das bin ich nämlich tatsächlich. Ich habe sie heute auf dem Schulhof gesehen. Sie hat mit einem Typen rumgeknutscht.« Wir blieben an meinem Auto stehen und ich holte das Sixpack Bier aus dem Kofferraum.

»Oh ...«, antwortete meine Cousine nur und wir schwiegen, bis wir im Park ankamen, der ein paar Blocks vom Hotel entfernt lag. Dort setzte sich meine Cousine auf eine der Bänke und nahm eine Getränkedose von mir entgegen.

»Aaron, wir können echt riesige Schwierigkeiten bekommen, wenn uns so einer sieht.« Ich winkte ab, das Alkoholverbot in der Öffentlichkeit empfand ich gerade als mein geringstes Problem.

»Leg einfach die Hand um den Namen auf der Dose, außerdem ist der Park halb leer. Du musst ja nicht gerade was trinken, wenn ein Polizist vorbeikommt, oder? Und überhaupt. Wir sind hier in Winston-Salem. Das ist ein Kaff, hier kommt sowieso keine Polizei.« Sie nickte leicht seufzend. Nach dem ersten Schluck holte sie tief Luft.

»Also wegen Paige ziehst du so ein Gesicht.«, merkte sie nun an und ich nickte. »Aber haben sie sich wirklich richtig geküsst oder war es eher so ein Küsschen auf die Wange?« Ich schüttelte den Kopf und setzte mich vor die Bank auf den Kiesboden, allerdings so, dass ich meiner Cousine ins Gesicht sehen konnte. Ich trank ebenfalls einen Schluck Bier und seufzte.

»Nein, es war auf keinen Fall nur eine freundschaftliche Begrüßung mit Küsschen rechts, Küsschen links. Die sind zusammen und der Typ ist mindestens zwei Jahre älter als ich. Ich meine, schon zwischen *mir* und Paige lagen zwei Jahre ...« Sie zuckte mit den Schultern.

»Ich würde jetzt nicht unbedingt, was mit einem 20-Jährigen anfangen, abgesehen davon, dass wohl die meisten 20-jährigen Jungs nichts von mir wollen würden ...« Ich lächelte gequält und trank die Dose bis zur Neige aus.

Danach quetschte ich sie zusammen und schmiss sie in den Mülleimer, der mir am nächsten stand. Sie fiel daneben und Xenara schaute mich mit hoch gezogener Augenbraue an, während sie die Dose aufhob und wegschmiss.

»Du musst ja ganz schön fertig sein, wenn du einen Papierkorb aus zwei Metern Entfernung nicht mehr triffst.« Ich schnaubte verächtlich und öffnete die nächste Bierdose.

»Was soll ich denn jetzt noch machen, Xenara? Sie hat schon einen Neuen, zuhören will sie mir sowieso nicht ... ich weiß nicht, wie ich da noch was retten soll.« Sie schwieg und schien wohl zu überlegen. »Vielleicht sollte ich sie einfach eifersüchtig machen. Ich suche mir ein Mädchen aus eurem Jahrgang, jemanden auf den Paige neidisch ist und mache mit ihr vor Paiges Nase rum.« Sie schüttelte den Kopf und verdrehte die Augen nach oben.

»Keine gute Idee. Das würde sie ja nur in ihrer Ansicht von ›Aaron Baxter‹ bestärken. Von ihr wolltest du sowieso nie etwas, also suchst du dir schnell eine Neue. Nein, da würdest du ihr ja nur einen Beweis liefern, dass du ein riesiges Arschloch bist.« Ich wusste, dass sie recht hatte, trotzdem stöhnte ich genervt.

»Hast du denn eine bessere Idee?« Sie wiegte den Kopf hin und her, dann schüttelte sie ihn.

»Nein, leider nicht, aber mir fällt schon noch was Gutes ein, keine Sorge. Du liebst sie doch, oder?« Ich nickte sofort und nahm lange Schlucke aus der zweiten Bierdose.

»Ja, ich liebe sie, das gebe ich auch ganz offen zu. Und was bringt mir das jetzt, außer noch mehr Kummer?«, fragte ich und schmiss verbittert die zerquetschte Dose in den Mülleimer. Dieses Mal traf ich sogar. Xenara stellte ihre erste Bierdose neben sich und gab mir die Mineralwasser-flasche, die sie in der Innentasche ihrer Jacke aufbewahrt hatte.

Ich nahm sie entgegen und beäugte die durchsichtige Flüssigkeit misstrauisch.

»Das ist doch nicht wirklich Mineralwasser, oder?« Sie schüttelte den Kopf.

»Nein, ich habe es bloß umgefüllt, aber wehe du kippst es so hinter wie das Bier. Das habe ich vor meinem Weggang noch aus der Bar meines Vaters mitgehen lassen.« Ich nahm einen Schluck und lächelte. Gin.

»Und denkst du, sie liebt dich auch?«, fragte sie nach kurzer Stille. Ich zuckte die Achseln und schluckte die Flüssigkeit in meinem Mund hinunter.

»Ich weiß es nicht. Ich dachte immer ja, aber jetzt ... Sie hat es jedenfalls nie gesagt.« Meine Cousine verdrehte die Augen.

»Na gut, dass sie es nicht ausspricht, heißt ja noch nicht, dass sie dich nicht liebt.«, erklärte sie, als wäre sie Fachmann und nahm ebenfalls einen Schluck Gin. Ich schwieg und zuckte die Schultern.

»Vielleicht hat sie das einmal, aber jetzt ... eher nicht mehr. Sie hasst mich Xenara. Wie sie mich angeschaut hat, als ich ihr den Chat gezeigt habe. Ich dachte doch, es gibt keinen Chat und dann ... in dem Moment wusste ich: Sie hat mich abgehakt. Endgültig.« Xenara ließ traurig den Blick zu Boden sinken.

»Irgendwas wird uns schon einfallen, Aaron. Irgendwie ...« Doch ich unterbrach sie.

»Nein, Xenara, nicht irgendwie. Ich bin fertig. Ich lass das jetzt erst einmal sein. Du weißt ja nicht, wie weh es getan hat, sie mit diesem Typ zu sehen. Ich will einfach nicht mehr. Ich will einfach mal abschalten. Die Welt dreht sich ja so oder so weiter. Nur für mich steht die Zeit jetzt mal still.« Xenara nickte traurig und holte, wie gestern Abend auch, die Joints aus ihrer Jackentasche. Ich nahm dieses Mal einen entgegen und entzündete ihn mit dem Feuerzeug, das sie mir reichte.

114

»Mein erster seit über drei Jahren.«, murmelte ich, mehr zu mir selbst als zu jemand anderem und nahm dann einen langen Zug. Ich öffnete eine weitere Bierdose, genau wie Xenara und dann legte ich mich auf den Rücken, mitten auf den Kiesweg des Parks. Nur ganz vereinzelt liefen Leute an uns vorbei, die Wolken zogen am Himmel dahin und die Sonne sank immer tiefer, während ich Gras rauchte, die letzten Dosen Bier vernichtete und mit Xenara zusammen die Mineralswasserflasche voll Gin leerte.

»Aaron, komm steh auf. Es ist schon spät.«, meinte Xenara und zog mich am Arm.

»Nein, ich will nicht.«, antwortete ich, als sich meine Augen langsam öffneten, »Ich will hier liegen bleiben.« Sie schnaubte genervt.

»Und wie lange? Bis die Polizei kommt oder bis Paige von allein wieder zu dir zurückkommt?«

»Ja, für immer.«, antwortete ich und ich spürte förmlich ihren Blick und wie sie die Augen verdrehte.

»Los komm jetzt. Wir finden schon eine Lösung.«, versprach sie und ich ließ mich von ihr auf die Beine ziehen. Die Welt um mich herum schwankte hin und her und fast wäre ich wieder hingefallen, hätte meine Cousine mich nicht festgehalten.

»Ich bin nicht betrunken.«, versicherte ich ihr und sie nickte.

»Nein, überhaupt nicht. Völlig nüchtern, schon klar.«, meinte sie lächelnd und führte mich weiter Richtung Hotel. An meinem Auto wollte ich mich verabschieden, aber sie zog mich weiter ins Foyer hinein.

»So fährst du mir ganz sicher nicht nach Hause. Komm, du übernachtest heute bei mir.« Geschlagen ließ ich mich in ihr Zimmer führen und setzte mich dort aufs Bett.

»Du ziehst zu uns. Zu meiner Mom und mir. Das Hotel ... ist viel zu teuer. Und du bist abends sicher ziemlich einsam.«, lallte ich und sie lief ins Bad.

»Ja, ich wollte euch zwar eigentlich keine Umstände machen, aber wir können deine Mom ja mal fragen.«, stimmte sie mir zu und als sie in Boxershorts und Top wiederkam, saß ich immer noch gleich da. Sie seufzte, schaltete ihre Nachtischlampe mit einem Klicken ein und die Deckenleuchte aus. Nachdem sie die Tür von Innen verschlossen hatte, stellte sie sich vor mich.

»Könntest du dich selbst ausziehen, ich habe nicht sonderlich Lust darauf Mama zu spielen.« Langsam trat ich mir die Schuhe von den Füßen und öffnete Gürtel und Reißverschluss. Sie nahm mir die Jacke ab und nachdem ich mein T-Shirt ausgezogen hatte, legte ich mich auf die eine Seite des großen Bettes. Xenara legte sich auf die andere Seite und machte ihr Nachttischlicht aus.

»Das wird schon wieder, Aaron. Du wirst schon sehen. Jetzt schlaf erst einmal eine Nacht drüber.«, flüsterte sie noch.

»Gute Nacht.«, erwiderte ich mit einer Träne im Augenwinkel, die ich schnell weg blinzelte und ehe ich noch einen weiteren Gedanken an den nächsten Tag verschwenden konnte, war ich schon eingeschlafen.

Xenara

Am nächsten Morgen weckte mich das leise Klingeln meines Handys, das ich als Wecker benutzte. Ich wollte mich aufrichten und es ausschalten, doch ein Arm, der mir nicht gehörte, hinderte mich daran. Ich drehte mich seufzend um und fand mich schlagartig an Aarons, zugegeben ziemlich muskulöser, Brust wieder.

»Aaron.«, stöhnte ich, während ich seinen Arm von mir schob, »Dein Sixpack ist ja echt hübsch, aber du bist jetzt nicht gerade mein Traumprinz, also RÜCK AB.«, schimpfte ich und er drehte sich auf die andere Seite, wo er genervt grunzte.

»Sorry.«, murmelte er dann und schlief einfach weiter. Ich stand seufzend auf und schaltete mein Handy aus, danach lief ich ins Bad und machte mich fertig. Als ich in das eigentliche Hotelzimmer zurückkam, lag Aaron mitten auf dem Bett und öffnete nur ein Auge, als ich ihn anstupste.

»Los, Aufstehen. Der Unterricht fängt in einer halben Stunde an.«, verkündete ich, woraufhin er stöhnte.

»Ich will nicht, ich habe Kopfschmerzen.« Ich zog ihm lachend die Decke weg.

»Das kommt davon, wenn man sich abfüllt und am nächsten Tag wieder früh raus muss.« Er setzte sich stöhnend auf und rieb sich die Augen.

»Seit wann interessiert dich überhaupt die Schule?« Ich zuckte die Schultern. Er hatte natürlich recht. Normalerweise legte ich nicht sehr großen Wert darauf, ob ich dem Unterricht beiwohnte oder nicht.

»Irgendjemand von uns muss ja mal erwachsen werden.« Er lachte ebenfalls und stand auf.

»Ich gehe schnell duschen.«, verkündete er und verschwand im Bad. Während er sich fertigmachte, räumte ich ein bisschen auf und schaltete den Fernseher an. Die Morgennachrichten waren nicht sehr interessant und ich war froh, als Aaron endlich wiederkam.

»Wir fahren noch bei mir vorbei, damit ich mich umziehen kann.«, sagte er und schnappte seine Jacke. Ich nickte und folgte ihm nach unten zu seinem Auto. Seine Mutter war noch da, als wir die Wohnung betraten, und sie schien sich sehr zu freuen, mich zu sehen.

»Xenara, wir haben uns ja ewig nicht mehr gesehen. Komm her, Schätzchen.« Sie nahm mich fest in die Arme. »Wo wohnst du eigentlich, Kindchen?« Ich druckste kurz herum, dann sagte ich einfach die Wahrheit.

»Im Hotel.« Sie starrte mich entsetzt an.

»Oh, Xeni, das geht doch nicht. Du wirst natürlich zu uns ziehen, das ist doch klar.«, meinte sie dazu und Aaron lachte.

»Habe ich doch gesagt. Sie wird dich aufnehmen, als wärst du ihr eigenes Kind.«, sagte Aaron lächelnd dazu, als er aus seinem Zimmer trat. Seine Mutter nickte.

»Ja, natürlich. Du bist ja auch mehr meine Tochter als meine Nichte.« Sie umarmte mich erneut.

»Ja, okay, das reicht jetzt. Wir müssen los zur Schule.«, sagte mein Cousin plötzlich und zog mich zur Wohnungstür. Ich winkte seiner Mutter zum Abschied und folgte Aaron dann bereitwilliger.

»Gleich am Wochenende holen wir deine Sachen aus dem Hotel.«, rief sie mir nach. Ich musste lächeln. Das war doch mal eine richtige Mutter. Meine Eltern hatten immer zu viel zu tun gehabt um sich um viel mich kümmern zu können, also waren meine Tante und mein Cousin meine Familie gewesen. Aaron. Während ich ins Auto stieg, betrachtete ich ihn. Er war ein guter Kerl, auch wenn er in viele schlimme Sachen gezogen worden war in der Vergangenheit. Doch seine Liebe zu mir und seine Sorge um mich waren doch stärker gewesen als alles andere. Er hatte mich vom Abgrund der Drogensucht weggezogen und mir geholfen. Dafür war ich ihm sehr dankbar.

»Was ist?«, fragte Aaron mit einem Seitenblick auf mich. Ich bemerkte, dass ich ihn die ganze Zeit angestarrt hatte.

»Nichts, ich habe nur gerade an New York gedacht. An früher ... ich meine es gab ja nicht nur Katastrophen, sondern auch schöne Zeiten.« Er nickte nun ebenfalls in Gedanken versunken.

»Ja, na klar. Da hast du recht.« Als wir auf dem Parkplatz aus dem Auto stiegen, lachten wir beide bei den Erinnerungen an zurückliegende Zeiten. Glücklichere Tage.

Die Schüler strömten mit uns über den Schulhof und irgendwann bemerkte ich, dass ich direkt hinter Jack lief.

»Oh, schau mal Aaron, da ist Jack.«, flüsterte ich meinem Cousin zu. Er verdrehte die Augen, lächelte allerdings dabei.

»Oh, Xenara, er hat eine Freundin, vergiss das nicht.« Nun war es an mir, die Augen zu verdrehen.

»Aber warum muss er auch so ...?« Während ich nach dem richtigen Wort suchte, unterbrach Aaron mich.

»... gay sein?« Ich starrte ihn entsetzt an.

»Gay? Warum? Was meinst du damit?« Er zuckte mit den Schultern.

»Keine Ahnung, es kam mir gerade eben nur so in den Sinn ... außerdem starrt er irgendwohin ... jedenfalls nicht auf den Hintern eines Mädchens.« Und er hatte tatsächlich recht. Bei näherer Betrachtung bekam ich dieselben Schwingungen von dem Jungen vor mir und vor ihm war nicht etwa eine Frau, sondern einer seiner Footballkollegen.

Entweder er schaute nur so ins Leere, oder er betrachtete dessen Hinterteil wirklich.

»Aber er hat doch eine Freundin.«, protestierte ich und Aaron zuckte die Achseln.

»Vielleicht weiß er selbst noch nicht so richtig, wer er ist, oder er will es verstecken, indem er etwas mit Mädchen anfängt?« Ich wiegte den Kopf hin und her.

»Im ersten Fall: was soll ich tun? Ihn observieren und am Ende dann zu ihm gehen und sagen: ›Hey Jack, ich weiß ja nicht, ob du es selbst schon wusstest … aber du bist gay.‹ Wäre nicht so cool, oder?« Aaron lachte.

»Im ersten Fall würde ich gar nichts machen. Ich meine, er wird das ja selbst irgendwann mal mitbekommen. … Also wenn er überhaupt gay ist. Wir gehen hier sofort davon aus, obwohl wir nur gesehen haben, dass er durch die Gegend starrt. Man darf keine voreiligen Schlüsse ziehen, denk immer daran, was für Folgen ein Outing für Jack haben könnte.« Ich nickte und klopfte meinem Cousin auf die Schulter.

»Dann beginne ich mal mit der Observation. Keine Sorge, ich handele schon nicht voreilig, wenn ich es nicht ganz sicher weiß.« Er verdrehte die Augen, wusste allerdings auch dass er mich sowieso nicht aufhalten konnte und klopfte mir ebenfalls auf die Schulter. So unauffällig wie möglich, folgte ich Jack ins Schulgebäude und beobachtete jeden seiner Schritte. In den darauffolgenden Tagen machte ich es mir zur Aufgabe, Jack so oft wie möglich zu folgen, um herauszubekommen ob sich unsere Vermutung bestätigen würde und vor allem, ob Jack selber es wusste, denn dann machte er seiner Freundin Abby ganz schön was vor. Paige wollte sowieso nur sehr wenig mit mir sprechen und in den Pausen vergnügte sie sich offensichtlich anderweitig, also hatte, ich sonst nichts Besseres zu tun. Zumal ich es endlich geschafft hatte nur noch alle paar Tage zu einem Joint greifen zu müssen, was ein immenser Fortschritt war. Nach drei Tagen gab ich es langsam auf und dachte schon, wir hätten uns einfach geirrt. Außerdem hatte ich Angst, dass Jack mich irgendwann bemerken würde. Bis jetzt hatte er es noch nicht oder wenn, verstellte er sich gut. Ich schaute ihm und Abby beim Knutschen zu, ging zum Footballtraining, allerdings bis nach Hause lief ich ihm nicht nach. Als ich einmal mitbekam, wie er sich verstohlen umschaute, bevor er zur Herrentoilette ging, konnte ich mich nicht zurückhalten.

Er öffnete die Tür und Aaron kam heraus. Hastig lief ich ihm entgegen.

»Ist da noch jemand drin?« Aaron zuckte die Achseln.

»Irgendein Zehntklässler. Wieso? Observierst du Jack immer noch?« Ich nickte aufgeregt und knetete meine Finger.

»Na, willst du mitmachen?« Er schüttelte schnaubend den Kopf.

»Nein danke, Xeni, ich überlege mir lieber einen neuen Plan in Bezug auf Paige. Ich habe eine Idee. Sie hat morgen Geburtstag. Sie wird 16.«, trällerte er und schon lief er davon. Ich öffnete die Toilettentür, weil ich es einfach wissen musste. Ich wusste nicht genau, woher meine Obsession in Bezug auf Jack herkam. Aber vermutlich war es eine Art Kompensation meiner anderen Sucht.

Als ich meinen Kopf durch den Türspalt steckte, hörte ich plötzlich Geräusche und die kamen nicht etwa von den Klospülungen. Leise schlich ich an den Spiegeln und Waschbecken vorbei und in eine Kabine hinein. Vielleicht waren es nur Jack und Abby, die sich so wild küssten. Langsam stieg ich auf den Klodeckel und schaute über die Abtrennung. Mir stockte der Atem. Es war nicht Abby, sondern ein Junge, von dem ich wusste, dass er in Jacks Klasse war. Wahrscheinlich der Zehntklässler, von dem Aaron gesprochen hatte. Mit großen Augen hastete ich so schnell und leise wie nur möglich auf den Flur. Dort stand ich plötzlich Abby gegenüber.

»Na, was wolltest du denn dort drin?«, fragte sie säuerlich.

»Nichts.«, log ich, »Hab mich nur in der Tür geirrt.« Sie lächelte falsch und legte die Hand an die, noch leicht geöffnete, Tür.

»Lüg nicht. Ich weiß doch, dass da was läuft. Schon seit Tagen hängst du an ihm, wie eine Klette und jetzt gehst du mit ihm auf die Männertoilette? Ich bin nicht blöd. Aber keine Sorge, du hast ihn ab sofort für dich. Ich knöpfe ihn mir nur noch vor.« Sie drängte sich grob an mir vorbei.

»Du solltest nicht ...«, fing ich an und versuchte sie zurückzuhalten, doch ich griff ins Leere.

Als sie ebenfalls die Geräusche hörte, stieg sie, wie ich zuvor, auf einen Klodeckel in einer Kabine und ich beobachtete sie stumm. Mit großen Augen nahm sie ihr Handy, machte schnell ein Foto und sprang dann wieder auf den Boden. Mit einem Ruck riss sie die Kabinentür der zwei Jungs auf.

»Abby.«, hörte ich Jack entsetzt rufen und er stolperte hinter seiner Ex-Freundin her, die erhobenen Hauptes auf den Gang gelaufen kam. Im Stolpern fuhr er sich durch die Haare, im Versuch sie in Ordnung zu bringen.

Sieben

Paige

»Guten Morgen, Paige. Zeit zum Aufstehen.«, murmelte mein Freund und küsste mich auf die Wange.

»Ich will aber noch nicht. Ich bin müde.«, jammerte ich und wühlte mich noch tiefer in die Decke.

»Ach komm, ich fahre dich auch zur Schule.«, versprach Gabriel mir und strich mit einer Hand die Bettdecke von meinem Gesicht. Ich öffnete ein Auge und blinzelte ihn an.

»Und was ändert das?« Er grinste belustigt und stand auf.

»Du könntest dir mehr Zeit im Bad lassen, weil du nicht laufen musst.«, erklärte er, wohl wissend, dass ich darauf anspringen würde. Langsam richtete ich mich ebenfalls auf und schlug die weiße Bettdecke zurück.

»Na gut, während ich mich fertigmache, könntest du ja schon mal einen Kaffee kochen, damit ich richtig wach werde.«, schlug ich vor und er grinste immer noch, während er nickte. Nachdem ich endlich aufgestanden war, tapste ich barfuß durch den, mit Laminat ausgelegten, Flur hin zum Bad. Schon gestern hatte ich mir dort meine neuen Klamotten bereitgelegt, so dass ich mich heute nur noch umziehen und die Haare kämmen musste. Als ich wieder die Badtür öffnete, schlug mir der Duft von Pancakes und Kaffee entgegen.

»Ist das Frühstück schon fertig?«, rief ich, während ich ins Schlafzimmer zurückkehrte und dort meine Schlafsachen in eine Tasche packte, die neben dem Bett stand. Gabe steckte den Kopf durch die Küchentür und nickte.

»Ja, fast. Der letzte Pancake brät noch, aber wir können schon anfangen, wenn du willst.« Ich schloss die Sporttasche und lief zu meinem Freund in die Küche. »Du hast dir aber nicht sehr viel Zeit gelassen.«, stellte er fest, doch ich zuckte nur mit den Schultern.

»Musst du heute gar nicht zur Arbeit?«, stellte ich eine Gegenfrage, während ich mich an den Küchentisch setzte und er ein einem Pfannkuchen ähnliches Etwas aus der Pfanne auf dem Herd, holte.

»Doch schon, aber erst in einer Stunde. Ich bin aber auch schon etwas länger wach als du. In der Zeit habe ich schon frische Erdbeeren und den hier geholt.« Er hob einen Cupcake hoch in die Luft. Er war mit blauer Creme verziert und eine brennende Kerze steckte darin.

»Leider haben keine 16 Kerzen drauf gepasst, aber wenigstens eine. ... Herzlichen Glückwunsch zu deinem Geburtstag.«, meinte er dann und küsste mich flüchtig auf den Mund, »Hier, jetzt darfst du dir was wünschen.«, verkündete er und gab mir den Cupcake.

»Oh, das ist ja echt süß. Woher weißt du, dass ich heute Geburtstag habe?«, fragte ich ihn und er zuckte mit den Schultern.

»Tja ... ich habe da so meine Quellen.«, murmelte er verschwörerisch und ich seufzte. Dann pustete ich die Kerze aus und wünschte mir, dass dieser Tag Gutes bringen würde. »Und jetzt lass dir das Frühstück gut schmecken.«, sagte Gabe lächelnd und setzte sich mir gegenüber an den Tisch.

»Du dir auch.«, antwortete ich und stellte gleich die nächste Frage. »Wann hast du heute Schluss?« Er lachte etwas lustlos. Gleich im nächsten Moment wusste ich, woher dieser Ton kam.

»Heute leider gar nicht. Ich habe eine 48 Stunden Schicht.« Meine Augen weiteten sich, während ich in den Cupcake biss.

»48 Stunden? Wie soll so etwas gehen?«, fragte ich, entsetzt von dieser Vorstellung. Er winkte ab.

»Das bedeutet ja nicht, dass du 48 Stunden am Stück wach bleiben musst. Ich muss einfach im Krankenhaus und bereit sein. Zwischendrin schlafe ich mal wieder eine halbe Stunde und wenn sie mich brauchen, piepen sie mich an.« Ich aß schweigend weiter, nach einiger Zeit traute ich mich wieder, etwas zu sagen.

»Also sehen wir uns bis übermorgen gar nicht mehr?« Er zuckte mit den Schultern.

»Wenn du nicht ins Krankenhaus kommst, um mich zu besuchen ... dann ... ja dann sehen wir uns erst übermorgen wieder.« Einen halben Pancake ließ ich liegen und stand auf. »Ich glaube, wir sollten jetzt los.«, meinte ich nun und er zuckte die Schultern.

»Okay, wenn du willst.« Er lief an meiner Seite in den Flur und zur Garderobe, wo er sich seine Jacke und seinen Schlüssel nahm.

»Was habt ihr denn heute so?«, fragte Gabe, während wir die wenigen Treppen hinunter auf die Straße liefen.

»Nichts Besonderes.«, antwortete ich wahrheitsgemäß und öffnete die Tür der Beifahrerseite, als wir an seinem Auto angekommen waren. Er nickte verständnisvoll und grinste dann.

»Daran kann ich mich auch noch aus meiner Zeit als Schüler erinnern. Hatten wir auch meistens.«, scherzte er und ich musste unwillkürlich lächeln. Gabriel brachte mich einfach immer zum Lachen.

»Ich bringe dann gleich deine Tasche zu dir nach Hause.« Er startete den Motor und wir fuhren los.

»Oh, aber ich habe meine Tasche jetzt bei dir gelassen.«, fiel mir erst ein, als wir schon um diverse Hausecken gebogen waren. Er winkte ab.

»Dann hole ich sie später schnell noch, ich muss sowieso noch das ganze Frühstück wegräumen.« Gabes Wohnung war nicht sehr weit entfernt von der West Salem High, so dass er schon einige Minuten später auf dem Schulhof hielt. Wir stiegen gleichzeitig aus und trafen uns am Kofferraum.

»Du bist echt der Beste.«, meinte ich zu ihm und legte ihm meine Arme um den Hals.

»Und du bist heute Geburtstagskind.«, erwiderte er und küsste mich, während er seine Hände zu meiner Hüfte gleiten ließ, dann löste er seine Lippen von meinen.

»Bis bald. Ich hoffe wir sehen uns lieber früher als später wieder.«, flüsterte er und gab mich vollends frei. Ich stimmte ihm mit einem Nicken zu. Als er vom Schulhof fuhr, winkte ich ihm nach und machte mich erst danach auf den Weg ins Schulgebäude. Am schwarzen Brett hatte sich eine Traube von Schülern gebildet, die meine Neugier erregte.

»Schau dir das mal an. Das muss ich Becks schicken.«, quiekte ein Mädchen, kicherte und schoss ein Foto mit ihrem Handy von dem am schwarzen Brett hängenden Zettel.

»Das hätte ich nie von ihm gedacht.«, meinte ein Junge. Dann endlich hatte ich mich durch die Menge gedrängelt und sah die Neuigkeit, die alle so Aufregung versetzte. Es war ein DinA4 großes Bild von Jack und Ben in einer engen Umarmung in einer Toilettenkabine. Von hinten legte sich eine Hand auf meine Schulter.

»Es tut mir so leid, Paige.«, flüsterte Xenara und ich drehte mich zu ihr um, »Ich meine, du warst ja mit ihm zusammen ...« Ich zuckte mit den Schultern und schaute noch einmal zurück zu dem Foto.

»*Mir* ist es egal, denn *ich* habe ja mit ihm Schluss gemacht, aber Abby ... Sie war wahrscheinlich nur Mittel zu dem Zweck, seine Homosexualität zu vertuschen. Wer hat ihn denn erwischt und wer hat diese Bilder gemacht?« Xenara ließ den Blick zu Boden schweifen.

»Ich habe ihn erwischt.«, gab sie zu und ich traute meinen Ohren kaum.

»Du warst das alles hier?« Sie schüttelte hastig und energisch den Kopf.

»Nein, die Bilder habe ich nicht gemacht. Das war Abby selbst. Ich vermute mal, sie war ziemlich gekränkt, als sie ihn gesehen hat und hat deswegen das Bild gemacht und vervielfältigt.« Ich runzelte die Stirn.

»Abby war das? Tja jetzt habe ich gleich viel weniger Mitleid mit ihr.« Xenara lächelte traurig und ich riss das Blatt von der Pinnnadel und knüllte es in meiner Hand zusammen. Die Schüler um mich herum, die noch nicht selbst ein Foto davon gemacht hatten, beschwerten sich lautstark, als wir uns in Bewegung Richtung Klassenzimmer setzten und ich die Papierkugel in den nächsten Mülleimer schmiss.

»Da fällt mir ein ... du hast ja heute deinen 16. Geburtstag. Das muss gefeiert werden. Riesenparty am Wochenende, würde ich sagen.« Ich wehrte ab, indem ich die Hände hob.

»Bitte nicht. Ich bin nicht so der Partytyp.« Sie seufzte, doch dann nickte sie.

»Na gut, aber dann wenigstens das.« Sie drückte mir einen Umschlag in die Hand und grinste. Ich zog ein Stück Papier heraus und las hastig.

»Ein Wellness-Nachmittag für zwei Personen ... zwei Personen?« Sie klatschte in die Hände.

»Toi et moi.« Ich schüttelte belustigt den Kopf und steckte das Papier wieder in den Umschlag.

»Echt, gar nicht eigennützig oder so.« Sie zuckte mit den Schultern und grinste verschmitzt.

»Du kannst ja auch deinen Freund mit hinnehmen. Weiß ja nicht, ob dein derzeitiger auf Wellness steht.« Ich schüttelte abermals den Kopf.

»Schon gut. ... Wann wirst du eigentlich 16?« Sie lachte, denn sie bemerkte, wie schnell ich das Thema gewechselt hatte.

»Das bin ich schon seit fünf Monaten. Ich habe eine riesige Party in New York veranstaltet. Am Pool mit ungefähr hundert Leuten ...« Ich hob beide Augenbrauen und hakte es einfach als New York-Ding ab.

In der Mittagspause setzte ich mich auf eine Bank im, von Schülern durchströmten, Schulflur und nahm mein Handy aus meiner Hosentasche. Doch bei Gabe ging nur die Mailbox ran.

»Hey Gabe, ich wollte einfach mal hören, was du so machst ... also ich will dir natürlich nicht nachspionieren oder so, aber ... aber ich vermisse dich einfach so schrecklich. Also vielleicht hörst du ja deine Mailbox ab und rufst mal zurück. Tschau.« Seufzend steckte ich mein Handy wieder weg und stand auf. Ich schlenderte durch den Flur, als Aaron sich mir in den Weg stellte.

»Paige, hör mir bitte noch einmal zu.«, flehte er, doch ich lief an ihm vorbei und würdigte ihn nicht einmal eines Blickes.

»Paige bitte, ich will dir alles erklären.«, rief er und ich schnaubte verächtlich.

»Die Chance hattest du vor einer Woche und schon da konntest du mir nur deine Schuld beweisen. Was soll jetzt anders sein?« Er blieb hinter mir zurück.

»Jetzt kenne ich den eigentlichen Schuldigen.« Ich blieb ebenfalls stehen, obwohl ich nicht wusste, warum.

»Mach es kurz.«, verlangte ich und schaute ihn immer noch nicht an.

»Jordan hatte Christians Passwort und bei mir hat sie sich eingehackt. Sie wollte unsere Beziehung sabotieren und … na ja das hat sie ja auch geschafft. Sie wollte nur an mich rankommen.« Ich wollte gerade nachhaken, wie er das beweisen wollte, doch er ließ mich nicht zu Wort kommen, »Ich weiß, ich kann das nicht beweisen. Jordan wird es nicht zu geben und Christian könnte sonst was erzählen, auf meinen Wunsch hin. Aber ich kann dir etwas Anderes beweisen. Weißt du noch, als wir zusammen in den Mädchenumkleiden in der Dusche saßen und geredet haben?« Ich nickte kaum merklich und spürte, wie Aaron immer näherkam. Ich wandte ihm immer noch den Rücken zu und starrte an die Decke.

»Ja, ich habe geheult und du fandest das peinlich und erbärmlich. Genau wie, als ich geweint habe, weil mein Freund mit meiner besten Freundin geschlafen hat.«

»Meine Erinnerungen sind andere. In meinen Erinnerungen habe ich dich getröstet und dich nicht ausgelacht. Dass dir so viel Schlechtes widerfahren musste, tat mir unendlich leid. Weißt du noch, als wir uns aus Versehen küssten und es dir etwas bedeutet hat, mir aber nicht? Dann hast du dich von mir ferngehalten und ich habe dich vermisst. Da habe ich gemerkt, was ich für dich wirklich empfinde. Dann waren wir glücklich. Erinnerst du dich?« Ich nickte abermals und Tränen bahnten sich ihren Weg aus meinen Augen und über meine Wangen.

»Dann musste ich zu meinem Vater nach New York und habe dir Lio anvertraut. Erinnerst du dich an all die Stunden, in denen wir glücklich waren?« Er war bei mir angekommen, legte seine Hände auf meine Schultern und drehte mich zu sich.

»Und dann hast du mir von deinem Vater erzählt.« Nun unterbrach ich ihn mit tränenüberströmtem Gesicht und schlug ihm mit der flachen Hand ins Gesicht, so dass sein Kopf zur Seite geschleudert wurde.

»HÖR AUF. Du hast kein Recht es zu wissen und schon gar nicht, es zu erzählen. ... Wie sollte ich wissen, dass deine Gefühle echt waren und dass du mir jetzt nicht auch was vorspielst?« Er hatte seine Hände von mir genommen und trat nun noch näher zu mir.

»Indem ich es dir beweise.« Er umfing mein Gesicht mit den Händen und drückte seinen weichen Mund auf meinen. Als er nach einem kurzen Moment wieder von mir abließ, hörte ich die überraschten Ausrufe der Schüler, die um uns herum der Flur durchquerten. Ich sah Xenara an der Wand lehnen und uns beobachten. Sie grinste und hob beide Daumen. Aaron nahm seine Hände von meinem Gesicht und trat einen Schritt zurück.

»In dem Chat stand, dass ich mich für dich schäme und mich deshalb nicht mit dir in der Öffentlichkeit sehen lassen wollte, aber das stimmt nicht. Ich schäme mich nicht für dich. Ich habe dich in aller Öffentlichkeit geküsst und viele Leute kennen mich hier. Aber das macht mir nichts aus, denn ich bin stolz, mich mit dir zeigen zu dürfen. Ich liebe dich, Paige Young und das habe ich immer getan.« Noch ganz kurz schaute ich ihn an und sah, dass er nicht zu lügen schien, dann drehte ich mich um und rannte davon. Ich wusste nicht mehr, was ich denken sollte. Ich war doch jetzt mit Gabriel zusammen, aber der Kuss mit Aaron ... Es hatte sich so vertraut angefühlt ... plötzlich stand alles Kopf und man zwang mich zu einer baldigen Entscheidung. Ich glaubte Aaron nun, dass er nichts mit dem Chat zu tun gehabt hatte, jedenfalls wollte ich es glauben. Aber Gabe war auch einfach toll und ich wollte nicht, dass er verletzt war und dachte, er sei nur der Ersatz für Aaron gewesen. Ich hatte ihn doch auch gern, aber jetzt wurde mir klar, dass ich ihn zum Lückenbüßer gemacht hatte und er nicht mehr als ein sehr guter Freund für mich sein konnte. Er war immer für mich da und hörte mir zu, aber er war eher ein Bruder für mich. Einer, dem man alles anvertrauen konnte. Nicht mehr und nicht weniger und das musste ich ihm sagen. Entschlossen, gleich nach dem Unterricht ins Krankenhaus zu laufen, ging ich zurück in mein Klassenzimmer und setzte mich neben Xenara auf meinen Platz.

»Und, war es nicht umwerfend?«, fragte sie grinsend und ich nickte leicht.

»Oh ja, es hat wirklich alles über den Haufen geworfen.« Sie grinste verschmitzt und auch etwas stolz auf sich.

»Gut. Diese Reaktion hatte ich mir erhofft.« Sie schaute wieder vor zur Tafel, wo der Lehrer sich nun hinstellte. Ich beobachtete sie noch kurz von der Seite, dann drehte ich mich seufzend zum Unterrichtsgeschehen.

»Hallo, können Sie mir vielleicht sagen, wo ich Gabe ... ich meine, Gabriel finde?« Die Frau am Schalter starrte mich verständnislos an.

»Wen wollen Sie besuchen?« Ich schüttelte verzweifelt den Kopf.

»Nein, nicht besuchen. Gabriel arbeitet hier.« Da ertönte plötzlich eine Stimme hinter mir.

»Paige? Was machst du denn hier?« Ich wandte mich um und erblickte die, von mir gesuchte Person. Er stand da, mit den Armen voll Mullbinden und anderem Kram.

»Sehen Sie? Das ist Gabriel.«, meinte ich zu der Frau an der Anmeldung gewandt und Gabe lachte.

»Komm mit.«, sagte er und lief den Gang entlang, »Hast du mich etwa schon so sehr vermisst?« Ich lächelte kurz, schwieg allerdings.

»Gabe, wir müssen reden.«, sagte ich dann, wieder ernst und bestimmt. Er schaute einen Moment verwirrt drein, doch dann nickte er.

»Okay, komm. Ich muss den Rettungswagen auffüllen, dabei können wir reden.« Ich lief mit ihm raus auf den Hof, wo die Rettungsautos standen. Er kletterte ins Innere eines Krankenwagens und kramte herum.

»So, was möchtest du mit mir bereden?« Ich schluckte schwer und setzte mich auf die Kante der Hecköffnung.

»Erst einmal muss ich dir etwas beichten. ... Vorhin kam Aaron zu mir und hat mir bewiesen, dass er nichts mit dem Chat zu tun hatte.« Gabe kramte weiter.

»Siehst du, habe ich doch gesagt.« Ich nickte, obwohl er es wahrscheinlich gar nicht sah.

»Ja, da hattest du tatsächlich recht. Jordan, ein Mädchen, das schon lange auf Aaron steht, hat sich in seinen Account gehackt und sich das Passwort des anderen geholt. Sie wollte uns so auseinanderbringen.«

»Na ja, das hat sie ja wohl auch geschafft, nicht wahr?« Ich nickte abermals, schluckte aber schwer und wusste nicht, ob ich es übers Herz bringen würde alles zu sagen, was ich mir vorgenommen hatte.

»Ja ... aber ich glaube ihm jetzt.«, sagte ich deshalb schnell, als wäre es so einfacher, ihm das Herz zu brechen.

»Okay und was willst du mir beichten, da ist doch nichts Schlimmes dran.« Ich schluckte wieder. Ich hatte das Gefühl, dass meine Kehle plötzlich vollkommen trocken war und ich keinen weiteren Ton mehr hervorbringen würde.

»Na ja ... um mir seine Unschuld zu beweisen, hat er ... er hat mich geküsst.« Gabe hielt kurz inne und setzte sich dann neben mich.

»Geküsst? Warum hat er dich geküsst?« Ich lächelte gequält, als gäbe es eine durchaus plausible Erklärung für den Kuss.

»Er dachte wohl, er könnte mir so beweisen, dass er diese Dinge in dem Chat niemals geschrieben hätte.« Und da verstand Gabe plötzlich und nickte stockend. Er wusste wohl schon, was nun folgen würde und machte sich seelisch darauf gefasst.

»Okay ... und jetzt glaubst du ihm, dass er nichts mit alldem zu tun hatte.«, stellte er dann, so nüchtern wie es ihm möglich war, klar.

»Ja, ich glaube ihm.« Gabe nickte abermals und räusperte sich, vielleicht um zu verbergen, dass auch seine Kehle trocken geworden war.

»Okay … und jetzt?« Seine Stimme brach fast und ich konnte nichts anderes tun, als die Achseln zu zucken.

»Ich … Gabriel weißt du … du bist …« Er unterbrach mich mit erhobener Hand und ich verstummte sofort.

»Alt? Ich bin 20 und du 16? Aus uns hätte nie etwas Richtiges werden können? Ich bin einfach zu alt für dich und außerdem hattest du sowieso nie mehr als freundschaftliche Gefühle für mich? Und ob wir vielleicht Freunde bleiben könnten?« Ich zuckte peinlich berührt zusammen.

»So wollte ich es nicht sagen.«, versuchte ich mich zu verteidigen und er lächelte.

»Ich weiß, du hättest noch gesagt: Gabriel du bist wirklich toll, total lieb, charmant, süß … und dann wäre das *aber* gekommen. ›Aber Gabriel, ich liebe immer noch Aaron Baxter. Und außerdem sei ehrlich. Das mit uns beiden hätte sowieso nie etwas werden können. Du arbeitest schon und ich gehe noch zur Schule. Bitte verstehe mich nicht falsch, ich mag dich echt total, aber eben nur als Freund. Vielleicht könnten wir ja genau das bleiben.‹ Und dann sage ich ›Paige, ich finde dich auch echt klasse, aber wenn ich ehrlich zu mir selbst bin, war mir das schon eine ganze Weile lang klar. Und wir hatten ja noch nicht einmal mehr als eine Freundschaft mit Rumknutschen. Also *ja*, wir können Freunde bleiben, wenn du das möchtest.‹ Und dann nickst du glücklich und wir umarmen uns.« Ich musste einfach lächeln, er brachte mich immer wieder dazu. Selbst in dieser unangenehmen Situation.

»Schon ziemlich perfekt. Du kennst mich gut.« Er lächelte ebenfalls und wir umarmten uns.

Zuhause angekommen, legte ich mich auf mein Bett und starrte an die Decke. Wie sollte es jetzt weitergehen? Sollte ich Aaron anrufen? Einerseits sah es natürlich aus, als wechselte ich meine Freunde ständig – genau so, wie meine Mutter es mir vorgeworfen hatte – und es war auch Gabe gegenüber nicht gerecht, so schnell über ihn hinweg zu sein.

Aber andererseits war ich wohl nie wirklich in Gabe verliebt gewesen, aber eins war sicher. Aaron liebte ich von ganzem Herzen und das musste ich ihm unbedingt sagen. Also wählte ich seine Nummer und wartete. Niemand ging ran, also warf ich mein Handy ans Fußende meines Bettes und stand auf, um mir die Zeit mit dem Computer zu vertreiben. Ständig schaute ich nach, ob er mich zurückgerufen hatte und versuchte noch mehrmals Aaron zu erreichen, doch entweder hatte er sein Handy gar nicht mit oder stumm geschaltet, jedenfalls hörte er es nicht. Dann plötzlich klingelte mein Handy und ich drückte es ans Ohr, ohne genau zu wissen, wer anrief.

»Hallo?«, fragte ich aufgeregt und mein Herz machte einen Sprung.

»Paige, hier ist Aaron. Was ist los? Ich habe hier 20 verpasste Anrufe von dir auf dem Handy.« Ich musste kurz lachen und biss mir nervös auf die Unterlippe, bevor ich antwortete.

»Aaron, wo bist du?« Ich hoffte, er war nicht weit weg, denn ich hatte einen Entschluss gefasst und ich wollte ihn in die Tat umsetzen, bevor meine ängstliche Seite es sich noch einmal anders überlegte.

»Im Treppenhaus.«, antwortete er und ich atmete erleichtert aus.

»Kannst du zu mir kommen?« Er legte auf und ich starrte das Display verwirrt an, bis es an der Tür klingelte und mir klar wurde, dass er anscheinend schon da war. Schnell rannte ich hin und öffnete sie.

»Okay, bin da. Was möchtest du mir sagen?« Ich grinste, zog ihn in die Wohnung und schloss die Tür wieder hinter ihm. Dann führte ich ihn in mein Zimmer und schloss auch diese Tür hinter uns. Als ich aus dem Fenster schaute, war es schon dunkel. Mom würde mit Ethan wohl auch bald nach Hause kommen. Sie waren bei einer Freundin, bei der es schon mal durchaus Mitternacht werden konnte, bis sie sich voneinander verabschiedeten. Ich schaute wieder in Aarons Augen, die mich fragend musterten.

»Was ist denn, Paige?« Ich nahm seine Hände in meine und schaute zu ihm auf.

»Ich liebe dich, Aaron. Ich habe dich immer geliebt und das wird auch so bleiben. Ich habe das mit Gabriel beendet und ich wollte, dass du weißt, dass ich dich ...« Weiter kam ich nicht, da lagen seine Lippen schon auf meinen.

»Ich liebe dich auch, Paige.«, flüsterte er, als er sich kurz von mir löste. Seine Hände lagen an meiner Hüfte und meine wanderten nun unter sein T-Shirt. Er küsste mich weiter und hielt nur inne, als ich ihm das Oberteil über den Kopf zog.

»Was wird das?«, hauchte er und schaute mich verwundert an. Ich wusste, dass er auf Nummer sicher gehen wollte, ob ich auch genau wusste, was ich da tat.

»Das, wonach es sich anfühlt.«, antwortete ich ebenso leise und legte meine Hände auf seine warme Brust. Er knöpfte vorsichtig die Knöpfe meiner Bluse auf, während seine Lippen meinen Hals und mein linkes Schlüsselbein erkundeten.

»Bist du dir sicher?«, fragte er mit den Lippen immer noch auf meiner Haut, als er mir das Kleidungsstück auszog und es neben uns schmiss.

»Ja, bin ich.«, erwiderte ich seufzend, während meine Hände die Haut seines Bauchs hinabfuhren und sich unter den Bund seiner Jeans schoben, wo sie erst den Gürtel und anschließend den Knopf und Reisverschluss öffneten. Unsere Blicke trafen sich und er lächelte sanft, während er sich von mir zu meinem Bett schieben ließ. Er drehte uns herum, so dass er mich auf mein Bett heben und sich dann über mir abstützen konnte. Er fuhr mit dem Mund über mein Dekolleté und seine Hände fuhren sanft über die Haut an meiner Schulter, um den Träger meines BHs herunterzuschieben. Von den Stellen, an denen er mich mit den Fingern und Lippen berührte, breitete sich ein Kribbeln aus und diesem Moment wusste ich, dass ich das Richtige tat. *Aaron war der Richtige.*

»Alles Gute zum 16. Geburtstag übrigens.«, meinte er noch, als er den Knopf meiner Hose öffnete und sie mir über die Hüfte schob.

Als ich die Augen aufschlug, wurde mein Zimmer in Sonnenlicht getaucht. Ich blinzelte und drehte mich um. Aaron lag neben mir auf dem Rücken, mit geschlossenen Augen und leicht geöffnetem Mund. Er hatte nur eine Unterhose an, das sah ich, weil nur seine Beine von der Bettdecke verborgen waren. An mir bemerkte ich auch nur ein Höschen, aber es störte mich komischerweise nicht im Geringsten, dass ich hier so halbnackt lag. Schließlich befand ich mich neben dem liebsten Menschen der Welt. Ich legte eine Hand auf sein Herz, beugte mich zu ihm und küsste ihn sanft. Er öffnete langsam die Augen und grummelte etwas Unverständliches. Dann sah er mich klar und lächelte breit.

»Daran könnte ich mich echt gewöhnen.«, meinte er leise und strich mir eine Haarsträhne aus dem Gesicht, hinter eins meiner Ohren.

»Kannst du dich noch an die letzte Nacht erinnern?«, fragte ich vorsichtig und er nickte grinsend.

»Oh ja, na klar kann ich das.« Ich biss mir auf die Lippe vor Aufregung.

»Und es war ...?«, flüsterte ich fragend. Aaron lachte leise und schloss mich fest in die Arme.

»... es war wunderschön. Oder nicht?« Ich atmete erleichtert aus und nickte dann ebenfalls.

»Ja, das war es.« Ich schmiegte mich noch enger an ihn und er küsste mich auf die nackte Schulter.

»*Du* bist wunderschön.«, hauchte er in mein Ohr und legte seine Lippen kurz auf meine. »Weißt du, wie glücklich ich bin, hier mit dir zu liegen, dich so halten zu dürfen und dich nahe bei mir zu spüren? Das will ich nie wieder hergeben. *Dich* gebe ich nie wieder her. Du gehörst zu mir ... für immer.« Ich lächelte über seine Worte, dann ließ ich unsere Lippen ein weiteres Mal verschmelzen und wünschte mir, dass dieser Moment niemals enden würde.

»Klingt, als würdest du schon Besitzansprüche an mich stellen.«, lächelte ich und vergrub mein Gesicht an seiner Brust, »Aber du hast recht. Ich liebe dich und ich werde dich niemals verlassen. Du kriegst mich jetzt nicht mehr so schnell los.«

Plötzlich wurde die Zimmertür hinter uns aufgerissen und jemand kam herein. Ich drehte mich ruckartig um und zog mir die Bettdecke über meine nackte Brust.

»Paige, aufstehen.«, krähte mein kleiner Bruder und blieb mitten im Zimmer stehen.

»Ethan, raus hier. Verschwinde.« Da kam auch noch Mom hinterher, wohl um Ethan davon abzuhalten, in mein Zimmer zu kommen. Etwas zu spät.

»Ethan, komm. Ich habe dir doch gesagt, du sollst Paige ausschlafen lassen.« Sie fasste ihn an der Hand und wollte ihn nach draußen ziehen, als Ethan auf Aaron hinter mir zeigte.

»Mommy, Paige hat Besuch.«, sagte mein kleiner Bruder mit seiner piepsigen Stimme und meine Mutter schaute auf. Bisher hatte sie sich nur auf ihren Sohn konzentriert und mich gar nicht angeschaut. Doch nun registrierte sie, dass ihre Tochter nackt im Bett und hinter ihr ein, ihr nur allzu bekannter, junger Mann lag.

»Ja, Ethan. Jetzt komm und du kommst auch gleich mal mit.«, sie zeigte auf mich. Als sie aus dem Zimmer verschwunden war, stand ich langsam auf. Meine Hände und Beine zitterten und es kam nicht von der Kälte im Zimmer

»Hier, nimm einfach mein T-Shirt.«, meinte Aaron vorsichtig und reichte mir ein dunkelblaues Bündel.

»Danke.«, flüsterte ich und zog es mir fahrig über den Kopf. Es ging mir etwas über die Oberschenkel. Ängstlich lief ich in die Küche, wo Mom Frühstück für sich und Ethan machte. Ich stellte mich hinter Ethans Hochstuhl und wartete darauf, dass Mom etwas sagen würde. Sie wandte sich zu mir um und legte das Obstmesser auf die Arbeitsplatte. Als sie meinen verängstigten Blick sah, lachte sie.

»Du brauchst doch keine Angst zu haben. Ich wollte dich eigentlich nur fragen, ob ihr verantwortungsvoll wart und dir noch nachträglich zum Geburtstag gratulieren, weil wir uns gestern nicht noch einmal gesehen haben.« Ich stöhnte erleichtert auf und ließ die Schultern sinken, die ich zuvor angespannt angezogen hatte.

»Mom, das ist nicht cool, du hast mir echt einen Schrecken eingejagt.« Ich drehte mich wieder zur Tür, doch sie rief mich noch einmal zurück.

»Ich freue mich doch für dich. Krieg ich jetzt eine Antwort? Hast du dich wie eine verantwortungsvolle 16-jährige verhalten?« Ich seufzte, doch ich wusste, dass sie mich nicht gehen lassen würde, ehe ich ihr nicht die gewünschte Antwort geliefert hatte.

»Ja und jetzt gib Ruhe.« Sie nickte zufrieden und widmete sich wieder dem Obst.

»Gratulieren werde ich dir später noch ordentlich, wenn du was anhast.«, rief sie lachend, als ich schon die Tür meines Zimmers schloss. Aaron stand vor dem Bett und machte gerade den Hosenstall seiner Jeans zu, als ich der Tür, Kopf schüttelnd, den Rücken zuwandte.

»Was machst du?«, fragte ich erstaunt und er schaute auf.

»Na ja, ich schleiche mich lieber mal raus. Ich mache dir nur Ärger. Vielleicht war es ein Fehler ...« Ich unterbrach ihn verwirrt und schüttelte den Kopf.

»Jetzt halt mal kurz die Luft an. Du machst mir gar keinen Ärger. Mom wollte eigentlich nur fragen ... egal. ... Du denkst es war ein Fehler?« Aaron sah meinen entsetzten Gesichtsausdruck, kam auf mich zu und schloss mich in seine Arme.

»Nein, Paige, so habe ich das nicht gemeint. Ich habe mir nur Sorgen gemacht ... egal. Ich liebe dich einfach, okay?« Ich schlang die Arme um seine Mitte.

»Vielleicht sollten wir nächstes Mal einfach die Tür abschließen.« Noch kurz strich er mir mit seiner Hand über den Rücken, dann löste er sich von mir.

»Ja, das sollten wir.«, antwortete er, »Aber ich gehe jetzt trotzdem mal zu mir, um zu duschen und so. Dann kann ich ja wiederkommen oder du kommst zu mir? Mein T-Shirt kannst du behalten, es steht dir viel zu gut.« Ich stimmte nickend zu und begleitete ihn in den Flur.

»Tschüss, Aaron.«, kam es aus der Küche und meine Mutter erschien im Türrahmen.

»Bis bald mal, Mrs Young.«, antwortete Aaron höflich und verschränkte die Arme vor der nackten Brust. Er schlüpfte schnell durch die Wohnungstür in den Flur und ließ mich und Mom allein zurück.

»Na der hat Glück, dass er nur ein paar Treppen hoch muss. Hoffentlich trifft er nicht auf Mrs Bringston.«, grinste sie. Ich ging gar nicht erst darauf ein und lief ins Bad, um mich zu duschen, bevor ich zu Aaron ging. Aus der Küche nahm ich mir noch ein Brötchen mit, das ich mit Schokocreme bestrich. Meine Mutter saß im Wohnzimmer mit Ethan und baute eine Bauklotzburg.

»Ich gehe zu Aaron hoch, Mom. Ich komme sicher … irgendwann wieder.« Sie nickte verschmitzt lächelnd und wandte sich den bunten Holzstückchen zu. Also erklomm ich die Treppenstufen zu Aarons Wohnung und klingelte, während ich in mein Brötchen biss. Xenara öffnete.

»Hey Paige. Ich wollte gerade gehen. Viel Spaß mit meinem Cousin.«, verkündete sie und schob sich an mir vorbei.

»Hey Xenara, was machst du …?« Doch ehe ich den Satz beendet oder eine Antwort auf meine Frage erhalten hatte, war Xenara auch schon verschwunden. Ich betrat die Wohnung und schaute in Aarons Zimmer, wo mein Freund stand, und sein Bett machte. Ich klopfte an die halb offene Tür.

»Hey, was wollte Xenara hier?« Er drehte sich zu mir um und lächelte breit, als er mich sah.

»Sie wohnt jetzt hier, das Hotel wurde auf lange Dauer ziemlich einsam.«, meinte er nur, »Aber Betten machen hat sie wohl immer noch nicht gelernt.« Ich musste bei seinen Worten leicht lachen und setzte mich ans Fußende, er ließ sich neben mir nieder.

»Oh, ein Schokobrötchen.«, freute Aaron sich und biss kurzerhand davon ab. Ich musste noch breiter lächeln. Endlich war alles gut und das würde hoffentlich auch eine Weile so bleiben.

Als wir am Montag am schwarzen Brett vorbeiliefen, fiel mir sofort etwas auf. Auf der Liste des Footballteams, das beim nächsten Spiel gegen die Northwest Greensboro High antreten sollte, war ein Name durchgestrichen worden. Jack Riley. Sie hatten ihn aus dem Team geschmissen.

»Aaron, hast du das gesehen?« Auf meine Worte hin schaute er auf die Liste.

»Dass Jack aus dem Team ist? Ja die Jungs haben wohl etwas gegen Homosexuelle in ihrer Umkleidekabine. Deswegen haben sie ihn rausgeschmissen. Jetzt suchen sie einen neuen guten Spieler. Ihnen fehlt noch einer fürs Spiel.« Ich runzelte nachdenklich die Stirn.

»Haben sie keine Auswechselspieler?«, fragte ich verwirrt.

»Doch, aber als ich mit Christian geredet habe, meinte der, der Coach will es, wenn möglich vermeiden jemanden von denen zu nehmen. Er will eben einen *guten* und die Auswechselspieler sind wohl nur mittelmäßig.«, meinte Aaron, während wir Hand in Hand die Treppen in den zweiten Stock erklommen.

»Und warum hat er Jack dann nicht einfach im Team gelassen?« Aaron seufzte.

»Er war gezwungen ihn rauszunehmen, weil er erstens von den anderen Spielern Druck bekommen hat und zweitens das Greensboro Team, das mit dem homosexuellen Spieler herausgefunden hat. Sie haben wohl irgendwelche dummen Streiche gespielt und deswegen musste er Jack rausnehmen. Er ist zu sehr ins Visier der Gegner geraten. Das ist weder gut für das Team noch für Jack selbst.« Ich seufzte ebenfalls. Das alles kam mir mehr als lächerlich vor.

»Ach du liebe Güte. Die tun gerade so, als wäre Homosexualität eine ansteckende Krankheit oder etwas, für das man sich schämen müsste.« Aaron lächelte sanft und drückte meine Hand.

»Ich bewundere dich echt, Paige. Ich meine, er hat dich betrogen und du kannst ihm einfach so vergeben und ihn sogar verteidigen. Dafür liebe ich dich echt.« Er nahm mein Gesicht zwischen die Hände und küsste mich sanft.

»Warum sollte ich das auch nicht? Ich habe ja jetzt schließlich dich. Ist doch ganz gut, dass Jack mich betrogen hat, sonst ... na ja wäre wohl alles anders gekommen. Und dir muss ich danken, dass du nicht aufgegeben hast.«, erwiderte ich und drückte ebenfalls seine Hand.

»Danke, dass du dich für mich entschieden hast.«, erwiderte er und hauchte mir einen Kuss auf die Stirn. Da klingelte plötzlich die Schulglocke und trennte unsere Wege.

»Ich muss leider los, Paige. Aber wir sehen uns in der Pause. Bis dann.« Im Rennen drehte er sich noch einmal um und warf mir eine Kusshand zu, dann bog er um die nächste Ecke. Auch ich ging in mein Klassenzimmer, doch an diesem Tag konnte ich dem Unterricht gar nicht richtig folgen. Das mit Aaron fühlte sich wie ein sehr realer Traum an, den ich so lang wie möglich auskosten musste, bevor ich vielleicht irgendwann aufwachen würde. Als es dann zur Pause klingelte, machte ich mich auf zu meinem Schließfach, in der Hoffnung, Aaron gleich dabei zu treffen. Doch bis ich mein Ziel erreicht hatte, war mein Freund noch nirgendwo zu entdecken. Im Versuch, ein Buch zwischen andere in meinen Spind zu stopfen, rutschen mir ein paar Hefter und Bücher aus den Armen und landeten auf dem Boden. Seufzend kniete ich mich hin und sammelte die verstreuten Blätter auf, die aus den Heftern gefallen waren. Da kam mir noch ein Paar Hände zu Hilfe. Ich schaute auf und sah einen jungen Mann vor mir. Er war vielleicht 18 Jahre alt und mir völlig fremd. Ich hatte ihn hier noch nie gesehen.

»Danke.«, murmelte ich, als mir der Fremde die Blätter und Bücher reichte.

»Kein Problem.«, antwortete mein Gegenüber mit einer weichen, tiefen Stimme. Er hatte sehr dunkle, kurze Haare, die in einer hübschen – gerade aufgestanden – Frisur von seinem Kopf abstanden. Sein Gesicht war schon fast perfekt proportioniert mit markanten Wangenknochen und spitzer Nase. Seine Augen waren – wenn es so etwas überhaupt gab – so blau, wie Karibikwasser. Blau, aber auch grün. Bei meiner offensichtlich erstaunten Miene setzte er ein belustigtes Grinsen auf.

»So wie ich dich einschätze, hätte ich allerdings mehr Ordnung erwartet. ... Darf ich fragen, wie du heißt?«, fragte er und hielt mir seine Hand hin. Jetzt betrachtete ich seine

Kleidung. Er trug Turnschuhe, wie Aaron, eine schwarze Hose und ein dunkelblaues Hemd.

»Ähm ... ich ... ich heiße Paige.«, antwortete ich stotternd und verfluchte mich selbst, dass ich so unsicher und verwirrt war, während ich seine Hand drückte.

»Paige ...«, hauchte er und schien sich das Wort auf der Zunge zergehen zu lassen, »Schöner Name.«, stellte er dann fest, »Ich bin ...«, doch er wurde von jemandem hinter mir unterbrochen.

»William?« Ich drehte mich um und erblickte Aaron. William – so musste der Fremde offenbar heißen – sah ihn und lächelte erfreut.

»Rooney. Sprechen wir uns jetzt schon mit vollem Namen an? Ach, komm schon.« Aarons Miene war steinhart und kalt.

»Was willst du hier, William?« Dieser hob beschwichtigend die Hände, als hätte Aaron ihm gedroht.

»Okay, dann eben nicht. ... Was ich hier mache? Tja, das Gleiche könnte ich dich auch fragen.« Aaron schnaubte verächtlich. So hatte ich ihn noch nie auf jemanden reagieren sehen.

»Ach ja? Dann erzähl mir doch mal was *dich* dazu veranlasst hat, New York zu verlassen. Meinen Grund müsstest du ja noch im Kopf haben.« William verdrehte die Augen nach oben.

»Ach komm schon, Aaron. Was machst du *hier*? Ich meine L.A. oder Boston hätte ich ja noch verstanden, aber *Winston-Salem*? In New York vermissen dich alle. Claire vermisst dich.« Aaron verzog das Gesicht, als hätte er Schmerzen.

»Wie kannst du es wagen, ihren Namen auch nur in den Mund zu nehmen.«, brauste er auf. Er sah aus, als würde er gleich auf William losgehen, deshalb schaltete ich mich nun ein, um möglicherweise die Situation etwas zu entschärfen.

»Aaron, du kennst ihn?« Er trat endlich neben mich. So dicht, dass unsere Arme sich berührten.

»Flüchtig.«, meinte er dann, ohne den Blick von dem Fremden zu wenden.

»*Flüchtig*. Eine tolle Beschreibung für fast 17 Jahre. Muss ich mir merken.«, lachte dieser nun, »Ich habe gehört, die gute Xeni ist auch hier. Wo ist sie? Ich würde sie gerne begrüßen.« Aaron trat sofort nach vorne und legte seine Hand warnend auf Williams Brust.

»Du wirst die Finger von Xenara lassen. Und von Paige auch.« William ließ sich nicht beeindrucken.

»Rooney, warum bist du denn gleich so gereizt?« Aaron ließ nicht locker.

»Du weißt genau, was ich meine.« William seufzte und verdrehte genervt die Augen.

»Oh Mann Aaron, du bist so nachtragend. Es tut mir ...« Mein Freund unterbrach ihn und drückte ihn gegen einen der Spinde.

»Tut es nicht, William. Es war doch gut, nicht wahr? Es hat dir doch gefallen. Also halt den Mund. Es tut dir ganz und gar nicht leid.« William schien sich nicht von Aaron beeindrucken zu lassen, fasste sein Handgelenk und lächelte.

»Du kannst glauben, was du willst Rooney, aber mich bekommst du jetzt nicht mehr los. Ich werde sicher eine Weile bleiben.« Er nahm Aarons Hand von seinem Hemd, drehte sich um und lief pfeifend davon. Wir schauten ihm hinterher, wobei Aaron ziemlich niedergeschlagen schien, als er sich zu mir umwandte.

»Na toll. Das kann heiter werden, sag ich dir.« Ich runzelte verwirrt die Stirn.

»Warum hast du so auf ihn reagiert? Er schien mir ganz nett zu sein.« Aaron lachte traurig und fuhr sich mit einer Hand durchs Haar, wodurch er es völlig durcheinanderbrachte.

»William und nett? Ja, Will war schon immer sehr nett und vor allem hilfsbereit.«

»Was hast du denn gegen ihn?«, fragte ich neugierig, woraufhin mein Freund die Augen verdrehte.

»Das ... ist jetzt nicht das richtige Thema für den Schulflur. Weißt du was? Mir fällt gerade ein, ich muss noch etwas ganz Wichtiges erledigen. Ich komme heute Nachmittag zu dir und erkläre dir alles, so gut es geht.« Er wollte schon davonlaufen, doch ich hielt ihn noch einmal zurück.

»Und wie komme ich dann heute nach Hause?« Er überlegte kurz und lächelte mich dann an, so dass ich schon wusste, dass er etwas von mir wollte.

»Wäre es okay für dich, heute einmal nach Hause zu laufen?« Ich zuckte mit den Schultern und schüttelte dann den Kopf.

»Ja natürlich, kein Problem.« Aaron nickte dankbar und küsste mich flüchtig auf die Wange.

»Super, danke. Dann bis heute Nachmittag und halte dich von William fern.«, rief er noch, während er schon davon hastete. Ich schüttelte lächelnd den Kopf, nahm ein paar Bücher und Hefter aus meinem Spind und machte mich dann auf zu meinem nächsten Zimmer.

Xenara kam erst beim Stundenklingeln in den Raum gestürmt und erntete dafür einen missbilligenden Blick vom Lehrer, der schon an der Tafel stand. Als sie saß und sich alle Schüler wieder auf das Unterrichtgeschehen oder sich selbst konzentrierten, beugte ich mich zu ihr hinüber.

»Hey, Xenara. Ich habe in der Pause einen Typen kennen gelernt ... sah echt gut aus. Vielleicht wäre der was für dich.« Sie starrte mich entsetzt an.

»William? Nein, der ist ganz sicher nichts für mich.« Ich stutzte und hob fragend eine Augenbraue.

»Woher weißt du, wen ich meine?«, erwiderte ich verwirrt, bevor mir eine Sekunde später ein Licht aufging, »Ihr kennt euch sicher aus New York.« Sie nickte, mit den Gedanken ganz woanders und knirschte mit den Zähnen.

»Oh ja, wir kennen uns gut. Außerdem hat Aaron mir gerade erzählt, dass er hier ist.« Ich nickte, denn nun verstand ich Aarons übereilten Abgang.

»Na klar, also ist er zu dir so hastig abgehauen.« Sie zuckte mit den Schultern.

»Jedenfalls musst du mir jetzt gut zuhören, Paige. Glaub mir bitte, wenn ich dir sage, dass William gefährlich ist. Mir steht es zwar nicht zu, zu erzählen was war, aber bitte halte dich fern von ihm.« Ich verdrehte die Augen nach oben.

»Aber was hat er denn getan, dass ihr alle so schlecht von ihm denkt?« Xenara schluckte schwer und schüttelte den Kopf.

»Wie schon gesagt, ich habe nicht das Recht, dir zu erzählen, was in New York passiert ist. Aaron wird dir sicher bald alles erklären. Bis dahin, halte dich von William fern.« Ich nickte seufzend und gab mich mit den spärlichen Informationen zufrieden. Mehr hätte ich aus Xenara sowieso nicht herausgebracht. Nach dem Unterricht verabschiedete ich mich von ihr, weil sie noch im Tanzstudio trainieren wollte und machte mich auf zu meinem Schließfach, um dort einige Sachen zu holen. Nachdem ich alles im Spind verstaut hatte und die Bücher für meine Hausaufgaben in meiner Tasche waren, steckte ich mir die Ohrstöpsel in die Ohren und machte mich auf den Heimweg. Gerade als ich aus dem Schultor laufen wollte, hupte hinter mir ein Auto, dem ich wohl im Weg war. Ich trat zur Seite, um es vorbeizulassen, doch es hielt neben mir und auf der Fahrerseite wurde das Fenster heruntergelassen.

»Paige ... richtig? Gehst du nach Hause? Musst du laufen?« Ich nickte als Antwort und nahm einen der Ohrstöpsel aus dem Ohr. »Wenn du willst, nehme ich dich mit. Ich fahre auch nach Hause.«, bot William mir an, doch ich schüttelte den Kopf, woraufhin er seufzte.

»Ich weiß, Aaron hat dir sicher viel Schlimmes über mich erzählt, aber ich verspreche dir, ich werde dir keine Süßigkeiten anbieten und dich dann irgendwohin verschleppen. Ich habe erkannt, welches Unrecht ich Rooney und Xeni angetan habe und ich will es wieder gut machen. ... Komm, du brauchst nicht laufen, nur weil Rooney und ich unsere Differenzen miteinander hatten. Lass mich dich nach Hause fahren.« Nach einem Moment des Überlegens nickte ich, leicht lächelnd und lief um die Motorhaube herum zur Beifahrerseite. Als ich auf dem gemütlichen Sitz saß, schaute ich mich im Auto um.

»Nicht gerade das Auto, das ich von einem richtigen New Yorker wie dir erwartet hätte.« Er lachte und fuhr an und durch das Schultor hindurch.

»Tja, meinen Ferrari habe ich in New York gelassen.« Ich lachte ebenfalls.

»Sicher. ... Meinst du das ernst?« Er fuhr grinsend um eine Ecke.

»Nein, natürlich nicht. Klar will ich keine Schrottkarre fahren, aber ein Ferrari wäre dann doch etwas übertrieben.« Ein neues Lied erklang aus den Lautsprechern des Autoradios und ich runzelte die Stirn.

»Was ist das?«, fragte ich mit dem Finger auf das Radio deutend. William schaute mich an, dann lächelte er.

»The Subways. Diese Band haben Rooney und ich früher sehr oft gehört. Wir waren sogar auf einigen ihrer Konzerte. In bestimmten Situationen haben sie uns damals sehr geholfen und ich liebe die Musik immer noch.« Ich nickte zum Zeichen, dass ich das gut verstehen konnte.

»Warum nennst du Aaron, Rooney?« William zuckte mit den Schultern.

»Das war schon immer mein Spitzname für ihn. Das kommt einfach von dem *ron* in *Aaron*. Mich hat er Will abgekürzt und er hieß eben Rooney.«

»Ihr wart früher sehr gut befreundet, oder?« William bestätigte das mit einem Nicken und schaute mich kurz von der Seite an.

»Ja und ich hoffe wir können es wieder sein. Aber dazu muss Aaron erst begreifen, dass ich nicht mehr der alte bin. Paige ... ich will dich nicht auf meine Seite ziehen oder so, im Gegenteil. Halte dich an Aaron, er ist ein guter Kerl. Ich hoffe er wird mir irgendwann eine Chance geben und mir zuhören.« Er klang in der Tat ein wenig verzweifelt. Vielleicht hatte er sich sein Wiedersehen mit Aaron einfacher vorgestellt.

»Was war denn zwischen Aaron und dir, dass er jetzt so wütend auf dich ist?«, fragte ich dann, in der Hoffnung, dass ich von William mehr erfahren würde. Doch er seufzte nur und wechselte abrupt das Thema.

»Du musst mir sagen, wo ich hinfahren soll.« Ich verdrehte die Augen, denn ich durchschaute sein Ablenkungsmanöver natürlich.

»Links, dann zweimal rechts, dann wieder links.«, antwortete ich aus Spaß, »Lenk nicht vom Thema ab.« Er lächelte und nahm sein Handy, das auf dem Armaturenbrett lag.

»Gib deine Adresse ein.« Er reichte mir das Handy, »Paige, ich weiß es ist nicht schön, nicht alles zu wissen, aber ich glaube, Aaron sollte dir das selbst alles erzählen.«, Nachdem ich meine Adresse eingegeben hatte, gab ich ihm sein Handy zurück. Er schaute auf den Bildschirm und grinste sofort.

»Da hätte ich auch gleich *Home* eingeben können.« Ich war überrascht und hob die Augenbrauen fragend an.

»Warum das denn?«

»Na, weil ich am Wochenende dort in den neunten Stock gezogen bin.« Meine Augen weiteten sich erstaunt und ich war für einen Moment sprachlos.

»Echt jetzt?« Er nickte nüchtern und lächelte dann schief.

»Ja, dort waren ein paar Wohnungen frei, das Haus sah schön aus und die Miete ist okay.«

»Ich wohne im 8. Stock.« Als er abermals lächelte, schien er freudig überrascht.

»Dann bist du natürlich herzlich zu meiner Einzugsparty am Freitag eingeladen und Aaron kann natürlich auch kommen, wenn er will.«

»Klar, ich werde ihn schon überreden zu kommen.« William lächelte fast dankbar und hielt am Straßenrand vor unserem Haus. Nebeneinander warteten wir auf den Fahrstuhl, der mich in den achten und William in den neunten Stock bringen würde. Zur Verabschiedung lächelte ich ihm zu und winkte. Er lächelte zurück und hielt eine Hand über den Spalt der Schiebetüren, bevor diese sich wieder schließen konnten. »Ich mag dich, Paige. Hoffentlich können wir gute Freunde werden. Ich habe echt nicht vor, viel Unheil zu stiften. Ich hoffe du kannst mir, trotz Aarons Abneigung mir gegenüber, glauben. Ich würde dich ja auch noch gerne zu mir einladen, aber bei mir steht bis jetzt nur der Fernseher und das Bett.« Ich lachte auf und winkte ab.

»Schon gut, William. Ich sehe deine Wohnung ja am Freitag.« Er nickte zustimmend.

»Okay dann … es war mir eine Ehre, dich heimfahren zu dürfen und wir sehen uns sicher bald mal wieder.« Er trat noch einmal einen Schritt aus der Aufzugskabine und umarmte mich leicht. Ich erwiderte die Umarmung überrascht, denn obwohl er mir ja eigentlich noch völlig fremd war, fühlte sich diese freundschaftliche Geste nicht komisch an, wie ich verwundert feststellte.

»Sicher sehen wir uns morgen in der Schule. ... Ach da fällt mir ein, morgen ist auch Tanz AG. Vielleicht möchtest du ja mitkommen. Aaron leitet sie. So könntest du ihm zeigen, dass du dich für ihn und seine Hobbys interessierst.« Er verzog das Gesicht, als könnte er sich nicht entscheiden zwischen einem Lächeln und einem angewiderten Gesichtsausdruck.

»Ich tanze nicht so gut, weißt du, aber ich komme gern, um zuzuschauen.« Ich zuckte mit den Schultern.

»Auf was stehst du denn?«, fragte ich ihn dann und er zuckte ebenfalls die Achseln.

»Ich spiele gerne Football. In unserem Team in New York war ich Kapitän.« Ich riss überrascht die Augen auf. Größer hätte der Zufall ja gar nicht sein können.

»Wirklich? Bei uns fehlt noch ein guter Spieler für das Spiel gegen Greensboro am Wochenende.« Er grinste breit und nickte zufrieden.

»Guter Tipp. Wann trainiert denn das Team, dann schaue ich sie mir mal an.« Ich überlegte kurz. Sehr viel hatte ich normalerweise mit dem Footballteam unserer Schule nicht zu tun. Jedenfalls nicht seitdem ich mich von Jack getrennt hatte.

»Ich glaube, sie trainieren mittwochs nach dem Unterricht auf dem Feld. Sie freuen sich sicher.« Er nickte dankend.

»Gut, dann bis morgen spätestens zur Tanz AG.« Er winkte mir noch einmal zum Abschied, bevor er sich abwandte. Ich stimmte ihm mit einem Nicken zu und schaute ihm dann noch einen Moment nach, bis sich die Türen des Aufzugs geschlossen hatten. Wieso fanden Aaron und Xenara ihn so gefährlich? William war supernett, höflich, hilfsbereit und dazu auch noch richtig gutaussehend. Mit dem Gefühl, alles richtig gemacht zu haben, betrat ich die Wohnung und wurde sofort von meinem kleinen Bruder begrüßt.

»Hey, Paige.« Ich lächelte und strich ihm liebevoll über den Kopf.

»Schön sagst du meinen Namen.«, lobte ich ihn. Da kam meine Mutter mit ihrer Tasche über der Schulter und ihrer Jacke in der Hand.

»Hi Paige, dein Essen steht im Ofen, ich muss jetzt mit Ethan zum Zahnarzt.« Ich nickte und gab ihr einen Kuss auf die Wange, als sie im Vorbeilaufen kurz stehen blieb und sich zu mir beugte.

»Aaron kommt dann wahrscheinlich mal vorbei.«, erzählte ich ihr noch, während sie sich ihre Schuhe anzog. Sie nickte nur und schien nichts dagegen zu haben.

»Weißt du eigentlich, dass am Wochenende jemand über uns eingezogen ist?«, fragte sie anschließend, was ich bestätigte.

»Ja, ein Freund von Aaron aus New York. Er ist ganz nett.« Sie zwinkerte verschwörerisch und öffnete die Wohnungstür.

»Nett also ... hä? Na, das klingt doch nach was.« Ich verdrehte belustigt die Augen.

»Ich bin mit Aaron zusammen und glücklich.«, rief ich noch, schon auf dem Weg in die Küche und hörte, wie hinter mir die Wohnungstür zuklappte.

Acht

Gerade als ich meinen Teller und das Besteck in die Spüle stellte, klingelte es an der Tür. Ich lief hin und öffnete sie, dann kehrte ich, ohne zu schauen wer davorstand, in die Küche zurück.

»Hey Paige, ich war noch mit Xeni im Tanzstudio.«, erklärte Aaron, folgte mir und küsste mich kurz auf die Wange, bevor er sich an den Tisch setzte.

»Klar, schon okay. Hast du Hunger?« Er nickte nach kurzem Zögern.

»Wenn du mich schon fragst, ja einen Bärenhunger.«, erwiderte er grinsend.

»Und was soll ich dir machen?«, erwiderte ich ebenso grinsend, den Griff des Kühlschranks schon in der Hand. Er schaute in die Luft und überlegte. Als er zu keinem Ende seiner Überlegungen zu kommen schien, half ich nach. »Rührei?«, fragte ich seufzend, um ihm die Entscheidung leichter zu machen. Er hielt den Daumen hoch.

»Dazu bitte ein Toast.«, bestellte er und lehnte sich dann zurück. Ich wandte mich wieder um zum Kühlschrank und nahm den Eierkarton heraus.

»Okay und jetzt wolltest du mir alles erzählen.«, erinnerte ich ihn und lief zum Herd, um eine Pfanne aus dem Schrank daneben auf die Herdplatte zu stellen. Er ließ betrübt den Kopf hängen, als hätte er tatsächlich nicht mehr daran gedacht, dass wir das William-Gespräch noch vor uns hatten.

»Klar vergisst du so was nicht. Ich hatte gehofft, zu diesem Gespräch würde es nicht kommen.«, gestand er und ich schaute ihn mit gehobenen Augenbrauen an.

»Wenn William so gefährlich ist, muss ich doch wissen, auf welche Art gefährlich.« Er seufzte, nickte aber, während ich die Eier in die Pfanne schlug und umrührte.

»Ja gut, was willst du denn wissen?« Ich zuckte mit den Schultern und wandte mich zu ihm um.

»Wenn ihr euch schon 17 Jahre kennt, muss es viel zu erzählen geben, also fang einfach von vorne an.« Er versteifte sich kurz, dann nickte er und holte noch einmal tief Luft. Ich drehte mich wieder zum Herd damit er meinen erwartungsvollen Blick nicht sah. So würde es ihm vielleicht nicht ganz so schwerfallen, mir von seiner Vergangenheit zu berichten.

»Tja ... unsere Mütter, also meine und Williams, waren und sind seit der High School beste Freundinnen. Will wurde nur einen Tag vor mir geboren. Ich vermute, meine Mom war danach so aufgeregt und gestresst, dass meine Geburt davon ausgelöst wurde. Also ist es kein wirklich großer Zufall, aber das ist auch egal ... Von Anfang an wuchsen wir wie Brüder auf. Wir konnten einfach alles dem anderen sagen und wir machten alles zusammen. Wenn er irgendeinen Mist baute, deckte ich ihn und wenn sich jemand mit mir prügeln wollte, hielt er mir den Rücken frei und schüchterte den anderen oder die anderen meistens so ein, dass sie lieber davonrannten, als sich mit uns anzulegen. William war schon immer der Rebell von uns beiden, aber wir hielten trotzdem zueinander. Egal was der andere getan hatte. Dann fanden wir einen halben Joint auf der Motorhaube meines Wagens und da fing es an. Gras, Alkohol, härtere Drogen ... Das Leben damals erschien uns schön. Na ja, wir haben zu der Zeit nicht wirklich viel von unserer Umwelt mitbekommen.« Ich riss erstaunt die Augen auf und schob das fertige Rührei mit dem Toast auf einen weißen Teller.

»Du hast gekifft?« Er schnaubte und nahm das Essen von mir entgegen.

»Wenn es nur das wäre, Paige. Eigentlich waren wir die ganze Zeit zugedröhnt. Damals waren wir öfter auf einem Trip, als clean.« Ich setzte mich ihm gegenüber auf einen Stuhl.

»Ach, das hat William gemeint mit, die Musik hat euch in *bestimmten* Situationen weitergeholfen.«, murmelte ich, doch Aaron verstand es trotzdem. Er runzelte nachdenklich die Stirn.

»Musik? Wann hat er dir das erzählt?« Ich schlug mir erschrocken eine Hand auf den Mund.

»Ich ähm ... er hat nicht mit mir geredet.«, versuchte ich mich rauszureden.

»Hat er dich nach Hause gefahren?«, fragte er, während er einen Biss vom Toast nahm. Ich schwieg, woraufhin er seufzte. »Egal ... auf jeden Fall habe ich noch rechtzeitig die Notbremse gezogen und kam mit viel Überwindung und Hilfe aus der Sucht frei. Will wollte allerdings nicht aufhören und hat Xenara mit reingezogen. Er hat sie auf üble Partys mitgeschleppt, wo sie die Bekanntschaft mit Drogen machte. Bald hatte sie meinen Platz an Williams Seite eingenommen. Doch ich griff ein und konnte auch ihr helfen, aufzuhören. Zu der Zeit, als ich aus New York verschwand, war sie clean ... Aber William hat es danach wohl wieder geschafft, sie in sein Suchtproblem mit reinzuziehen.« Ich holte tief Luft und nickte dann.

»Okay ... und warum bist du aus New York abgehauen, wenn du dort eine Cousine, die deine Hilfe brauchte und einen besten Freund hattest?« Er aß ein paar Gabeln des Rühreies, bevor er weitersprach.

»Das ist eine andere Geschichte und darüber will ich jetzt nicht unbedingt reden.« Ich nickte verständnisvoll und legte meine Hände mit den Flächen nach unten glatt auf den Tisch.

»Gut, das nehme ich dann einfach mal so hin.« Aaron kaute auf seinem letzten Stück Toast herum.

»Ich frage mich, wo William sich eingemietet hat.«, sagte er eher zu sich selbst als zu mir und schaute dabei aus dem Fenster. Ich räusperte mich und entschied dann, die Wahrheit zu sagen. Es hätte ja sowieso nichts gebracht, zu lügen. Zusammen in einem Haus, würden sie sich früher oder später über den Weg laufen.

»Er wohnt hier im Haus. Im neunten Stock. ... Ja er hat mich mit nach Hause genommen und wir haben geredet. Er schien sehr nett. Aaron, im Vergleich zu dem William, den du mir gerade beschrieben hast ... ich glaube, er hat sich verändert.« Mein Gegenüber schnaubte verächtlich und schob den leeren Teller von sich weg.

»Als er immer mehr Drogen nahm, hat er sich *verändert*. Sein Charakter war völlig anders. Plötzlich war er schlecht drauf in den Momenten, in denen er nicht high war. Reizbar, launisch und wenn man ihn nur ein wenig provozierte ... dann – helfe dir Gott – wurde er direkt aggressiv. Wegen der kleinsten Kleinigkeit hat er Prügeleien angezettelt.« Ich zuckte mit den Schultern und musste daran denken, dass William darauf hoffte, dass Aaron ihm eines Tages zuhören würde.

»Vielleicht ist er clean geworden ... hat aufgehört mit alldem. Er hatte über ein Jahr Zeit dazu.« Doch Aaron schüttelte niedergeschlagen den Kopf.

»Was für einen Grund hätte er gehabt?« Ich schwieg, doch dann fiel mir noch etwas ein.

»Er hat uns für Freitag zu sich eingeladen. Er meinte, er würde eine Einzugsparty schmeißen.« Aaron starrte mich fassungslos an.

»Du hast vor, dahin zu gehen, oder?« Ich wiegte den Kopf hin und her, doch dann nickte ich.

»Ja, eigentlich schon. Es wäre eine Chance für dich, herauszufinden, ob er sich vielleicht geändert hat. Möglicherweise hat er ja wirklich aufgehört, Drogen zu nehmen.« Mein Freund seufzte genervt und knetete seine Finger.

»Am Ende wirst du mich ja doch überreden, dahin zu gehen. Aber eine Bedingung stelle ich. Wenn ich irgendwie das Gefühl habe, dass die Party außer Kontrolle gerät, verschwinden wir, okay?« Ich verdrehte die Augen, stimmte dann aber zu.

»Ja okay, aber es wird bestimmt nichts passieren.« Aaron zuckte mit den Schultern.

»Du weißt nicht, auf welchen Partys ich in New York schon war. Da kam regelmäßig die Polizei. Pro Feier musste mindestens einer ins Krankenhaus wegen einer Überdosis und Trinken bis zum Filmriss stand sowieso auf der Tagesordnung. Ich denke mal, da erlebten auch einige Mädchen Dinge, denen sie nicht zugestimmt hatten. Na ja, einfach ausgedrückt: Ich habe schon viel Chaos miterlebt. So viel, dass es für mein restliches Leben reicht.« Natürlich war ich schockiert über seine Erläuterungen, wie die Partys in seiner alten Heimat abgelaufen waren, aber ich musste auch leicht lächeln, weil er jetzt hier bei mir war und das hinter sich gelassen hatte. Denn darüber war ich mehr als froh.

»Also was du mir hier für eine Sicht auf New York vermittelst ... ich glaube, du übertreibst da auch etwas.«, versuchte ich das Ganze zu relativieren, doch er ließ den Kopf hängen und lachte.

»Vielleicht ein bisschen, aber William ist manchmal unberechenbar und ich habe Angst, dass du ihm zum Opfer fällst. Ich will dich nicht an ihn verlieren. Ich liebe dich, Paige.« Nun sah er mir wieder direkt in die Augen. Ich lächelte glücklich und stand auf, um sein Geschirr wegzuräumen.

»Ich liebe dich auch, Aaron und keine Sorge. Ich gehe schon nicht verloren.« Er stellte sich hinter mich und legte seine Arme um meine Taille, seinen Kopf ließ er auf meine Schulter sinken.

»Du bleibst einfach die ganze Zeit bei mir. Da kann dir nichts passieren.« Ich drehte mich um, so dass ich ihm ins Gesicht sehen konnte.

»Und dann schläfst du auch bei mir?«, fragte ich ihn, verschmitzt grinsend und küsste ihn lange. Er nickte, nur zu bereit eine weitere Nacht bei mir zu verbringen.

»Ja, gerne. Morgen ist übrigens auch wieder AG.« Ich räusperte mich, bevor ich darauf etwas entgegnete, denn ich wusste nicht, wie er reagieren würde.

»Ich weiß. Ich habe William eingeladen zuzuschauen und am Mittwoch will er sich das Footballteam ansehen. Vielleicht gehen wir mit hin. Wir könnten auch noch Xenara wegen Freitag fragen.« Aaron seufzte und ich spürte, wie seine Brust bebte, als ein freudloses Lachen aus seiner Kehle drang.

»Du willst William unbedingt in die Gruppe integrieren, oder? Aber hast du mir vorhin zugehört? Er kifft, er nimmt noch härtere Drogen und er trinkt exzessiv. Er hat Xenara fast ihre Zukunft zerstört, indem er sie abhängig gemacht hat und er ist der Grund, dass ich aus New York weggegangen bin.« Ich verdrehte die Augen, wie so oft an diesem Tag.

»Erstens glaube ich nicht, dass er noch der Alte ist, aber das könnten wir ja am Freitag herausfinden und zweitens: Du willst mir ja nicht erzählen, was er dir angetan hat, also kann ich mir in dieser Sache kein Urteil erlauben. Und drittens: Okay, das mit Xenara ist schon echt schlimm, aber vielleicht bereut er es ja. Aaron, gib ihm doch noch eine Chance.« Er hielt mich eine Armlänge von sich weg, dann umarmte er mich wieder fest.

»Na gut, aber ich werde ihn ganz genau beobachten.« Ich nickte dankbar.

»Okay, das klingt gut.« Er löste sich abermals von mir und grinste.

»Kann es sein, dass du … ein bisschen auf ihn stehst?« Ich lachte gezwungen und wich seinem Blick aus.

»*Was*? Wie kommst du denn auf so was?« Er zuckte mit den Schultern.

»Weil er gut aussieht?« Nun lachte ich noch verlegener.

»Also musst du selbst du zugeben, dass er ziemlich attraktiv ist.« Aaron lachte ebenfalls, doch er schien schon etwas gelöster zu sein.

»Na, solange du ihn nicht attraktiver findest als mich.« Ich schüttelte hastig den Kopf und küsste ihn.

»Nein, niemals. Du bist und bleibst mein Favorit.« Er lachte abermals und nahm mich fest in den Arm.

»Na dann ist ja gut.«

»Hey, Paige.«, begrüßte William mich im Tanzstudio am nächsten Nachmittag und umarmte mich, wie schon am Tag zuvor.

»Hallo William.« Er grinste breit und schaute sich im Raum um, vielleicht um Aaron oder Xenara zu entdecken.

»Du kannst mich auch gerne einfach nur Will nennen. Ich finde William klingt zu förmlich.« Ich lächelte leicht und nickte.

»Na gut, wenn du das möchtest. Obwohl ich finde, dass William ein sehr schöner Name ist. Egal, auf jeden Fall ist es schön, dass du gekommen bist, *Will*.« Er winkte ab und setzte sich im Schneidersitz auf den Fußboden, wobei er sich gegen die Glaswand hinter ihm lehnte. »Wenn du willst, könnte ich auch morgen mit zum Footballtraining kommen.«, schlug ich vor und setzte mich neben ihn. Er stimmte nickend zu und schien überrascht über meinen Vorschlag.

»Ja, das wäre schön. Ich werde allerdings auch erst einmal zuschauen, bevor ich frage, ob ich mitspielen kann.«

»Dann setzen wir uns einfach beide auf die Zuschauertribüne.«, erwiderte ich und schaute auf zu Xenara, die gerade den Raum betrat. Sie schaute sich kurz um, erblickte uns und lief daraufhin hastig zu Aaron, der gerade in ein Gespräch mit einigen Freunden vertieft war. Wahrscheinlich wollte sie ihren Cousin fragen, was Will hier wollte.

»Sie wird mir bestimmt nie verzeihen.«, stellte Will mit Hoffnungslosigkeit in der Stimme fest, während er die beiden beobachtete.

»Ach, das wird schon. Du könntest sie zu deiner Feier am Freitag einladen.« Er wiegte den Kopf hin und her, abwägend wie hoch das Risiko war, dass Xenara ihn abblitzen ließ.

»Sollte ich?« Einen kurzen Moment überlegte ich, ob er damit meinte, dass er befürchtete, sie würde absagen oder ob er eher damit sagen wollte, dass er Xenara nicht dabeihaben wollte, doch dann entschied ich, dass er wohl eher ersteres gemeint hatte.

»Mehr als nein sagen kann sie nicht. Ich denke, einen Versuch ist es wert.« Er stand nickend auf und lief zu Aaron und Xenara, ich folgte ihm mit einigen Schritten Abstand. Bevor er anfing zu sprechen, räusperte er sich und fuhr sich noch einmal durch die schwarzen Haare. Sein ehemaliger bester Freund und dessen Cousine starrten ihn erwartungsvoll an.

»Hey Xenara, ich würde dich gerne zu meiner Einzugsfeier, die am Freitag stattfindet, einladen. Ich wohne im gleichen Haus wie Paige im neunten Stock. Es wäre schön, wenn du kommst ... also ich würde mich freuen?« Das Ende seines Satzes zog er fragend in die Höhe und klang dabei sehr verunsichert. Sie zuckte zusammen und riss die Augen weit auf.

»Du würdest dich ... *freuen*?« Er nickte bestätigend und hatte schon fast etwas wie Hoffnung im Blick.

»Ja, es wäre mir eine Ehre, dich dabei zu haben.«, erwiderte er, doch sie schüttelte den Kopf.

»Verarschen kannst du deine ...« Aaron stieß sie in die Rippen, sie lächelte plötzlich ganz falsch und räusperte sich, »Ich meine ... ich habe leider in meinem Terminkalender stehen, dass ich am Freitag krank sein werde und warte ... ups da steht auch, dass ich nichts mehr mit dir zu tun haben will. Tja, mein Kalender lügt nie. Tut mir wirklich wahnsinnig leid, aber ich hätte mich auch echt gefreut.« Sie drehte sich um und lief davon. Aaron seufzte und folgte ihr, ohne noch ein weiteres Wort zu verlieren. William lachte bitter und ließ den Kopf einen Moment lang hängen.

»Das war ein sehr klares ›Nein‹. Vielleicht hätte ich nicht herkommen sollen. Jetzt da ich hier in Winston-Salem bin, scheint es mir eine richtig beschissene Idee gewesen zu sein.« Er lief wieder zurück zu den Taschen der anderen Schüler und setzte sich hin.

»Ach Quatsch, das wird schon werden. Ganz bestimmt werden sie dir vergeben, lass ihnen nur etwas Zeit, um selbst herauszufinden, dass du dich geändert hast und es ernst meinst ... Aber da fällt mir noch eine Frage ein, die ich dir stellen will.« Er schaute mich erwartungsvoll an. Die Erlaubnis, ihn zu fragen, was immer ich wollte.

»Warum bist du eigentlich hierhergekommen? Also nach Winston-Salem.« Er zuckte mit den Schultern. Es sollte wohl so aussehen, als gäbe es keinen bestimmten Grund, doch ich sah sofort, dass er log.

»Ich weiß nicht ... ich glaube, ich wollte einfach meinen besten Freund zurückhaben ... oder wenigstens nicht kampflos aufgeben. Ohne Aaron ... und ohne Xenara, war es in New York irgendwie einsam.« Obwohl ich wusste, dass er nicht ganz ehrlich war, nickte ich verständnisvoll.

»Hast du in New York keine Freundin? Oder ... na ja eine ... große Liebe?« Er lächelte traurig und schüttelte den Kopf.

»So wie Aaron dich hat? ... Nein. Aber ich bin auch selbst daran schuld. Ich lasse nicht sehr viele Leute an mich heran, also kann mich ein Mädchen gar nicht so weit kennenlernen, um mich zu mögen.« Ich legte ihm tröstend eine Hand auf die Schulter.

»Ich mag dich.«, meinte ich, doch sein Lächeln wirkte gezwungen.

»Dann kennst du mich wahrscheinlich noch nicht genug.« Ich schüttelte leicht den Kopf.

»Tut mir leid William, aber ich denke, so schlimm, wie du vorgibst zu sein, bist du nicht. Jedenfalls nicht mehr. Ich glaube, die Leute haben dich zu jemand anderem gemacht. Ich gebe sogar zu, dass Aaron dich sicherlich zu einem großen Teil verändert hat. Irgendetwas ist zwischen euch vorgefallen, aber ich bin mir sicher, dass du nichts getan hast, um Aaron vorsätzlich zu verletzten. Es war wohl eher ein Versuch, Aufmerksamkeit zu bekommen. Du hast dich vielleicht einsam gefühlt. Deswegen auch das mit den Drogen. Du hast gedacht, sie würden dir vielleicht über deine Einsamkeit hinweghelfen, deswegen hast du nicht aufgehört sie zu nehmen.« Da ging mir ein Licht auf. »Es hat was mit Aarons erster Freundin zu tun, nicht wahr? Er war total verliebt in sie und hatte nur noch Augen für das Mädchen. Du als bester Freund bist da irgendwie außen vor geblieben und deswegen hast du etwas getan, um Aarons Aufmerksamkeit wieder auf dich zu lenken, richtig? Nur hat euch das nicht wieder näher zueinander gebracht, sondern eure Freundschaft zerstört.« Er schüttelte belustigt den Kopf.

»Ganz so war es dann doch nicht, Sherlock Holmes.«, meinte er trocken.

»Aber du hast aufgehört Drogen zu nehmen, oder?«, stellte ich halb fragend fest. Er grinste, weil er wusste, dass ich es klingen lassen wollte, als wäre es eine Frage wie jede andere, die man in ein Gespräch so mit einfließen lässt. So etwas wie: ›Wie geht es dir heute so?‹. Gleichzeitig klang es auch wie eine Feststellung, als wäre ich mir sicher, dass ich recht hatte.

»Warum bist du dir da so sicher?« Ich zuckte die Achseln und da nickte er.

»Nein, ich nehme keine Drogen mehr. Ich bin clean, schon mehrere Jahre lang. Die Drogen sind Geschichte, schon bevor Aaron New York verlassen hat. Und auch wenn Xeni meint, ich hätte sie nach Aarons Weggang wieder mit in die Drogenszene gezogen, es war nicht so. Sie hatte einfach die falschen Freunde, zu denen ich in den letzten Jahren nicht gehörte.« Ich lächelte sanft und nickte. Dieses Mal glaubte ich ihm.

»Ich hoffe einfach mal, dass du die Wahrheit sagst und ich dir glauben kann.« Er antwortete nicht sofort, doch dann hoben sich seine Mundwinkel.

»Du solltest jetzt gehen. Ich glaube, es geht los, aber ich kann dir sagen, dass du die erste Person seit Langem bist, mit der ich halbwegs offen rede. Natürlich behalte ich noch einige Dinge für mich. Schon deswegen, weil Aaron mir sonst nie mehr verzeiht, wenn ich dir alles erzählen würde.« Ich verdrehte die Augen, gab mich damit aber vorerst zufrieden. Er hatte recht. Aaron stand schon in der Mitte des Raumes und beäugte uns misstrauisch. Hastig stand ich auf und lief zu den anderen. Mein Freund nickte mir lächelnd zu und erklärte währenddessen, was heute auf dem Programm stand.

Am nächsten Tag zu der gleichen Zeit, lief ich am Rand des Footballfeldes entlang, hin zu den Tribünen. In einer der obersten Reihen saß schon William und beobachtete interessiert das Training. Mit Aarons Hand in meiner, stieg ich die Stufen zu ihm hinauf. Als wir neben ihn traten, schaute er auf und lächelte. Schnell stand er auf und umarmte mich flüchtig.

»Hey, Paige.« Dann schaute er zu Aaron und hielt ihm seine Hand entgegen. »Aaron.«, begrüßte er ihn nicht ganz so fröhlich. Mein Freund ergriff seine Hand und nickte kühl, was ich als ersten Schritt, auf seinen ehemals besten Freund zu, deutete.

»William.«, stellte er nüchtern fest und setzte sich dann neben mich, ich hatte mich zur Rechten Williams niedergelassen.

»Und ist dir schon was aufgefallen oder hast du dich schon entschieden, ob du mitspielen möchtest?« William lachte trocken und deutete hinunter zum Feld.

»Ja, mir ist schon Einiges aufgefallen. Zum Beispiel, dass euer Kapitän lieber den Cheerleadern beim Training zuschaut, als sich auf seine Mannschaft zu konzentrieren.« Ich lachte ebenfalls, als ich Duck sah, der mit den Gedanken ganz woanders zu sein schien.

»Ja, Duck ist schon lange ein Dorn im Auge des Coachs. Aber da er dieses Jahr sowieso geht und kein Spieler kam, der den Coach umgehauen hätte, wird erst nächstes Jahr ein neuer Kapitän gewählt.«, stimmte ich ihm zu. Er nickte nachdenklich und stützte den Kopf auf eine Hand, um weiterhin konzentriert zuzuschauen.

»Nur, mit so einem Typ als Kopf des Teams, kann man noch so gute Spieler haben, trotzdem wird nichts daraus. Einer, der sich auf das Spiel konzentriert und voll dabei ist, muss die Führung übernehmen, sonst braucht man keinen Gedanken an einen Sieg zu verschwenden.« Ich nickte begeistert, denn ich ahnte jetzt schon, wie seine Entscheidung am Ende ausfallen würde.

»Also heißt das, du willst es probieren … also mitzumachen?« Er wiegte den Kopf hin und her und lachte ein wenig.

»Bei einer halben Katastrophenmannschaft?« Nun grinste er. »Klar mach ich mit. Ich habe lange nicht mehr verloren. Mal sehen, wie sich das anfühlt. Go Wolverines.« Während er aufstand, stieß er die Faust in die Luft und lief dann die Treppen zum Feld hinunter. Aaron legte seine Beine auf der Rückenlehne des Sitzes vor ihm ab und verschränkte die Arme vor der Brust.

»Ihr begrüßt euch nach zwei Tagen Bekanntschaft also schon mit einer Umarmung.«, flüsterte er mir leicht gereizt zu. Ich zuckte mit den Schultern.

»Ja, na und? Da ist doch nichts dabei.«

»Es stört mich aber. Auch wenn es so rüberkommen sollte, als würde ich William alles vergeben und ihm noch eine Chance gegeben haben, wird er für mich immer der Feind bleiben, Paige. Das, was er vor einem Jahr abgezogen hat, werde ich nicht vergessen. Kannst du da nicht verstehen, dass ich es nicht gerne sehe, dass du gut Freund mit dem Feind bist?« Ich verdrehte die Augen und wandte meinen Blick wieder zum Feld, wo William gerade auf den Coach zulief.

»Oh Aaron, sei doch nicht immer gleich so eifersüchtig.«, meinte ich leicht grinsend und legte ihm eine Hand auf den Oberschenkel, die er nach einem Moment ergriff.

»Ich bin nicht eifersüchtig, Paige, ich habe eine Scheißangst um dich und Xeni. William kann genauso gut, wie er sich verändert haben könnte, auch immer noch der Alte sein und das alles nur vorspielen. Und wenn das so ist und der Moment kommt, da er seine Maske fallen lässt, haben wir ein echtes Problem. Du kannst dir nicht ausmalen, wie krass das damals war. Wie die Drogen meinen besten Freund in ein aggressives, kaltes Monster verwandelt haben, wegen dem ich sogar New York verlassen habe. Da war nichts mehr von dem Will zu sehen, der in allen Lebenslagen an meiner Seite gestanden hatte.« Ein niedergeschlagenes Seufzen kam über meine Lippen, während ich Aaron wieder das Gesicht zuwandte.

»Wenn du mir nicht erzählen willst, was der ausschlaggebende Punkt für deinen Weggang aus New York war, kann ich mir leider kein Urteil erlauben. Ich weiß nichts. Ich habe keine Ahnung, was William damals getan hat, also kann ich auch nicht einschätzen, ob er sich verändert hat. Ich denke allerdings, dass du an das Gute in ihm glauben solltest. Vielleicht gibt er nicht nur vor, ein anderer als damals zu sein und sagt die Wahrheit.« Er nickte und kniff die Augen zusammen, um William auf dem Spielfeld zu beobachten.

»In einem Punkt sagt er jedenfalls die Wahrheit. Die New York Tigers haben, seit William Kapitän wurde, kaum einmal verloren. Du glaubst nicht, wie viel Schiss die anderen Teams hatten, wenn sie hörten, dass sie gegen uns spielen würden. William ist ein exzellenter Quarterback und mich würde es wundern, wenn Coach Wales ihn nicht nach dem Spiel gegen Greensboro zum Kapitän der Mannschaft ernennt.«, berichtete er ohne Neid in der Stimme, es klang eher wie Bewunderung.

»Warten wir einfach mal die Feier am Freitag und das Spiel am Sonntag ab, okay?«, schlug ich vor und Aaron nickte, dabei schaute er immer noch hinunter zu den Spielern.

»Und falls doch ein wenig Eifersucht mit reinspielt, kann ich dir nur sagen, dass ich dich liebe. Du hast erst einmal genug um mich gekämpft, so schnell entscheide ich mich nicht für einen anderen.« Lächelnd löste er einen Arm aus der Verschränkung und legte ihn mir um die Schultern.

»Das will ich aber auch hoffen.«, meinte er grinsend, als William in Footballmontur aufs Spielfeld trat. »Ich liebe dich nämlich auch.« Er legte seine Lippen auf meine und daran, wie lange er mich küsste, erkannte ich, dass es wirklich zu einem gewissen Teil Eifersucht war, die William zu Aarons Feind machte. Nur war das keine normale unbegründete Eifersucht, die man verspürte, wenn man den Partner mit jemand anderem sah und wusste, dass sie sich gut verstanden. Irgendetwas sagte mir, dass da mehr dahintersteckte und es mit dem Geheimnis zu tun hatte, das alle drei – Aaron, William und auch Xenara – hüteten. Als ich wieder zum Spielfeld schaute, war William schon voll in seinem Element. Er warf den Ball zu seinen Teamkollegen, die zunächst etwas verhaltener mit ihm interagierten. Er war neu im Team und sie mussten seine Fähigkeiten erst noch einschätzen, bevor sie ihn aufnahmen. Aaron nahm die Füße von der Rückenlehne, des Sitzes vor sich und beugte sich nach vorne, so dass seine Arme auf seinen Beinen lagen, dabei verschränkte er die Finger ineinander. Er schien sich wohl ganz auf William zu konzentrieren. Plötzlich setzte Xenara sich auf den Platz links neben mir und streckte ihre Beine über die Rückenlehne des vorderen Sitzes, wie Aaron zuvor.

»Na, was oder wen beobachten wir denn hier?«, fragte sie interessiert und schaute hinunter auf das Spielfeld.

»William beim Footballspielen.«, antwortete ich und sie seufzte.

»Dass der Typ sich aber auch überall reindrängen muss.« Ich lächelte sie an.

»Auch, wenn du ihn vielleicht nicht sonderlich gut leiden kannst, schau doch mal hin. Er gibt sich wirklich Mühe und er wird dem Team sicher guttun, wenn er so gut ist, wie Aaron behauptet.« Sie zuckte mit den Schultern und stöhnte genervt auf.

»Na klar, aber er soll sich bloß nicht hier eingewöhnen. Hoffentlich verschwindet er bald wieder und lässt uns in Ruhe. Ich habe keine Lust, wegen ihm wieder in die Sucht abzurutschen.« Ich verdrehte die Augen und schüttelte den Kopf über die Worte meiner besten Freundin.

»Xenara, ist das nicht deine Entscheidung? Außerdem meinte William, dass er gar nichts damit zu tun hatte, als du nach Aarons Weggang wieder abhängig geworden bist.« Sie starrte mich fassungslos an.

»Glaubst du ihm jetzt schon mehr als mir? Paige, merkst du das nicht? Er will dich auf seine Seite ziehen und dich gegen uns aufbringen.« Ich seufzte abermals und winkte ab.

»Natürlich glaube ich dir, aber ich meine, wenn ihr William ausschließlich feindlich gegenübertretet, wird sich da auch nichts dran ändern. Er versucht doch euch zu zeigen, dass er sich verändert hat. Er macht eine Party, um ein paar Leute kennen zu lernen, er lädt uns alle dazu ein und er hilft unserer Footballmannschaft. Außerdem hat er sich euch gegenüber, in der Zeit, die er schon hier ist, nicht gerade gemein verhalten, oder?« Xenara stöhnte entnervt und hob verzweifelt die Arme in die Luft, als würde sie sich gleich die Haare raufen.

»Oh Paige, du bist so naiv. Er spielt das alles doch nur. Er tut jetzt so, als würde ihm alles leidtun, was er in New York abgezogen hat. Und wenn wir ihm wieder vertrauen, dann kannst du dir sicher sein, werden wir es bereuen. William ist skrupellos, Paige. Er tut alles, um sich zu amüsieren, vor allem auf Kosten anderer. Ihm ist total egal, wer dabei zu Schaden kommt. Du darfst ihm auf keinen Fall glauben. Sonst wird es auch dir irgendwann leidtun.« Ich schaute zwischen Aaron und Xenara hin und her, doch mein Freund schwieg und nickte nur, als würde er Xenara zustimmen. Ruckartig stand ich auf und wandte mich zu den beiden um.

»Das ist unglaublich. Von euch hätte ich so was als allerletztes erwartet. Du Aaron, der du von mir eine zweite Chance bekommen hat. Hätte ich vor einer Woche so abweisend reagiert und dir nicht geglaubt, wären wir jetzt nicht zusammen. Und du Xenara, als du Hilfe beim Entzug gebraucht hast, hat Aaron dir geholfen. Als du dann wieder rückfällig geworden bist, hat er dich abermals unterstützt. Er hätte auch sagen können: ›Du bist selbst daran schuld, dass du die Drogen wieder an dich herangelassen hast.‹. Hat er aber nicht. Er hat dir eine weitere Chance gegeben und was würdest du nun tun, wenn er das nicht gemacht hätte? Also überlegt euch genau, was ihr tut und sagt. Denkt erst einmal über euch selbst nach, bevor ihr über andere urteilt. Dann versteht ihr vielleicht, warum ich, trotz eurer Horrorgeschichten über ihn, versuche, neutral und gerecht zu reagieren.« Dann lief ich ans Ende der Sitzreihe und joggte im Gang die Treppen zum Spielfeld hinunter. Der Coach pfiff gerade zum Zeichen des Trainingsendes. William kam zu mir an den Spielfeldrand und nahm seinen Helm ab.

»Und wie habe ich mich geschlagen?«, fragte er fröhlich und ich erwiderte sein Lächeln.

»Du bist echt gut, oder?«, bemerkte ich. Plötzlich legte der Coach seine Hand auf Williams Schulter. Er trug einen äußerst zufriedenen Gesichtsausdruck zur Schau.

»Du glaubst ja gar nicht, wie gut.«, meinte Mr Wales und grinste überglücklich, dann lief er in Richtung der Kabinen davon.

»Die Klamotten stehen dir.«, merkte ich an und zupfte an dem Trikot, das über den breiten Schulterauflagen lag, die alle Footballspieler trugen. »Willst du was trinken?«, fragte ich dann und nahm eine Flasche aus seiner Tasche, die William auf eine Bank gestellt hatte. Er nickte dankbar und nahm das Wasser entgegen. Da trat Xenara auf einmal neben mich.

»William, ich … ähm … wollte fragen, ob ich vielleicht doch … zu der Party am Freitag kommen könnte.« Er schaute sie kurz verdutzt an.

»Du willst zu der Feier kommen?« Sie lächelte wieder falsch, wie am Freitag.

»Nein, weißt du, ich tue nur so.« Ihre Stimme triefte vor Sarkasmus. »Ja ich würde mich freuen, wenn ich kommen dürfte.« William lächelte breit als würde sein größter Traum in Erfüllung gehen.

»Doch nicht krank am Freitag?«, stichelte er, wodurch Xenaras aufgesetztes Lächeln einsank. Sie knurrte und schien schon zu bereuen, dass sie einen Schritt auf ihn zugemacht hatte.

»Ich überlege es mir gleich noch einmal anders.«, fauchte sie, doch William hob hastig abwehrend die Hände.

»Nein nein, schon gut. Tut mir leid. Natürlich darfst du kommen. Außerdem hättest du mich nicht fragen müssen. Du bist sowieso immer willkommen, genau wie Paige und Rooney. Schön, dass du kommst. Ich freue mich.«

»Schon gut, die Party des Jahrhunderts darf ich mir doch nicht entgehen lassen.«, zischte Xeni und schaute mich von der Seite an. Dann lächelten sich beide leicht gezwungen an, also ergriff ich schnell das Wort.

»Wer kommt denn alles so?«, erkundigte ich mich und William wandte sich zu mir um. Sein Lächeln erstrahlte wieder.

»Ach diese und jene, ein paar Leute eben.«, meinte er dann und wiegte den Kopf hin und her.

Als ich am Freitagabend mit Aaron und Xenara vor Williams Wohnungstür stand, sah ich, dass meine zwei Begleiter ziemlich nervös waren. Xeni spielte mit ihren Armbändern und Aaron tippte mit der Schuhspitze unrhythmisch auf den Boden. Ich drückte noch einmal den Klingelknopf mit der Aufschrift *Parker* und Xenara seufzte.

»Glaubst du echt, die hören die Klingel? Wir hören die Musik sogar hier draußen, da wird sie drin nicht leiser sein.«, meinte sie genervt und ich zuckte mit den Schultern.

»Hast du eine bessere Idee, wie wir reinkommen könnten? Willst du die Tür aufbrechen?« Aaron schüttelte den Kopf und legte eine Hand flach an das Holz der Tür.

»Das brauchen wir gar nicht, sie ist nur angelehnt. Deswegen ist die Musik so laut.« Nach kurzem Druck von Aarons Hand schwang die Tür lautlos auf und offenbarte Williams Wohnung, nur, dass man nicht viel davon sah. Mir blieb die Luft im Hals stecken, als ich die vielen Menschen betrachtete, die sich in Wills Wohnung gequetscht hatten. Das Sofa und die Sessel waren besetzt und der Boden, der als Tanzfläche fungierte, ebenfalls belegt. Überall standen leere und volle Flaschen herum. Da gab es Vodka, Gin, verschiedenste Schnäpse, Tequila und Bier. Alles war gar nicht zu überblicken. Der Wohnzimmertisch war bedeckt von Shishas und Zigaretten. Der ein oder andere Joint mochte ebenfalls darunter sein. Viele von den Jugendlichen auf dem Sofa hatten sich entspannt zurückgelehnt, andere unterhielten sich angeregt mit ihren Freunden.

»Sagte ich doch. Das wird eine richtige New Yorker Party mit Besäufnis, Drogen und Verletzten. Anders kenne ich es ja auch gar nicht. Dann mal los. Jemand Vodka gefällig?«, meinte Aaron trocken und betrachtete die bereits leere Flasche, die er von einer Kommode genommen hatte. Ich schaute ihm entsetzt zu, als er die leere Flasche zurückstellte, von einem Tisch drei Shotbecher und eine Flasche nahm und deren Flüssigkeit in die kleinen Gläser füllte.

»Aaron, ich bin 16 Jahre alt.« Er winkte ab und reichte sowohl mir als auch Xenara einen Becher.

»Und ich 18, denkst du, das interessiert hier jemanden?« Nun war ich fassungslos.

»Dich sollte es ja vielleicht interessieren.« Er hielt uns seinen Becher zum Anstoßen entgegen und zwinkerte mir zu.

»Beim dritten interessiert es mich, okay? Und dann verträgst du immer noch mindestens ein Bier, bevor ich mir Sorgen machen müsste. Ganz so zimperlich solltest du auch wieder nicht sein, mein Schatz. Sonst fällst du unangenehm auf und wer will das schon?« Er grinste breit und stieß seinen Becher an unsere. »Du bist doch schon ein großes

Mädchen und kennst deine Grenzen. Deswegen passe ich lieber auf mein Cousinchen und das Dope auf, einverstanden?« Xenara verdrehte die Augen, hob dann jedoch ihren Becher an die Lippen.

»Auf einen schönen Abend.«, meinte sie, nachdem sie den Schnaps getrunken hatte und Aaron lachte.

»Na hoffentlich wird es auch einer ... ein *schöner* Abend.« Dann legte auch Aaron den Kopf in den Nacken, um den Shot zu trinken, doch ich nahm nur einen kleinen Schluck. Mein Freund lachte abermals und legte einen Arm um mich.

»Denkst du, dadurch schmeckt es besser? Kipp es lieber mit einem Mal hinter.«, riet er mir, also tat ich wie mir befohlen und legte den Kopf in den Nacken, so dass die Flüssigkeit meinen Hals hinunterfloss. Da legte sich plötzlich eine Hand auf meine Schulter und ich hätte mich fast an dem brennenden Alkohol verschluckt.

»Ich sehe, ihr genießt schon den kostenlosen Alkohol.«, sagte William und stellte sich neben mich. Heute trug er ein enges schwarzes T-Shirt, das seine Muskeln gut zur Geltung brachte, eine dunkle Hose und Sneaker.

»Hallo William.«, begrüßte ich ihn, immer noch hustend. Er klopfte mir auf den Rücken, während er mich halb in eine Umarmung schloss.

Dann warteten wir Aarons Reaktion ab. Er hielt seinem ehemaligen besten Freund die Hand hin. Dieser schlug ein und zog Aaron ebenfalls in eine Umarmung.

»Will, dir ist klar, dass du den Gestank der Shishas und des Grases nicht mehr rausbekommen wirst, oder?«, merkte Aaron danach an und William zuckte die Achseln.

»Ja, das fürchte ich auch. Aber darum mache ich mir dann morgen Sorgen.« Nun wandte er sich an Xenara.

»Hey Xeni.« Sie ließ eine kurze Umarmung zu und lächelte leicht.

»Scheint ja gut zu laufen, die Party.« Er stimmte nickend zu und schaute sich um. Ihm war anzusehen, dass er nicht richtig wusste, wie er mit Xenara umgehen sollte, ohne sie abermals gegen sich aufzubringen.

»Ja, ich denke schon. Ich hoffe nur, dass keiner im Haus die Polizei ruft. Mir ist eingefallen, dass ich hier in einer

Kleinstadt bin und die anderen Hausbewohner vielleicht hätte informieren sollen, dass es heute etwas lauter wirf.«, erklärte er und bedeutete uns dann ihm zu folgten. Ich musste dabei an die alte Mrs Bringston denken, die jeden Grund nutze, sich über irgendetwas zu beschweren. »Gehen wir lieber wohin, wo man sich unterhalten kann.« Er führte uns zu einer Tür, hinter der ich das Schlafzimmer vermutete.

»Da drin ist es vielleicht wenigstens ruhig.« Er öffnete die Tür, blieb jedoch fast sofort stehen. »Oh wow, okay. Dass mein Bett auch gleich auf die Art eingeweiht wird, wusste ich natürlich nicht. Aber auch gut, macht ruhig weiter Leute.« Ich schaute über seine Schulter und sah in Williams Bett einen Typ mit zwei Mädels liegen. Überall lagen Klamotten rum, dann schloss Will die Tür wieder.

»Dann werde ich vorerst wohl nicht in diesem Bett schlafen.« Aaron und ich schauten uns an. Er hob die Augenbrauen und zuckte mit den Schultern. »Dann schauen wir doch gleich mal, was in der Küche so los ist.«, verkündete Will und wir folgten ihm einen Flur entlang.

Er schob eine Schwingtür ohne Griff auf und ich fand mich in einer weißen Küche mit schwarzen Marmorarbeitsplatten wieder.

»Wow, das ist echt schön.«, bemerkte ich und strich mit der Hand über den dunklen Stein. Da bemerkte ich ein Pärchen, das an dem Tisch aus dunklem Holz saß.

»So meine Lieben. Könntet ihr netterweise ins Wohnzimmer umsiedeln? Wir wollen gerne unsere Ruhe.«, fragte der Hausherr übertrieben nett, woraufhin die zwei leicht murrend aufstanden und den Raum verließen. »Danke ihr zwei!«, rief William ihnen noch hinterher. An seinen darauffolgenden Worten: »Wer auch immer ihr seid.«, erkannte ich, dass die Gästeliste wohl doch etwas aus dem Ruder gelaufen war. Wir setzten uns auf die barhockerhohen Stühle. Sie standen rund herum um den genauso hohen und rechteckigen Tisch, der ebenfalls aus diesem dunklen Holz bestand.

»Also ich freue mich echt, dass ihr gekommen seid. Ich weiß, es ist ein Schock, dass ich plötzlich hier aufgetaucht bin, aber ich muss euch danken. Ihr habt mich nicht so sehr zurückgewiesen, wie ich befürchtet hatte.« Ich nickte lächelnd, doch als ich zu Xenara und Aaron sah, schienen sie ziemlich angespannt.

»Warum hast du eigentlich auf einmal New York verlassen? Ist irgendetwas passiert?«, wollte Xeni nun wissen, doch ihr Gegenüber schüttelte den Kopf.

»Nein, aber was soll ich dort, ohne meine besten Freunde?«

»Also nichts in Richtung Drogenvorfall oder so?«, fragte Xenara gekünstelt interessiert und auch provozierend.

»Nein, aber ich weiß Xeni, dass du mir anhängen willst, dich in eine zweite Drogensucht gezogen zu haben. Du weißt allerdings genauso gut wie ich, dass das nicht der Wahrheit entspricht. Du hattest einfach die falschen Freunde, wie zum Beispiel Joey. Er war der Auslöser und nicht ich. Und du warst allein, denn Aaron war nicht mehr da. Ich verstehe das total, aber du wolltest ja keine Hilfe von mir. Ich habe sie dir oft angeboten.« Xenara spannte sich an und Aaron legte eine Hand auf ihre Schulter.

»Stimmt das, Xeni?« Sie starrte William wütend an und knurrte leise.

»Ja, er hat schon recht. Joey hatte sicher einen großen Anteil an meinem Rückfall, aber wer hatte denn Schuld, dass ich zuallererst mit Drogen in Berührung kam?« Sie deutete auf Will, welcher nickte.

»Ich weiß Xenara und es tut mir leid, aber ich bereue das inzwischen sehr. Das musst du mir glauben. Und ich wollte wirklich nicht, dass du das noch einmal durchmachen musst.« Sie blieb stumm und ihre Schultern waren immer noch angespannt, doch sie nickte auch leicht. William stellte vier Becher vor uns auf den Tisch, als plötzlich Aarons Handy klingelte.

»Oh, für mich nichts. Meine Mom hat mir gerade geschrieben. Ich hatte total vergessen, dass sie heute ihr Klassentreffen hat und ich sie fahren soll, damit sie etwas trinken kann.« Er schob den Becher von sich. »Hoffentlich halten sie mich nicht an mit meinem Vodka-Atem.« Er stand auf, gab mir einen Kuss und lief dann zur Tür »Ich bin bald wieder da.« Xenara erhob sich ebenfalls.

»Ich suche erst einmal die Toilette auf, bevor ich noch etwas trinke und dann mische ich mich vielleicht unter die Tanzenden.« William nickte.

»Ja, also die Gästetoilette ist den Gang entlang am anderen Ende. Wenn du allerdings ein luxuriöseres Bad benötigst, müsstest du durch mein Schlafzimmer.« Sie grinste in Gedanken an die Situation, die sie im Schlafzimmer vorfinden würde, schüttelte jedoch den Kopf.

»Da gebe ich mich lieber mit dem Gästebad zufrieden.« Auch sie verließ die Küche, so dass nur Will und ich zurückblieben.

»Aber du trinkst was mit mir, oder?«, meinte er dann und ich nickte lächelnd.

»Na klar.« er holte aus einem Schrank eine Flasche mit hellbrauner Flüssigkeit, einen Salzstreuer und aus dem Kühlschrank ein Netz Zitronen.

»Schon einmal Tequila getrunken?«, fragte er mit einem verschmitzten Lächeln und schenkte etwas aus der Flasche in die Becher. Ich biss mir auf die Unterlippe, schüttelte dann aber den Kopf. Es würde nichts bringen, ihn anzulügen. Spätestens bei meiner Reaktion auf den Alkohol, würde er wahrscheinlich wissen, dass ich gelogen hatte.

Er grinste und schnitt eine der gelben Zitrusfrüchte erst in Viertel und dann in Scheiben, anschließend legte er sie zwischen uns auf den Tisch.

»Dann zeige ich dir jetzt, wie man Tequila richtig trinkt.« Ich hob eine Augenbraue.

»Ist das eine gute Idee?« Er nickte, leicht lachend und schob mir den Becher zu.

»Ja, keine Sorge.« Ich überlegte einen Moment, denn dies war genau die Situation, vor der Aaron mich gewarnt hatte. Doch dann erwiderte ich das Lächeln und nahm den Becher mit Tequila entgegen.

»Gut, zuerst streust du dir etwas Salz auf den Handrücken und leckst es ab. Dann trinkst du den Tequila und zum Schluss beißt du in eine Zitronenscheibe.« Er öffnete den Salzstreuer, strich mit der Zitronenscheibe über seinen

Handrücken, so dass das Salz darauf kleben blieb und reichte es anschließend mir. Ich tat es ihm gleich und nahm meinen Becher dann in die rechte Hand.

»Gut, dann los.« Gleichzeitig leckten wir das Salz von unseren Händen und als ich mit der Zitrone geendet hatte, verzog sich mein Gesicht.

»Oh, wow … das ist echt sauer.« William lächelte mit schief gelegtem Kopf.

»Und wie hat es sonst so geschmeckt?« Ich nahm grinsend die Flasche und schenkte uns neu ein.

»Ich weiß nicht genau. Für einen Geschmackstest müssen wir das noch einmal wiederholen.«

Als Xenara wieder zu uns stieß wirkte sie bei unserem Anblick geradewegs empört.

»Ihr trinkt Tequila? Warum sagt ihr mir denn nicht Bescheid? Ich meine, dann hätte ich mich doch niemals mit den Langweilern dort draußen abgegeben.« William schenkte in einen dritten Becher etwas von der Flüssigkeit und schob ihn Xeni zu.

»Aaron wird auch gleich wieder hier sein, ich habe ihn zur Wohnungstür hereinkommen sehen.« Und tatsächlich öffnete sich in diesem Moment wieder die Küchentür und mein Freund trat ein.

»Oh wow, hat das Besäufnis hier schon ohne mich begonnen?«, fragte er halb lachend und setzte sich wieder neben mich.

»Ein Becher ist noch frei.«, bot ich ihm an, doch er schüttelte den Kopf.

»Ach komm, Rooney. Ein Shot.«, bat William, Aaron lachte bitter.

»Nein, lieber nicht. Ich befürchte, es würde dann nicht bei einem bleiben. Dann habe ich ein Problem, wenn ich meine Mom wieder abholen muss, also lasse ich es lieber gleich ganz.« Ich zuckte mit den Schultern und füllte meinen Becher abermals auf.

»Bleibt mehr für uns.« Xenara und Will stimmten mir prostend zu. Aaron legte einen Arm um mich und führte seinen Mund ganz nahe an mein Ohr.

»Muss ich jetzt langsam anfangen, mir Sorgen zu machen?«, fragte er mich flüsternd, aber offensichtlich amüsiert.

»Eigentlich nicht. Du *kannst* ja tanzen, also wirst du dich nicht blamieren. Komm, wir gehen tanzen.«, wechselte ich einfach das Thema und hüpfte von meinem Stuhl. Dann zog ich Aaron mit mir aus der Küche und ließ William mit Xenara allein.

Xenara

Als mein Cousin und seine Freundin den Raum verlassen hatten, trat Schweigen ein. Keiner von uns wusste, was er sagen sollte. Also merkte ich das Erstbeste an, das mir einfiel.

»Du hast eine echt schöne Wohnung.« Er schaute, leicht gezwungen lächelnd, auf und nickte.

»Danke. Schön, dass sie dir gefällt.« Ich drehte den Becher auf der Tischplatte, wie eine Flasche beim Flaschendrehen und fixierte ihn dabei hoch konzentriert.

»Ach, danke übrigens für die Brausebonbons. Die habe ich fast alle auf der Fahrt nach Winston-Salem gegessen. Hat sich beinahe so angefühlt wie früher in Aarons Zimmer.« Wieder lächelte Will auf diese komische Art.

»Kein Problem. Ich musste an dich denken, als ich sie im Laden gesehen habe. Sie schienen mir als Abschiedsgeschenk angemessen.« Ich nickte und vor meinem inneren Auge liefen die Erinnerungen wie ein Kinofilm ab.

Ich schleppe gerade meine Koffer die Treppe hinunter, als die Klingel der Eingangstür ertönt. Verwirrt lasse ich die Koffer neben der Treppe zurück und gehe, um zu schauen, wer es ist. Ich erwarte niemanden und meine Eltern haben einen Schlüssel, sie würden nicht klingeln. Es ist der Nachmittag von Joeys Beerdigung, die Trauerfeier ist noch nicht vorbei. Als

Will aufschaut, mustert er mich aus blaugrünen Augen und zieht dann einen Mundwinkel nach oben.

»Hey Xeni.«, begrüßt er mich.

»Hallo William.«, gebe ich zurück und mustere ihn von den Turnschuhen, über die dunkle Jeans, das Hemd mit den hochgekrempelten Ärmeln bis hin zu den dunklen verstrubbelten Haaren. »Was willst du?« Er lächelt nun traurig und räuspert sich.

»Ich habe gehört, dass du gehst.« Natürlich hat er das, vor ihm bleibt nichts geheim. Es bringt also nichts ihn zu belügen.

»Ja ... Aaron hinterher. Hier hält mich nichts mehr.« Nun nickt er stumm, als wüsste er nicht recht, was er sagen soll. Doch er ist es auch, der nach kurzem Zögern wieder das Wort ergreift.

»Ja ... ich habe es gehört. Joey ... das tut mir leid.« Ich schnaube ungläubig, denn ich bezweifle, dass er meint, was er sagt. Er kannte Joey nicht, wieso sollte ihm sein Tod leidtun?

»Sicher. Na ja, auf jeden Fall fahre ich nach Winston-Salem, um nicht das gleiche Schicksal zu erleiden.« Er stutzt und runzelt die Stirn.

»Winston-Salem?« Ich hole meine Koffer aus dem Flur und versuche mich an ihm vorbei durch den Türrahmen zu drängen.

»Ja, wahrscheinlich solltest du das gar nicht wissen.«, stöhne ich, als er mir den Weg versperrt. Aaron hat nicht ohne Grund vor den meisten Leuten geheim gehalten, wo er und seine Mutter hingezogen sind. Er nimmt mir einen Koffer ab und trägt ihn zu dem Taxi, das mich zum Bahnhof bringen wird.

»Gut, dann bleibe ich also als Letzter von uns hier zurück und halte die Stellung.« Ich nicke, mehr weiß ich darauf nicht zu sagen. Es ist mir egal, ob er allein bleibt, er hat zu verantworten, dass Aaron uns verlassen hat. Dann öffne ich die Autotür, doch er hält mich am Arm zurück.

»Hier, das habe ich dir als Abschiedsgeschenk mitgebracht.« Er reicht mir einen in buntes Papier eingewickelten Karton, dann umarmt er mich und flüstert mir noch ins Ohr, »Ich weiß, du willst es nicht hören und es kommt auch zu spät ... aber es tut mir leid.« Ich löse mich seufzend von ihm und *drücke mir die Schachtel, die er mir gerade überreicht hat, an die Brust.*

»Du hast recht. Es kommt zu spät.« Als ich einsteige, überrascht er mich noch einmal mit einigen Worten in einem Tonfall, der nicht recht zu William passen will. »Ich wünsche dir, dass Rooney dir helfen kann.« Ich steige ein, ziehe die Tür zu und lasse dann die Scheibe hinunter. Er beugt sich etwas herunter, um mit mir auf Augenhöhe zu sein.

»Und Xeni ... es tut mir ebenfalls leid, dass du von der Schule geflogen bist.« Ich lächele bitter. Diesmal glaube ich ihm sogar, denn nun hat er dort niemanden mehr.

»Schon gut, ist ja ausnahmsweise mal nicht deine schuld gewesen. Mach's gut, William.« Noch während er ebenfalls: »Mach's gut, Xenara.«, murmelt, lasse ich die Fensterscheibe wieder hoch und bedeute dem Taxifahrer loszufahren. Als ich durch die Heckscheibe zurückblicke, ist die dunkle Gestalt am Straßenrand schon verschwunden. Wie vom Erdboden verschluckt. Ich reiße das Papier von seinem Geschenk, das sich als eine Packung mit meiner Lieblingssüßigkeit aus meiner Kindheit herausstellt und lächele in mich hinein. Er kennt mich einfach viel zu gut.

Blinzelnd kehrte ich in die Gegenwart zurück und starrte Will an, der mir gegenübersaß. Er hatte mich mit seiner Stimme aus den Gedanken gerissen.

»Ich musste an dich denken, als ich die Wohnung eingeräumt habe. Weißt du noch, als ich mit dir zusammen dein Zim ...« Doch ich unterbrach ihn energisch.

»Hör auf. Halt den Mund. Du hattest doch damals, als du mich verabschiedet hast, schon vor, uns zu folgen.« Er schüttelte stockend den Kopf, vielleicht überrascht von meiner plötzlichen Gereiztheit.

»Nein, hatte ich nicht. Ich wollte wirklich in New York bleiben ... euch fernbleiben, aber ...« Ich schaute ihn erwartungsvoll und mit gehobenen Augenbrauen an.

»Was, *aber*? Warum bist du wirklich hier?« Er schluckte sichtbar, bevor er antwortete.

»Das würdest du nicht verstehen, Xenara.« Ich schnaubte verächtlich und stellte den Becher vor mir wieder auf.

»Doch, ich glaube, ich verstehe es, auch ohne, dass du noch ein weiteres Wort sagst. Du bist gekommen, um Aaron das Leben noch schwerer zu machen. Um ihn noch mehr zu demütigen.« William stöhnte verzweifelt und schüttelte abermals vehement den Kopf.

»Xeni, ich bereue, was ich getan habe. Von der ersten Sekunde an, als Aaron mich ansah. Mit diesem ›Ich werde dich auf ewig hassen‹-Blick. Denkst du nicht, ihr könntet mir langsam vergeben?« Ich lachte trocken auf, fassungslos darüber, dass er dachte, es wäre so einfach. Dann schüttelte ich den Kopf und ließ mich von der Sitzfläche des Stuhls gleiten.

»Es tut mir leid, aber ich bin meinem Cousin gegenüber loyal. Ich weiß noch, wie du ihn verraten hast. Ihn und eure Freundschaft. Du hast ihn so dermaßen hintergangen, das ist nicht gerade leicht zu vergessen.« Er lachte freudlos und ließ den Kopf hängen mit einem Gesichtsausdruck, als hätte er etwas Bitteres gegessen.

»Heißt das, du wirst mich jetzt auch auf immer und ewig hassen?« Ich nahm ruckartig meine Tasche und warf sie mir über die Schulter.

»Ich gehe jetzt lieber. Es war eine beschissene Idee, hierher zu kommen.« Dann verließ ich schnurstracks die Wohnung und schloss die Tür hinter mir.

Neun

Paige

Als ich die Augen aufschlug, lag ich in meinem Bett und wurde sofort von der Sonne geblendet. Müde murmelnd drehte ich mich um und fand Aaron neben mir liegend vor. Ich stupste ihn mit einem Finger an die Nase, woraufhin er blinzelnd aufwachte und mich anlächelte.

»Na, wie geht's?«, fragte er mit rauer Stimme und streckte sich genüsslich.

»Wieso?«, stellte ich einfach eine Gegenfrage, da sein Tonfall mir schon verraten hatte, dass er auf etwas Bestimmtes anspielte und mich ärgern wollte. Er schloss mich in seine Arme und grinste einfach weiter vor sich hin.

»Keine Kopfschmerzen oder so? ... Na ja das kommt dann sicher alles, wenn du aufstehst.« Ich runzelte die Stirn, dann weiteten sich meine Augen.

»Da fällt mir ein, ich habe keine Ahnung, wie ich ins Bett gekommen bin.« Er nickte wissend und drückte mir einen Kuss auf die Stirn.

»Ja ... in den Armen deines Freundes vielleicht?« Ich kicherte peinlich berührt und schmiegte mich enger an ihn.

»Okay ... und musstest du dich irgendwie für mich schämen?«, erkundigte ich mich vorsichtig und nach kurzem Überlegen seinerseits, schüttelte er den Kopf.

»Nein, bei William hast du dich noch halbwegs benommen.« Ich musterte ihn verwirrt.

175

»Was soll das denn jetzt heißen?« Er lachte, wahrscheinlich in Erinnerungen an den letzten Abend.

»Na ja, als wir hier ankamen, hast du lautstark von dir gegeben, dass du mich auf der Stelle willst. Damit hast du dann fast deine Mom aufgeweckt, nebenbei hast du versucht mich auszuziehen und kaum hatte ich dich ins Bett gelegt und zugedeckt, hast du auch schon tief und fest geschlafen. Sei froh, dass ich deinen Schlüssel gefunden habe, sonst hättest du heute wahrscheinlich richtig Ärger am Hals. Ich meine, wenn deine Mom aufgewacht wäre und dich so gesehen hätte ... ich weiß nicht, ob sie dann so cool wie sonst immer geblieben wäre.« Ich musste unwillkürlich grinsen.

»Okay, ich glaube, spätestens jetzt kenne ich meine Grenzen.«

»Na, das will ich doch stark hoffen. Ich habe nämlich eigentlich nicht vor, dich ab jetzt von jeder Party zu schleppen.« Ich schüttelte halb belustigt von mir selbst, halb entsetzt den Kopf.

»Nein, lieber nicht. ... Hast du William gestern noch einmal gesehen?« Aaron schien nicht allzu böse über diese Frage, was in mir die Hoffnung weckte, dass der Abend für die beiden wenigstens nicht in einer Katastrophe geendet hatte.

»Ja, gestern kurz nachdem Xeni gegangen ist, aber danach nicht mehr. Aber ich weiß nicht, in dem Gedränge könnte ich ihn auch übersehen haben. ... Allerdings hat sich das Ganze auf zwei Uhr etwas gelichtet, aber da habe ich ihn auch nicht mehr gesehen.« Ich riss abermals die Augen auf.

»Zwei Uhr? Wann hast du mich denn nach Hause geschafft?« Er zuckte mit den Schultern.

»So auf halb drei, da war aber immer noch ein bisschen was los.« Ich schaute auf den Wecker, der auf meinem Nachttisch stand. Er zeigte acht Uhr an.

»Fünfeinhalb Stunden.«, stöhnte ich und fuhr mir dann mit der Hand über die Augen.

»Und *ich* war noch mal weg, um meine Mutter von ihrem Klassentreffen zu holen.« Ich seufzte voller Mitleid für ihn und strich ihm sanft über die Wange, die an manchen Stellen mit Bartstoppeln bedeckt war.

»Ich habe nicht mitbekommen, dass du noch einmal weg warst.«, gestand ich kichernd und er stimmte mit in mein Lachen ein.

»Das war auch nicht zu erwarten.«

»Vielleicht sollten wir dann mal zu William hochgehen und ihm beim Aufräumen helfen?« Dieses Mal allerdings verdrehte Aaron bei der Erwähnung des Namens genervt die Augen und schüttelte den Kopf.

»Wie ich ihn kenne, wird er sich eine Putzfrau mieten. Ich glaube nicht, dass Will etwas selbst macht.« Ich zuckte mit den Schultern und legte eine Hand auf seine Brust, um sein Herz pochen zu fühlen.

»Ich gehe dann trotzdem mal nach ihm schauen. Du musst ja nicht mitkommen, wenn du nicht willst.« Aaron schien nicht sonderlich erfreut darüber, doch er sagte auch kein Wort dagegen.

»Ja mach, was du nicht lassen kannst. Ich wollte heute eigentlich mal anfangen, ein paar Bewerbungen an verschiedene Colleges zu schreiben. Ich muss mich nämlich langsam entscheiden, was ich nach der Schule machen will.« Manchmal vergaß ich regelrecht, dass Aaron schon in einer ganz anderen Lebenssituation war als ich, obwohl wir beide noch an die High School gingen. Ich hatte noch nicht besonders viele Gedanken daran verschwendet, was ich später einmal machen, geschweige denn an welches College ich wollte.

»Ah ja ... und was schwebt dir da so vor? Präsident? Astronaut oder doch lieber Milliardär?« Er lachte überrascht und schüttelte belustigt den Kopf.

»Wenn man Milliardär studieren könnte, würde ich die Vorlesung glatt mal belegen. Nein ... also was hältst du von freischaffendem Tanzlehrer?« Ich runzelte die Stirn und versuchte mir vorzustellen, was das bedeuten konnte.

»Ehrlich jetzt? Du hast wahrscheinlich einen super High School Abschluss und willst *Tanz*lehrer werden?« Er schürzte die Lippen mit einem Ausdruck im Gesicht, der seine nächste Aussage noch unterstrich.

»Ja, wieso nicht? Ich bin durch die AG irgendwie auf den Geschmack gekommen.« Noch einen Moment starrte ich ihn entsetzt an, dann begann er plötzlich zu lachen.

»Du müsstest mal dein Gesicht sehen. Ich bin mir ziemlich sicher, dass ich deine Gedanken gerade lesen konnte. Darin ging es um Geld. Natürlich will ich nicht Lehrer werden. Also nichts gegen den Beruf ... aber na ja. Also ... zugegeben habe ich noch keine Ahnung, was mal aus mir wird, aber ich bin mir sicher, dass ich meinen Weg schon finde.« Nun konnte ich wieder lächeln und legte meinen Kopf an seine Brust. Bis mir wieder etwas einfiel, das Aaron gestern gesagt hatte. Es hatte mich gar nicht stutzig gemacht, aber nun da ich darüber nachdachte ...

»Du hast gestern gesagt, du bist 18 Jahre alt. Wann hattest du denn bitte Geburtstag?« Er versuchte zu lächeln, doch es sah etwas traurig aus.

»Vor ungefähr drei Wochen. Als du nicht mit mir reden wolltest. Ich habe nicht groß gefeiert.« Ich hob überrascht beide Augenbrauen.

»Das heißt ja, dass William auch 18 ist, oder?« Aaron stimmte nickend zu.

»Ja ... allerdings vermute ich, dass *er* eine riesige Party geschmissen hat.« Ich musste ebenfalls grinsen, doch dann wurde ich wieder ernst.

»Ich habe dir gar nichts geschenkt.« Mein Freund winkte mild lächelnd ab.

»Ach, das ist schon okay. Schließlich habe ich dir auch nichts geschenkt.« Ich schüttelte den Kopf, bevor ich mich wieder an ihn schmiegte.

»Das stimmt nicht. Du hast mir *dich* geschenkt.«

Als ich auf den Klingelknopf mit der Aufschrift *W. Parker* drückte, machte ich mich schon darauf gefasst lange warten zu müssen, doch fast sofort öffnete der Wohnungsbesitzer die Tür.

»Guten Morgen, Paige.«, meinte er murmelnd und lief wieder durch den Flur zurück ins Wohnzimmer.

178

»Du siehst schrecklich aus, wenn ich das mal so anmerken darf.«, bemerkte ich und er nahm wieder seine Mülltüte, in die er herumstehende Pappbecher schmiss.

»Danke für das Kompliment, lange schon nicht mehr etwas so Schmeichelhaftes gehört. Und du? Hast du einen Kater?« Augenrollend lief ich zu ihm und drehte ihn um, damit ich in sein Gesicht sehen konnte.

»Mein Schädel brummt, aber so schlecht wie du aussiehst, *fühle* ich mich nicht einmal.« Um sicher zu gehen, dass er sich nicht wieder wegdrehte, legte ich meine Hände an seine Wangen. Unter meiner Haut spürte ich Bartstoppeln wie vorhin schon bei Aaron.

»Mein Gott, du hast ja richtige Augenringe. Du hast nicht viel geschlafen, stimmt's?« Er schüttelte trocken lachend den Kopf.

»Ehrlich gesagt sind die Letzten so auf halb fünf gegangen, dann habe ich drei Stunden in der Badewanne geschlafen, der einzige nicht verseuchte Ort in meiner Wohnung, aber du kannst dir vielleicht vorstellen, wie bequem und erholsam das war. Also bin ich halb acht wieder aufgestanden und habe angefangen sauber zu machen. Einen Großteil habe ich schon geschafft, jetzt fehlen nur noch die Küche und das Wohnzimmer.« Ich nickte und ließ ihn wieder los. Während er im Raum umherlief, um Müll einzusammeln, betrachtete ich ihn von Weitem.

»In Jogginghose habe ich dich auch noch nie gesehen.« Er lächelte und nickte dann ebenfalls.

»Tja … ist doch stylish, oder?« Er trug eine weite Jogginghose und ein enges T-Shirt.

»Wie kann ich dir helfen?« Er deutete auf einen Karton.

»Da kannst du die leeren Glasflaschen dort hineinstellen.« Ich schnappte mir den Karton und lief damit durch den ganzen Raum. Am Ende war er fast voll mit Tequila-, Vodka-, Gin- und Bierflaschen. Dann nahm ich mir einen Lappen und versuchte den kleinen Glastisch von klebrigen Getränkepfützen und Tabakresten zu befreien.

»William, tut mir echt leid, aber das Zeug geht kaum aus den Ritzen.«, rief ich durch die Wohnung und er kam mit einem Staubsauger ins Zimmer. Diesen stellte er an einen

Sessel und trat dann näher, um die Partyüberreste auf dem Tisch zu betrachten.

»Ja, ich weiß, lass mich mal versuchen.«, meinte er und drehte sich plötzlich zu mir um, so dass unsere Gesichter nur noch Zentimeter voneinander entfernt waren. Seine Augen nahmen mich völlig gefangen und obwohl er nur so kurz geschlafen hatte und auch sonst total fertig aussah, verströmte er einen Duft -vermutlich war es sein Parfum-, der einen zwangsläufig an den Ozean erinnerte. Er fixierte mein Gesicht, als wollte er sich jedes Detail einprägen, sein muskulöser Körper sendete eine Wärme aus, die ich nicht für möglich gehalten hätte.

»Gibst du mir bitte den Lappen, wenn du willst, kannst du schon anfangen den Boden und die Polstermöbel mit dem Staubsauger zu saugen.«, murmelte er und so hob ich langsam meine Hand, ohne sein Gesicht aus den Augen zu lassen. Er hob ebenfalls die Hand, um den Lappen entgegenzunehmen, dabei berührte sich unsere Haut. Überrascht, wie kühl seine Finger waren, keuchte ich auf. Und dann war der Moment vorbei, denn William beugte sich zum Tisch hinunter und fing an ihn zu säubern. Verwirrt schüttelte ich den Kopf, nahm den Staubsauger und putzte so auch noch den letzten Dreck aus dem Wohnzimmer.

»Vielleicht gehst du jetzt lieber wieder zu Aaron. Du hast mir wirklich sehr geholfen, aber den Rest schaffe ich schon noch allein.« Ich schüttelte abwehrend den Kopf, denn es schien mir, dass er mich nur aus Höflichkeit gehen lassen wollte.

»Nein, ich helfe dir noch bis zum Schluss.« Nun schüttelte er den Kopf.

»Nein, geh jetzt bitte, Paige.« Ohne noch ein weiteres Wort lief er in die Küche, um seine Putztour dort weiterzuführen. Ich folgte ihm kurzerhand.

»Warum, William? Was hast du denn plötzlich?« Er schwieg und ging mit ein paar leeren Flaschen in den Händen an mir vorbei, um sie in den Karton im Wohnzimmer zu schmeißen.

»Hallo, William. Was ist los?« Er seufzte, drehte sich jedoch nicht zu mir.

»Ich will keine Probleme.«, antwortete er endlich und betrat wieder die Küche.

»Probleme? Wie meinst du das?«, fragte ich und schickte mich an, ihm zu helfen, alle dreckigen Gläser in den Geschirrspüler zu schlichten.

»Na so, wie ich es gesagt habe.« Ich verdrehte die Augen nach oben.

»Du meinst wegen dem da vorhin? Wegen diesem kurzen Moment? Erstens war da doch gar nichts und zweitens müssen wir deswegen auch gar niemandem davon erzählen.« Er schwieg und schloss die Klappe des Geschirrspülers.

»Ja, aber ich darf mir noch nicht einmal den kleinsten Fehltritt erlauben, Paige. Es ist sowieso schon so gut wie aussichtslos, jemals die Vergebung von Xenara, geschweige denn von Aaron, zu erlangen. Xeni hat mir gestern ins Gesicht gesagt, dass sie so lange auf mich wütend sein wird, wie Aaron mir nicht vergibt. Ich weiß gar nicht, was ich hier noch soll, aber ich kann nun mall nicht anders. Ich muss hierbleiben und Aarons Zorn ertragen.« Mit einem Lappen wischte er die schwarzen Marmorarbeitsplatten und den Tisch ab, dann wusch er den Lappen aus und drehte sich zu mir.

»So, fertig. Danke für deine Hilfe, Paige und jetzt hau ab.« Ich hob, verwundert über seinen Ausdruck, die Augenbrauen und er grinste.

»Morgen ist doch das Spiel gegen die Northwest und davor möchte ich noch ein wenig Schlaf abbekommen. Also hau ich mich jetzt mal aufs Ohr und du gehst. Wir sehen uns dann morgen.« Dieses Mal klang er deutlich sanfter, was mir sagte, dass er vermutlich einfach nur durch den Schlafmangel etwas reizbarer war als sonst. Ich nickte, umarmte ihn kurz und lief dann zur Wohnungstür, die ich leise hinter mir schloss, als ich im Hausflur stand. Auf dem Weg zu Aaron dachte ich über diesen seltsamen Moment nach. Williams Reaktion war eigenartig. Klar, dieser Moment zwischen uns war schon ziemlich beängstigend gewesen. Ich hatte mich komischerweise geborgen gefühlt. Irgendwie gut, als würde ich ihn schon ewig kennen. Es hatte sich so angefühlt wie mit Aaron, als er mich in meinem Zimmer zum ersten Mal geküsst hatte. Und das machte mir Angst. Hatte Will das etwa auch gespürt? Dieses Gefühl von Vertrautheit und das Bauchkribbeln, als sich unsere Hände berührt hatten? Sonst hätte er mich danach sicher nicht wegschicken wollen. Aber das war nicht richtig. Ich liebte Aaron und nicht seinen ehemaligen besten Freund. Mit einem mulmigen Gefühl drückte ich auf den Klingelknopf und eine Minute später öffnete Aarons Mutter mir. Sie ließ mich ein und so betrat ich Aarons Zimmer, ohne stehen zu bleiben, um zu klopfen. Mein Freund saß an seinem Schreibtisch und tippte auf der Tastatur seines Computers herum.

»Hey, Schatz.«, begrüßte ich ihn und legte meine Hände von hinten auf seine Schultern.

»Hey. Na, brauchte William Hilfe?« Ich nickte stumm, was er aber natürlich nicht sah. Also fügte ich noch schnell: »Ja, er hat selbst aufgeräumt und ich konnte ihm helfen.«, hinzu. Aaron hörte auf zu tippen und drehte sich zu mir um.

»Schön. Ich bin mit meinen Bewerbungen auch ein gutes Stück weitergekommen.« Ich lächelte und setzte mich auf seinen Schoß.

»Gut.«, hauchte ich und legte meine Lippen leidenschaftlich auf seine, stand währenddessen wieder auf und zog ihn mit mir auf die Füße.

»Xeni ist wohl gar nicht da?«, fragte ich beiläufig und er zuckte mit den Schultern.

»Ich habe sie seit gestern nicht gesehen.«, murmelte er und ließ sich von mir auf sein Bett drücken. Ich zog mir mein T-Shirt über den Kopf und setzte mich dann grinsend auf seinen Bauch.

»Vielleicht war das gestern gar nicht der Alkohol.«, meinte Aaron lächelnd, nachdem ich ihm ebenfalls das T-Shirt ausgezogen hatte. »Paige, meine Mom ist da.«, protestierte er, als ich seine Hose aufknöpfte. Ich stand seufzend auf und schloss die Tür ab.

»Na und? Ich liebe dich eben und du mich.« Schnell streifte ich meine Jeans ab, bevor ich mich dann wieder auf ihn setzte und auch die Beine seiner Hose herunter schob und mit den Lippen über seine Bauchmuskeln fuhr.

»Was ist los, Paige?«, fragte er und nahm meinen Kopf in die Hände, um meinen Blick auf sein Gesicht zu richten.

»Nichts, was soll denn los sein?« Er setzte sich auf und musterte mich verwundert.

»Es ist echt schön ... du bist schön, aber du bist doch sonst nicht ... na ja nicht *so*.« Ich legte wieder meine Lippen auf seine und strich mit den Händen über seine Brust hinab zum Bund seiner Shorts.

»Meinst du *so*?« Er nickte, dabei lächelte er allerdings leicht, dann wurde er wieder ernst.

»Ja, also was ist passiert? Es muss vorhin irgendwas geschehen sein. Was ist es?« Ich zuckte die Achseln und schüttelte nüchtern den Kopf, als wüsste ich nicht, wovon er sprach.

»Nichts. Was sollte passiert sein?« Er hielt mich etwas von sich fern und musterte mich.

»Irgendetwas mit William? Hat er sich an dich rangemacht. Hat er dich geküsst oder sonst was?« Ich schüttelte energisch den Kopf.

»Nein, es ist nichts passiert. Darf ich meine Liebe zu dir etwa nicht mehr zeigen?« Er seufzte und ich merkte, wie zwiegespalten er war. Einerseits fühlte er, dass irgendetwas mit mir los war, andererseits wollte er mir gerne nachgeben.

»Doch, natürlich.« Er drehte uns um, so dass er sich nun über mich stützte. »Aber du verhältst dich ungewohnt.«, flüsterte er dann, bevor er meinen BH öffnete und mir die Träger von den Schultern streifte. Ich seufzte und legte meine Arme um seinen Hals, während er meinen Hals und mein Schlüsselbein mit süßen Küssen überhäufte.

»Aaron es war nichts. Ich liebe dich einfach. *Nur dich.*« ... und keinen anderen.

Als ich den Zuschauerraum betrat, sah ich eine Menge rot-weißer Trikots. Die Northwest Greensboro Vikings Fans. Die halbe Tribüne war mit ihnen besetzt, die andere Hälfte leuchtete in einem dunklen Marineblau. William kam mir, schon in Footballmontur, entgegen.

»Hey Paige, schön, dass du gekommen bist. Ist Aaron auch da? Und Xenara?« Ich öffnete den Mund und wusste nicht sofort auf was ich zuerst antworten sollte.

»Also ... Aaron ist da. Er kommt gleich und Xenara habe ich seit der Party nicht mehr gesehen. Ich glaube nicht, dass sie kommt, tut mir leid.« Er nickte, leicht niedergeschlagen.

»Sie macht ihr Versprechen also wahr. Sie wird mir niemals vergeben und sich von mir fernhalten. ... Na ja, schön, dass ihr da seid. Ich muss jetzt los, Paige. Bis dann.« Mit seinem Helm unterm Arm joggte er davon und schon legte sich eine warme Hand auf meine rechte Schulter.

»Wo willst du dich hinsetzten?«, fragte Aaron mich und stieg mit mir auf die Tribüne. In einer der obersten Reihen setzten wir uns auf zwei freie Stühle und beobachteten, wie die Spieler das Feld betraten.

»Weißt du eigentlich, dass ich keine Ahnung von Football habe?«, flüsterte ich Aaron zu und er lachte.

»Denkst du ich? William hat zwar dauernd versucht, mir die Regeln zu erklären, aber ich verstehe den Sinn davon einfach nicht. Also jubele ich einfach, wenn die rote Runde jubelt. Da kann man nichts falsch machen.« Ich starrte ihn überrascht an.

»Du hast keinen Plan von Football? Aaron, du bist doch ein Junge, du musst so was wissen.«, merkte ich gespielt entsetzt an und grinste breit. Er schnaubte verächtlich winkte belustigt ab.

»Na und? So was interessiert mich eben kein bisschen.« Ich schmiegte mich an ihn und lachte.

»Na dann schauen wir mal, ob wir am Ende mitbekommen, wer gewonnen hat.«

Im Laufe des Spiels versuchte ich, die Spielzüge nachzuvollziehen und zu verstehen, doch es gelang mir nur teilweise. Was ich allerdings bemerkte, war, dass William sich offenbar sehr gut in das Team eingefügt hatte. Die anderen Jungs schienen ihn durch sein Talent schnell aufgenommen zu haben. Am Ende gewannen wir und die roten Fans schrien sich die Seele aus dem Leib. Die grünen Fans allerdings sahen sehr niedergeschlagen aus, was ja verständlich war. Komischerweise wirkte sie auch überrascht. Bei manchen standen die Münder ungläubig offen. Fröhlich stürmte ich nach unten zu William, der von seinen Teamkollegen und einigen Fans umringt war. Da kam auch schon der Coach mit einem fremden Mann an seiner Seite. Die beiden bahnten sich einen Weg durch die Schüler und Mr Wales legte seine Hand auf Williams Schulter, wie auch schon am Mittwoch nach dem Training.

»William, hier ist ein Mann, der dich gerne sprechen würde.«, verkündete er und dieser stellte sich Will gegenüber und schüttelte ihm die Hand.

»Guten Tag Mr Parker, mein Name ist Burke. Ich bin von der NCSU, der North Carolina State University. Ich würde Ihnen gern ein Sportstipendium anbieten. Wir können Sie auf den richtigen Weg zur NFL bringen, wenn Sie das möchten.« Alle Leute um sie herum, die mit zugehört hatten, jubelten los. William sah entschlossen aus. Innerhalb einer Minute hatte er sich entschieden. Als alles wieder ruhig war, fing er an zu sprechen.

»Mr Burke, es ist mir eine außerordentliche Ehre, Sie kennen zu lernen und ich würde sehr gern das Stipendium annehmen, aber ich muss Ihnen auch sagen, dass ich nicht vorhabe Football jemals in der Profiliga zu spielen. Es ist ein Hobby, dem ich leidenschaftlich nachgehe. Und das soll es auch bleiben. Außerdem denke ich für meine Zukunft in eine andere Richtung.« Alle starrten ihn entsetzt an, doch Mr Burke zuckte mit den Schultern und lachte.

»Das ist kein Problem Mr Parker, denn sehen Sie, Sie wären nicht der Erste, der seine Meinung geändert hat, sobald er erst einmal auf den Geschmack gekommen ist. Der College Football ist *die* Chance für Sie.«, erklärte Mr Burke mit regelrecht strahlenden Augen. William lächelte und zuckte mit den Schultern.

»Nun dann danke ich Ihnen sehr und freue mich auf die NCSU.«, erwiderte er dann mit einem breiten Grinsen und der Mann ihm gegenüber schien zufrieden.

»Sehr schön, wir werden uns bei Ihnen melden.« Er schüttelte William die Hand und schon lief er davon, das Handy in der Hand und eine Nummer wählend. Als sich die

Jubelrufe, die auf Williams Zusage gefolgt waren, etwas abebbten wandte sich der Coach an Will.

»Und wie wäre es, wenn du Kapitän der ›Wolverines‹ wirst?«, schlug er ihm vor und William zögerte nicht lange.

»Das wäre mir natürlich eine Freude und Ehre zugleich. Da lasse ich mich nicht zweimal bitten.« Abermals jubelte das Team und die Fans und Mr Wales klopften Will freundschaftlich auf die Schulter. Duck allerdings würde sich wohl eher nicht freuen, abgesetzt zu werden.

Zweites Buch

- Xenara & William -

Intro

Schon vom Gang aus hörte ich die laute Musik und die Stimmen, die lachten und redeten. Ich kehrte auf die Tanzfläche zurück, doch meinen Begleiter konnte ich nirgendwo entdecken. Selbst an der Bar, wo ich ihn vermutet hatte, war er nicht. Verwirrt lief ich zur Herrentoilette und wartete ein paar Minuten davor, doch es kam niemand heraus. Eine Möglichkeit blieb noch, also rannte ich, so gut es mit diesen hochhackigen Schuhen ging, zur Eingangstür und über den Parkplatz. Durch das Licht einer Straßenlaterne sah ich drei Menschen. Zwei knieten, einer lag auf dem Asphaltboden. Mir schwirrten tausend Gedanken durch den Kopf. Angst regierte mein Bewusstsein und meine Beine wollten sich erst nicht bewegen, doch dann zwang ich mich, wieder loszulaufen. Als ich hineilte, erkannte ich sie.

»Was ist passiert?«, fragte ich panisch. Niemand antwortete mir. Im Hintergrund hörte ich Sirenen und es schien mir, als würde sich die Welt langsamer drehen, nur, weil ich hier stand und er dort auf dem Boden lag.

»Was ist hier passiert?«, fragte ich nun noch einmal mit Nachdruck. Das Mädchen wandte ihr tränenüberströmtes Gesicht zu mir und schluckte schwer. Sie schien die Worte nicht hervorzubekommen. Der Junge kniete da, über den Mensch am Boden gebeugt und beachtete nichts mehr um sich herum. Auch er hatte panische Angst.

»Er ... er ist ... tot.«, antwortete das Mädchen dann endlich. Sie hatte fast keine Stimme mehr und wandte den Blick wieder zu dem am Boden Liegenden. Ich ließ mich neben ihr nieder und legte meine Hände auf seinen Bauch. Mein helles Kleid färbte sich rot von seinem Blut.

Zehn

Xenara

Als ich auf meine Handyuhr schaute, war es kurz nach Mitternacht. Aus meiner Tasche holte ich meinen Schlüssel und sperrte damit die Haustür auf. Am Freitagabend hatte ich in dem Hotel, in dem ich mehrere Wochen lang gelebt hatte, eingecheckt, um nachdenken zu können und nicht immer alle um mich herum zu haben. Ich hatte einfach einmal Ruhe und Abstand gebraucht. Das hatte mir unglaublich geholfen und nun konnte ich wieder klarer denken. Auf dem Weg nach Hause, ließ ich meinen Finger ein wenig zu lange über der Fahrstuhltaste mit der Nummer neun darauf schweben. Hastig schüttelte ich den Gedanken ab und fuhr dann doch in den elften Stock, zu der Wohnung, die Aaron und seine Mutter zusammen bewohnten. Zum Glück hatte ich einen Schlüssel, denn um diese Uhrzeit klingelte man an keiner Tür mehr, nicht einmal an der eigenen. Doch als ich Aarons Zimmer betrat, sah ich, dass mein Platz schon belegt war. Paige lag neben meinem Cousin, die beiden hielten sich eng umschlungen und lächelten im Schlaf. Schnell nahm ich meinen Schlafanzug, bestehend aus einer Boxershorts und einem Top. Im Bad zog ich mich um und legte mich dann aufs Sofa. Mit einem Kissen unterm Kopf und einer Wolldecke umhüllt, versuchte ich einzuschlafen. Doch dies war schwieriger, als ich es für möglich gehalten hätte. So eine harte Unterlage war ich nicht gewohnt. In New York hatte ich ein unglaublich

191

weiches Boxspring-Bett und auch Aarons Bett konnte man nicht gerade als Nagelbrett bezeichnen. Doch dieses Sofa war eher modern und hübsch als bequem und praktisch. Wie ich mich auch drehte und wendete, ich konnte einfach nicht einschlafen. Seufzend stand ich auf und verließ die Wohnung im Schlafanzug. Hinter mir schloss ich die Tür wieder ab und tapste auf nackten Füßen die Granitstufen zwei Etagen nach unten. Vor einer Tür hielt ich inne und drückte letztendlich auf den Klingelknopf. Nach kurzer Zeit wurde mir geöffnet.

»Xenara.«, stellte William überrascht fest. Er stand nur in schwarzen Boxershorts vor mir und so zwang ich mich, in sein Gesicht zu schauen und nicht auf seine Brust- und Bauchmuskeln.

»Hi William. Lässt du mich rein?«, fragte ich nüchtern und wartete auf eine Antwort, doch er schien zu perplex, um etwas erwidern zu können. Dann allerdings nickte er und trat zur Seite, um mich einzulassen. »Habe ich dich geweckt?«, wollte ich ganz nebenbei wissen, aber er schüttelte den Kopf.

»Nein, ich konnte nicht schlafen und war deswegen gerade in die Küche gegangen.« Ich musste unwillkürlich schelmisch grinsen.

»Um dir eine Tasse heiße Milch zu machen, nehme ich an.« Er lächelte ebenfalls, doch er schien ziemlich angespannt zu sein, als wüsste er nicht, was ihn erwarten würde.

»Hm … zu einem Kakao würde ich nicht nein sagen. Mit einem Schluck Whisky vielleicht?«, bot er an, um selbst etwas lockerer zu werde, doch es wollte ihm nicht so richtig gelingen. Ich schüttelte belustigt den Kopf.

»Kakao klingt schon verlockend, muss ich zugeben. Allerdings würde mir ein Glas Wasser auch schon reichen.« Er nickte knapp und holte aus der Küche Gläser und eine Flasche Wasser.

»Übrigens hübscher Schlafanzug, gefällt mir.«, bemerkte er dann, als er zurückgekommen war. Langsam schien er aufzutauen und glaubte nicht mehr, dass ich ihn jeden

Moment anschreien würde. Ich lächelte ihm verschmitzt entgegen, um ihm ein gutes Gefühl zu geben. »Was verschafft mir die Ehre deines Besuches?«, erkundigte er sich dann, während er mir ein Glas reichte. Bevor ich sprach, nahm ich einen Schluck des kühlen Wassers.

»Der erste Grund ist, dass Paige sich oben bei Aaron eingenistet hat und das Sofa viel zu hart zum Schlafen ist. Und der zweite ist, dass ich sowieso noch mit dir sprechen wollte. Es tut mir leid, dass ich gestern nicht beim Spiel war, aber ich brauchte mal etwas Zeit für mich, um nachzudenken. Nun habe ich eine Entscheidung getroffen.« Er hörte mir die ganze Zeit gespannt zu und ich holte noch einmal tief Luft, bevor ich die folgenden Worte sagte: »Ich vergebe dir. Was du Aaron angetan hast, hat nichts mit mir zu tun, also muss *ich* auch nicht sauer auf dich sein oder dich hassen. Das ist eine Sache zwischen dir und meinem Cousin. Du warst meistens nett zu mir, na ja außer als du mich drogenabhängig gemacht hast, aber daran war ich wohl auch selbst schuld. Ich habe gesehen, dass du dich verändert hast, also habe ich kein Problem damit, dir zu verzeihen. Ich würde uns gerne wieder als Freunde betrachten.« Ich hielt ihm lächelnd die Hand hin, doch er zog mich in eine feste Umarmung.

»Danke, Xeni. Ich weiß gar nicht richtig, was ich sagen soll. Ich danke dir … du bist so viel besser als ich je sein könnte. Ich verspreche, ich habe erkannt, wie riesig mein Fehler war und bereue ihn. Und ich werde mich bessern.« Langsam löste ich mich aus seiner Umarmung und nickte.

»Das hoffe ich … und kann ich jetzt bei dir schlafen?« Er schüttelte belustigt den Kopf und lachte leise, als wäre meine Frage lächerlich.

»Ja, natürlich. Jederzeit.«, stimmte er zu und schien aus dem Grinsen gar nicht mehr herauszukommen. »Ich hole mir nur schnell eine Decke aus dem Schlafzimmer, dann kannst du ins Bett, wenn du möchtest.« Er war schon fast aufgestanden, um sein Versprechen in die Tat umzusetzen, als ich ihn am Arm zurückhielt.

»Du wirst doch nicht auf dem Sofa schlafen.«, protestierte ich vehement und nun lachte er wieder und schüttelte über mich den Kopf.

»Bei Aaron willst du nicht auf der Couch schlafen, deswegen kommst du her, um das bei *mir* zu tun? Das ist doch Unsinn, Xeni, natürlich schlafe ich auf dem Sofa.« Ich fand es fast süß, dass er nicht verstand, was ich eigentlich vorgeschlagen hatte und wie ein Gentleman reagierte. Das hatte ich irgendwie nicht von ihm erwartet.

»Wie wäre es, wenn einfach niemand auf der Couch schläft? Dein Bett ist doch sicher groß genug für uns beide.«, erklärte ich nun meinen Gedankengang und seine Augenbrauen hoben sich überrascht, als er realisierte, was ich ihm anbot. Doch nun hob ich die Hand, um anzudeuten, dass ich noch eine Bedingung stellen würde.

»Aber wehe du nutzt die Situation schamlos aus und machst dich irgendwie an mich heran. *Kein* Anfassen.« Er grinste und fuhr sich mit der Hand durch die Haare.

»Wird schwierig bei dem Outfit, aber ich gebe mein Bestes.« Dann zwinkerte er mir zu und bedeutete mir mit der Hand ihm zu folgen. Ich stellte mein Glas auf den kleinen Beistelltisch und lief ihm hinterher ins Schlafzimmer. Dort brannte nur noch ein kleines Licht auf dem Nachttisch. Als ich den Raum betrat, fröstelte ich sofort.

Das Fenster, das sich gleich über dem Bett befand, war sperrangelweit geöffnet. Will bemerkte meine Reaktion, schloss das Fenster und nahm eine Wolldecke von einem Korb, in dem er wahrscheinlich Decken und Kissen lagerte.

»Willst du noch eine Decke?«, fragte er zuvorkommend, ich nickte und nahm sie ihm dankend ab. Die eine Seite des großen Bettes war völlig unberührt. Das Kissen lag aufgeschüttelt da und die Bettdecke war so groß, dass sie nur auf der anderen Seite zerwühlt war, wo William sich, im Versuch einzuschlafen, genauso herumgewälzt hatte wie ich. Ich kuschelte mich in die schwarze Bettdecke und schlug mir die Wolldecke um die Füße. Als William sich ebenfalls hingelegt hatte, schaltete er das Licht auf seinem Nachttisch aus und der Raum wurde plötzlich in Dunkelheit getaucht. Wir lagen, beide dem anderen den Rücken zugewandt, mit einem halben Meter Abstand zwischen uns da. Meine Füße waren durch das Hinablaufen der Treppen mit nackten Füßen eiskalt und so winkelte ich die Beine an und drückte meine Füße an Williams Waden, die mir warm genug erschienen, um meine Füße aufzuheizen. Er zuckte erschrocken und stöhnte dann verzweifelt.

»Xeni, musst du mir unbedingt deine Eisblock-Füße in die Kniekehlen drücken?« Ich kicherte leise und kuschelte mich noch weiter in mein Kissen.

»Ja, tut mir echt leid, aber sonst werden sie nie warm. Außerdem ist das ein Freundschaftsdienst und wir sind doch wieder Freunde.« Er seufzte abermals und murmelte nur noch: »So viel zu *kein* Anfassen.« Lächelnd schloss ich die Augen und es dauerte nicht lange, bis ich eingeschlafen war.

Am Morgen wachte ich auf, als mir jemand gegen die Nase tippte. Langsam öffnete ich die Augen und blinzelte. William kniete vor mir und seine blauen Augen strahlten mich an.

»Hey, du da. Wenn du noch etwas essen und dich frisch machen möchtest, wäre es jetzt langsam Zeit aufzustehen.«, flüsterte er und berührte noch einmal sanft meine Nasenspitze mit dem Zeigefinger. Ich stimmte murmelnd zu und betrachtete seine Rückseite, als er das Zimmer verließ. Wie eigentlich immer war er dunkel gekleidet. Außer ein paar weißen T-Shirts und dem ein oder anderen hellgrauen Kapuzenpulli, enthielt sein Kleiderschrank wahrscheinlich nichts, was heller als anthrazitfarben war.

Augen reibend stand ich auf und lief in die Richtung, aus der Musik erklang. In der Küche saß William am Tisch, mit einer Zeitung in einer und einem Glas Orangensaft in der anderen Hand. Als ich eintrat, schaute er auf und deutete dann auf den Platz ihm gegenüber. Die Zeitung faltete er zusammen und legte sie neben seinen Teller.

»Kaffee? Toast, Rührei?« Ich nickte und nahm mir ein Toast aus einem Brotkorb, inzwischen schenkte er mir Kaffee ein.

»Danke.«, erwiderte ich und schaufelte mir Rührei auf. »Hast du ...?«, setzte ich an, doch er unterbrach mich und stand auf.

»Ja habe ich. Entschuldige bitte.«, antwortete er, noch bevor ich meinen Wunsch hatte aussprechen können. Es war süß, wie er direkt um Verzeihung bat, weil er nicht wie selbstverständlich bereitgestellt hatte, was ich am liebsten mochte. Er nahm aus einem Schrank ein Glas und reichte es mir. Erdnussbutter.

»Danke, aber du brauchst dich für nichts mehr zu entschuldigen.«, bemerkte ich dann, während ich auf meinen Toast die Erdnussbutter schmierte. »Aber ich muss schon sagen, du kennst mich zu gut.« Er lächelte und schaute mir dabei zu, wie ich eine Gabel voll Ei aß.

»Ich frühstücke sonst nie.«, murmelte er und ich war doch ziemlich erstaunt.

»Hast du das nur für mich gemacht?« Er zuckte die Achseln und nickte dann.

»Ich habe Einiges wieder gut zu machen.« Ich winkte ab und schüttelte belustigt den Kopf.

»Ich habe doch schon gesagt: vergessen wir das einfach.« Er nickte dankbar und grinste, als er mich beim Rinde abschneiden beobachtete.

»Du schneidest die Rinde also immer noch ab.«, merkte er an und nahm noch einen Schluck Saft.

»Wie geht's deinen Beinen?«, fragte ich amüsiert, woraufhin er lächelnd den Kopf schüttelte.

»Ich hoffe, wenigstens *dir* war warm.« Ich schluckte noch einen Bissen Ei und nickte.

»Oh ja. Mollig warm. Ich habe noch nie irgendwo so gut geschlafen wie bei dir letzte Nacht. Danke der Nachfrage.« Er stand auf und stellte sein Glas in die Spüle.

»Und ich habe meine Hände sogar bei mir behalten, sei stolz auf mich.« Ich nahm lächelnd die Zeitung und blickte auf die Titelseite, in sein Gesicht hinein. William schien auf dem Bild ganz offensichtlich fröhlich zu sein. Allerdings lag auch etwas Geheimnisvolles in seinem Blick und seinem sarkastischen Grinsen. Die Überschrift lautete: *West Salem Wolverines schlagen Northwest Greensboro Vikings*. Ich las jedoch nur die ersten Zeilen.

Winston-Salem-Schon seit einiger Zeit war bekannt, dass die West Salem Wolverines gestern gegen ihre erbittertsten Gegner, die Northwest Greensboro Vikings, aus Greensboro antreten sollten. Doch da die Wolverines in den letzten Jahren kaum punkten konnten, glaubten wohl viele, dass sie keine Chance auf einen Sieg hätten. Wie ist nun der plötzliche Erfolg zu erklären? Auf diese Frage haben wir eine ebenso einfache wie auch überraschende Antwort: William Parker (siehe Bild) Der Coach der West Salem High School Mr Wales gab uns Antworten auf die Frage, wer dieser junge Mann ist. Gerade erst aus New York hergezogen, dort Kapitän der New York Tigers (New York Union, NY) gewesen und nun der Kapitän der Wolverines. Wir können also noch viel von ihm erwarten ...

»Ihr habt gewonnen.«, stellte ich nüchtern fest und er nickte, während er die Sachen, die ich nicht mehr brauchte, wegräumte. »Wie schaffst du das immer?«, fragte ich nun etwas neugieriger. Er zuckte mit den Schultern, also stand ich ebenfalls auf und nahm die Pfanne mit Rührei und die Orangensaftflasche.

»Ich weiß eben, wie man Football spielt. Im Gegensatz zu manch anderem in der Mannschaft, will ich mal behaupten.« Er nahm mir die Pfanne ab, wobei sich unsere Hände einen kurzen Moment berührten. Einen winzigen Augenblick lang schauten wir uns gebannt in die Augen, doch dieses komische Etwas zwischen uns, ging so schnell wie es gekommen war.

»Kommt der Orangensaft in den Kühlschrank?«, vermutete ich und lief schon auf ebendiesen zu. Will nickte und stellte die Pfanne zu seinem Glas in die Spüle.

»Vielleicht wäre es gut, wenn du jetzt hochgehen und dich anziehen würdest. Sonst hast du keine Zeit mehr dazu.« Ich nickte zustimmend. Er hatte recht. Ich hatte für einen Moment fast vergessen, dass ich nach wie vor in Boxershorts und Top vor ihm stand.

»Ja, Aaron wird auch bald aufwachen und vor ihm sollten wir vielleicht geheim halten, dass wir zusammen in einem Bett geschlafen haben.« Er stimmte mit einem Nicken zu und zwinkerte verschmitzt.

»Okay, aber falls Paige mal wieder bei Aaron schlafen sollte, bist du hier immer willkommen.« Ich lächelte dankbar und verließ dann seine Wohnung. Hastig rannte ich die Treppe hinauf und schloss so leise, wie möglich die Tür von Aarons Wohnung auf. Gerade als ich sie hinter mir wieder abschloss, kam Paige in den Flur. Sie starrte mich verwundert an.

»Xenara? Wo kommst du denn auf einmal her?«, fragte sie. Ich schaute mich um, als würde sie vielleicht mit einer anderen Xenara reden, die möglicherweise hinter mir stand. Erst als ich sah, dass niemand weiter da war, gab ich mich geschlagen.

»Ich? Tja ... ich bin gerade erst wiedergekommen.«, antwortete ich dann etwas lahm und sah sofort, dass sie mir das nicht abkaufte.

»Im Schlafanzug.« Ich verdrehte die Augen und seufzte.

»Wo ist mein Cousin?«

»Aaron ist im Bad.«, antwortete sie und so nickte ich und fasste sie am Arm, um sie hinter mir her in das Zimmer ihres Freundes zu ziehen.

»Ich erzähl dir jetzt, wo ich war, aber offiziell habe ich auf dem Sofa geschlafen. Kapiert?« Sie nickte hastig »Okay, also ich habe bei William übernachtet. Aaron darf nichts davon erfahren, er würde mich sonst umbringen.« Paiges Augen weiteten sich, dann grinste sie verschwörerisch und klatschte dabei erfreut in die Hände.

»Und habt ihr ...?« Ich unterbrach sie sofort mit einem energischen Kopfschütteln.

»Nein, Paige.« Sie schob die Unterlippe nach vorne.

198

»Aber wenigstens …?« Abermals unterbrach ich sie.

»Nein, es ist nichts passiert. *Gar nichts.*« Ihr Grinsen wurde nur noch breiter. Wie konnte sie nur glauben, dass irgendetwas zwischen William und mir laufen könnte? Ich hasste ihn. Oder zumindest hatte ich das bis gestern. Ich hatte ihm verziehen … und das eigentlich nicht erst gestern. Meine Gedanken schienen schon wieder wie ein einziger Wirrwarr. Obwohl ich mir vor wenigen Tagen noch sicher gewesen war, dass ich William niemals würde vergeben können, was er Aaron angetan hatte, hatte ich genau das gestern getan. Und dieser kurze Moment in der Küche … Paige rettete mich zum Glück aus dem Strudel meiner Gedanken, der mich hinab in Williams tiefblaue Augen hatte ziehen wollen.

»Das kommt schon noch, glaub mir.«, flüsterte sie. Da kam plötzlich Aaron in den Raum.

»Was kommt noch?«, fragte er interessiert.

»Paige hat mich nur gerade getröstet, dass das mit dem Freund bei mir auch noch kommt.«, schwindelte ich, aber ganz gelogen war es ja nicht einmal.

»Wo kommst du eigentlich plötzlich her, Xeni?«, fragte mein Cousin dann und dieses Mal reagierte ich schnell.

»Ich kam gestern Nacht und habe auf dem Sofa geschlafen, weil meine Hälfte des Bettes ja schon belegt war.« Dabei setzte ich einen Blick auf, der mein Missfallen ausdrückte und schenkte ihn Paige. Die beiden lachten leicht, weil sie es wohl lustig fanden, mich auf die Couch verbannt zu haben, doch Aaron nickte.

»Ach so, na ja, ich habe dich vorhin gar nicht gesehen, als ich ins Bad bin. Da habe ich wohl noch halb geschlafen.« Ich räusperte mich und bemühte mich um einen unschuldigen Ton.

»Vielleicht hast du mich auch nicht gesehen, weil ich in der Küche war. Ich habe vorhin ein Glas Wasser getrunken, wenn du in der Zeit ins Bad bist, konntest du mich nicht sehen.« Er schnipste mit einer Hand und nickte.

»So war es dann wahrscheinlich, aber Xeni du weißt doch, dass ich es nicht schön finde, wenn du so spät kommst.« Am Anfang unseres Gesprächs war ich noch etwas angespannt gewesen, doch jetzt atmete ich erleichtert aus.

»Ja ... tut mir leid. Ich brauchte einfach mal etwas Ruhe, um zu überlegen, das verstehst du doch. Außerdem wollte ich nicht unbedingt William zuschauen, wie er beim Spiel alle für sich einnimmt und zum großen Helden wird.« Aaron nickte verständnisvoll.

»Ich gehe mich jetzt mal fertigmachen.«, meinte ich noch, während ich das Zimmer schnell verließ. Doch ich hörte Schritte hinter mir und im nächsten Moment wurde ich von meinem Cousin noch einmal zurückgehalten.

»Xeni, ich weiß, dass du mir loyal zur Seite stehst. Das war schon immer so, aber ich denke wir müssen William nicht mehr *hassen*. Klar sollst du jetzt auch nicht sofort wieder mit ihm auf Friede-Freude-Eierkuchen machen, aber verhalte dich doch einfach neutral ihm gegenüber, okay?« Nach kurzem Zögern nickte ich und verschwand dann hastig im Bad.

Nachdem ich mit Aaron und Paige zur Schule gefahren war, trennten sich unsere Wege, da ich noch zum Spind musste. Gerade als ich die Tür dessen wieder schloss, tauchte William dahinter auf.

»Guten Morgen, Xenara.«, begrüßte er mich und ich hob verwirrt eine Augenbraue.

»Wir haben uns heute doch schon gesehen. Ich saß dir beim Frühstück gegenüber. Wirst du schon dement, oder wie soll ich das jetzt deuten?« Er grinste verschmitzt, rollte aber auch übertrieben mit den Augen.

»Wir haben zusammen gefrühstückt? Das muss ich wohl vergessen haben.« Er zwinkerte bedeutungsvoll und nun verstand ich endlich und musste lächeln.

»Aaron ist nicht hier, William.«, beruhigte ich ihn, doch dann fügte ich noch: »Aber genauso ist es gut. Nur nichts anmerken lassen. Aaron würde uns beide lebendig begraben.«, hinzu und William lachte lustlos.

»Da hast du recht, in der anderen Sache allerdings nicht. Eigentlich steht dein Cousin nämlich am anderen Ende des

Ganges und beobachtet uns, gerade in diesem Moment. Soll ich ihm zuwinken?« Ich schlug ihm auf die Finger, um ihm zu bedeuten, das gefälligst sein zu lassen. »Dann tu doch einfach so, als wolltest du mich nicht hier haben.« Ich schaute mich um und entdeckte Aaron, der schnell den Kopf abwandte, als er sah, dass ich zu ihm schaute. William hatte mich also nicht angelogen.

»Vielleicht will ich dich ja auch gar nicht hier haben.«, merkte ich an und er grinste noch breiter.

»Diese Art habe ich an dir schon immer am meisten geliebt.«, flüsterte er und verwunderte mich damit aufs Äußerste. Er räusperte sich, als würde er das eben Gesagte überspielen wollen. »Also was ist nun, willst du mich nicht endlich abweisend behandeln und wegschicken, oder stampf doch wenigstens wutentbrannt davon.« Ich seufzte und stieß die Tür meines Spinds dann mit mehr Wucht, als nötig gewesen wäre, zu.

»Geh William, ich will dich nicht sehen. Hau ab und lass mich endlich in Ruhe. Kümmere dich doch einfach um deinen eigenen Scheiß, es interessiert mich nicht im Geringsten.« Er hob beschwichtigend die Hände.

»Schon gut, komm mal wieder runter. Ich gehe ja schon.«, erwiderte er so laut, dass Aaron uns hören konnte und es trotzdem nicht zu gespielt wirkte. Dann zwinkerte er mir zu und lief den Gang entlang auf Aaron zu. Ich sah sofort, dass alle Mädchen, an denen er vorbeikam, ihm sehnsüchtig hinterher schauten und mit ihren Freundinnen tuschelten. Aaron war also nicht mehr der Beliebteste an der Schule. William Parker war gekommen: attraktiv, Single, begehrenswert, erfolgreich, talentiert und geheimnisvoll. Ein weiterer Junge aus New York und keiner hier außer Aaron, ihm und mir wusste den wirklichen Grund, warum wir alle in ein Kaff namens Winston-Salem gezogen waren.

Elf

Seit ich akzeptiert hatte, dass William vorerst Winston-Salem nicht verlassen würde und auch nicht für alles Schlechte verantwortlich war, das mir bisher im Leben widerfahren war, waren einige Wochen vergangen. Wie so oft lehnte ich an meinem Spind im Schulflur, hörte über meine Kopfhörer Musik und beobachtete die Schüler, die an mir vorbeikamen. Auf einmal trat Aaron an meine Seite und versuchte meinem Blick zu folgen.

»Na, wo starren wir denn hin, Cousinchen?«, hörte ich ihn belustigt fragen, nachdem ich die Kopfhörer abgenommen und in den Nacken geschoben hatte. Ich zuckte mit den Schultern, um Unschuld vorzutäuschen.

»Irgendwohin muss ich ja schauen, wenn ich die Augen nicht schließen will.« Er grinste mich an und folgte meinem Blick abermals.

»Aber es scheint so, als würde Williams Hintern dich ziemlich interessieren.« Ich verdrehte die Augen, aber er hatte wohl recht. Unwillkürlich hatte ich William die ganze Zeit beobachtet. Dieser stand mit ein paar Mädchen einige Meter von mir entfernt.

»War ja nur ein Witz, Xeni. Ich weiß doch, dass du nichts von ihm hältst.« Fast mitfühlend legte er eine Hand auf meine Schulter, zwinkerte mir noch einmal zu und lief dann davon zu seiner nächsten Unterrichtsstunde. Kaum war Aaron verschwunden, drehte Will sich zu mir um und trat an die gleiche Stelle, an der sein ehemaliger bester Freund vor wenigen Sekunden noch gestanden hatte.

»Na, starren wir Oberstuflern auf die Hintern? ... Tztztz in deinem Alter, Xenilein. ... Ach richtig, hatte ich ja völlig vergessen. Rooney ist ja mit einem Mädchen in deinem Alter zusammen.« Ich verdrehte abermals die Augen und wandte den Blick kurz ab, schwieg jedoch.

»Schon gut, Xeni. Mich stört es nicht. Ich meine, es ist ja nicht so, als würde ich die Blicke der anderen nicht sehen.« Ich schnaubte verächtlich und bedachte ihn mit einem abschätzigen Blick.

»William, keine Sorge ich will ...« Als ich sah, wohin sein Blick wanderte, hob ich sein Kinn mit meiner rechten Hand an, um wieder Blickkontakt aufzubauen, nebenbei grinste Will, »Hey, hier oben spielt die Musik, mein Lieber. Wie gesagt, ich will nichts von dir.« Sein Blick hatte für den Moment, in dem ich weggeschaut hatte, auf meinem Ausschnitt gelegen.

»Na dann ist ja gut. Such dir lieber jemanden in deinem Alter.« Er lächelte verschmitzt und lief ebenfalls davon, genau wie Aaron zuvor. Ich zwang mich, ihm nicht nachzuschauen, nahm meine Tasche über eine Schulter und suchte mein nächstes Klassenzimmer auf. Ich konnte es nicht unterdrücken. Schon vor drei Jahren war ich in William verknallt gewesen, beziehungsweise hatte ich ihn als sehr attraktiv empfunden. Noch ein Faktor, der es ihm erleichtert hatte, mich in die Drogensucht zu ziehen. Doch als er Aaron hintergangen hatte, hatte sich auch das geändert. Nun da ich ihm vergeben hatte, war es auch schwerer ihm zu widerstehen. Natürlich war ich erst 16 Jahre alt, aber warum sollte mich das davon abhalten, Jungs toll zu finden, die etwas älter waren als ich? Selbstverständlich war mir klar, dass William nie auch nur eine seiner Andeutungen ernst meinen würde. Das war alles nur Sarkasmus und Spielerei. Wirklich etwas von mir wollen, würde er niemals. Das ließ mich irgendwie traurig werden. In diesem Moment fühlte es sich so an, als würde nie den Richtigen finden. Auf Jack hatte ich irgendwie gestanden und es hatte sich herausgestellt, dass er gay war. Joey hatte ich ebenfalls gemocht, doch er war meistens so high gewesen, dass er nichts gecheckt hatte. Dann war er plötzlich gestorben. Und William war viel älter als ich und würde mich nie auch nur im Ansatz Interesse an mir zeigen. Jedenfalls kein echtes Interesse. Ich wusste, auf was für Frauen er stand. Und zu der Sorte gehörte ich nicht. Ob das jetzt etwas Gutes oder Schlechtes war, konnte man sehen, wie man wollte.

Am Abend stand ich dann wieder in Pyjama vor Wills Tür und klingelte. Es dauerte nicht lange bis die Tür geöffnet wurde. Als mein Gegenüber sah, wer vor ihm stand, lächelte er breit.

»Paige ist wieder mal bei Aaron.«, erklärte ich knapp mein Auftauchen und er nickte verständnisvoll.

»Sag mal, ist Aaron nur so rücksichtslos oder hast du ihm erzählt, dass du das Sofa außerordentlich bequem findest?« Ich winkte ab und lief einfach an ihm vorbei in die Wohnung.

»Ich bin doch willkommen, nicht wahr?« Er nickte und schloss die Tür hinter mir.

»Natürlich ... was möchtest du gerne machen? Fernsehen? ...« Mir stieg die Röte ins Gesicht bei dem Gedanken, neben William auf dem Sofa zu sitzen und Fernsehen zu schauen. Was ziemlich seltsam war, weil wir letztens erst gemeinsam in seinem Bett geschlafen hatten und es mich auch nicht gestört hatte mit 13 Jahren mit ihm in seinem Keller auf der Couch zu sitzen und zu quatschen. Vielleicht hatte es mir damals nichts ausgemacht, weil wir die ganze gemeinsame Zeit hindurch high gewesen waren.

»Ehrlich gesagt würde ich lieber gleich ins Bett gehen.« Er zuckte mit den Schultern und schien nicht zu bemerken, dass ich bei seinen Worten rot geworden war.

»Okay, wie du willst. Dann geh doch schon vor. Ich mache hier noch das Licht aus und sperre ab, danach komme ich auch.« Ich nickte knapp, bevor ich hastig in Richtung Schlafzimmer verschwand. Das Fenster war dieses Mal geschlossen, doch kalt war es trotzdem. Wie beim letzten Mal auch, legte ich mich auf die linke Seite des Bettes und zog mir die Decke bis zum Kinn. Wenige Minuten später kam William herein, schaltete von der Deckenleuchte auf die

Nachttischlampen um und verschwand dann im Bad. Als er zurückkehrte, holte er eine dicke Wolldecke aus dem Korb und legte sie an mein Fußende, dann schlug er sie um, so dass sie unter meinen Füßen lag. Sanft legte er eine Hand an einen meiner Füße und seufzte. Meine Haut prickelte unter seiner Berührung, doch ich versuchte, mir nichts anmerken zu lassen.

»Du bist echt eine Frostbeule, oder?«, stellte er fest und lief ums Bett auf seine Seite, wo er sich all seiner Klamotten bis auf die Boxershorts entledigte. Im nächsten Moment lag er auch schon neben mir. Er hatte mir wieder den Rücken zugewandt, doch ich lag dieses Mal so, dass ich seinen Hinterkopf betrachten konnte. Will schaltete mit einem Klicken beide Nachttischlampen auf einmal aus und murmelte nur noch kurz: »Gute Nacht.« Ich erwiderte den Nachtgruß zwar, doch ich lag noch eine Weile wach, an die Decke starrend. Nach einigen Minuten Stille, holte ich doch noch einmal Luft, um etwas zu sagen.

»William?«, flüsterte ich in die Dunkelheit hinein, um zu sehen, ob er schon schlief. Er brummte zustimmend. »Kannst du dich mal zu mir umdrehen?«, fragte ich dann, etwas lauter. Langsam rollte er sich auf die andere Seite und öffnete die Augen, in denen sich etwas des Mondlichts von draußen spiegelte.

»Was ist? Kannst du nicht schlafen?« Ich schüttelte langsam den Kopf und biss mir auf die Unterlippe.

»Nein, das ist es nicht.«, gab ich dann zu und spürte, wie mein Herz schon zum Sprint ansetzte.

»Immer noch zu kalt?«, vermutete er weiter, doch wieder schüttelte ich den Kopf. Er setzte sich langsam auf und die Decke rutschte dabei von seinem Oberkörper, von dem ich im Halbdunkel nur wenig erkennen konnte.

»Was ist denn dann? Xeni, ich will schlafen.« Seine Stimme war immer noch sanft, aber auch bestimmt. Ich setzte mich ebenfalls hin und überlegte hastig. Dann traf ich meine Entscheidung.

»Ich muss dir was sagen.«, flüsterte ich nun, woraufhin er seufzte.

»Und das wäre?« Ich spürte schon, wie mein Kopf mich dazu drängte, nicht die Wahrheit auszusprechen, sondern zu lügen. Doch ich kämpfte dagegen an, denn wenn ich es jetzt nicht riskierte, würde ich nie wissen, was womöglich passiert wäre.

»Das ist ... es ist geheim. Ich kann es dir nur ins Ohr flüstern.« Er kniff verwirrt die Augen zusammen und hob gleichzeitig eine Augenbraue fragend.

»Warum? Hier ist doch niemand außer uns.« Ich zuckte die Achseln und bedeutete ihm, näher zu kommen. Er seufzte noch einmal, doch dann rutschte er etwas an mich heran.

»Okay, ich spiel das Spiel mal mit, aber dann will ich schlafen.« Er beugte sich zu mir hinüber und mein Mund näherte sich seinem Ohr. Ich nahm seinen Kopf zwischen meine Hände, atmete dabei tief ein und aus und drehte sein Gesicht, so dass er mich anschaute. Unsere Nasen waren nur Zentimeter voneinander entfernt. Ich spürte seinen warmen Atem auf meiner Haut und erwartete, dass er noch einmal fragen würde, was ich ihm mitzuteilen hätte, doch er blieb stumm. Sagte kein Wort. Seine Augen reflektierten das wenige Licht im Zimmer und zeigten eine Mischung aus Verwirrung und wachsender Spannung. Mit meinem rechten Daumen strich ich über seine Wange, bevor ich meine Lippen sanft auf seine legte, um zu schauen, wie er darauf reagieren würde. Er erwiderte den Kuss, seine Lippen bewegten sich zärtlich auf meinen und er ließ es sogar zu, dass ich ihn zurück auf den Rücken, und so in eine liegende Position, drückte. Doch als meine Hände von seinen Wangen über seine muskulöse Brust und seinen Bauch hinab zum Bund seiner Shorts wanderte, schob er mich weg.

»Stopp.«, sagte er entschieden und legte eine Hand auf mein Brustbein, um mich zurückzuhalten, »Du weißt, ich frage sonst nicht lange nach, bevor ich mit einem Mädchen schlafe, aber du ... du bist, verdammt nochmal Aarons Cousine. ... Und vermutlich bist du sogar noch Jungfrau.« Ich seufzte und ließ mich neben ihn fallen.

»Na das nenne ich ja mal Bettgeflüster.«, murmelte ich enttäuscht und auch ein wenig verletzt, woraufhin er grinste und sich auf die eine Seite drehte, um mich wieder anschauen zu können.

»Xeni, es ist ja nicht so, dass ich es nicht wollen würde. Ich meine, ich habe dich heute Morgen ja nicht ohne Grund provoziert. Ich habe nur Schiss, dass es genau das ist. Du willst es nur, weil ich dich förmlich dazu gezwungen habe, und am Ende heißt es, du wolltest das doch gar nicht und William ist an allem schuld. Dann erdolcht Aaron mich nämlich. Ich habe es mir mit ihm sowieso schon genug verscherzt, okay?« Ich stöhnte genervt auf und fuhr mir mit einer Hand durch die Haare.

»William, ich will es …, weil ich es will. Weil ich es schon vor drei Jahren wollte.« Er starrte mich gespielt entsetzt an.

»Mit 13 Jahren wolltest du Sex mit mir?« Ich stieß ihm sanft meine Hand gegen die Brust, so dass er kurz zurück schwankte.

»Blödmann, du weißt, wie ich das meine.« Er richtete sich auf und beugte sich über mich, um mir in die Augen sehen zu können. Dann nahm er mein Gesicht zwischen seine rauen Hände und lächelte glücklich.

»Na gut, wenn du das sagst.« Dann rollte er sich auf mich und legte seine Lippen leidenschaftlich auf meine, bevor er mit dem Mund an meinem Schlüsselbein entlangfuhr und mir nebenbei einen Träger meines Tops von der Schulter schob. Meine Hände fanden abermals ihren Weg zu seiner Shorts, doch er hielt mich auf und schüttelte lächelnd den Kopf.

»Ganz langsam, Xeni. Nicht so überstürzt.«, murmelte er mit rauer Stimme, schob eine Hand unter mein Top über meinen Bauch und fuhr die Rundungen meiner Brüste nach. Überall wo er mich berührte, glaubte ich ein Feuer brennen zu spüren und auf einmal hörte ich, wie meinem Mund ein Seufzen entfuhr. William fasste mein Top am Bund und zog es mir über den Kopf, dann senkte er seine Lippen auf die weiche Haut über meinem Bauchnabel und bedeckte meinen Oberkörper mit leichten Küssen. Ich schloss genüsslich die Augen und ließ mich verwöhnen, während seine geübten Finger meinen Körper erkundeten. Dabei bemerkte ich, wie sehr es mir gefiel, dass seine Hände durch die ganzen Jahre Football und die Prügeleien von Narben übersät und rau waren. Dann auf einmal ließ er eine Hand unter meine Boxershorts wandern und ich zog scharf die Luft ein, als er mit zwei Fingern an den empfindlichsten Stellen entlangstrich. Als ich die Augen öffnete, sah ich, dass er mich die ganze Zeit beobachtete und meine Reaktionen abzuschätzen schien.

»Ich bin nicht aus Glas.«, flüsterte ich und meine Stimme brach fast, als er mir die Boxershorts von den Beinen streifte.

»Ich hätte nicht gedacht, dass ich es erregend finden würde, Boxershorts auszuziehen.«, murmelte er fast unverständlich, lächelte dabei verschmitzt und streichelte meine Taille und meine Hüften, bevor er eins meiner Beine anwinkelte und begann die Innenseite meines Oberschenkels zu küssen. Meiner Kehle entwich ein Stöhnen, als seine Lippen die Stelle fanden, an der mich zuvor seine Finger berührt hatten. In diesem Moment war ich fast froh, dass er schon so viel Erfahrung in diesen Dingen hatte und genau wusste, was er tun musste. Noch ein ganz kleiner Teil in meinem Gehirn fragte sich, ob das hier gerade ein riesiger Fehler war, doch als William seinen Kopf wieder mit meinem auf eine Höhe brachte und mich sanft anlächelte, schaltete ich diesen Winkel meines Gehirns ab und nahm Wills Gesicht in die Hände, um unsere Lippen erneut zu vereinen.

Er umarmte mich von hinten, um mich fester an sich ziehen zu können. Ich lag neben ihm und schmiegte meinen Rücken an seine Brust.

»Ist Paige eigentlich wirklich bei euch oben?«, fragte er leise, während er meine Schultern und meinen Nacken mit Küssen bedeckte. Ich schüttelte leicht den Kopf.

»Nein, Aaron ist heute zu Paige runter.« Er strich mir mit einer Hand das Haar zurück.

»Du hättest das ganze Bett für dich gehabt und bist trotzdem zu mir gekommen? Da fühle ich mich jetzt aber geschmeichelt.« Ich verdrehte die Augen, was er ja sowieso nicht sah, da ich mit dem Rücken zu ihm lag.

»Ach, hör doch auf. Du wusstest heute Morgen doch schon, dass du heute Nacht Sex haben würdest.« Er lachte in sich hinein und schob meine Haare mit einer Hand beiseite.

»Jedenfalls war es keine Überraschung für mich, als du vorhin vor meiner Wohnungstür standest.« Ich schüttelte amüsiert, aber auch ein klein wenig verärgert den Kopf.

»Seit wann planst du denn diese Nacht schon?« Seine Antwort kam nach kurzem Überlegen.

»Seit heute Morgen? Also wenn du wissen willst, ob ich besonders nett zu dir war, damit du mir vergibst und ich dich dann sofort in mein Bett kriege, ist die Antwort *nein*. Falls du das dachtest, würde ich es dir nicht übelnehmen. Aber nein, so berechnend bin ich auch wieder nicht.« Ich erwiderte nichts und genoss noch einen Moment seine Wärme.

»Will? Wirst du es Aaron erzählen?«, fragte ich dann vorsichtig und drehte mich in seiner Umarmung, so dass ich seinen Gesichtsausdruck deuten konnte.

»Um von ihm lebendig begraben zu werden? Wohl eher nicht. ... Und du? Wirst du es ihm erzählen?« Ich überlegte nicht lange und schüttelte direkt den Kopf.

»Nein, ihn geht es nichts an, mit wem ich schlafe und warum. Er ist nicht mein Bruder, geschweige denn mein Vater. Und selbst dann, würde ihn das nichts angehen.« Er nickte zufrieden und ließ seine Hand auf meinem nackten Rücken kreisen.

»Und wirst du es jemand anderem verraten?« Wieder strich er mir eine Haarsträhne aus dem Gesicht.

»Paige zum Beispiel? ... Nein, es kann allen egal sein, was hier drin passiert. Das hat nur dich und mich zu interessieren.« Er lächelte und küsste mich sanft auf den Mund. Mit der Hand fuhr er an meiner Seite entlang.

»Du bist wunderschön, Xeni. Ich bin so froh, dass du mir vergeben hast. Wenn *du* immer noch sauer auf mich wärst, damit könnte ich nicht leben. Ich brauche dich, wie die Luft zum Atmen.« Ich musste leicht grinsen und streichelte ihm über die glatt rasierte Wange.

»Wenn du einmal wieder Sauerstoffmangel verspürst, helfe ich gerne aus.«, konterte ich und er runzelte die Stirn.

»Das klingt mir sehr nach … Gelegenheitssex.« Ich legte den Kopf schief und drehte mich dann wieder auf den Rücken.

»Ich würde es lieber Freundschaft mit Extras nennen.« Er zog mich wieder fester an sich.

»Okay, wenn du das willst.« Ich schloss zufrieden die Augen und spürte seine glatte Haut an meiner. Schon komisch, noch vor ein paar Stunden hatte ich über den ›Richtigen‹ nachgedacht und plötzlich war das Verlangen, einen festen Wegbegleiter zu finden, wie weggeblasen.

Am Morgen schien die Sonne auf meine nackte Haut und blendete mich, als ich die Augen langsam öffnete. Splitternackt lag ich in Williams Bett, die Bettdecke verhüllte nur noch ein Viertel meines Körpers. Williams Decke war sehr groß, doch sie schien während der Nacht immer weiter vom Bett gerutscht zu sein. Kurzerhand griff ich danach, zog sie im Aufstehen mit mir und wickelte sie um meinen Oberkörper. Murmelnd protestierte Will gegen die plötzliche Blöße, die ich ihm beschert hatte. Auch er war noch nicht wieder angezogen und lag auf dem Rücken, mit den Armen über dem Kopf.

»Also wenigstens ein *Stück* Decke hättest du mir ja lassen können, wenn du dich sowieso anziehen willst.« Ich lief zu seinem Kleiderschrank und öffnete diesen.

»Kann ich mir mal irgendwas von dir ausleihen?«, fragte ich und wühlte mich durch einen Stapel Shirts.

»Warum? Du hast doch deine eigenen Klamotten. Top … Boxershorts … reicht doch.« Einen kurzen Moment lang lächelte ich ihn sarkastisch an, dann wandte ich mich wieder an die Klamotten im Schrank und suchte weiter.

»Ich leihe mir mal eines dieser schwarzen Shirts aus, Davon hast du ja genug.« Er trat hinter mich, legte seine Hände an meine Hüften und küsste meine Schulterblätter.

»Schwarz ist nun einmal eine meiner Lieblingsfarben. Davon kann man nicht genug haben.« Er löste sich wieder von mir, nahm meine Boxershorts vom Boden und schmiss sie mir zu, dann holte er seine schwarze Hose und zog sie an. Ich beobachtete ihn noch, wie er sich ebenfalls ein Shirt überzog, dann drückte ich ihm einen Kuss auf die Wange und lief zur Schlafzimmertür.

»Wenn du wieder einmal Atemnot hast, ruf mich an.«, meinte ich, als ich mich noch einmal zu ihm umwandte. Er lächelte daraufhin sarkastisch.

»Da rufe ich normalerweise einen Notarzt, aber … ja klar, ich melde mich.« Ich öffnete die Tür und trat einen Schritt in den Flur, der zum Wohnzimmer und den anderen Räumen führte.

»Stell dich drauf ein, dass wir uns schon bald hier wiedersehen werden.« Er lachte auf und folgte mir in den Flur.

»Dafür, dass du bis letzte Nacht Jungfrau warst, bist du ganz schön schnell auf den Geschmack gekommen, meine Liebe.« Ich musste unwillkürlich lächeln und drehte mich noch ein letztes Mal zu ihm um.

»Es war ja auch nicht so schlimm, wie ich befürchtet hatte.« Grinsend kam er mir entgegen und nahm mich in den Arm. Mit dem Gesicht kam er meinem ganz nah.

»Das war ein Kompliment, ich hab's genau gehört.«, flüsterte er und zog sich schnell zurück. Ich musste ebenfalls grinsen. Während ich durch den Flur und nach draußen lief, rief er mir noch: »Verschluck dich bloß nicht daran. Sehr viele Komplimente hast du in deinem Leben noch nicht verteilt.«, hinterher. Dann verließ ich die Wohnung vollends und tappte mit nackten Füßen die Granitstufen nach oben, in den höchsten Stock. Meinen Schlüssel hatte ich dieses Mal leider vergessen, also musste ich klingeln und hoffen, dass Aaron noch nicht wieder zu Hause war. Doch gerade, als ich meinen Finger auf den Klingelknopf gelegt hatte, tippte mir eine Hand auf die Schulter. Ich zuckte zusammen, als wäre es der Lauf einer Pistole, der mir an den Rücken gehalten wurde. Paige kicherte vergnügt und sperrte die Tür auf.

»So erschrocken, wie du wirkst, warst du heute Nacht wieder bei William. Und, ist dieses Mal etwas passiert?« Ich schüttelte schnell den Kopf. Zu schnell.

»Du lügst, das sehe ich dir an. Habt ihr euch geküsst? ... Habt ihr ...?«

»Paige ... *Nein*.«, unterbrach ich sie und sie grinste.

»Ihr habt es also wirklich getan. Wie war es? Richtig gut? Ist er ... ein Gott?« Ich riss die Augen entsetzt auf und hob die Hände abwehrend.

»Paige, ich ...« Doch sie ließ mich nichts sagen und redete einfach weiter.

»Oh Gott, es war schrecklich, oder? Ist er die totale Niete? Na ja, man kann ja schließlich nicht alles haben, nicht wahr? Ich meine, er sieht verdammt gut aus, ist nett, charmant, sportlich ... da wundert es mich nicht, dass er im Bett nicht ...« Nun hielt ich ihr den Mund zu und fasste sie mit der anderen Hand fest an einer Schulter.

»Jetzt halt mal die Luft an. Ich werde mit dir sicherlich nicht über *dieses* Thema reden. Ich habe dich ja schließlich nach deinem ersten Mal auch nicht so ausgefragt. Allein schon, weil es mein Cousin ist, mit dem du geschlafen hast und ich da gar keine Details wissen möchte. Also wehe, du fragst mich jetzt auch nur noch eine Sache in Bezug auf William.« Dann ließ ich sie los und lief in Aarons Zimmer, um mir Klamotten zu holen.

»Du warst also noch Jungfrau, bis letzte Nacht.«, stellte sie eher fest, als dass sie fragte und folgte mir dabei. »Dann ist es keine Wunder, dass es nicht gut war. Das ist ja normal ...« Ich warf ihr einen wütenden Blick zu und sie hob beschwichtigend die Hände.

»Das war keine Frage in Bezug auf Will.«, meinte sie nur und ich schwieg und lief weiter.

»Was machst du eigentlich hier, Paige?«, erkundigte ich mich, um endlich auf ein anderes Thema zu kommen.

»Aaron hat sich gedacht, dass du bestimmt hier oben duschen willst und er, damit es nicht zu hektisch wird, bei mir unten duschen könnte. Deswegen soll ich ihm ein paar Klamotten holen.«, antwortete sie, als hätte sie unser vorheriges Gespräch total vergessen und nahm währenddessen ein paar Kleidungsstücke aus dem Schrank. »Wir sehen uns dann im Auto.« Und mit diesem Satz verließ sie die Wohnung. Mit einem verwunderten Kopfschütteln und geschürzten Lippen schaute ich ihr nach. Dann machte ich mich auf ins Bad.

Fertig angezogen, geschminkt und mit der Tasche über der Schulter lief ich nach unten auf die Straße, um mit Paige und Aaron zur Schule zu fahren, doch der schwarze Sportwagen stand nicht am Straßenrand. Jedenfalls nicht dort, wo er sonst immer geparkt war. Zur Sicherheit, dass ich ihn nicht übersehen hatte, schaute ich mich noch einmal um, bevor ich dann die Stirn runzelnd mein Handy nahm und die Nummer meinen Cousins wählte. Er ging nicht sofort ran und als er dann endlich abhob, flüsterte er.

»Xenara, was ist?«

»Lustig, dasselbe wollte ich dich auch gerade fragen. Wo bist du denn?« Ein kurzes Schweigen trat ein, vermutlich überlegte er, was er antworten könnte.

»Xeni … es tut mir leid. Ich musste schon früher los. Die Abschlussschüler haben heute ein Treffen wegen des Balls am Ende des Schuljahres und so. Ich habe Paige gleich mitgenommen, aber ich hatte keine Zeit mehr, dir Bescheid zu sagen, weil mir der Termin vorhin erst wieder eingefallen ist. Tut mir echt leid, aber vielleicht kannst du heute mal laufen oder mit dem Bus fahren?« Ich seufzte innerlich, doch am Telefon ließ ich mir nichts anmerken und lächelte aufgesetzt, obwohl er es nicht einmal sehen konnte.

»Ja klar, kein Problem. Bis dann.« Anschließend legte ich auf, ohne auf eine Antwort von ihm zu warten. Ich trottete wieder ins Haus und klingelte an Williams Tür. Ich war mir ziemlich sicher, dass es sinnlos war, aber ich wollte mein Glück trotzdem versuchen. Er musste schließlich auch bei dieser Veranstaltung sein und tatsächlich blieb die Tür geschlossen.

»Shit.«, fluchte ich, drehte mich ruckartig von der Tür weg und schlug mit den flachen Handflächen an die Wand. Es war schon viel zu spät, um jetzt loszulaufen und der nächste Bus kam ungefähr in zwanzig Minuten, also zu dem Zeitpunkt, an dem die erste Unterrichtsstunde begann. So oder so würde ich also viel zu spät kommen. »Oh, ich hasse dich, Aaron.«, murmelte ich entnervt, als sich die Tür hinter mir öffnete.

»Du hasst ihn also, ja?« Erschrocken drehte ich mich um und erblickte, im Türrahmen lehnend, William. Ich seufzte erleichtert.

»In der Wut sagt man Einiges, weißt du doch. ... Müsstest du nicht in der Schule sein?« Er runzelte verwirrt die Stirn und spähte auf seine Armbanduhr.

»Warum? Der Unterricht beginnt doch erst in zwanzig Minuten.« Ich lachte lustlos und nickte belustigt.

»Tja, wie ich gehört habe, hättest du heute eigentlich eher in der Schule sein sollen, um dich mit den anderen Schülern aus der Abschlussklasse zu treffen.« Er fuhr sich falsch grinsend durchs Haar.

»Ja ... das war heute? ... Tja, das habe ich ... dann wohl verpeilt. Aber danke für die Info.« Er wollte die Tür schon wieder schließen, doch ich hielt ihn auf, in dem ich meinen Fuß zwischen Tür und Rahmen schob.

»Warte mal.« Er drehte sich wieder zu mir um und musterte mich erwartungsvoll.

»Ach ja ... ich hatte schon total vergessen, dass du geklingelt hattest. Was gibt's?« Ich lächelte einschmeichelnd und versuchte mit den Wimpern zu klimpern.

»Na ja, Aaron ist schon weggefahren, wegen des besagten Termins, es sind noch zwanzig Minuten bis die Schule beginnt ... du musst mich mitnehmen.«, schloss ich ab und er lachte, während er abschätzend eine Augenbraue hob.

»Muss ich das, ja? Warum läufst du denn nicht?« Ich zeigte keine Gefühlsregung.

»Schon mal auf die Uhr geschaut oder mir gerade eben zugehört? Es sind nur noch zwanzig Minuten, das schaffe ich nie.«

»Also muss ich dich mitnehmen, verstanden. Und was ist …, wenn ich nicht will?« Ich lächelte falsch und schloss kurz die Augen, um mich zu sammeln.

»Willst du jemals wieder so etwas wie letzte Nacht erleben … oder nicht?« Er wiegte den Kopf abwägend hin und her, dann lachte er allerdings und wandte sich in Richtung Küche.

»Schon gut, ich hole mir nur noch einen Kaffee, dann machen wir los. Aber die Sexerpressungsnummer ist echt frech. Du weißt, dass ich so ziemlich jede aus der Schule haben könnte?« Ich schürzte die Lippen und seufzte.

»Nur komischerweise hast du dir *mich* ausgesucht. Und ich bin zwei Jahre jünger als du, habe noch nicht einmal so viel Erfahrung, was Sex betrifft, wie du und du hättest mich schon in New York haben können.« Er grinste, als er mit einer Tasche über der Schulter, dem Kaffeebecher in einer und dem Wohnungsschlüssel in der anderen Hand zur Tür hinaustrat.

»Tja, darauf musst du dir erst einmal einen Reim bilden, was?.«, murmelte er halblaut, schloss die Tür ab und küsste mich flüchtig auf die Wange, bevor er sich zur Treppe drehte und sie hinunterjoggte. Ich hastete hinter ihm her, bis ich ihn endlich eingeholt hatte.

»Abschlussball, he? So etwas gibt's also sogar hier.«, stellte er mehr fest, als dass er fragte. Ich nickte zustimmend und schob meine Tasche auf der Schulter zurecht.

»Scheint so, aber für so einen gutaussehenden Kerl wie dich, dürfte es doch kein Problem sein, eine Begleitung zu finden.« Er zuckte gleichgültig mit den Schultern und öffnete mir die Beifahrerseite seines Autos.

»Nein, aber ich kenne die Mädels hier noch nicht so gut, also habe ich noch keine Idee, wen ich fragen soll.« Ich schnaubte belustigt, aber auch etwas verächtlich und stieg ins Auto.

»William, seit wann musst *du* denn die Mädchen kennen, bevor du mit ihnen ins Bett springst oder sonst was machst?« Er lachte und startete den Motor, sobald er eingestiegen und die Tür herangezogen hatte.

»Weißt du eigentlich, dass du dich gerade praktisch selbst beleidigt hast. Aus deiner Aussage würde ich nämlich schließen, dass du alle Mädchen, die sich dazu hinreißen lassen, es mit mir zu tun, für Schlampen hältst. Tja ... ich war mit *dir* im Bett, schon vergessen?«

»Und du hast es genossen. Jedenfalls den Lauten, die du von dir gegeben hast, nach zu urteilen.«, grinste ich und ließ meine Gedanken flüchtig zu der letzten Nacht schweifen.

»Also ich würde hier mal nicht die Tatsachen verdrehen, ja. Wer hat hier Laute von sich gegeben? ... Aber ich sage es mal so ... ich würde es auch wieder mit dir tun.« Er lächelte, während er um die Ecke bog und das Schulgebäude in Sicht kam.

»Trotzdem kannst du mich nicht mit deinen gewöhnlichen One-Night-Stands vergleichen und mit dir selbst schon gar nicht. Du bist eine männliche Hure.« Er zuckte mit den Schultern und grinste verschmitzt.

»Trotzdem warst du diejenige, die mir direkt die Hosen ausziehen wollte und es hat dir sogar gefallen, wie du ja schon zugegeben hast, heute Morgen.« Er parkte ein und öffnete seine Tür, um auszusteigen. Ich kletterte ebenfalls aus dem Auto und hängte mir wieder meine Tasche über die Schulter.

»Ja gut, das kann ich wohl nicht mehr bestreiten. Trotzdem bin ich keine Hure.« Er sperrte das Auto ab, nachdem auch seine Tasche über seiner Schulter hing.

»Na dann, heute Abend bei mir?« Mit einem bösen Lächeln trat ich an seine Seite und schüttelte leicht den Kopf.

»Nein, so schnell komme ich dich nun auch wieder nicht besuchen.«, flüsterte ich, während ich sein Ohr mit meinen Lippen berührte. Er grinste ebenfalls und lief los in Richtung des Schulgebäudes.

»Tja ich wette heute Abend …« Ein Mädchen kam uns lächelnd entgegen und blieb vor William stehen. Sie beugte sich zum ihm und gab ihm einen Begrüßungskuss auf die Wange.

»Hi, William.«, sprach sie ihn an und setzte ein weiches Lächeln auf.

»Hey, Jacki.« Sie lief weiter und Will wandte sich um, um ihr hinterher zu schauen. Sein Blick lag eindeutig auf ihrem Hinterteil. Ich verdrehte die Augen genervt.

»Also, heute Abend, wenn ich mir gerade ein Glas Wein einschenke oder etwas Ähnliches und den Fernseher anmache, um etwas von der Welt zu erfahren, wette ich mit dir, dass es an der Tür klingelt. Du stehst dann davor und fragst, ob du zufällig bei mir schlafen könntest. Was soll ich dann antworten? *Nein*?« Ich schüttelte belustigt den Kopf und lief durch die Tür, die er mir aufhielt, in die Schule.

»Gar nichts, denn ich werde nicht vor der Tür stehen. Vielleicht der Pizzabote und bei dem würde ich es mir auch mehrmals überlegen, ob ich ihn in mein Bett lasse, wenn ich du wäre.« William hatte sich von mir weggedreht und küsste gerade ein großes schwarzhaariges Mädchen auf beide Wangen.

»Na Betsy? Alles gut?« Sie nickte und er lächelte. »Das ist schön, bis später.« Dann wandte er sich wieder mir zu.

»Um was wollen wir wetten? Zehn Dollar?« Ich nahm seine Hand zum Zeichen, dass ich die Wette annahm.

»Hol schon mal dein Geld heraus.«, freute ich mich und sah zu, wie er dem nächsten Mädchen zu zwinkerte, winkte und dabei lächelte.

»Das werden wir dann morgen sehen.«, meinte er nur dazu und öffnete sein Schließfach, an dem wir nun angekommen waren.

»William, ich glaube, du verwechselst mich wirklich mit deinen gewöhnlichen One-Night-Stands. Auch wenn es so aussehen mag, als wäre ich aus Lust und Laune mal eben mit dir ins Bett gestiegen, stimmt das nicht. Ich habe mir gründlich überlegt, wem ich meine Unschuld opfere.« Er lachte und schloss seinen Spind.

»Und da ist deine Wahl auf *mich* gefallen? Und dann bist du auf Gelegenheitssex aus? Xenara, ich sage dir, du hast keine Ahnung, was du willst.« Das nächste Mädchen kam vorbei und strich mit der Hand über seine Schulter. Er zwinkerte ihr zu, wie schon bei dem Mädchen zuvor. An diesem Punkt reichte es mir endgültig.

»Sag mal wie war das vorhin mit: ›Ich kenne die Mädels hier noch nicht so gut‹? Sag mir ehrlich, mit wie vielen von den Mädchen an dieser Schule du schon im Bett warst, dann kann ich mich nämlich einreihen.« Er zuckte kurz mit den Schultern und verdrehte die Augen, als wären meine Vermutung absurd.

»Mit keiner. Sie mögen mich, auch ohne, dass ich sie im Bett verzaubert habe.«, er grinste schelmisch, »Aber ich sag dir jetzt mal etwas. Du musstest dauernd daran denken, dass Aaron und Paige schon miteinander geschlafen haben. Dann hast du plötzlich von allen in deiner Umgebung geglaubt sie seien oberflächliche Flittchen, die es jeden Tag mit einem anderen treiben und da hast du Panik bekommen, dass du ›unschuldig‹ sterben musst und hast bei mir geklingelt. In deinem unglaublich knappen Outfit. Du verlangtest also praktisch von mir, dass ich dich auch zu einem oberflächlichen Flittchen mache, deswegen auch der Gelegenheitssex. Obwohl die Mädels in diesem Kaff wahrscheinlich alle *Nonnen* sind, aber weißt du was? Ich bin am Ende nicht daran schuld, wenn du dich schlecht fühlst. Denn das wirst du. Ich kenne dich lange genug, um zu wissen, dass dir das alles noch sehr leidtun wird. Denn *du* bist keine Freundin mit *Extras*.« Mit diesen Worten lief er weiter, doch ich holte ihn schnell wieder ein.

»Ich werde mich am Ende nicht schlecht fühlen und ich werde heute Abend nicht vor deiner Tür stehen. Das ist ein Versprechen und die dürfen bekanntlich nicht gebrochen werden.« Er nickte schweigend und hielt vor einem Klassenzimmer an.

»Ich nehme dich wörtlich, Xenara Karev, aber ich glaube, ich stelle doch lieber zwei Gläser bereit, nur so vorsichts-halber. Du bist bei mir herzlich willkommen. Auch nur für ein Glas Wein und einen Film.« Ich nickte, den Kopf hin und her schüttelnd.

»Danke aber, ich denke, ich werde die Nacht heute in meinem eigenen Bett verbringen.« Er lächelte und hob die Augenbrauen belustigt.

»Na dann wünsche ich dir viel Spaß in der Schule. Bis später.« Erst jetzt bemerkte ich, dass wir vor meinem Klassenzimmer standen. Will schob mir eine Haarsträhne hinters Ohr und küsste mich dann auf die rechte Wange.

»Ich würde mich trotzdem freuen, wenn du kommst.«, flüsterte er dicht an meinem Ohr, drehte sich dann um und lief davon. Ganz kurz schaute ich ihm noch hinterher, dann betrat ich das Zimmer und ging zu Paige an den Platz. Sie schaute gelangweilt aus dem Fenster und blickte auf, als ich neben ihr den Stuhl zurückzog.

»Tut mir echt leid Xeni, wegen vorhin. Wir hatten keine Zeit, dich zu fragen, ob du fertig bist. Es war ziemlich hektisch heute früh. Wie bist du letztendlich hergekommen? Mit dem Bus?« Ich legte leise einen karierten Block und einen Kuli auf dem Tisch ab.

»Nein, ich bin mit William mitgefahren, was Aaron natürlich nicht erfahren wird.« Paige lächelte verschmitzt, nickte aber.

»Natürlich werde ich nichts verraten.« Ich seufzte etwas genervt.

»Paige, ich weiß, dass du uns am liebsten verkuppeln würdest, das wird allerdings nicht funktionieren.« Sie runzelte die Stirn und musterte mich verwundert von der Seite.

»Aber was läuft denn da zwischen William und dir?« Ich zuckte die Achseln und schürzte flüchtig die Lippen, als müsste ich überlegen, was ich antworten könnte.

»Freundschaft plus?« Sie hob erstaunt eine Augenbraue.

»Freundschaft plus …? Und das macht William mit?«, gab sie ungläubig zu bedenken. Ich schnalzte mit der Zunge und hob die Hände, als Geste dafür, dass ich keinen Grund kannte, warum er das nicht tun sollte.

»Ich glaube nicht, dass das gut geht. Aber das wirst du sicher noch merken.«, flüsterte sie, da der Lehrer schon vor der Tafel stand und wartete, dass alle ihre Aufmerksamkeit auf ihn lenkten.

Als ich Aarons Wohnungstür leise hinter mir schloss und meine Schlüssel in die Schüssel auf der Kommode, die im Flur stand, legte, roch ich schon das Abendessen. Fast schleichend lief ich den dunklen Flur entlang, dem flackernden Licht entgegen, das wohl vom Fernseher stammen musste.

»Du hättest mir ruhig was von der Pizza übriglassen können, Aaron. Du wusstest doch sicher, dass ich früher oder später nach Hause kommen würde.«, merkte ich normallaut an, als ich in den Türrahmen des Wohnzimmers trat und meinen Cousin mit seiner Freundin auf dem Sofa liegen sah. Ein Pizzakarton war nicht auffindbar, doch der Fernseher dröhnte aufgrund der Schießerei, die sich gerade mehrere Polizisten mit einem Bankräuber lieferten. Gelassen setzte ich mich auf die Armlehne der Couch. Aaron deutete mit einem Finger in Richtung Küche, wandte seinen Blick jedoch nicht vom Bildschirm ab.

»In der Küche ist noch fast eine halbe Pizza für dich, aber es sind Peperoni drauf, sorry. Wir gehen gleich, der Film ist fast zu Ende und dann gehen wir runter zu Paige.«, teilte Aaron mir mit und Paige schaute ihn verwirrt an.

»Aber wir wollten doch heute hier oben übernachten, weil wir gestern bei mir waren.«, wandte sie ein. Mein Cousin streichelte von hinten ihre Schulter und drückte ihr einen Kuss auf den Hals.

»Ich weiß, aber dann müsste Xeni wieder auf dem Sofa schlafen, Schatz. Das möchte ich ihr nicht zumuten.«, hielt er dagegen, doch Paige winkte gelassen ab.

»Ach, das hat sie doch schon einmal gemacht und es war nicht so schlimm, nicht wahr, Xenara? Das macht ihr bestimmt nichts aus.« Sie grinste mir gewinnend zu und Aaron zuckte die Achseln.

»Na gut, dann gehe ich mich mal umziehen.«, meinte er nüchtern dazu und verschwand Richtung Bad. Als ich die Tür zuklappen hörte funkelte ich meine beste Freundin an.

»Warum tust du das?«, zischte ich schon ziemlich wütend. Mein Gegenüber grinste noch breiter.

»Nimm die Pizza mit runter zu ihm, macht euch einen schönen Abend und morgen bist du auf halb sieben wieder da, dann passe ich auf, dass Aaron nicht bemerkt, dass du nicht hier warst. Viel Spaß.« Mit diesen Worten stand sie ebenfalls auf und lief den Flur entlang zu Aarons Zimmer. Seufzend erhob ich mich und lief in die Küche, um den Pizzakarton zu holen. Eigentlich hatte ich wirklich nicht vorgehabt, zu William runterzugehen, aber blieb mir eine Wahl? Eine sehr schlaflose Nacht hier auf dem unbequemen Sofa oder eine etwas weniger schlaflose Nacht in Williams übermäßig bequemen, riesigen Bett. Das waren meine Wahlmöglichkeiten und die zweite klang eindeutig besser, auch wenn sie mich wahrscheinlich zehn Dollar kosten würde. Aaron, der nur noch eine Unterhose anhatte, streckte den Kopf noch einmal durch die Küchentür und zwinkerte.

»Lass es dir gut schmecken und gute Nacht, Cousinchen.«, flüsterte er, dann ließ er mich allein zurück und zog sich zu Paige in sein Zimmer zurück. Als ich mit dem Karton die Wohnung verließ und nach unten in den neunten Stock lief, hatte ich mich entschieden. Aus Wills Wohnung hörte ich leise den Fernseher, also klingelte ich einfach. Es dauerte nicht lange, da öffnete sich auch schon die Tür und der Wohnungsbesitzer trat mit einem breiten Grinsen vor mich hin.

»Xenara. Dich hätte ich hier als Letztes erwartet, oder bist du nur der Pizzabote?«, er lächelte weiter belustigt und ließ mich dabei an ihm vorbei in den Flur vor dem Wohnzimmer. »Dein Versprechen hast du ja damit schon mal gebrochen.«, stellte er fest und ich blieb mitten im Raum stehen, nachdem ich die Pizza auf dem Wohnzimmertisch abgestellt hatte und er mir gefolgt war.

»Ja und jetzt schulde ich dir zehn Dollar, nicht wahr?« Er winkte ab und lief zu dem kleinen Tisch, um die Fernbedienung in die Hand zu nehmen. »Die Pizza reicht mir völlig.«, meinte er dazu und schaltete den Fernseher auf stumm. Ich seufzte und ließ den Kopf hängen.

»Wie schaffst du das nur?«, fragte ich leise, doch er verstand mich und kam wieder zu mir.

»Was meinst du?«, fragte er und beugte sich etwas hinunter, um mir von unten ins Gesicht sehen zu können, dann hob er mit der rechten Hand mein Kinn an und ich seufzte abermals.

»Wie schaffst du es, mich so verrückt nach dir zu machen?«, fragte ich dann nur noch rhetorisch, während ich uns schon drehte, meine Lippen auf seine legte und ihn an die Wohnungstürinnenseite presste. Er zögerte keine Sekunde und vergrub seine Hände in meinem Haar. Er drehte uns wieder, legte seine Hände an meine Hüften und fuhr hinunter, erst über meinen Po und dann an meine Oberschenkel. Während er mein Dekolleté küsste, hob er meine Beine an und legte sie sich um die Hüfte, seine Hände fassten wieder an meinen Po. Mit starken Armen trug er mich zum Sofa, wo er mich ablegte und sich über mir abstützte.

»Eigentlich mache ich gar nichts. Kann also nicht an mir liegen.«, antwortete er auf meine Frage von vorhin und zog mir den Pullover über den Kopf. Ich erwiderte nichts und machte mich daran, die vielen kleinen Knöpfe von Williams Hemd zu öffnen. Er schob schon die Jeans von meinen Beinen, während ich den letzten Knopf öffnete. Er warf sein Hemd selbst hinter sich und ließ mich seinen Gürtel öffnen. Als ich versuchte, ihm die Hose auszuziehen, stellte ich mich ziemlich ungeschickt an, so dass er plötzlich zur Seite auf den Boden fiel und ich hinterher auf ihn. Ich musste kichern und auch er lachte in sich hinein, während er seine Hose selbst auszog.

»Zwischen Sofa und Wohnzimmertisch, sehr romantisch.«, stellte ich belustigt fest, während William mir den BH öffnete.

»Das ist das Gute am Gelegenheitssex. Überall, zu jeder Zeit, dann, wenn man eben gerade die Gelegenheit dazu hat.«, grinste er und drehte uns wieder so, dass er sich über mir abstützte. Er fuhr mit seinen Lippen sanft über meine Brust und meinen Bauch, dann zog er mir das Höschen herunter und schlang meine Beine fest um seinen Oberkörper. Nebenbei schob er den kleinen Tisch noch etwas zur Seite, damit wir mehr Platz hatten. Ich musste lächeln. William in meinen Armen, etwas Besseres konnte ich mir in diesem Moment nicht vorstellen.

Zwölf

Lachend ließ Will sich wieder neben mich auf den Boden fallen. Ich holte hastig Atem und musste selbst etwas kichern.

»Oh wow.«, seufzte ich und er zog die Sofadecke über mich, dann fuhr er sich durch die verstrubbelten Haare und nahm die Fernbedienung vom Tisch, um den Fernseher wieder laut zu stellen.

»Ich glaube, wenn Aaron nichts mitkriegen soll, solltest du beim nächsten Mal etwas leiser machen.«, meinte er dann und nahm zwei Stück Pizza aus dem Karton. »Pizza?«, bot er mir an und reichte mir ein Stück. Selbst biss er in seins und legte sich flach auf den Rücken.

»Wie kommst du darauf, dass es ein nächstes Mal mit dir geben wird?«, protestierte ich belustigt und wandte mich zu ihm um. Er schnaubte belustigt.

»Wegen der Tatsache, dass wir hier liegen. Ich bin mir ziemlich sicher, dass wir in dieser Nacht noch in meinem *Bett* landen werden.« Ich erwiderte nichts und schob ihm die Decke bis zum Bauchnabel, dann drehte ich mich so, dass ich unter dem Tisch hindurch den Fernseher sehen konnte.

»Oh Mann, in der Welt passieren Katastrophen und wir …« Er schnaubte abermals und richtete sich wieder auf, um ebenfalls auf den Bildschirm schauen zu können. »Wenn du keinen Sex haben möchtest, nur weil irgendwo auf der Welt was Schlimmes passiert … müsstest du wohl ein Keuschheitsgelübde ablegen…« Er aß das Stück Pizza auf und nahm sich das Nächste.

»Paige meinte, dass hier würde niemals funktionieren.«, murmelte ich halblaut, doch so, dass er es verstehen konnte. Er runzelte die Stirn.

»Was würde nicht funktionieren? Wir?« Will legte sein angebissenes Pizzastück auf den kleinen Wohnzimmertisch und stand auf, um sich seine Unterhose anzuziehen. Er lief zu einem Schrank, nahm zwei Gläser heraus und goss aus einer Flasche, die neben dem Sofa gestanden hatte, Wasser ein. Er reichte mir ein Glas und ich trank es in wenigen Zügen aus, bevor ich es neben Williams Pizzastück auf den Kaffeetisch stellte und mich flach auf den Rücken legte, mit dem Blick zur Decke.

»Nein ... sie meinte es würde nicht funktionieren mit der ganzen Freundschaft mit Vorzügen-Sache.« Will legte sich wieder neben mich und küsste mich sanft auf die Schulter, doch er antwortete nichts. »Denkst du auch so?«, erkundigte ich mich deshalb noch einmal, um ihn zu einer Antwort zu bewegen. Er stützte sich auf einem Arm ab und trank einen Schluck aus seinem Glas.

»Dass das nicht funktionieren kann? Ich weiß nicht ...«, erwiderte er ausweichend, »Du hast es also doch Paige erzählt. Ich dachte du wolltest *niemandem* etwas sagen.« Ich verdrehte genervt die Augen, da ich einerseits bemerkte, wie er das Thema gewechselt hatte und ich andererseits in Gedanken bei dem Kreuzverhör des heutigen Morgens war.

»Es war sozusagen unvermeidbar und sie wird Aaron schon nichts sagen.« Er nickte mit nachdenklichem Blick.

»Na wenn du meinst. Und jetzt?«, fragte er dann und aß das Stück Pizzarinde, dass in seiner Hand geblieben war. Ich überlegte kurz und grinste dann.

»Ich denke gerade, dass dein Vorschlag in deinem Bett zu landen, gar nicht so schlecht war. Ich kann mir nämlich etwas Bequemeres als deinen Wohnzimmerboden vorstellen.«, meinte ich dann und er machte große Augen, als würde ich ihn total überraschen.

»So weit sind wir also schon wieder. Du kannst echt nicht genug von mir kriegen, was?«, lächelte Will und küsste mich auf die Nasenspitze, bevor er aufstand und mir seine Hand entgegenstreckte, um mir beim Aufstehen zu helfen. Als ich mich erhoben hatte, hob er mich plötzlich hoch und warf mich über seine Schultern, dann lief er los.

»Hey was soll das?«, lachte ich und strampelte. Er trug mich bis ins Schlafzimmer und legte mich auf seinem Bett ab, bevor er sich über mir abstütze, wie vorhin auf dem Sofa auch schon.

»Na ich bringe dich ins Bett.«, flüsterte er und legte seine Lippen auf meine. Ich musste unter seinem Kuss lächeln und führte meine Daumen unter den Bund seiner Shorts.

»Ich liebe dich.«, murmelte er, während er meinen Bauch liebkoste und mit den Händen an meinen Hüften entlangfuhr. Stirn runzelnd schob ich ihn von mir und setzte mich auf.

»Was? Was hast du gerade gesagt?« Er schaute ebenfalls verwirrt drein.

»Was ich ... was habe ich denn gesagt?« Ich schnaubte und stand vom Bett auf.

»Ganz ehrlich, das verstehe ich nicht unter *Gelegenheitssex*.«, knurrte ich beinahe schon und wandte mich zur Schlafzimmertür. Will hinter mir seufzte und erhob sich wohl ebenfalls vom Bett.

»Mein Gott Xeni, jetzt tu doch nicht so scheinheilig.« Ich lief einfach weiter ins Wohnzimmer, wo ich mir meine Unterwäsche schnappte, und sie anzog. »Als wärst du gestern nicht eigentlich zu mir gekommen, weil du schon ewig in mich verknallt bist.«, meinte er weiter, als er mir gefolgt war. Nun hielt ich in der Bewegung inne und drehte mich zu ihm um.

»Woher ...?« Er lachte trocken und schüttelte traurig den Kopf.

»Keine Sorge ich war zu dumm, um es selbst zu bemerken. Ich musste förmlich darauf gestoßen werden. Von Claire.« Ich nickte zum Zeichen, dass ich verstanden hatte. »Sie hat mich darauf hingewiesen, nach deinem Weggang. Du hattest dich ihr wohl schon länger anvertraut?« Ich ließ den Blick zu Boden sinken.

»Und jetzt?«, flüsterte ich und schaute ihm wieder ins Gesicht, in meine Augenwinkel waren Tränen getreten.

»Bitte weine nicht.«, bat er mich und ich schüttelte verständnislos den Kopf.

»Warum? Du hast mich ja offensichtlich nur ausnutzen wollen. Du wusstest, dass ich in dich verliebt bin, und wolltest die Freundschaft plus Sache trotzdem mitmachen? Warum sollte ich jetzt nicht anfangen zu heulen?« Er kam langsam auf mich zu, als wüsste er nicht genau, was er machen sollte.

»Weil es mir das Herz bricht, dich weinen zu sehen. Weil ich dich, wie vorhin schon gesagt, liebe. Denkst du, ich bin nur wegen Aaron hier? Ich habe zwar etwas länger gebraucht als du, Xeni ... aber ich ... ich habe mich auch in dich verliebt. Also ich meine ... ich liebe dich. Über alles.« Er hob mein Kinn an und schaute mir tief in die Augen.

»Mehr als dich selbst?«, zweifelte ich seine Gefühle mit leiser Stimme an und brachte ihn und mich damit zum Lachen.

»Du zerstörst schon wieder den ganzen Moment.«, flüsterte er und nahm mich in den Arm. »Aber ja. Über alles beinhaltet auch, dass ich dich mehr als mich selbst liebe. Und du weißt, dass das bei mir schon was heißt.« Ich legte meine Hände an seinen warmen glatten Rücken und lächelte.

»Belügst du mich auch nicht? Denn falls doch, muss ich die Freundschaft zwischen uns kündigen.«, drohte ich ihm und löste mich aus seiner Umarmung. Er schüttelte belustigt den Kopf.

»Dann mach das, ich will nicht nur dein Sexkumpel sein. Wollte ich von Anfang an nicht. Ich musste nur einen Weg finden, dir nahe zu sein. Und wenn es der war, dann musste es eben sein, aber jetzt ... Und auch ein normaler Freund will ich nicht bleiben.«, hauchte er und wartete meine Reaktion ab. Ich blieb einige Momente stumm, um alles zu verdauen, dann räusperte ich mich kurz.

»Heißt das, du willst jetzt mit mir so richtig zusammen sein?« Er schwieg und nickte nur leicht mit dem Kopf.

»Wenn du das auch möchtest.«, fügte er dann noch kaum hörbar hinzu. Als Antwort nahm ich sein Gesicht sanft zwischen meine Hände und legte meine Lippen ganz leicht auf seine. Nachdem wir uns voneinander gelöst hatten, sah ich das seine Augen strahlten vor Glück.

»Gehen wir dann jetzt ins Bett?«, fragte er, während er den Fernseher und das Licht im Wohnzimmer ausschaltete. Ich nickte und folgte ihm ins Schlafzimmer, wo wir uns ins Bett legten und uns in unsere Decke und aneinander kuschelten. Er legte einen seiner Arme um meinen Oberkörper und zog mich fest an sich und ich verschränkte meine Finger mit denen seiner Hand, die auf meinem Bauch lag.

»Du hast wirklich ganz schön lange gebraucht.«, stellte ich dann in die Stille hinein fest. Er lachte leise und küsste mich im Nacken.

»Seit wann bist du denn schon in mich verknallt?« Ich musste nicht lange überlegen.

»Seit ich dich das erste Mal gesehen habe.«, antwortete ich und hörte, wie er schwer schluckte.

»Aber wir kennen uns doch schon ewig. Wir haben doch schon als kleine Kinder dauernd miteinander gespielt.«, meinte er verwirrt. Ich verdrehte die Augen, was er aber natürlich nicht sah.

»Ja sagen wir halt, seit ich dich das erste Mal bewusst gesehen habe. So mit neun oder zehn Jahren. Als Kleinkind sieht man die Leute ja noch nicht so, aber meine Mom bekam oft von mir zu hören, dass ich dich später einmal heiraten würde. Das wusste ich schon damals.« Er zog mich noch enger an sich.

»Okay, in der Sache war ich also nicht grade ein Schnell-checker. Sorry, dass ich dich so lange hab warten lassen.« Ich atmete tief seinen Duft ein und schloss zufrieden die Augen.

»Was glaubst du denn, warum du mich so leicht abhängig machen konntest?« Er antwortete erst nichts, dann räusperte er sich.

»Dafür muss ich mich auch noch einmal entschuldigen, auch wenn das nicht ausreichen wird. Ich weiß, dass das unverzeihlich war, doch ich hoffe dennoch, dass du mir eines Tages vergeben kannst.« Ich drehte mich zu ihm um, um im Dunkeln seine Augen leuchten zu sehen.

»Ich vergebe dir vollkommen. … Aber, wenn wir jetzt zusammen sind, heißt das trotzdem nicht, dass wir dauernd Händchen halten müssen und in der Öffentlichkeit rumknutschen dürfen. Aaron ist ja trotzdem noch da. Er sollte vielleicht noch nichts von uns erfahren.« William nickte, das sah ich sogar in der vollkommenen Dunkelheit.

»Was vermutlich ebenfalls bedeutet, dass du nicht bei mir einziehen solltest. Obwohl du dann eine eigene Betthälfte hättest, in der Paige nicht schläft. Eine eigene Schrankseite und ein eigenes Waschbecken mit Spiegel.«, überlegte er mit einem leicht belustigten Unterton in der Stimme und ich seufzte sehnsüchtig.

»Oh Mann, das klingt so verlockend, aber das geht wohl wirklich nicht. Ich müsste Aaron Vorlügen, dass ich zurück ins Hotel gezogen bin. Und diese Lüge würde er wohl ziemlich schnell durchschauen. Also geht das wohl leider nicht so einfach.« William stöhnte genervt und strich mit den Fingern über meine Wange.

»Aber Aaron ist mir egal. Ich liebe dich und daran kann er sowieso nichts ändern.« Ich lachte auf und schloss genüsslich die Augen.

»Wenn er das mit uns erfährt, würde er allerdings sicher gern etwas ändern. Außerdem weißt du nicht mehr, was letztes Mal geschah, als dein bester Freund dir egal war und du einfach gehandelt hast?« Er nickte traurig und schluckte schwer.

»Ich machte ihn mir zum Feind, du hast ja recht. Gut, dann müssen wir es also geheim halten. Na gut, darin bin ich auch nicht schlecht.« Ich lächelte verschmitzt und schmiegte mein Gesicht noch näher an seine Handfläche.

»Genießen wir die Momente, die uns erlaubt sind, … in aller Heimlichkeit.«, flüsterte ich und kuschelte mich in seine Umarmung. »Ich muss morgen früh halb sieben oben sein.«, murmelte ich noch und spürte Williams Lippen in meinem Haar, bevor ich einschlief.

Am Morgen wachte ich durch das Licht, das mich an der Nase kitzelte, auf und öffnete sehr langsam die Augen, um nicht völlig geblendet zu werden. Ich lag immer noch halb auf William, der einen Arm um mich gelegt, den Kopf allerdings von mir weggedreht hatte. In Gedanken an den letzten Abend musste ich selig lächeln. Dieser wunderschöne Mann neben mir, gehörte jetzt wahrhaftig mir. Er hatte gesagt, dass er mich liebte, mehr als er sich selbst liebte. Ich hatte nie gedacht, so etwas aus Williams Mund zu hören, schon gar nicht an mich gerichtet, doch das Leben schenkte einem manchmal Überraschungen, wenn auch nicht immer besonders schöne. Diese hier war auf jeden Fall wunderschön. Sanft strich ich über Williams nackte glatte Brust und beugte mich über ihn, um ihm einen Kuss auf die Stelle, unter der sein Herz sein musste, zu drücken. Sein Brustkorb hob und senkte sich langsam und gleichmäßig, während er den Kopf auf die andere Seite legte und bei der Berührung meiner Hände mit seinen Bauchmuskeln leise seufzte und dann die Augen öffnete. Er schien erst etwas verwirrt, doch dann seufzte er erneut und lächelte.

»Weißt du wie gut es sich anfühlt neben dir aufzuwachen, Xeni?«, murmelte er, mit noch etwas belegter Stimme. Ich ließ meine Hand wieder zu seiner Brust gleiten und legte meinen Kopf daneben ab.

»Ich vermute mal so gut, wie es sich anfühlt, neben dir aufzuwachen.«, antwortete ich nur leise und sein Brustkorb bebte durch sein kehliges Lachen.

»Das kann ich nicht beurteilen, aber sicherlich ist es nicht ganz schlecht, mich halbnackt neben sich im Bett zu haben.« Ich schüttelte amüsiert den Kopf und schaute gedankenverloren auf den Nachttisch neben Will. Erschrocken sprang ich auf und suchte im Wohnzimmer meine Sachen zusammen.

»Was ist denn los?«, fragte William, der mir langsamer gefolgt war und nun, nur in seine Shorts gekleidet und sich mit den Händen durch die Haare fahrend, im Türrahmen zum Schlafzimmer lehnte.

»Halb sieben muss ich oben sein, vergessen?«, erwiderte ich knapp, während ich einige Male hochsprang, um meine Jeans an die richtige Stelle zu ziehen.

Er nickte zögernd und schaute ins Leere, als müsste er stark nachdenken.

»Ach ja … ich bin noch nicht so ganz auf der Höhe, weißt du. Das dauert jetzt ein bisschen, dann erinnere ich mich vielleicht auch wieder, was genau wir gestern beredet haben.«, gähnte er und ich lief hastig noch einmal zu ihm zurück, nach dem ich meine Bluse halbherzig zugeknöpft hatte.

»Wir sind jetzt zusammen, aber heimlich, so viel schicke ich schonmal voraus. Der Rest wird dir hoffentlich wieder einfallen, bevor du Aaron über den Weg läufst.«, berichtete ich hastig und küsste ihn flüchtig auf die Lippen, bevor ich mich zur Wohnungstür wandte und die Wohnung eilig verließ. Paige öffnete die Tür sofort, als ich leise klopfte, und grinste mir zu, als ich eintrat.

»Und?« Bedeutungsvoll legte ich einen Finger an die Lippen, zerknüllte die Sofadecke, als hätte ich darin geschlafen und sprang anschließend unter die Dusche. Schließlich durfte Aaron auch nicht sehen, dass ich meine Sachen von gestern trug, er würde mir wahrscheinlich nicht glauben, wenn ich log, dass ich gestern keine Lust mehr gehabt hatte, mich umzuziehen. Als ich in Handtücher gewickelte ins Wohnzimmer trat, saß Aaron schon auf dem Sofa und wartete.

»Hey Xeni, na konntest du gut schlafen? Sieht aus, als hättest du dich ziemlich rumgewälzt, das tut mir leid.« Ich winkte ab und schüttelte lächelnd den Kopf.

»Ach, war schon okay Aaron, ehrlich.«, versicherte ich ihm und sah zu, wie er aufstand und an mir vorbei ins Bad lief.

»Dann dusch ich auch schnell.« Ich wartete, bis er die Tür hinter sich geschlossen hatte, dann ging ich zu Aarons Zimmer, wo Paige fertig angezogen auf dem Bett saß und irgendetwas las. Als sie mich kommen hörte, hob sie den Kopf und grinste.

»Und wie war's auf dem *Sofa*?«, erkundigte sie sich verschwörerisch und grinste dabei. Ich verdrehte belustigt die Augen, konnte mir ein Grinsen allerdings nicht verkneifen.

»Ach, ganz okay.«, antwortete ich deshalb, um sie zu ärgern. Sie lehnte sich mit einem leisen Lächeln in den Türrahmen und beobachtete mich, während ich mich fertig anzog.

»Na gut, ab jetzt werde ich dich nicht mehr nach William fragen. Ich habe meine Aufgabe erfüllt und bin jetzt raus. Ich gehe zu Aaron ins Bad.«, verkündete sie und wandte sich zum Gehen. Überrascht hob ich die Augenbrauen, erwiderte allerdings nichts mehr und schaute ihr noch kurz nach, wie sie davonging.

Als ich später in der Schule an meinem Spind stand, legten sich zwei Hände über meine Augen und ich musste kichern.

»Als gäbe es jemand anderen außer dir, der mir die Augen zuhalten würde, William.« Er lachte leise, ließ seine Hände an meine Hüften wandern und liebkoste meinen Nacken von hinten, bis ich mich endlich umdrehte.

»Du warst heute früh so schnell weg, ich konnte die Zeit mit dir gar nicht mehr richtig genießen.«, warf Will mir murmelnd vor und zog einen Schmollmund, während er seine Arme um mich schlang.

»Du wusstest doch, dass ich wieder früh hinaufmusste, damit Aaron nichts bemerkt.«, erwiderte ich und er seufzte.

»Ja er würde mich köpfen und so … ich erinnere mich.« Nun drängte er mich sanft gegen die Schließfächer hinter mir und kam mir mit seinem Gesicht immer näher.

»William, nicht hier.«, protestierte ich, als er seinen Mund auf meinen legen wollte.

»Keine Sorge, ich habe gekundschaftet. Sehr viele Schüler, aber weit und breit kein Aaron in Sicht.«, besänftigte er mich und hauchte einen Kuss auf meine

Lippen. »Ich muss doch jede heimliche Sekunde mit dir ausnutzen.«, murmelte er dann und drückte seine Lippen leidenschaftlich auf meine, wobei seine Zunge sich ihren Weg in meine Mundhöhle bahnte. Bei dem Gefühl seiner Hände an meinem Rücken und seinen Lippen auf meinen musste ich unwillkürlich lächeln, so glücklich war ich in diesem Moment.

Aaron

»Na Süße, gehen wir nach Hause?«, flüsterte ich Paige zu, während ich ihre Hand nahm und sie auf die Wange küsste. Sie kicherte leise -Musik in meinen Ohren- und schwang sich ihre Schultasche über die Schulter.

»Meine Güte, verliebte Pärchen sind ja so was von ...«, setzte Xenara neben mir an und drängte sich an uns vorbei, doch dann verstummte sie ganz plötzlich.

»Was? Was sind verliebte Pärchen?«, wollte ich daraufhin belustigt wissen, doch sie winkte schnell ab.

»Egal, ich habe noch etwas zu erledigen, wartet nicht auf mich, ich komme schon irgendwie nach Hause.«, verkündete sie dann und stürmte aus dem Klassenzimmer.

»Weißt du, was sie hat?«, wandte ich mich nun an meine Freundin, doch sie zuckte ratlos mit den Schultern und drückte meine Hand.

»Ich weiß nur, dass *ich* mal ganz dringend auf Toilette muss. Dieses Monster von Englischlehrer hat mich nicht gehen lassen und jetzt platze ich gleich.«, beschwerte sie sich, womit sie mich wieder einmal zum Lachen brachte.

»Na, dann los. Ich warte auf dich.«, schlug ich vor. Also verschwand sie in der Damentoilette und ich lehnte mich gegen die Wand neben der Tür im Flur. Plötzlich ertönte eine Stimme vom anderen Ende des Flurs und ohne mich umgeschaut zu haben, wusste ich eigentlich schon, wem ich gleich gegenüberstehen würde.

»Deine Cousine hat ganz schön Glück.« Stirnrunzelnd wandte ich mich zu Jordan um.

»Klar, sicher.«, antwortete ich, da ich keine große Lust darauf hatte mit Jordan zu plaudern.

»Na ja, ich denke mal, jetzt wird jedes Mädchen dieser Schule sie beneiden.«, versuchte sie mich erneut zu einer Rückfrage zu provozieren.

»Sollten sie auch, Xenara ist klasse.«, meinte ich stattdessen nur nüchtern und Jordan schien ungeduldig zu werden.

»Na ja, viel eher die Person, mit der sie seit Neuestem Umgang pflegt, nicht wahr?« Deutlicher wollte sie offenbar ohne eine Gegenfrage von meiner Seite nicht werden, als stieß ich mich seufzend von der Wand ab.

»Wen meinst du im Speziellen, Jordan. Spuck aus, was du willst.« Sie verdrehte die Augen, als wäre meine Frage besonders dumm.

»Oh Aaron, es war ja schon eine riesige Neuigkeit für die Leute hier, als sie erfuhren, dass Xenara Karev mit dir verwandt ist. Aber jetzt, wo klar ist, dass William Parker nicht grundlos New York verlassen hat und in dieses Kaff gezogen ist, wird sich die ganze Schule über sie das Maul zerreißen.« Ich atmete tief ein, da ich langsam, aber sicher die Geduld verlor.

»Ja, schon klar. Aber was meintest du damit, als du sagtest, dass sie Glück hat?« Jordan lächelte mitleidig, diese Miene hatte sie perfekt einstudiert.

»Oh Aaron, hast du es etwa noch nicht bemerkt?«, tat sie ganz unschuldig, doch sie wollte mich immer noch provozieren, das wusste ich genau. Trotzdem sprang ich wieder einmal vollkommen darauf an.

»Was soll ich denn bemerkt haben?«, verhörte ich sie, inzwischen bereits leicht wütend und trat noch einen Schritt näher zu Jordan.

»Na ja, nachdem du dich ja für Paige entschieden hast, war William der neue ›begehrteste Junge‹ der Schule.« Sie setzte ihre eigenen Worte mit ihren Fingern in Anführungszeichen. »Aber da er sich jetzt scheinbar auch entschieden hat ... Xenara hat echt Glück, diejenige welche zu sein.« Ich erstarrte, nun viel zu perplex, um etwas Schlaues zu erwidern.

»Du meinst William ... und Xenara?«, erkundigte ich mich ungläubig, woraufhin sie aufgesetzt lachte.

»Wow, das kriegst du jetzt erst mit? Ich habe sie heute Morgen ja mit meinen eigenen Augen gesehen. Nicht gerade diskret die beiden, möchte man meinen. Er drückt sie ans Schließfach ... steckt ihr die Zunge in den Hals ... ich wette sie haben auch schon ganz andere Dinge miteinander getan.« Ich ballte die Hände zu Fäusten. Wahrscheinlich belog sie mich wieder einmal wie so oft. Aber was wäre, falls ... sie recht hatte? Nur dieses eine Mal? War ich wirklich so blind, nicht zu sehen, was hinter meinem Rücken ablief? Und war Xeni wirklich so dumm, sich auf William einzulassen? Sie wusste, wie skrupellos er war, wenn ihm langweilig wurde und er seinen Spaß haben wollte. Wieder gingen mir die ganzen Bilder durch den Kopf, die ich im letzten Jahr zu verdrängen versucht hatte. Mein damals bester Freund mit einem erschrockenen Ausdruck im Gesicht, als er wusste, dass ich ihn ertappt hatte. Wie er mich eiskalt hintergangen hatte und in einer einzigen Sekunde unsere ganze Freundschaft zerbrochen war. Gute 16 Jahre ... einfach so dahin. Mühsam unterdrückte ich ein Knurren, achtete nicht mehr auf Jordan und sprintete los. Selbst Paige, auf die ich eigentlich gewartet hatte, vergaß ich in diesem Moment. Ich hatte nur ein Ziel im Kopf. Die Personen, die ich liebte zu beschützen, damit ich sie nicht verlor. Zur Not auch mit vollem Körpereinsatz. Ich wusste zwar, dass ich in einer Prügelei mit William keine Chance haben würde, da das langjährige Footballtraining ihn zu einem einzigen Muskelpaket gemacht hatte, aber ich musste es wenigstens versuchen. Mehr blieb mir nicht. Vielleicht hatte ich wenigstens den Überraschungseffekt auf meiner Seite. Mit geballten Fäusten und kochender Wut in mir, rannte ich die Schulgänge entlang auf den Schulhof hinaus.

William

Ohne eine bestimmte Melodie im Kopf zu haben, pfiff ich vor mich hin, während ich durch die Gänge der West Salem High lief. Diese waren zwar nicht so glamourös wie die, der New York Union, aber ich vermisste meine alte Schule auch nicht gerade. Es war okay hier zu sein, vor allem, weil ich mir nie hätte träumen lassen, dass ich so schnell mit Xeni zusammenkommen würde. In dem Jahr, nachdem Aaron weggegangen war und Xenara wegen dem, was ich getan hatte, kein Wort mit mir reden wollte, hatte ich erst verstanden, wie sehr ich sie eigentlich mochte. Meistens sah man eben erst, wie wichtig einem jemand war, wenn dieser jemand nicht mehr da war. Ich bereute aufrichtig, was ich ihr alles angetan hatte. Schon beim Gedanken daran wurde mir übel. Als sie Aaron gefolgt war, hatte ich alle Hoffnung dahinschwinden sehen, dass sie mir jemals verzeihen könnte. Doch jetzt ... war ich so glücklich, wie noch nie zuvor in meinem Leben. Lächelnd trat ich ins Freie und überquerte den sonnengefluteten Schulhof. Xenara wollte gleich zu mir stoßen, also verlangsamte ich meine Schritte noch etwas. Plötzlich hörte ich hastige Schritte hinter mir und drehte mich neugierig um. Aaron kam mit schnellen entschlossenen Schritten auf mich zu, in seinem Gesicht stand die reinste Wut geschrieben, wie ein riesiger roter Schriftzug auf der Stirn.

»Hey, Aaron.«, begrüßte ich ihn dennoch freundlich.

»Jetzt reicht es mir endgültig.«, knurrte er und sein erster Fausthieb landete direkt auf meinem linken Wangenknochen und meinem Auge, so dass mein Kopf zur Seite geschleudert wurde.

»Was zum Teufel ...?«, setzte ich an, doch da traf mich der nächste Schlag mit unglaublicher Wucht an derselben Stelle und ließ mich rückwärts taumeln. Nun sah ich Blut an Aarons Knöcheln. Ob es seins oder mein eigenes war, wusste ich nicht.

»Du hast es zu weit getrieben.«, fauchte mein Gegenüber und schubste mich an die Heckklappe meines Wagens, wo ich leicht herunterrutschte, mich jedoch fast sofort wieder aufrichtete. Abermals wollte er zuschlagen, doch dieses Mal wehrte ich ihn ab und setzte meine Faust mitten in sein Gesicht. Seine Nase fing an zu bluten. Der Schlag war wohl kräftiger ausgefallen als gewollt. Mein zweiter und dritter Hieb ging beide in die Nähe seines Auges und rissen eine blutige Wunde über seine rechte Augenbraue. Für seinen nächsten Schlag holte er weit aus und renkte mir beinahe den Kiefer aus.

»Aaron, was machst du da?«, rief Paige und zog ihn von mir weg. »William, was soll das? Warum prügelt ihr euch?« Ich stützte mich an meinem Auto ab und rieb mir mit einer Hand über den Kiefer, um festzustellen welchen Schaden Aarons Faust verursacht hatte.

»Ich habe mich nur verteidigt. Er hat mich angegriffen.«, stellte ich klar und erntete einen vernichtenden Blick von Aaron.

»Du hast es auch verdient. Ich habe dich gewarnt. Du solltest deine dreckigen Pfoten von Paige und Xenara lassen. An meine Freundin hast du dich von Anfang an rangemacht und jetzt schläfst du auch noch mit meiner Cousine.« Paige starrte Aaron verwundert an. Aber eher überrascht darüber, dass er es wusste und nicht darüber, dass ich mit ihrer besten Freundin schlief. Aber das war mir ja klar. Xenara hatte Paige alles erzählt.

»Und warum ist das mit Xenara ein Problem? Dürfen sich die beiden denn nicht ihren Partner selbst aussuchen?«, fragte sie verwirrt und Aaron lächelte bitter. Jetzt würde er es erzählen. Alles. Das fühlte ich.

»Weil er sich Claire geschnappt hat. In New York war er eifersüchtig auf mich und hat versucht clean zu werden, weil er Claire wollte. Meine *große* Liebe. Sie war meine erste und einzige Beziehung, bis ich dich getroffen habe, Paige. Ich habe sie über alles geliebt. Dann habe ich sie mit William im Bett erwischt. Nach einem Jahr Beziehung entscheidet sie sich für meinen *besten* Freund und treibt es mit ihm.«, schrie er nun alle Wut aus sich heraus und ich versuchte, ihn zu beruhigen.

»Rooney, es tut mir leid und Claire auch. Sie hat es die ganze Zeit bereut und ich auch. Es war nur meine Schuld, Rooney. Und es tut mir leid.« Er wandte sich mit funkelnden Augen mir zu.

»Ich weiß, dass es deine Schuld war, William. Aber das macht es nicht gerade besser. Wir sind zusammen aufgewachsen … wir waren wie Brüder … Wenn sie mich mit jemand anderem betrogen hätte, hätte ich ihr vielleicht sogar vergeben können, aber *du*. Du hast mich am meisten betrogen. Ich stand immer an deiner Seite und du hast mich so hintergangen. Da ist eine Welt für mich zusammengebrochen. Weißt du, wie sich das angefühlt hat? *Beschissen.* Richtig beschissen.« Nun stieg auch in mir die Wut hoch und ich konnte nicht mehr zurückhalten, was ich all die Monate für mich behalten hatte.

»Und weißt du, wie sich das für mich angefühlt hat? Du hattest es vielleicht nicht bemerkt, aber ich habe viel früher versucht, clean zu werden. Nämlich zu der Zeit, als *ich* Claire kennen lernte. Ich kannte sie schon viel eher als du. Und ich habe mich nicht in ein aggressives, kaltherziges, unberechenbares Monster verwandelt, weil ich dauernd stoned war und die Pausen zwischen den Trips mich völlig depressiv gemacht haben, wie du es immer dargestellt hast. Ich habe mich so verändert, weil ich *gekämpft* habe. Ich habe um Claire gekämpft und darum, nicht aus Frust, dass sie sich nicht für mich entschied, wieder anzufangen, Drogen zu nehmen und mich einfach gehen zu lassen. Und dann hat sie sich für dich entscheiden, meinen besten Freund … meinen *Bruder*.« Seine Augen weiteten sich für einen Moment, doch seine Wut schien sich kein Stück zu legen. Er wurde von Sekunde zu Sekunde rasender. Genau wie ich. »Ich gebe zu, zu der Zeit hatte ich oft das Bedürfnis mich abzuschießen …, weil ich es nicht ertragen habe, sie mit dir zu sehen. Und *du* denkst immer nur an *dich. Armer* Aaron, sein bester Freund hat ihn so hintergangen … Schon als wir Kinder waren, war ich immer der Böse. Und du warst natürlich derjenige, der darunter leiden musste. Du hast gerne alle glauben lassen, dass ich der Unruhestifter von uns beiden bin. Und deine Mutter hat dir das einfach abgekauft.« Er schien verwirrt, als ich unsere Kindheit ansprach, doch es gab kein Halten mehr für mich. Die Worte sprudelten aus meinem Mund. Unkontrolliert, ungefiltert, ungewollt. Und meine Stimme nahm einen fast verzweifelten Ton an. »Mein Vater war ebenfalls sehr überzeugt davon, dass ich an allem möglichen Scheiß schuld bin und war sehr oft ausgesprochen ungehalten. Inzwischen weiß ich warum es ihm so einfach fiel mich zu bestrafen ... Und weißt du was, ich habe zwar gesagt, es war meine Schuld, dass Claire dich betrogen hat. Aber eigentlich war nicht besonders viel nötig, damit sie mich in ihr Bett zog.« Aarons Gesicht verwandelte sich bei meinen Worten zu einer wutverzerrten Grimasse.

»Hör auf. Es *war* deine Schuld. Claire konnte nichts dafür.«, protestierte er gepresst, doch ich konnte darüber nur lachen.

»Nichts dafür? Oh, Aaron sei doch nicht so *naiv*. Zu etwas gehören doch wohl immer zwei und ich bin mir ziemlich sicher, dass es Claire gefallen hat. Jedenfalls war es nicht dein Name, den sie schrie ...« Ich ging viel zu weit, das wusste ich und doch konnte ich nicht aufhören. Seine Hände ballten sich abermals zu Fäusten, bereit mir den nächsten Schlag zu verpassen. »Weißt du, es tut mir tatsächlich leid, dass ich dich hintergangen und damit unsere Freundschaft zerstört habe. Aber manchmal, wenn ich hörte, wie die Leute in der Schule den heiligen Aaron für das bedauerten, was sein drogensüchtiger Freund ihm angetan hatte, habe ich dich gehasst. Und dann habe ich es nicht bereut mit Claire geschlafen zu haben. Als ich hier ankam, hast du mich gefragt, ob es mir Spaß gemacht hat, mit Claire zu schlafen und jetzt bekommst du die ehrliche Antwort: *Ja*, es hat mir sehr viel Spaß gemacht. Der Geschmack ihres Kirschlipgloss', falls du dich noch daran erinnerst. Ihr Mund überall auf meinem Körper ... Es war besser, als ich es mir vorher vorgestellt hatte.«, spuckte ich ihm die Worte vor die

Füße und brachte das Fass für ihn zum Überlaufen. Aaron kam auf mich zu gerannt und wollte mir wieder ins Gesicht schlagen, doch dieses Mal konnte ich ihn abwehren und rammte ihm mein Knie in den Bauch. Er würgte, doch wahrscheinlich hatte er heute noch nicht sehr viel gegessen, denn sein Mageninhalt wäre sonst wieder zum Vorschein gekommen. Aber er krümmte sich so, dass ich ihn auf den Asphalt drücken und mich auf ihn setzten konnte. Ich wollte ihn nicht weiter verletzten, doch selbst wollte ich mich natürlich auch schützen, also hielt ich ihn fest, um ihn zu beruhigen. Nach einigen Momenten des Ringens entspannte er sich allmählich, so dass ich meinen Griff lockerte. Doch schon im nächsten Moment kniete er auf mir und ich selbst lag am Boden. Er begann mit der Faust auf mein Gesicht einzuschlagen, so dass mein Kopf gegen den Asphalt krachte. Ich versuchte ihn von mir runterzuschieben, doch er schien beinahe wahnhaft. Am Rand nahm ich wahr, wie Paige ebenfalls versuchte Aaron von mir zu lösen, doch sie war viel zu schwach und flehte ihn schluchzend an, von mir abzulassen. Während ich seine Fäuste auf mich zukommen sah, spürte ich, wie heiße Flüssigkeit an meinem Gesicht hinablief. Noch einen kurzen Moment schaute ich in Aarons Gesicht. Sah die fest zusammen gepressten Lippen, die Augen zu Schlitzen geformt und die Nasenflügel, die sich blähten, als würde aus ihnen gleich Feuer hervorbrechen. In diesem Augenblick wünschte ich mir, ich könnte die Zeit noch einmal zurück spulen, dahin zurück, bevor alles seinen Lauf nahm. In diesem Moment mit Aaron auf mir knieend sah ich die letzten Monate und Jahre zurücklaufen, zu dem Punkt, an dem alles seinen Lauf genommen hatte.

Mein Aufbruch nach Winston-Salem, der Streit mit meinem Vater kurz davor, Joeys Beerdigung, wo ich in der hintersten Reihe gestanden hatte, damit Xenara mich nicht sah. Xeni in ihrem wunderschönen schwarzen Kleid am Sarg ihres besten Freundes, mit einer Sonnenbrille auf, um ihre Tränen zu verbergen. Weiter rückwärts brachten mich meine Erinnerungen. Aarons Gesicht, als er im Rahmen von Claires Zimmertür aufgetaucht und dann wieder verschwunden war.

Xenara, wie sie mich völlig betrunken und stoned, mit roten glasigen Augen, anlächelte. Die vielen Nachmittage, die Aaron und ich völlig zugedröhnt bei mir oder ihm zu Hause verbracht hatten. Das Schaufenster eines Cafés, in dem ich ein hübsches Mädchen sitzen sah. Hellbraune gelockte Haare, grüne Augen. Wie ich hineingegangen und mich vor ihren Tisch gestellt hatte. Ich hörte meine Stimme, als wäre es erst gestern gewesen.

»Hi, ich bin William Parker.« Und ihr helles Lachen, als sie erwiderte.

»Okay William Parker, ich heiße Claire Breeland.« Und zuletzt der Joint, den ich mit Aaron auf der Motorhaube eines Autos gefunden hatte.

Die ganzen schlechten Entscheidungen holten mich nun noch einmal ein und ich wusste, wenn ich könnte, würde ich sie alle noch einmal durchleben und ändern wollen. Alles ungeschehen machen, doch das ging nicht.

Stattdessen wurde mir schwarz vor Augen, Bevor die Schläge auf einmal endeten und das Gewicht auf mir verschwand. Hastig riss ich die Augen auf und versuchte tief Luft zu holen. Doch dabei verschluckte ich mich an dem Blut, das nicht nur meine Haut bedeckte, sondern mir auch in den Mund gelaufen war und musste augenblicklich husten. Ich drehte mich zur Seite, weg von Aaron und sah dunkelrote Flüssigkeit von meinem Gesicht und aus meinem Mund auf den Asphalt tropfen.

»Will, ist alles in Ordnung?«, wollte Xenara panisch wissen und kniete sich neben mich auf den harten Boden. Ich setzte mich langsam auf und ließ mich von ihr untersuchen. Sie inspizierte mein Gesicht ganz genau und keuchte auf, als sie den Zusammenhang zwischen der roten Pfütze neben mir und meinem blutverschmierten Kinn herstellte.

»Oh mein Gott, du hustest Blut, Will.«, rief sie aus und ich wand mich aus ihrem sanften, aber bestimmten Griff.

»Ist schon gut, ich habe mich nur daran verschluckt.« Abermals musste ich leicht husten und beschmutzte meinen Arm mit einigen Blutspritzern. Xeni legte eine Hand auf meinen Rücken und beobachtete mich besorgt. »Ist nicht so schlimm wie es aussieht.« Jetzt erst schaute ich mich um. Aaron war verschwunden, genau wie Paige, nur ein paar Schüler standen um uns und beobachteten das Geschehen interessiert.

»Haut ab. Das hier ist kein Kinofilm, den ihr euch anschauen könnt.«, fauchte meine Freundin und schaute mit einer Art Todesblick in die Runde.

»Schon gut … ich will jetzt einfach nach Hause.«, flüsterte ich und versuchte mich langsam aufzurichten. Mein Kopf stach, als würde mir jemand ein Messer hinein rammen und ich erinnerte mich wieder daran, mit dem Kopf hart auf den Boden aufgetroffen zu sein.

»Kannst du aufstehen?«, fragte Xeni sanft und griff mir unter einen Arm, doch ich nickte nur stumm und stützte mich leicht auf sie. Mit ihrer Hilfe richtete ich mich vollends auf und lief gemächlich zu meinem Auto, da ich nicht wusste, ob mir vielleicht gleich wieder schwindelig werden würde, so dass ich mich irgendwo abstützen musste. Doch schließlich ließ ich mich von ihr auf den Beifahrersitz helfen und seufzte. Meine rechte Hand pochte und als ich sie mir genauer anschaute, waren die Knöchel aufgeschlagen von den Schlägen, die ich Aaron verpasst hatte. Meine Handinnenflächen, waren von dem rauen Asphalt ebenfalls aufgeschürft und überall klebte Blut. Aarons und mein eigenes. Xenara glitt auf den Sitz neben mir und schaute mich vorsichtig an.

»Kannst du überhaupt fahren?«, erkundigte ich mich erschöpft, woraufhin sie die Augen verdrehte und den Motor startete. Meine Wut war längst verflogen und ich war einfach nur noch erschöpft und fühlte mich total mies. Als ich nach Winston-Salem gekommen war, hatte ich den Entschluss gefasst, dass mir Aarons Freundschaft wichtiger war als das Gefühl der Ungerechtigkeit darüber, dass ich immer als Sündenbock hatte herhalten müssen. Und nun hatte ich diesem Entschluss entgegengehandelt und alles vielleicht noch schlimmer als vor Aarons Weggang aus New York gemacht.

Auf der Fahrt nach Hause herrschte größtenteils Stille, doch nachdem sie am Bordstein geparkt hatte, ergriff sie das Wort.

»Ich hatte Angst, ich sei schon zu spät. Du hast so leer vor dich hingestarrte und dich nicht mehr gewehrt. Und Paige hatte allein versucht, Aaron von dir runterzubekommen, aber sie hat es nicht geschafft. Ich dachte schon einen Moment, du wärst ...« Sie wagte es nicht, das Wort auszusprechen, doch es hing deutlich vor mir in der Luft. Tot. Das hatte ich für einen kurzen Moment auch geglaubt. Dass ich nun sterben würde und dass das vielleicht die Strafe dafür war, dass ich mir einfach genommen hatte, was ich wollte. Heute Xeni und damals Claire. Eine Bestrafung für alle falschen Entscheidungen, die ich getroffen hatte.

»Ich habe es zu weit getrieben. Ich hatte mich nicht mehr unter Kontrolle und habe ihn zu sehr provoziert.«, erwiderte ich und starrte weiterhin geradeaus, durch die Frontscheibe. »Das meiste von dem, was ich ihm an den Kopf geschmissen habe, war nicht fair.« Xenara schüttelte verständnislos den Kopf.

»Nichts von dem, was du gesagt hast, könnte seine Reaktion rechtfertigen. Aaron hat dich krankenhausreif geprügelt, William.« Ich winkte ab, wobei mir ein Schmerz durch die Hand fuhr, als stecke ein Messer darin.

»Das ist wirklich übertrieben ...«, setzte ich an, obwohl ich mir im Klaren war, dass mein ehemaliger bester Freund ebenfalls die Kontrolle über seine Handlungen verloren hatte.

Sie hob erstaunt die Augenbrauen und klappte meinen Sonnenschutz herunter, in den ein kleiner Spiegel eingefasst war.

»Hast du dich schon mal angeschaut, Will? Du siehst echt scheiße aus, wenn ich das mal so sagen darf.« Ich betrachtete den Jungen im verspiegelten Glas, doch ich erkannte ihn fast nicht wieder. Er hatte die gleichen schwarzen Haare, wie ich, die gleichen blaugrünen Augen, aber der Rest ... An meinem rechten Wangenknochen und über einer meiner Augenbrauen entlang zogen sich

Wunden, meine Lippen waren aufgesprungen und fast mein gesamtes Gesicht war mit halb getrocknetem Blut bedeckt. Es schien auch so, als hätte ich Nasenbluten, was ich bis jetzt nicht bemerkt hatte, und ein paar Strähnen meiner Haare waren etwas verklebt.

»Ich verstehe, warum Aaron mich verprügelt hat, Xenara. Ich habe ein paar unfeine Sachen gesagt.« Sie schnaubte und legte eine Hand an meine Wange, so dass sie mein Gesicht zu sich drehen konnte.

»War es die Wahrheit?«, fragte sie schon fast im Flüster- ton und fixierte meine Augen. Ich musste nicht lange überlegen.

»Ja, war es. Alles, was ich gesagt habe, entsprach der Wahrheit.«, versicherte ich ihr. Auch wenn ich noch so wütend gewesen war, ich hatte kein einziges Mal gelogen. Sie nickte, ließ sich zurück in ihren Sitz sinken und löste den Sicherheitsgurt.

»Gut, dann gehe ich jetzt hoch, hole mir meine wichtigs- ten Sachen und wir treffen uns gleich bei dir in der Wohnung.«

Xenara

Mit dem Wohnungsschlüssel in der Hand nahm ich den Aufzug in den obersten Stock und eilte in Aarons Zimmer, nachdem ich die Wohnung betreten hatte. Hastig schnappte ich mir eine Tasche und stopfte meinen iPod, meinen Laptop und meine Schulbücher hinein. In meine Reisetasche schmiss ich meine gesamten Klamotten. Plötzlich ging hinter mir die Tür auf, doch ich drehte mich nicht um, ich wusste schon, wen ich erblicken würde.

»Xenara? Was machst du denn?« Ich lachte bitter auf, während ich meine Schuhe zwischen meine Shirts quetschte.

»Nach was sieht es denn aus?« Er schwieg für einen Moment, ehe er die nächste Frage stellte.

»Wo willst du hin?«, fragte er als Nächstes.

»Dreimal darfst du raten.«, antwortete ich und zwang mich nicht zu weinen oder zu schluchzen. Er brauchte nur einen Versuch.

»Xenara, das kann nicht dein Ernst sein. Er hat unsere beiden Leben mit Drogen zerstört, meine Beziehung mit Claire hat er beendet und mir dann vorhin unter die Nase gerieben, wie viel Spaß es ihm gemacht hat. Denkst du wirklich, mit ihm kannst du glücklich werden? Weißt du, was er vorhin alles zu mir gesagt hat?« Ich zog den Reißverschluss der Tasche so ruppig zu, dass es ein Wunder war, dass er nicht kaputt ging, warf mir die beiden Taschen über eine Schulter und drehte mich zu ihm um.

»Ja, weiß ich. Er hat sich verändert, Aaron. Es tut mir leid, ich wollte wirklich loyal sein, aber das kann ich nun nicht mehr. Es ist Zeit, William zu verzeihen. Er hat es sich verdient, denn die ganzen Sachen hätte er dir niemals an den Kopf geworfen, wenn du ihn nicht so provoziert hättest. Er ist nicht mehr der William von damals. Er ist ehrlich, liebevoll, gutherzig und aufrichtig geworden. Du hast nur den alten Will aus ihm rausgeholt, weil du einfach nicht vergeben kannst. Auch wenn du vielleicht nicht an das Gute in ihm glaubst Aaron ... ich tue es. Und das kannst du nicht ändern, denn ich liebe ihn.« Nun traten mir doch Tränen in die Augenwinkel und flossen sogleich über meine Wangen, obwohl ich es hatte verhindern wollen.

»Er hat sich verändert ... ja? Tja, das glaube ich nicht. Ich denke, da irrst du dich. Er ist nämlich noch das gleiche arrogante und egoistische Schwein, das er war und auch immer bleiben wird.«, widersprach er mir heftig. Ich legte ihm die Wohnungsschlüssel in die Hand und schüttelte traurig den Kopf.

»Es tut mir leid, dass du so schlecht von ihm denkst, aber du wirst schon irgendwann aufwachen und merken, was für einen riesigen Fehler du gemacht hast. Und dann hoffe ich, dass William dir verzeihen kann, dass du ihn fast umgebracht hättest. Und ich werde dir dann hoffentlich auch all das vergeben, was du in der Zeit bis dahin tust oder sagst, denn für Vergebung ist es nie zu spät.« Mit der Reisetasche und der anderen Tasche über der Schulter drehte ich mich schon zur Tür, um zu verschwinden, als er seinen Mund noch einmal öffnete.

»Aufwachen? Ich glaube eher du wirst aufwachen ... aus deinem Trip, den du geschmissen hast. Auf was bist du?« Das konnte ich nicht auf mir sitzen lassen, wandte mich zu ihm um, holte aus und schlug ihm mit der flachen Hand in sein eh schon geschundenes Gesicht. Noch bevor er wirklich realisiert hatte, was geschehen war, knallte ich die Wohnungstür hinter mir zu und rannte die Treppen zu Williams Wohnung hinunter. Mit meinen Fäusten hämmerte ich wild an die Holztür, bis Will mit einem fragenden und auch besorgten Blick öffnete. Als er mein Gesicht und die Tränen sah, holte er mich sofort in die Wohnung und schloss die Tür, bevor er mir mein Gepäck abnahm und es zur Seite stellte.

»Xeni, was ist passiert?«, fragte er bestürzt, doch ich schwieg erst einmal und kuschelte mich an seine Brust. Er hielt mich fest umschlungen und küsste mich sanft ins Haar. Dann versuchte ich, ihm schluchzend etwas zu erklären.

»Ich glaube ... ich habe gerade meinen Cousin verloren. Er hasst uns beide jetzt bestimmt ... und Paige hält zu ihm ... also habe ich auch sie verloren.« Er strich mir über den Kopf, beruhigend und Mut gebend.

»Was ist denn eigentlich passiert?«, fragte er flüsternd.

»Ich habe ihm eine verpasst, weil er unmögliches Zeug gelabert hat.« Will lachte auf und zog mich noch enger an sich.

»Schatz, er hat mich windelweich geprügelt. Ich glaube nicht, dass ein Schlag ins Gesicht da etwas aus dem Gleichgewicht bringt.« Ich schlug ihm mit der flachen Hand leicht auf den Rücken.

»Aber ich habe mich noch nie so mit Aaron gestritten. Wir haben uns immer super verstanden ...« Er seufzte und löste sich von mir.

»... bis ich aufgetaucht bin, schon verstanden. Ich bin schuld. Hast du es dir doch noch anders überlegt? Willst du mich lieber wieder hassen?« Halb verzweifelt verdrehte ich die Augen und gab ihm einen sanften Stoß gegen die Brust.

»Nein, natürlich nicht, du unsensibles Etwas. ... Aber ich muss dich jetzt trotzdem noch einmal etwas fragen. Kannst du mir in die Augen schauen und versprechen, dass du dich geändert hast? Dass du keine Drogen mehr nimmst?« Er schob mich eine Armlänge von sich und schaute mir tief in die Augen.

»Xenara *Elizabeth* Karev, ich schwöre hiermit feierlich, dass ich vor über drei Jahren mit allem aufgehört habe. Seitdem bin ich völlig clean. Ich kiffe nicht mehr und ich nehme auch keine sonstigen Drogen mehr. Ich verspreche dir, ich werde mich nie wieder abschießen ... na ja obwohl ...« Als er meinen erschrockenen Gesichtsausdruck sah, lachte er und nahm mich fest in seine Arme. »*Witz*. Wie gesagt, versprochen. Ich werde keinen Trip mehr schmeißen und mich auch nicht betrinken, um dich dann zu verprügeln oder so. Gut?« Ich verdrehte abermals die Augen.

»Ich habe keinen zweiten Namen und wenn, wäre er nicht Elizabeth. ... Aber ich glaube dir.« Er lächelte daraufhin sanft und küsste mich leicht auf den Mund.

»Deine Lippen schmecken nach Blut.«, flüsterte ich und er grinste breit.

»Problem?«, flüsterte er zurück und ich schüttelte nur stumm den Kopf, woraufhin er mich erneut küsste und eine Hand an meine Wange legte. Plötzlich zuckte er zusammen, löste sich von mir und betrachtete seine Hand.

»Vielleicht sollte ich doch noch ins Krankenhaus gehen, damit sich das mal ein Arzt anschaut.«, seufzte er und ich schüttelte amüsiert den Kopf.

»Ganz sicher solltest du das.«

Dreizehn

William

Ich wachte auf, als mir wieder einmal einfach so die Bettdecke vom Körper gezogen wurde. Die kühle Morgenluft, die durch das geöffnete Fenster hereinströmte, ließ mich frösteln.

»Xeni, du hast mir schon wieder die Decke geklaut.«, murrte ich mit geschlossenen Augen, woraufhin sie etwas Unverständliches murmelte was entfernt so klang wie: ›Ich doch nicht.‹ Ich öffnete widerwillig die Augen und betrachtete die Frau zu meiner Linken. Sie kuschelte sich gerade in unsere riesige Bettdecke, der Großteil davon war im Lauf der Nacht vom Bett gerutscht und lag auf ihrer Seite auf dem Fußboden.

»Da haben wir schon nur eine Decke und du schaffst es trotzdem irgendwie, mir meinen Teil wegzunehmen und deinen Teil aus dem Bett zu strampeln. Wie machst du das nur?« Sie lachte leise und noch halb schlafend, dann hob sie hinter sich die Decke an zum Zeichen, dass ich mit darunter kommen sollte. Dies tat ich auch und schlang meine Arme fest um ihren Oberkörper.

»Guten Morgen, meine Schöne.«, flüsterte ich ihr ins Ohr und küsste sie auf die Schulter. Sie lächelte mit geschlossenen Augen und nahm meine Hand, die auf ihrem Bauch lag in ihre.

»Wenn du nicht mitten in der Nacht noch einmal aufstehen würdest, um das Fenster sperrangelweit zu

249

öffnen, würde ich morgens auch keine Decke brauchen. Dann wäre es hier nämlich warm. Du denkst immer ich wäre eingeschlafen und bemerke es nicht, aber das tue ich.«, entgegnete sie und brachte mich damit zum Grinsen.

»Tja, Meine Aktion ist dann wohl doch nicht so heimlich, hm?« Sie drehte sich ebenfalls grinsend zu mir um.

»Nein, denn ich würde, im Gegensatz zu dir, sofort bemerken, wenn du nachts einfach abhauen würdest.« Mein Arm umschlang immer noch ihren Oberkörper und ich ließ meine Hand nun an ihrem Rücken entlang nach unten zu ihrem Po gleiten.

»Dann darf ich mir das bloß nicht erlauben. Ich wüsste aber auch keinen Grund, warum ich mitten in der Nacht abhauen sollte.« Sie nahm mein Gesicht zwischen ihre Hände.

»Den wirst du hoffentlich auch nicht finden. Ich liebe dich nämlich.« Erst küsste sie sanft die Wunden um mein rechtes Auge herum, dann legte sie ihre Lippen leicht auf meine. »Mein Held ... prügelst dich um meine Ehre.«, flüsterte sie und ich musste abermals lächeln.

»Da kannst du mal sehen. Du bist mir eben wichtig.«, bestätigte ich ihr Bild von mir und schaute auf den kleinen Wecker, der hinter Xeni auf dem Nachttisch stand. »Oh, ich glaube, ich sollte mal aufstehen, ich wollte noch duschen. ... willst du zufällig mitkommen?« Sie lachte auf, schüttelte dann allerdings den Kopf.

»Nein, das will ich zufällig nicht.« Seufzend erhob ich mich vom Bett und begab mich unter die Dusche. Ich war gestern, als wir aus dem Krankenhaus wiedergekommen waren, einfach zu erschöpft gewesen, um zu duschen. Also wusch ich jetzt den restlichen Dreck von mir ab und lief dann mit einem Handtuch um die Hüfte und einem, mit dem ich meine Haare trocken rubbelte, ins Schlafzimmer zurück. Meine Freundin lag nicht mehr im Bett, sondern stand in sehr aufreizender Unterwäsche vorm Kleiderschrank und seufzte. Ich ignorierte gekonnt, dass ich so viel von ihrer wunderschönen Haut sehen konnte und begab mich ebenfalls zum Schrank.

»Ist was?«, erkundigte ich mich nach einem erneuten Seufzen ihrerseits, doch sie winke ab.

»Ach, ich weiß einfach noch nicht, was ich anziehen soll.« Ich nickte zum Zeichen, dass ich verstanden hatte und öffnete die Schublade mit meinen Unterhosen. Heraus zog ich einen schwarzen Stofffetzen und hielt ihn Xenara fragend entgegen.

»Schwarze Spitze? Eins weiß ich, das gehört nicht mir.« Sie riss mir das Höschen aus der Hand und stopfte es zurück in die Schublade, dann reichte sie mir eine meiner Boxershorts.

»Irgendwo muss ich meine Klamotten ja unterbringen.«, erwiderte sie, während sie einen kurzen hellen Rock und ein schwarzes T-Shirt überstreifte. Als ich mir dann Socken anziehen wollte, stöhnte ich auf.

»Also das geht jetzt wirklich zu weit. BHs in meinen Socken?« Sie trat hinter mich, griff mich an den Armen und drückte mir einen Kuss zwischen die Schulterblätter, dann stellte sie sich auf die Zehenspitzen und küsste mich im Nacken.

»Tja, wenn du dich nicht weiter ärgern willst, musst du wohl oder übel ein paar Fächer für mich frei räumen.«, meinte sie nur und verschwand anschließend Richtung Küche. Ich verdrehte zwar genervt die Augen, schmiss dann aber widerwillig alle Klamotten aufs Bett, um alles ein wenig umzuräumen. Bis am Ende nur noch ein Drittel des Platzes von meiner Kleidung eingenommen wurde und ich mich endlich fertig anziehen konnte. Anschließend gesellte ich mich zu meiner Freundin in die Küche.

»Kaffee?«, fragte sie mich, mit einem Löffel im Mund und der Tageszeitung in der Hand, mit der anderen deutete sie auf den Filterautomaten. »Ich hatte Lust auf Cornflakes, aber da du keine hast, musste ich den Joghurt aufessen. Heute Nachmittag müssen wir unbedingt Cornflakes kaufen.«, meinte sie, während ich mir Kaffee eingoss. Ich setzte mich ihr gegenüber und nippte an meiner Tasse.

»Mach das nur, ich brauche so einen Schnickschnack nicht. Ich komme auch ohne aus.« Sie grinste breit über die

Zeitung hinweg. Ihr Blick war sowohl hinterhältig als auch amüsiert.

»Den Kaffee habe ich auch leer gemacht.«, verkündete sie dann mit einem noch breiteren schadenfrohen Grinsen und versteckte sich erneut hinter der Zeitung. Ich seufzte gespielt genervt und schaute in meine Tasse.

»Dafür ist er aber auch so stark, dass man einen Löffel senkrecht drinstehen lassen könnte. … Gut, wir kaufen heute Nachmittag Kaffee und deine Cornflakes, bist du dann zufrieden?« Sie lächelte glücklich und stand auf, um ihre Tasse und das Joghurtglas in die Spüle zu stellen, bevor sie mich auf die Wange küsste.

»Sehr zufrieden, aber wir müssten jetzt mal los, damit wir nicht zu spät kommen.« Sie lief schon in den Flur, um sich die Schuhe anzuziehen, während ich meine Tasse in den Ausguss leerte und mit Wasser ausspülte. Aus einem Kasten der Kommode, die neben der Wohnungstür stand, nahm ich meine Sonnenbrille und betrachtete mich damit im Spiegel. Sie besaß schwarze quadratische Gläser, die von einem ebenfalls schwarzen Gestell umrahmt wurden und mein Veilchen verdeckten. Die Wunden ums Auge herum, allerdings nicht. Ich nahm meine Jacke vom Haken und schloss die Wohnungstür hinter Xeni und mir ab. Zum Glück schien inzwischen draußen die Sonne, die meine getönte Brille rechtfertigte, so dass ich auf dem Schulhof nicht sehr auffiel. Hand in Hand, liefen wir zum Schulgebäude. An der Eingangstür blieben wir stehen und wandten uns einander zu.

»Bis dann, bleib sauber, Will.« Sie stellte sich auf die Zehenspitzen und küsste mich kurz.

»Du auch … wir sehen uns dann sicher mal in einer Pause … oder in mehreren.« Ich erwiderte den Kuss, danach trennten sich unsere Wege. Ich lief sofort in Richtung meines Klassenzimmers, doch wie es das Schicksal wollte, trafen Aaron und ich uns nicht erst an unserem gemeinsamen Tisch, den wir uns in diesem Kurs teilen mussten. Wir stießen schon vor der Zimmertür aufeinander. Er hatte ebenfalls eine Sonnenbrille auf, die sein blaues Auge verdeckte. Über seiner Nase klebte ein Pflaster, das den Nasenrücken wohl gerade halten sollte. Die Nase war also gebrochen. Die Wunde über seiner Augenbraue war auch genäht und mit schmalen Pflastern überklebt. Wir standen uns einige Sekunden gegenüber und betrachteten den Schaden, den wir beim anderen angerichtet hatten. Er sagte nichts, ich schwieg ebenfalls. Dann machten wir gleichzeitig einen Schritt auf die Tür zu und sofort wieder einen zurück, um den jeweils anderen zuerst hindurchzulassen. Ich bedeutete ihm vorauszugehen und das ließ er sich nicht zweimal sagen. Schnurstracks lief er zu unserer Bank und holte einen Block und einen Kuli aus seiner Tasche. Ich setzte mich neben ihn und wir schwiegen uns weiter an. Bis der Lehrer das Zimmer betrat und seine Tasche auf den Tisch knallte, redeten noch alle Schüler durcheinander. Doch auf einmal verstummte die Menge und schaute nach vorne.

»Die zwei Herren in der Mitte nehmen bitte ihre Sonnenbrillen ab. So sonnig, dass man eine bräuchte, ist es im Klassenzimmer nicht.« Wie ferngesteuert griffen wir beide zum Bügel unserer Brillen und zogen sie langsam von den Nasenrücken. Die Leute vor uns, die nach hinten geschaut hatten, um zu sehen, wen der Lehrer meinte, keuchten auf und auch der Mann vor der Klasse musste sich von seinem ersten Schock erholen.

»Tja Mr Parker, ich glaube, Mr Baxter hat es besser getroffen als Sie. Wer sollte denn ursprünglich die Schläge abbekommen?« Wir schwiegen beide, dann zeigte Aaron mit dem Daumen auf mich, jedoch ohne mich dabei auch nur anzuschauen.

Kenara

Ich wusste, dass meine Entscheidung für William und gegen Aaron Konsequenzen nach sich ziehen würde. Doch wie schwer die Zeit nach der Auseinandersetzung tatsächlich sein würde, hatte ich mir nicht ausmalen können. An manchen Tagen fühlte ich mich, als hätte jemand mich in ein Paralleluniversum gesteckt, in dem alles auf dem Kopf stand. Während mein Cousin kein Wort mit mir redete, schienen meine Gefühle für William immer ernster zu werden. Die einzige Konstante, die blieb, war Paige, die keine der beiden Seiten ergreifen wollte. Sie saß zwar trotz allem oft zwischen den Stühlen, doch sie kämpfte sich durch, indem sie in Aarons Gegenwart Williams Namen nicht erwähnte, womit er besänftigt schien. Und so schlichen die Wochen dahin, während Aaron mir und William aus dem Weg ging und William sich damit begnügte, keinen weiteren Streit vom Zaun zu brechen. Ich wusste, dass er eigentlich nach Winston-Salem gekommen war, um mit Aaron wieder alles in Ordnung zu bringen, doch dieses Ziel schien so weit entfernt, wie damals in New York, als Aaron ihn mit Claire erwischt hatte. Und trotz all dem Schlechten, war ich so glücklich wie noch nie. Wenn ich am Morgen neben William erwachte, verzog sich mein Mund automatisch zu einem Lächeln. Und wenn ich sah, wie er mich betrachtete, wenn er glaubte ich wäre abgelenkt, wusste ich, dass ich die richtige Entscheidung getroffen hatte. Ob Aaron uns jemals vergeben würde, wusste ich zwar nicht, aber dieses Gefühl, dass ich in Williams Gegenwart hatte, war den ganzen Stress mit meinem Cousin wert.

Obwohl ich am Abend die Vorhänge vor das Fenster gezogen hatte, fand die Sonne einen Weg durch den Spalt in der Mitte und weckte mich eines Morgens in Williams Schlafzimmer, das ich inzwischen auch mein eigenes nannte.

Mein erster Blick, als ich die Augen geöffnet hatte, fiel auf die andere Bettseite. Will lag neben mir auf dem Bauch, sein Gesicht war zu mir gedreht, er hatte die Arme unter dem Kopf und den Mund leicht geöffnet. Ich musste sofort lächeln und stand leise auf, um mich auf seinen Rücken zu setzten. Er grummelte verärgert, als er die Last auf sich spürte und davon aufwachte. Er konnte sich kein Stück bewegen und gab auf, bevor er überhaupt einen ernsthaften Versuch gestartet hatte.

»Von Tag zu Tag wird es schlimmer mit dir.«, beschwerte er sich scherzhaft, »Manchmal ziehst du mir die Decke weg und jetzt setzt du dich auch noch auf mich drauf.« Ich beugte mich zu ihm hinunter und verteilte Küsse auf die Stelle zwischen seinen Schulterblättern.

»Aber du liebst mich trotzdem, habe ich recht?« Er lachte auf und versuchte sich zu mir zu wenden.

»Och Xeni, steh bitte wenigstens mal kurz auf, damit ich mich auf den Rücken drehen kann.«, bat er mich und ich stand lachend auf. Er rollte sich schnell auf den Rücken und fasste mich dann an den Fußknöcheln, so dass ich fast den Halt verlor und mich hastig etwas unterhalb seines Bauches auf ihn setzte, meine Beine rechts und links von ihm.

»Du hast ja schon wieder etwas an.«, bemerkte er überrascht und ich blickte an mir hinab, während ich nickte. Ich hatte mir am Abend ein Höschen und ein Top angezogen, nachdem William schon eingeschlafen war.

»Ich wollte dir letzte Nacht eigentlich noch etwas erzählen, aber du bist ja so schnell eingedöst, was ich dir übrigens schon etwas übelnehme.« Er schob seine Hände in meine Kniekehlen und lächelte, wahrscheinlich in Erinnerungen an den vergangenen Abend.

»Wir hatten viel Spaß gestern, aber ich war dann einfach hundemüde. Die Footballspiele hier sind anstrengender als in New York. Dort wusste jeder, was zu tun war. Hier habe ich manchmal das Gefühl, allein zu kämpfen.« Ich musste ebenfalls grinsen und zeichnete die Muskelstränge auf seinem sonst flachen Bauch nach.

»Ich wollte eben mit dir ganz persönlich euren Erfolg feiern, tut mir leid, wenn ich dich damit überlastet habe.«, witzelte ich und wusste, welche Reaktion folgen würde.

»Von Überlastung kann kaum die Rede sein.«, er richtete sich auf und küsste mich liebevoll, »Eher ... Beanspruchung.« Ich schüttelte belustigt den Kopf.

»Ich gehe mich jetzt mal anziehen. Ich bin nämlich kein Footballspieler und darf heute nicht zu Hause bleiben.« Er verdrehte die Augen und ließ seinen Griff um meine Unterschenkel fester werden.

»Es haben ja auch nicht alle Footballspieler frei. Nur die aus dem Team, die in die Abschlussklasse gehen. Wir machen nämlich sowieso nichts Sinnvolles mehr.« Ich wollte aufstehen, wurde von ihm aber zurückgezogen, so dass ich flach auf ihm landete. Daraufhin drehte er uns herum, damit er sich über mich legen konnte. Er strich mit einer Hand über meine Wange und küsste mich zärtlich.

»Nur noch kurz.«, murmelte er an meinen Lippen und ich musste unwillkürlich spottend lachen.

»Wenn du ›kurz‹ sagst, liegen wir immer noch fast eine halbe Stunde im Bett.«, protestierte ich scherzhaft. Er küsste meinen Hals und meine Schulter und schob mein Top hoch.

»So lange brauche ich nicht.«, meinte er nun murmelnd dazu und ich versteifte mich bei seinen Worten und runzelte verwundert die Stirn. Als Antwort auf seinen Kommentar, schob ich ihn von mir und hielt ihn auf Abstand.

»Wow, was für tolle Aussichten. Danke, aber nein danke.«, bemerkte ich mit vor Sarkasmus triefender Stimme und schlüpfte unter ihm hervor, um aufzustehen und im Bad zu verschwinden. Seufzend lehnte ich mich an die Holztür und hörte, wie er ebenfalls aufstand und mit nackten Füßen durch den Raum lief. Kurz darauf klopfte es sanft und seine Stimme ertönte. Ungewohnt leise und vorsichtig.

»Xeni? Ich habe es nicht so gemeint.« Ich schnaubte leise und verdrehte die Augen, obwohl er es ja nicht sehen konnte.

»Dann solltest du dich nächstes Mal vielleicht besser ausdrücken, Bevor ich das Gefühl bekomme, nur für die

Beseitigung deiner Morgenlatte da zu sein.« Er seufzte und ich sah förmlich vor mir, wie er sich mit einer Hand die Haare raufte.

»Wie gesagt, ich habe es nicht so gemeint. Komm raus, dann können wir reden.« Ich verdrehte entnervt die Augen.

»Ich höre dich auch so super.«, antwortete ich nüchtern, denn obwohl ich ein bisschen sauer war, hatte keine Lust, herumzuschreien. Eine Weile sagte keiner von uns etwas, dann ergriff er abermals das Wort.

»Xeni? ... Ich liebe dich.«, flüsterte er, dann entfernte er sich und ich stieß mich von der Tür ab, um vor den riesigen Spiegel zu treten. Am vergangenen Abend hatte ich keine Lust gehabt, mich abzuschminken, jetzt war ein Großteil der Wimperntusche um mein Auge herum verschmiert und gab mir ein kränkliches Erscheinungsbild. Aus dem schmalen Regal neben dem Waschbecken wollte ich ein Wattepad nehmen, doch es ging nicht aus der Packung, also riss ich einmal kurz daran, woraufhin eine andere Schachtel auf den Boden fiel und ihren Inhalt verstreute.

»Shit.«, fluchte ich genervt und sammelte die Tampons ein, die überall verstreut lagen. Als ich die Packung zurück ins Regal stellte, stutzte ich und überlegte kurz. Mehrmals zählte ich im Kopf nach und dann lief mir ein kalter Schauer über den Rücken. Was wenn ...? Hastig zog ich mich an und öffnete die Badtür, Die kurze Auseinandersetzung mit William hatte ich über den Schreck schon wieder vergessen. Er saß, nur in Jogginghose bekleidet, auf dem Bett und stand sofort auf, als er mich sah.

»Xenara.« Er wollte mich in den Arm nehmen, doch ich schnappte mir nur meine Tasche vom Fußende des Bettes und lief weiter in den Flur. »Ich kann dich ja in die Schule fahren.«, bot er an, während er hinter mir herkam.

»Nicht nötig, ich laufe.«, antwortete ich knapp und zog meine Schuhe auf der Bank neben der Wohnungstür an.

»Dann hole ich dich wenigstens heute Mittag ab.« Er klang schon fast verzweifelt.

»Da kann ich auch laufen. Wir reden heute Nachmittag.« Damit verschwand ich in den Hausflur und schloss die Tür hinter mir, doch er öffnete sie noch einmal.

»Es tut mir leid, Xenara.«, rief er mir hinterher, während ich die Treppenstufen hinunter joggte, »Ich habe dich lieb.«

»Ich dich auch Will.«, murmelte ich, doch nur so leise, dass er es nicht hörte. Es war erst einmal einfacher, ihn in dem Glauben zu lassen, ich wäre sauer auf ihn, wegen des dummen Spruches, den er vorhin geschoben hatte, statt ihm meine schlimmste Befürchtung zu offenbaren. Auf dem Weg zur Schule besorgte ich in einem Geschäft einen Schwangerschaftstest, wobei ich einen besorgten Blick von der Verkäuferin erntete.

Als ich am Schulgebäude ankam, klingelte es gerade zur Stunde, also rannte ich zu meinem Klassenzimmer, wo der Lehrer schon vorn stand und etwas an die Tafel kritzelte.

»Sorry, dass ich zu spät bin. Ich habe meinen Bus verpasst und musste laufen.«, erklärte ich nicht ganz wahrheitsgemäß, als er mich missbilligend musterte, dann bedeutete er mir, mich zu setzten. Paige erwartete mich mit einem fragenden Blick.

»Warum bist du nicht mit William mitgefahren? Die haben doch jetzt gerade wieder eine Besprechung wegen des Abschlussballs und allem.« Ich zuckte mit den Schultern.

»Das hat er bestimmt mal wieder verpennt. Er hat doch heute frei, wegen des Footballspiels gestern. Ich habe ihn lieber noch etwas schlafen lassen.«, log ich. Sie nickte, doch ich hatte das Gefühl, dass sie mir nicht ganz glauben wollte. Den ganzen Tag lief sie mir hinterher. Ob sie ahnte, dass etwas faul war oder ob sie nur dachte, dass Will und ich irgendwie Streit hatten, wusste ich nicht. Doch irgendwann wurde es mir dann einfach zu viel. Der Unterricht war zu Ende und ich wollte auf die Damentoilette verschwinden, um den Test zu machen, also verabschiedete ich mich von Paige, doch sie reagierte sofort.

»Oh ja, ich glaube ich gehe auch lieber noch einmal auf Toilette, bevor ich nach Hause laufe.« Ich seufzte entnervt und hielt sie zurück.

»Paige, du musst mir nicht überall hin folgen. Ich brauche keinen Hund, der mir am Rockzipfel hängt.« Sie ließ die Schultern hängen und nickte.

»Okay, ich weiß. Aber heute früh hatte ich so ein schlechtes Gefühl, weißt du? Aaron befürchtet, dass du wieder beginnst, Drogen zu nehmen oder so, da ihr euch nicht mehr so oft seht und nicht miteinander klarkommt. Ich will einfach nicht, dass du dir selbst schadest, Xenara. Ich bin deine Freundin und wenn irgendetwas wäre, würdest du doch mit mir darüber reden, oder? Du weißt, das kannst du, denn Vertrauliches erzähle ich nicht an Aaron weiter. Von mir hat er nicht erfahren, dass du mit Will zusammen bist, ich schwöre. Das hat Jordan ihm gesteckt. Nicht, dass du denkst, du kannst mir nicht vertrauen. Ich weiß, wann ich bestimmte Sachen für mich behalten muss.« Obwohl in mir aufgrund der unbegründeten Vermutungen meines Cousins Wut in mir aufstieg, blieb ich ruhig und nickte lächelnd. Schließlich wusste ich längst, dass er William nicht vertraute und mir nun wohl auch nicht mehr. Dass er nun auch noch glaubte, dass ich wieder beginnen würde Drogen zu nehmen, verletzte mich zwar, aber meine Sorge ich könnte womöglich schwanger sein, überdeckte gerade alles. Also nahm ich Paiges Hand, um sie zu beschwichtigen und zu beruhigen.

»Danke Paige, du bist wirklich die Beste. Ich verspreche dir, mit mir ist alles in Ordnung. Du brauchst dir keine Sorgen zu machen.« Sie nickte erleichtert und drückte noch einmal meine Hand.

»Okay, dann gehe ich jetzt mal Aaron suchen. Die Versammlung müsste schon längst zu Ende sein und er wollte trainieren gehen und auf mich warten. Wir sehen uns dann sicher zu Hause oder so. Übrigens, sag William doch von mir, dass er gestern wirklich gut gespielt hat.«

»Das mache ich gerne, bis dann.«, antwortete ich und schaute noch, dass sie wirklich in die Richtung der Tanzstudios verschwand. Dann machte ich mich auf den Weg zur nächsten Mädchentoilette, doch mitten im Flur kam mir mein Freund entgegen. Ich seufzte, ich würde heute wohl nie dazu kommen, diesen verdammten Test zu machen.

»Hey Xeni, wir hatten heute ein Treffen der Abschlussschüler. Ich habe extra noch auf dich gewartet, damit du mit nach Hause fahren kannst.« Er tat zu freundlich, so als befürchtete er, ich würde ihm hier mitten im Flur eine Szene machen.

»Du hast es nicht verpennt? Wow.« Er zuckte zusammen, als er die Schärfe in meiner Stimme hörte, verdrehte dann aber die Augen.

»Bist du immer noch sauer wegen heute Morgen?«, flüsterte er und beugte sich zu mir vor, doch ich ging nicht weiter darauf ein.

»Wir reden zu Hause. Ich habe noch etwas zu erledigen. Wir sehen uns dann daheim.« Er gab sich sofort geschlagen, da er wusste, dass ein Streit jetzt nichts bringen würde. Im Vorbeigehen küsste er mich auf die Wange und ich drehte mich um, damit ich ihm nachschauen konnte, doch noch jemand lief an mir vorbei und rempelte mich an, als ich mich abermals umdrehte. Meine Umhängetasche rutschte von meiner Schulter und fiel zu Boden. Einige Sachen fielen heraus und rollten über den Boden. Der fremde Junge, der mich angestoßen hatte, kniete sich hin, um mir beim Aufsammeln zu helfen, doch ich winkte ab.

»Lass das bitte. Ich mache das selbst.« Er hob beschwichtigend die Hände und lief davon. Da kam mir plötzlich ein anderes Paar Hände zu Hilfe. William. Hastig stopfte ich alles in meine Tasche zurück, doch leider hatte ich den Schwangerschaftstest nicht schnell genug geschnappt. Dieser war halb aus der Papiertüte gerutscht und Will starrte entsetzt darauf, als er ihn aufhob.

»Der ist nicht für mich. Das ist Paiges.«, wollte ich mich herausreden und stand auf. Auch er richtete sich auf und schaute mir prüfend ins Gesicht, als wollte er direkt in mich hineinschauen.

»Lüg mich bitte nicht an, Xenara.« Ich seufzte und riss ihm die Packung aus der Hand. »Denkst du wirklich, dass du schwanger bist?« Ich zuckte die Achseln und schürzte die Lippen, weil ich überlegte, was ich erwidern sollte.

»Na ja, ich bin einige Wochen überfällig.« Er schluckte schwer und nickte nachdenklich.

»Aber es könnte doch auch sein, dass das ... diesen Monat einfach mal ausgefallen ist, oder?«, fragte er hoffnungsvoll und ich zuckte wieder die Achseln. »Aber wir können kein Kind bekommen. Ich wäre ein grauenhafter Vater.«, gab er dann zu bedenken.

»Vielleicht bist du ja auch gar nicht der Vater.«, scherzte ich, doch er verstand keinen Spaß.

»Ist das jetzt dein Ernst?«, fragte er entsetzt und ich zog ihn seufzend hinter mir her zur Mädchentoilette.

»Nein, natürlich bist du der Vater ... also, falls ich tatsächlich schwanger sein sollte.«, versicherte ich ihm. Ich öffnete die Tür der Damentoilette und wurde von zwei Mädchen an den Spiegeln überrascht. Sie musterten William und mich verwirrt, dann verschwanden sie hastig und vor sich hin kichernd. Wahrscheinlich glaubten sie, dass wir jetzt hier eine heiße Nummer schieben wollten. Schnell zog ich den Test aus der Pappschachtel, gab diese dann Will und verschwand in einer Kabine.

»Okay, was muss ich jetzt tun?«, fragte ich, so laut, dass William mich draußen hören konnte. Ich hörte Geraschel, als er den Beipackzettel aus der Schachtel zog, dann seine Stimme.

»Also du musst die Kappe von dem Dings nehmen und auf diesen Streifen pinkeln, dann müssen wir drei Minuten warten. Ein Strich bedeutet nicht schwanger und zwei Striche bedeuten schwanger, das war's.« Einen Moment später tauchte ich mit meinem Handy und dem Test wieder aus der Kabine auf.

»Okay, in zwei Minuten und 50 Sekunden wissen wir, was Sache ist.«, stellte ich, mit Blick auf die Stoppuhr auf meinem Handy, fest.

»Und was machen wir dann?«, wollte William mit leicht zittriger Stimme wissen und steckte den Beipackzettel zurück in die Pappschachtel. Ich zuckte mit den Schultern, denn ich wusste selbst keine Antwort auf diese Frage.

»Das werden wir dann sehen. Nicht wahr?« Er nickte, ein Lächeln vortäuschend.

»Bist du noch sauer?«, wiederholte er seine Frage von vorhin vorsichtig und ich schüttelte sofort den Kopf.

»Nein, schon seit ich heute früh aus dem Bad kam nicht mehr. Aber ich war einfach zu geschockt, als dass ich mit dir hätte reden können. Tut mir leid. Trotzdem würde ich an deiner Stelle keine so dummen Sprüche mehr bringen.«

Sofort lächelte er aufrichtig und nahm mich in den Arm.

»Ich liebe dich, Xenara. Was auch passiert, ich werde dich immer lieben. Und wenn du wirklich schwanger bist, dann bekommen wir auch das gemeinsam hin.« Ich nickte und ließ mich sanft von ihm küssen. Da ging plötzlich die Tür auf und ein Mädchen kam herein. William ließ überrascht von mir ab und starrte sie an.

»Oh, Entschuldigung.«, murmelte die Arme nur und verschwand dann ganz schnell. Da piepste mein Handy, als Zeichen, dass drei Minuten vergangen waren. Ich gab das Teststäbchen an William, als sei es eine Bombe, die jederzeit explodieren konnte.

»Schau du erst drauf. Ich kann nicht ... ich ...« Er nickte verständnisvoll und nahm vorsichtig das Teststäbchen, dann seufzte er.

»Soll ich jetzt traurig sein oder mich freuen?«, lachte er fast ein wenig und ich schaute auf die rechteckigen Felder im Schwangerschaftstest. Ein einziger senkrechter Strich war zu sehen und ich atmete erleichtert auf.

»Eindeutig freuen.«, antwortete ich und umarmte ihn stürmisch. »Mein Gott und ich habe wirklich gedacht, ich sei schwanger. Mann, hatte ich Panik.« William lächelte, doch er schien auch etwas traurig.

»Alles okay? Du warst doch derjenige, der gesagt hat, wir könnten keine Eltern werden.«, merkte ich daraufhin an und er nickte zögernd.

»Ja schon, aber ich habe mir das irgendwie gerade vorgestellt. Na ja, fändest du es nicht schön ... so ein kleines

Baby?« Ich schaute ihn verwundert an und schüttelte dann langsam den Kopf.

»William, ich bin 16 Jahre alt. Ehrlich gesagt fände ich es nicht schön, nein. Außerdem will ich keine Kinder.« Er stutzte und schaute mich stirnrunzelnd an.

»Auch später nicht?« Ich schüttelte entschieden den Kopf.

»Nein, nie. Ich bin mir sicher, du wärst ein wunderbarer Vater, aber du musst verstehen, dass ich die Verantwortung nicht auf mich laden möchte. Ein Kind zu erziehen … findest du nicht, dass das ein wenig zu viel für uns wäre?« Auf meine Bedenken hin nickte er erneut und senkte den Blick zu Boden.

»Du hast wohl recht.«

Ich seufzte leise und umfing mit meinen Fingern sein Gesicht. Ich hob seinen Blick zu mir und schaute ihm direkt in die Augen.

»*Du* willst Kinder, richtig?« Er lächelte, schon fast schüchtern.

»Ja. Ehrlich gesagt will ich später unbedingt ein Kind. Mit dir. Mit niemandem sonst. Ich hoffe einfach, dass du deine Meinung noch änderst.« Ich umarmte ihn wieder und führte meinen Mund an sein Ohr.

»Ich liebe dich, William.« Er erwiderte die Umarmung.

»Ich liebe dich auch, Xenara.«, flüsterte er und küsste mich auf die Wange. Lächelnd löste ich mich von ihm und nahm seine Hand in meine. Zusammen verließen wir die Mädchentoilette und liefen die Flure entlang nach draußen auf den Schulhof.

»Würdest du mir eigentlich den Gefallen tun und mich auf den Abschlussball begleiten?«, fragte er plötzlich und drückte meine Hand. Ich war nicht ganz überrascht davon.

»Aber ich habe kein Kleid.«, wandte ich ein, doch er verdrehte die Augen.

»Das dürfte für dich doch kein Problem darstellen oder willst du, dass ich ein anderes Mädchen aus der Schule frage?« Ich schüttelte den Kopf und stieg neben ihn ins Auto.

Er startete den Motor und bog vom Schulhof auf die Straße davor.

»Wehe. ... Aber du weißt schon, dass der Abschlussball ziemlich wichtig ist.« Er nickte und legte eine Hand auf meinen Oberschenkel.

»Ja, das weiß ich. Deswegen will ich ja dich mitnehmen und niemand anderen.«, erwiderte er und schaute kurz von der Straße zu mir.

»Das ist süß.« Ich legte meine Hand über seine. »Denkst du, Aaron hat Paige gefragt? Dann könnte ich gleich mit ihr ein Kleid kaufen gehen.« Er zuckte mit den Schultern und löste seine Hand kurz aus meiner, um in einen höheren Gang zu schalten.

»Ich gehe davon aus. Aber vielleicht fragst du einfach sie selbst, sie wird es ja sicher wissen.« Ich hob seine Hand an meinen Mund und küsste sie sanft.

»Ich bin ganz schön froh, dass du mir einfach so hierher gefolgt bist. Sonst hätten wir wohl nie wieder eine Chance gehabt. Also ich meine, wir hätten uns vielleicht nie wiedergesehen und unsere Gefühle wären nie ans Licht gekommen.« Er lächelte nur sanft, während er weiter nach vorn durch die Windschutzscheibe starrte.

»Einer der Hauptgründe, warum ich hierhergekommen bin. Ein anderer ist, dass ich mich mit Aaron vertragen wollte, aber ich habe die Befürchtung, dass das nichts mehr wird.« Ich strich über den weichen Stoff seiner Jeans auf seinem Bein.

»Das schaffen wir schon. Er wird uns beiden vergeben und alles wird wie früher.« Selbst war ich nicht ganz überzeugt davon, aber es war besser das zu sagen anstatt: ›Tut mir leid, William. Es bringt nichts. Aaron wird dir niemals vergeben. Vielleicht ziehst du lieber wieder nach New York‹. Wenn er wegginge, würde ich ihm folgen. Wir gehörten einfach zusammen, das spürte ich. Da war es mir auch egal, ob mein Cousin mich hasste. Hauptsache war, dass Will bei mir war.

William

Mit vom Duschen nassen Haaren, öffnete ich dich Tür, die aus der Umkleidekabine auf das Footballfeld führte. Die Sonne strahlte mir entgegen, als wollte sie mir zeigen, dass das Training gut gelaufen war. Doch das wusste ich auch so. Langsam kamen die Jungs aus dem Knick und trugen gute Spielzüge bei. Sie alle schienen sehr motiviert, doch schon lange war mir aufgefallen, dass sich diese Jungs gewaltig von meinem ehemaligen Team in New York unterschieden. Die New York Tigers hatten perfekt zusammengearbeitet und doch hatte es immer Konkurrenzkämpfe gegeben. Jeder wollte die meisten Touchdowns landen, man spielte auf Erfolg, auf ein Sportstipendium an einem ausgezeichneten College. Ich hatte hier in Winston-Salem eines angeboten bekommen, doch in diesem Moment war mir klar geworden, dass das nicht die Art Erfolg war, die ich anstrebte. Mit dem Football hatte ich meines Vaters wegen angefangen. Er hatte immer davon geredet, wie erfolgreich er früher im Baseballteam seiner Schule gewesen war und wie diese Zeit seinen Charakter gestärkt hatte. Ein Mann bräuchte einen Teamsport, um sich richtig zu entwickeln. Doch trotz meiner Mitgliedschaft im Footballteam hatte ich nie das Gefühl, dass er stolz auf mich war. Also hatte ich härter trainiert und war Kapitän des Teams geworden. Doch Kol Parker fiel es gar nicht ein, das zu würdigen.

Als Ausweg aus der Ernüchterung und Verzweiflung waren die Drogen gerade recht gekommen. Sie hatten mich zu einem anderen gemacht. Das Geschrei meines Vaters zu der Zeit hatte ich mit einem Schulterzucken abgetan. Auf seine Schläge hatte ich gelernt mit Schlägen zu antworten. Irgendwann hatte er mich als Kriminellen abgestempelt, weil ich aggressiv und impulsiv war und von da an hatten wir fast kein Wort mehr miteinander gewechselt. Nur meiner Mutter war es zu verdanken gewesen, dass ich bis zu meinem Weggang nicht aus meinem Zuhause geschmissen worden war. Sie war es auch gewesen, die mich hatte mich aufhalten wollen. Kol Parker hingegen war es egal gewesen, wohin ich verschwand, solange ich endlich aus seinem Haus war. Um meine Mutter tat es mir leid, denn ich liebte sie sehr. Doch mein Vater konnte von mir aus bleiben, wo er war, solange er meine Mutter liebte und ihr nichts antat.

Xenara war nur kurz zum Training geblieben und dann in die Stadt gefahren, um mit Paige shoppen zu gehen. Sie würde wohl erst heute am späten Abend zurückkommen.

Nachdem ich meine Tasche mit den Sportklamotten in den Kofferraum geschmissen hatte, setzte ich mich in mein Auto und startete den Motor. Im Rückspiegel sah ich Aarons schwarzen Sportwagen ebenfalls ausparken, doch ich war schnell und fuhr vor ihm auf die Straße. Zuhause hielten wir beide am Straßenrand und holten unsere Taschen aus den Kofferräumen unserer Wagen. Fast gleichzeitig kamen wir an der Haustür an, doch dieses Mal versuchte ich gar nicht vor ihm hindurchzugehen und ließ ihm den Vortritt.

»Du brauchst gar nicht anfangen, Theater zu spielen. Wir wissen ja inzwischen beide, was wirklich Sache ist.«, meinte er daraufhin verächtlich. Ich schwieg, ließ mich nicht davon provozieren.

»Eigentlich muss ich dir ja fast danken. Hättest du die Beziehung zwischen Claire und mir nicht zerstört, hätte ich Paige wohl nie getroffen.« Ich wusste nicht genau, was er mit seinen Worten bezwecken wollte, deshalb blieb ich so nüchtern wie möglich.

»Siehst du, hat doch alles sein Gutes.«, erwiderte ich gelangweilt, weil ich wusste, dass er versuchte mich irgendwie aus der Reserve zu locken. Er lachte freudlos und blieb vor mir auf der Treppe so stehen, dass ich ebenfalls nicht weiterlaufen konnte.

»Wie gesagte. Ich muss dir *fast* danken. Das würde ich nur niemals machen, weil du meinen Dank nicht verdienst. Geschweige denn meine Vergebung.«, antwortete er und ich verstummte sofort. Es war hart, so etwas von seinem ehemaligen besten Freund zu hören. »Ehrlich gesagt weiß ich nicht, was du hier überhaupt noch willst. Wir wissen doch beide, dass du Xenara nur benutzt, um mich zu provozieren. Du liebst sie nicht wirklich, auch wenn sie glaubt, dass das Gefühl zwischen euch echt ist. Du willst mir eins auswischen, das war schon mit Claire so und jetzt benutzt du meine Cousine, weil du weißt, wie viel sie mir bedeutet. Aber ich sage dir eins. Wenn du ihr irgendwie weh tust, sie abermals drogenabhängig machst oder sogar ihr Leben gefährdest, wirst du dir wünschen, nie geboren worden zu sein. Ich werde dir das Leben zur Hölle zu machen.« Die letzten Worte presste er voller Hass zwischen zusammengebissenen Zähnen hervor. Sein Gesicht war meinem nun ganz nah. »Am besten wäre es wohl, wenn du zurück nach New York gehen würdest und Xenara und mich in Ruhe lässt. Wir wollen dich nicht mehr in unserem Leben. Du hast hier nichts zu suchen.« Dann drehte er sich um, ließ mich stehen und lief die Treppenstufen weiter nach oben. Meine Finger waren wie gelähmt, während ich die letzten Stufen bis zu meiner Wohnung erklomm und den Schlüssel im Schloss drehte, um aufzusperren. Das Wohnzimmer war mir plötzlich fremd, als ich es betrachtete. Mit langsamen Schritten lief ich zu einem Schrank, in dem ich die restlichen Schnapsflaschen von der Einzugsparty verstaut hatte und holte eine Flasche Whisky hervor. Ich nahm einen Schluck von der braunen Flüssigkeit direkt aus der Flasche. Unter normalen Umständen hätte ich jetzt Musik angemacht, aber das erschien mir fehl am Platz. Vielleicht hatte Aaron ja recht. Ich gehörte hier nicht hin. Ich stand Xenara und einer glücklichen Zukunft im Weg. Das Beste wäre wohl wirklich, einfach wegzugehen und die beiden in Ruhe zu lassen. Mit schleppenden Schritten betrat ich mein Schlafzimmer und öffnete einen Kasten, in dem ich Sachen wie Uhren und Gürtel vermutete. Dort hinein wollte ich eigentlich meine Sonnenbrille legen, doch dann fiel mir wieder ein, dass ich umgeräumt hatte und sah Xenaras Höschen vor mir. Ich wollte die Schublade schon wieder schließen, als ich die Ecke einer Tüte bemerkte. Vorsichtig nahm ich sie zwischen zwei Finger und zog sie aus dem Kasten. Joints kamen zum Vorschein. Drei Stück. Ich betrachtete das Tütchen einige Momente, bevor ich den Kasten schloss und den darunterliegenden öffnete. Die Tüte mit den Joints verstaute ich in einer meiner Gesäßtaschen und holte dann zwischen meinen Shirts ein ähnliches Tütchen hervor, nur dass dieses fünf Tabletten enthielt. Oxycodon. Als Xeni sich das erste Mal ein Shirt von mir ausgeliehen hatte, hatte ich schon einen Schreck bekommen, doch sie hatte damals mein Versteck nicht gefunden. Ich wusste selbst nicht so genau, warum ich die Tabletten aufgehoben hatte, obwohl ich schon seit Jahren keine Drogen mehr eingeworfen hatte. Außerdem hatte ich es auch Xeni versprochen und ernst gemeint. Trotzdem steckte ich dieses Tütchen ebenfalls in die Hosentasche und kehrte mit der Whiskyflasche in der rechten Hand zurück ins Wohnzimmer, wo ich mich aufs Sofa fallen ließ. Die Tabletten und die Joints legte ich vor mich auf den kleinen Tisch und betrachtete sie abschätzend. Immer wieder nahm ich einen Schluck von der braunen Flüssigkeit aus der Flasche und machte schließlich Musik an. Die Musik, die mich daran erinnerte, wie schön es war, mit meinem besten Kumpel Zeit zu verbringen. Auch wenn wir später fast nur noch high waren, während wir uns trafen, aber wir waren noch Freunde. Er hatte mich noch nicht gehasst. Aus einem Regal, in dem auch Teelichter standen, nahm ich ein Feuerzeug und zündete damit einen der Joints an. Ich hatte Xenara versprochen, dass ich mich nie wieder betrinken würde, mich nie wieder abschießen würde, doch nun brach ich dieses Versprechen. Der erste Zug am Joint war die Grenze, die ich ohne Zögern überschritt. Nun gab es kein Zurück mehr.

Xenara

Als ich die Tüten und Beutel aus dem Fahrstuhl zu unserer Wohnung schleppte, hörte ich schon laute Musik, obwohl ich die Wohnungstür noch nicht einmal geöffnet hatte. Für einen Moment glaubte ich, dass William vielleicht eine Party feierte, doch dann erkannte ich die Musik und erschrak. Sie erinnerte mich an die Zeiten, in denen ich Aaron und William meistens total zugedröhnt in Aarons Zimmer vorgefunden hatte. Hastig sperrte ich die Tür auf und hoffte schon fast, dass die Wohnung voller Leute sein und meine erste Vermutung sich bewahrheiten würde. Doch das Wohnzimmer war leer, als ich eintrat, bis auf meinen Freund, der auf dem Sofa lag. Es sah so aus, als hätte er irgendwann mal gesessen und wäre zur Seite umgefallen. Vor ihm auf dem kleinen Tisch lag eine leere Glasflasche, eine weitere befand sich neben dem Sofa auf dem Fußboden. Sein Arm hing schlaff vom Sofa herunter und die Flasche war ihm wohl aus der Hand gerutscht. Hastig knallte ich die Wohnungstür zu und ließ die Beutel fallen, dann rannte ich zu William und bemerkte zwei Plastiktütchen neben der Flasche auf dem Tisch. In dem einen waren noch drei Tabletten, das andere enthielt zwei Joints. Ich erkannte es sofort. Es war zwischen meiner Unterwäsche versteckt gewesen. Mit meinen Händen umfing ich William Gesicht und begann auf ihn einzureden.

»Will, wach auf. Bitte, wach auf, mein Schatz.« Doch seine Lider öffneten sich nicht, also gab ich ihm eine kräftige Ohrfeige, was dann auch half. Aus blaugrünen glasigen und etwas geröteten Augen starrte er mich an und öffnete den Mund, doch es wollte kein Laut hervorkommen. Schnell schaltete ich mit der Fernbedienung die Stereoanlage aus, dann wandte ich mich wieder ihm zu.

»Will, wie viele Tabletten waren in der Tüte?«, fragte ich ganz laut und deutlich, so dass er mich verstand. Aus Erfahrung wusste ich, wenn er mir eine Zahl über sechs nennen würde, blieb mir nichts Anderes übrig, als ihm Salzwasser oder Ähnliches einzuflößen, damit die Tabletten seinen Körper wieder nach oben verließen. Nach kurzem Überlegen zeigte er mir fünf Finger und ich atmete erleichtert auf.

»Gut und hast du sie alle auf einmal genommen?« Er schüttelte den Kopf und ich seufzte. »Okay, dann komm.«, meinte ich und half ihm, aufzustehen. Bei einem flüchtigen Blick zurück auf den Tisch sah ich nirgends Überreste

269

zerstoßener Tabletten und atmete erleichtert auf. Er hatte sie wenigstens im Ganzen geschluckt, sonst wäre die Wirkung noch viel schlimmer gewesen. William konnte nicht einmal allein stehen also umschlag ich ihn an der Hüfte, legte seinen Arm um meine Schultern und torkelte mit ihm ins Schlafzimmer, wo ich ihn auf das Bett setzte und nacheinander Schuhe, Socken, Hemd und Jeans auszog. So betrunken war Will lange nicht gewesen, nicht seit einer legendären Party auf der Dachterrasse eines Freundes in New York, bei der die Jungs aus Spaß Bierflaschen auf das nächste Dach geworfen hatten und dabei fast heruntergefallen wären. Ich wollte eigentlich gar nicht wissen, was er sich da zugeführt hatte, aber ich tippte mal auf Oxycodon. Das war sehr populär und der Grund für den Tod meines besten Freundes in New York gewesen. Nun half ich ihm wieder auf und führte ihn ins Bad. Plötzlich ließ er sich auf den Fliesenboden fallen.

»Mir is schlecht.«, lallte er und übergab sich in die Toilettenschüssel. Ich kniete mich neben ihn und strich ihm die Haare aus der schweißnassen Stirn.

»Ich würde mal behaupten, das Oxy lässt nach und du merkst endlich, wie viel du getrunken hast.«, merkte ich an und zog ihn auf die Beine zurück. Nachdem ich gespült hatte, stieg ich mit ihm unter die Dusche und stellte das kalte Wasser an. Es prasselte auf uns herunter und durchnässte meine ganze Kleidung. William lehnte sich gegen die gefliese Wand, um nicht auszurutschen und schloss die Augen, während er den Mund öffnete, um den schrecklichen Geschmack aus seinem Mund zu waschen. Dann drehte ich das Wasser wieder ab und stieg aus der Dusche. Nachdem ich Will ins Schlafzimmer gebracht hatte, reichte ich ihm ein Handtuch und neue Shorts, dann trocknete ich mich selbst ab und zog mir nur neue Unterwäsche an. Mein Freund hatte sich inzwischen auf seine Seite des Bettes gelegt. Nun legte ich mich neben ihn und wollte meinen Kopf auf seine Brust betten, doch er drehte sich von mir weg und zeigte mir seinen Rücken.

»Entschuldigung.«, murmelte er in seinen nicht vorhandenen Bart und ich seufzte.

»Was soll das denn jetzt?«, seufzte ich, um ihn zu bitten, mich anzuschauen und setzte mich auf, damit ich über seine Schulter schauen konnte.

»Ich hatte es dir versprochen und dieses Versprechen habe ich gebrochen.«, antwortete er und man hörte, dass er immer noch nicht ganz nüchtern war, doch er wusste wohl langsam wieder, was er tat.

»Willst du wirklich jetzt darüber reden? Du bist noch längst nicht bei dir. Können wir das nicht erst einmal vergessen und ich halte dir dann morgen eine Standpauke, wenn du es wieder mitbekommst?« Er nickte und ich legte meine Hand auf seine Schulter. »Dann dreh dich bitte wieder zu mir um, ich will nicht nur deine Rückseite sehen.« Er rollte sich zurück auf den Rücken und ließ mich ihn halb umarmen.

»Eine Frage hätte ich dann doch noch. Wie viel war in den Whiskyflaschen?« Seufzend zeigte er mit den Fingern einen Füllstand von ungefähr vier Zentimetern. Anhand seines Gesichtsausdrucks wusste ich, dass die leere Flasche auf dem Tisch wohl fast voll gewesen sein musste und die andere halbgeleerte Flasche, die neben ihm auf dem Boden gelegen hatte, von ihm frisch geöffnet worden war.

»Ach, du Idiot.«, murmelte ich und kuschelte mich an ihn. »Aber ins Krankenhaus müssen wir nicht fahren, oder? Ich kann nämlich nicht fahren und wenn sie dich am Steuer erwischen, bist du deinen Führerschein doppelt und dreifach los, wenn du uns nicht schon vorher um einen Baum gewickelt hättest.« Er legte einen Arm um mich und schon ein paar Sekunden darauf hörte ich sein leises Schnarchen und spürte seine Brust unter mir, die sich langsam und regelmäßig hob und senkte. Es würde hoffentlich alles gut gehen.

Am nächsten Morgen wachte ich davon auf, dass ich beim Umdrehen und dem Versuch mich an William zu kuscheln bemerkte, dass ich allein im Bett lag. Verwirrt hob ich langsam die Lider und betrachtete die leere Betthälfte neben mir.

»William?«, rief ich dann schon fast panisch. »William?«, brüllte ich noch lauter. Da öffnete sich die Badtür und mein Freund trat, mit einem Handtuch um die Hüfte gewickelt, heraus.

»Was ist denn?«, fragte er und lief zum Kleiderschrank. Ich seufzte erleichtert und ließ mich in die Kissen zurückfallen.

»Meine Güte, ich habe schon gedacht, dass du im halbtrunkenen Zustand irgendwo hingefahren bist und ich dich nicht wiederfinde oder wenn, nur als Wasserleiche oder so.« Er zog sich nur eine Unterhose und eine Jogginghose an und wandte sich dann mir zu.

»Wasserleiche? Wie das denn?«

»Autounfall oder sonst was, was weiß ich denn?« Er schnaubte verächtlich, aber auch etwas belustigt.

»Weil wir ja auch so wahnsinnig viele große Flüsse in der Nähe haben. Aber nein, keine Sorge. Ich bin wieder voll da.« Er lief ins Wohnzimmer und kam mit der Tüte, in der immer noch die letzten drei Tabletten lagen, zurück.

»Was willst du damit machen?«, fragte ich misstrauisch und er zuckte die Achseln.

»Vernichten, was sonst?« Ich hörte, wie er kurz darauf die Klospülung betätigte, dann setzte er sich auf das Bett ans Fußende.

»Wo hattest du das Zeug überhaupt her?«, erkundigte ich mich ehrlich interessiert. Er lachte freudlos auf, als würde er wissen, dass ich die Antwort nicht glauben würde.

»Die Joints aus deinen Höschen und die Tabletten hatte ich noch zwischen meinen Shirts, das waren die letzten. Die hatte ich aus New York mitgenommen, weiß auch nicht warum. Aber ich schwöre dir, das war mein erster Trip seit Langem. Noch bevor der ganze Mist mit Aaron in New York passiert ist, bin ich clean geworden und es wird auch nicht wieder vorkommen.« Ich nickte und rutschte zu ihm, um ihn auf die nackte Schulter zu küssen.

»Gut, da bin ich froh.« Ich wollte meine Arme um seinen Oberkörper schlingen, doch er stand auf und blieb ein paar Meter von mir entfernt stehen. »Was ist denn los? Ich nehme dir den Ausrutscher nicht übel, okay?« Er seufzte und ließ sich an der Kommode hinunterrutschen, so dass er mich sehen konnte, während er auf dem Boden saß.

»Es ist nichts, wirklich.« Ich kniete mich vor ihn hin.

»Ist dir plötzlich eingefallen, dass du mich doch nicht liebst? Habe ich etwas falsch gemacht, etwas Falsches gesagt?« Er unterbrach mich, indem er sich nach vorn beugte und mein Gesicht zwischen seine Hände nahm.

»Nein, Xenara. So etwas darfst du niemals denken. Ich liebe dich. Das musst du mir glauben. Egal was passiert, ich werde niemals aufhören, dich zu lieben. Daran musst du immer denken.« Ich senkte meinen Blick zu Boden und eine Träne tropfte von meiner Nase. Ich hatte es ernst gemeint, dass ich ihm seinen Rückfall nicht vorwarf, aber mich beschäftigte schon seit gestern Abend der Grund, wieso es überhaupt so weit gekommen war.

»Was ist passiert? Warum hast du dich gestern abgeschossen? Es muss doch einen Grund gegeben haben.« Ich schaute ihm wieder direkt in die Augen, um jede kleine Veränderung erkennen zu können. Er seufzte abermals und nahm meine Hände in seine.

»Es ist einfach so ... ich gehöre hier nicht hin, Xeni. Es war ein Fehler, Aaron und dir zu folgen. Er wird mir niemals vergeben. Was soll ich dann noch hier?« Ich riss entsetzt die Augen auf.

»Und ich? Du hast doch mich. Ich liebe dich und ich *brauche* dich. *Das* willst du hier. *Mich*.« Ich sah, dass er ebenfalls traurig war, doch er zeigte keine Tränen.

»Ich ... bin nicht gut für dich. Du bist stärker geworden, das weiß ich jetzt, aber das Ganze gestern hätte auch richtig schiefgehen können. Ich bin eine Gefahr für dich, du bist ohne mich besser dran. Letztens erst haben wir geglaubt, ich hätte dich geschwängert, aber Xenara ... du bist gerade mal 16 Jahre alt. Was wäre gewesen, wenn du wirklich schwanger gewesen wärst? Was hätten wir dann gemacht?

Deine ganze Zukunft wäre womöglich zerstört worden. Du hast noch so viel vor dir, Xeni. Du kannst *so viel* erreichen, aber so einer, wie ich ... steht dir da nur im Weg.« Ich traute meinen Ohren kaum.

»Soll das heißen, du willst nach New York zurück?«, flehte ich darum, dass ich ihn falsch verstanden hatte.

»Nein, aber Seattle wäre doch schön, nicht?« Ich sprang entsetzt auf, fassungslos darüber, woher dieser Sinneswandel plötzlich kam.

»Du liebst mich wirklich nicht mehr, wie ich gesagt habe. Wieso würdest du mich sonst verlassen wollen? Du liebst mich nicht.« Er stand ebenfalls auf und drehte mich zu sich, da ich ihm den Rücken zugekehrt hatte. Tränen liefen nun in Strömen über mein Gesicht und ich wischte sie ungeduldig mit der Hand weg. Verwirrt starrte ich auf meine nassen Finger. Das letzte Mal, dass ich geweint hatte, war vor fast einem Jahr gewesen. Als mein bester Freund an einer Überdosis gestorben war und ich ihn hatte verabschieden müssen. Doch der Junge vor mir hatte mich dazu gebracht, wieder Gefühle zu zeigen. Tiefe Gefühle. *Liebe*. Nach Aarons Weggang aus New York und Joeys Tod hatte ich nicht daran geglaubt, dass ich jemals wieder etwas fühlen können würde. Doch William hatte mich verändert, wie vor drei Jahren schon einmal. Damals hatte er mich drogenabhängig gemacht, doch die Veränderung, die ich jetzt spürte, war gut. Ich fühlte wieder die Freude in meinen Leben, die William verursachte. Das hatte mir die Tatsache, dass er weggehen wollte, deutlich gemacht. Und auch ich hatte ihn verändert. Ich spürte mehr denn je, dass er ein guter Mensch war und nicht das aggressive Monster, für das ich ihn noch vor ein paar Monaten gehalten hatte.

»Xenara, ich liebe dich über alles. Deswegen muss ich gehen.« Er legte seine Hände abermals an meine Wangen.

»Wenn du mich wirklich liebst, dann gehst du nicht.«, verlangte ich von ihm unter Tränen und schluchzend. »Verlass mich nicht, geh nicht fort.«

»Beruhige dich.«, flüsterte er und da bemerkte ich, wie panisch ich klang. »Ich verlasse dich nicht.«, versprach er, doch ich verstand, was er damit sagen wollte.

Ich verlasse dich nicht ... *noch nicht.*

Vierzehn

Paige

Bereits als ich die Wohnungstür öffnete, weil es kurz zuvor geklingelt hatte, musste ich grinsen. Denn ich wusste, wer davorstehen würde und aus welchem Grund sie gekommen war.

»Hey Xeni. Schön, dass du gekommen bist.«, begrüßte ich Xenara überschwänglich, die mit einer Kleiderhülle und einer großen Tüte vor mir stand.

»Hey.«, entgegnete sie strahlend und umarmte mich herzlich. »Danke, dass ich mich hier fertigmachen darf. William soll mich noch nicht sehen und er würde mich außerdem sowieso nur nerven.« Ich musste lachen, während ich die Tür hinter ihr schloss und ihr in mein Zimmer folgte.

»Wir benehmen uns echt, als würden wir gleich heiraten. Aaron soll mich nämlich auch noch nicht sehen, dabei ist es doch nur der Abschlussball der beiden.«, meinte ich kichernd und schloss die Tür meines Zimmers hinter mir.

»Ach da fällt mir ein, ich wollte fragen ... kann ich vielleicht bei euch mitfahren? William hat noch irgendetwas zu tun und will dann gleich zur Turnhalle kommen.«, erklärte sie vorsichtig und legte ihr Kleid offen auf mein Bett.

»Ja klar. Aaron ist nicht sauer auf dich oder so, falls du das denkst.«, gab ich warm lächelnd zurück und sie atmete erleichtert aus.

»Wirklich? Ich hatte schon befürchtet, ich hätte ihn so verärgert, dass er nie wieder ein Wort mit mir spricht.« Sie setzte sich an meinen Schreibtisch, wo ich einen großen Spiegel aufgestellt hatte.

»Er wollte sich eigentlich bei dir entschuldigen, aber er hat gedacht, du wärst sicher ziemlich wütend, weil er dir unterstellt hat, dass du wieder Drogen nehmen würdest. ... Jedenfalls warst du wohl ziemlich wütend, als du ihn geschlagen hast, meint er. Wie gesagt, er ist nicht sauer deswegen.« Ich setzte mich neben sie auf einen Stuhl und begann, mich zu schminken.

»Dann können wir das alles heute hoffentlich aus der Welt schaffen.«, seufzte sie daraufhin erleichtert und trug Lipgloss auf, um anschließend mit der Frisur fortzufahren. »Aber William hasst er immer noch, nicht wahr?«, erkundigte sie sich dann vorsichtig, während sie sich die Haare hochsteckte.

»Ja ... ich fürchte, er wird William nie so richtig verzeihen können.« Sie stöhnte auf und hielt einen Moment inne.

»Dann hatte Will wohl recht. Er wollte weg von hier, nach Seattle oder so. Er glaubt, dass er nichts mehr bewirken kann. Ich konnte ihn zum Glück davon abhalten, aber ich denke, er wird trotzdem bald fortgehen.« Ich schluckte schwer bei dieser Neuigkeit und legte ebenfalls meine Schminktasche zur Seite, um mit Klammern meine langen Haare zu bändigen.

»Und du? Lässt er dich dann einfach hier zurück? Du gehst doch nicht etwa mit ihm, oder?«, fragte ich, das Schlimmste befürchtend, doch sie schüttelte den Kopf und stand auf.

»Er meint, er sei nicht gut für mich und meine Zukunft.« Sie lief zum Bett und nahm ihr Kleid aus der Hülle. »Deswegen will er fortgehen. Um mir ein besseres Leben zu ermöglichen.«, murmelte sie und man sah ihr deutlich an, dass sie dieser Theorie nicht zustimmen konnte. Inzwischen war sie in ihr Kleid gestiegen und versuchte verzweifelt, die Bänder an ihrem Rücken zuzubinden.

»Warte, lass mich mal.« Ich stand auf und lief zum Spiegel, um ihr zu helfen. Als ich fertig war, drehte sie sich um ihre eigene Achse und lächelte.

»Na ja, vielleicht können wir ihn doch noch überzeugen hier zu bleiben. Du siehst auf jeden Fall atemberaubend aus.«, lobte und bewunderte ich sie, während ich sie sich ebenfalls von allen Seiten betrachtete. Ihr Kleid war hellgrau und aus einem fließenden Stoff. Am Dekolleté bildete es einen herzförmigen Ausschnitt mit schmalen Trägern und nach unten fiel es weit und schleifte in einer kleinen und nicht zu pompös wirkenden Schleppe hinter ihr her. Ihre blonden Haare passten perfekt dazu, genau wie ihre strahlend blauen Augen. Rasch zog sie noch ein Paar farblich passende hohe Schuhe an und legte sich eine dünne Silberkette mit blütenartigem Anhänger an.

»Jetzt bist du perfekt.«, meinte ich und holte hinter der Tür mein eigenes Kleid hervor. Es war mitternachtsblau, ebenfalls bodenlang und weit fallend. Der Ausschnitt war auch herzförmig wurde aber noch von schwarzer Spitze umrahmt. Träger gab es keine, die Schuhe dazu waren dunkelblau und hatten keinen allzu hohen Absatz. Aaron hatte die Farbe des Kleides aus mir herausgepresst, so dass er heute vermutlich mit einer farblich passenden Krawatte oder Fliege auftauchen würde.

»Weißt du schon, was William tragen wird?«, fragte ich Xenara, als ich meinen Gedankengang beendet hatte. Sie zuckte mit den Schultern.

»Nein, keine Ahnung. Ich habe ihm mein Kleid nicht gezeigt und er verrät mir nicht, wie er aussehen wird. Wir lassen uns einfach überraschen.« Sie drehte sich noch einmal um die eigene Achse, um ihr Kleid schweben zu sehen, während ich in mein Kleid schlüpfte und den Reisverschluss an der Seite schloss. »Wann kommt Aaron denn?«, wollte sie wissen und lief in den Flur. In genau diesem Moment klingelte es an der Wohnungstür.

»Ich gehe schon.«, rief sie und kurz darauf hörte ich die Tür klappen.

279

»Wow Xenara, du siehst ... wunderschön aus. Das wird William sicher gefallen.« Aaron klang aufrichtig, als er Xenara lobte, doch der Satz über William hatte dann doch einen sarkastischen Unterton besessen. Sie sagte allerdings nichts dazu, obwohl ich mir sicher war, dass sie es auch gehört hatte. Dann kam Aaron in mein Zimmer und lächelte schon, bevor er mich sah. Mitten im Raum blieb er stehen und strahlte förmlich. Er trug einen klassischen schwarzen Anzug mit weißem Hemd und dunkelblauer Fliege. Zu mir sagte er gar nichts trotz seines offenen Mundes. Ihm fehlten wohl einfach die Worte. Nach einem Moment der Stille kam er noch ein paar Schritte auf mich zu und hielt mir ein Kästchen entgegen.

»Hier ich hatte gehofft, dass sie zum Kleid passt.«, flüsterte er und zog eine silberne Kette mit einem Anhänger in Form eines Sternumrisses hervor. Ich nahm sie in die Hand und lächelte.

»Die ist wunderschön, danke. Willst du sie mir gleich anlegen?« Er nickte, lief um mich herum und schloss den Verschluss, während ich die Kette vorn richtete.

»Außerdem habe ich noch das hier für dich.«, grinste er und steckte mir ein künstliches Blumensträußchen ans Handgelenk. Die Blätter waren zartgrün und die Blume stellte eine weiße Rose dar. Ich musste leicht lachen.

»Oh Mann.« Er grinste noch immer.

»Tja, so etwas gehört einfach dazu.« Ich stellte mich auf die Zehenspitzen, um ihn zu küssen. Seine Lippen berührten meine sanft und warm.

»Der Abend wird sicher unvergesslich.«, versprach er und hielt mir seinen Arm hin, damit ich mich einhaken konnte. Im Flur trafen wir auf Xenara, die uns entgegenlächelte.

»Aaron, bevor wir zur Turnhalle fahren, wollte ich dir noch sagen, dass es mir leidtut. Ich wollte dich eigentlich nicht schlagen, aber das war so eine Reaktion im Affekt.« Er nickte immer noch lächelnd und reichte seiner Cousine die Hand.

»Schon gut. *Mir* tut es leid, dass ich so einen Unsinn gesagt habe. Das mit den Drogen und so ... das war unfair. Ich habe einfach Angst um dich ... wegen Will.« Sie senkte den Blick zu Boden, doch ich ließ gar nicht erst eine peinliche Stille aufkommen, sondern drängelte mich an ihnen vorbei zur Wohnungstür und öffnete sie, damit wir hinunter zum Auto gehen konnten.

Wir parkten ein paar Straßen von der Turnhalle entfernt, da der Parkplatz davor schon völlig überfüllt war. Je näher wir der Feier kamen, umso lauter hörten wir die Musik und die Stimmen der Schüler. Die große gläserne Doppeltür, die ins Foyer der Sporthalle führte, war offen und das Licht von drinnen beleuchtete den Asphalt abwechselnd in allen Farben des Regenbogens. Ebenso drang Licht durch die riesigen Fenster, die nicht abgedunkelt worden waren. Der Ball schien wohl schon in vollem Gange zu sein. Vor der Tür wartete William auf uns und lächelte, als er seine Freundin in dem grauen Kleid sah. Er selbst trug einen schwarzen Anzug mit schwarzem Hemd und unter das Jackett hatte er eine hellgraue Weste gezogen, als hätte er gewusst, was seine Freundin heute anhaben würde. Von seinem Hemd hob sich außerdem die hellgraue Fliege ab. Seine Haare waren nicht ganz so verwuschelt, wie es sonst der Fall war und seine Augen leuchteten in diesem seltsamen Karibikblau.

»Du siehst wunderschön aus, meine Prinzessin.«, murmelte er, fasste Xenis Hand und band ebenfalls ein kleines Blumensträußchen um ihr Handgelenk. Xenara verdrehte die Augen, als sie ihn noch einmal genau betrachtete.

»Was für ein Zufall, dass du so perfekt auf mich abgestimmt bist.«, meinte sie gespielt überrascht. William grinste schelmisch und hakte ihren Arm bei sich unter.

»Soll ich jetzt so tun, als hätte ich keinen kurzen Blick unter die Kleiderhülle gewagt?«, erwiderte er belustigt und die beiden folgten uns durch die große Tür, ins Innere der Sporthalle. Sie war geschmückt mit goldenen und silbernen

Luftballons, an einer Wand prangte groß und golden die Jahreszahl und darunter war das Buffet aufgebaut worden. Ein paar runde Tische standen um die Tanzfläche herum, die schon voller Leute war. Die Kleider der meisten Mädchen waren glamourös und auch fast alle Jungen hatten sich für festliche Anzüge entschieden. Doch es gab auch andere, die sich wohl in festlicher Kleidung nicht wohlfühlten und in Jeans und T-Shirt gekommen waren, aber das störte nicht im Mindesten.

»Willst du tanzen?«, bot William seiner Freundin direkt an, die daraufhin nickte und mit ihm Hand in Hand in der Menge verschwand.

»Ich hätte gerne erst einmal etwas zu trinken.«, meinte ich an Aaron gewandt, der ebenfalls nickte und mich zum Buffet führte, wo eine große Schale Punsch stand.

»Sie lieben sich wirklich.«, flüsterte ich ihm zu und drückte seinen Arm sanft, weil ich Aarons Blick gesehen hatte, als seine Cousine mit Will verschwunden war. Er seufzte und schenkte mir ein Glas Punsch ein.

»Paige, du hast ihn hauptsächlich von seiner besten Seite kennen gelernt. Der Ausbruch, als wir uns prügelten, das war sein wahres Gesicht. Aber zum Glück muss ich ihn nach dem Abschluss wohl nie wieder sehen ... solange er nicht plötzlich auch an der Brown studieren will.« Ich verdrehte die Augen und nahm einen Schluck von meinem Getränk.

»Was wird dann eigentlich aus uns?«, erkundigte ich mich vorsichtig und musste wieder an das Gespräch mit Xenara denken, in dem sie gesagt hatte, dass William sie hier zurücklassen wollte. Hatte Aaron das auch vor? Er zuckte mit den Schultern, als hätte er sich noch keine Gedanken darüber gemacht.

»Was soll aus uns werden? ... Okay ich verstehe schon. Ich werde weit weg sein und nicht jedes Wochenende kommen können. Aber an den Wochenenden, an denen ich da bin, werden wir die Zeit nur zu zweit verbringen. Ich liebe dich Paige, das ändert sich mit der Entfernung nicht.« Ich musste lächeln und senkte den Blick auf das Glas in meinen Händen. Er nahm das für so selbstverständlich, dass mein Herz einen kleinen Sprung machte. Eine Fernbeziehung war nicht einfach, aber ich war mir sicher, dass wir das hinbekommen würden.

»Ich liebe dich noch mehr.«, antwortete ich kichernd und streckte mich ihm entgegen, damit er seine Hände an meine Wangen legen und mich küssen konnte.

»Ich liebe dein Kleid.«, flüsterte er an meinen Lippen, »Es ist atemberaubend schön, so wie du.« Ich führte meine Hände in seinen Nacken, nachdem ich das Punschglas abgestellt hatte.

»Jetzt würde ich gerne tanzen.«, schlug ich vor und wir rückten näher an die anderen Schüler heran, um noch ein kleines Stück auf der Tanzfläche zu stehen. Im Takt der Musik schunkelten wir hin und her und Aaron drehte mich ein paar Mal im Kreis. Aaron tanzte zwar ausgezeichnet Freestyle, aber das war der Feierlichkeit und unserer Kleidung einfach nicht angepasst. Und mit Gesellschaftstänzen hatten wir es wohl beide nicht so sehr.

»Was genau willst du jetzt eigentlich studieren?«, griff ich das Thema wieder auf, denn bisher hatte er nur erzählt, dass die Brown seine Favoritenuniversität wäre. »Ich meine, Zusagen hin oder her, aber du musst ja wissen, was du machen willst.« Er zuckte die Achseln und betrachtete die mit Ballons und Lichterketten geschmückte Turnhallendecke.

»Tja, ehrlich gesagt weiß ich es immer noch nicht. Ich hatte gehofft, es würde mir irgendwann wie Schuppen von den Augen fallen und dann wüsste ich genau, was ich machen will, aber das ist bis jetzt noch nicht passiert. Ich werde wohl erst einmal ganz verschiedene Hauptfächer wählen und sehen, was mich am meisten interessiert. Sonst mache ich am Ende mein Leben lang etwas, das mir gar keinen Spaß bereitet und bin unzufrieden, verstehst du?« Ich nickte verständnisvoll.

»Das verstehe ich sogar sehr gut. Ich weiß selbst auch noch nicht, was ich machen will, allerdings habe ich ja auch noch ein wenig Zeit.« Aaron nickte ebenfalls und drehte mich einmal um meine eigene Achse, so dass mein Kleid leicht flatterte.

»Allerdings weiß ich … was auch immer passieren wird, wir werden für immer zusammenbleiben. Nichts und niemand kann uns trennen.«, versprach Aaron mir, als er mich wieder an sich gezogen hatte. Seine Lippen streiften über mein Ohr, als er die Worte flüsterte, die sich in meinen Ohren schon fast wie ein Antrag anhörten. Da tippte plötzlich eine Hand auf Aarons Schulter, woraufhin dieser überrascht herumfuhr.

»Entschuldigt bitte, aber … darf ich abklatschen?«, verlangte William charmant wie eh und je. Mein Freund starrte zwar etwas angesäuert drein, doch dann übergab er mich an Will und stellte sich einige Meter entfernt mit seiner Cousine hin, die ihn daraufhin zwang, mit ihr zu tanzen. Ich lächelte William offen an, als er eine Hand auf meinen Rücken legte und meine Hand in seine andere nahm.

»Unter uns gesagt habe ich sehr darauf gehofft, dass wir einen Tanz zusammen haben. Wir haben lange nicht mehr geredet … seit Xenara zu dir gezogen ist.«, gab ich zu und legte meine andere Hand auf seine starke Schulter. »Ich hoffe du weißt, dass ich im Grunde nichts gegen dich habe. Nicht so wie Aaron … na ja. Wie geht's Xeni und dir denn so?« Bevor ich mich in merkwürdigen Entschuldigungen für die lange Funkstille zwischen uns verlieren konnte, schnitt ich lieber selbst ein anderes Thema an. Er zuckte mit den Schultern und erwiderte mein Lächeln.

»Ganz gut, denke ich. Ich … ich liebe sie wirklich sehr. Es ist das erste Mal, dass ich für ein Mädchen so viel empfinde. Na ja, ich meine so unter uns, Claire – Aarons erste und einzige Beziehung vor dir – habe ich auch geliebt. Aber es ist eben nicht das Gleiche wie bei Xeni. Sie … sie macht mich einfach zu einem besseren Menschen.«

»Sie liebt dich auch sehr, das weiß ich.« Sein Lächeln wurde etwas schüchterner und er warf einen Blick über mich hinweg zu seiner Freundin.

»Ich habe gehört, dass du mit dem Gedanken spielst, Winston-Salem zu verlassen?«, riss ich ihn dann

284

offensichtlich aus seinen Gedanken und er blinzelte erst einmal kurz, bevor er begriff, was ich meinte.

»Oh ja, das habe ich. Ich wollte vielleicht nach Seattle oder so, aber sie hat mir das ausgeredet. Xenara würde mich niemals fortlassen.« Ich ließ mich weiter schweigend von ihm führen. »Eigentlich wollte ich mit dir tanzen, um dir etwas geben zu können.«, ergriff er dann wieder das Wort. Er blieb stehen und holte aus der Innentasche seines Jacketts einen Umschlag mit zwei Worten darauf, die in feinsäuberlicher Handschrift geschrieben waren, die ich William gar nicht zugetraut hätte. *Für Aaron.*

»Gib den bitte Aaron, ich hoffe, der Brief kann die Wogen ein wenig glätten.« William wollte mir das Stück Papier schon in die Hand drücken, doch ich hielt ihn davon ab, indem ich seine Hand abwehrte und den Brief gegen seine Brust drückte.

»Nein, tut mir leid. Wenn du diesen Brief Aaron zukommen lassen willst, dann musst du das schon selbst tun oder noch besser: Redet miteinander. Das ging schon immer schneller als der schriftliche Weg.« Er nickte etwas traurig, dann täuschte er ein Lächeln vor.

»Du hast ja recht. Ja gut … dann will ich dich nicht länger in Beschlag nehmen.« Ich schaute ihm noch nach, wie er zu seiner Freundin lief und Aaron zu mir zurückschickte.

»Über was habt ihr geredet?«, erkundigte er sich gezwungen desinteressiert, als er wieder meine Hände in seine nahm.

»Ach, hauptsächlich über Xenara und ihn.« Aaron nickte mit den Gedanken offenbar wo ganz anders.

»Ich vermute mal er hat gesagt, dass er Xenara wirklich liebt.« Ich musste unwillkürlich etwas lächeln über Aarons sture Art, doch dann schaute ich ihn ernst an.

»Du solltest es langsam akzeptieren. Sie meinen es wohl wirklich ernst miteinander. Ich fürchte vor allem, dass du sonst mit deiner Abneigung gegen William nur erreichst, dass Xenara sich von dir abwendet. Sie hält zu ihrem Freund und wird sich von dir nichts sagen lassen. Das hast du ja wohl bemerkt, als sie zu Will gezogen ist und dir eine verpasst hat.« Er lächelte, wohl auch etwas peinlich berührt von meinen Worten, doch er wusste genau, dass ich recht hatte in Bezug auf seine Cousine.

»Ich werde nichts mehr sagen. Ich habe eingesehen, dass Xenara alt genug ist, um selbst zu entscheiden, mit wem sie ihr Leben verbringen will. Aber sollte er ihr etwas antun … sie schwängern zum Beispiel, kann ich mich nicht zurückhalten. Er hat schon mein halbes Leben zerstört, jetzt soll er nicht auch noch Xenis Zukunft verbauen und wir wissen ja beide, dass sie dort unten nicht nur nebeneinander im gleichen Bett schlafen.« Ich legte ihm besänftigend eine Hand an die Wange.

»Du tust ja gerade so, als wären sie kleine Kinder, die man noch nicht aufgeklärt hat. Die Altersverhältnisse sind genau wie bei dir und mir. William ist genauso erwachsen wie du und Xenara ist viel verantwortungsvoller geworden. Wenn du Angst hast, weil sie miteinander schlafen, dann müsstest du dir bei uns auch Sorgen machen, oder etwa nicht?« Er verdrehte die Augen und presste die Lippen aufeinander.

»Auch wenn William genauso alt ist wie ich, so viel Verantwortungsbewusstsein wie ich legt er nicht an den Tag.«, grummelte er und brachte mich damit abermals zum Kichern. Die beiden würden wohl nie aufhören, sich miteinander zu vergleichen.

Später am Abend wurde dann das Abschlussballkönigspaar gewählt. Die Stimmen, die alle den Abend über abgegeben hatte, waren ausgezählt worden und eine der Schülerinnen aus dem Abschlussjahrgang wartete auf der Bühne, bis sich die Menge beruhigt hatte. Wahrscheinlich hatte sie sich am meisten von allen um diesen Ball gekümmert, denn sie wirkte aufgeregt, beinahe geschäftig. Ich stand mit Aaron an meiner Seite in der Schülermenge. Das Mädchen klopfte zum Test an das Mikrofon und lächelte dann nervös.

»So meine Lieben, es ist so weit. Ihr habt gewählt und hier ist es. Euer Abschlussballkönigspaar. Und es sind …«

Langsam öffnete sie den Umschlag und grinste. »William Parker und Jordan Wales. Kommt hoch, ihr beiden.« Alle jubelten, als Xenara ihrem Freund einen Stoß gab, damit er sich zur Bühne begab und neben Jordan seine Krone erhielt. Aaron neben mir stöhnte genervt auf.

»Ganz ehrlich? Das muss ich mir echt nicht ansehen. Das kann ich mir sparen. Wie arrogant er schon wieder aussieht. Meine Güte ... ich gehe.« Aaron wollte sich schon umdrehen, um die Turnhalle zu verlassen, doch ich hielt ihn zurück.

»Komm, bleib. Mir zuliebe. Ich möchte den Abend gerne mit Xenara zusammen genießen und sie ist mit William da. Also ...«, versuchte ich ihn zu überreden und sah meine beste Freundin mit beiden Händen am Mund ihrem Freund zujubeln und klatschen. »Außerdem sieht William gar nicht arrogant aus. Eher so, als fühle er sich fehl am Platz.« Mein Freund lachte verächtlich auf und verschränkte seine Arme vor der Brust.

»Ist er ja auch. Er heimst doch schon den Ruhm ein, weil er Footballkapitän ist und jetzt auch noch Ballkönig? Meine Güte, langsam reicht es echt.«, meinte er dazu und wandte sich zum Gehen, »Ich weiß, du hattest dich darauf gefreut, Zeit mit Xeni zu verbringen. Aber dazu wirst du jetzt sicher wieder öfter die Gelegenheit bekommen, nachdem wir uns beieinander entschuldigt haben. Es tut mir leid, aber ich habe echt keine Lust mehr auf all das hier. Machen wir uns lieber noch einen schönen Abend bei dir zuhause.« Ich seufzte, doch dann nickte ich widerwillig.

»Na gut, Xenara wird sicher mit William nach Hause fahren. Aber lass mich wenigstens noch zu ihr gehen und mich von ihr verabschieden.«, stimmte ich zu und nahm Aarons Hand, um mich zu Xeni durchzudrängen, die einige Meter weit entfernt stand. In ihren Augen sah ich zwar, dass sie ebenfalls enttäuscht war, dass wir schon gingen, doch sie zwang sich zu einem Lächeln, als Aaron sie vorsichtig umarmte.

Der Parkplatz war dunkel, als wir ihn gemächlich überquerten. Nur ein paar Straßenlaternen erleuchteten ihn. Wahrscheinlich hatten schon einige Paare vor uns den

Ball verlassen, denn eine Fläche direkt unter einer der Laternen war leer. Aaron drückte meine Hand und lächelte mich von der Seite an, aus dem Augenwinkel sah ich einen Mann, der um eine Straßenecke bog und ebenfalls über den Parkplatz schlenderte. Er war wahrscheinlich so alt wie Aaron, doch ich beachtete ihn nicht weiter, er war mir fremd. Allerdings schien er Interesse an uns zu zeigen, denn kaum hatte er uns bemerkt, folgte er uns und rief uns halb verwaschene Sätze hinterher.

»Hübsche Fliege hast du und geile Schnecke. Darf ich die mal ausleihn?«, fragte er, wobei man hörte, dass er schon einiges getrunken haben musste. Aaron drehte sich zu dem Fremden um und lächelte säuerlich.

»Wie du schon gut bemerkt hast, gehört beides mir. Tut mir leid, Kumpel. Ein anderes Mal leihe ich dir meine Fliege gern.« Der Unbekannte lachte.

»Eigentlich wollt ich nur dein Mädchn. Bekommst sie gleich zurück, ich brauch nich lang, versprochn.«, versicherte er meinem Freund, immer noch grinsend.

»Du kannst ja versuchen, sie dir zu holen.«, gab Aaron gepresst zurück und trat ein paar Schritte auf den anderen zu.

»Das wird leicht. Der feine Herr will sein Hemd doch sicher nich schmutzig machn. Oder, Bonzenjunge?« Nun ließ Aaron sich ebenfalls provozieren.

»Du denkst wohl, ich könnte nicht zuschlagen, was? Penner!«, rief er und schritt auf den anderen zu, die Hände zu Fäusten geballt. Ich rannte hinterher und zerrte ihn am Arm zurück.

»Lass das, Aaron, das bringt doch nichts. Er ist betrunken, komm.«, redete ich auf ihn ein.

»Genau, hör lieber auf die Kleine. Hau besser ab, wie ein Feigling.«, rief der Typ, als wir schon in die andere Richtung liefen. Aaron schnaubte und ging weiter, während er antwortete.

»Mit so einer dreckigen Ratte, wie dir, muss ich mich nicht abgeben.«, knurrte er noch und ließ sich von mit von dem Betrunkenen fortziehen.

»Hältst dich wohl für was Besseres, scheiß Bonze. Das muss dir mal jemand austreibn.«, schrie der betrunkene Fremde, doch wir warfen keinen Blick zurück auf ihn und schickten uns an zu unserem Auto zu kommen. Plötzlich hörten wir den Ruf einer weiteren Stimme hinter uns.

»NEIN, AARON.«, brüllte jemand mit Panik in der Stimme. Ich kannte sie irgendwoher, obwohl ich sie nicht sofort einordnen konnte, da sie durch die Angst verzerrt war. Dann erklang ein Schuss und wir drehten uns ruckartig um.

William stand zwischen uns und dem Fremden. Er hatte die Arme ausgebreitet, als würde er uns vor irgendetwas beschützen wollen und zeigte uns seinen Rücken. Nach einem Augenblick wandte er sich langsam und taumelnd zu uns um mit einer Miene des Schreckens im Gesicht.

»Aaron?«, flüsterte er und ließ die Arme sinken. Fast in der Mitte seiner Brust klaffte ein Loch in seinem Hemd, um das sich der hellgraue Stoff der Weste mit Flüssigkeit vollsaugte.

»*Nein.*«, hauchte ich und wollte auf ihn zugehen, doch da ertönte ein zweiter Schuss und ließ William ruckartig nach vorne taumeln und mich zusammenschrecken. Aaron hielt mich am Arm zurück und legte eine Hand auf meinen Rücken, um mich zum Ducken zu zwingen. Der Fremde hatte jetzt weiter nach rechts gezielt, um Aaron zu treffen, stattdessen hatte er in Williams rechte Schulter geschossen. Wieder hatte er uns abgeschirmt vor der drohenden Gefahr. Als der Schütze nun bemerkte, dass er meinen Freund zwei Mal nicht erwischt hatte, gab er auf und rannte davon. Will sackte auf seine Knie, dann fiel er nach vorn und blieb auf dem Boden röchelnd liegen. Aaron war der erste von uns beiden, der sich rührte und auf seinen ehemaligen besten Freund zustürzte. Für mich hatte sich alles verlangsamt, so dass es mir vorkam, als liefe ich in Zeitlupe zu den beide. In Wirklichkeit dauerte es keine vier Sekunden, bis ich neben William kniete und mein Handy hervorholte. Nach kurzem Warten und Lauschen des Rufzeichens ertönte eine Männerstimme auf der anderen Seite der Leitung.

»Hallo, hier ist Paige Young. Wir brauchen einen Rettungswagen auf dem Parkplatz vor der Sporthalle der West Salem High, mein Freund wurde angeschossen. Er ist noch bei Bewusstsein, aber er blutet stark. Hier ... ist so viel Blut.«, schluchzte ich, mit vor Panik schriller Stimme in den Lautsprecher. Die Fragen, die mir noch gestellt wurden, beantwortete ich mit zugeschnürter Kehle und beobachtete entsetzt wie Aaron, der William auf den Rücken gedreht hatte, sein eigenes Jackett auszog und es nun auf Williams Brust presste.

»Paige, wie sieht seine Schulter aus?« Ich schmiss mein Handy hastig auf den Asphalt, Nachdem der Anruf beendet worden war und riss die Lagen des Stoffs von der Stelle, an der William die zweite Kugel getroffen hatte.

»Hier ist alles voll Blut, aber vielleicht ist es ein Durch-schuss, er wurde ja von hinten getroffen. Sonst wäre hier vorn doch kein Blut, oder?«, faselte ich vor mich hin, um die Situation irgendwie zu entschärfen. Doch dann begann ich abermals zu schluchzen und die Tränen flossen mir in Strömen über die Wangen.

»Was wolltest du hier?«, drängte Aaron auf den am Boden Liegenden ein.

»Dir ... etwas geben. Ich weiß ... nicht mehr was.«, flüsterte dieser hastig atmend, »Ich gebe dir Rückende-ckung, Rooney, das habe ich schon immer.«, hustete er dann. Als aus Wills Mund Blut hervorquoll, drückte Aaron noch fester auf die Wunde.

»Das wird schon wieder Will, keine Sorge. Alles wird gut.«, murmelte er währenddessen. Doch auf Aarons Versprechen hin, schüttelte William leicht den Kopf und fasste mit letzter Kraft den Arm seines ehemaligen besten Freundes.

»Nein das wird es nicht, ... aber hör mir zu. Es tut mir ... so leid. Alles ... das mit den Drogen und Claire. Das ... was ich Xenara angetan habe ... und dass ich mich am Anfang so an Paige ... rangemacht habe. ... Ich weiß, ich war ein schlechter Freund, ... aber Aaron ... auch wenn du mich hasst ... für mich ... warst du immer ... mein Bru ...«, flüsterte er röchelnd, wobei er immer langsamer sprach und am Ende sogar mitten im Wort abbrach. Er sackte zurück, sein Arm fiel auf den Boden, sein Mund blieb offenstehen und seine karibikblauen Augen schauten uns mit einer Mischung aus Entsetzten und friedlicher Akzeptanz an. Das Grün war aus ihnen gewichen, so erschien die Iris nicht mehr ganz so geheimnisvoll, wie sonst immer. Er starb mit dem Wort ›Bruder‹ auf den Lippen.

»Nein.«, seufzte Aaron entsetzt, stand langsam auf und legte seinen Kopf in die Hände, »NEIN!«, schrie er verzweifelt, ließ sich wieder auf die Knie fallen und riss sein Jackett von Williams Brust. Hastig fing er an den Brustkorb zu massieren, obwohl er wahrscheinlich keine Ahnung hatte, wie man eine Wiederbelebung durchführte, doch ich verstand ihn. Das war besser als in Kauf zu nehmen, dass Williams Herz nie wieder schlagen würde. Plötzlich stand Xenara neben mir und starrte uns entsetzt an.

»Was ist passiert?«, fragte sie panisch und ich schaute sie mit tränenverschleierten Augen an. Hinter uns hörte ich Sirenen. Hoffentlich der Krankenwagen.

»Er … er ist tot.«, antwortete ich tonlos und als Xenara sich neben mich kniete, wurde auch ihr Kleid langsam von Williams Blut rot gefärbt. Was danach geschah, nahm ich nur noch verschwommen wahr. Der Rettungswagen kam und die Sanitäter sprangen heraus. Sie schoben Aaron, Xenara und mich von William und untersuchten ihn hastig. Nur im Hintergrund nahm ich die Geräusche wahr.

»Intubieren.« und »Wiederbelebung eingeleitet.« außerdem »Laden auf 200. Weg.« Das sagte mir alles nicht viel, dann legte sich eine Hand auf meine Schulter, die sich sehr vertraut anfühlte.

»Paige, ich bin es. Gabriel.«, flüsterte die Person und ich drehte mich zu ihm um.

»Gabriel? Was machst du denn hier?«, fragte ich leise und verstört. Er nahm mich in den Arm und strich mir beruhigend über den Rücken.

»Als ich gehört habe, dass eine Paige Young angerufen hat, wusste ich sofort, dass ich mitfahren musste. Was ist passiert, Paige?«, fragte er flüsternd und schaute mir tief in die Augen.

»William ... er ist tot.«, schluchzte ich, da legte Gabe beide Hände auf meine Schultern.

»Wie? Was ist passiert?«, fragte er abermals und dieses Mal mit etwas mehr Nachdruck.

»Ein Fremder ... er wollte Aaron erschießen ... aber er hat Will getroffen. Und jetzt ... ist er tot.«, hauchte ich fast stimmlos und Gabriel nahm mich abermals in den Arm.

»Nein, ist er nicht. Er ist wieder da. Wir bringen ihn jetzt ins Krankenhaus und dann schauen die Ärzte, wo die Kugeln liegen.« Über seine Schulter hinweg sah ich, wie Sanitäter gerade die Liege mit Williams Körper darauf in den hell erleuchteten Krankenwagen schoben und Aaron mit Xenara in seinen Armen danebenstand und ihr gutzureden. Xenara schien sich in Tränen aufzulösen, der Saum ihres hellgrauen Kleides war dunkel verfärbt. »Soll ich dich irgendwohin fahren, Paige? Nach Hause vielleicht?«, bot Gabriel nun an, doch ich schüttelte den Kopf.

»Nein, ins Krankenhaus. Xenara kann doch sicher im Rettungswagen mitfahren, oder? Und du fährst Aaron und mich in Aarons Auto ins Krankenhaus.«, bestimmte ich und er zuckte die Schultern.

»Von mir aus. Dann komm, wir holen deinen Freund.« Zusammen liefen wir zu den beiden und erklärten kurz unsere Pläne, bevor der Krankenwagen mit Xenara und William davonfuhr und ich Gabriel zu Aarons Auto führte, mein Freund trottete hinter uns her. Er wäre nicht mehr fähig gewesen, ein Auto zu lenken. Er sah so aus, als wäre er mit William gestorben, Allerdings nicht zurückgekommen.

In dem riesigen Gebäude führte mein Exfreund uns dann in den Wartebereich, wo wir uns auf zwei Stühle setzten und stumm warteten, bis er mit Xenara zurückkehren würde.

»Ich habe Angst, Aaron.«, flüsterte ich. Er nahm eine meiner Hände in seine beiden und drückte sie fest.

»Es wird sicher alles gut werden. Das muss es einfach.«, murmelte er mir zu und um sich selbst ebenfalls Mut zu zusprechen.

»Du hast auch Angst um ihn, oder?«, merkte ich an, doch Aaron schwieg weiter. Da betrat plötzlich Gabe mit Xenara den Raum, die sofort zu uns eilte und sich in Aarons Arme warf, der aufgestanden war, um sie zu empfangen.

»William wird gerade operiert. In der Schulter hat er einen Durchschuss, die Wunde wird nur genäht, aber die andere Kugel liegt nahe an seinem Herzen. Sie hat das Herz zum Glück noch nicht verletzt, aber sie müssen sie sofort rausnehmen und eine Operation am offenen Herz ist für William in dem Zustand mit einem hohen Risiko belastet. Es geht aber nicht anders. Wir können jetzt nur abwarten. Die Ärzte werden uns informieren, wenn die OP vorbei ist.«, informierte Gabe uns möglichst schonend, Wobei ich mir sicher war, dass normalerweise nur Angehörige so berichtet bekamen. Wir nickten alle gleichzeitig kurz und auch ich stand auf und stellte mich mit zu Xenara, deren Gesicht tränenüberströmt war. Wir hatten alle verstanden, was Gabe gesagt und gemeint hatte. Im schlimmsten Fall würde Wills Herz während der Operation einfach aufhören zu schlagen und dann wäre er wohl endgültig tot. Da trat auf einmal ein anderer Sanitäter in den Raum. Ich wusste nicht, ob er auch mit auf dem Parkplatz vor der Turnhalle gewesen war, doch er hatte ein Stück Papier in der Hand und hielt es uns nun entgegen.

»Sie sind doch die Freunde von Mr Parker ... Wer ist Aaron? Hier ist ein Brief, den wir in Mr Parkers Jacketttasche gefunden haben.« Mein Freund nahm den Brief entgegen und ich sah den Schriftzug darauf. *Für Aaron*

Aaron schluckte schwer und der Sanitäter verließ das Wartezimmer. Gabe wandte sich dann lächelnd an uns.

»Ich werde mich darum kümmern, dass Williams Eltern informiert werden. Ich komme wieder, Sobald ich mehr weiß.« Er folgte mit schnellen Schritten seinem Kollegen, woraufhin wir uns von der Tür abwandten. Aaron öffnete den Umschlag und zog zwei Papierbögen heraus, die mit der

293

gleichen feinen Handschrift beschrieben waren, wie die auf dem Umschlag. Beim Anblick der eng beschriebenen Blätter schluckte er schwer und ich sah den Kampf in seinen Augen, als er sich wünschte, er müsste den Brief niemals lesen. Doch er wusste, dass er nicht mit der Ungewissheit würde leben können, was in dem Brief stand. Also straffte er die Schultern und zog die etwas zerknitterten Seiten glatt.

»Ich ... ich lese es am besten gleich vor.« Er räusperte sich, dann begann er zu lesen.

»Lieber Aaron, ich bin dir aus einem bestimmten Grund nach Winston-Salem gefolgt. Kurz nachdem auch Xenara aus New York weggegangen war, erzählten meine Eltern mir eine unglaubliche Geschichte, die ich dir nicht einfach am Telefon mitteilen wollte. Doch ich vermag auch nicht es dir persönlich zu sagen, da ich deine Reaktion fürchte. Ich weiß nicht, wie du reagieren wirst, nun da dein Hass mir gegenüber so tiefe Wurzeln geschlagen hat. Kol Parker, den ich mein ganzes bisheriges Leben meinen Vater genannt habe, ist nicht mein richtiger Vater. Mein leiblicher Vater ist der gleiche Mann, wie bei dir. Wir sind Halbbrüder, Aaron, ohne dass jemals jemand von uns etwas davon geahnt hätte.« Aaron stockte einen Moment und ich sah das Entsetzen in seiner Miene, dann las er weiter. »Ich weiß, du hasst mich immer noch wegen der Sache mit Claire, aber ich bin auch gekommen, um mich zu entschuldigen. Ich weiß ebenfalls, dass das niemals genügen wird, aber ich hoffe, es ist in deinen Augen wenigstens ein Anfang. Falls es dich milder stimmen sollte, will ich, dass du weißt, dass ich nur ein einziges Mal etwas mit Claire hatte. Wir waren nicht zusammen, nachdem du gegangen warst oder so. Ich habe mich von ihr ferngehalten, da kannst du auch Xenara fragen, sie kann es dir zur Not bestätigen. Was Xenara angeht, so will ich dir versichern, dass ich sie von ganzem Herzen liebe. Sie ist ein ganz besonderer Mensch und die Art Frau, die ich später einmal gerne heiraten würde.« Xenara schluchzte auf, doch davon ließ Aaron sich nicht unterbrechen. »Aber dir zuliebe halte ich mich auch von ihr fern. Es tut mir außerdem furchtbar leid, dass ich sie auf die *schiefe Bahn gezogen habe. Ich hatte mich und mein Leben nicht im Griff, doch nun weiß ich, was ich will. Wenn es dir nichts ausmacht, sag Xeni bitte, dass in der Nachttischschublade auf ihrer Seite unseres Bettes etwas für sie liegt. Ich kann es ihr nicht mehr sagen, weil ich, wenn du diesen Brief liest, schon auf dem Weg woandershin bin. Dann lasse ich alles hinter mir. Auch sie. Wenn ich sie anrufen würde, würde sie sicher viele Fragen stellen, also tue mir doch bitte den Gefallen. Ich werde mich endgültig aus eurem Leben zurückziehen, Aaron. Ich hoffe, mit meinem Weggang ist es ein glatter Schnitt und für keinen schmerzhaft. Ich weiß, dass ich dir nicht immer der beste große Bruder war, doch ich hoffe, du kannst mir irgendwann ansatzweise den ganzen Mist, den ich gebaut habe, verzeihen. Ich werde immer die guten Zeiten in Erinnerung behalten. Die, die wir hatten, bevor das alles mit den Drogen begann. Mir ist klar, auch daran war ich schuld und auch dafür möchte ich mich entschuldigen. Ich hoffe, ihr vergesst mich nicht vollkommen und vielleicht kannst du ja irgendwann mit dem Gedanken leben, dass ich dein Bruder bin. Ich wünsche dir, Xeni und Paige alles Gute für eure Zukunft. Übrigens, wenn du Paige jemals verlassen solltest, bist du ein Idiot. Sag den beiden einen schönen Gruß von mir und lebt wohl. William.«*

Dann verstummte Aaron und ich beobachtete ihn aus verquollenen Augen. Selbst durch den Wasserfilm, der meine Sicht verschleierte, sah ich kleine Tröpfchen aus Aarons Augen auf den Boden fallen, als er nach unten starrte. »Er war mein Bruder.«, flüsterte er dann, »Er ist mir gefolgt, um mir zu sagen, dass wir Brüder sind und um alles wieder gut zu machen.« Ich nahm ihn in den Arm, denn er schluchzte jetzt hemmungslos, was ich bei Aaron noch nie erlebt hatte.

»Schon gut, Aaron.«, wollte ich ihn beruhigen, doch er riss sich von mir los und trat in die Mitte des Raums.

»Nein, ihr versteht das nicht. Ich hätte ihn fast krankenhausreif geprügelt. Ich war so unglaublich wütend ... auf meinen eigenen Bruder.« Xenara stand auf und legte eine Hand an den Arm ihres Cousins.

»Niemand hier macht dir Vorwürfe. Wir müssen abwarten, was passiert. Vielleicht sehen wir Will bald und dann kannst du dich entschuldigen. Mach dich jetzt nicht fertig deswegen.« Von seiner Cousine ließ Aaron sich umarmen und ein paar Minuten später setzten sie sich wieder neben mich, um weiter stumm auf einen Arzt zu warten. Immer wieder drehte Aaron den Brief in der Hand, faltete ihn auseinander und wieder zusammen. Gabe kam schon bald zurück, Aarons Mutter an seiner Seite, die Xenara und mich umarmte, als wir ihr entgegenliefen. Ihr Sohn allerdings erhob sich nur langsam, ließ sich von ihr zwar umarmen, hatte aber nicht die Kraft dazu auch nur ein Wort zu ihr zu sagen. Allerdings konnte Gabriel nicht bei uns bleiben. Schon nach kurzer Zeit wurde er angepiept und schaute auf sein Handy, wo er gebraucht wurde. Dann erhob er sich seufzend und wandte sich mir noch einmal zu.

»Es tut mir leid, Paige. Ich muss leider los, aber ich komme später sicher wieder vorbei, um nach euch zu schauen.«, versprach er und ich umarmte ihn flüchtig.

»Kein Problem, Gabe. Danke, dass du die ganze Zeit bei uns warst und Aarons Mutter gerufen hast. Ich bin dir was schuldig.« Er schüttelte sanft den Kopf, als Zeichen, dass er uns gerne und selbstverständlich geholfen hatte. Dann verschwand er aus dem Wartezimmer. Ungefähr eine Stunde später kam dann auch ein Mann in dunkelblauer OP-Kleidung. Er lächelte uns falsch an und klatschte in die Hände.

»Sind Angehörige von Mr Parker anwesend?«, erkundigte sich der Arzt, woraufhin Aaron aufschaute und dazu zwang, ihm zu antworten.

»Ja, sein Bruder.«, meinte er beinahe tonlos und zog Luise Baxters entsetzten Blick auf sich. Der Arzt setzte sich uns gegenüber auf einen der Stühle und begann uns über Williams Zustand zu unterrichten.

»Mein Name ist Dr. Murphy, Leiter der Kardiochirurgie. Ich möchte Sie gerne über den Verlauf von Williams OP unterrichten. Er hat die Operation überstanden und wir konnten die Kugel aus seiner Brust entfernen und alle Blutungen stoppen. Durch den immensen Blutverlust vor und während der OP war es nötig Volumen zu substituieren. Allerdings war eine weitere Reanimation während der Operation nötig, die etwas schwieriger war als die Vorangegangene und deshalb länger dauerte. Mr Parkers Gehirn erlitt schon während des ersten Herzstillstandes beträchtlichen Schaden und wurde durch die Reanimation im OP erneut einige Minuten lang nicht mit Sauerstoff versorgt.« Wir schluckten alle schwer, doch so wirklich verstand ich nicht, was uns der Arzt damit sagen wollte.

»Das heißt? Wird er nicht mehr aufwachen? Ist er hirntot?«, krächzte Xenara plötzlich und ich fragte mich, woher sie diese Vermutung hatte. Dann fiel mir wieder ein, dass sie einmal erwähnt hatte, dass ihre Mutter Ärztin war. Dr. Murphy schüttelte allerdings den Kopf und setzte ein mitfühlendes Lächeln auf.

»Nein, er ist nicht hirntot. Es ist Hirnaktivität nachweisbar, aber wir wissen nicht, *wann* er aufwachen wird. Mr Parker ist in ein tiefes Koma gefallen. Wir beatmen ihn künstlich und hoffen, dass sein Körper sich erholt.« Aaron nahm meine Hand, wohl, um sich irgendwo festhalten zu können und ich drückte sie sanft, um ihm Kraft zu geben und mir selbst wahrscheinlich auch. Doch Xenara blieb unnachgiebig und wischte sich hastig die Tränen aus dem Gesicht.

»Aber theoretisch könnte er einfach so plötzlich wieder aufwachen, stimmt's?« Dr. Murphy nickte.

»Ja, die Chance besteht natürlich.« Wir hörten alle, dass in seiner Aussage ein ›Aber‹ mitschwang und es war Luise, die sich letztendlich traute, das Gespräch in diese Richtung zu lenken.

»Und wenn das nicht passieren sollte? Was kann noch geschehen?« Man konnte Dr. Murphy genau ansehen, dass er uns nicht gerne mit dem Worst-Case-Szenario vertraut machte, doch er faltete seufzend die Hände und ergriff abermals das Wort.

»Es besteht leider auch die Möglichkeit …, dass Williams Organe in den nächsten Wochen versagen und nur noch unsere Maschinen ihn am Leben erhalten. Ich möchte Sie nicht belügen, es steht sehr schlecht um Mr Parker. Alles, was wir im Moment tun können, ist abwarten und hoffen. Allerdings will ich auch nicht behaupten, dass es gar keine Hoffnung mehr gibt.« Einen Moment blieb es ganz still im Wartebereich. Die Stimmen der anderen Wartenden hatte ich vollkommen ausgeblendet. »Wenn Sie möchten, bringe ich Sie jetzt auch gerne zu ihm.« Wir nickten alle und standen auf, um ihm zu folgen,

»Ich werde Williams Eltern anrufen und ihnen die Neuigkeiten überbringen. Sie leben in New York und haben bereits den nächstmöglichen Flug gebucht.«, erklärte Aarons Mutter, die offenbar bereits mit Mrs und Mr Parker gesprochen hatte.

»Gut, dann bringe ich Sie jetzt zu Ihrem Freund.« Aaron, Xenara und ich folgten ihm zu einem Zimmer mit gläserner Schiebetür. Der Arzt blieb an der Tür stehen und ließ uns allein hineingehen. Als ich William sah, erschrak ich im ersten Moment. Er war nicht offensichtlich verwundet. Über den Stellen, an denen er verbunden sein musste, lag der Stoff des Krankenhausnachthemdes. Er hatte die Augen geschlossen, so dass man fast denken konnte, dass er nur ein kleines Nickerchen machen würde. Doch dann wurden die Fehler im Bild offensichtlich. William schlief nicht nur, aus seinem Mund heraus führte ein Schlauch zu einer Maschine neben dem Bett. In seinem Arm steckte eine Nadel, von der ebenfalls ein dünnerer Schlauch fortführte. Ein Monitor neben dem Bett zeichnete jeden einzelnen Herzschlag und noch eine Menge mehr auf, von dem ich nichts verstand. Ein gleichmäßiges Piepen war das einzige Geräusch in diesem Raum, abgesehen von unseren Atemzügen. Auf eine komische Weise war das Piepen sogar beruhigend. Solange es weiter ertönte, lebte William wenigstens noch. Xenara ging als Erste an eine Seite des Bettes. Sie fuhr ihrem Freund mit den Fingern durch das rabenschwarze Haar und streifte seine Wange mit ihren Lippen.

»William, mein Schatz. Du musst aufwachen, für mich.«, flüsterte sie ihm ins Ohr und ich sah, wie eine Träne auf Williams Wange landete und abperlte. Als würde er selbst über sein Schicksal weinen, doch Xenara wischte sie weg und fuhr sich dann über die abermals feuchten Augen. Ich konnte mir gar nicht vorstellen, wie schrecklich es sein musste, den eigenen Freund dort liegen zu sehen. Die Beziehung, die ich zu William gehabt hatte, war freundschaftlicher Natur gewesen, doch Xenara hatte ihn innig geliebt. Und sie hatte gewusst, dass er sie ebenfalls liebte. Die Unsicherheit, ob der Mann, den sie am meisten liebte, jemals wieder aufwachen würde, musste sie wohl auffressen. Nun trat auch Aaron an das Bett seines besten Freundes und nahm dessen Hand in seine.

»Will, mein Bruder. Es tut mir so leid. Ich vergebe dir und ich hoffe, du kannst mir auch vergeben. Jeden einzelnen Moment, den ich nicht zu dir stand, bereue ich und du sollst wissen, dass ich dich nicht hasse. Wie könnte ich, ich meine, eigentlich sind wir ja zu einem Teil gleich. Wir sind blutsverwandt. Du darfst jetzt noch nicht aufgeben, nicht einfach abhauen, wie du es vorhattest. Dein Leben fängt doch gerade erst an.« Dann brach Aarons Stimme und ich stellte mich hinter ihn, um eine Hand Kraftgebend auf seine Schulter zu legen. Mein Freund räusperte sich.

»Und jetzt hoffe ich, dass meine Mutter bald zurück ist. Ich habe nämlich einige Fragen, auf die ich Antworten brauche.«, sagte er mit rauer Stimme und lief aus dem Zimmer.

Fünfzehn

Aaron und ich saßen vor der Glastür zu Williams Zimmer auf Stühlen, als Mrs Baxter durch den Gang zu uns kam. Während sie Wills Eltern angerufen und sie auf den neusten Stand gebracht hatte, hatte ich meiner Mutter eine knappe Nachricht geschrieben, wo ich war und dass es mir gut ging. Was sich natürlich wie eine glatte Lüge anfühlte, weil es keinem von uns gerade wirklich gut ging. Luise berichtete uns, dass Mrs Parker und ihr Mann bereits gepackt hatten und später am Tag in Atlanta am Flughafen ankommen würden. Inzwischen war es halb drei Uhr morgens. Luise hatte ihnen zwar versprochen, sie gegen sieben Uhr am Flughafen abzuholen, doch sie hatten abgelehnt und gemeint, dass sie es mit einem Taxi schon schaffen würden. An Luise' Gesichtsausdruck konnten wir ablesen, dass sie während des Telefonats mit Williams Mutter erneut geweint hatte und als sie sich nun zu uns setzte, atmete sie tief ein und aus, um sich zu beruhigen.

»Aaron, was ist eigentlich genau passiert?«, erkundigte sie sich mit belegter Stimme, um die Stille zu durchbrechen. Sie schaute hinüber zu der Glastür, hinter der William in seinem Bett lag. Xenara saß immer noch bei ihrem Freund und redete mit ihm, in der Hoffnung er würde einfach aufwachen, wenn er nur oft genug ihre Stimme hörte. Als wir unsere Ausführungen beendet hatten, hatte Luise die Hand vor den Mund geschlagen und in ihren Augen standen abermals Tränen, ein Ausdruck ihres Entsetzens. Langsam erhob sie sich, öffnete die Glastür zu Williams Zimmer und taumelte in den von Lampen beleuchteten Raum. Wir folgten ihr und ich ließ die Tür wieder hinter mir zugleiten, wobei ich sie so leise wie möglich schloss, um Xenara nicht zu stören, die am Bett ihres Freundes saß und eine seiner Hände hielt. Luise gesellte sich zu ihr und musterte den im Krankenhausbett Liegenden traurig.

»Oh, Maggie. Es tut mir so leid.«, flüsterte sie und schlang sich die Arme um den Oberkörper. Xenara stand auf und trat an die Seite ihrer Tante, um ihr eine Hand auf die Schulter zu legen.

»Sind Maggie und Kol unterwegs?«, erkundigte sie sich und Luise nickte zuerst nur stumm zur Antwort.

»Sie werden so in ungefähr vier Stunden in Atlanta ankommen.« Xenara nickte seufzend. Luise schluchzte plötzlich auf und wandte sich zum Gehen.

»Tut mir leid ... aber ich ... ich kann mir das nicht ansehen. ... Ich ...«, setzte sie an, doch Aaron unterbrach sie.

»Weil du die ganze Zeit wusstest, dass wir Brüder sind?« Aarons Mutter hielt den Atem an und schluckte dann schwer, bevor sie etwas erwidern konnte.

»Ich ... woher?«, erwiderte sie bestürzt und Aaron schnaubte.

»Woher ich es *weiß*? William hat es von seiner Mutter erfahren. Deswegen ist er hierhergekommen. Um sich zu entschuldigen und um es mir zu sagen. Wolltest du es *nie* erwähnen?« Sie schluckte abermals schwer und räusperte sich.

»Ich ... das hier ist nicht der richtige Ort, um derartige Dinge zu besprechen. Lasst uns doch erst einmal nach Hause fahren.«, schlug sie dann vor und fuhr sich mit der Zunge über die Lippen, um sie zu befeuchten. Aaron schüttelte vehement den Kopf.

»Nein, ich will es *jetzt* wissen.« Doch ich legte eine Hand an seinen Arm, um ihn zu beruhigen.

»Deine Mutter hat recht, Aaron. Lass uns nach Hause fahren, dann können wir alles in Ruhe besprechen.« Aaron atmete einmal tief durch, erst dann nickte er. Seine Mutter, er und ich verließen schon das Zimmer, während Xenara ihrem Freund noch einen Kuss auf die Wange hauchte und uns dann folgte.

Schweigen herrschte in Aarons Auto, während wir nach Hause fuhren. Ich saß auf dem Beifahrersitz und Xenara auf der Rückbank, während Aarons Mom uns in ihrem eigenen Auto hinterherfuhr.

»Williams Auto steht sicher noch vor der Sporthalle.«, flüsterte Xeni dann irgendwann. Sie hielt die blutdurchtränkten Klamotten ihres Freundes, die in eine Plastiktüte gesteckt worden waren, in den Händen. »Seine Schlüssel und sein Portemonnaie sind in der Innentasche des Jacketts.« Doch Aaron antwortete nicht. Ich wusste nicht, ob er gerade zu beschäftigt mit dem bevorstehenden Gespräch mit seiner Mutter war oder es schlicht nicht über sich brachte sich über irgendetwas Gedanken zu machen, was induzieren würde, dass William in den nächsten Tag nicht wieder aufwachen würde.

»Wir holen es heute noch, okay? Wenn Wills Eltern da sind.«, versprach ich daraufhin, drehte mich zu ihr um und zwang mir ein leichtes Lächeln ins Gesicht. Sie nickte zwar, schien mich allerdings nicht wirklich zu sehen. Mein Freund ließ sein Auto förmlich am Straßenrand fallen und wartete nicht einmal auf den Aufzug, sondern erklomm die Stufen zur Wohnung vermutlich in Rekordgeschwindigkeit. Anscheinend hatte er nicht die Geduld, auf den Fahrstuhl zu warten. Xenara und ich warteten, bis Luise ihr Auto eingeparkt hatte. Mit ihr zusammen nahmen wir schweigend den Aufzug nach oben. Bevor auch wir die Wohnung betraten, schluckte sie noch einmal schwer. Ihr Sohn saß mit erwartungsvoller Miene am Küchentisch, die Uhr an der Wand zeigte halb vier Uhr morgens.

»Möchte vielleicht jemand etwas zu trinken?«, bot Luise an und wandte sich halb zum Küchenschrank. Ich nickte dankbar, woraufhin sie sich zur Küchentheke umdrehte und aus einem Regal Gläser holte, die sie am Hahn mit klarem Wasser füllte. Nachdem alle ein Glas vor sich stehen hatten, ließ sie sich seufzend auf einen Stuhl am Tisch fallen und fixierte mit dem Blick die Tischplatte.

»Nun … wo fange ich am besten an?«, murmelte sie, mehr zu sich selbst als zu uns.

»Du könntest uns ja erst einmal erklären, wie es dazu kam, dass Will und ich den gleichen Vater haben.«, meinte Aaron dann kalt und starrte seine Mutter mit zorniger Miene an, wobei eindeutig auch Verletztheit darin mitschwang.

Luise

Mit tauben Händen reichte ich Paige und Xenara ihre Gläser und setzte mich zu den drei Teenagern an den Tisch. Sobald ich wieder an früher dachte, kamen mir Erinnerungen, die ich zu verdrängen versucht hatte.

Maggie, meine beste Freundin seit der High School und Williams Mutter, steht vor mir mit einem schuldbewussten Gesichtsausdruck.

»Lu, ich muss dir etwas beichten.«, sie stottert herum, »Ich … ich bin schwanger.«, bringt sie dann heraus und ich bin überrascht. Sie hat in letzter Zeit noch nicht einmal von einem Mann geschwärmt, also wie kommt es, dass sie plötzlich schwanger ist? Trotzdem freue ich mich natürlich für sie, zumal ich selbst auch ein Kind erwarte. Also umarme ich sie herzlich, doch sie hält mich auf Abstand.

»Das ist doch toll, Maggie.«, versichere ich ihr, da ich nicht weiß, warum sie so komisch tut, »Du wolltest doch immer ein Kind.« Nun schiebt sie mich ganz von sich, womit sie mich noch mehr verwirrt. Was ist hier los? Dann lässt sie die Bombe explodieren.

»Lu ich bin im zweiten Monat schwanger … von deinem Mann.«

Gleich danach wechseln die Szenen und ich sehe Michaels Gesicht, als ich ihm die Anschuldigungen an den Kopf werfe.

»Hast du mit meiner besten Freundin geschlafen oder nicht? Hast du sie geschwängert?« Michael wie er am Kühlschrank, in unserer Wohnung in New York lehnt und auf der Unterlippe herumkaut.

»Lu ... ich.« Ich gehe auf ihn zu und lege eine Hand auf seine breite Brust.

»MICHAEL! Hast du oder hast du nicht?«, schreie ich ihn an. Er erwidert nichts, doch das ist mir Antwort genug. »Du verdammtes Arschloch.«, zische ich hasserfüllt zwischen zusammen gebissenen Zähnen und schlage ihm mit der flachen ins Gesicht, so dass sein Kopf zur Seite geschleudert wird und er sich die rote Wange reibt. »Raus aus meiner Wohnung. Sofort.«, brülle ich ihn an.

Und dann kommt mir noch das Gespräch mit Mila Karev in den Sinn, so klar, als wäre es erst letzte Woche gewesen statt vor 19 Jahren.

»Luise, ich muss mich noch einmal für meinen Bruder entschuldigen. Man könnte Michael als das schwarze Schaf der Familie Griffin bezeichnen. Ich schäme mich so für ihn. Was er getan hat, ist einfach unverzeihlich.« Ich winke ab und lächele gezwungen.

»Ist schon gut, Mila. Ich werde mich von ihm scheiden lassen und dann liegt das alles hinter mir. Es ist nun egal, was Michael getan hat. Wichtig ist, was wir jetzt tun.« Mein Gegenüber nickt und runzelt dann die Stirn.

»Und das wäre was? Was werden du und deine Freundin nun tun? Was wird aus den Kindern?« Ich zucke mit den Schultern.

»Ich werde mein Kind bekommen. Aaron ... er hat ein Recht darauf zu leben und ich werde ihn auch behalten. Ich will ihn, auch wenn ich nicht mehr mit Michael zusammen bin. Tja und was Margaret angeht ... nun sie will ihren Sohn ebenfalls behalten. Ich bin ihr nicht mehr böse. Am Anfang war ich wütend, doch ich kenne sie schon länger als Michael. Auch wenn das jetzt hart klingen mag, aber mit ihr bin ich schon durch dick und dünn gegangen, deswegen kann ich ihr vergeben. Andersherum wäre es genauso. Es ist eben passiert, also arrangieren wir uns mit der Situation.« Mila nickt abermals und nimmt meine Hand in ihre.

»Werdet ihr es den beiden jemals sagen?« Ich schüttele den Kopf.

»Nein, wir lassen sie als beste Freunde aufwachsen. Sie werden hoffentlich nie herausfinden, dass sie Brüder sind. Mila ... ich hoffe, du bist mir nicht böse, wenn ich meinen Namen von Griffin wieder in Baxter umändere.« Sie lacht und schüttelt den Kopf.

»Nein bin ich ganz und gar nicht. Du weißt doch, dass ich selbst auch nicht mehr Griffin heiße, sondern Karev. Benjamin und ich planen auch ein Kind zu bekommen, also nicht sofort, aber irgendwann und jetzt, wo du das Thema schon angeschnitten hast, wollte ich dich fragen, ob du dann trotzdem die Tante unseres Kindes sein willst?« Ich nicke und drücke ihre Hand, die immer noch meine umfasst.

»Natürlich will ich das, Mila. Es wäre mir eine Ehre und du und Benjamin werdet auch Aarons Tante und Onkel sein, daran ändert die Tatsache, dass ich mich von Michael trenne, nichts. Egal was dein Bruder verbockt ... wir müssen doch zusammenhalten.«

Mein Sohn riss mich aus meinem Gedankengang.

»Hallo? Bist du noch anwesend?«, drängte er, langsam wohl schon ziemlich ungeduldig. Ich räusperte mich und befeuchtete mit der Zunge meine trockenen Lippen.

»Da gibt es nicht sehr viel zu erklären.«, antwortete ich dann auf Aarons eigentliche Frage hin und begann zu erzählen. »Ihr wisst ja, dass ich mit Xenaras Onkel – Michael Griffin – verheiratet war. Mit dem Mann, den du heute noch deinen Vater nennst, Aaron. Damals freute ich mich auf einen Sohn. Als Margaret, meine beste Freundin, zu mir kam, um mir zu sagen, dass sie ebenfalls schwanger sei. Und auch noch vom selben Mann, wie ich. Michael hatte also eine Affäre mit meiner besten Freundin gehabt und sie geschwängert. Anfangs war ich sehr wütend, aber dann überlegte ich mir alles noch einmal genau und vergab Maggie, die ich schon seit der High School kannte. Von Michael, der unser Eheversprechen gebrochen hatte, ließ ich mich scheiden. Margaret und ich bekamen also unsere Kinder und später kam ein Mann in Maggies Leben, der sie, trotz ihres Sohnes heiraten wollte. Kol Parker. Und du

Aaron, hast meinen Mädchennamen geerbt statt Micheals. Und deine Mom, Xenara, meinte, sie würde mich trotzdem gerne als deine Tante ansehen. So war das alles damals und Maggie und ich haben uns geschworen, nie auch nur ein Wort darüber zu verlieren, weil es einfacher wäre, euch als beste Freunde aufwachsen zu lassen. Schließlich hatte William ja auch einen Vater und würde nie danach fragen, wer sein richtiger Vater sei.« Alle waren still und auch ich verstummte nun und trank einen Schluck aus meinem Wasserglas. Dann ergriff Aaron, der mir gegenübersaß, das Wort.

»Und du konntest mir nicht einmal etwas sagen, als wir aus New York wegzogen und ich William am liebsten umgebracht hätte? Meinen eigenen Bruder.« Ich schnaubte und seufzte zugleich.

»Wäre es für dich besser erträglich gewesen, dass dein eigener Bruder dich hintergangen hatte? Hättest du ihm dann die Sache mit Claire schneller verziehen? Wohl kaum.« Er ließ den Blick auf die Tischplatte sinken und schüttelte leicht den Kopf.

»Wahrscheinlich nicht. Da hast du recht, aber was machen wir jetzt?« Ich zuckte mit den Schultern.

»Warten, bis Maggie und Kol kommen, würde ich vorschlagen und bis dahin versuchen wir wohl am besten einfach etwas zu schlafen.«

Paige

An Schlaf war natürlich gar nicht zu denken. Nachdem wir drei unsere Ballkleidung ausgezogen und normale Klamotten angezogen hatten, setzten wir uns alle auf das Sofa in der Wohnung von Aaron und seiner Mutter. Dort saßen wir schweigend. Stunde um Stunde, während im Hintergrund der Fernseher lief, obwohl niemand wirklich hinschaute. Draußen wurde es jetzt immer heller und es passierte nichts. Keine Anrufe, weder von Williams Eltern noch vom Krankenhaus, wobei letzteres wohl eher ein gutes Zeichen war. Plötzlich, als es schon dämmerte, sprang Xenara auf, hielt sich die Hand vor den Mund und rannte hastig ins Bad. Ich folgte ihr, um zu sehen, was los war und sah gerade noch, wie sie die Toilettenspülung betätigte. Dann nahm sie einen Zahnputzbecher und spülte sich mit dem klaren Wasser den Mund aus.

»Alles okay, Xenara?«, erkundigte ich mich vorsichtig und sie nickte, während sie den Becher wieder zur Seite stellte.

»Ja, alles in Ordnung, denke ich. Wahrscheinlich habe ich mir irgendetwas eingefangen, ich werde sicher krank.« Als sie sich vom Spiegel abwandte und ein Lächeln vortäuschte, wusste ich nicht genau, ob ich die Falschheit darin der Gesamtsituation zuschreiben oder misstrauisch werden sollte. Verheimlichte sie mir irgendetwas? Sie lief mit mir zu den anderen zurück und wir setzten uns wieder aufs Sofa, doch es dauerte dann gar nicht mehr lange, bis es an der Tür klingelte und Luise hineilte, um zu öffnen. Nach einer Weile, die Williams Eltern zum Fahren mit dem Aufzug in den elften Stock benötigten, hörten wir Luises Stimme.

»Oh Maggie. Es tut mir so leid.«, rief sie aus und als wir hinzutraten, sahen wir, wie sich die beiden Frauen fest in den Armen hielten. »Hallo Kol. Schön, dass ihr da seid. Auch wenn der Anlass nicht gerade ein Grund zum Feiern ist.«, begrüßte Luise nun auch Williams Stiefvater, bevor Margaret und Kol Parker in den Flur traten. Margaret hatte lange gelockte rabenschwarze Haare und grüne Augen, die rot verquollen waren, was davon zeugte, wie sehr sie unter der ganzen Situation litt. Kol war ebenfalls dunkelhaarig, doch seine Augen waren so schwarz wie die Nacht und er erschien mir auch etwas gefühlskalt, wenn man bedachte, dass sein Stiefsohn im Koma lag und vielleicht nie wieder aufwachen würde. Aber vielleicht war das auch nur meine subjektive Wahrnehmung, weil ich wusste, dass er und William sich nicht besonders nahegestanden hatten. Es hieß ja noch lange nicht, dass ihm Williams Zustand nicht ebenfalls betroffen machte. Möglicherweise versuchte er für seine Frau stark zu sein und verbarg seine Gefühle.

»Kommt, fahren wir doch gleich ins Krankenhaus.«, schlug Aarons Mutter vor und alle nickten simultan. Xenara und ich fuhren wieder bei Aaron mit und Williams Eltern ließen sich bei Luise im Auto nieder. Fast gleichzeitig kamen wir am Krankenhaus an und Xenara entschuldigte sich für ein paar Momente, um sich ein Mittel in der Apotheke zu holen, dass einem möglichen Infekt vielleicht schon entgegenwirkte, während wir anderen uns in Williams Zimmer begaben. Margaret Parker nahm sofort auf einem Hocker neben dem Bett Platz und umfasste die Hand ihres Sohnes.

»Oh Will, mein Schatz. Das darf nicht sein. Du hast dein ganzes Leben noch vor dir.«, schluchzte sie und küsste seinen Handrücken immer wieder. Da betrat auch schon eine weitere Person den Raum. Es war allerdings nicht Dr. Murphy, sondern eine hochgewachsene schmale Frau in weißem Kittel. Sie stellte sich ans Fußende des Bettes.

»Sie sind sicher Williams Eltern.«, lenkte sie die Aufmerksamkeit aller auf sich, »Mein Name ist Dr. Hawkins, ich bin Leiterin der Neurochirurgie und wurde zu Williams Fall hinzugezogen.« Williams Mom hielt ihr die Hand entgegen und versuchte sich an einem Lächeln.

»Ich bin Margaret Parker und das ist mein Mann, Kol Parker.«, erwiderte sie und die Ärztin nickte mit einem Gesichtsausdruck, der sowohl Anteilnahme als auch Professionalität ausdrückte. »Wenn sie möchten, würde ich Ihnen gerne genau erklären, wie wir Williams Zustand im Moment einschätzen.« Alle nickten in einer erstaunlichen Einvernehmlichkeit. »Vergangene Nacht wurde William durch unseren Leiter der Kardiochirurgie Dr. Murphy ein Projektil aus dem Thorax entfernt. Es hatte dem Herzen und der Lunge zum Glück noch keinen Schaden zugefügt. Trotzdem verlor Ihr Sohn sehr viel Blut, welches durch Volumensubstitution ersetzt werden konnte. Der Schuss in der Schulter war ein glatter Durchschuss und das Schulterblatt ist nur minimal beschädigt. Insgesamt musste Ihr Sohn zwei Mal reanimiert werden. Aber alle Blutungen konnten gestoppt werden und zurzeit ist William stabil.« Sie machte eine kleine Pause, um Margaret und Kol die Gelegenheit zu geben, das Gesagte zu verarbeiten, bevor sie mit den schlechten Nachrichten fortsetzte. »Allerdings hat Williams Gehirn durch den Sauerstoffmangel während der Reanimationen erheblichen Schaden erlitten. Hierdurch fiel ihr Sohn in ein tiefes Koma. Sein Körper versucht momentan angestrengt, sich selbst zu regenerieren. Deswegen ist die Wahrscheinlichkeit, dass er in den nächsten 48 bis 96 Stunden erwacht, eher gering. Momentan wird William künstlich beatmet und ernährt und wir können nur abwarten, wie sich sein Zustand entwickelt.« Margaret nickte abwesend, den Blick unverwandt auf Williams Gesicht gerichtet. Ob sie tatsächlich alles verstanden hatte, was Dr. Hawkins erklärt hatte, wagte ich zu bezweifeln.

»Und wie lange kann es dauern, bis er aufwacht?«, informierte sich nun Kol, woraufhin Dr. Murphy seufzte.

»Tja, das ist das Schwierige dabei, denn das kann leider niemand genau sagen. Es kann Wochen, vielleicht Monate dauern.«

»Es kann aber auch sein, dass er gar nicht wieder zu Bewusstsein kommt?«, vermutete Kol und Margaret griff nach seiner Hand, um sich daran festzuhalten, während ihr Blick weiterhin auf ihrem Sohn ruhte.

»Leider ja, es ist nicht möglich zu sagen, welcher Fall eintreten wird. Meine Empfehlung ist die nächsten drei bis fünf Tage abzuwarten und seine Entwicklung zu verfolgen und anschließend zu überlegen, ob Sie die Geräte laufen lassen wollen.« Margaret schaute entsetzt vom Gesicht ihres Jungen auf und vor ihren Augen hing ein Tränenschleier.

»Ob wir die Maschinen laufen lassen wollen? Natürlich wollen wir das.«, hauchte Margaret mit vor Kummer belegter Stimme. »Ich kann ihn doch nicht einfach gehen lassen. Er ist mein … kleiner Junge.« Sie wandte sich wieder um zu ihrem Sohn und strich ihm mit der Hand zittrig durch die Haare und danach übers Gesicht.

»Ja natürlich Mrs Parker. Es ist nicht auszuschließen, dass William plötzlich erwacht. Deshalb würde ich gerne die nächsten Tage abwarten.« Doch Williams Mutter ließ noch

310

nicht locker und stand auf, um sich nicht ganz so klein zu fühlen, während ihre Welt in Stücke brach. Sie verschränkte die Arme vor der Brust und räusperte sich.

»Neben der Entscheidung, ob wir die Maschinen weiter laufen lassen ... welche Möglichkeiten haben wir da noch? Wie lange kann er künstlich beatmet und ernährt werden?« Ich war überrascht, wie gefasst sie klang, während sie sich das Schicksal ihres Sohnes ausrechnete. Dr. Hawkins schien diese Frage schon erwartet zu haben und steckte Williams Patientenakte in eine Halterung am Fußende des Krankenbettes.

»Nun ja, es besteht zum Beispiel die Möglichkeit, eine Dauer der Beatmung festzulegen. Prinzipiell können die Maschinen William auf unbegrenzte Zeit am Leben erhalten. Sollte es allerdings zu einem Multiorganversagen kommen, wäre es nicht sinnvoll die Beatmung fortzusetzen. Aber solange Williams Vitalwerte gut sind und sein Zustand stabil bleibt, besteht die Chance, dass er jederzeit aufwachen könnte.«, erläuterte Dr. Hawkins und Margaret schluckte schwer, doch sie nickte traurig und ließ sich von ihrem Mann einen Arm um die Schulter legen.

»Wäre es möglich, meinen Sohn ins New York General zu verlegen? Wir wohnen nicht hier in North Carolina, unsere Arbeitsstellen sind in New York ...«, erkundigte Williams Mom sich dann leise, doch sie wurde plötzlich von Xenara unterbrochen.

»Nein, bitte nicht. Nehmt ihn bitte nicht mit. Ich ... ich brauche ihn.« Margaret starrte sie leicht verwundert an, doch dann lächelte sie etwas traurig.

»Ihr habt also doch noch zueinander gefunden? ... Aber Xenara, du musst doch verstehen ... du könntest doch wieder zurück nach New York kommen.« Xenara schluckte schwer, als würde sie hin und her überlegen, doch dann schüttelte sie den Kopf.

»Nein hier sind Aaron und Paige ... und Williams Sachen ... seine Wohnung ... ich *kann* hier nicht weg.« Eine kurze Stille entstand, die Dr. Hawkins nach einem Moment durchbrach.

»Leider Mrs Parker muss ich Ihnen von einer Verlegung abraten. Williams Zustand ist zwar momentan stabil, doch er ist frisch operiert und zu diesem Zeitpunkt kann noch keine Aussage darüber getroffen werden, wie der Heilungsprozess seiner Wunden voranschreiten wird.« Margaret blieb noch eine Weile still, dann nahm sie die Hand ihres Mannes und nickte stockend.

»Na gut, dann müssen wir uns wohl eine andere Lösung einfallen lassen.«, murmelte si, worauf natürlich niemand etwas zu sagen wusste. Denn die einzige Möglichkeit, Williams Genesungsprozess zu begleiten, bestand wohl darin nach Winston-Salem zu ziehen. Doch Kol sah nicht gerade danach aus, als würde er seinen Job in New York aufgeben, um seinem Stiefsohn beizustehen.

»Gut, falls nun keine Fragen mehr sind, würde ich mich vorerst verabschieden und sie allein lassen«, beendete die Ärztin das Thema, gab jedem die Hand und verschwand aus dem Raum.

»Tja dann …«, setzte Aarons Mutter an, »… ihr seid natürlich herzlich dazu eingeladen bei uns zu bleiben, solange ihr möchtet.« Margaret lächelte dankbar, doch Kol war der erste, der das Wort ergriff.

»Das ist wirklich sehr großzügig von dir Luise, aber wir müssen heute Nacht noch zurück nach New York. Ich habe morgen ein Meeting mit sehr wichtigen Kunden.« Luise nickte, doch ich sah ihr an, dass sie genauso wie wir anderen nicht verstand, wie man die Arbeit der Familie vorziehen konnte. Wahrscheinlich lag es einfach daran, dass Kol Parker nicht Wills leiblicher Vater war. Auch Margaret schien das Ganze etwas peinlich zu sein, also fügte sie hinzu: »Es tut mir leid, Kol, aber du wirst allein nach New York fliegen müssen. Ich werde vorerst hierbleiben. Auf unbestimmte Zeit.« Zum Glück war Kol vernünftig genug, keine Widerworte zu erheben und stimmte dem Wunsch seiner Frau stumm nickend zu. Er schien kein Mann vieler Worte zu sein.

»Ich würde jetzt allerdings gerne zu euch nach Hause, mich ein wenig ausruhen. Während des Flugs habe ich kein

Auge zugemacht und das hier ... es wird mir ehrlich gesagt etwas zu viel ... ihn hier liegen zu sehen. Können wir bitte zu euch, Luise?«, bat sie dann ihre beste Freundin aus High School Tagen. Diese nickte abermals, dieses Mal allerdings verständnisvoll und nahm ihre Freundin am Arm, als diese sich von ihrem Mann gelöst hatte.

»Natürlich Maggie. Komm.« Kol und Xenara folgten ihnen auf den Flur.

»Wir müssen Williams Auto noch vom Sporthallenparkplatz holen.«, verkündete Xeni plötzlich, doch dann schloss sich die Schiebetür, so dass ich die Antwort nicht mehr verstand. Aaron lief an mir vorbei zu Wills Bett und stützte sich am Fußende ab.

»Was willst du jetzt tun?«, fragte ich schon fast flüsternd, trat neben ihn und legte ebenfalls eine Hand auf das Plastik des Krankenhausbettes. Er zuckte mit den Schultern und starrte den im Bett Liegenden an.

»Meinen Bruder rächen.«, antwortete er nüchtern und ich stutzte.

»Ihn räch ... du willst was?« Ich traute meinen Ohren nicht.

»Ich werde den Typ finden, der Will angeschossen hat und dann werde ich ihn bestrafen. Wenn William sterben muss, hat dieser Penner kein Recht auf sein Leben.« Ich blinzelte ihn entsetzt an.

»Aaron, willst du sein Blut an deinen Fingern kleben haben?« Er lachte bitter auf.

»Paige, ich habe schon Blut an meinen Händen. William dürfte hier eigentlich nicht liegen. Der Typ wollte mich, er hatte es auf mich abgesehen.« Langsam geriet er richtig außer sich. Wut und Verzweiflung sprachen aus ihm.

»Dann zeig ihn an. Verklag den Typ wegen versuchtem Mord, oder so, aber Aaron ... nimm das nicht selbst in die Hand.«, flehte ich ihn an und nun wandte er sich endlich zu mir um.

»Aber ich *muss* das tun, Paige. Er war mein Bruder und wenn die Polizei, diesen Mistkerl kriegt, kann es sein, dass sie ihn ins Gefängnis stecken und er sogar in ein paar Jahren wieder frei kommt. Ich habe *keine* Wahl.« Ich schnaubte verächtlich, denn das konnte er doch nicht wirklich ernst meinen.

»Dann stelle *ich* dich jetzt vor die Wahl. *Ich* oder deine Rache? Ich werde dir nämlich nicht dabei helfen, einen Menschen umzubringen.« Das war mein Ernst und er wusste das auch, über seine Lippen kam kein Lächeln. Dann schüttelte er den Kopf, als wäre ich ein dummes kleines Mädchen.

»Du verstehst es nicht Paige. Ich habe ihn *gehasst*. Abgrundtief gehasst. Ich wollte ihn nie wiedersehen, wegen dem was er getan hat. Als ich das von ihm und Xenara erfuhr, wollte ich ihn umbringen. Und jetzt … jetzt ist er so gut wie tot. Bis zum Ende hin hat er geglaubt, dass ich ihn hassen würde, was ich ja auch tat. Hast du nicht gehört, was er in dem Brief schrieb? Er wusste genau, was ich ihm gegenüber empfand und als ich ihm endlich vergeben konnte, lag er schon im Koma. Er hat es nicht gehört, als ich sagte, ich würde ihm verzeihen. Er wird es niemals aus meinem Mund hören, weil er nämlich nie wieder auch nur irgendetwas hören wird.« Nun schüttelte auch ich den Kopf.

»Wenn du Dr. Hawkins gerade zugehört hättest, wüsstest du, dass das nicht stimmt. William ist nicht tot. Er könnte wieder aufwachen.« Aaron schnaubte verächtlich, doch auch seine Traurigkeit schwang darin mit.

»Du glaubst doch nicht wirklich, dass er wieder aufwacht. Ich jedenfalls kann mich nicht an diese Hoffnung klammern, deswegen muss ich das durchziehen.« Mein Mund war völlig trocken und aus meiner Kehle wollte kein Ton. Ich schluckte schwer, bevor ich überhaupt irgendetwas hervorbrachte.

»Du wählst also die Rache und entscheidest dich gegen mich.« Fasste ich zusammen. So viel zu: *Was auch immer passieren wird, wir werden ab jetzt immer zusammenbleiben. Nichts und niemand kann uns trennen.*

Aaron nickte, während er mir direkt in die Augen schaute.

»Ja, ich wähle meinen Bruder, denn ich kann nicht anders. Ich werde diesen Typ finden. Egal wie lange es dauert oder ob ich dabei selbst draufgehen werde. Das bin ich meinem Bruder einfach schuldig.« Und mit diesen Worten kehrte er mir und William den Rücken zu, schob die Glastür beiseite und lief den Krankenhausflur entlang zum Ausgang.

Xenara

»Da. Da steht es.«, meinte ich zu Wills Mutter, als Luise mit Kol neben sich im Auto davonfuhr. Mrs Parker und mich ließen sie auf dem Parkplatz vor der Turnhalle der West Salem High zurück. Hier wollten wir das Auto von meinem im Koma liegenden Freund abholen. Das schwarze Auto war fast das Einzige auf dem gesamten Platz. Als ich auf es zulief, bemerkte ich einen kleinen Mann in Latzhose, der mit einem Wasserschlauch den Boden abspritzte. Er lächelte uns entgegen.

»Ah … ich dachte schon, jemand hätte den Wagen als Altkleidercontainer missbraucht und er würde hier noch ewig herumstehen.«, meinte er mit Blick zum Auto und lachte leicht.

»Wie meinen Sie das?«, fragte ich und sah, dass die Brühe, die er zum nächsten Gullideckel hinschob, rot war. Der Hausmeister säuberte also schon den Tatort.

»Na der ganze Kofferraum ist voller Koffer und Taschen.« Der kleine Mann ging weiter seiner Arbeit nach und ich öffnete mit einem Drücken auf den Autoschlüssel die Zentralverriegelung. Der alte Mann behielt Recht. Als ich durch eines der hinteren Autofenster schaute, erkannte ich, dass William seine ganzen Sachen gepackt und hier, zur Abreise bereit, verstaut hatte. Das war also der eigentliche Grund gewesen, warum ich mit Paige und Aaron hatte zum Abschlussball fahren müssen. Das war die Sache gewesen, die er noch erledigen musste. Nun wurde mir so einiges klar. Er hatte vorgehabt, während des Balls zu verschwinden und mir nichts davon zu sagen. William hatte gewusst, dass ich ihn aufgehalten hätte, das hatte er in dem Brief ja auch schon deutlich gemacht.

»Er hatte vor zu gehen, oder?«, stellte Margaret eher fest, als dass sie mich fragte. Daraufhin nickte ich nur wie betäubt und legte meine flache Hand an die Fensterscheibe. Das Einzige, das mich von Williams Sachen trennte.

»Ohne mich davon in Kenntnis zu setzte, wie es scheint.«, murmelte ich und spürte, wie eine Träne über meine Wange rollte und an meiner Unterlippe hängen blieb. Hastig wischte ich mir mit dem Handrücken über die Augen und den Mund, dann öffnete ich die Tür zur Beifahrerseite und setzte mich auf den Ledersitz. Keine Minute später saß Mrs Parker neben mir auf dem Fahrersitz und startete den Motor.

»Er hat sich in der Zeit, nachdem Aaron gegangen war, in dich verliebt. Ich habe das mitbekommen. Plötzlich war er ganz anders. So still ... ließ sich nicht mehr so schnell von seinem Stiefvater provozieren.« Ich musste leise lachen, die Tränen waren zum Glück verschwunden. »Will hatte ein Bild von dir unter seinem Kopfkissen. Ich habe es einmal gefunden, als ich bei ihm saubergemacht habe. Na ja, ... genau wie das andere Zeug früher.« Nun lachte auch sie und bog um eine Ecke, als kenne sie den Weg zu uns nach Hause genau.

»Du wusstest es die ganze Zeit, oder? Das mit den Drogen ...« Sie nickte bedächtig, in Gedanken versunken.

»Natürlich, Mütter merken so etwas. Außerdem war mein Sohn auch nicht sonderlich darauf bedacht, es vor mir zu verstecken. Ich denke, es war ihm egal. Du kannst dir ja gar nicht vorstellen, wie sein Zimmer manchmal gestunken hat. Es war häufig regelrecht nebelig dort drin. Aber wie hätte ich ihm denn helfen können? Auf mich hätte er zu der Zeit sowieso nicht gehört und ich wollte auch nicht, dass Kol etwas mitbekommt. Er hätte William rausgeschmissen und ich war mir sicher, wenn William kein richtiges Zuhause mehr haben würde, würde er komplett abstürzen. Also konnte ich nur still sein und hoffen, dass er irgendwann erkennen würde, was für einen riesigen Fehler er machte. Und das hat er ja zum Glück auch. Er hat so hart gekämpft ... bis er es endlich geschafft hatte. Und dann hat er die Freundschaft zu Aaron ruiniert. William war am Boden zerstört und über sich selbst entsetzt. Nachdem du auch gegangen bist, hat er ein Bild von dir unter sein Kopfkissen gelegt und Liebesbriefe an dich geschrieben. Nur warst du nicht mehr da. Er war so wütend auf sich selbst, dass er des Öfteren sein halbes Zimmer zerlegt hat. Und geschrien hat er ... diese Aggression und den Jähzorn hat er sich leider über die Jahre bei Kol abgeschaut.« Ich lächelte unwillkürlich und runzelte dann die Stirn.

»Die Liebesbriefe ... ich habe nie einen erhalten.« Wir hielten vor dem Hochhaus, in dem Paige, Aaron und ich wohnten.

»Er hat sie alle weggeschmissen und ich habe sie alle gelesen. Er war nicht sehr kreativ ...« Wir stiegen aus und öffneten den Kofferraum, um die Sachen herauszuholen, »... aber es kommt ja auf den guten Willen an, nicht wahr?«, ergänzte sie ihren Satz, als sie den ersten Koffer aus dem Auto holte. »William hat einmal mitbekommen, dass ich die Briefe aus dem Müll geholt habe und hat sie verbrannt. Das war der Punkt, als ich ihm alles erzählte. In Bezug auf seinen Vater und dergleichen.« Zusammen brachten wir alle Sachen wieder hoch in Williams Wohnung im neunten Stock. Als Margaret unsere Wohnung betrat, lächelte sie.

»Ich denke, ich werde hier in Winston-Salem bleiben. So lange bis mein Sohn aufwacht. Wäre es für dich okay, wenn ich mir kein Hotelzimmer nehme, sondern mit bei dir wohne, Xenara? Schließlich bist du meine Schwiegertochter oder jedenfalls so gut wie.« Ich nickte erleichtert und umarmte sie dankbar.

»Natürlich Margaret, ich wäre sehr froh darüber, wenn du hierbleiben würdest. Dann bin ich mit der Situation nicht komplett allein.«

»Das bist du auf keinen Fall. Wir halten zusammen und stehen das gemeinsam durch.«, antwortete sie dann und hielt mich fest in ihre Arme geschlossen.

»Margaret? Wusste meine Mom etwas?« In meinen Augenwinkeln sammelte sich schon wieder Salzwasser. Sie löste sich von mir, betrachtete mich für einen Moment und nickte dann mit einem kummervollen Gesichtsausdruck.

»Ja, das hat sie. Sie war ziemlich verzweifelt, weil du doch noch so jung warst und sie hat Aaron dabei unterstützt, dir aus der Drogensucht zu helfen. Sie wollte dir beistehen, doch sie wusste damals nicht, ob du ihre Hilfe annehmen würdest.«, erklärte sie und streichelte mit einer Hand trostspendend über meinen Rücken. Meine Kehle war in diesem Moment viel zu eng, um etwas zu sagen, so dass ich nur stumm nickte und versuchte die Tränen zurückzuhalten. »Ich gehe noch einmal zu Luise nach oben, um meinen Aufenthalt mit ihr und Kol zu besprechen., verkündete sie dann und wandte sie sich zum Gehen. Als die Tür zuklappte, rollte eine einzelne Träne über meine Wange. Nun kehrte Ruhe ein. Nur noch die Koffer und ich. In der Wohnung herrschte eine Totenstille, als wollte sie mir noch einmal bewusstmachen, dass William nicht da war und vielleicht auch nie wieder hier sein würde. Ich lief ins Schlafzimmer, wo ich mich auf das Bett setzte und meine Finger über die vertraute Glätte des Bettlakens streichen ließ. Dann legte ich mich auf die eine Hälfte des Bettes, nahm Wills Kissen in die Hand und roch daran. Es duftete nach ihm. Die Frische seines Parfums und der beißend männliche Geruch, der immer in der Luft gehangen hatte, wenn er frisch rasiert aus dem Bad kam, um mich zu umarmen. Obwohl er nicht da war, spürte ich förmlich die glatte Haut seiner Wange unter meinen Fingern und schmeckte das Prickeln auf seinen Lippen, nachdem er scharfe Kaugummis oder Bonbons gegessen hatte. Seine starken Arme hielten mich fest, so dass ich nicht mehr sagen konnte, ob es die Realität oder nur ein Traum war. Ich hörte leise seine Stimme wie er nahe an meinem Ohr »Ich liebe dich ... so sehr.«, flüsterte. Vor meinem inneren Auge sah ich sein Grinsen und dann den liebevollen Blick, mit dem er mich immer bedacht hatte. Als sei ich könnte er nicht glauben, dass nicht alles ein Traum war. Der Blick hatte Bewunderung, ja sogar Vergötterung, ausgedrückt. Aber genau diese Gefühle verspürte ich auch für ihn, wenn ich ihn betrachtete. Wie er morgens, wenn ich aufwachte, neben mir lag. Nur in Unterhose und unbedeckt, weil ich ihm seinen Teil der Bettdecke schon wieder weggezogen hatte. Das Gefühl, wenn ich dann über seine harten Bauchmuskeln strich und meine Hand über seinem Herz verweilte, während sich seine Brust hob und senkte. Fast spürte ich nicht, wie die Tränen über meine Wangen flossen. Hastig richtete ich mich auf und holte tief Luft. Ich wollte nicht an das Leuchten seiner wunderschönen blaugrünen Augen oder das wohlige Gefühl, wenn er sich voll und ganz auf mich eingelassen hatte, denken. Das Kissen schmiss ich neben mich und verbarg das tränenüberströmte Gesicht in meinen Händen. So würde ich es mir nur noch schwerer machen. Da fiel mir wieder ein Satz aus dem Brief ein, den Will an Aaron geschrieben hatte. Daraufhin öffnete ich den kleinen Kasten meines Nachttisches, in den ich bis jetzt noch nie geschaut hatte. Darin lag ein kleines schwarzes Stoffbeutelchen und ein gefaltetes Stück Papier. Beides nahm ich heraus und legte es erst einmal neben mich aufs Bett. Dann entfaltete ich den Brief und las leise.

Liebste Xenara
Wenn du dies liest, hat Aaron meinen Brief sicher erhalten und dir meine Nachricht überbracht, denn du hast noch nie etwas in diese Schublade gelegt. Ich will, dass du weißt, dass ich dich nicht verlasse, weil ich dich nicht liebe. Sondern nur deshalb, weil ich dich so sehr liebe. Du bist mein Ein und Alles und wenn das Ganze etwas anders gelaufen wäre mit Aaron, hätte ich dir an deinem18. Geburtstag einen Heiratsantrag gemacht. Ich weiß, dass wir in zwei Jahren noch zusammen gewesen wären, denn wir gehören einfach zusammen. Es tut mir leid, dass ich jetzt so plötzlich gehe. Ich hätte gerne alles mit dir besprochen, aber du hättest mich nicht gehen lassen, da bin ich mir sicher. Ich werde nach Boston fahren. Das sage

ich dir jetzt allerdings nicht damit du mir folgst, nur damit du weißt, wo ich bin und dass es mir gut geht. Bitte vermiss mich nicht zu sehr. Du weißt, dass ich dich immer lieben werde, aber ich möchte auch, dass du dein Leben in vollen Zügen genießen kannst. Ich verspreche dir, ich werde dich nie vergessen. Die Wohnung gehört dir, ich habe alles geregelt, so dass du keine Sorgen haben musst.

In Liebe, William

P.S: Sag Paige bitte, dass es mir leidtut, dass ich sie anfangs so verwirrt habe.

P.S.S: Die Sachen in dem Beutel hatte ich schon vor längere Zeit für dich gekauft und wollte sie dir eigentlich zum Abschlussball schenken, aber ich lasse sie dir lieber jetzt zukommen.

Erneut mit Tränen in den Augen öffnete ich das Beutelchen und schüttelte den Inhalt heraus auf das Bett. Zuerst lag da ein Ring, kunstvoll geschwungen und mit einem blauen Stein. In die Innenseite war *X&W* graviert. Mit tauben Fingern steckte ich ihn mir an den Finger und musste unwillkürlich etwas lächeln. Er passte perfekt. Sofort hatte ich das Bild vor Augen, an das mich dieser Ring erinnerte, auch wenn es diese Erinnerung noch gar nicht geben konnte. Meine Fantasie überlistete meinen Verstand und ließ einen Film vor meinem inneren Auge ablaufen.

William mit einem breiten, sanften Lächeln im Gesicht, atemberaubend schön wie immer, in dunkelblauem Hemd und schwarzen Jeans, vor mir kniend. In der Hand hielt er eine Schmuckschatulle. Er brauchte kein Wort zu sagen, ich wusste auch so, was er mich fragen wollte. Dann löste sich das Bild in Luft auf und ich war wieder allein in der riesigen Wohnung. *Meiner* Wohnung, die mich viel zu sehr an William erinnerte.

Als zweites nahm ich ein Medaillon vom Bett. Es war silbern, genau wie die Kette an dem es hing. Als ich es öffnete, war es leer. Ein kleiner Rahmen wartete darauf, ein Bild zum Aufbewahren zu bekommen, doch beim genaueren Betrachten der linken Hälfte waren dort Worte eingraviert.

Was auch immer passiert. Schnell schloss ich das Medaillon und drückte es an mein Herz. Das waren so viele Sachen, die es mir erlaubten, William so nahe zu sein, wie ich es nie könnte, indem ich einfach neben seinem Krankenhausbett stand. Mit einem Seufzen legte ich alles zurück in die Schublade und zog aus meiner Tasche einen Schwangerschaftstest, den ich mir aus der Krankenhausapotheke geholt und in einer Damentoilette schnell gemacht hatte. Bis jetzt hatte ich mir das Ergebnis noch nicht angeschaut, die drei Minuten hatte ich nicht warten wollen. Heute Morgen war es mir schlagartig klargeworden. In den letzten Tagen war mir früh immer übel gewesen, aber ich hatte wirklich gedacht, dass ich mich irgendwo angesteckt haben musste. Dann hatte ich tiefer gegraben und mir war aufgefallen, dass ich mich nicht daran erinnern konnte, wann ich zuletzt meine Periode gehabt hatte. Nun schaute ich auf die zwei kleinen Anzeigefenster und hielt in der anderen Hand den Beipackzettel. Ein Strich bedeutete nicht schwanger und zwei senkrechte Striche schwanger las ich noch einmal und schluckte schwer. *Oh nein.*

»Verdammt.«, flüsterte ich und griff sofort zu meinem Handy.

»Hallo Schätzchen, wie geht es dir? Aber ich habe nicht sehr viel Zeit, ich habe gleich eine OP am Herz eines gerade mal einen Tag alten Babys.«, ging meine Mutter für ihre Verhältnisse sehr schnell ran.

»Ja, so ähnlich ist mein Problem auch.« Sie schwieg einen Moment und schien wohl über meine Worte nachzudenken.

»Ist mit deinem Herz etwas nicht in Ordnung?« Ich seufzte und platzte dann mit meinem eigentlichen Anliegen heraus.

»Mommy, wie sicher sind die Schwangerschaftstests aus der Apotheke?« Ich wusste, dass ich nun schon fast panisch klang.

»Ähm ... na ja in den ersten Wochen kann ein negatives Ergebnis schon mal falsch sein ... aber positiv ist eigentlich positiv, da lässt sich nicht viel dran rütteln. Wa ... warum ... Xenara?« Ich schluckte noch einmal schwer und seufzte.

»Tja ... dann denke ich mal, haben wir ein etwa Weintrauben großes Problem.«, antwortete ich murmelnd mit Blick auf die zwei Striche in den Anzeigefenstern.

Aaron

Als ich die Tür zu Moms und meiner Wohnung aufsperrte, saßen drei Personen im Wohnzimmer. Ich erkannte den dunkelbraunen Schopf von Kol Parker und daneben seine Frau und das Gesicht meiner Mutter ihnen gegenüber. Ich lief einfach in mein Zimmer und setzte mich dort aufs Bett. Aus meiner Jackentasche nahm ich Williams Brief und las ihn noch einmal durch. Es kam mir alles so unwirklich vor. So als würde ich jetzt gleich die Musik dröhnen hören, wenn ich an Williams Wohnungstür vorbeiging. Doch ich wusste, dass ich nichts hören würde. Was gäbe ich dafür, mit William zu streiten oder mich mit ihm prügeln zu können? Egal was, Hauptsache William lebte noch. Aber er lag in einem Bett im Krankenhaus, sah aus, als würde er schlafen und doch würde er vielleicht nie wieder aufwachen. Und das nur wegen mir. Weil ich mich hatte provozieren lassen und er mich beschützt hatte, genau wie früher. Ruckartig stand ich auf und schmiss mit einem Wutschrei eines meiner Kissen gegen die gegenüberliegende Wand. Es landete auf meinem Schreibtisch und fegte einige Sachen runter. Ein paar Daunenfedern lagen auch auf einmal herum. Vom Boden hob ich ein gerahmtes Bild auf. Darauf waren Paige und ich zu sehen. Sie lächelte glücklich und schmiegte sich an mich. Ich hatte einen Arm um sie gelegt und küsste sie ins Haar. Mit einem verächtlichen Schnauben schmiss ich das Bild zu Boden, wo die Scheibe in Einzelteile zerbrach und ironischerweise die kaputte Beziehung zwischen Paige und mir symbolisierte.

Da klopfte es plötzlich an der Tür und kurz darauf öffnete sie sich einen Spalt.

»Aaron, ist alles in Ordnung?«, fragte Margaret vorsichtig, während sie ihren Kopf zur Tür hineinsteckte. Ich nickte und bat sie hereinzukommen. Sie schloss die Tür hinter sich leise und blieb ungefähr einen Meter von mir entfernt stehen. »Er hat es dir also doch noch gesagt.«, stellte sie fest, doch ich schüttelte den Kopf.

»Nein, er hat mir einen Brief geschrieben und wollte abhauen, weil er glaubte ich wäre noch wütender auf ihn, wenn ich erfahre, dass er mein Bruder ist. ... Aber im Nachhinein denke ich, war ich ein riesiger Idiot. Ich meine, ich war so wütend auf ihn. *Ihn*, mit dem ich mein gesamtes Leben geteilt hatte. Ich bin sogar aus der Stadt geflohen wie ein Feigling.« Sie schüttelte den Kopf und fasste mich an den Schultern.

»Natürlich denkt man später immer, man hätte alles besser machen können. Aber weglaufen empfandest du damals einfach als beste Wahlmöglichkeit. Du wusstest doch nicht, was du heute weißt und wir alle haben deine Entscheidung verstanden. Du darfst nicht mehr über früher nachdenken. Die Vergangenheit kannst du nicht ändern, aber die Zukunft schon.« Ich nickte dankbar und nahm sie fest in den Arm.

»Danke, Margaret und es tut mir furchtbar leid.« Sie strich mir mit der Hand über den Rücken.

»Du brauchst dich für nichts zu entschuldigen.« Dann waren wir beide einen Moment stumm, bevor wir uns voneinander lösten.

»Ich gehe mich jetzt mal etwas hinlegen. Ich bin müde und du solltest auch ein wenig schlafen.« Ich nickte abermals und da schloss sich auch schon die Zimmertür hinter meiner ›Tante‹. Sofort öffnete ich meinen Kleiderschrank und holte eine Tasche heraus. Ich würde Margarets Rat befolgen und meine Zukunft in die Hand nehmen. Dazu schmiss ich einige Klamotten in mein Gepäckstück und packte meinen Laptop, mein Handy und mein Portemonnaie in die Umhängetasche, die mir sonst als Schultasche gedient hatte. Dann verließ ich mein Zimmer und auch die Wohnung und lief hinunter auf die Straße zu meinem Auto. Einen Brief für meine Mutter, Xenara oder Paige ließ ich nicht zurück. Es ging niemanden etwas an, wohin ich fuhr oder was ich vorhatte. Hastig parkte ich aus und fuhr mit quietschenden Reifen an. Mit einem Klick auf den Bildschirm im Armaturenbrett gingen das Navigationssystem und die Spracherkennung an.

»Ziel: New York.«, gab ich laut und deutlich an, dann starrte ich wieder geradeaus durch die Windschutzscheibe.

Drittes Buch

– Das Ende –

Sechzehn

Xenara

Ich erwachte durch stetiges Klopfen und Sturmklingeln an meiner Wohnungstür. In Schlafanzug gekleidet tapste ich ins Wohnzimmer und gähnte, während ich mir die Augen rieb. Blinzelnd öffnete ich die Tür und sah Paige, die davorstand, nur sehr verschwommen.

»Hi Xenara. Ist Aaron bei dir?« Ich runzelte die Stirn, dann verneinte ich stumm und trat einen Schritt zurück, um sie in die Wohnung zu lassen.

»Ich war bei meiner Mom, um ihr alles zu berichten und dann wollte ich gerade hinauf, um noch einmal mit Aaron zu reden, aber er war nicht da. Sein Zimmer sieht aus, als hätte eine Bombe eingeschlagen und ein paar seiner Klamotten fehlen, genau wie sein Laptop und sein Handy.« Sie nahm hastig ihr eigenes Mobiltelefon, versuchte wohl, Aaron zu erreichen. Nach einem Moment seufzte sie.

»Aaron, wenn du das hörst, dann ruf mich bitte so schnell wie möglich zurück. Ich möchte gerne wissen, wo du steckst, ich mache mir Sorgen. Bitte Aaron, man kann über alles noch einmal reden.« Dann legte sie auf, nahm das Telefon vom Ohr und massierte mit Daumen und Zeigefinger einer Hand ihre Schläfen. »Mein Gott, warum war ich auch so blöd und bin nicht sofort noch einmal zu ihm hoch?« Ich schüttelte verwirrt den Kopf.

»Ich habe bis eben geschlafen und kann noch gar nicht richtig denken, Paige. Ich verstehe gerade nur Bahnhof. Was ist denn eigentlich passiert?« Sie seufzte abermals und setzte sich aufs Sofa, nachdem sie das Handy zurück in ihre Hosentasche gesteckt hatte. Ich ließ mich neben ihr nieder.

»Vorhin im Krankenhaus, als ihr alle schon auf dem Weg zum Ausgang wart, hat Aaron mir offenbart, dass er sich an dem Typ, der William angeschossen hat, rächen will. Er will ihn umbringen und da habe ich gesagt, dass ich da nicht mitmachen werde und habe ihm ein Ultimatum gestellt. Er hat sich gegen mich und für seine Rache entschieden. Ich war in dem Moment so perplex, dass ich nichts sagen konnte, aber ich wollte noch einmal mit ihm reden, wenn er vielleicht etwas Schlaf hatte und wieder klar denken kann.« Nun war allerdings *ich* zu perplex, um etwas sagen zu können. Erst nach einigen Augenblicken Stille und einem Räuspern erwiderte ich etwas.

»Also denkst du, er ist abgehauen, um sozusagen auf Verbrecherjagd zu gehen?« Sie nickte und knete nervös ihre Finger.

»Margaret meinte, sie habe vorhin noch mit ihm gesprochen, bevor sie ins Bett ist und da sah das Zimmer auch schon so aus.« Ich überlegte hastig.

»Aber du kamst doch viel später als wir, oder?«, argumentierte ich.

»Gabriel hat mich nach Hause gebracht und als ich kam, stand Aarons Auto noch da. Ich habe Aaron vielleicht nur um Sekunden verpasst.« Seufzend ließ ich den Kopf in die Hände sinken und verbarg darin mein müdes Gesicht.

»Das heißt auch, dass er jetzt schon sonst wo sein könnte.« Ich sah ihre Reaktion nicht, doch ich spürte, wie sie sich erhob und vor der Sitzgruppe auf und ab lief.

»Allerdings wird er bestimmt, nachdem er letzte Nacht nicht geschlafen hat und heute nach dem Krankenhausbesuch fast sofort los ist, eine Pause in irgendeinem Motel machen.« Ich lachte trocken auf und strich mir mit den Fingern übers Gesicht, als könnte ich dadurch Klarheit erlangen.

»Du sagst schon richtig ›irgendein‹ Motel. Wir haben keine Ahnung, was sein erstes Ziel ist, in welche Richtung er fährt.« Paige ließ die Schultern hängen und stimmte mir verzweifelt zu.

»Wir sind ungefähr um zwölf aus dem Krankenhaus heimgekommen. Jetzt ist es 19 Uhr, also fährt er schon so fünf oder sechs Stunden ...« Ich stand ebenfalls auf und nahm sie in die Arme, um ihr Kraft zu geben.

»Wir können wahrscheinlich nichts anderes tun als abzuwarten. Vielleicht hat er sein Handy nur nicht gehört, weil er schläft oder so. Er ruft bestimmt zurück. Wir müssen jetzt einfach die Ruhe bewahren.« Sie schnaubte und löste sich von mir, um abermals nervös hin und her zu laufen.

»Das ist leichter gesagt als getan. Mein Freund, also vielleicht auch mein Exfreund, ist zu einer Selbstmordmission aufgebrochen und ich soll stillsitzen und es geschehen lassen.« Ich schürzte die Lippen und lächelte dann falsch zu ihr hoch.

»Du vergisst, dass mein Freund schon im Krankenhaus liegt und niemand weiß, ob er da tot oder lebendig rauskommen wird.« Sie blieb abrupt stehen und schlug sich eine Hand vor den Mund.

»Oh, es tut mir leid, Xeni. Ich wollte nicht ... ich bin so blöd, ich weiß.« Seufzend winkte ich ab und ließ mich zurück auf das Sofa sinken.

»Schon gut. Wir müssen jetzt einfach zusammenhalten.« Sie nickte zustimmend und ließ dann den Blick durch den Raum schweifen.

»Ich muss dir noch etwas sagen, Xenara ... Die Polizei war im Krankenhaus. Die Ärzte haben sie gestern Nacht benachrichtigt und sie haben sich wohl den ›Tatort‹ schon angeschaut. Die Ärzte haben ihren Bericht über Wills Verletzungen auch schon abgegeben und jetzt fehlt nur noch die Täterbeschreibung von Aaron und mir, beziehungsweise nur von mir, da Aaron ja auf dem Weg sonst wohin ist. Ich soll morgen aufs Revier kommen, um meine Aussage zu machen ... Ich dachte, es würde dich vielleicht interessieren. Sie suchen diesen Typ also auch, damit er seine gerechte Strafe bekommt.« Ich versuchte es noch einmal mit einem Lächeln, dann wechselte ich das Thema.

»Weißt du, wann Kol nach Atlanta zum Flughafen will?« Paige nickte.

»Ja, heute Nacht noch. Luise schafft ihn auf 22 Uhr hin.«

»Perfekt, da komme ich mit.« Sie hob überrascht die Augenbrauen. »Ach ich habe mich mit Margaret nur ziemlich angefreundet und sie wird ihren Mann sicher mit nach Atlanta bringen wollen. Ich möchte gerne etwas Zeit mit ihr verbringen.« Paige nickte nachdenklich und stand dann auf.

»Okay, dann gehe ich jetzt mal wieder runter und rufe Aaron alle zehn Minuten an.« Ich schüttelte belustigt den Kopf und folgte ihr zur Wohnungstür.

»Ich denke, alle Stunde würde auch reichen.«, rief ich ihr hinterher, als sie die Treppe in den achten Stock herunter joggte.

Aaron

Mit nassen Haaren und einem Handtuch umgebunden lief ich zurück in das Motelzimmer, an das gleich das kleine Bad grenzte. Aus meiner Tasche nahm ich mir neue Klamotten und trocknete mich ab. Bei einem Blick auf mein Handy stellte ich fest, dass Paige mich zehn Mal angerufen hatte. Allerdings hatte sie nur fünf Nachrichten hinterlassen, die ich mir anhörte, während ich mir die Zähne putzte und die Haare trocknete. Alle Kleinigkeiten, die ich nicht aus dem Bad zuhause hatte mitnehmen können, hatte ich mir in einem kleineren Laden auf dem Weg neu gekauft. Die Mailboxaufzeichnungen enthielten fast jedes Mal das Gleiche: ›Aaron wo bist du? Ich mache mir Sorgen um dich. Komm doch bitte zurück, damit wir reden können. Ruf an.‹ Mit einem Seufzen löschte ich die Nachrichten und packte zusammen. An der Motelrezeption gab ich meinen Schlüssel ab und bezahlte für die sechs Stunden Schlaf, dann trat ich hinaus auf den Parkplatz, setzte mich in mein Auto und suchte mitten in der Nacht nach einem Lokal, in dem ich etwas zu Essen holen konnte. In den meisten Häusern, an denen ich vorbeikam, brannte kein Licht mehr, doch irgendwann gelangte ich zu einem 24 Stunden Diner und hielt an. Meine Augen hatten sich langsam an die Dunkelheit der Umgebung gewöhnt, so dass mich das helle Neonlicht in dem kleinen Laden blendete. Kaum hatte ich mich gesetzt, kam auch schon eine, einen Kaugummi kauende, Bedienung mit einem Notizblock in der Hand. Trotz Müdigkeit versuchte sie zu lächeln.

»Hi. Was hätten Sie denn gern?« Ich überlegte nicht lange.

»Einen schwarzen Kaffee und Bacon & Egg mit einem Toast.« Sie kritzelte, nickte und verschwand dann hinter ihrem Tresen. Ich würde mir wohl einen Kaffee für unterwegs mitnehmen müssen, dachte ich mir noch, als mein Handy schon wieder klingelte. Mitten in der Nacht und Paige rief immer noch an, doch ich drückte sie einfach weg. Irgendwann würde sie schon merken, dass ich nicht mit ihr reden wollte.

Xenara

»Gut, dann danke für die Unterkunft Luise und danke, dass Margaret noch eine Weile bleiben darf.«, verabschiedete sich Kol mit kühler Stimme und wandte sich an seine Frau. »Bis in einer Woche dann, Schatz. Ruf mich an, wenn sich bei William etwas ändert.« Sie nickte und ließ sich von ihm einen Kuss auf die Wange drücken.

»Los, du musst noch einchecken. Sonst startet der Flieger ohne dich.«, erinnerte sie ihn sanft und er nickte nur stumm. Er schaute noch einmal in die Runde, was wohl seine Art von Verabschiedung war, und wandte sich dann in Richtung der großen Rolltreppe. Wir winkten ihm lächelnd nach, bis er oben angekommen und verschwunden war. Ich schaute auf die große Anzeigetafel über mir, auf der stand, wann welcher Flug landete und abflog. In einer halben Stunde würde das Flugzeug nach New York abheben und in zehn Minuten würde eines aus New York hier ankommen.

»Luise, können wir vielleicht noch zehn Minuten warten?« Die beiden Frauen schauten mich erst komisch an, dann starrte auch Luise auf den Bildschirm über uns.

»Wer kommt denn mit dem Flug aus New York?« Ich lächelte unschuldig.

»Meine Mutter.« Margaret hob überrascht die Augenbrauen und musterte mich eindringlich.

»Alles okay mit dir, Xenara? Du weißt, du kannst auch mit uns über alles reden.« Ich nickte und winkte dann ab.

»Nein, nein, alles okay. Sie wollte sowieso mal kommen, um sich mein neues Zuhause anzuschauen. Und sie möchte mir beistehen, jetzt da William ... nun ja. Aber mit mir ist alles okay, keine Sorge.« Luise und Margaret legten mir mitfühlend jeweils einen Arm um die Schultern.

»Ich weiß, dass das alles vor allem für dich sehr schwierig ist. Die ganze Situation, aber wir bekommen das schon hin.«, murmelte Margaret und drückte mir einen Kuss ins Haar. Ich erwiderte nichts und schaute mich um.

»Setzten wir uns doch dort drüben auf die Stühle und warten auf meine Mom.«, schlug ich vor und sie stimmten mir stumm zu. Natürlich dauerte es länger als zehn Minuten, bis meine Mutter mit einem großen Koffer und einer Tasche in die Eingangshalle kam. Sie entdeckte uns sofort und strahlte, als wir ihr entgegenliefen.

»Mommy.«, rief ich erleichtert und rannte auf sie zu.

»Oh Xenara, Kleines.«, erwiderte sie ebenso froh mich zu sehen und nahm mich fest in den Arm, nachdem sie ihre Tasche abgestellt hatte. »Alles gut, mein Schatz? Tut was weh oder so?«, flüsterte sie, so dass Luise und Margaret, die mir etwas langsamer folgten, nichts verstanden. Doch ich verneinte, indem ich den Kopf schüttelte.

»Alles super, du bist ja jetzt hier.«, erwiderte ich, mit Tränen in den Augen und löste mich dann wieder von ihr.

»Luise. Schön, dass wir uns endlich einmal wiedersehen.«, meinte Mutter, während sich die beiden herzlich umarmten.

»Dich hätte ich hier zwar nicht erwartet, Mila, aber es ist einfach unbeschreiblich schön, die alten Freunde und Bekannte wieder zu sehen. Auch wenn natürlich der Anlass schrecklich ist.«, stellte Luise fest und strahlte nun ebenfalls. Nun wandte meine Mom sich um zu Williams Mutter und schloss sie ebenfalls in eine Umarmung.

»Oh Maggie, es tut mir so unendlich leid. Ich kann es noch gar nicht wirklich realisieren.« Margaret lächelte an ihrer Schulter und strich ihr über den Rücken.

»Ich auch nicht Mila, aber schön, dass du hier bist.«

»Seid ihr extra wegen mir nach Atlanta gekommen?«, fragte meine Mom und hob ihr Gepäck wieder auf. Ich nahm ihr eine Tasche ab.

»Um deine Frage zu beantworten, nein wir haben Kol zum Flughafen gefahren, aber, wenn ich gewusst hätte, dass du kommst, wäre ich extra wegen dir hergekommen. Darauf kannst du dich verlassen.« Alle drei Frauen lächelten, vor Freude, sich nach zwei Jahren wieder zu sehen. Nachdem wir Moms Sachen im Kofferraum verstaut hatten, fuhren wir nach Hause nach Winston-Salem.

Aaron

Als ich auf den Klingelknopf mit der Aufschrift *M. Griffin* drückte, schaute ich kurz auf meine Handyuhr. Es war schon nach sieben Uhr morgens. Wenn ich Glück hatte, war mein Vater noch zu Hause, aber vielleicht war er auch schon zur Arbeit gegangen. Doch da öffnete sich auch schon die Haustür und mein Dad stand im Eingang. Er schien überrascht, mich zu sehen.

»Aaron.« Ich lächelte falsch und lief die letzte Stufe bis zur Tür hinauf.

»Hallo Dad. Ich darf doch reinkommen, nicht wahr?« Er ließ sich von mir zur Seite drängen und schloss die Tür, als ich im Flur stand.

»Ich hatte dich hier nicht erwartet.«, stellte er dann fest, daraufhin zuckte ich mit den Schultern und begab mich ins Wohnzimmer.

»Tja, nun bin ich hier. ... Da fällt mir ein, ich vermute William hat dich vor einigen Wochen beziehungsweise Monaten ebenfalls aufgesucht.« Ich fläzte mich in einen Sessel und schaute zu meinem Vater auf, der langsam in den Raum geschritten kam.

»Woher ...?«, setzte er an und ich zuckte mit den Schultern, die Handflächen nach oben gekehrt. Meine Arme lagen ausgebreitet auf den Sessellehnen.

»Wie gesagt, nur eine Vermutung, die du allerdings bestätigt hast.« Ich grinste weiter aufgesetzt, um meine Wut noch nicht zu zeigen, während sich Michael in einen Sessel mir gegenübersetzte und sich zurücklehnte.

»Was hat er dir erzählt? Hat er dir die Vatergeschichte gleich an den Kopf geworfen?«, fragte ich künstlich belustigt. Michael stöhnte auf und schürzte die Lippen.

»Was willst du jetzt von mir hören, Aaron? Das es mir leid tut, dass ich eine Affäre hatte und dabei gleich ein uneheliches Kind gezeugt habe? Das tut es natürlich. Mein Gott, ich habe deine Mutter *geliebt*.« Ich schnaubte verächtlich.

»Darum geht es nicht, *Dad*.« Ich sprach dieses letzte Wort aus wie ein besonders schlimmes Schimpfwort. »Abgesehen davon, dass ich glaube, dass du ein verdammter Scheißheuchler bist, was die Sache zwischen dir und meiner Mutter angeht, will ich, dass du dich entschuldigst. Dafür, dass du mich 18 Jahre lang im Unklaren gelassen hast.«, zischte ich zwischen zusammengebissenen Zähnen hervor und drückte meine Handflächen auf die Lehnen. Mein Gegenüber atmete einmal tief ein.

»Meine Güte, ich durfte doch nichts sagen. Deine Mutter hatte es mir verboten und ich hatte meinen zweiten Sohn bis zu dem Tag, an dem er plötzlich vor meiner Haustür stand, noch nie gesehen. Außerdem ... was hätte es dir gebracht, zu wissen, dass du einen Bruder hast?« Langsam richtete ich mich ein wenig auf und beugte mich dann nach vorne, die Finger verschränkt und die Ellbogen auf meinen Oberschenkeln ruhend. Mit einem tiefen Luftzug brachte ich mich dazu, wieder ruhig zu werden und achtete darauf, fast zu flüstern.

»Wenn ich gewusst hätte, dass William mein Bruder ist, hätte ich ihm verziehen, dass er mit meiner Freundin geschlafen, dass er Xenara drogenabhängig gemacht hat. Ich hätte ihm vergeben können, dass er mich auch fast dazu gebracht hätte, mein Leben wegzuschmeißen und dass er mit Xenara schläft. Und das alles, bevor er starb.« Bei meinen letzten Worten weiteten sich Michaels Augen und er schluckte schwer.

»Er ... William ... ist tot?« Ich lehnte mich wieder zurück und seufzte.

»Ein Typ wollte mich erschießen und Will hat den Helden gespielt und die Kugeln abgefangen.« Michael stand auf und lief zur Wohnzimmertür, dann blieb er stehen, kam wieder zu mir und wandte sich abermals um, unentschlossen, was er tun sollte.

»Aaron, es tut mir so leid. ... Alles. Ich ... was kann ich tun?« Ich lächelte ihn bitter an.

»Ich würde einen Whisky nehmen.«, antwortete ich und er lachte überrascht, aber nicht fröhlich, eher so, als hielte er meinen Satz für einen Scherz und einen Schlechten noch dazu. »Ich weiß, das ist nicht das, was du erwartet hattest von mir zu hören. Aber so ist es nun mal. Das Einzige, was du tun kannst, ist mir einen Whisky anzubieten und dir selbst auch einen zu nehmen.« Mit einem knappen Nicken lief er aus dem Wohnzimmer, um aus der Küche Gläser und die Flasche zu holen. Der Weg war ziemlich lang und die Zeit, die er brauchte, würde für mich ausreichen. Leise stand ich auf und begab mich zu einer Kommode, in deren Nähe ich mich extra gesetzt hatte. Eine der Schubladen zog ich auf und lächelte. Des Öfteren hatte ich gesehen, wie Michael seine Pistole hier herausgeholt und gereinigt hatte. Nun nahm ich sie selbst in die Hand und steckte sie mir dann in den Hosenbund unter meine Lederjacke. Fünf Kugeln fasste eine Ladung, also nahm ich mir genauso viele aus einem Kästchen, das ebenfalls in der Schublade lag und ließ sie in meine Jackentasche gleiten. Dann schloss ich die Schublade wieder vorsichtig und setzte mich zurück in meinen Sessel. Einen Moment später kehrte mein Vater zurück und stellte eine Flasche mit bräunlicher Flüssigkeit und zwei Gläser auf einen kleinen Tisch zwischen uns.

»Entschuldige bitte, dass es so lange gedauert hat. Ich habe den richtigen Whisky nicht sofort finden können.« Ich nickte nur stumm und nahm das Glas entgegen, das er mir reichte. »Erzähl mir doch ein bisschen was über William. Wie war er denn so?« Ich lachte lustlos und nahm einen Schluck der Flüssigkeit. Sie brannte in meiner Kehle und wärmte mich dann von innen heraus. Nach einem Räuspern setzte ich an, etwas zu sagen.

»Da gibt es nicht allzu viel zu erzählen. Er war ...« Natürlich erinnerte ich mich an meine Worte von vorhin: *dass er mit meiner Freundin geschlafen, dass er Xenara drogenabhängig gemacht hat ..., dass er mich auch fast dazu gebracht hätte mein Leben wegzuschmeißen und dass er mit Xenara schläft.* »William war ein durch und durch ...« Doch es erschien mir falsch so von ihm zu reden, jetzt da er im Koma lag und sich nicht einmal verteidigen konnte. »... guter Mensch. Vertrauensvoll, loyal, hilfsbereit, gerecht und liebevoll.«, berichtete ich stattdessen meinem Vater und brachte die Worte dabei so überzeugend rüber, dass ich mir selbst fast glaubte.

Paige

Die Sonne stach in meinen Augen, als ich sie blinzelnd öffnete. Ich zog mir die Bettdecke bis zum Haaransatz, um mein Gesicht zu verbergen. Da fiel mir plötzlich wieder ein, was gestern alles passiert war, und so setzte ich mich im Bett auf und nahm mein Handy in die Hand. Keine Anrufe, keine Nachrichten. Aaron hatte mich letzte Nacht weggedrückt. Er wollte nicht mit mir reden. Wahrscheinlich nie wieder, doch ich durfte trotzdem nicht aufgeben. Seufzend nahm ich das Foto von meinem Nachttisch, das ich am Vortag in einen zerbrochenen Bilderrahmen bei Aaron auf dem Fußboden gefunden hatte. Unsere Beziehung und damit auch mich hatte er aufgegeben, für Rache. Eine aussichtslose und vor allem sinnlose Mission, auf die er gegangen war, um den Mörder seines Bruders, der noch nicht einmal tot war, zu finden. Ich hatte keine Ahnung, ob ich ihn jemals wiedersehen würde oder wo er gerade war. Er könnte überall sein und das machte mich sehr traurig. Mit dem Daumen strich ich über Aarons Gesicht auf dem Foto und legte das Bild dann wieder zur Seite. Ich liebte ihn immer noch so sehr, aber *ihm* schien ich nichts mehr zu bedeuten. Als hätte er plötzlich sämtliche Emotionen ausgeschaltet. Ich biss die Zähne zusammen, um mögliche Tränen zurückzuhalten. Dann schlug ich die Bettdecke zur Seite und stand entschlossen auf. Auch wenn Aaron einer sinnlosen Sache nachjagte, durfte mein Leben nicht vollkommen stillstehen. Mit dem Abschlussball hatte auch das Schuljahr geendet, was hieß, dass die Sommerferien vor der Tür standen. Heute gab es nur noch die Zeugnisse in der Schule und dann war erst einmal Ruhe, bis ich die 11. Klasse beginnen würde. Also begab ich mich ins Badezimmer, um mich für den letzten Schultag fertig zu machen, dann nahm ich mir in der Küche einen Apfel und rannte die Treppen hinunter. Da Aaron nicht mehr da war, William weiterhin im Koma lag und meine Mutter schon arbeitete, musste ich zur Schule laufen, doch darüber war ich auch äußerst froh, denn die frische Luft blies die Gedanken an Aaron fort. Zehn Uhr bekam jede Klasse ihre Zeugnisse und um elf Uhr würde dann die Ausgabe der Zeugnisse für die Abschlussschüler stattfinden, zu der jeder gehen konnte, der wollte. Aarons Mutter hatte heute früh schon in der Schule angerufen, so dass Xenara und ich, Aarons und Williams Zeugnisse im Sekretariat abholen konnten. Doch als ich an der Wohnungstür von Xenara klingelte, öffnete niemand, also vermutete ich, dass sie schon zur Schule gelaufen war. Also steckte ich mir Kopfhörer in die Ohren und machte mich mit aufmunternder Musik auf zur West Salem High. Beim Schlendern durch die Gänge, kam es mir so vor, als würde mir mein Freund jeden Moment mit einem breiten Lächeln entgegenkommen und mich umarmen. Oder als ob William hinter der nächsten Ecke stände und mit Xenara an ein Schließfach gelehnt rumknutschte. Doch ich traf nicht einmal Xenara, sie saß allerdings auch nicht an unserem Platz im Klassenzimmer, als ich es betrat. Also ließ ich mich auf meinen Stuhl nieder und wartete, bis unser Lehrer endlich kam. Ein paar Minuten später stürmte auch meine Banknachbarin herein und entschuldigte sich murmelnd.

»Wo warst du denn?«, flüsterte ich, doch sie schüttelte den Kopf und setzte sich hastig neben mich.

»Ist jetzt nicht so wichtig. Ich erzähle es dir später.«, speiste sie mich ab und starrte nach vorne, in Erwartung auf ihr Zeugnis.

»Meine Mom kommt uns mit Williams Auto abholen.«, meinte Xenara wie nebenbei als wir auf den Schulhof hinaustraten.

»Deine Mutter? Ist sie hier in der Stadt?« Sie zuckte mit den Schultern.

»Ja, sie ist gestern Nacht aus New York gekommen. Sie bleibt auch eine Weile, sie will sich wahrscheinlich in unserem Krankenhaus einen Job suchen.« Ich steckte Aarons Zeugnis in meine Umhängetasche und nickte dabei nachdenklich.

»Sie zieht wegen dir aus New York weg, jetzt plötzlich? Und was ist mit deinem Dad? Kommt der auch her?« Sie schüttelte den Kopf und musterte in Gedanken versunken Williams Noten.

»Er war ganz schön gut.«, stellte sie, fast etwas über-rascht, fest. »Das Klischee, dass Footballspieler nichts im Kopf hätten, kann man bei ihm nun wirklich nicht wiederfinden.« Ich musste unwillkürlich etwas lächeln und lehnte mich gegen das Schultor.

»Ja, Aaron hat auch ein echtes Streberzeugnis. Aber auf was war das Kopfschütteln gerade bezogen?« Sie schaute blinzelnd auf, dann steckte sie das Blatt Papier in ihrer Hand in ihre Tasche.

»Das hat bedeutet, dass mein Dad nicht kommen wird.« Ich nickte verständnisvoll, dann fiel mir wieder ein, dass Xenara mir noch etwas erzählen wollte.

»Du wolltest erklären, wo du heute Morgen warst.«, erinnerte ich sie, doch sie winkte ab.

»Ach, ich war mit meiner Mom nur schnell bei einem Arzt.« Ich stutzte, bis ich begriff.

»Ach so, weil es dir nicht gut ging? Ist es noch immer nicht besser geworden? Magen-Darm-Grippe?« Sie antwortete nicht, stattdessen deutete sie auf ein schwarzes Auto am Straßenrand.

»Schau mal, da ist ja meine Mutter. Komm, lassen wir sie nicht so lange warten.« Ich hatte das Gefühl, dass Xeni mir irgendetwas verheimlichte oder über eine Sache nicht reden wollte. Sie stieg auf der Beifahrerseite ein und ich ließ mich auf der Rückbank nieder.

»Hi Mommy.«, begrüßte sie die Fahrerin und gab dieser einen Kuss auf die Wange. Die, noch ziemlich jung aussehende, Frau drehte sich zu mir um und lächelte fröhlich.

»Hallo, du musst Paige sein. Ich bin Mila Karev, nenn mich doch bitte einfach Mila.« Ich erwiderte das Lächeln und nickte.

»Hallo Mila.«, antwortete ich allerdings nur und betrachtete nachdenklich Xenaras Hinterkopf, während wir die Straßen entlang nach Hause fuhren. Mila parkte vor dem Haus am Straßenrand, stieg aus und ließ uns allein zurück. Xenara blieb noch sitzen, also schnallte ich mich nur ab und wartete stumm, dass sie irgendeine Regung zeigen würde. Doch die Stille dauerte an, bis wir plötzlich beide gleichzeitig das Wort ergriffen.

»Ich muss dir was sagen Paige.«, begann Xenara.

»Was ist los, Xeni?«, fragte ich währenddessen vorsichtig. Wir lachten beide kurz, doch meine beste Freundin wurde viel zu schnell wieder ernst.

»Ich habe ein Problem.«, murmelte sie und gab mir ein Foto nach hinten. Ich betrachtete es und stutzte sofort. Es war ein Ultraschallbild.

»Da sind die Füße.«, meinte sie lustlos und zeigte auf zwei helle Flecken.

»Ich … wow … ist das …?« Sie nickte und wandte sich wieder von mir ab.

»Ja, ich bin schwanger. Es ist keine Magen-Darm-Grippe, sondern Morgenübelkeit. Ich war heute Morgen mit meiner Mom im Krankenhaus und sie hat einen Ultraschall mit mir gemacht. In Sachen Baby ist sie Spezialistin … Gynäkologin.« Ich nickte verständnisvoll.

»Ach ja, das hast du irgendwann schon einmal erwähnt. … Aber das ist doch toll. Ich meine … du bekommst ein Baby.« Sie lachte trocken und drehte sich auf ihrem Sitz zu mir um.

»*Toll*? Was bitte soll daran toll sein? Dass mein Freund im Koma liegt und ich dieses Kind ganz allein versorgen *darf*?« Ich verdrehte die Augen.

»Aber du bist doch nicht allein. Du hast mich, deine Mutter, Aarons Mutter ... Wir werden dir alle helfen.« Sie schüttelte den Kopf und drehte sich wieder zu mir um.

»Was soll ich denn mit so einem Ding?« Ich schluckte schwer und starrte sie entsetzt an.

»Du ... willst du es abtreiben?« Sie schnaubte bitter.

»Das ist der Punkt. Ironie des Schicksals. Ich kann nicht abtreiben. ... Es ist Williams Kind und ohne sein Wissen ... ich kann es einfach nicht. Auch wenn ich es nicht will ... es ist trotzdem auch seine Entscheidung. Und jetzt, wo ich seine Meinung hören müsste ... kann er mir nicht antworten. Und ich glaube kaum, dass er aufwacht bevor die Zeit abgelaufen ist, in der ich noch abtreiben kann.«

»Und was machst du jetzt?« Sie zuckte die Schultern und setzte sich wieder richtig hin, so dass ich ihr Gesicht nicht mehr sehen konnte.

»Keine Ahnung. Nichts, ich kann ja nichts tun.« Ihre Stimme wurde plötzlich von einem Schluchzen erstickt. Schnell stieg ich aus, steckte das Bild in meine Jackentasche und öffnete die Beifahrertür, um mich neben Xeni knien und sie in den Arm nehmen zu können.

»Ich will das nicht. Ich wollte nicht schwanger sein. Ich will nicht, dass mein Freund im Koma liegt. Ich will dieses *Ding* nicht bekommen. Mir wird das alles zu viel.«, schrie sie an meiner Schulter und die Tränen auf ihren Wangen durchnässten mein T-Shirt. »Ich habe Angst, Paige. William ist nicht da, ich bin ganz allein mit diesem wachsenden Etwas in mir. Ich will das alles nicht. So war das nicht geplant, ich möchte die Zeit zurückdrehen.« Ich strich ihr mit einer Hand über den Rücken, um sie zu beruhigen, denn Schluchzer ließen ihren zierlichen Körper erzittern.

»Sch, sch. Ganz ruhig.«, flüsterte ich und versuchte, das Wimmern verstummen zu lassen.

»William hat mir gereicht, ich wollte nie Kinder. Und jetzt habe ich ihn nicht mehr, aber ein Kind. Er ist einfach weg. Und er kommt vielleicht nie wieder zurück. Ich kann nicht mehr, Paige und ich will auch nicht mehr. Alles steht so

Kopf. Wie konnte das nur passieren?« Ich zog sie auf die Beine und aus dem Auto.

»Komm, wir gehen erst einmal hoch.« Sie nickte, wischte sich die Tränen vom Gesicht und deutete auf das Lenkrad.

»Mom hat den Schlüssel dagelassen, wir müssen ihn mitnehmen.« Nachdem ich den Autoschlüssel abgezogen hatte, schloss ich die Autotür und sperrte ab.

»Kommst du noch mit zu mir?«, fragte sie und ich nickte heftig.

»Natürlich.« Zusammen nahmen wir den Aufzug in den neunten Stock und Xenara sperrte die Wohnungstür auf.

»Willst du was trinken?«, fragte sie und ich folgte ihr in Williams Küche.

»Ein Wasser wäre gut.«, stimmte ich zu und setzte mich auf einen der hohen Stühle. Sie schwieg, bis sie sich mir gegenüber niederließ und mir ein Glas gab.

»William wollte ein Kind mit mir.«, murmelte sie, nachdem sie ebenfalls einen Schluck von der klaren Flüssigkeit genommen hatte. Es überraschte mich überhaupt nicht. William hatte sich nach außen immer hart gegeben, aber in ihm drin hatte auch ein sehr weicher Kern gewartet. Er hatte von niemandem verletzt werden wollen, doch Xenara war eine Ausnahme gewesen. Sie hatte er innig geliebt. Von ihr hatte er verletzt werden können, denn sein Herz gehörte ihr, schon bevor er nach Winston-Salem gekommen war.

»Und wenn er wieder aufwachst, wird er sich über das Baby freuen.« Sie senkte ihren Blick auf die Tischplatte.

»Falls er wieder aufwacht.« Ich legte meine Hand auf ihre, die auf dem dunklen Holz verweilte.

»Das wird er und dann braucht er dich. Dieses Kind ... William ist in ihm. Das musst du dir immer vor Augen führen.« Sie nickte und eine Träne glitzerte in einem ihrer Augen.

Aaron

»Bis bald Aaron.«, verabschiedete mein Vater mich, als ich aus der Haustür trat.

»Auf Wiedersehen Michael, danke für alles.«, erwiderte ich, steckte die Hände in die Jackentaschen und umfasste die Pistolenpatronen, die darin drohten aneinanderzuschlagen.

»Ich hoffe, wir sehen uns bald einmal wieder.«, rief er mir hinterher, während ich die Treppenstufen hinunter auf die Straße joggte. Ich antwortete allerdings nichts mehr und lief schnellen Schrittes den Gehweg entlang in Richtung des schäbigen kleinen Hotels, in dem ich ein winziges Zimmer mit noch winzigerem Bad gemietet hatte. Doch plötzlich rief eine andere Stimme, nicht minder vertraut, hinter mir her. Sie rief meinen Namen und klang weiblich. Ganz langsam drehte ich mich um, denn ich wusste genau, wem ich gleich gegenüberstehen würde. Mein Blick streifte über die langen, hellbraunen, lockigen Haare. Über das Gesicht mit den grünen Augen, die von dichten schwarzen Wimpern umrahmt wurden, mit der Stupsnase und dem kleinen, roten Mund, bestehend aus feinen Rundungen und zu einem vorsichtigen Lächeln verzogen. Sie trug eine weiße Bluse mit unanständig tiefem Ausschnitt und schwarze Hotpants, dazu schwarze hochhackige Schuhe mit Riemchen statt geschlossenem Material.

»Hallo Claire.«, begrüßte ich sie mit neutraler Stimme und blieb stehen, »Ich hätte wissen müssen, dass ich dich hier treffen würde.« Sie nickte und trat noch einen Schritt an mich heran.

»Während der letzten Jahre haben mir verschiedene Leute immer wieder erzählt, dass sie dich in New York gesehen haben, und da habe ich gehofft, dass ich dich auch einmal wieder treffen würde, um dir alles zu erklären und mich zu entschuldigen. Du warst plötzlich weg und niemand wusste, wo du hin bist. Und dann sind auch noch William und Xenara gegangen … wo seid ihr hin?« Ich zuckte mit den Schultern.

»Ich bin nach North Carolina gezogen, um ein neues Leben anfangen zu können und von William und meinem Dad wegzukommen.« Sie lachte bitter und schob sich eine Haarsträhne hinter ein Ohr.

»Und um von mir wegzukommen, stimmt's?« Ich erwiderte nichts, denn ich konnte ihre Vermutung nicht widerlegen. »Es tut mir so leid, Aaron. Ich … ich weiß nicht, was damals in mich gefahren ist. Ich …« Ich unterbrach sie mit einer Hand, indem ich sie abwehrend erhob.

»Ist schon gut, Claire. Ich habe dir und William vergeben. Er ist Xenara und mir gefolgt, um sich zu entschuldigen. Ich weiß, dass ihr es bereut und … ja, es ist okay.« Sie nickte mit einem erleichterten Lächeln.

»Ich würde trotzdem gerne noch etwas mit dir quatschen … was du in den letzten Jahren so erlebt hast und so. Wollen wir irgendwo hingehen?« Ich griff mir an eine der hinteren Hosentaschen. Darunter spürte ich die Pistole, schwer und bedrohlich.

»Ja, gerne … aber nicht jetzt. Vielleicht … heute Abend. Ich hole dich bei dir ab und wir gehen irgendwohin.« Sie schien zufrieden und stimmte zu.

»Wir könnten zu Calvin gehen.« Ich hob überrascht beide Augenbrauen.

»Das gibt's immer noch?« Sie nickte leicht kichernd.

»Ja, und Calvin schenkt immer noch heimlich Alkohol an Minderjährige aus.« In Erinnerungen an die Momente in Calvins Bar musste ich unwillkürlich grinsen.

»Gut, dann hole ich dich heute Abend so auf acht Uhr ab. Ich weiß noch, wo du wohnst.« Sie lächelte ebenfalls und nickte.

»Okay, klingt gut. Ich freue mich.« Sie strich mir zaghaft mit einer Hand über meinen linken Arm, woraufhin ich sie spontan auf die Wange küsste.

»Bis dann.« Hastig drehte ich mich um und lief zu dem Hotel. Ich hielt erst an, als ich die Tür meines Zimmers hinter mir geschlossen hatte. Auf was hatte ich mich da bloß eingelassen? Mit zittrigen Fingern zog ich die Pistole aus meinem Hosenbund und betrachtete sie. Meine Atmung verlangsamte sie wieder, als ich sie schwer in meiner Hand spürte, irgendwie beruhigend. Nun waren die Grundsteine für meine Mission schon fast gelegt. Schnell legte ich die Waffe in die Nachttischschublade, zusammen mit den Patronen und bedeckte alles mit einem T-Shirt. Sicher war sicher. Erschöpft ließ ich mich auf meinem Bett nieder und zog aus meiner Hosentasche ein dickes Bündel mit fünfzig Dollar Scheinen. Ein ›Geschenk‹ meines Vaters. Sein ›Notgroschen‹ hatte dann doch ziemlich viel ergeben. Michael hatte mir das Geld gegeben, damit ich »über die Runden kam« Mit dem Geld konnte ich mir in irgendeiner kleineren Stadt schon einmal die ersten Mieten für ein winziges Apartment leisten, dann würde ich mir wohl einen Job suchen und nach Williams ›Mörder‹ Ausschau halten. Den nächsten Schritt konnte ich heute schon ausführen, bevor ich Claire abholte. Da ich bis Abend noch viel Zeit hatte, legte ich mich erst einmal noch etwas aufs Ohr. Nachdem ich gestern in einem Motel am Straßenrand etwas geschlafen hatte, war ich den restlichen Weg durchgefahren, hatte mir in New York die billigste und damit auch ziemlich schäbige Unterkunft gesucht und mich dann auf den Weg zu meinem Vater gemacht. Der Plan sah eigentlich vor, dass ich in acht Stunden aus New York abfahren würde, nämlich dann, wenn ich ausgeschlafen hatte. Doch nun hatte Claire mir einen Strich durch diese Rechnung gemacht, also war ich wohl gezwungen, noch eine Nacht zu bleiben.

Elf Stunden später trat ich aus einer der Polizeidepartements New Yorks in die Dunkelheit hinaus. In der Hand hielt ich ein Bild mit samt Name, Adresse und Alter von Williams mutmaßlichem Mörder. Der Vater eines ehemaligen Freundes war der Schlüssel zu diesen Informationen gewesen. Ich hatte Ray vor Jahren den Arsch gerettet, als er sich bei einer Party so hatte vollaufen lassen, dass er im Haus des Gastgebers einen Brand verursacht hatte. Ich war mit ihm schnell verschwunden, so dass ein anderer Junge verdächtigt worden war. Wenn das mit Ray rausgekommen wäre, hätte sein Vater möglicherweise seinen Job verloren, deshalb war er mir noch etwas schuldig. Und diese Schuld hatte ich nun eingefordert. Natürlich hatte sein Polizistenvater mir höchst widerwillig geholfen, aber nach einer längeren Diskussion und der Lüge, dass der Junge, nach dem ich suchte, mir kürzlich Geld gestohlen hatte, hatte er sich letztendlich doch kooperativ gezeigt. Ich wusste noch ganz genau, wie der Fremde auf dem Parkplatz ausgesehen hatte und so hatten wir mit Hilfe eines Fahndungsbildes und einem Gesichtserkennungsprogramms auf dem Polizeicomputer landesweit nach der passenden Person gesucht. Durch seine Vorstrafen in seiner Heimatstadt wegen Autofahrens unter Alkoholeinfluss und Drogenkonsums, hatten wir ins schließlich gefunden. Es war ganz sicher der Richtige. Obwohl es dunkel gewesen war, hatte ich ihn gut erkennen können. Und nun hielt ich die Fahrkarte für den wichtigsten Trip meines Lebens in den Händen. Ich faltete das Blatt Papier sorgfältig zusammen und steckte es in eine meiner Hosentaschen, dann schaute ich auf meine Armbanduhr. Mit einem Taxi würde ich es wahrscheinlich pünktlich zu Claire schaffen, es war viertel vor acht. Also winkte ich dem nächsten gelben Auto, das sofort am Straßenrand anhielt und mich einsteigen ließ. Dem Fahrer nannte ich Claires Adresse und schaute während der Fahrt aus dem Fenster, um die Leute auf dem Gehweg zu beobachten. Noch vor gar nicht langer Zeit, hatte ich zu diesen Menschen gehört, in die New Yorker Straßen und Partys, doch es kam mir vor, als läge dieser Abschnitt meines Lebens schon Jahrzehnte zurück. Plötzlich hielten wir am Straßenrand und als mein Blick sich klärte, erblickte ich Claire, die am Fuß der Treppe vor ihrem Haus stand und lächelte. Ich rutschte auf die linke Seite der Rücksitzbank, um sie auf der rechten einsteigen zu lassen.

»Du siehst ... toll aus. Wollten wir nicht nur quatschen?«, begrüßte ich sie, als sie neben mir saß. Sie lachte und strich eine Falte ihres Kleides glatt. Sie trug ein mitternachtsblaues Kleid, das ein wenig oberhalb der Knie aufhörte, außerdem lag es sehr eng an und umschmeichelte ihre zahlreichen Kurven.

»Deswegen hast du auch ein weißes Hemd angezogen und nicht einfach nur einen Pullover.« Ich schaute an mir hinab und sah, dass sie recht hatte. Aber ich hatte mich so angezogen, um bei der Polizei ordentlich und seriös rüberzukommen, nicht wegen Claire.

»Ja … also dann, Calvin's?«, wechselte ich schnell das Thema und sie nickte zustimmend. Dann nannte sie unserem Taxifahrer die Adresse der Bar, zu der wir wollten.

Den Fahrer bezahlte ich, als wir angekommen waren. Claire hakte sich bei mir ein und zusammen betraten wir die kleine Bar. Der Raum war nur spärlich mit Leuten gefüllt. Der große Betrieb ging wohl erst später los.

Claire führte mich zum Tresen, wo der Barkeeper Calvin stand und uns fröhlich entgegen lächelte, als er uns erkannte.

»Claire.«, rief er erfreut und beugte sich über die Theke, um sie zu umarmen.

»Calvin.«, strahlte sie und deutete dann auf mich, um seinen Blick zu mir zu lenken.

»Mein Gott, Aaron, du bist es wirklich. Dich habe ich ja die letzten zwei Jahre überhaupt nicht mehr gesehen. Wie geht es dir?« Ich zuckte mit den Schultern und lächelte verlegen.

»Ganz gut, danke.« Claire beugte sich etwas näher zum Barkeeper und lächelte verschmitzt.

»Machst du uns ein paar schöne Drinks, um unser Wiedersehen zu feiern?« Er lächelte zurück und nickte eifrig.

»Natürlich. Was hättet ihr denn gerne? Der erste Drink geht aufs Haus.« Sie stellte sich wieder normal hin und schien kurz zu überlegen.

»Einen Gin Tonic, bitte.« Claire wandte ihren Blick zu mir und ich zeigte zwei Finger hoch, um Calvin zu bedeuten, dass er zwei Gin Tonic machen sollte. Er nickte und deutete auf eine noch freie Sitzgruppe, in die Claire und ich uns nun setzten. Ich schaute mich im Raum um. Es sah noch alles so aus, wie ich es in Erinnerung hatte und so kamen mir gleich wieder einige Momente von damals in den Sinn. Früher hatten wir hier oft gesessen. Zu dritt, William, Claire und ich und wir hatten unseren Spaß gehabt. Da hatten Williams lichte Momente noch überwogen, doch mir fiel ein, was er mir bei unserem letzten großen Streit an den Kopf geworfen hatte. Er hatte Claire schon vor mir kennen gelernt, er hatte sich in sie verliebt und aufgehört Drogen zu nehmen um, um sie zu kämpfen. Wahrscheinlich war ich sogar der Grund dafür gewesen, dass er so aggressiv und kalt geworden war. Nicht die Drogen hatten ihn verändert, sondern ich. Und dann, als er endlich wieder glücklich hatte sein können, hätte ich fast seine Beziehung zu Xenara zerstört, nur weil ich ewig nachtragend gewesen war. Meine Cousine hatte wohl doch vollkommen recht gehabt. Ich machte mir riesige Vorwürfe deswegen. Nicht nur er hatte mein Leben zerstört, ich hatte genauso seins zertrümmert. Und wofür? Jetzt als ich Claire so gegenübersaß, kam mir das alles lächerlich vor.

Ich laufe die Stufen zu Claires Zimmer hinauf, nachdem mich ihre Mutter mit einem verwirrten Blick eingelassen hat. Wieso scheint sie so überrascht, mich zu sehen? Sie kennt mich doch schon eine Weile und es ist nicht das erste Mal, dass ich Claire zuhause besuche. Dann öffne ich die Tür und erwarte Claire an ihrem Schreibtisch Hausaufgaben machend vorzufinden. Doch dort sitzt sie nicht. Als ich dann meinen Kopf nach links drehe, sehe ich sie in ihrem Bett sitzen mit der Decke um den Oberkörper geschlungen. Mit einem einzigen Blick kann ich erfassen, dass sie nicht einmal Unterwäsche trägt. William steht neben dem Bett und zieht schnell seine Shorts hoch, seine Haare sind noch zerwühlter, als sonst. Mir wird sofort klar, was hier passiert ist.

»Aaron, ich ...«, setzt meine Freundin an. Doch ich schüttelte nur den Kopf und hebe abwehrend die Hände.

»Es ist so, wie es aussieht. Habe ich recht?«, flüstere ich mit Wut im Bauch, die gleich hoch kochen wird.

»Nein, Rooney, es ...« Ich starre meinen besten Freund kalt und hart an, so dass er sofort verstummt, doch sein Mund bleibt offenstehen. An seinem Hals klebt Lippenstift und ein roter Knutschfleck prangt auf seinem Schlüsselbein.

»Halt. Den. Mund.«, knurre ich, drehe mich um und knalle die Zimmertür hinter mir zu, dann eile ich die Treppe hinunter. Als Claires Mutter aus der Küchentür schaut und fragt, was los sei, antworte ich nicht und schlage auch die Haustür hinter mir zu. An der frischen Luft atme ich einmal tief ein und aus, dann renne ich los.

Jetzt im Nachhinein war mir natürlich klar, warum ihre Mutter beim Öffnen der Haustür so überrascht gewesen war. Wenn man William wörtlich nahm, hatte sie wahrscheinlich die ›Schreie‹ ihrer Tochter gehört und war davon ausgegangen, dass ich bei ihr oben war. Als ich dann plötzlich vor der Haustür stand, hatte sie sich wohl gefragt, wer da oben Claires Laute verursacht hatte.

»Woran denkst du?«, riss die gerade genannte Person mich in die Gegenwart zurück.

»An William und dich in deinem Zimmer.«, antwortete ich wahrheitsgemäß, woraufhin sie hoch rot wurde.

»Ich dachte das ist vergangen ... du hast uns beiden vergeben.« Ich nickte.

»Ja ... es kam nur gerade wieder hoch ... erinnerst du dich noch an die Zeiten, die wir hier verbracht haben?« Nun lächelte sie und nahm ihren Drink von Calvin entgegen, der neben unserem Tisch stehen geblieben war. Auch ich nahm meinen Drink und schaute dankbar zu ihm hoch, bevor ich mich wieder zu Claire wandte.

»Natürlich erinnere ich mich noch. Wir hatten immer einen Gin Tonic und William trank Whisky. Dann saßen wir hier und haben gelacht und gequatscht ... oder Will war schon so betrunken, dass er auf der Bank lag.« Wir lachten beide kurz, doch dann wurde sie wieder ernst.

»Während deiner Abwesenheit hat er sich verändert. Ich habe oft versucht, mit ihm zu reden, doch er hat mir nie geantwortet. Er war sehr still, hat sich von allem zurückgezogen. Niemand kam mehr richtig an ihn heran. Ich denke, er wollte sich damit selbst bestrafen. Wir beide haben das alles echt bereut. Das kannst du mir glauben.« Ich nickte und nahm einen großen Schluck von meinem Mixgetränk. Erst dann ergriff ich wieder das Wort.

»Ich weiß, ich glaube euch. Das ist vorbei und jetzt vergessen wir die Sache, okay?« Sie stimmte stumm zu und nahm ebenfalls einen Schluck Gin Tonic.

»Was macht Xenara denn so?«, fragte sie dann, weil sie wohl glaubte, das sei ein unverfänglicheres Thema, dabei setzte sie ihr Glas wieder an die Lippen.

»Sie schläft mit William.«, antwortete ich nüchtern und sie verschluckte sich vor Schreck an der Flüssigkeit, die sich gerade in ihrem Mund befand.

»Nein.«, brachte sie dann hervor und wischte sich den Mund ab. »Ehrlich jetzt? Und so richtig Liebe oder nur so Sexfreunde? Ich meine William hatte ja bisher ausschließlich One-Night-Stands und Sexfreundschaften.« Ich zuckte die Achseln und fuhr mir mit einer Hand durch die Haare. Es war nicht ganz einfach für mich, über die Dinge zu reden, die ich gerade erst zu akzeptieren begonnen hatte.

»Nein, sie scheinen sich wirklich zu lieben.« Sie nickte grinsend.

»Tja ... wo die Liebe hinfällt. Und findest du das cool oder eher so ...« Sie verzog das Gesicht zu einer wutverzerrten Maske und formte die Finger zu Klauen. Ich musste unwillkürlich grinsen.

»Nein, am Anfang war es etwas schwierig, aber ich habe mich damit abgefunden. Sie scheinen es beide ernst zu meinen.«, verdrehte ich die Wahrheit ein wenig. Sie traute sich einen weiteren Schluck zu nehmen, dann räusperte sie sich, um wieder etwas zu sagen.

»Und du? Hast du ...?« Ich zögerte einen Moment, weil ich selbst nicht ganz wusste, wie es um meine Beziehung stand, jetzt da ich Winston-Salem so überstürzt verlassen hatte. Doch beschloss ich, die Wahrheit nicht zu verdrehen und nickte.

»Ja, ich hatte eine Freundin. Paige. Sie und Xenara verstehen sich sehr gut.« Sie nickte, wobei sie leicht rot wurde.

»Du sagtest du *hattest* eine Freundin? Seid ihr nicht mehr ...?« Ich zuckte mit den Schultern und nahm zwei große Schlucke meines Getränks.

»Es hat irgendwie nicht hingehauen.« Sie nickte verständnisvoll. »Und du?«, stellte ich dann die Gegenfrage. Augenblicklich schien sie sich zu verkrampfen.

»Ich? Nein ... also ich hatte keinen Freund mehr nach dir.« Ich nickte ebenfalls, doch an ihrer Miene und ihrer Ausdrucksweise wusste ich sofort, dass sie nur die halbe Wahrheit preisgab. Sie hatte vielleicht keinen Freund gehabt, doch ich war mir ziemlich sicher, dass einige Jungen nach meinem Weggang durch ihr Bett gewandert waren.

»Ich glaube, wir sollten langsam mal losmachen.«, meinte Claire mit einem Grinsen im Gesicht und dem Blick auf der Uhr, die an einer Wand hing. Drei Uhr morgens zeigte sie an. Ich stimmte ihr nickend zu und schob mein Shotglas, in dem vor wenigen Sekunden noch Tequila gewesen war, schwungvoll von mir, so dass es gegen ein anderes Glas stieß und ein Klirren verursachte. Mein Gegenüber stand auf und lief zur Theke, hinter der Calvin stand und Gläser abtrocknete.

»Ich bezahle Aarons Sachen mit, Calvin.«, erklärte sie knapp und reichte ihm ein paar Scheine, »Das passt so.« Die beiden umarmten sich kurz, dann kam Claire zu mir zurück gestakst. »Komm Aaron, aufstehen.«, verlangte sie und griff mir unter den rechten Arm, um mich hochzuziehen. Ich entzog mich allerdings ihrem Griff und hob abwehrend die Hände.

»Ich kann allein aufstehen.«, murmelte ich und stützte mich auf dem Tisch links und der Rückenlehne der Sitzbank rechts ab, um mich hochzuhieven. Bei meinem ersten Schritt schwankte ich leicht und lehnte mich an die nächstgelegene Sitzbank. Claire wollte sich einen meiner Arme um die Schultern legen, doch ich wehrte abermals ab und lief mit sicheren Schritten weiter.

»Tschau, Calvin. War schön dich mal wieder zu sehen.«, rief ich noch, während ich schon die Eingangstür öffnete. Claire hastete hinter mir her und hakte sich bei mir ein, wobei sie mich beim Laufen unterstützte.

»Tschüss, Calvin. Wir sehen uns sicher bald wieder.«, verabschiedete sie sich und machte die Tür hinter uns zu. Die rabenschwarze Nacht hier draußen wurde nur von einigen warm scheinenden Laternen durchbrochen. Die Gehwege und Straßen war in diesem Teil New Yorks um diese Zeit fast leer. Nur vereinzelt fuhr noch ein Auto oder eine Gruppe Jugendlicher lief von irgendwelchen Partys nach Hause, lachten laut und redeten.

»Wollen wir uns wieder ein Taxi rufen?«, fragte das Mädchen an meinem Arm und nach kurzem Überlegen schüttelte ich den Kopf.

»Nein ... mein Hotel ist nur ... ein paar Blocks entfernt. Ich laufe nach Hause.«, lallte ich leicht, da meine Zunge doch schon ganz schön schwer war. Sie zuckte mit den Schultern und nickte.

»Na gut, dann komme ich aber noch mit und rufe mir von dort ein Taxi. Ich will sicher gehen, dass du ankommst und nicht auf dem Weg umfällst und die Nacht im Rinnstein verbringst.« Und so liefen wir die spärlich beleuchteten Straßen zu meiner schäbigen Unterkunft entlang. Sie stützte mich immer noch leicht, damit ich nicht allzu sehr schwankte. Claire erzählte mir irgendetwas, doch ich hörte kaum zu, ich war zu sehr damit beschäftigt, ordentlich zu laufen.

»Sind wir bald da?«, fragte sie dann, nachdem wir ungefähr zehn Minuten gelaufen waren. Ich nickte nur und deutete dann auf den hohen Bau vor uns. Sie lachte.

»Du hast dir wohl extra das kleinste und dreckigste Hotel in ganz New York ausgesucht?« Ich stimmte ihr stumm zu.

»Gut, dann rufe ich mir jetzt ein Taxi.«, meinte sie, als wir vorm Eingang des Hotels standen. Sie löste sich von mir und umarmte mich anschließend.

»Der Abend mit dir war wunderschön, Aaron. Ich habe mich gefreut, mal wieder mit dir zu reden.«, flüsterte sie, während sie ihre dünnen Arme um mich gelegt hatte.

»Ich fand es auch echt schön mit dir.«, erwiderte ich lächelnd. Sie löste sich grinsend von mir.

»Die frische Luft hat dir wohl ziemlich gutgetan. Jedenfalls wirkst du nicht mehr ganz so betrunken.« Ich bestätigte ihre Vermutung nickend.

»Ja, ich hatte wohl ein paar Tequila zu viel, aber es wird schon langsam besser.« Nur noch ganz kurz schauten wir uns in die Augen, dann drehte sie sich von mir weg, um an den Straßenrand zu treten und ein Taxi heranzuwinken. Ohne eine explizite Entscheidung getroffen zu haben, griff ich nach ihrer Hand, drehte sie zu mir um, um sie an mich zu ziehen und drückte dann meine Lippen auf ihre. Erst hielt sie verwirrt inne, doch dann erwiderte sie den Kuss leidenschaftlich und grub ihre Finger in meine Haare und meinen Nacken. Ich ließ kurz von ihr ab und murmelte: »Willst du noch mit rauf kommen?« Sie zögerte nicht und stimmte sofort nickend zu. Schnellen Schrittes liefen wir durch das Foyer des Hotels, wo am Empfangstresen ein Mann saß und schlief. Leise begaben wir uns zum Aufzug und als wir darinstanden, drückte ich auf einen Knopf, um in den vierten Stock zu gelangen. Kaum hatten sich die Lifttüren geschlossen, wandte ich mich zu Claire und drückte sie mit meinem gesamten Körper gegen die Aufzugswand. Während sich meine Lippen über ihren Ausschnitt, ihre Schultern und ihren Hals bewegten, legte ich meine Hände an ihre Oberschenkel, strich hinunter in ihre Kniekehlen und zog sie dann hoch, so dass Claire nicht mehr auf dem Boden stand, sondern ihre Beine um meine Hüften geschlungen waren. Die Türen öffneten sich und ich trug Claire in den Gang hinaus und drückte sie an die nächste Wand. Mein Mund fand wieder ihren und ich musste grinsen, als sie ein kleines Stöhnen hervor hauchte. Ihre Lippen schmeckten nach Kirsche, genau wie früher. Mit ihr an mich gepresst lief ich den Gang weiter entlang und drückte sie neben meiner Zimmertür abermals gegen die Wand, um die Tür aufsperren zu können. Als wir im Zimmer waren, schloss ich die Tür mit dem Fuß und wurde von Claire augenblicklich gegen das Holz des Eingangs gedrängt. Mit einem Ruck riss sie mein weißes Hemd auf und strich mit den Händen über meinen glatten Bauch und meine Brust, dann fuhr sie mit den Lippen über meine Bauchmuskulatur, während sie meinen Gürtel öffnete. Schnell zog ich sie wieder hinauf und schob sie immer weiter Richtung Bett, nebenbei erkundete ihre Zunge meine Mundhöhle. Mit einem Kichern landete sie auf der Matratze und ich entledigte mich meines ohnehin schon offenen Hemdes, bevor ich mich über sie beugte und den Stoff ihres Kleides an ihrem Oberschenkel hinaufschob. Claire öffnete den Reißverschluss an der Seite, dann zog ich ihr das mitternachtsblaue Kleid über den Kopf und warf es hinter mich. Zum Vorschein kam schwarze Unterwäsche aus Spitze, die nicht allzu viel Haut bedeckte.

»Du hast dich verändert, Aaron. Du bist irgendwie …
erwachsener.«, murmelte sie, während sie uns so drehte,
dass sie auf mir lag und sich wieder an mich drückte. Ich
musste leicht lachen.

»Du scheinst auch nicht mehr in der Pubertät zu sein.«,
meinte ich staunend, als sie sich über mich kniete, ihren BH
auszog und hinter sich warf.

»Es sind ja auch zwischen jetzt und unserer letzten
Begegnung zwei Jahre vergangen.«, flüsterte sie und schob
ihre Finger unter den Bund meiner Shorts. Einen Moment
später landete meine restliche Kleidung auf dem Boden und
ich streifte ihr das Höschen von den Beinen. Kaum drängte
sie sich wieder an mich, rollte ich uns auch schon herum, so
dass ich sie von oben herab betrachten konnte.

»Wirklich ein tolles Wiedersehen.«, merkte ich an, mit
den Händen an ihren nackten Hüften und einem breiten
Grinsen im Gesicht.

Siebzehn

Claire

Ich wachte, bäuchlings auf einem Bett liegend, auf. Mein Gesicht war dem Fenster zugewandt, welches halb verhangen war und nur wenig Tageslicht hindurch ließ. Doch außer mir lag niemand weiter im Bett. Langsam setzte ich mich auf und wickelte mir das dünne weiße Bettlaken um meine nackte Brust. Leise schwang ich die Beine aus dem Bett und berührte mit den bloßen Füßen den hölzernen Fußboden. Dann erhob ich mich lautlos und griff mir meine Spitzenunterwäsche. Aus dem Bad hörte ich das Rauschen von Wasser, Aarons Kleidung lag noch herum. Er stand also wahrscheinlich unter der Dusche. Als ich mein Kleid aufhob, fiel mir ein weißer zusammen gefalteter Zettel auf, der vor mir lag. Er musste wohl aus Aarons Hosentasche gefallen sein. Neugierig hob ich ihn auf und entfaltete ihn. Ein Bild war darauf zu sehen. Ein Mann, darunter der Name, die Adresse und verschiedene Straftaten. Schon auf den ersten Blick war mir klar, dass es sich um eine Art Fahndungszettel handelte. Plötzlich öffnete sich hinter mir die Tür, doch ich drehte mich nicht um.

»Guten Morgen, Miss Breeland, ich wusste nicht, dass Sie schon wach sind.«, ertönte Aarons Stimme sanft.

»Gerade erst.«, antwortete ich, kehrte ihm allerdings immer noch den Rücken zu, »Kannst du dich noch an die letzte Nacht erinnern?«, fragte ich dann wie ganz nebenbei. Er lachte und zog sich wohl an, denn ich vernahm das Rascheln von Kleidung.

»Oh ja. So betrunken war ich dann doch nicht. Ich bereue es nicht. Es war wie früher, nur um Welten besser. Wir könnten es auch gleich noch einmal wiederholen, wenn du möchtest.«, murmelte er amüsiert und trat von hinten an mich heran. Er legte die Hände an den Spitzenstoff meines BHs und liebkoste meinen Nacken mit seinen Lippen. Hastig faltete ich den Zettel zusammen und versuchte ihn zu verstecken, doch er sah ihn trotzdem. Er legte seine Arme um meinen Bauch und seinen Kopf auf meine Schulter.

»Was hast du denn da?«, flüsterte er sanft und küsste mein Ohr.

»Ich ...«, stotterte ich, doch dann entschied ich mich die Wahrheit erfahren zu wollen, »Was ist das?«, fragte ich entschlossen, faltete das Papier auf und drehte mich zu ihm um, damit ich seine Reaktion sehen konnte. Zuerst schien er überrascht, doch dann funkelten seine Augen vor Wut.

»Wo hast du das her?«, knurrte er, schnappte mir das Blatt aus der Hand und schob es in eine seiner hinteren Hosentaschen.

»Was hat das zu bedeuten, Aaron? Was ist das?« Ich wusste zwar schon so ungefähr, was es war, doch ich wollte es aus seinem Mund hören.

»Das kann dir egal sein. Das ist meine Angelegenheit, also geht dich das nichts an.« Ich lachte lustlos und stemmte die Hände in die Hüften.

»Was geht hier vor, Aaron? Warum bist du überhaupt in New York?« Er nahm sein Hemd vom Boden und zog es sich über.

»Du gehst jetzt lieber.«, murmelte er verärgert, doch ich ließ nicht locker.

»Aaron, was ist passiert? Wer ist dieser Mann? Was willst du von ihm? Hat er etwas Schlimmes getan? Oder du? Was ist denn hier los?« Er nahm mein Kleid vom Bett, wo ich es hingelegt hatte, nachdem ich den Zettel gefunden hatte.

»Das geht dich verdammt noch mal nichts an. *Geh jetzt.*« Er riss die Zimmertür auf und wollte mich dazu drängen, in den Flur zu treten. Nun seufzte ich.

»Aaron ... es tut mir leid, warte. Lass mich wenigstens noch mein Kleid anziehen.« Er seufzte ebenfalls und schloss die Tür wieder.

»Okay, aber keine weiteren Fragen mehr.« Ich nickte zustimmend und schlüpfte mit den Füßen von oben in das enganliegende Kleid. Dann trat ich vor ihn und lächelte beruhigend.

»Ich habe mich wirklich gefreut, dich mal wieder zu treffen und ich wünsche dir ganz viel Glück für die Zukunft.« Er lächelte mir falsch entgegen und schloss mich dann in seine Arme. Ich hatte Glück. Der Zettel stand ein wenig aus seiner Hosentasche hervor, so dass ich ihn mit den Fingerspitzen zu fassen bekam und ihn in meiner Faust verbarg. Als wir uns voneinander gelöst hatten, lächelte ich immer noch, drehte mich dann jedoch um und öffnete die Hotelzimmertür.

»Ich hoffe wirklich, dass wir uns bald mal wiedersehen.«, meinte ich noch, bevor ich auf den Flur hinaustrat und die Tür hinter mir schloss. In gezwungen gemächlichen Tempo lief ich zum Fahrstuhl und holte dabei schon mein Handy aus meiner Handtasche. Mit dem Daumen scrollte ich die Telefonnummernliste bis hinunter zu Williams Nummer durch, während ich in den Fahrstuhl stieg und die Taste fürs Erdgeschoss drückte. Als ich endlich durch das Foyer gekommen war und ins Tageslicht trat, führte ich das Telefon ans Ohr und wartete. Doch als abgenommen wurde, war es nicht Williams Stimme, die mich begrüßte.

»Claire?«, fragte die Person auf der anderen Seite der Leitung verwirrt.

»Xenara? ... Ja, hier ist Claire. Ist William da? Ich müsste dringend mal mit ihm reden.« Es trat kurze Stille ein, in der ich ein paar Schritte weiterlief.

Ich ähm ... Claire ... er ist nicht ... Du weißt es noch gar nicht, oder?« Ich stutzte und blieb abrupt stehen.

»Was? Was weiß ich noch nicht?« Wieder kurze Ruhe, dann räusperte sie sich, um weiter zu reden.

»William liegt im Koma.« Mein Mund klappte erstaunt auf und der Atem blieb mir weg.

»Was ... was ist passiert?«

»Ein betrunkener Typ wollte auf Aaron schießen, aber William ist dazwischen gegangen und hat die Geschosse abgefangen. Jetzt liegt er im Koma und niemand weiß, ob er

357

wieder aufwacht.« Ich schluckte schwer, bevor ich wieder sprechen konnte.

»Das muss hart für euch sein … ich wusste ja nicht … Aaron hat nichts in der Art erwähnt.« Sie antwortete sofort und ihre Stimme klang viel aufgeregter als bei den schlechten Nachrichten über William.

»Aaron? Wann hast du mit ihm geredet? Hast du ihn getroffen?« Nun war ich völlig verwirrt.

»Wusstet ihr nicht, dass Aaron nach New York gekommen ist?«, fragte ich daraufhin stirnrunzelnd.

»Nein, Aaron ist einfach abgehauen, wir wussten nicht wohin. Er will sich an dem Typ rächen, der William angeschossen hat. Ich vermute mal, er sucht ihn.« Nun wurde mir vieles klar, also lief ich weiter und faltete währenddessen den Zettel auf.

»Ich denke er hat ihn schon gefunden. Ich habe bei ihm einen Zettel entdeckt, sieht aus wie ein Fahndungszettel.« Xenara reagierte sowohl überrascht als auch begeistert.

»Wirklich? Was steht darauf? Wie heißt er?« Ich überflog das Blatt und räusperte mich dann.

»Anthony Blake, aus Richmond.«

Xenara

»Tschau.«, flüsterte ich noch und tippte dann auf das Feld mit dem roten Hörer auf Williams Handy. Mit tauben Händen nahm ich den Zettel zwischen die Finger. Auf diesem kleinen Stück Papier stand Aarons Racheopfer, doch was er nun vorhatte, wussten wir trotzdem nicht. Würde er jetzt auf gut Glück nach Richmond fahren und hoffen Anthony würde ihm direkt in die Arme laufen? Oder würde er in New York bleiben und von dort aushandeln? Vielleicht fuhr er nun auch wo ganz anders hin. Nichts war sicher. Obwohl ich wusste, dass er nicht rangehen würde, nahm ich trotzdem mein eigenes Handy und wählte die Nummer meines Cousins. Der Anrufbeantworter ertönte und ich seufzte.

»Aaron, hier ist Xenara, deine Cousine, falls du es nicht mehr weißt. Vielleicht hast du mich ja auch schon vergessen. Ich finde es echt schade, dass du nicht an dein Handy gehst. Wir wissen nicht, wo du bist, und machen uns Sorgen um dich ... Außerdem habe ich ein Problem, das ich lieber mit dir persönlich besprochen hätte. Ehrlich gesagt komme ich damit nicht so richtig klar und würde dich hier brauchen. Aber ich vermute, du wirst so schnell nicht wiederkommen. Ich sage es also ganz frei heraus ... ich bin schwanger ... von William. Ja genau von dem Mann, der momentan im Koma liegt und mir auch nicht helfen kann. Dieses Ding ist schon drei Monate in mir drin, ich kann es auch nicht wegmachen lassen, weil es von Will ist und er sicher sauer auf mich wäre, wenn ich es einfach abtreiben ließe. Ich habe keine Ahnung, was ich jetzt machen soll. Du weißt vielleicht noch, dass ich 16 Jahre jung bin? So ein Babydings kann ich jetzt echt nicht gebrauchen. Ich meine, ich gehe noch zur Schule. Wenn ich da mit einer riesigen Kugel als Bauch ankomme, bin ich das Gespött der ganzen Leute. Das Mädchen, das nicht aufpassen konnte. Xenara Karev: zu dumm zum Verhüten. Ich sehe schon die Schlagzeile in der Schülerzeitung vor mir. Die Story, die dann in der ganzen Schule rumgehen wird. Xenara Karev, die kleine Schwangere, deren Freund im Koma liegt und wahrscheinlich nie wieder aufwacht. Der hat sich sicher aus dem Staub gemacht, bevor er zur Verantwortung gezogen werden konnte. Vielleicht hängt sie sich ja auf wegen den ganzen Katastrophen, die in ihrem Leben gerade passieren ... du weißt ja, wie diese einfachen Teenager so sind. Na ja, und dich interessiert das Ganze hier einen Scheißdreck. ...« Da unterbrach mich plötzlich eine Stimme.

»Die maximale Aufnahmedauer wurde erreicht.«, verkündete diese mir und beendete automatisch die Verbindung. Als nur noch ein beständiges Tuten ertönte, legte ich auf, lief ins Schlafzimmer und ließ mich dort rücklings aufs Bett fallen. Mit Tränen in den Augen starrte ich hoch an die Decke und versuchte, an nichts zu denken. Doch es gelang mir nicht. Mir schwirrten einfach zu viele Gedanken durch den Kopf, die mich alle nicht loslassen wollten. Am liebsten wäre ich einfach wieder aufgewacht aus diesem Albtraum, von mir aus schweißgebadet, um dann die restliche Nacht wach zu liegen. Nicht schwanger, mit William neben mir, der durch mein Schluchzen aufwacht, sich näher an mich kuschelt, mich fest in seine Arme schließt und mich beruhigt. *»War nur ein Albtraum, Xeni.«*, flüstert seine Stimme an meinem Ohr. Er würde zwar schnell wieder einschlafen und nicht wie ich bis zum Morgengrauen wach bleiben, aber das wäre egal. Denn er wäre hier und seine leuchtend blaugrünen Augen würden mich am nächsten Tag wieder begrüßen. Sein Lächeln würde mich mitreißen und dann würde ich mit den Händen durch seine schwarzen zerwühlten Haare fahren, wie ich es immer tat, wenn wir abends da lagen, uns gegenseitig anstarrten und beide noch nicht schlafen konnten. All das würde wahrscheinlich nie wieder möglich sein. Es kam ja nicht auf das Gefühl zwischen meinen Fingern an, das ich hatte, wenn seine weichen Haare hindurch glitten. Sondern auf das wohlige, zufriedene Lächeln, das sich auf seinem Gesicht breitmachte und die geflüsterten Worte: *»Ich liebe dich.«*, zu denen sich sein Mund formt.

Glücklicherweise riss mich mein Handy aus den trübsinnigen Gedanken. Als ich auf das Display schaute, war ich wieder einmal überrascht von meinem Cousin.

»Hallo?«, antwortete ich erfreut und wartete auf Aarons Stimme.

»Xenara, ich habe deine Nachrichten gehört ...« Ich unterbrach ihn.

»... und zurückgerufen. Ein Wunder ist geschehen. Aaron Baxter hat es geschafft, eine Nummer anzuklicken und auf den grünen Hörer zu tippen.« Er schnaubte verächtlich, aber auch ein wenig belustigt.

»Ist ja gut. Ich weiß, dass ich mich wie ein Arsch verhalten habe, aber es war zu eurem besten ... ist es immer noch. Wenn ihr von Nichts wisst, könnt ihr auch nicht der Mittäterschaft beschuldigt werden.« Ich nickte langsam, obwohl er es ja sowieso nicht sehen konnte.

»Du willst ihn also wirklich töten.«, stellte ich trocken fest. Er erwiderte sofort etwas.

»Ich will nicht nur. Ich *werde* ihn töten. Ich *muss*.« Nun schüttelte ich den Kopf verständnislos.

»Und deiner vorhergehenden Aussage zu entnehmen, ist dir auch bewusst, dass sie dich dafür zur Rechenschaft ziehen werden.« Er lachte kurz und freudlos.

»Wenn ich dieses Schwein umgebracht habe, stelle ich mich von mir aus selbst. Dann ist mir alles egal, Xenara. Für mich zählt nur, dass ich meinen Bruder räche.« Nun musste ich etwas erwidern, was mir die ganze Zeit schon durch den Kopf schwirrte.

»Aber dir ist doch klar, dass du dann – je nachdem in welchen Staat du ihn zur Strecke bringst – nicht zwangsläufig ins Gefängnis kommst, sondern zwischen Giftspritze oder elektrischem Stuhl wählen darfst. Was du tust, ist Mord.«

Er stöhnte leicht genervt und ich sah förmlich vor mir, wie er sich die Haare raufte.

»Jetzt dramatisier doch nicht alles so.« Ich lachte auf und schüttelte ungläubig den Kopf.

»Wie sollte ich einen Mord noch weiter dramatisieren?« Er blieb kurz stumm, bevor er flüsterte.

»Kannst du mich kein Bisschen verstehen? Du liebst ihn, du bekommst ein Kind von ihm.« Ich schwieg ebenfalls einen Moment und sprach dann das aus, was mir seit dem positiven Schwangerschaftstest eine riesige Angst bereitete.

»William hat sich Jahre lang mit Oxycodon abgeschossen. Er hat gekifft, getrunken und ich war nicht besser. Ich wette, das, was da in mir wächst, ist kein Kind. Wohl eher ein Alien. Vielleicht hat es kein Gehirn und stirbt sofort nach der Geburt. Es wird ein verdammtes Drogenkind mit was weiß ich für Schädigungen. Dann werde ich für den Rest meines Lebens ein beeinträchtigtes Kind versorgen.«

»Ich bin mir jetzt nicht ganz sicher, ob du dir Sorgen um dein Baby machst oder in Mitleid badest. Außerdem glaube ich nicht, dass so was passieren wird. Du hast doch schon lange aufgehört und hast dich nicht mit Crystal oder solchem Zeug abgeschossen. William auch nicht, also mach dir da nicht so viele Sorgen. Das wird schon.« Ich lachte bitter und lustlos.

»Trotzdem werde ich dieses Kind wohl allein großziehen und das wird schon schwer genug auch ohne, dass das Kind eine Behinderung oder Krankheit hat.«

»Also verstehst du mich? Der Typ muss dafür bestraft werden, dass er uns William weggenommen hat. Er hat es nicht verdient zu leben, während William vielleicht nie wieder einen eigenen Atemzug tut.« Ich schluckte schwer.

»Ich ... ja du hast ... schon recht, aber ... ihn dafür töten?«

»Xenara, er hat es verdient.« Da nickte ich und seufzte.

»Das heißt, dass du immer noch nicht nach Hause kommst, oder?« Er antworte erst nach kurzem Zögern.

»Nein. Nicht, solange er noch lebt. Also entweder bist du für mich: Das hieße du hilfst mir von Winston-Salem aus ihn zu finden. Dann können wir regelmäßig Kontakt haben und ich sage dir, wo ich bin. Du darfst aber Paige kein Wort davon sagen. Oder du hilfst mir nicht, hörst auch nichts von mir und hast keine Ahnung, wo ich bin und wie es mir geht. Keiner von euch wird das wissen.« Ich überlegte gar nicht erst lange.

»Ich helfe dir, so gut ich kann und ich werde niemandem etwas sagen. Wo bist du und wo fährst du jetzt hin?«

Aaron

Nach kurzem Zögern erklomm ich die wenigen Treppen-stufen zur Haustür und klingelte. Einige Momente später öffnete sie sich und Mrs Breeland – Claires Mutter – stand vor mir, im Gesicht der Ausdruck von Überraschung.

»Aaron ... was machst *du* denn hier? ... Claire ist nicht da.« Ich lächelte gespielt freundlich.

»Das ist nicht schlimm. Ich habe gestern nur mein Handy in Claires Tasche getan und dann vergessen. Könnte ich mal schnell hochgehen und es holen? Ich brauche auch nicht lange.« Die Frau vor mir trat etwas zur Seite, um mich einzulassen.

»Ich habe dich schon ewig nicht mehr gesehen, Aaron. Es freut mich, dass du mal wieder hier bist. Claire ist erst vor ein paar Minuten gegangen, um sich mit Freunden zu treffen

… willst du vielleicht etwas trinken?«, bot sie mir höflich an, doch ich schüttelte den Kopf.

»Danke Mrs Breeland, aber ich bin gleich wieder weg, ich will mich nicht lange aufhalten.« Sie nickte nur stumm und begab sich in die Küche zurück, während ich ins Obergeschoss lief. Ich wusste noch genau, wo Claires Zimmer sich befand, und war gespannt auf das Aussehen, als ich die Tür aufstieß. Nichts überraschte mich hier, alles sah noch so aus wie vor zwei Jahren, als ich sie mit William erwischt hatte. Nicht einmal neue Gardinen hatte sie sich seitdem angeschafft. Doch ich blickte mich nicht lange um und machte mich lieber daran, ihren Schreibtisch zu untersuchen. Zum Glück war Claire ziemlich ordentlich, es lag nicht viel herum. Also öffnete ich die Schubladen und wühlte mich hindurch, doch ich fand meinen Zettel nicht.

»Ich bringe dich um, Claire. Wenn du meinen Zettel jetzt mitgenommen hast, *bring ich dich um*.«, knurrte ich und stellte mich in die Mitte des Raumes. Ich verschränkte die Hände hinterm Kopf und seufzte, während ich mich ein wenig verzweifelt umschaute und mich im Kreis drehte. Da stach mir ein dunkles etwas auf dem Bett ins Auge. Die Tasche, die sie gestern mit sich geführt hatte, lag dort. Mit einem breiten Grinsen zog ich sie zu mir heran und öffnete den Reisverschluss. Mit einer Hand wühlte ich in der völligen Dunkelheit herum und zog etwas heraus, das mich auflachen ließ. In meiner rechten Hand hielt ich eine lange Reihe aneinanderhängender Kondompäckchen.

»Du hast ja mal vorgesorgt, meine Liebe.«, flüsterte ich, trennte fünf Stück ab, die ich mir in eine Hosentasche steckte und legte die Restlichen zurück in die Tasche. Dann wühlte ich weiter. Zwischen meine Finger kamen ein Lippenstift, eine Wimperntusche, Taschentücher und noch mehr Zeug, was kein Mensch brauchte. Langsam wurde ich echt nervös, da ich den Zettel einfach nicht finden konnte. Doch dann breitete sich ein Lächeln auf meinem Gesicht aus, als ich ein gefaltetes Blatt in der Hand hielt. Nur noch kurz ging ich sicher, dass es auch meins war, dann holte ich mir einen Stift und einen Klebezettel vom Schreibtisch und schrieb:

Liebe Claire,

Tut mir leid, dass ich dein Zimmer durchsuchen musste, aber du hattest aus Versehen einen wichtigen Zettel von mir mitgehen lassen. Du hast mich gefragt, wofür ich den brauche, jetzt sage ich es dir. Dieser Typ hat William erschossen, ich werde ihn erschießen. Das ist der Grund. Ich wünsche dir viel Glück für die Zukunft. Vielleicht sehen wir uns ja irgendwann einmal wieder.

Aaron

Diese Nachricht klebte ich auf die Tasche, dann steckte ich den Fahndungszettel in meine Hosentasche und holte dafür mein Handy heraus. Als ich im Wohnzimmer ankam, schaute Claires Mutter aus der Küche.

»Hast du bekommen, was du wolltest?« Ich hielt das Mobiltelefon demonstrativ hoch und nickte.

»Ja, danke. Auf Wiedersehen Mrs Breeland, ich fand es ebenfalls schön, sie einmal wieder zu sehen.«, rief ich, während ich die Haustür hinter mir schloss und die Treppenstufen hinunter auf den Bürgersteig joggte. Am Straßenrand hatte ich meinen Sportwagen geparkt, in den ich jetzt stieg und New York zur ungünstigsten Zeit des Tages – der Rushhour – verließ. Mit meinem ersten Ziel vor Augen. Richmond, Virginia. Letzter Aufenthaltsort von Anthony Blake und die erste Station auf der Jagd nach Williams ›Mörder‹.

Xenara

Leise schob ich die Glastür zur Seite und trat in den hellen kleinen Raum. Hinter mir zog ich die Schiebetür wieder zu. Alles war still außer dem Piepsen, das von dem Herzmonitor in der Zimmerecke stammte. Langsam lief ich zum Bett und betrachtete erneut Williams ausdrucksloses Gesicht. Sanft legte ich eine Hand an seine Wange.

»Hi, mein Schatz.«, flüsterte ich und küsste ihn zärtlich auf die andere Wange, »Wie geht's denn so?«, fragte ich ihn und setzte mich auf den Rand des Bettes ihm zugewandt. »Mir geht's super. Ich habe die Aussicht darauf, in den nächsten Monaten immer fetter zu werden und du bist dafür verantwortlich ... na ja vielleicht auch wir beide, wer weiß schon was bei der Verhütung schiefgelaufen ist. Wie gesagt, ich werde immer fetter und du bist nicht da, um mich auszulachen, wenn ich meine Füße nicht mehr sehen kann und komisch herumwatschele. Und du wirst wahrscheinlich auch nicht da sein, um meinen Babybauch zu streicheln und zu küssen, damit das kleine Ding gegen deine Hand tritt. Ich hoffe für dich allerdings, dass du wieder da bist, wenn ich unser Kind irgendwie aus mir rausbringen muss. Wer soll denn sonst meine Hand halten? Meine Mom wird als meine Ärztin fungieren und dazu keine Gelegenheit haben und Paige ... ihre Hand ist zu zerbrech-lich. Du weißt, wie brutal ich sein kann, wenn ich nur will. Aber du hättest das ausgehalten. Und Aaron? Ja, mein Schatz, der ist zu einer Selbstmordmission aufgebrochen, um deinen ›Mörder‹ zu finden und umzubringen. Claire hat mich heute Morgen angerufen und mir erzählt, dass er in New York war. Sie hat mir die Adresse und den Namen seines Opfers gegeben, aber ich fürchte, ich kann nicht viel unternehmen. Ich selbst kann nicht Auto fahren und nach Richmond schon gar nicht und Luise weiß noch nicht einmal was von den Racheplänen ihres Sohns. Ich habe mir gedacht ich warte einfach, bis er ihn gefunden hat und versuche dann, ihn davon abzuhalten, den Typ zu töten. Was Besseres fällt mir gerade nicht ein. Ich bin durch meine Schwanger-schaft später sicher auch etwas eingeschränkt, aber ich bin mir sicher, dass wir das hinbekommen ... irgendwie. Na ja, lassen wir das und reden lieber wieder über dich. Denn ich weiß, wie du jetzt erst einmal reagieren würdest, wenn ich dir beichte, dass wir ein Baby erwarten. Erst würdest du totale Panik schieben von wegen: ›Wir können nicht Eltern werden. Wir wären bescheuerte Erziehungsberechtigte. Ich wäre ein beschissener Vater.‹ Aber dann lässt du deine Gefühle zu und merkst, dass du unbedingt so ein kleines Ding haben willst. Dann legst du dein Ohr an meinen Bauch, obwohl noch gar nichts zu hören ist. Und wenn das Baby da ist? Dann liegst du den ganzen Tag auf dem Sofa, trinkst

Whisky und Bier und schaust dir irgendwelche chinesischen Zeichentrickserien an, die sowieso niemand versteht. Aber du lachst trotzdem, weil du das Babygeschrei aus dem anderen Raum nicht hören möchtest. Wärst du so ein Daddy? Oder würdest du sogar nachts öfter aufstehen als ich und zum Kinderbett gehen? ... Tja, das werde ich vielleicht nie wissen, denn wenn unser Kind groß ist, wird es dich, der ihm beibringt, nicht so zu werden wie wir, wahrscheinlich nicht mehr geben. Das wird sich noch entscheiden. Fakt ist, dass ich dich immer lieben werde und mein Bestes tun will, damit unser Baby eine schöne Kindheit hat und etwas aus ihm oder ihr wird, auch wenn sein oder ihr Daddy nicht da sein kann. Aber vielleicht tust du uns ja einfach den Gefallen und wachst rechtzeitig auf.« Nun erhob ich mich wieder und nahm seine Hand, um sie an meinen Bauch zu legen. »Ist erst eine ganz kleine Wölbung, aber wenn man es weiß, sieht man es schon ein bisschen.«, flüsterte ich mit einem leisen Lächeln auf den Lippen. »Ich werde mir dann bald neue Klamotten kaufen müssen. Ich habe keine Lust, in meine gesamten Hosen Gummizüge nähen zu lassen.« Plötzlich hörte ich hinter mir das Geräusch der sich öffnenden Tür. Bevor ich mich umdrehte, legte ich Wills Hand wieder aufs Bett zurück. Dann musterte ich den jungen Mann im weißen Kittel.

»Hallo, mein Name ist Banner. Dr. Banner.«, teilte er mir, mit angenehm tiefer Stimme, mit. Ich schnaubte belustigt und strich mir eine Haarsträhne hinters Ohr.

»Steht dann jetzt gleich der unglaubliche Hulk vor mir?«, konterte ich und er schüttelte lächelnd den Kopf.

»Witzig. Den habe ich ja noch nie gehört.«, erwiderte er mit deutlich hörbarem sarkastischem Unterton. »Also auf jeden Fall bin ich ab jetzt Mr Parkers behandelnder Arzt.« Ich runzelte die Stirn.

»Aber was ist mit Dr. ... Hawkins, so hieß sie doch, nicht wahr?« Dr. Banner nickte verständnisvoll.

»Ja, Dr. Hawkins hat mir den Fall übertragen, da sie Leiterin der Neuro ist und sehr viele Fälle zu betreuen hat. Deshalb wurde Mr Parkers Fall mir anvertraut.«

»Sagen Sie doch bitte William, Mr Parker klingt so fremd.« Er nickte abermals.

»Gut ... und Sie sind ... die Schwester oder ...?« Er schaute in Williams Akte nach.

»Ich bin Xenara, Williams Freundin und wahrscheinlich auch so etwas wie seine Cousine.« Dr. Banner lächelte freundlich und überhaupt nicht aufgesetzt.

»Soll ich Sie auch Xenara nennen?« Ich stimmte mit einem stummen Nicken zu.

»Ja bitte ... und Sie sind so ein Neuroprofi, Dr. Banner?«, fragte ich und wandte mich wieder dem Bett zu. Er trat neben mich und betrachtete seinen Patienten.

»Ich bin Assistenzarzt und spezialisiere mich auf die Neurochirurgie. Aber da wir uns jetzt öfter über den Weg laufen werden, dürfen Sie mich gerne Aiden nennen. Ich meine ... ich hoffe, dass wir uns noch lange sehen ... also wegen William ... ich meine ...«, stotterte er etwas und ich musste über seine offensichtliche Verwirrtheit grinsen.

»Sie meinen, Sie hoffen, dass William nicht in nächster Zeit abkratzt, aber wenn er lieber früher als später wieder aufwacht, wäre das auch ganz schön, nicht wahr?« Er nickte und atmete erleichtert auf.

»Ja, genau das war es, was ich sagen wollte. Danke, Xenara. Ich werde mir etwas überlegen, um William wieder aufzuwecken.« Ich öffnete überrascht meinen Mund, unfähig, auch nur einen Ton hervorzubringen. Meine Kehle war plötzlich staubtrocken.

»Heißt das ...«, krächzte ich, »Soll das etwa heißen, dass wir nicht nur rumsitzen und abwarten werden?« Er zuckte mit den Schultern.

»In den nächsten Tagen warten wir noch ab, so wie Dr. Hawkins es mit Ihnen besprochen hat. Aber sollte sich Williams Mutter dazu entscheiden, die Maschinen für eine bestimmte Dauer weiterlaufen zu lassen, können wir uns überlegen, wie wir diese Zeit bestmöglich nutzen, um Williams Hirn zu stimulieren. Sie sollten sich zwar nicht zu große Hoffnungen machen, aber ich werde mein Bestes geben, Ihnen Ihren Freund zurückzubringen.« Daraufhin war ich so sprachlos, dass ich nicht anders konnte, als ihn zu umarmen. Aiden schien zuerst etwas überrascht zu sein, doch dann legte er seine Hände an meinen Rücken und wartete, bis ich mich von ihm löste.

»Tut mir leid, es ist nur … ein kleiner Hoffnungsschimmer in diesem Albtraum.« Er nickte lächelnd.

»Ja nur … machen Sie sich nicht allzu große Hoffnungen.« Nun lächelte ich, etwas verlegen.

»Ja okay, es ist nur einfach wunderbar, nicht mehr dauernd zu hören: *Er ist so gut wie tot. Es besteht nur eine sehr geringe Chance.* Endlich sagt mir mal jemand: *Es besteht eine Chance, dass die Liebe Ihres Lebens wieder aufwacht.* Wenn Sie Ihr Bestes geben, Aiden, dann ist das genug. Für mich wird es genug sein, keine Sorge.« Er nickte abermals.

»Ja, hoffentlich wird es genug sein. Eigentlich bin ich gekommen, um mir ein Bild von meinem Patien … ähm von William zu machen. Um seine Werte zu überprüfen.« Ich räusperte mich kurz und wandte mich dann zur Glastür.

»Dann werde ich lieber mal gehen.«, flüsterte ich, während ich Aiden dabei beobachtete, wie er einige Sachen in die Akte kritzelte und flüchtige Blicke auf den Herzmonitor warf.

»Sie können auch hierbleiben. Ich brauche nicht lange, danach sind Sie wieder ungestört.« Ich winkte ab und schüttelte den Kopf.

»Ich weiß gar nicht, ob ich mit ihm ungestört sein möchte. Ich komme mir immer so bescheuert vor, wenn ich mit ihm rede und er mir keine Antwort gibt. Ist eher ein Monolog, den ich da führe.« Er klappte die Mappe zu und drehte sich zu mir um, die Hände in die Kitteltaschen gesteckt und die Krankenakte unter den Arm geklemmt.

»Aber es ist gut, wenn Sie mit ihm reden. Es hilft ihm möglicherweise, also führen Sie weiter Selbstgespräche, auch wenn Sie sich noch so dumm dabei vorkommen.« Ich ließ mich stumm auf Williams Bettkante nieder und legte eine Hand auf die Decke an der Stelle, unter der sein Bein sich befand.

»Und ist sonst alles gut mit Ihnen? Also ich meine außer … na ja das muss schwer für Sie alle sein. Ihnen geht es aber körperlich gut, oder?« Ich stimmte stumm zu.

»Ja, ist alles okay. Keine Sorge mir geht's gut.« Er setzte sich auf den Stuhl mir gegenüber, der an der Wand stand, um Besuchern zu dienen.

»Sie wissen ja, dass ich nicht nur William behandele, sondern auch seine Freunde und Familie betreue. Ich weiß, dass die nächste Zeit für Sie alle sehr schwer wird, und in dieser Zeit würde ich Ihnen gerne helfen und beistehen ... auch, wenn ich kein Seelsorger bin. Vielleicht kann ich ja trotzdem irgendetwas tun.«, bot er an und ich musste mir das Lächeln auf die Lippen zwingen.

»Danke, aber mir geht's wirklich gut.« Er nickte ein letztes Mal und stand wieder auf. Noch einmal trat er an Williams Bett und holte eine kleine Lampe aus einer seiner Kitteltaschen. Ich erhob mich ebenfalls und lief auf die andere Seite des Bettes. Dr. Banner zog nacheinander Williams beide Augenlider auf und leuchtete mit der Lampe ins Auge.

»Ziemlich kalte blaue Augen, aber Pupillenreaktionen sind vorhanden. Leider ist die Gehirnaktivität Ihres Freundes aber sehr gering. Man könnte sagen, das Hirn hat sich in einen Standby Modus versetzt, deswegen würde ich in den nächsten Wochen gerne einige Test machen, um einschätzen zu können, wie sich die Gehirnaktivität entwickelt.«, erklärte Aiden mir, während er seine Lampe wieder wegpackte. Ich hob ebenfalls ein Augenlid meines Freundes an.

»Er hat so schöne Augen, aber sie sind fast nur noch blau. Früher hatten sie noch einen grünen Schimmer, wie das Wasser in der Karibik.« Aiden zuckte mit den Schultern und steckte seine Hände abermals in die Taschen.

»Ich glaube nicht, dass das etwas zu sagen hat. Eine Farbe verschwindet nicht aus Augen, als würde das Leben aus einem verschwinden. Vielleicht war es eine Lichtreflexion und hier fällt das Licht nicht im richtigen Winkel in das Auge. Aber William hat wirklich eine außergewöhnliche Augenfarbe, das muss ich zugeben.« In Gedanken versunken nickte ich und merkte gar nicht, dass ich angefangen hatte zu weinen. Bis Aiden mir plötzlich ein Taschentuch entgegen hielt.

»Das wird schon wieder, Xenara. Machen Sie sich bitte nicht allzu große Sorgen, ja? Sie sind ja nicht allein mit der Situation.« Ich lächelte dankbar und tupfte mit dem Stofftaschentuch meine Augen und Wangen ab. Als mein

Gesicht wieder trocken war, wollte ich Dr. Banner das Tuch zurückgeben, doch er wehrte ab.

»Behalten Sie es erst einmal. Ich brauche es jetzt nicht unbedingt. Ich lasse Sie beide jetzt allein. Wir sehen uns sicher bald wieder.«, versicherte er mir noch, bevor er zur Glastür lief, sie zur Seite schob und auch hinter sich wieder schloss, als er im Flur stand.

»Wo war ich?«, fragte ich mich daraufhin laut und überlegte kurz, »Ach ja, ich hatte dir von unserem Kind erzählt, das mich auszubeulen gedenkt. Ich wette, du könntest herzlich über das Ganze lachen, einfach um zu verstecken, wie riesig deine Angst eigentlich ist. Um zu kaschieren, dass du überhaupt so etwas wie Furcht empfinden kannst. Aber ich weiß, dass du lieben kannst. Deswegen bin ich mir ziemlich sicher, dass du auch Angst verspüren würdest, wenn du von alldem hier erfahren würdest. Was mich ehrlich gesagt ganz schön erleichtert … Außerdem habe ich mir auch noch Gedanken über was anderes gemacht Will.« Ich lief um das Krankenbett herum und ließ mich auf dem Stuhl, der an der Wand stand und auf dem Aiden vorhin gesessen hatte, nieder. »Da Aaron und du ja den gleichen Vater habt, der ja nun einmal der Bruder meiner Mutter und damit mein Onkel ist, bin ich deine Cousine. Das lässt sich leider nicht bestreiten. Ich weiß das zwar erst seit ein paar Tagen, aber du musst das ja schon länger wissen. Und trotzdem hast du mit mir geschlafen und mir dieses Baby gemacht. Ich bin mir deshalb nicht sicher, ob das nicht schon an Inzest grenzt und das Baby irgendwelche Inzuchtschäden davonträgt. Dann wächst ihm nicht nur wegen den Drogen, die wir genommen haben, ein drittes Auge und ein dritter Arm, nein … die zwei äußeren Augen schielen dann zum dritten in der Mitte und er bekommt O-Beine. Meine Güte wäre das mal interessant, was? … Du hast ja recht. … Ich sage nur, dass es interessant wäre, weil ich so einen Schiss habe, was wirklich passieren könnte.« Ich wischte mir mit Aidens Taschentuch noch eine frische Träne von der Wange. »Aber, wenn wir im Begriff gewesen wären etwas Unrechtes zu tun, hätte uns deine Mom doch aufgehalten oder Aarons Mom oder meine. Sie alle wussten es. Und deine Mom wusste auch, dass du in mich verliebt warst, also hat unser Kind bei der Geburt vielleicht doch nur Schwimmhäute zwischen den Finger und Fußzehen.«, grinste ich halbherzig und seufzte anschließend, während ich dabei zuschaute, wie eine Maschine das Atmen für meinen Freund übernahm und sich seine Brust hob und senkte. »Und über so einen Unsinn muss ich mir allein den Kopf zerbrechen, nur, weil du Dornröschen spielst. Oder hast du ein Stück Apfel verschluckt? Die schwarzen Haare würden ja eher zu Schneewittchen passen ... in beiden Fällen müsste ich dich einfach nur küssen, damit du wieder aufwachst.« Ich zuckte die Schultern und stand auf, um mich an das Bett zu stellen. Sanft legte ich meine Hand an seine linke Wange und drückte meine Lippen zart auf seine rechte, da sein Mund von dem Tubus versperrt wurde.

Als nichts geschah, richtete ich mich wieder auf.

»Tja, das funktioniert wohl doch nur in Märchen, schade eigentlich. Dann muss ich wohl doch darauf hoffen, dass die Medizin dich wieder hinbekommt.«

Aaron

Während ich die Stadtgrenze von Richmond passierte, rieb ich mir mit einer Hand über die Augen und fuhr mir durch die strubbeligen Haare. Langsam erfasste mich wieder die Müdigkeit, trotz der drei großen Becher Kaffee, die ich heute früh getrunken hatte, nachdem ich Claires Wohnung einen Besuch abgestattet hatte. Inzwischen war der Nachmittag angebrochen, doch mein Ziel lag vor meinen Augen. Anthony Blake wohnte, wie es schien, am Rand der Stadt in einer gemütlichen Wohnsiedlung mit Häusern, die sich nur an den Farben unterschieden und einen kleinen Vorgarten besaßen. Wie ein Killer, Drogenabhängiger und Säufer in dieses Bild passen sollte, wollte mir nicht recht klarwerden. Andererseits hätte ich noch vor ein paar Wochen auch nicht im Traum daran gedacht, dass ich mich auf eine Rachemission begeben würde und das auch noch für William, der damals meistgehasste Mensch in meinem Leben. Ich war glücklich mit Paige gewesen und Xenara offensichtlich auch mit ihrem Leben und William, der ja dazu gehört hatte. Außerdem hatte ich damals noch keine Ahnung gehabt, dass ich einen Bruder besaß. Die Zeiten änderten sich wohl und nichts war so, wie es zu sein vorgab. Das war mir nun klargeworden. Plötzlich riss mich das Klingeln meines Handys aus den Gedanken. Ich hatte es beim Einsteigen achtlos auf den Beifahrersitz geschmissen. Flüchtig schaute ich auf das Display und seufzte. Widerwillig fischte ich es vom Beifahrersitz und nahm das Gespräch an.

»Hi Mom. Wie kann ich dir behilflich sein?«, begrüßte ich sie in leicht belustigtem Ton.

»Das würde ich dich auch gerne fragen, aber ich bin mir sicher, dass dir *nicht* mehr zu helfen ist. *Aaron Baxter*, dein Vater hat mich gerade angerufen und mir berichtet, dass du ihn in New York besucht hast.« Ich gab ein kurzes trockenes Lachen mir.

»Ist das verboten? Ich weiß, dass du nicht sonderlich gut auf Michael zu sprechen bist, aber wie du schon richtig formuliert hast, ist er mein Vater. Was heißt, dass ich ein Recht darauf habe, ihn zu besuchen.« Sie unterbrach mich nicht, doch sogar durchs Telefon konnte ich ihre Wut spüren, die durch die Sorge um mich ausgelöst wurde.

»Wenn es nur das wäre, Aaron. Ich will dir natürlich nicht verbieten, deinen Vater zu besuchen, aber wenn du dabei etwas mitgehen lässt ... ich bin mir sicher, du weißt, was jetzt kommt.« Ich schwieg einen Moment lang. Es war besser, einfach nichts zu sagen. Leugnen war zwecklos und Rechtfertigungen gab es wohl auch keine, die meine Mutter hätte nachvollziehen können.

»Michael wollte heute seine Waffe säubern, aber die Pistole war nicht mehr da. Aaron bitte sag mir, dass du sie nicht mitgenommen hast.« Ich überlegte nicht lange, bevor ich antwortete.

»Das kann ich leider nicht, weil es eine Lüge wäre, und du hast mir schon von klein auf beigebracht, dass man immer die Wahrheit zu erzählen hat.« Sie stöhnte aus Enttäuschung über mein Verhalten.

»Oh, Aaron ...« Ich unterbrach sie nüchtern.

»Ich hätte ja auch noch den Degen von der Wand mitgenommen, aber das wäre ihm wahrscheinlich noch schneller aufgefallen.« Ich hatte ihr bereits die Hoffnung genommen, dass ich wieder zur Vernunft kommen würde. Nun konnte ich genauso gut über meine Taten scherzen.

»Ha ha, ich lache mich halb tot.«, erwiderte sie kalt.

»Du kennst doch Dad, Mom. Hast du wirklich keinen einzigen Moment geglaubt, dass er sich tatsächlich nach eurer Trennung einen Degen zugelegt hat? Es würde schon zu ihm passen, oder?«, merkte ich an und zuckte die Achseln, obwohl sie das ja durchs Telefon nicht sehen konnte.

»Aaron, mir ist wirklich nicht zum Spaßen zumute. Wozu brauchst du die Pistole überhaupt?« Ich atmete tief ein und meine Hand am Lenkrad verkrampfte sich.

»Da solltest du lieber Paige fragen, ich werde es dir nicht sagen.« Sie seufzte abermals.

»Dann sag mir wenigstens, wo du bist.«, bat meine Mutter, mit Verzweiflung in der Stimme. In diesem Augenblick ertönte die Frauenstimme meines Navigationssystems.

»Sie haben ihr Ziel erreicht, es liegt auf der linken Seite der ...« Doch bevor sie die Zieladresse nennen konnte, schaltete ich sie stumm, hielt am Straßenrand und ließ den Motor ausgehen.

»Auch das werde ich dir leider nicht sagen können fürchte ich.«, erklärte ich ihr in neutralem Ton.

»Dann verrätst du mir vielleicht, warum du Michael erzählt hast, dass sein anderer Sohn tot sei.« Ich verdrehte genervt die Augen.

»Ist er das denn nicht?«, gab ich nur zurück.

»Nein, ist er nicht. Die Chance, dass er aus dem Koma aufwacht, besteht nach wie vor.« Meine Mutter klang schon fast ein wenig entrüstet.

»Ach weißt du, Mom, ich habe gerade ein paar andere Sachen zu tun. Wichtigere Sachen als mich mit dir herumzustreiten, aber, wenn ich mal wieder Zeit und Lust auf ein Gespräch mit dir habe, melde ich mich.«.«, meinte ich dann und nahm das Handy vom Ohr. Ich hörte meine Mutter noch: »Aaron ...«, rufen, doch da schnitt ich ihr schon das

Wort ab. »Bis später.« Dabei hielt ich das Handy mit dem Lautsprecher an meinen Mund, mein Finger schwebte bereits über dem roten Feld, dann legte ich endgültig auf und schmiss das Handy wieder auf den Beifahrersitz. Direkt beim ersten Blick aus dem Autofenster, erkannte ich Anthonys Haus. Es war klein und weiß, mit kahlem Vorgarten und schmaler Veranda, auf die gerade einmal so ein Stuhl passte. Entschlossen stieg ich aus, sperrte das Auto hinter mir ab und schritt über die Straße zum Gartentor. Es ließ sich von außen öffnen und so lief ich auf das Haus zu, die Verandatreppen hinauf und blieb schlussendlich vor der tiefgrünen Haustür stehen. Über dem runden Klingelknopf rechts neben der Tür stand auf einem Messingschild der Name *Blake.* Ich schien also goldrichtig hier zu sein. Als ich die Klingel betätigte, ertönte im Inneren des Hauses ein altmodisches *Ding Dong*. Bevor ich ein zweites Mal klingeln konnte, öffnete sich auch schon die Tür und eine kleine Frau stand vor mir im Eingang. Ihre grauen Augen musterten mich interessiert und vom aufkommenden Wind wurden ihre schulterlangen hellbraunen Locken herumgewirbelt.

»Entschuldigen Sie, Mrs … Blake?« Sie nickte mit einem freundlichen Lächeln auf den Lippen, »Mein Name ist … William Parker.« Ich wollte dieser Frau lieber nicht meinen richtigen Namen nennen und dieser war der erste, der mir in diesem Moment einfiel. »… Ich bin ein Freund von Anthony. Er hat mich angerufen, damit ich herkomme. Es klang ziemlich wichtig, ist er da?« Sie schwieg kurz betreten, öffnete dann den Mund, um etwas zu sagen, doch ehe ein Ton hervorkam, dauerte es noch einen Moment, so überrascht schien sie von meinem Besuch zu sein.

»William … das tut mir jetzt richtig leid, aber du musst ihn wohl verpasst haben. Er ist vor zwei Tagen fluchtartig aufgebrochen und hat gesagt, dass er so schnell nicht wieder zurückkommt. Er hat das Wichtigste mitgenommen. Ich denke, er ist ausgezogen, auch wenn er es nicht so deutlich gesagt hat.« Ich nickte seufzend und drehte meinen Autoschlüssel in den Händen.

»Das hatte ich mir schon fast gedacht. Ich konnte nur noch nicht so schnell herkommen … hat er Ihnen vielleicht gesagt, wo er hinwill?« Sie schüttelte den Kopf und zuckte die Schultern.

»Nein, das hat er nicht.« Ich überlegte nicht lange, bevor ich mein weiteres Vorgehen beschloss.

»Na gut ... dann würde ich ihn gerne anrufen. Allerdings ist mein Handy leer, ich müsste den Akku erst einmal in einem Motelzimmer wieder aufladen. Wären Sie so nett und würden mich mal kurz mit ihrem Telefon anrufen lassen?« Sie lächelte herzlich und trat zur Seite, um mich ins Haus zu lassen. Sie zeigte mir, wo das Telefon stand, und blieb an meiner Seite, wohl um etwas von ihrem Sohn zu erfahren. Fieberhaft dachte ich nach und dann kam mir das Geräusch aus der Küche sehr gelegen. Es hörte sich wie etwas an, das in einer Pfanne vor sich hin brutzelte.

»Riecht es hier irgendwie verbrannt?«, merkte ich wie beiläufig an, während ich das Telefon aus der Ladestation nahm. Mrs Blake reagierte sofort panisch.

»Oh nein.«, rief sie fast quiekend aus und eilte Richtung Küche. Blitzschnell drückte ich mich im internen Adressbuch zum Buchstaben J und musste grinsen als ich den Eintrag »Anthony Handy« fand. Das Telefon hatte auf einem kleinen Tischchen gestanden, das auch einen Kasten besaß. In diese kramte ich nun hektisch und fand tatsächlich einen Block mit Klebezetteln und einen Kuli. Mit flinken Fingern übertrug ich die Nummer aus dem Display auf einen der Zettel und steckte diesen in eine meiner hinteren Hosentaschen. Den Stift und den restlichen Block legte ich in die Schublade zurück und schloss diese wieder. Als ich das Telefon zurück in die Ladestation stellte, tauchte Mrs Blake hinter mir auf.

»Und was hat er gesagt? Ich habe nämlich auch schon versucht ihn anzurufen, aber bei mir ist er nie rangegangen.«, erzählte sie und ich war stolz, dass mir die Lügen langsam so locker von den Lippen kamen.

»Tja bei mir ist auch nur die Mailbox rangegangen. Ich werde es später noch einmal versuchen, wenn mein Handyakku wieder voll ist. Vielleicht geht er ran, wenn er meine Nummer sieht«, versicherte ich ihr und sie nickte zufrieden. »Alles gut in Ihrer Küche?«, erkundigte ich mich höflich, »Nicht, dass wegen mir etwas angebrannt ist.« Sie winkte ab und schüttelte zugleich den Kopf.

»Nein, nicht doch. Alles in Ordnung, William, keine Sorge.« Ich lächelte freundlich und kehrte wieder auf die Veranda zurück. Inzwischen war ich mir sicher, dass Mrs Blake meine nächste Frage nicht misstrauisch machen würde. Sie war viel zu leichtgläubig und vertrauensselig.

»Was wollte Anthony eigentlich in Winston-Salem? Er hat mich von dort aus angerufen, mir aber nicht gesagt, warum er sich in North Carolina aufhielt. Wissen Sie vielleicht etwas diesbezüglich?« Sie überlegte kurz in die Luft starrend, dann schnipste sie mit den Fingern, zum Zeichen, dass es ihr wieder eingefallen war.

»Das muss etwas mit seinem Freund Matthew zu tun haben. Die beiden kannten sich schon seit dem Kindergarten und er ist vor einigen Jahren mit seinen Eltern nach North-Carolina gezogen. Wohin genau weiß ich nicht. Ich glaube, sie hatten trotzdem öfter Kontakt zueinander. Vielleicht hat er Matthew besucht, aber das kann ich Ihnen leider nicht so genau sagen. Anthony hat mir davon nichts erzählt. Ich wusste nicht einmal, dass er die Stadt verlassen hatte.« Ich nickte und lächelte gezwungen. Diese Frau schien keinen besonders großen Durchblick in Bezug auf das Leben ihres Sohnes zu haben.

»Dann bedanke ich mich für Ihre Gastfreundschaft und verabschiede mich.«, meinte ich zuckersüß. Die kleine Frau lächelte ebenfalls.

»Ich muss mich bedanken, William. Für den angenehmen Besuch.«, erwiderte sie mit einem anzüglichen Zwinkern, »Vielleicht sehen wir uns ja irgendwann einmal wieder.« Nun musste mein Lächeln noch gezwungener wirken, doch sie schien es nicht zu bemerken.

»Auf Wiedersehen, William.« Ich nickte in einer stummen Zustimmung, dann drehte ich mich um und verließ das Grundstück wieder durch das Gartentor. Auf der anderen Straßenseite setzte ich mich in mein Auto und startete den Motor. Dabei schüttelte ich verwirrt den Kopf. Zu Anfang hatte Anthonys Mutter ja noch ganz lieb gewirkt, doch ihre zweideutige Art während des Abschieds, hatte mich ein wenig aus der Bahn geworfen.

»Hoffentlich sehen wir uns nie wieder.«, flüsterte ich vor mich hin und vergewisserte mich noch einmal mit einem Blick zum Haus, dass Mrs Blake von der Haustür verschwunden war. Dann nahm ich mein Handy vom Beifahrersitz und gab Anthonys Handynummer in eine App zum Orten eines verloren gegangenen Handys ein. Mit einem Klick wurde die Suche gestartet, so dass ich das Handy wieder zur Seite legen und mich anschnallen konnte. Sehr viel Hoffnung, dass diese Suche etwas ergeben würde, hatte ich nicht, doch einen Versuch war es wahrscheinlich wert.

Während ich stadteinwärts fuhr, ließ ich das Radio aus und wartete auf das Piepsen, das anzeigte, dass die Suche nach Anthony Blakes Handy abgeschlossen war. Als der Ton endlich ertönte, war ich schon in der Innenstadt angekommen und hielt nun an einem Straßenrand. Gespannt nahm ich mein Mobiltelefon in die Hand und schaute darauf, doch die Enttäuschung ergriff mich im nächsten Moment. *Dein Handy konnte nicht gefunden werden.* Seufzend stieg ich aus dem Auto und schloss ihn hinter mir ab. Da ich jetzt keine Anspannung mehr empfand, machte sich Hungergefühl in mir breit. Langsam lief ich den Bürgersteig entlang und suchte eine geeignete Kneipe, in der ich etwas essen konnte, während einige Menschen gestresst an mir vorbei hasteten und wieder andere mit ihren Partnern zusammen durch die Stadt schlenderten. Plötzlich fiel mir ein Blatt Papier an der Tür eines Gebäudes auf. Es war ein kleiner Backsteinbau, doch die Steine sahen schon eher dunkelbraun als ziegelrot aus, was auf das Alter des Bauwerks schließen ließ. Interessiert betrachtete ich den Zettel, auf dem: *Aushilfe gesucht.* geschrieben stand. Darunter waren einige Aufgaben der Aushilfe aufgelistet, wie Teller waschen, kellnern und Ausschenken der Getränke an der Bar. Es gab ein großes Fenster, das das Innere des Ladens zeigte. Es sah sehr gemütlich aus und ein Open/ Close Schild hing an der Innenseite der Tür, deren Glas von dunklem Holz eingerahmt wurde. Der Name der Kneipe stand ganz groß an der Hauswand geschrieben. *Baelfire.* Abermals leicht angespannt betrat ich das kleine

Restaurant, doch niemand hielt mich auf, obwohl ich noch nicht einmal 20 Jahre alt war. Ich setzte mich in dem halbdunklen Raum an einen der Tische, die noch frei waren und wartete auf einen Kellner. Mit einem Blick durch den gesamten Raum stellte ich fest, dass es nicht mehr sehr viele leere Tische gab. An den meisten saßen die verschiedensten Leute, Jung und Alt, unterhielten sich und tranken Kaffee oder ähnliches. Bald schon kam ein junges Mädchen, mit einem breiten Lächeln im Gesicht zu mir und blieb vor mir stehen. Sie hatte lange kupferfarbene Haare und braune Augen, um die Hüfte trug sie eine schwarze Schürze und in den Händen hielt sie einen weißen Notizblock.

»Hi, was kann ich Ihnen bringen?«, begrüßte sie mich und ihre Hand mit dem Stift schwebte über dem Block.

»Ich hätte gerne einen Burger und eine Cola. Außerdem hätte ich gerne den Aushilfsjob.«, erwiderte ich und bei meiner zweiten Bitte hielt sie im Kritzeln inne. Erst schien sie sehr überrascht, doch dann lächelte sie wieder.

»Gut, Ihr Essen kommt gleich und ich schicke Ihnen gleich den Chef vorbei.« Ich nickte zufrieden und verschränkte meine Finger miteinander, die Arme auf der Tischplatte ruhend.

»Das wäre super.«, fügte ich noch hinzu und schaute ihr nach, wie sie davoneilte. Es dauerte nicht einmal zwei Minuten, bis eine hoch gewachsene Frau in Businesskleidung auf mich zukam. Sie zog den Stuhl mir gegenüber zurück und zeigte darauf.

»Darf ich?«, fragte sie mit heller Stimme, wobei es sich eher nach einer rhetorischen Frage anhörte. Ich nickte nur stumm und musterte sie von oben bis unten. Sie besaß lange, gelockte, dunkelbraune Haare, außerdem fast schon stechend grüne Augen, die sie nicht minder freundlich aussehen ließen. Ihre vollen Lippen waren geschwungen und dunkelrot geschminkt. Als ein anderes Mädchen mit schwarzer Schürze an uns vorbeilief, rief die Frau mir gegenüber ihrer Angestellten zu, sie solle ihr ein Glas Wasser bringen. Danach wandte sie sich wieder mir zu und lächelte, so dass eine Reihe perfekt angeordneter weißer Zähne zum Vorschein kam.

»Hi, ich heiße Jane und ich bin die Chefin hier. Wie ist dein Name, ich darf dich doch duzen, oder?«, stellte sie sich mit angenehmer Stimme vor. Sie war zwar nicht ganz so hoch wie die der kleinen Kellnerin, die meine Bestellung aufgenommen hatte, dennoch war sie sehr weiblich und passte auf gewisse Weise zu ihrer größeren Statur und ihrer Ausstrahlung. Plötzlich stand das Mädchen von vorhin neben uns und grinste.

»Eine Cola und ein Burger für ...«, das Ende ihres Satzes hob sich fragend in die Höhe.

»Aaron.«, beendete ich ihn für sie und sie stellte ein Glas und einen Teller mit Essen vor mich hin.

»Für Aaron also ... und ein Wasser für Jane. Lasst es euch schmecken. Wenn irgendetwas ist, fragt einfach.« Ich nickte lächelnd und nahm das Besteck von ihr entgegen.

»Danke, Ava.«, bedankte sich auch Jane bei der Kellnerin und wartete, bis diese ein paar Meter entfernt war.

»Also Aaron, hast du auch einen Nachnamen?« Ich nickte abermals, während ich in meinen Burger biss und kaute. Erst nachdem ich hintergeschluckt hatte, wagte ich es zu antworten, weil es mir sehr unhöflich erschien, schon beim Vorstellungsgespräch mit vollem Mund zu reden.

»Baxter. Ich heiße Baxter mit Nachnamen. Tut mir leid ...« Ich deutete auf meinen Burger, um ihr zu signalisieren, dass ich normalerweise während Bewerbungsgesprächen nicht aß. »... aber ich habe *echt* Hunger. Wow, ist der gut.«, stellte ich direkt nach dem ersten Biss fest. Jane lächelte weiterhin und nahm einen Schluck von ihrem Wasser.

»Und du willst bei uns also den Aushilfsjob annehmen. ... Wie alt bist du?« Ich trank ebenfalls einen Schluck meines Getränks.

»18, bald aber 19, ist das ein Problem?« Sie schürzte nachdenklich die Lippen, schüttelte dann aber den Kopf.

»Nein eigentlich nicht. Ava ist auch erst 18. Das Baelfire lebt vor allem vom Nachtgeschäft und da haben wir fast nur Jugendliche zu Gast. Es ist kompliziert zu erklären, das mache ich lieber später, wenn wir an Ort und Stelle sind. Du darfst mich also Jane nennen, wenn ich dich auch Aaron nennen darf. Außer dir habe ich noch drei weitere Angestellte. Ava, sie hast du ja schon kennen gelernt. Sie kellnert. Dann gibt es noch Cherry -ich habe keine Ahnung wie sie richtig heißt. Sie kellnert ebenfalls und hilft in der Küche aus. Und der letzte in der Runde ist Ben, unser Koch. Er macht die besten Eier mit Speck der Welt, aber er könnte noch mehr Hilfe gebrauchen, deswegen will Cherry ganz in die Küche wechseln, was heißt, dass wir noch einen Kellner brauchen. Ich selbst kellnere auch mit, aber ich habe auch viel im Büro zu tun. Wir sind ein sehr kleines Restaurant, hier ist nicht sehr viel los, aber es wäre für Ben eine echte Erleichterung, noch jemanden zu haben. Natürlich wirst du Geschirr spülen und die Toiletten sauber machen müssen. Der schöne Nebeneffekt ist, dass du an der Bar stehen darfst und Alkohol ausschenkst, dazu bräuchtest du natürlich ein paar Grundkenntnisse über einige Drinks und so weiter, aber das bekommst du ganz sicher super hin.« Verwirrt schaute ich mich um, doch ich konnte keine Bar entdecken.

»Wo ist ...?«, setzte ich an, sie winkte jedoch ab.

»Tagsüber benutzen wir die kleine Bar dort drüben mit dem Bierzapfhahn, aber nachts haben wir eine größere Bar im Keller. Das zeige ich dir alles später, keine Sorge. Die eigentliche Frage ist jetzt nur, ob du den Job immer noch möchtest?« Ich verschlang den letzten Rest des Burgers und trank mein Glas bis zur Neige aus. Ben konnte nicht nur gute Eier mit Speck, dachte ich währenddessen und holte mir mit der Zunge ein Stück Salat zwischen meinen Zähnen hervor.

»Ich denke schon, kommt nur noch auf die Bezahlung an.«, grinste ich und sie erwiderte das Lächeln.

»Wird schon für deine Miete reichen.«, zwinkerte sie mir zu und ich schnaubte daraufhin belustigt.

»Da wären wir gleich bei der nächsten Sache. Ich komme gerade aus North Carolina und habe hier keine Wohnung. Wüsstest du vielleicht etwas Günstiges in der Nähe?« Erst schien sie ein klein wenig überrascht, doch dann überlegte sie nicht mehr lange, bevor sie mir antwortete.

»Hier über dem Restaurant sind vier kleine Wohnungen. In einer wohne ich, die zweite hat Ben bezogen und Ava ist auch dort oben eingezogen. Die vierte Wohnung ist noch frei. Wenn du möchtest, könntest du sie kriegen. Die Miete ist nicht sehr hoch, aber ich muss dir was abknöpfen, schließlich muss ich auch das Haus bezahlen.« Ich hob zustimmend den Daumen.

»Das ist perfekt. Die Miete wird kein Problem darstellen.« Aus einer meiner Hosentaschen nahm ich mein Portemonnaie und legte zehn Dollar auf den Tisch unter mein Glas.

»Nein Aarons, lass das. Das geht aufs Haus.«, protestierte Jane und wollte mir den Schein wieder zuschieben, doch ich ging nicht darauf ein und stand auf.

»Ava holt ja dann sicher alles ab.« Jane zuckte mit den Schultern und stand ebenfalls auf.

»Na gut, dann zeige ich dir jetzt mal alles und danach können wir ins Büro gehen und einen Vertrag machen, gut?« Ich nickte zustimmend.

»Na klar, das klingt super.«, erwiderte ich und folgte ihr, während sie mir einige Räume wie eine Abstellkammer und einen Vorratsraum zeigte. Danach liefen wir in die Küche, wo an einem Herd ein jung aussehender Mann in schwarzer Kochkleidung stand. Er hatte haselnussbraune Haare, dazu blaue Augen und erschien mir sehr freundlich.

»Hi, ich bin Ben. Ich habe gehört, du stößt zu unserer Gruppe dazu?« Ich ergriff seine Hand, die er mir entgegengestreckt hatte und schüttelte sie.

»Ja, das ist richtig. Ich bin Aaron.« Er lächelte zufrieden und lehnte sich an die Küchenfront.

»Dann bist du in der Baelfire Familie herzlich willkommen.« Jane trat an meine Seite und legte eine Hand auf meine Schulter.

»Ben hat erst vor ein paar Monaten seine Ausbildung zum Koch fertiggemacht und jetzt ist er *professionell*.«, zwinkerte sie mir zu und Ben sah etwas verlegen aus.

»Also als einen Sternekoch würde ich mich zwar nicht bezeichnen, aber der Job hier macht mir einfach riesigen Spaß.« Da öffnete sich plötzlich die Tür und ein Mädchen mit rabenschwarzen Haaren, die sich gefärbt waren und knallrot geschminkte Lippen kam herein. Sie trug ein rotes Kleid und zum Kleid passende rote Schuhe mit ziemlich hohen Absätzen. Über ihrer Kleidung trug sie, wie Ava auch, eine schwarze Hüftschürze.

»Ah, jetzt kannst du gleich noch Cherry kennen lernen.«, verkündete Jane freudig und eilte zu der Frau im roten Kleid.

»Cherry, das ist Aaron. Er wird deinen Job übernehmen, damit du Ben in der Küche helfen kannst.« Sie nickte zufrieden, nahm dann zwei Teller gefüllt mit Pommes und marschierte damit aus der Küche.

»Sie scheint sich doch nicht so sehr zu freuen.«, merkte ich daraufhin an. Ben winkte ab.

»Ach Cherry … die konnte ihre Gefühle noch nie besonders gut ausdrücken. Daran darfst du dich nicht stören.«, erwiderte er und klopfte mir kumpelhaft auf die Schulter. Jane legte eine Hand an meinen Arm.

»Gut, dann zeige ich dir jetzt noch das untere Geschoss. Ich bin mir sicher, du wirst später noch Ava treffen, dann kannst du dich auch noch mit ihr bekannt machen.«, meinte sie und trat schon zur Küchentür. Zur Antwort nickte ich nur kurz und folgte ihr zurück in den Gastraum, in dem die Esstische standen. In einer Ecke, an deren Wand sich auch Garderobenhaken befanden, gab es eine Tür mit der Aufschrift ›Garage‹. Jane öffnete sie und wartete bis ich hindurchgegangen war, um hinterher zu kommen und die Tür wieder zu schließen. Nun fand ich mich in einem Treppenhaus mit weinroten Wänden und dunklen Treppenstufen aus Holz wieder. Leichtfüßig lief ich diese hinunter und kam auf einer Galerie am Rand eines großen Raums, der aussah wie eine zu klein geratene Fabrikhalle, heraus. Der Boden der Galerie, der aus einem Metallgitter bestand, verlief rund herum an den Wänden des riesigen rechteckigen Raumes entlang, mindestens drei Meter über dem eigentlichen Boden, der wohl als Tanzfläche genutzt wurde. In der Mitte dieser Fläche erhob sich eine große Bar und an einer der Längsseiten des Saals gab es eine Bühne, auf der wohl manchmal Livebands auftraten oder ein DJ sein Equipment aufbauen konnte.

»Ja und das hier ist die Garage, die eigentliche Baelfire Bar. Früher war hier wohl mal eine Auto-Werkstatt drin, daher der Name. Dienstags und donnerstags legt hier meistens ein Kumpel von mir auf. Er ist ein echt guter DJ und die Jugendlichen aus der Gegend lieben ihn. Und freitags und samstags haben wir Livebands hier. Sonntag haben wir oben bis 14 Uhr geöffnet und Montag ist Ruhetag. Sonst haben wir immer von neun Uhr bis 18 Uhr geöffnet. Die Garage öffnet 21 Uhr und meistens geht das Ganze bis zwei oder drei Uhr, je nachdem wie viel los ist. Wir machen auch manchmal Geburtstage. Außerdem arbeiten wir in Schichten. Das regeln wir dann später. Aber wenn die Garage offen hat, brauchen wir dich unbedingt als Barmann und ich werde dir etwas zur Seite stehen. Cherry hat nachts frei, genau wie Ben. Ava ist manchmal mit hier unten.«, erklärte Jane mir und ich hatte das Gefühl, dass ich den Anfang ihrer Erläuterungen bereits wieder vergessen hatte. Sie zeigte auf eine Wendeltreppe, die von der metallenen Galerie hinunter auf die Tanzfläche führte und ebenfalls aus Metall bestand. »Komm, gehen wir mal runter und ich zeige dir deinen neuen Arbeitsplatz von Nahem.« Die Wände um den großen Tanzboden herum waren in einem Mitternachtsblau gestrichen, der Boden bestand aus glattem Beton und an den Unterseiten der Galeriegitter hingen viele Scheinwerfer. Ohne nachts schon einmal hier gewesen zu sein, konnte ich mir genau vorstellen, wie alles aussehen musste, wenn sich hier viele Jugendliche trafen, miteinander lachten, der Musik lauschten und tanzten.

»Wenn ich als Barkeeper fungieren soll … was muss ich denn so alles ausschenken können? Muss ich erst noch eine Ausbildung machen?«, informierte ich mich, leicht grinsend, woraufhin sie ebenfalls lächelte.

»Das könnte man sich ja mal durch den Kopf gehen lassen. Ach nein, Unsinn.«, sie winkte ab, »Das ist nicht gerade kompliziert. Das Baelfire ist bei den Jugendlichen schon dafür bekannt, dass man hier gut feiern kann und auch Minderjährige Alkohol bekommen können, in Maßen. Bei den ganz jungen Teenies solltest du trotzdem aufpassen und dich nicht um den Finger wickeln lassen, von wegen: »Ich bin doch eigentlich schon 16 Jahre alt. Ich habe heute nur so flache Schuhe an.« Die Kleinen kennen ihre Grenzen noch nicht, also solltest du ihnen nicht zu viel geben. Aber die meisten Leute, die hierherkommen, sind sowieso schon 16 und älter. Anfangs hatten wir mal kurz Schwierigkeiten mit den Cops, aber ich habe da ein paar Beziehungen und inzwischen ist das alles ganz gechillt. Wir machen keinen Ärger und sie lassen uns dafür unsere Sache durchziehen. Die Teenies, die hierherkommen, wissen das zu schätzen und verhalten sich dementsprechend. Und falls nicht, haben wir ja jetzt dich ... als Rausschmeißer.« Sie zwinkerte mir kurz zu, dann klappte sie ein Stück der Theke hoch, so dass wir in die quadratische Bar treten konnten. »Wir haben hier ... das ganze normale Zeug. Limo, Cola, die verschiedensten Säfte, die man auch gut zum Mixen gebrauchen kann ... es wollen auch nicht alle alkoholische Getränke. Und dann natürlich noch die anderen Standards. Verschiedenstes Bier, Whisky, Gin, Vodka ... Bis jetzt waren die meistgenommenen Drinks sowieso Bier, Gin Tonic und Vodka Cola. Dazu haben wir alles da, wenn du noch andere Sachen mit reinnehmen willst, kannst du mir das sagen, dann überlege ich mir das. Sonst noch etwas?« Ich schaute mich in meinem neuen Reich um, meinem neuen Arbeitsplatz und schüttelte dann den Kopf.

»Nein, eigentlich nicht. Wenn ich später noch Fragen haben sollte, rück ich schon damit raus.«, versicherte ich ihr und Jane nickte zufrieden.

»Gut, dann zeige ich dir jetzt noch deine Wohnung.«, schlug sie vor und wir machten uns wieder auf den Rückweg nach oben ins Restaurant. Dort führte sie mich den gleichen schmalen Gang entlang, den man auch laufen musste, um zur Küche zu gelangen. Wir kamen vorbei an Toilettentüren und hielten erst an, als wir vor einer Treppe in die oberen Stockwerke ankamen, deren Stufen jedoch aus Granit bestanden. Sie ging mir voran und erläuterte mir währenddessen die Aufteilung des Gebäudes.

»Deine Wohnung ist ganz oben, also in der zweiten Etage. Im Erdgeschoss befindet sich das Restaurant, im Keller die Bar, in der ersten Etage die Wohnungen von Ava und mir und in der obersten Etage deine und Bens Wohnungen. Das Dach kann man zwar auch über eine Treppe erreichen, aber es ist furchtbar zugig dort oben.« Ich seufzte.

»Ach, und ich dachte schon dort oben kann ich mal ein Bier trinken und die Aussicht auf die Stadt genießen.« Sie lachte und öffnete eine Tür, wahrscheinlich ihre Wohnungstür.

»Ja, nein. Daraus wird wohl nichts werden. Tut mir leid.«, rief sie, während sie in die Wohnung lief und mit zwei Schlüsseln wiederkam. »So das sind deine Wohnungsschlüssel. Willst du beide haben?« Ich winkte ab.

»Nein, behalte du am besten einen.« Sie zuckte mit den Schultern und lief mir voraus die nächste Treppe hinauf.

»Es ist eine schöne geräumige Zweizimmerwohnung, mit eingebauter Küche gleich am Wohnzimmer, ziemlich gut beleuchtetem Schafzimmer und einem Fenster im Bad.«, erklärte sie als sie den einen Schlüssel ins Schloss steckte und aufschloss, danach gab sie mir den Schlüssel gleich.

»Das Fenster im Bad wird sowieso alles rausreißen. Egal wie scheiße die Wohnung ist, das Fenster im Bad macht es wett.«, scherzte ich und betrat hinter ihr die Wohnung. Sie lachte auf meine Worte hin etwas und blieb in der Mitte des Eingangsraumes stehen. Dieser war annähernd quadratisch, mit drei großen Fenstern an einer Frontseite, gegenüber der Eingangstür und vollkommen leer bis auf einen einzelnen schwarzen Ledersessel. Die Wände waren, wie nicht anders zu erwarten, weinrot gestrichen.

»Ihr steht ganz schön auf Rot, kann das sein?«, merkte ich daraufhin an, doch sie ging nicht auf meine Feststellung ein.

»Den Sessel kannst du behalten, wenn du willst. Den hat Keith, unser letzter Barkeeper, hier zurückgelassen. Er ist vor ungefähr einem Jahr hier ausgezogen, an die Westküste oder so. Na ja, er hat hier auf jeden Fall eine ganze Weile lang gewohnt.« Also hatte wahrscheinlich Keith die ganzen Wände gestrichen. An dem quadratischen Teil des Raumes angeschlossen war noch ein kleinerer rechteckiger Teil, der durch eine Art Theke abgetrennt wurde. Links und rechts konnte man an dieser vorbeigehen und dahinter befand sich eine geschmackvolle Küche mit ebenholzdunklen Fronten.

»Ich glaube Geschirr und all so was müsste noch da sein. ... gefällt's dir bis jetzt einigermaßen?« Ich nickte und strich mit den Fingerspitzen bedächtig über die Arbeitsplatte aus Beton.

»Es ist perfekt.«, fügte ich hinzu, »Schauen wir uns doch noch den Rest an.«, schlug ich dann vor und lief schon auf eine andere Tür zu, die vom Wohnzimmer abging. Beim

Öffnen gab sie das Bad preis, dessen Boden mit großen hellgrauen Fliesen bedeckt war. Die Wände zierten anthrazitfarbene Fliesen, wobei diese nur bis zu einer gewissen Höhe angebracht waren und von schlichtem weißem Putz abgelöst wurden. Das Bad war ganz nach meinem Geschmack, stellte ich fest. Es besaß eine Dusche und ein modisch geschnittenes viereckiges Waschbecken auf einer Badkommode. Darüber hing ein großer Spiegel und daneben stand ein einfaches Regal, das genug Platz für die wichtigsten Sachen bot. An der Wand, gegenüber der Tür befand sich das versprochene Fenster und bot ausreichend Licht. Erst nachdem ich mir alles angeschaut hatte, fiel mir auf, dass die Tür neben der Toilette und gegenüber dem Fenster gar nicht die gewesen war, durch die wir gekommen waren. Es gab offensichtlich noch eine zweite Tür. Also öffnete ich sie und fand dahinter das Schlafzimmer. Doch hier verschlug es mir die Sprache. Kein rot, kein Grau. Nein, Giftgrün, neonfarben, leuchtend.

»*Wow*.«, war das Einzige, was ich herausbrachte. Jane betrat hinter mir den Raum und lachte.

»Ja, das ist etwas … ich weiß auch nicht, was Keith sich dabei gedacht hat. Das kannst du natürlich überstreichen, wir haben noch was von der dunkelblauen Farbe von der Bar, wenn du die haben möchtest.« Ich lachte kurz auf und trat weiter in den Raum hinein.

»Ja, ich denke, auf das Angebot werde ich liebend gern zurückkommen.«, erwiderte ich und inspizierte einen großen hellen Schrank an einer Wand.

»Den kannst du auch gern behalten und die Matratze ebenfalls.«, merkte Jane an und ließ sich auf eben genannte fallen. Sie lag direkt unter einem großen Fenster, das das einzige in diesem Raum war.

»Die ist noch nicht mal so schlecht, da kannst du gleich heute Nacht drauf schlafen. Ich würde dir auch noch eine Decke und ein Kissen … also ich meine, falls du so etwas nicht … na ja ich weiß ja nicht. Wo kommst du eigentlich her? Du scheinst nicht von hier zu sein?« Seufzend ließ ich mich neben ihr nieder.

»Ja … nein. Das bin ich wohl wirklich nicht. Ich komme aus New York … habe gerade meinen Abschluss gemacht.

High School und jetzt weiß ich noch nicht so richtig, was ich machen soll.« Die Sache mit der Rachemission ließ ich absichtlich einfach mal außen vor.

»Aha, und da bist du ausgerechnet nach Richmond gekommen? Ich meine, willst du an kein College? Was hast du denn für einen Durchschnitt?« Ich zuckte mit den Schultern.

»Keine Ahnung, ich bin fort, bevor ich das hätte herausfinden können. Schlecht war ich allerdings bestimmt nicht, aber ich habe gemerkt, dass es auch wichtigere Sachen gibt als das. High School, College und dann ein Job ... das war mir einfach zu langweilig. Ich wollte mal neue Leute kennenlernen und jetzt bin ich hier gelandet und vermute mal als Barkeeper werde ich sicher viele neue Leute kennen lernen ... und du? Was machst du hier?« Sie hob einen Mundwinkel, der andere hing allerdings nachdenklich nach unten.

»Ich ... tja meine Eltern haben dieses Restaurant geführt, damals war es nur ein Restaurant und es lief gut. Sie kamen jedenfalls über die Runden. Dann haben sie beschlossen, wahrscheinlich ähnlich wie du, dass ihnen das alles zu langweilig wird, und sind nach Europa, um sich neue Kulturen anzuschauen oder so. Mir haben sie das Baelfire gegeben, damals hatte ich gerade meine Ausbildung beendet und wollte ins Familiengeschäft mit einsteigen. Stattdessen habe ich es komplett übernommen. Keith war zu der Zeit schon hier angestellt als Kellner und als ich alles modernisiert habe, blieb er und übernahm auch noch die Position als Barkeeper. Da sind dann schlagartig auch mehr junge Leute gekommen und seitdem läuft es noch besser als zu der Zeit, als es meine Eltern geführt haben. Ich sage es mal so: Ich kann mehr als gut davon leben und es macht mir Spaß und das ist doch die Hauptsache, oder? Inzwischen leite ich das Baelfire schon seit einigen Jahren.« Sie schien sehr stolz auf das zu sein, was sie tat, und das konnte ich nur zu gut verstehen. Ein eigenes Restaurant mit Bar ... die Organisation der Livebands und all das ... ich war mir sicher, dass ich zu so etwas nicht fähig wäre. Sie hatte viel Verantwortung zu tragen.

»Und hast du keine Familie in New York zurückgelassen?« Ich schnaubte und ließ mich nach hinten auf die

Matratze fallen, so dass ich auf dem Rücken lag und die Hände hinterm Kopf verschränken konnte.

»Familie? Du meinst so jemanden wie meinen Vater, der meine Mutter betrog, als sie schwanger mit mir war? Oder meine Mutter, die mir mein ganzes Leben verschwiegen hat, dass aus dieser Affäre ein Junge hervorgegangen ist, den ich die ganze Zeit als meinen besten Freund betrachtet habe, bis er meine damalige Freundin gevögelt hat? Ach ja, dann wäre da noch meine Cousine, die jetzt von besagtem Halbbruder schwanger ist.« Jane legte sich schnaufend neben mich und lachte dann trocken.

»Wow, jetzt verstehe ich, warum du abgehauen bist. Das sind ja mal Familienverhältnisse. Und eine … Freundin, gab es eine Freundin?« Sie lief leicht rot an, als sie mich von der Seite her musterte. Ich wandte den Blick wieder zur Decke und dachte an die Freundin, die es gegeben hatte. Paige … ich hatte sie mit sehr großer Wahrscheinlichkeit unglaublich verletzt. Mir kamen wieder die Bilder von dem Moment im Krankenhaus, als sie mir dieses schreckliche Ultimatum gestellt hatte. Mein Herz hatte sich in diesem Moment geteilt. Einerseits weil ich geglaubt hatte, dass sie immer hinter mir stehen würde, egal was ich tat oder sagte. Und andererseits, weil eine Hälfte meines Herzens mir gesagt hatte, ich solle die Rache vergessen und bei ihr bleiben. Während die andere Hälfte mir unmissverständlich klargemacht hatte, wie viel Unrecht ich William zugefügt hatte und dass ich die Mission durchführen musste. Ich hatte mich gefühlt wie mit einem Engelchen auf der einen und einem Teufelchen auf der anderen Schulter, die mir beide jeweils etwas ins Ohr flüsterten. Es war so schwer gewesen, mich gegen sie zu entscheiden und ihr Gesicht zu sehen, als sie es begriff. Deswegen war ich möglichst schnell gegangen und hatte nicht mit ihr am Telefon geredet. Ich befürchtete zu sehr, dass ich umkehren und nach Winston-Salem zurückfahren könnte. Weil ich sie einfach immer noch wie wahnsinnig liebte, dass es jedes Mal schmerzte, wenn ich an sie dachte.

»Es … ja schon. Es gab eine Freundin. Das ist zu kompliziert, fürchte ich, um es zu erklären.« Sie setzte sich wieder aufrecht hin, dann stand sie langsam auf.

»Schon klar, da ist etwas, das du mir nicht erzählen möchtest. Ich habe gemerkt, wie du unser Gespräch um dieses heikle Thema herum bugsierst und mit meiner letzten Frage habe ich offensichtlich einen wunden Punkt getroffen, was mir auch leidtut.« Nun setzte ich mich ebenfalls langsam auf, offene Verwunderung im Blick.

»Wie ...?«, setzte ich an und sie lächelte bitter.

»Als du nach einer Wohnung gefragt hast, sagtest du, du wärst gerade erst aus North Carolina gekommen und es klang so, als würdest du dort wohnen. Als ich dich dann gerade eben fragte, wo du herkommst, sagtest du plötzlich, du kämst aus New York. Tja ... ich bin mir ziemlich sicher, dass New York nicht in North Carolina liegt.« Sie setzte sich abermals neben mich. »Aaron – sofern das überhaupt dein richtiger Name ist – ich achte bei meinen Mitarbeitern natürlich auf den Charakter. Ich halte dich nicht für einen Lügner – ganz und gar nicht,– aber du bist sehr darauf bedacht, nicht zu viel von dir preiszugeben und ich denke, du läufst vor etwas oder jemandem davon. Und es ist etwas anderes als die schwierigen Familienverhältnisse. Das verstehe ich auch vollkommen, aber wenn du bei uns mit einsteigen möchtest, wäre es schön, wenn du uns nicht alle belügen würdest. Du musst uns nicht alles erzählen, aber belüge uns wenigstens nicht, ja?« Sie lächelte mich leise und aufmunternd an. Ich nickte zögerlich und überlegte, wie viel ich Jane anvertrauen konnte. Sie war ganz klar eine kluge Frau und merkte es, wenn ich nicht die Wahrheit sagte.

»Okay ... es ist so. Ich bin in New York geboren worden und aufgewachsen. Meine Eltern sind, seit ich denken kann, geschieden. Mein bester Freund, meine Cousine und ich sind an die gleiche Schule gegangen. Es war alles super, bis mein bester Kumpel mit meiner damaligen Freundin ins Bett stieg. ... Die Drogenphase lasse ich absichtlich mal weg.« Sie lachte leicht und hob dabei überrascht die Augenbrauen.

»Drogenphase? Wow, du hast ja wirklich alles mitge-nommen, was ging, oder?« Ich zuckte die Achseln und lachte freudlos.

»Ja schon, aber ich habe rechtzeitig aufgehört, also ich bin jetzt nicht mehr ... na ja da bin ich dann nach North Carolina gezogen, mit meiner Mom. Und dort habe ich meine neue Freundin kennen gelernt, Paige. Und dann ist meine Cousine mir plötzlich nach North Carolina gefolgt und kurze Zeit später auch mein bester Freund. Er wollte sich für alles entschuldigen und mir erzählen, dass wir Brüder sind. Und jetzt … tja jetzt bin ich hier.« Sie blieb noch einen Moment stumm, um vielleicht über meine Geschichte nachzudenken. Dann nickte sie und stand auf.

»Okay … dann komm. Wir gehen runter und machen den Arbeits- und den Mietvertrag. Außerdem gebe ich dir die Farbe, damit wir keine Augenschäden davontragen.«, schlug sie vor und hielt mir ihre Hand entgegen, um mir aufzuhelfen.

Achtzehn

Paige

Mit zitternden Händen schloss ich die Tür auf, hinter der die Wohnung von Aaron und seiner Mutter lag. Luise hatte mir den Schlüssel zukommen lassen, den Xenara zwischenzeitlich genutzt hatte, bevor sie ihn ihrem Cousin mitsamt einer Ohrfeige zurückgegeben hatte. Im Flur hatte sich nichts verändert, seitdem ich ihn das letzte Mal durchquert hatte. Lios Hundebett stand an seinem Platz und alles war dunkel, da alle Türen, die vom Flur abgingen, geschlossen waren. Nur aus dem Wohnzimmer, in das der Flur ohne Zwischentür überging, kam etwas Licht. Auf leisen Sohlen begab ich mich zur Küche, wo ich Luise Baxter vermutete, dabei wusste ich selbst nicht, warum ich so darauf bedacht war, leise zu sein. Die Wohnung schien, wie ausgestorben, seitdem Aaron weg war. Kein Mucks war zu hören, wahrscheinlich wollte ich deswegen auch einfach keinen Laut von mir geben. Meine Vermutung in Bezug auf Aarons Mutter bestätigte sich, als ich in den Türrahmen trat und sie am Herd stehen sah.

»Hallo Paige.«, begrüßte sie mich, ohne auch nur ein einziges Mal in meine Richtung schauen zu müssen. Sie wusste, dass ich es war, weil niemand anderes sich zur Wohnung Zutritt verschaffen konnte. Nur ich oder Aaron. Bei Letzterem war es eher unwahrscheinlich, dass er plötzlich wiederauftauchen würde.

»Hi Luise. Was machst du?«, zur Antwort drehte sie sich zu mir um und stellte zwei Töpfe auf den kleinen Küchentisch am Fenster.

»Willst du etwas mitessen, ich bin nicht gewöhnt, für mich allein zu kochen und habe viel zu viel gemacht.«, erwiderte sie, während sie schon zwei Teller, zwei Gläser und zwei Bestecksets aus den entsprechenden Schubladen und Schrankfächern holte und den Tisch damit deckte. Ich musste wieder an den Tag zurückdenken, an dem Aaron bei mir geklingelt und mich nach Gewürzen gefragt hatte. Damals hatte er behauptet, seine Mutter könne nicht sonderlich gut kochen, deswegen zögerte ich nun mit meiner Antwort. Luise bemerkte mein Zögern sofort und grinste.

»Das sind Nudeln und eine Fertigsoße aus dem Glas, die ich nur erwärmen musste. Nichts besonders Schwieriges also.«, versicherte sie mir und ich musste herzhaft lachen, während ich mich auf einen Stuhl ihr gegenübersetzte. »Ich wette, Aaron hat dir erzählt, dass ich eine miserable Köchin bin.«, grinste sie und tat mir Nudeln auf. Da fiel mir auch schlagartig der eigentliche Grund ein, warum ich hier hoch in Aarons Wohnung gekommen war.

»Apropos Aaron. Wolltest du ihn nicht anrufen?«, fragte ich dann und steckte mir eine Gabel voll mit Nudeln in den Mund. Sie nickte, während sie ebenfalls Nudeln um ihre Gabel wickelte.

»Das habe ich auch.«, antwortete sie knapp, als wäre das Thema ihr peinlich, aber das fand ich eher unwahrscheinlich, also fragte ich weiter.

»Und, ist er rangegangen?« Sie nickte abermals, sagte aber nichts weiter. Ich seufzte schon leicht genervt und drehte meine Gabel in den Spagetti, um die Nudeln darum zu schlingen.

»Und, was hat er gesagt?«, wollte ich wissen, ungeduldig, weil sie sich jede Information einzeln aus der Nase ziehen ließ. Sie zögerte kurz mit der Gabel in der Hand und seufzte dann ebenfalls.

»Er war bei seinem Vater in New York.« Ich holte scharf Luft.

»Davon wusste ich ja noch gar nichts.«, meinte ich darauf etwas anschuldigend. Sie atmete tief durch, als müsste sie sich auf etwas wappnen.

»Ich weiß, Michael hat mich gestern angerufen. Bis zu diesem Zeitpunkt wusste ich auch noch nichts davon ... Und er hat mir erzählt, dass seine Pistole fehlt, seitdem Aaron bei ihm war.« Erschrocken riss ich die Augen auf und ließ meine Gabel auf den Teller fallen.

»Seine ... seine *was*?« Meine Stimme schnellte in die Höhe und klang am Ende fast wie ein Quieken.

»Ich habe meinen Sohn darauf angesprochen und er hat zugegeben, die Pistole genommen zu haben. Aber Paige wozu braucht er sie denn überhaupt? Er meinte, du könntest mir diese Frage beantworten.« Ich lief rot an und meine Wangen wurden ganz heiß.

»Er braucht sie, weil ..., weil ... ach, Luise.«, stöhnte ich verzweifelt, »Er braucht sie, weil er den Jungen, der William angeschossen hat, finden und sich an ihm rächen will.« Sie starrte mich entsetzt an und ließ ihre Hand mit der Gabel langsam sinken.

»Er will ... was soll das heißen? Rächen? Will er ihn umbringen? Obwohl William nicht tot ist?« Ich nickte kaum merklich und aß schnell noch ein paar Nudeln.

»Ich nehme es an.«, fügte ich hinzu und ging im Kopf die Fakten durch. Luise hatte gestern beschlossen, ihr Glück bei Aaron zu versuchen und noch bevor sie das in die Tat hatte umsetzen können, hatte ihr Exmann und Aarons Vater sie angerufen und ihr berichtet, seine Pistole sei verschwunden. Aaron hatte sie mitgehen lassen, aber das sagte uns trotzdem noch nicht, wo er jetzt war.

»Und wo ist er jetzt?«, sprach Luise die Frage, die in meinem Kopf schwebte, aus. »Ich wette, er hat sich von seinem Vater eine große Summe Geld geben lassen und hat sich dann irgendwo versteckt.«, stellte sie Überlegungen an und schob den halb vollen Teller von sich. Ich schwieg vorerst und stocherte in meinen Nudeln herum.

»Ich ...«, setzte ich an, stockte dann jedoch, »Ich habe keine Ahnung, ehrlich. Ich habe ihn schon x-Mal angerufen, aber er ist nie rangegangen. Mit mir will er nicht reden.«, fuhr ich fort und legte schließlich ebenfalls meine Gabel beiseite. Luise nickte stockend und schien sich zu konzentrieren.

»Und Xenara ...?«, begann sie langsam, »... hat Xenara schon einmal versucht ihn anzurufen? Vielleicht würde er mit ihr reden.«, schlug sie vor und ich seufzte.

»Ich denke, Xenara hat gerade genug eigene Sorgen.« Luise runzelte verwirrt die Stirn.

»Ja, wegen William, ich weiß, aber ...« Ich unterbrach sie.

»Luise es ist nicht *nur* William, der Xeni Sorge bereitet. Da hängt noch viel mehr dran.« Sie stutzte und schaute mich überrascht an.

»Noch viel mehr ... aber was ist denn noch, von dem ich nichts weiß?« ich schwieg kurz und räusperte mich dann.

»Ich weiß nicht, ob Xenara will, dass du es jetzt schon weißt. Aber irgendwann wirst du es sowieso erfahren, also warum nicht ... Xenara hat vor kurzem erfahren, dass sie im dritten Monat schwanger ist ... von William.« Sie schwieg einen Moment vor Erstaunen, dann öffnete sie den Mund, um etwas zu sagen und fuhr sich mit der Zunge noch einmal über die Lippen, um sie zu befeuchten.

»Wow ... ähm okay. Das ist jetzt leicht überraschend. Sie ... sie kommt nicht gut damit klar, habe ich recht?« Nun war ich daran, sehr erstaunt zu sein und einen Moment wollte kein einziger Ton aus meiner Kehle.

»Wie? ... Nichts von wegen: ›Die zwei hätten besser aufpassen müssen.‹? So im Sinne von: ›Passt auf liebe Leute, Kondome können reißen.‹ Oder so?« Sie zuckte mit den Schultern und ließ sie dann hängen.

»Was würde das denn bringen? Das Kind ist ja schon in den Brunnen gefallen, wie man so schön zu sagen pflegt. Und solche Sprüche würden Xeni jetzt sicher nicht weiterhelfen. Du sagtest sie sei im dritten Monat?« Ich stimmte mit einem Nicken zu.

»Ja, sie kann nicht abtreiben, weil sie Schuldgefühle wegen William hat. Was er sagen würde ... ich denke, wenn sie mit William diskutieren könnte, würde sie abtreiben.« Aarons Mutter schüttelte den Kopf.

»Nein, das würde sie nicht tun, auf keinen Fall. Mila würde das sowieso niemals zulassen. Als Expertin auf diesem Gebiet ... sie weiß, was für Risiken eine Abtreibung bergen kann. Und Xenara würde ihr eigenes Kind sicher auch nie abtreiben lassen wollen, sie … liebt ihr Kind sicher.« Ich schnaubte, nicht ganz sicher, ob ich Luise in dieser Sache zustimmen konnte.

»Als Xenara es mir gesagt hat, erwähnte sie im gleichen Atemzug und unter Tränen, dass sie dieses ›Ding‹ – wie sie es nannte – nicht möchte. Sie ist verzweifelt, sie will dieses Baby nicht.« Luise lächelte traurig.

»Das sagt sie jetzt noch, aber sie wird es zu lieben lernen. Wenn sie es abgetrieben hätte, hätte sie es irgendwann bereut. Außerdem haben wir immer noch Grund zu der Hoffnung, dass William aufwachen wird und die Hoffnung stirbt ja bekanntlich zuletzt. Was würde er denn dazu sagen, wenn er aufwacht und erfährt, dass seine Freundin sein Kind abgetrieben hat? Xenaras Sorgen deswegen sind berechtigt. Ich denke, William würde da doch schon gerne ein Wörtchen mitreden.« Ich lachte bitter auf.

»Er wusste ja gar nichts von dem Baby. Er hat auch jetzt noch keine Ahnung.«

»Ja, aber wenn er aufwacht, wird er es erfahren und dann wird er sich über sein Baby freuen, da bin ich mir ziemlich sicher. Er wird Xeni sicher nicht mit dem Kind sitzen lassen.« Luise stand vom Tisch auf und stellte unsere Teller neben die Spüle.

»Ja, da hast du wahrscheinlich recht. Es ist ja eigentlich auch egal. Xenara wird das Baby bekommen und William wird hoffentlich wieder aufwachen. Und bis dahin …« Nun stellte sie die Töpfe auch wieder auf den Herd und ergänzte dabei meinen Satz.

»… sind wir alle für sie da und helfen ihr. Jetzt verstehe ich auch, warum Mila Karev hierbleibt. Benjamin wird nicht kommen, oder?« Ich schüttelte den Kopf und stand ebenfalls auf.

»So wie ich das verstanden habe, nein. Aber Mila wird ihrer Tochter sicher gut helfen können. Wie du schon sagtest … sie ist Expertin und ihre Mutter.«

»Ja, Xenara hing schon immer sehr an ihrer Mutter … und an William.« Sie schaute traurig drein und da kam mir plötzlich eine Frage in den Sinn, über die ich mir noch nie Gedanken gemacht hatte.

»Wusstest du von den Drogen?« Sie seufzte auf und ließ Wasser in das Spülbecken laufen.

»Natürlich wusste ich davon, genau wie Maggie und Mila. Nur Benjamin und Kol haben es nicht bemerkt und Michael schon gar nicht, das war auch besser so. Kol hätte William davongejagt, außerdem hat Aaron zum Glück schnell wieder damit aufgehört. Um Xeni habe ich mir natürlich auch große Sorgen gemacht und um William ebenfalls. Glücklicherweise sind sie alle aus der Drogenphase wieder rausgekommen.« Ich nickte verständnisvoll.

»Ja, zum Glück ... ich bin eigentlich hergekommen, um zu fragen, ob ich mich vielleicht um Lio kümmern soll? Jetzt, wo Aaron nicht da ist ... und du musst ja auch arbeiten gehen.« Sie überlegte gar nicht erst lange und stimmte sofort zu.

»Damit würdest du mir viel Arbeit abnehmen, danke Paige.« Ich lächelte mitfühlend und lief zu Aarons Zimmer, wo ich die angelehnte Tür öffnete und eintrat. Fast erwartete ich gleich im Chaos zu stehen, doch als ich eintrat, war alles so wie immer. Das Bett gemacht, der Schreibtisch aufgeräumt, alles stand an seinem Platz. Lio lag in seinem Korb neben Aarons großem Doppelbett.

»Hey Großer. Na, wie geht's?« Als der Golden Retriever mich sah, sprang er auf und wedelte freudig mit dem Schwanz, sichtlich erfreut, dass sich jemand einmal wieder ausgiebig Zeit für ihn nehmen konnte. »Na komm, du ziehst jetzt erst einmal zu mir.«, flüsterte ich und nahm eine Leine vom Schreibtisch, doch da ich Lio schon gut kannte, hängte ich sie nicht an seinem Halsband ein und wartete nur, bis er aus dem Zimmer gelaufen war, so dass ich die Tür wieder schließen konnte. An der Wohnungstür blieb er brav stehen, während ich noch einmal kurz zur Küche zurücklief.

»Lios Sachen hole ich später ab, ich gehe jetzt mit ihm eine Runde.«, verabschiedete ich mich von Luise mit einem Winken und sie nickte zustimmend.

»Na klar, mach das. Bis später.«, fügte sie noch hinzu und dann verließ ich mit Aarons Hund die Wohnung und lief die Treppen hinab, wobei er stets an meiner Seite blieb. Ich musste zugeben, dass Aaron seinen treuen Begleiter wirklich außerordentlich gut erzogen hatte. Mein Ziel war der Park, wo ich mit ihm und Aaron öfters hingegangen war, um seine Freunde zu treffen und mit ihnen zu tanzen. Das schien jetzt schon so lange her zu sein ... Millionen von Jahren entfernt, obwohl gerade mal ein halbes Jahr seitdem vergangen war. Doch ich hatte mich inzwischen so verändert und Aaron auch. Früher war er vielleicht einmal dieser Junge gewesen, immer auf Achse, gerne bei seinen Freunden im Park, um mit ihnen ausgelassen zu tanzen, doch das hatte er schon lange nicht mehr getan. Den Grund dafür kannte ich selbst nicht wirklich, aber das Tanzen war ihm nach und nach immer unwichtiger geworden und mir auch. Wir hatten uns eher aufeinander konzentriert und auf William, als dieser aufgetaucht war. Nun ließ ich Lio mit den anderen Hunden im Park spielen, während ich mich auf eine Bank setzte und mein Handy aus meiner Hosentasche zog. Nach einigen Ruftönen ging die Mailbox ran und ich seufzte enttäuscht.

»Hi Aaron, hier ist Paige ... mal wieder. Ich hatte eigentlich gehofft, dass du vielleicht an dein Handy gehen würdest ... schließlich hast du auch das Gespräch mit deiner Mutter angenommen. Na ja, ... entweder du hörst dein Handy immer dann nicht, wenn ich anrufe oder du gehst absichtlich nicht ran. Ich glaube ja eher an Letzteres und in diesem Fall ... du musst mich echt ganz schön hassen. Ich weiß nur nicht, was ich getan habe, dass ich das verdient hätte. Ich wollte dir nur berichten, dass es William unverändert schlecht oder gut oder wie auch immer geht. Er liegt immer noch im Koma ... wie gesagt, unverändert. Morgen wird seine Mutter entscheiden, wie lange die Maschinen ihn weiter beatmen sollen. Xenara ... ich weiß nicht, ob sie es dir erzählt hat, aber ich vermute sie hat dich selbst schon angerufen und du hast sicherlich mit ihr gesprochen, sie ist ja schließlich deine Cousine. Also weißt du, dass sie schwanger ist und voll ausrastet deswegen. Dann wollte ich dir noch erzählen, dass ich mich jetzt um Lio kümmere. Deine Mom hat ja nicht so viel Zeit, also habe ich mich bereiterklärt, für ihn zu sorgen. Ach ja, ich habe dein Abschlusszeugnis geholt ... sieht nicht ganz schlecht aus ... ich meine, ein Durchschnitt von 1,6 ist ja ... na ja. Ich wette du könntest damit etwas Gutes studieren, aber ich vermute, das interessiert dich gerade eher weniger. Ich leg jetzt lieber mal auf, ich weiß ja langsam, dass du nicht mit mir reden willst. Ich hatte gehofft, ich könnte dich doch noch dazu überreden, zurückzukommen, aber jetzt ist mir klargeworden, dass ich die Letzte bin, die das schaffen könnte. Offensichtlich empfindest du rein gar nichts mehr für mich, also werde ich dich ab jetzt in Ruhe lassen. Du musst mich nie wiedersehen oder mit mir sprechen, ich habe begriffen, … dass du dich gegen mich entschieden hast und dass das heißt, dass du mich nicht mehr liebst … oder mich vielleicht auch nie geliebt hast.« Tränen liefen mir an den Wangen hinab und ich wusste, dass meine Stimme schon seit mehreren Sätzen verheult klingen musste. »Leb wohl, Aaron. Ich hoffe, du bekommst, was du dir so sehnlich wünschst.« Dann nahm ich das Handy vom Ohr und legte auf. Die Gefühle schienen mich zu überwältigen und ich schaute Lio hinterher, wie er mit einem anderen Hund über die Wiese rannte. Nun stand ich endgültig vor dem Scherbenhaufen, hatte endlich begriffen, dass die Beziehung mit Aaron schon vor mehreren Tagen im Krankenhaus geendet hatte, doch es war mir bis jetzt immer so surreal vorgekommen. Als wäre das eine Sache des Unmöglichen … Aaron und ich getrennt. Wieder erinnerte ich mich an die ersten Momente, in denen er mich wirklich *gesehen* hatte. Als er mit mir auf dem Boden der Mädchenduschen saß und mich tröstete, die Einzelstunden mit ihm im Tanzstudio. Der erste Kuss, den eigentlich keiner von uns beiden bewusst gewollt hatte, der aber dazu geführt hatte, dass Aaron merkte, wie viel ich ihm inzwischen bedeutete. Oder auch nicht. Ich war mir da jetzt nicht mehr so sicher. So viele Momente hatten wir geteilt, schöne und schreckliche, doch das war jetzt vorbei. Er war fort, hatte mich verlassen, hatte einen Weg eingeschlagen, auf dem ich ihm nicht folgen konnte. Verzweifelt versuchte ich die Tränen, die unaufhaltsam über mein Gesicht rollten, versiegen und das Schluchzen, das aus meiner Kehle drang, verstummen zu lassen. Vielleicht hatte ich mir hier nicht den besten Platz ausgesucht, aber mir war eigentlich herzlich egal, was andere Leute von mir denken mochten. Mich interessierte nichts mehr, jetzt nicht mehr. Nach dieser Gefühlüberwältigung kam jetzt vollkommene Leere. Sie machte sich in mir breit als hätte ein Besen alles aus mir heraus gefegt. Oder als wäre Aarons Liebe das Einzige gewesen in mir. Das Einzige, was mich ausgefüllt hatte. Und nun, da ich mir der Tatsache bewusst geworden war, dass es diese Liebe gar nicht gab, war ich leer. Ich spürte nichts mehr, nicht einmal die frische Brise, die um meinen Kopf wehte. Aus dem Augenwinkel sah ich nur, dass sich jemand neben mich setzte.

»Ich habe gesehen, wie du mit Lio davongelaufen bist und ich habe mir schon gedacht, dass du hierherkommen würdest. Wen hast du angerufen? Aaron?«, erkundigte sich die Person neben mir auf der Bank und ich nickte, während ich mir ein paar Tränen von den Wangen wischte.

»Ja, ich habe Aaron angerufen und er ist, wie jedes Mal, nicht rangegangen.«, erwiderte ich ruhig und starrte weiterhin gerade aus.

»Vielleicht hat er es lautlos oder er fährt gerade oder ...«, setzte sie an, doch ich unterbrach sie mit einer wegwischenden Handbewegung und einem Kopfschütteln.

»Mach dich doch nicht lächerlich, Xenara. Inzwischen habe selbst ich begriffen, dass er mich ganz einfach nicht sprechen *will*. Er hat sich gegen mich entschieden, da kann ja seine Liebe zu mir nicht sonderlich groß gewesen sein.« Nun wandte ich mich zu Xenara, die neben mir saß und die Hände vor dem Bauch verschränkte.

»William wollte auch weg, ohne mich. Er hat sich auch gegen mich entschieden ... aber er hat mich geliebt. Aaron liebt dich auch.« Ich schnaubte und schüttelte den Kopf.

»Nur, dass William aus deinem Leben verschwinden wollte, um dir damit zu helfen ... Aaron ist fort, um jemand anderem an die Gurgel zu gehen ... beziehungsweise, um ihn zu erschießen und das meine ich nicht im übertragenen Sinne.«

Aaron

Paiges letzte Worte hallten durch den fast leeren Raum, während ich eine Farbrolle mit mitternachtsblauer Farbe über die giftgrüne Wand zog.

»Leb wohl, Aaron. Ich hoffe du bekommst, was du dir so sehnlich wünschst.« Ich hatte das Handy auf die Matratze am Boden gelegt und den Lautsprecher eingeschaltet, um die Mailboxnachricht anzuhören und nebenbei streichen zu können. Heiße Tränen brannten in meinen Augen. Am liebsten hätte ich mir jetzt sofort das Handy geschnappt, um sie anzurufen und ihr klarzumachen, wie sehr ich sie liebte und brauchte. Obwohl ich es schon längst gewusst hatte, war es doch noch einmal, wie ein Schlag ins Gesicht gewesen, sich klar zu werden, dass ich sie so sehr verletzt hatte, dass sie mir das unmöglich jemals vergeben konnte. Sie glaubte felsenfest, dass ich sie nicht mehr lieben würde, dass sie mich nicht interessieren würde und dass ich deswegen nicht ans Handy ging. Und dann auch noch Lio, an ihn hatte ich gar nicht mehr gedacht. Die Rachegedanken hatten meinen besten Freund aus meinem Kopf gedrängt. Sofort stiegen in mir Schuldgefühle auf und ich schämte mich auch. Wie hatte ich meinen Hund nur vergessen können, der fast der einzige Wegbegleiter war, der mich nicht irgendwann einmal belogen oder betrogen hatte … mit Ausnahme von Paige. Sie hatte mich ebenfalls nie hintergangen. Die anderen Informationen in ihrer Nachricht, mein Durchschnitt von meinem High School Abschluss von 1,6, Williams Zustand … das alles war nichts im Vergleich zu Paiges schmerzenden Worten.

»Na, da scheint ja jemand ziemlich verletzt zu sein.«, ertönte plötzlich eine Stimme hinter mir und ich drehte mich überrascht um. Jane lehnte im Türrahmen mit einem Stapel weißen Stoffs in den Armen. Hastig stellte ich die Farbrolle an die Wand und wischte mir die Tränen aus den Augen, erst dann wandte ich mich wieder zu ihr.

»Ja, scheint so.«, antwortete ich allerdings recht knapp und so emotionslos wie möglich.

»War das deine Freundin ... deren Geschichte zu kompliziert war, um sie zu erzählen?« Ich nickte kurz und verschränkte die Arme vor der Brust.

»Ja, Paige ... ich habe ihr nicht gesagt, dass ich fortgehe, bevor ich weggefahren bin. Deshalb ist sie wohl etwas ... gekränkt.«, verdrehte ich die Wahrheit ein Stück und bog sie mir zurecht. Jane schnaubte belustigt und ungläubig zugleich.

»Lustiger Ausdruck dafür, dass sie dich heulend angerufen und an deiner Liebe zu ihr gezweifelt hat. Allerdings glaube ich, dass du sie immer noch liebst, sonst hättest du die Nachricht gar nicht erst angehört, sie wäre dir egal gewesen. Und in dem Fall ... würde ich dir dringend raten, sie zurückzurufen und mit ihr zu reden. Sonst hast du sie schneller verloren, als du gucken kannst.« Ich seufzte, erwiderte allerdings nichts. »Wer ist Lio?«, fragte sie dann, als sie merkte, dass sie keine Antwort von mir erwarten konnte. Sie trat noch einen Schritt in den Raum hinein und ich lief ihr entgegen.

»Lio ist mein Golden Retriever, den ich in North Carolina zurücklassen musste.« Sie verzog das Gesicht, als würde sie mit mir mitfühlen.

»Warum hast du ihn nicht mitgebracht, ich liebe Hunde.«, scherzte sie und brachte mich damit ein wenig zum Lachen, während ich ihr den Stapel weißen Stoffes abnahm. »Das sind ein paar Handtücher und ein Kissen. Eine Decke habe ich dir auf den Sessel gelegt. Ich hoffe, das reicht fürs Erste.« Nickend brachte ich die Handtücher ins Bad und schmiss das Kissen anschließend auf die Matratze.

»Vielen Dank, das ist sehr nett von dir. Es wird auf jeden Fall reichen.« Die Andeutung eines Lächelns huschte über ihr Gesicht, als ich die Farbrolle schon wieder aufnahm und weiter die Wand strich.

»Kann ich dir bei noch irgendetwas helfen?«, fragte sie dann und trat an meine Seite, doch ich lehnte ihr Angebot Kopfschüttelnd ab.

»Nein, ich denke nicht, trotzdem danke.« Sie neigte verständnisvoll den Kopf, wahrscheinlich merkte sie mit ihrer außergewöhnlichen Auffassungsgabe und ihrem unglaublichen Menschenwissen, dass ich lieber allein wäre.

»Okay, also falls du Hunger bekommen solltest, kannst du ruhig ins Restaurant kommen. Ben macht dir sicher noch ein leckeres Abendessen, du hast ja noch nichts im Kühlschrank. Und morgen wäre es schön, wenn du so auf 18 Uhr runter in die Bar kommen würdest. So auf 20 Uhr kommen meistens die Leute, dann hast du noch etwas Zeit, dich zu orientieren.« Verwirrt wandte ich mich zu ihr um und hielt im Streichen inne.

»Erst 18 Uhr? Ich dachte, ich mache morgen schon eine Schicht als Kellner.« Sie schüttelte den Kopf und legte mir eine Hand auf die Schulter.

»Nein, morgen noch nicht, später dann.« Sie kehrte zu der Tür, die ins Wohnzimmer führte, zurück und drehte sich noch einmal zu mir um, »Bis morgen dann. Schlaf gut in deiner neuen Wohnung.« Ich schaute ihr einen Moment hinterher, wie sie die Wohnung verließ, dann kehrte ich zu der Wand zurück, die fertig gestrichen werden musste.

Ich hatte nicht vor, nach unten zu gehen und etwas zu essen, stattdessen holte ich lieber meinen Laptop aus meiner Tasche und setzte mich damit direkt neben eine Steckdose auf den Dielenboden. Die weinrote Wand benutze ich dabei einfach als Rückenlehne. Draußen vor den Fenstern setzte schon die Dämmerung ein. Richmond bei Nacht war nicht ganz so atemberaubend wie New York, aber auf jeden Fall aufregender als Winston-Salem. Die Lichter der Häuser leuchteten und bildeten so etwas Ähnliches wie eine Skyline. Während der Laptop startete, stellte ich ihn auf den Fußboden neben mich und trat vor eines der großen Fenster, nebenbei nahm ich mein Handy aus der Hosentasche. Langsam scrollte ich das Adressbuch durch, bis ich zu der Nummer kam, die ich gesucht hatte. Bevor ich mich doch noch umentscheiden und auflegen konnte, hielt ich mir das Handy ans Ohr und lauschte den Ruftönen. Nach einigen Momenten nahm jemand ab.

»Aaron. Bist du es wirklich?«, rief Paige ins Telefon hinein, als würde die Entfernung zwischen uns am Telefon etwas ausmachen. Ich antwortete allerdings nichts. »Aaron, sag doch etwas. Bist du es?« Weiterhin hörte ich mir ausschließlich ihre Stimme an und genoss jede einzelne Silbe. Meine Paige. Paige, die ich so sehr liebte, dass es schon fast körperlich schmerzte, dass ich sie jetzt nicht in den Armen halten konnte. »Jetzt sag doch endlich mal was.«, schluchzte sie und ich schluckte schwer, dann räusperte ich mich hörbar.

»Es tut mir leid, Paige. Ich hasse dich nicht … ganz im Gegenteil.« Schnell nahm ich das Handy wieder vom Ohr und legte auf, bevor Paige etwas erwidern konnte und ich ihrer weichen umschmeichelnden Stimme nicht mehr entkommen konnte. Da klopfte es auf einmal an der Wohnungstür, was mich sehr verwirrte, da ich ja noch gar niemanden hier kannte, der mich besuchen könnte. Als ich dennoch öffnete, einen erwartungsvollen Ausdruck im Gesicht, stand Ben vor mir, mit einem breiten Grinsen im Gesicht, zwei Bierflaschen in einer Hand und einer braunen Papiertüte in der anderen.

»Darf ich reinkommen?«, fragte er fröhlich und ich trat bereitwillig zur Seite, um ihn vorbeizulassen. »Ich habe dir etwas zu Essen mitgebracht. Jane meinte, du wirst sicher nicht runterkommen, obwohl sie es angeboten hat. Deswegen dachte ich, bringe ich das Essen eben zu dir. Etwas zu Futtern, ein schönes Bierchen und wir lernen uns mal etwas kennen … was hältst du davon?« Ich hielt den Daumen in die Höhe und schloss die Wohnungstür hinter Ben.

»Guter Plan.«, stimmte ich zu, als er die Tüte auf die Küchentheke legte und die Bierflaschen daneben stellte.

»Hast du einen Öffner?«, erkundigte er sich, während er bereits in einigen Schubladen danach suchte. Ich zuckte die Achseln und nahm die braune Tüte, um zu sehen, was sich darin befand. »Ich habe keine Ahnung. Hatte Keith denn einen? Falls ja, liegt er wahrscheinlich noch irgendwo hier rum.« Mit meinem Essen in der Hand setzte ich mich wieder neben meinen Laptop auf den Boden. Ben hatte mir frittierte Hähnchenfilets und eine ziemlich große Portion Pommes mitgebracht. Triumphierend trat er jetzt hinter der Theke hervor, die geöffneten Flaschen in den erhobenen Händen. Eine davon reichte er mir, bevor er sich in den einzigen Sessel fallen ließ und einen Schluck aus seiner Flasche nahm.

»Guten Appetit.«, wünschte er mir und deutete auf den Haufen Fast Food vor mir.

»Danke, schmeckt wieder super. Könnte mich dran gewöhnen, machst du das echt selbst?« Er lachte auf und nickte.

»Ja, das sind frisch geschnittene Kartoffelschnitze. Kartoffeln schälen und schneiden gehört übrigens auch zu deinen zukünftigen Aufgaben.«, merkte er an und ich schüttelte lächelnd den Kopf. Plötzlich brummte mein Handy in meiner Hosentasche. Obwohl ich es nur auf Vibrationsalarm gestellt hatte, schien Ben es zu bemerken und beobachtete mich eingehend. Ich kümmerte mich nicht um den Anruf, da ich wusste, dass es sicher Paige war.

»Geh ruhig ran, ich kann auch kurz rausgehen, wenn du allein sein möchtest.«, bot Ben an, doch ich schüttelte abermals den Kopf.

»Nein, passt schon. Wenn es jemand wichtiges sein sollte, rufe ich dann zurück.«, erwiderte ich und nahm noch einen Pommes von dem Haufen.

»Du könntest wohl noch ein paar Möbel und einen Fernseher gebrauchen.«, stellte er fest, als er sich umschaute. Ich zuckte mit den Schultern und biss herzhaft in eines der Hähnchenfilets. Die Panade war knusprig und würzig.

»Mal sehen ... vielleicht krieg ich irgendwo noch ein Sofa her oder so. Und ein Fernseher wäre auch nicht schlecht, da hast du wahrscheinlich recht.« Er nahm noch einen Schluck von seinem Bier und grinste.

»Lässt du das Rot an den Wänden? Keith hat das mal gestrichen, weil er meinte, dass es bei den Frauen irgendetwas bewirkt. Deswegen hat er auch alles andere rot gestrichen. Er sagte immer: ›Das wirkt sich positiv auf die Gäste aus.‹ Ich habe das immer für kompletten Schwachsinn gehalten, aber jetzt denke ich, Keith hatte möglicherweise doch recht. Jedenfalls hatte er dauernd irgendwelche Mädels bei sich.« Wir mussten beide lachen und nahmen jeder einen Schluck aus unseren Flaschen.

»Na, da habe ich doch jetzt gleich große Lust auf Keiths alter Matratze zu schlafen.«, witzelte ich und Ben lachte abermals auf.

»Denkst du nicht, als Barkeeper wirst du *ebenfalls* jeden Abend eine andere abschleppen? Dann brauchst du auf jeden Fall noch ein paar Möbel. Ich meine ... allein schon wegen der verschiedenen Möglichkeiten ...« Ich wusste auch ohne, dass er mir die Möglichkeiten erläuterte, was er meinte. »Und dann komme ich dich auf jeden Fall öfter mal besuchen.« Ich biss wieder in eine Pommes und kaute genüsslich.

»Ich denke, die heißen Mädels überlasse ich lieber dir. Ich bin zurzeit nicht so in der Stimmung für One-Night-Stands.« Er zuckte die Achseln.

»Tja, aber mit dem Koch schlafen die Mädels leider nicht so oft, oder hast du das schon mal irgendwo gehört? ›Bestellen Sie dem Koch ein Kompliment von mir und geben Sie ihm meine Nummer, damit er mich mal anrufen kann.‹ Aber der Kellner ... ja, der kriegt öfters mal eine ab ... ganz zu schweigen vom *Barkeeper*.« Ich schürzte genüsslich die Lippen und nickte langsam.

»Das stimmt wohl, trotzdem brauche ich keine scharfen Mädels.« Plötzlich war Ben stumm und schien nachzudenken, dann grinste er übers ganze Gesicht.

»Ach so ... jetzt verstehe ich. Da gibt es ein ganz bestimmtes Mädchen, das die normalen scharfen Mädels in den Schatten stellt.« Ich seufzte und lachte dann trocken.

»So kann man das nicht gerade ausdrücken, aber so ähnlich vielleicht. Sie ist ... perfekt, aber ich ... tja, ich bin es nicht. Ich habe sie so sehr verletzt, dass sie wahrscheinlich nie wieder auch nur ein Wort mir reden wird.« Das Grinsen auf seinem Gesicht schlief langsam ein und er wurde nachdenklich.

»Wow, da scheint ja richtige Liebe im Spiel zu sein.« Abermals seufzte ich und trank mein Bier bis zur Hälfte aus.

»*War* ... jetzt wohl eher nicht mehr. Ich ... liebe sie immer noch, aber lassen wir das lieber. Dass passt nicht so richtig zu unserem Männerabend.« Ben grinste wieder und stand auf.

»Na, wenn das hier ein Männerabend werden soll, hole ich lieber noch mehr Bier.« Ich wollte schon ebenfalls aufstehen, doch er bedeutete mir sitzen zu bleiben.

»Wir könnten auch zu dir rübergehen, da ist es sicher etwas gemütlicher als in dieser halb leeren Bude.«, schlug ich vor, doch Ben winkte ab.

»Ach nein, das passt schon. Bin gleich zurück.« Dann verschwand er auf den Flur. Während ich die letzten Pommes aß, stand ich auf, um die leere Papiertüte wegschmeißen zu gehen, als es plötzlich an der Tür klopfte.

»Die Tür ist doch offen, Ben, komm einfach rein.«, rief ich und tauchte hinter der Küchentheke ab, um die Schränke nach einem Mülleimer zu durchsuchen.

»Hallo, Aaron?«, drang ein dünnes Stimmchen zu mir durch, glockenhell und verunsichert. Neugierig schaute ich um die Wand herum, die die Küche von der Wohnungstür trennte. Dort entdeckte ich die zierliche, rothaarige Kellnerin. Ihre leicht welligen Haare fielen weich auf ihre Schultern und ihre grünen Augen schauten interessiert umher. Sie trug einen schwarzen Faltenrock und ein weißes T-Shirt, dazu flache, schlichte schwarze Turnschuhe. Als sie mich bemerkte, lächelte sie fröhlich und kam mir entgegen.

»Hi, ich habe mich noch gar nicht richtig vorgestellt.«, meinte sie dann und hielt mir ihre Hand hin, »Ich bin Ava. Ich kellnere vor allem und wohne direkt unter dir. Ich finde es echt schön, dass du zu uns stößt.« Die Tür öffnete sich erneut und Ben trat ein, mit zwei Bierflaschen und einer anderen Flasche in den Händen.

»Oh, hi Ava. Ich wusste nicht, dass du auch zu uns kommen wolltest. Willst du vielleicht auch ein Bier?« Sie lächelte Ben an, schüttelte allerdings den Kopf.

»Danke, aber nein. Ich wollte mich nur mal schnell vorstellen. Ich gehe sofort wieder. Nick kommt gleich, da muss ich schon in der Wohnung sein. Also bis morgen dann.«, verabschiedete sie sich noch, danach verschwand sie wieder durch die Tür hinaus auf den Flur.

»Wer ist denn Nick?«, erkundigte ich mich neugierig an Ben gewandt, »Ihr Freund?« Ben nahm zwei Gläser aus dem Schrank und schenkte aus der Whiskyflasche etwas in jedes Glas, dabei schüttelte er den Kopf.

»Ja, ihr Freund, Nick Presley.« Ich nahm einen Schluck aus dem Glas, das er mir gegeben hatte und ließ den Whisky meine Kehle hinabrinnen.

»Und warum schüttelst du so den Kopf und klingst dabei so, als wolltest du Nick Presley am liebsten umbringen?« Er lachte bitter und setzte sich in den Sessel zurück.

»Vielleicht wirst du das heute Abend noch selbst mitbekommen. Sie streiten sich dauernd. Ich denke Nick schlägt sie und dann folgt der ›Versöhnungssex‹. Das wirst du wahrscheinlich auch zu hören bekommen. Nick ist ziemlich sicher ein Schläger und wir haben Ava schon so oft gesagt, dass sie sich von ihm trennen soll, aber sie streitet natürlich ab, dass er ihr etwas antut. Ich war schon so oft kurz davor einzugreifen.« Mir verschlug es die Sprache und ich setzte mich schweigend auf den Boden, wo ich noch einen Schluck des Whiskys nahm, um überhaupt wieder etwas sagen zu können.

»Wow, Richmond ist wirklich eine ganz andere Welt.«, murmelte ich dann, so dass Ben es noch verstehen konnte. Daraufhin nickte er und nahm ebenfalls einen Schluck aus seinem Glas.

»Im Vergleich zu dem, was du sonst wohl gewohnt bist, wahrscheinlich schon.«, gab er zu und schürzte die Lippen. Da ertönte plötzlich ein Schrei, danach laute Stimmen. Die eines Mannes und die einer Frau. Das Blut gefror mir in den Adern und ich hielt den Atem an, um zu hören, was Nick schrie. Doch es war sinnlos, das Einzige, was er brüllte, war eine lange Reihe von aneinanderhängenden Beleidigungen.

»Und schon geht's los.«, kommentierte Ben und trank sein Glas mit einem Zug aus. Ich stand auf und lief im Zimmer auf und ab.

»Das können wir doch nicht zulassen, Ben. Es klingt, als würde er sie umbringen, wir müssen da runter und ihr helfen.« Doch Ben schüttelte den Kopf.

»Du hilfst ihr nicht, wenn du jetzt da runter gehst und eingreifst. Du hast Nick noch nie gesehen. Wenn er richtig wütend ist, nimmt er es mit jedem auf. Du könntest niemals gegen ihn ankommen, Aaron. Und dann tut er Ava vielleicht noch Schlimmeres an, das bringt also nichts.« Widerwillig lief ich zum Fenster und schaute nach draußen.

»Und warum rufen wir nicht die Polizei?«, fragte ich, in meinen Gedanken versunken.

»Nick *ist* bei der Polizei. Die halten alle zusammen, die verraten nicht ihre eigenen Leute.« Ich seufzte verzweifelt und raufte mir die Haare.

»Wir müssen Ava irgendwie helfen. Ich kann das nicht einfach so ertragen. Ich werde mir irgendetwas überlegen. Ich muss ihr da raushelfen.«

drei Monate später

Paige

»Weißt du wie nervig es ist dauernd angestarrt zu werden? Ich meine, sie starren ja nicht mich an, sondern meinen Bauch. Ich hasse das. Und die ganzen Lehrer sprechen mir dauernd ihr Beileid aus. Jeder weiß, dass William im Koma liegt und dass das Kind von ihm ist. Es war so schön in den Ferien. Niemand hat mich dumm angestarrt und da war ich auch noch nicht so fett, dass ich kaum noch am Schultisch sitzen konnte. Vom Schreiben ganz zu schweigen.«, beschwerte Xenara sich, während wir langsam Richtung Krankenhaus liefen. An Williams Zustand hatte sich nichts geändert, so dass seine Mutter beschlossen hatte, eine Verfügung zu unterschreiben, durch die er weitere sechs Monate beatmet werden würde. In dieser Zeit hofften alle auf eine Verbesserung seiner Werte. Williams Arzt Dr. Banner hatte umfassende Analysen des Glukoseabbaus der einzelnen Hirnareale angeordnet, um Veränderungen der Hirnaktivität ständig zu überprüfen.

»Meine Güte Xeni, du bist jetzt ja auch schon im siebten Monat. Ist doch klar, dass dein Bauch immer runder wird. Lass dich nicht von den anderen Leuten so beirren. Die haben alle keine Ahnung von irgendetwas.« Sie seufzte und zog ihre Tasche auf ihrer Schulter zurecht. »Komm, ich nehme deine Tasche. Du darfst doch nicht so schwer tragen.«, schlug ich ihr vor, aber sie schüttelte den Kopf.

»Nein lass nur, die Tasche ist nicht sehr schwer. Außerdem ist der Weg zum Krankenhaus ja gar nicht mehr weit.«, protestierte sie und legte eine Hand auf ihren runden Bauch. In den Sommerferien waren wir shoppen gewesen und hatten größere Klamotten gekauft. Auch Williams Sachen hatte sie wieder in den Schränken in ihrem Schlafzimmer verstaut. Nun schlief Xenara allein in dem riesigen Bett und ihre Mutter hatte auf der Couch Quartier bezogen, obwohl ihre Tochter ihr mehrmals angeboten hatte, mit im Bett zu schlafen. Also übernachtete ich oft bei meiner besten Freundin, damit sie besser schlafen konnte. Der Hauptgrund für Mila Karevs Entscheidung, auf der Couch zu schlafen war, dass sie häufig sehr früh aufstehen und zur Arbeit gehen musste. Sie wollte ihrer Tochter so viel Schlaf wie möglich gönnen, den sie wahrscheinlich nach der Geburt nicht so schnell wieder bekommen würde.

»Wie geht's dir überhaupt so? Also ich meine körperlich. Wird dir immer noch übel und so?« Sie schüttelte abermals den Kopf.

»Nein, nicht mehr. Das Baby boxt nur dauernd ..., wenn du willst, kannst du mal fühlen.« Ich überlegte gar nicht erst lange und stimmte zu. Wir blieben einfach mitten auf dem Gehweg stehen und Xenara fühlte bedächtig an ihrem Bauch.

»Hier, fühl mal.« Vorsichtig legte ich meine Hand an die von ihr gezeigte Stelle und wartete. Plötzlich spürte ich ein Stupsen an meiner Hand und lachte auf.

»Wow, ist das niedlich. Jetzt bist du nie mehr allein.« Sie lächelte halbherzig.

»Ja, aber in der Schule stört es schon ziemlich. Wenn ich längere Zeit sitze, wacht es auf und wenn ich laufe, schläft es ein. Außerdem darf ich keine Experimente in Chemie mehr mitmachen, was mir die Note echt versaut.« Vor uns ragte das riesige grauweiße Gebäude auf, welches eines der Krankenhäuser in Winston-Salem beherbergte. Das Winston-Salem Health Care konnte man eigentlich nicht verfehlen. Xenara und ich betraten es durch das Hauptportal und steuerten erst die neurologische Station an, auf der

William lag. Als wir die Gänge entlangliefen, grüßten uns einige ältere Patienten, die wir schon sehr oft hier gesehen und mit denen wir uns unterhalten hatten. Auch einige Krankenschwestern lächelten uns zu, als wir an ihnen vorbeikamen, da bemerkte ich plötzlich einen jungen Mann an einem der Tresen. Er hatte einen weißen Kittel an, raufte sich die hellbraunen Haare und war uns beiden wohlbekannt. Als ihn eine der Schwestern neben ihm auf uns aufmerksam machte, schaute er auf und seine frustrierte Miene hellte sich schlagartig auf zu einem breiten Grinsen. *Zu* plötzlich.

»Na, ihr drei?«, begrüßte er uns und grinste noch immer. »Hallo Paige.«, wandte er sich erst an mich und dann an das Mädchen neben mir. »Guten Tag Xenara.«, sagte er dabei in scherzhaft höflichem Ton, dann deutete er vorsichtig auf ihren Bauch. »Darf ich?«, fragte er sanft und Xeni zuckte die Achseln.

»Tun Sie sich keinen Zwang an.« Er legte lächelnd beide Hände an ihren Bauch und beugte sich etwas nach unten.

»Hallo kleiner Mann. Ich hoffe, du hörst mich, denn wenn nicht, bin ich echt beleidigt. Einmal treten für ja und zweimal für nein.« Er wartete kurz ab, bevor er abermals zu grinsen begann. »Gut, anders hatte ich es auch nicht erwartet. Weißt du eigentlich, wie gut du es dort drin hast? Also ich an deiner Stelle, würde gar nicht raus wollen.« Xenara schnaubte verächtlich und verdrehte die Augen.

»Lassen Sie das lieber, sonst will es am Ende wirklich nicht raus und ich bleibe für immer so fett.« Dr. Banner richtete sich wieder auf und schüttelte lächelnd den Kopf.

»Erstens ist es kein ›es‹, sondern ein ›er‹. Es wird ganz sicher ein Junge. Und zweitens sind Sie nicht fett, sondern wunderschön, Xenara.« Sie verstummte und räusperte sich, dann setzte sie wieder an, um etwas zu sagen.

»Sie können gar keine Ahnung haben, ob es ein ›er‹ oder eine ›sie‹ ist. ... Wie geht es William?« Man konnte Aiden sein Grinsen eigentlich nicht aus dem Gesicht wischen, doch heute schien er nicht besonders gut drauf zu sein. Nach dem Plaudern mit dem noch ungeborenen Baby wurde er plötzlich sehr ernst, woraufhin auch Xenaras seltenes Lächeln schnell erstarb.

»Was ist los, Aiden? Etwas mit Will? Nun sagen Sie schon.« Ich sah, wie ihr schon wieder die Tränen in die Augen stiegen.

»Ich weiß, dass das jetzt gar nicht gut für Sie und das Baby ist, aber ich muss es Ihnen ja trotzdem sagen.« Xenara schlug die Hände vor den Mund, über die sofort Salzwasserströme liefen. Aiden legte ihr seine Hände an ihre Oberarme, wohl um sie zu beruhigen. Auch ich war zur Salzsäule erstarrt. Was, wenn jetzt die Nachricht kam, vor der wir uns alle fürchteten? ›William ist tot.‹ Daran wollte ich gar nicht erst denken.

»Bitte weinen Sie nicht. Es ist nicht so schlimm, wie Sie jetzt vielleicht glauben. Als wir heute seine ganzen Werte überprüft haben, ist uns aufgefallen, dass sich die Vitalwerte verschlechtern.« Xenaras Tränen wollten nicht aufhören zu fließen, obwohl sie tief durchatmete, um etwas zu sagen. Stattdessen ergriff ich das Wort.

»Dr. Hawkins hatte davon gesprochen, dass es sein könnte, dass Williams Organe nach und nach aussetzten ... Multiorganversagen nannte er diesen Vorgang ... wollen Sie uns jetzt mitteilen, dass das gerade mit William passiert? Dass seine Organe aufhören zu arbeiten und er sterben wird?« Dr. Banner hörte mir aufmerksam zu und versuchte nebenbei immer noch, Xenara zu beruhigen.

»So Sie beiden, Sie greifen schon wieder viel zu weit voraus. Ich wollte nämlich sagen, dass das nicht zwangsweise heißen muss, dass jetzt alle Organe nacheinander aussetzten. Es gibt Medikamente und Methoden, die Nieren zu stärken und diese habe ich bereits angeordnet und dann sehen wir hoffentlich in ein paar Tagen eine Besserung. Sie müssen mir bitte glauben, wenn ich Ihnen verspreche alles zu tun, um Williams Leben zu retten. Schon allein wegen des kleinen Manns hier und dessen Mutter, die ihn beide brauchen. Und Xenara, ich bitte Sie jetzt noch einmal inständig, mir zu vertrauen. Sie wissen doch noch, was ich Ihnen am Anfang gesagt habe.« Sie nickte und schluckte schwer.

»Ja, das weiß ich noch. ... Ich will jetzt zu Will.« Ohne noch ein weiteres Wort lief sie an uns vorbei und wischte sich die Tränen von den Wangen. Aiden blieb mit erhobenen Händen neben mir stehen und seufzte.

»Nehmen Sie das bloß nicht persönlich. Das sind die Hormone, die die Angst und Sorge um William noch verstärken.« Er nickte gezwungen und drehte sich um, so dass er Xenara sehen konnte, die ihre Tasche neben Williams Bett auf den Hocker geschmissen und die Hand ihres Freundes in ihre eigene genommen hatte.

»Sie glauben ja gar nicht, was für ein Schock es war, als ich erfuhr, dass sie schwanger ist. Als wir einander das erste Mal begegnet sind, fragte ich sie, ob mit ihr alles in Ordnung sei. Abgesehen von der Sorge um ihren Freund. Und sie antwortete mit ja. Und dann vier Wochen später muss ich sie plötzlich stützen, weil sie dermaßen Schmerzen hatte, dass sie kaum stehen konnte. Ich wusste doch im ersten Moment gar nicht, was ich tun sollte. Und als ich schlussendlich ihre Mutter rief, teilte diese mir mit, dass Xenara im fünften Monat schwanger sei. Ich ahnte ja nichts … aber es ist nur ein weiterer Grund, alles zu geben ihr William zurückzubringen.« Ich nickte mitfühlend. Xeni hatte mir natürlich erzählt, dass sie im Krankenhaus fast zusammengebrochen wäre und Aiden dadurch von ihrer Schwangerschaft erfahren hatte.

»Aiden, Sie tun schon jetzt mehr als wir von Ihnen verlangen könnten. Und das weiß sie auch. Sie bringen uns Hoffnung, mehr können Sie uns in diesem Moment nicht geben. Sie sind eigentlich nicht dafür zuständig, Xeni so zu umsorgen und doch tun Sie es. Also auch wenn William sterben sollte, haben Sie sich nichts vorzuwerfen. Wir sind Ihnen schon jetzt zu mehr als Dank verpflichtet.« Er nickte, doch ganz überzeugt schien er nicht zu sein.

»Wenn William wirklich sterben sollte, werde ich mir das höchstwahrscheinlich niemals vergeben. Ihren Worten zum Trotz, Paige.«, meinte er dann, nüchtern und lief mir voraus in Williams Krankenzimmer. Ich folgte ihm hastig und hörte, wie er Xenara etwas fragte, wohl um sie abzulenken.

»Ich vermute mal, Sie sind wegen eines Ultraschalls gekommen?« Sie nickte kaum merklich, Wills Hand immer noch in ihrer und ihr Blick auf dem Gesicht ihres Freundes.

»Ja, meine Mutter wartet sicherlich auch schon auf mich, ich musste ihn nur einfach sehen ... und Sie denken, Sie kriegen das hin mit den Medikamenten?« Dr. Banner nickte so überzeugt er konnte, um Xenara ein gutes Gefühl zu geben.

»Ich denke schon, obwohl ich Ihnen natürlich nichts versprechen kann und darf. Aber wir haben einen Vorteil, weil wir die veränderten Werte so schnell entdeckt haben und jetzt sofort handeln können.« Wir schwiegen beide, weil wir inzwischen schon so oft gehört hatten, dass man uns nichts versprechen konnte.

»Gut, dann gehe ich jetzt und schau mir unser Baby an, William.«, flüsterte Xenara halblaut, drückte einen Kuss auf die Wange des im Bett Liegenden und griff sich dann die Tasche vom Hocker an der Wand. »Tschüss Aiden, wir sehen uns spätestens morgen wieder.«, verabschiedete sie sich von dem Arzt. »Ich werde Williams Eltern über alles informieren und versuchen Margaret auszureden herzukommen. Vermutlich können sie hier sowieso nichts tun.« Aiden nickte und ließ sie vorbei, um die Tür zu passieren.

»Ja, genau ... bis morgen dann.«, murmelte er noch, während Xenara schon halb den Gang entlanggelaufen war.

»Tschüss, Dr. Banner.«, flüsterte ich, leicht bedrückt von der Stimmung hier und folgte meiner besten Freundin schnurstracks die Gänge entlang, bis wir an der Gynäkologie, an die die Kinder- und Säuglingsstation grenzte, angekommen waren. Sie wusste selbstverständlich genau, in welchem Raum uns ihre Mutter erwarten würde und steuerte direkt auf diesen zu. Mila war es anfangs schwergefallen, den ganzen Tag nichts zu machen, deswegen hatte sie mit ihrem Arbeitgeber in New York geregelt, dass sie in der Zeit der Schwangerschaft in dem örtlichen Krankenhaus in Winston-Salem aushelfen und nach ihrer Rückkehr weiter in New York arbeiten durfte. Und hier hatte man sie mit offenen Armen empfangen und sofort angenommen. Offensichtlich gab es einen Mangel an Gynäkologen.

Nach einem kurzen Klopfen öffnete Xenara die Tür und trat ein. Das Behandlungszimmer war leicht abgedunkelt und Mila Karev saß schon bereit, um ihre Tochter in Empfang zu nehmen. Während diese sich auf die Liege legte, setzte ich mich auf einen Stuhl daneben.

»Das mit dem Gel kennst du ja schon, mein Schatz. Nicht wahr?«, meinte Mila mit der Flasche in der Hand.

»Erst einmal hallo, Mom.«, erwiderte ihre Tochter in anschuldigendem Tonfall. Mila lächelte entschuldigend und setzte die Ultraschallsonde auf Xenis Bauch.

»Ja, hallo Xenilein, ich war noch in Gedanken, tut mir sehr leid.« Sie wandte den Blick zum Monitor, um alles zu überprüfen. »Ich nehme mal an, du willst immer noch nicht wissen, was es wird?«, erkundigte sie sich dann und Xenara schüttelte den Kopf, wie immer.

»Nein, du sollst einfach nur nachschauen, ob alles in Ordnung ist. Und wehe du sagst Aiden das Geschlecht, er würde es mir sofort sagen, aber ich will es einfach nicht wissen.« Mila nickte zustimmend und nahm die Sonde weg, um das Gel mit einem Tuch davon zu entfernen.

»Es sieht so weit alles ganz gut aus. Das Herz schlägt kräftig, die Lunge entwickelt sich sehr gut, die Hände und Füße sind auch schön zu sehen. Ich glaube nicht, dass dein Baby noch zwei volle Monate wartet.« Meine Freundin runzelte die Stirn.

»Du denkst, es kommt früher?« Sie lächelte belustigt.

»Ja, so Mitte des neunten Monats wird es kommen, denke ich. Obwohl das natürlich niemand ganz genau sagen kann.« Xenara seufzte und wischte sich den Bauch mit einem Tuch ab, das ihr ihre Mutter gegeben hatte.

»Yippie Ya Yeah.", hauchte sie verzweifelt. Ich wusste, woran sie gerade dachte. William würde zur Geburt höchstwahrscheinlich noch nicht wieder wach sein. In zwei Monaten, oder sogar weniger, würden die ganze Schwangerschaft und das Baby erst richtig real werden, bis jetzt war es nur wie ein Traum ... oder ein Albtraum, wie Xenara es empfand. Und uns wurde erst jetzt wirklich klar, dass die elfte Klasse für sie flachlag. Wahrscheinlich erwartete sie ein ganzes Jahr Verzögerung wegen dieses Babys, das sie noch nicht einmal wollte. Denn Xeni hatte ihre Meinung zu dem ›Ding‹ bis jetzt nicht geändert. Auch Mila wusste, was im Kopf ihrer Tochter vor sich ging.

»Das wird schon, Xenilein. Mach dir keine Sorgen.«
Während sie ihr T-Shirt wieder über ihren Bauch zog, lachte
Xenara trocken.

»Keine Sorgen machen? Ach was, ich bin total gechillt.
Die Geburt wird ja sicherlich wie ein Spaziergang im
Sonnenschein. Außerdem wird das Baby sicher überhaupt
kein Krüppel ... meine Güte, Leute, ich kriege gerade eine
scheiß Panik. In nicht einmal zwei Monaten wird mein
Leben sich komplett umkrempeln und ich kann rein gar
nichts dagegen tun. Versteht ihr das denn nicht? Ihr tut ja
gerade so, als wäre es etwas Tolles, dass ich ein Baby
bekomme. Du Mom, du müsstest total wütend auf mich sein,
dass ich mit 16 schwanger geworden bin.« Sie verdrehte die
Augen nach oben.

»Klar könnte ich sagen: »Warum hast du dich mit
William eingelassen und warum habt ihr nicht besser
aufgepasst?«. Aber was würde das schon bringen? Im
Gegensatz zu dir, habe ich schon längst begriffen, dass
Jammern und Schimpfen nichts an der Situation ändern. Ich
habe mich damit arrangiert. Das solltest du auch langsam
tun.«

neunzehn

Aaron

»Ich liebe The Subways. Es ist so cool, sie mal live zu sehen. Ich hätte nicht gedacht, dass hier auch so berühmte Bands auftreten. Der Job als Barmann ist wirklich das Beste, was mir jemals passiert ist, auch wenn ich deswegen eher nachtaktiv sein muss.«, schwärmte ich Ben vor, der heute Nacht mit in der Bar geblieben war, um sich The Subways anzuhören. Nachdem alle gegangen waren, liefen wir zusammen die Treppen in unsere Wohnungen hinauf. Er lachte auf und nickte.

»Was glaubst du denn, warum ich heute extra mit runtergekommen bin. Mir grundlos die Nacht um die Ohren schlagen wollte ich sicher nicht.« Ich legte ihm eine Hand auf die Schulter.

»Na weil du mich so sehr liebst, habe ich gedacht.«, scherzte ich mit übertrieben näselnder Stimme, woraufhin er sich an die Stirn tippte und verächtlich schnaubte.

»So siehst du schon aus, mein Hübscher. Nein, wenn The Subways nicht gewesen wären, läge ich jetzt schon in meinem warmen Bett. Ich muss morgen wieder früh raus, eigentlich hätte ich die Nacht nicht durchmachen dürfen.« Ich seufzte gespielt enttäuscht.

»Das meinst du doch nicht wirklich so, oder Benilein? Ich weiß doch, dass du mich liebst.« Er lachte, schüttelte dabei belustigt den Kopf und nahm meine Hand von seiner Schulter.

»Tut mir leid Aaron, das Einzige, was ich die anbieten kann, ist meine Bro-Love.«, verkündete er lachend, doch ich unterbrach ihn abrupt, indem ich stehen blieb und ihn mit einer Hand zum Verstummen brachte.

»Ben, hörst du das?«, flüsterte ich und nun lauschte auch er. Wir waren vor Avas Wohnungstür angekommen und schon nach wenigen Sekunden wusste ich, dass Nick wieder da war. Ich hörte Ava wimmern und schluchzen, dann Nick, der sie anbrüllte.

»Du hast wohl gedacht, dass du mich einfach so verlassen kannst, du kleine Schlampe. Aber da hast du dich geirrt, denn du gehörst mir.«, schrie er und Ava heulte auf. Langsam und leise trat ich zur Tür und klopfte an. Ben erstarrte zur Salzsäule.

»Was zum Teufel machst du?«, hauchte er und traute sich keinen einzigen Schritt zu machen.

»Wer ist da?«, keifte Nick von der anderen Seite. Ich hatte keine Ahnung, was ich am besten sagen konnte, also antwortete ich das Erstbeste, was mir einfiel.

»Lass Ava in Ruhe.« Nick blieb für einen Moment still, dann ertönten Schritte und ein leises trockenes Lachen.

»Aaron?«, schluchzte Ava mit erstickter Stimme, »Aaron, hilf mir, bitte.«, rief sie mit dünner Stimme und ich überlegte fieberhaft, was ich machen sollte.

»Verpiss dich.«, brüllte Nick und ich wandte mich zu Ben um.

»Mir ist jetzt scheißegal, dass Nick Polizist ist. Du gehst jetzt raus und rufst die Bullen an. Wir können sie gut gebrauchen.«

»Und was machst du?«, erkundigte er sich misstrauisch und ich zuckte die Schultern.

»Keine Ahnung, mal sehen.« Er nickte widerwillig und lief dann hastig davon, während er schon sein Handy aus seiner Hosentasche zog. Ich untersuchte die Wohnungstür gründlich. Sie hatte außen nur einen Knauf und bestand fast völlig aus Holz, genau wie bei allen anderen Wohnungen auch.

»Verpiss dich oder dir wird es leidtun.«, knurrte Nick abermals nahe bei der Tür.

»Unter der Fußmatte ...«, rief Ava im nächsten Moment und nachdem sich hastige Schritte entfernt hatten, wurde sie von ihrem Freund mit einer Ohrfeige zum Schweigen gebracht. Sie wimmerte wieder, doch ich kniete schon auf dem Boden und hob die Fußmatte an. Da lag ein kleiner Schlüssel, den ich schnell aufklaubte und in das Schloss steckte. Vorsichtig drehte ich ihn herum, bis er auf Widerstand traf. In der Wohnung herrschte fast vollkommene Stille. Vorsorglich drückte ich mich an die Wand neben der Tür und ließ das Schloss mit einer ruckartigen Bewegung aufspringen. Dann stieß ich die Tür auf und sah plötzlich ein Loch in der Wand gegenüber der Wohnungstür. Zum Glück war ich so vorausschauend gewesen, hatte Ben weggeschickt und mich in Sicherheit gebracht. Nick hatte eine Pistole, so viel war sicher. Und ziemlich wahrscheinlich war, dass er sie direkt auf den Eingang gerichtet hatte, um mich zu treffen, falls ich eindringen wollte. Trotzdem musste ich irgendwie hinein.

»War ich nicht deutlich genug, du kleiner Wichser? Du sollst dich verpissen und uns in Ruhe lassen.«, knurrte er von drinnen. Ich musste wieder an William denken.

William, wie er sich umdreht, mit einem Loch im Hemd und einer Kugel mitten in der Brust. Röchelnd auf dem Asphalt liegend und mit erschrockenem Gesichtsausdruck. Meine panische Angst, er könnte sterben und meinen unfassbar großen Hass auf Anthony Blake, als mein Bruder seinen letzten Atemzug tut und vor meinen Augen einfach so von uns geht.

Seine letzte Tat war es, uns vor der sich nähernden Gefahr zu retten und dafür hatte er vielleicht sein Leben geopfert. Ich wollte mir gar nicht vorstellen, wie es sich anfühlte von einer Kugel getroffen zu werden, also schob ich den Gedanken beiseite und dachte an Ava. Schluchzend und weinend, um Hilfe rufend. Ich musste ihr helfen. Wenn Nick eine Pistole hatte, war jedes Zögern lebensgefährlich. Also atmete ich einmal tief durch, unterdrückte die Angst, die schon wieder in mir aufstieg, zählte in Gedanken bis drei und drückte mich dann von der Wand ab, um loszurennen. Nick erwartete mich schon, in der Mitte des Raums stehend und mit erhobener Waffe. Ich hatte ihn noch nie zuvor gesehen, doch ich konnte mir nicht erlauben, ihn zu lange zu mustern. Seine aschblonden Haare waren zerzaust und seine braunen Augen blitzten auf, als bestünden sie aus

Bernstein. Als er mich sah, drückte er noch mindestens drei weitere Male ab, doch ich hielt nicht inne. Ich war entschlossen, ihm die Pistole aus der Hand zu schlagen. Ich verspürte einen stechenden Schmerz in meinem Körper, doch ich gab mir keine Zeit, um nachzuschauen, wo genau oder wie schlimm er mich getroffen hatte. Ich schmiss mich einfach gegen ihn und stolperte mit ihm an die nächste Wand. Die Waffe flog ihm aus der Hand, wie es von mir beabsichtigt gewesen war.

»Ava, lauf und sperr dich im Schlafzimmer ein.«, brüllte ich, um mir keine Sorgen mehr machen zu müssen, dass sie noch weiter verletzt wurde. Ich hatte sie nicht entdecken können in den wenigen Augenblicken, als ich ins Wohnzimmer gerannt war. Ich atmete tief durch und ließ die Luft erleichtert entweichen, als ich schnelle Schritte hörte und das Klirren des Schlüssels, als er sich im Schloss der Schlafzimmertür drehte. Bis zu diesem Moment hatte ich versucht, Nick mit all meiner Kraft gegen die Wand zu pressen und da er wohl zu überrascht von der Dummheit meiner Aktion gewesen war, kam er erst wieder richtig zu sich, als seine Freundin schon verschwunden war. Nun allerdings fand er seine Kräfte wieder und da erkannte ich, dass Ben nicht übertrieben hatte, als er mir berichtete, wie brutal und stark Nick sein konnte, wenn er nur wollte. Er stieß mich von sich weg, packte mich am Kragen und schmetterte mich an genau derselben Stelle gegen die Wand, an die ich ihn zuvor gedrückt hatte. Mit der rechten Hand zur Faust geballt schlug er auf mein Gesicht ein, so dass mein Kopf immer wieder gegen die Wand geschleudert wurde. Ich dachte schon, dass mir sicher gleich schwarz vor den Augen werden würde, als er plötzlich von mir abließ und ich den Grund dafür in meiner Umgebung suchte. Dann sah ich Ben, der zurückgekommen war und Nick von hinten angegriffen hatte. Er legte ihm einen Arm um die Kehle und drückte zu, so dass Nick fast keine Luft mehr blieb.

»Die Polizei kommt sicher gleich.«, keuchte Ben und wandte all seine Kraft an, um Nick nicht aus dem Schwitzkasten entkommen zu lassen. Leider hatte sich dieser schnell wieder gefangen und zog an Bens Arm, bis er über Nicks Schulter geschleudert wurde und vor ihm auf dem Boden landete. Ich schloss kurz die Augen, damit sich nicht mehr die ganze Welt drehte, dann stürzte ich mich auf Avas Schlägerfreund und rammte ihm mein Knie in die Magengrube. Ich wusste noch genau wie sich das angefühlt hatte, als William und ich uns geprügelt hatten, also ergriff ich die Gelegenheit und schmiss mich auf Nick, als er sich vor Schmerzen krümmte. Wir schlugen beide hart auf dem Boden auf und meine rechte Seite durchfuhr abermals ein stechender Schmerz. Dort hatte er mich höchstwahrscheinlich zuvor mit dem Pistolengeschoss getroffen. Nick drehte sich unter mir weg, rappelte sich hastig auf, schnappte sich seine Waffe vom Boden und stolperte zur Küchenanrichte, wo er sich abstützte und mit der Pistole auf uns zielte.

»Oh, nicht doch.«, stöhnte Ben, der sich gerade aufrichtete. Nick grinste und beobachtete, wie Ben mir ebenfalls auf die Beine half.

»Ihr solltet jetzt beide lieber verschwinden, wenn ihr keine weiteren Schwierigkeiten bekommen wollt. Sieht mir nämlich alles sehr nach Hausfriedensbruch aus.«, drohte er, Schadenfreude in der Stimme. Bevor ich allerdings reagieren konnte, zischte Ben: »Wir werden dich mit Ava sicher nicht allein lassen.«

In dem Moment hörte ich auch schon die Stimmen im Flur und Polizisten stürmten ins Zimmer, die Pistolen erst auf Benn und mich, dann auf Nick gerichtet.

»Waffe runter, Foley.«, verlangte einer der Männer mit lauter und harter Stimme, doch der Angesprochene blieb noch einen Moment in seiner Haltung, den Lauf der Pistole auf uns gerichtet. Nach einem Augenblick der Stille, hob er die Arme kapitulierend und drehte sich zu seinen Kollegen um.

»Dieser Typ ist in meine Wohnung eingedrungen. Das ist Hausfriedensbruch. Ich habe mich verteidigt.«, erklärte Nick, in einem sachlichen Ton, den ich ihm gar nicht zugetraut hatte. Wahrscheinlich hatte er die Hoffnung, dass seine Polizistenkollegen zu ihm stehen würden. Doch stattdessen schoben sich zwei Polizisten an Ben und mir vorbei, liefen zu Nick und drehten ihn um, um ihm Handschellen anzulegen. »Ihr verdammten Idioten, das wird ein Nachspiel haben.«, knurrte der Verhaftete, während ihm die Hände auf dem Rücken verschränkt wurden. Einer der Männer nahm ihm die Dienstwaffe ab und kam dann zu mir.

»Wo ist die Frau? Am Telefon hieß es, eine Frau würde bedroht.«, erkundigte er sich, doch ich konnte erst einmal noch gar nicht richtig denken. Nach einigen Momenten räusperte ich mich.

»Ava ist im Nebenraum. Ich habe sie fortgeschickt, um sie zu schützen. Er ... ich wurde irgendwo von der Pistole getroffen.« Schnell schaute ich an mir hinab und sah an der rechten Seite meines Oberkörpers einen großen blutigen Fleck auf meinem grauen T-Shirt.

»Hier an Ihrem Arm auch Mr ...«

»... Baxter.«, beendete ich die Bemerkung des Polizisten, der mich auf die Wunde an meinem Oberarm aufmerksam gemacht hatte. Er schaute sich beide Stellen genauer an und lächelte mir dann entgegen.

»Das sind zum Glück nur Streifschüsse. Sie müssen nicht genäht werden. Draußen auf dem Boden liegen zwei Patronen, die sicher davon stammen. Zwei weitere Pistolenkugeln stecken in der Wand, gegenüber der Wohnungstür. Sie sollten die Wunden allerdings verbinden lassen.« Ich winkte ab und schaute mich hektisch um.

»Schon gut, das mache ich später. Erst muss ich ... Ben?«, rief ich, während ich immer noch umherblickte. Schon einen Moment später entdeckte ich ihn auf dem Sofa sitzend, vor ihm eine junge Polizistin, die sich mit ihm zu unterhalten schien. Hastig drängte ich mich durch die Menge der Polizisten, die überall herumstanden und beugte mich über Ben, der ziemlich blass aussah.

»Hey, wie geht's dir, Kumpel?« Er schluckte und nickte dann zögerlich.

»Geht schon, mir ist ja nichts passiert ... schau lieber nach Ava.« Er lächelte halbherzig und ich wartete noch einen Moment, dann ließ ich ihn bei der Polizistin zurück und begab mich, gefolgt von dem Beamten mit Nicks Pistole, zur Schlafzimmertür. Leise klopfte ich an und legte ein Ohr gegen die Tür. Aus dem Augenwinkel sah ich Nick, wie ihn zwei seiner Kollegen aus der Wohnung führten.

»Ava? Hier ist Aaron. Es ist alles gut. Die Polizei ist da, Nick ist schon weg. Mach uns bitte auf.«, bat ich sie mit sanfter Stimme, doch im Zimmer rührte sich gar nichts. Der Beamte drängte mich beiseite und fummelte am Schloss herum. Wenige Sekunden später öffnete sich die Tür, dahinter war alles dunkel. Nur durch ein Fenster drang etwas Mondschein, so dass ich die Frau, die an einer Wand am Boden saß, entdecken konnte. Schnell eilte ich an ihre Seite und kniete mich neben sie.

»Alles in Ordnung, Ava?«, flüsterte ich und nahm ihr Gesicht in meine Hände. Sie schaute mich, mit vom Weinen glasigen Augen, an und nickte leicht.

»Wie schwer bist du verletzt? Sollen wir einen Krankenwagen rufen?« Ich musterte sie hastig und versuchte schwerwiegende Verletzungen zu entdecken, doch sie schüttelte langsam den Kopf.

»Okay, das ist gut. Du bist in Sicherheit, Ava. Ich beschütze dich. Mach dir keine Sorgen, es ist vorbei. Nick ist weg, er kann dir nicht mehr wehtun.« Sie lächelte schon fast ein wenig und schlang ihre Arme um meinen Hals, um mich zu umarmen.

»Danke.«, schluchzte sie an meiner Schulter.

»Ist schon gut, ich pass auf dich auf.«, flüsterte ich und streichelte ihr über den Rücken.

»Brauchen Sie Hilfe? Ist sie verletzt?«, fragte der Polizist mit Blick auf Ava. Ich löste mich kurz von ihr und blickte über die Schulter zu ihm.

»Nein, danke Officer.«, gab ich ihm die Bestätigung, dass er gehen konnte. Er nickte kurz und wandte sich schon zur Tür um, bevor er noch einmal innehielt.

»Wir bräuchten Sie morgen alle drei im Revier für Ihre Zeugenaussagen. Ich schlage vor, sie ruhen sich jetzt beide aus. Es war sicher stressig.«, teilte er mir noch mit, bevor er aus dem Zimmer lief und uns im Dunkeln zurückließ.

»Kannst du aufstehen?«, fragte ich sie und sie bejahte stumm, also richtete ich mich mit ihr auf und zusammen kehrten wir ins Wohnzimmer zurück. Die Polizei war im Gehen, Ben saß noch immer auf dem Sofa und Jane trat durch die Wohnungstür und starrte entsetzt umher.

»Was um Himmels Willen ist denn hier passiert?«, rief sie aus und schaute mich mit offenem Mund an. Ich hielt Ava im Arm, sie klammerte sich nach wie vor an mich. Als ich nun das Wohnzimmer ebenfalls einmal überblicken konnte, bemerkte ich, dass es einem Trümmerfeld glich. Von unserem Kampf mit Nick waren nicht nur die einen oder anderen Möbel umgekippt, der Wohnzimmertisch lag in Einzelteilen auf dem Boden. Wer von uns darauf gefallen war, konnte ich nicht mehr sagen.

»Nick ... er ist ausgerastet und hat hier wie wild herum geschossen. Frag lieber nicht weiter. Sei einfach froh, dass du nicht da warst. Mehr erkläre ich dir ein anderes Mal. Aber jetzt kümmert sich die Polizei erst einmal um alles.«, erklärte ich knapp die wichtigsten Sachen und Jane schien nicht zufrieden, sondern nur noch entsetzter von allem.

»Aaron, kann ich mit zu dir heute Nacht? Ich habe Angst allein in der Wohnung zu bleiben.«, flüsterte Ava an meiner Schulter und ich zog sie noch fester an mich.

»Natürlich. ... Jane, wir reden später. Wir müssen alle erst einmal etwas schlafen.« Jane stimmte mir seufzend zu, half Ben, der unter Schock zu stehen schien, auf seine Beine und begleitete uns nach draußen in den Flur, wo sie die Wohnungstür hinter uns zuzog.

»Ich kümmere mich um ihn. Kümmere du dich um Ava. Gute Nacht.«, wünschte sie uns noch, während ich mich mit Ava schon umdrehte, um die Treppe nach oben zu erklimmen. Als wir hinaufliefen, spürte ich ihren brennenden Blick im Rücken. Es war schwierig die Tür aufzusperren, da Ava immer noch sehr verängstigt war und sich in mein T-Shirt krallte. Als ich endlich die Tür offen und hinter uns wieder geschlossen hatte, fragte ich sie ganz ruhig: »Tut dir irgendetwas besonders weh?« Im Gesicht hatte sie einige rote Flecken, die morgen blau und lila aussehen würden. Doch sie verneinte auf meine Frage hin.

»Die blauen Flecken werden sicher schnell wieder weggehen.«, versicherte ich ihr und machte das Licht in der Küche an.

»Willst du vielleicht etwas zu trinken? Tee oder Wasser ... oder sonst etwas?« Sie nickte und ließ mich ganz langsam los. Sie folgte mir hinter die Kochinsel, die die Küche vom Wohnzimmer abtrennte.

»Mir wäre allerdings etwas Alkoholisches lieber.«, erwiderte sie und starrte mich auf einmal entsetzt an.

»Du blutest ja, Aaron. Du bist verletzt.«, rief sie aus, als sie die roten Flecken auf meinem T-Shirt sah. »Komm, das müssen wir verbinden, hast du einen Verbandskasten?« Ich nickte widerwillig und ließ mich von ihr ins Bad ziehen.

»In dem kleinen Regal ist ein Kasten mit einigen Verbänden. Da drin sind auch verschiedene Salben.«, instruierte ich sie und sie holte den Kasten zu uns heran.

»Zieh dein T-Shirt aus.«, verlangte sie in fast schon gebieterischen Ton von mir, während sie eine Tube aus dem Kasten nahm, die eine Salbe beinhaltete, die entzündungshemmend wirken sollte.

Also zog ich mir mein Shirt über den Kopf, was abermals Schmerz in meiner Seite verursachte. Ava schien durch die Ablenkung mich verarzten zu können, wieder zu sich zu kommen und den Vorfall mit Nick in den Hintergrund zu schieben. Sie inspizierte meine Wunde am Arm genau. »Sieht gar nicht so schlimm aus. Ich mache nur etwas Salbe drauf und einen Verband drum. Das könnte jetzt etwas brennen, denke ich.« Ich schluckte, um mich auf den Schmerz vorzubereiten, doch da strich sie schon die Salbe auf und ich biss die Zähne zusammen, um einen Schrei zu unterdrücken.

»Es tut mir leid, aber besser, als wenn sie sich entzünden, oder?« Schnell rollte sie etwas von dem Verband ab und umwickelte meinen Oberarm damit. Dann legte sie eine Hand an meine Brust und schaute sich die Wunde an der rechten Seite meines Oberkörpers an. Dieses Mal strich sie ohne Vorwarnung die Salbe darauf und umwickelte meinen gesamten Oberkörper mit dem Verband.

»Es waren zum Glück nur Streifschüsse.«, murmelte sie, während sie ein Handtuch nahm und es nass machte. Vorsichtig tupfte sie mein Gesicht ab, das von Nicks Faust geschunden worden war.

»Ich muss dir noch einmal danken, dass du mir geholfen hast, Aaron. Ich hatte vorhin echt Schiss. Ich hatte heute endlich einmal den Mut gefasst mit Nick Schluss zu machen. Doch daraufhin ist er ausgerastet, wie ich schon befürchtet hatte. Er hat mich geschlagen und dann sogar die Pistole herausgeholt. Ich habe wirklich gedacht, er würde mich umbringen, aber zum Glück kamt ihr beide noch rechtzeitig.

Ich werde Ben morgen ebenfalls danken ... er ist so lieb und dass ihr euch für mich in Gefahr begeben habt ... Aber ohne euch ...« Ich unterbrach sie, indem ich ihr einen Finger auf die Lippen legte.

»Das war selbstverständlich, Ava. Wir hätten dir schon viel früher helfen müssen. Ich habe mich schon seit dem ersten Tag, an dem ich von Nick erfuhr, um dich gesorgt. Also tue nicht so, als wären wir Helden. Im Grunde waren wir sogar ziemlich feige, weil wir nicht schon eher eingegriffen haben.« Sie lächelte und legte das Handtuch beiseite, es hatte nun einige rote Flecken, wahrscheinlich hatte ich im Gesicht einige offene Wunden.

»Ich hol uns mal etwas zu trinken.«, schlug ich vor und verließ das Bad, um mir erst einen Pullover anzuziehen und uns dann einen Tequila zu besorgen. Aus meinem Kleiderschrank nahm ich einen dunkelgrauen New York Tigers Kapuzenpulli, den ich ewig nicht mehr getragen hatte. Er erinnerte mich an zuhause, deswegen hatte ich mich dagegen gewehrt ihn wegzuschmeißen. Danach begab ich mich in die Küche, um dort aus einem Schrank eine Flasche mit brauner Flüssigkeit und zwei Gläser zu nehmen. Mit beidem lief ich zurück ins Bad, in dem Ava sich immer noch aufhielt.

»Magst du Tequila?«, rief ich schon im Laufen, verstummte allerdings, als ich im Eingang zum Bad angekommen war und sie sah. Ava stand vorm Spiegel, sie hatte ihr T-Shirt ausgezogen, betrachtete sich und tupfte mit dem nassen Handtuch über ihren Oberkörper. Er war übersät von grünen, gelben und roten Flecken, darunter waren auch einige Schnitte, die entweder von einem Messer oder von Fingernägeln stammen konnten.

»Du hast mich angelogen.«, stellte ich traurig fest und sie drehte sich erschrocken zu mir.

»Aaron ...«, keuchte sie erschrocken und ließ den Bund ihres Shirts los, um ihre Verletzungen zu verstecken. Doch da stellte ich die Gläser und die Flasche schon beiseite und nahm aus dem Verbandskasten eine andere Salbe.

»Darf ich?«, fragte ich höflich um Erlaubnis, als ich mich vor sie hingestellt hatte. Sie nickte, also hob ich ihr Shirt an, nahm etwas von der Salbe und strich sie vorsichtig auf ihre

Haut. Sie zuckte nicht zurück, wie ich es erwartet hatte, auch nicht, als meine Hände nach oben wanderten und über ihre Oberarme strichen. Sie schloss die Augen und lächelte. »Es kühlt so schön.«, flüsterte sie und ich nickte, während ich wieder nach unten über ihre Taille fuhr und die roten Flecken an ihrer Hüfte versorgte.

»Das soll sie auch und sie wird dabei helfen, dass die blauen Flecken schneller weggehen.«, antwortete ich und ließ von ihr ab.

»Deine Hände sind schön weich und warm.«, flüsterte sie und öffnete wieder die Augen.

»Ist dir kalt?«, erwiderte ich, woraufhin sie nickte. »Möchtest du vielleicht einen Pullover von mir?«, schlug ich vor und sie lächelte glücklich.

»Das wäre nett, danke.« Sie folgte mir in mein Schlafzimmer, wo ich aus dem Kleiderschrank einen weiteren Kapuzenpulli zog und Ava reichte. Sie streifte ihn sich sofort über und kuschelte sich hinein.

»Jetzt Tequila?«, fragte ich und deutete dabei aufs Wohnzimmer. Als Antwort lief sie stumm zum Sofa und ließ sich darauf nieder. Ich holte aus dem Bad die Flasche und die Gläser, dann gesellte ich mich zu ihr und füllte die kleinen Gläser bis zum Rand mit der Flüssigkeit. Eines davon gab ich Ava, das andere nahm ich selbst.

»Ich würde mal sagen: Auf eine bessere Zukunft. Oder was meinst du?« Sie wirkte immer noch etwas verängstigt, aber hoffnungsvoll. Wahrscheinlich zum ersten Mal seit mehreren Monaten und stieß sie ihr Glas gegen meines und kippte den Inhalt mit einem Mal in ihren Mund.

»Ich glaube mit mir ist heute nicht mehr viel anzufangen. Ich sollte lieber schlafen gehen.«, meinte sie dann und ich nickte, als ich den Tequila hinuntergeschluckt hatte.

»Du kannst in meinem Bett schlafen, ich ziehe mir hier das Sofa aus.« Sie stand auf und drehte sich noch einmal zu mir um.

»Ist das auch wirklich okay für dich?« Ich nickte abermals, milde lächelnd.

»Ja, natürlich. Ich habe sowieso kein richtiges Bett, nur eine Matratze, ich hoffe, das stört dich nicht.« Sie schüttelte den Kopf und beugte sich vor, um mich auf die Wange zu küssen.

»Dann gute Nacht, Aaron.«, murmelte sie noch und verschwand dann in meinem Schlafzimmer. Nachdem ich das Sofa, das ich vor ein paar Wochen mit Ben zusammen geholt hatte, ausgezogen hatte, löschte ich das Licht und legte mich unter eine dünne Wolldecke, nur in Shorts gekleidet. Durch die großen Fenster im Wohnzimmer fiel Mondschein und tauchte den Raum in ein seltsames Zwielicht. Letztendlich schloss ich einfach die Augen und schlief fast sofort ein. Die Prügelei mit Nick und die Wunden setzten mir mehr zu, als ich gedacht hätte. Ich war erschöpfter als ich es je für möglich gehalten hätte.

ein Monat später

Xenara

Als ich aufschaute, während ich die Glastür zu Williams Krankenzimmer aufschob, musste ich unwillkürlich etwas grinsen. Eine Schwester war wohl da gewesen und hatte den Raum mit einer HAPPY BIRTHDAY Girlande und bunten Luftballons geschmückt. Natürlich wussten sie aus Williams Akte, dass er heute 20 Jahre alt wurde. Die Ballons schwebten an Fäden in der Luft und ich war mir ziemlich sicher, dass Will diese Dekoration gehasst hätte, wenn er sie sehen könnte. Doch da das nicht der Fall war, war es auch egal. Die Deko stellte eine nett gemeinte Geste dar und darauf kam es ja an. Ich stellte meine Umhängetasche auf den Stuhl neben Williams Bett und die Pappschachtel, die ich dabei hatte auf das Fußende des Bettes, wo ein kleiner Tisch angebracht war.

»Hallo, mein Schatz.«, flüsterte ich, lief zum Kopfende und drückte ihm einen Kuss auf die Wange, so wie ich es immer zur Begrüßung tat. »Happy Birthday.« Keine Antwort, nur der piepsende Herzmonitor. »Ich hoffe, Aiden kommt heute mit guten Ergebnissen. Deine Werte haben sich in den letzten Wochen verbessert Will, aber er wollte noch einmal einen umfassenden Check machen. Du hast mir ganz schön Angst gemacht. Das kannst du mir glauben. Für einen Moment habe ich echt gedacht, du gibst auf und lässt mich hier allein mit deinem Kind zurück. Das wäre ganz schön hinterlistig von dir gewesen. Eigentlich habe ich ja gehofft ...« Ich war inzwischen daran gewöhnt, einen Monolog zu führen in der Hoffnung, dass Will im Koma doch mehr mitbekam, als wir ihm zutrauten. Aber es war immer noch schwer für mich Gedanken laut auszusprechen, die ich mir selbst versuchte zu verbieten. »Wenn ich ehrlich bin, habe ich gehofft, dass du zu deinem Geburtstag schon wieder wach bist und mit uns feiern kannst. Ich bin jetzt ja auch schon 17 Jahre alt. Paige und ich haben nur ganz klein gefeiert. Ich hatte keine Lust auf eine riesige Party, außerdem kann ich sowieso nichts Alkoholisches trinken, also wäre das ziemlich lahm geworden. Paige hat den Massagegutschein, den ich ihr zum 16. geschenkt hatte, eingelöst und wir haben es uns beide richtig gut gehen lassen. Und ich habe auch ein Geschenk für dich. Ich hoffe, es bringt dir Glück.« Aus meiner Handtasche zog ich ein kleines Kästchen und öffnete es. Heraus zog ich ein dunkelbraunes Lederarmband, das ich ihm ums Handgelenk wickelte und verschloss. Da öffnete sich plötzlich hinter mir die Glastür und Aiden kam im weißen Kittel und außer Atem herein.

»Sorry, ich hatte gerade noch eine Notoperation, aber ich habe gleich die Laborergebnisse mitgebracht.«, keuchte er und stützte sich auf dem Tischchen am Fußende des Bettes ab.

»Sie sind aber nicht gerade fit.«, merkte ich an und er lachte gequält.

»Bei einem Wettrennen gegen Sie würde ich trotzdem haushoch gewinnen.«, erwiderte er und zwinkerte mir zu. »So, also die Ergebnisse sehen gut aus. Die Werte haben sich deutlich verbessert. Es liegt alles wieder im Normbereich, wir könnten also über Therapiemöglichkeiten nachdenken. Möchten Sie Williams Eltern berichten, dass es ihrem Sohn bessergeht oder soll ich das übernehmen?« Er schien wohl einen Moment lang auf eine Antwort von mir zu warten. Ich hatte mich bei seinen guten Neuigkeiten zu Will umgewandt und ihm eine Hand ans Gesicht gelegt. Als Aiden merkte, dass ich ihm nicht antworten würde, ergriff er erneut das Wort. »Ich würde sagen, wir reden da lieber später drüber. Jetzt feiern wir Geburtstag.« Ich erhob mich vom Bett, nahm den Pappkarton mit mir und ließ mich auf einen der beiden Stühle nieder. Aiden zog seinen weißen Kittel aus und setzte sich mir gegenüber auf den anderen Stuhl.

»Torte?«, bot ich ihm an und öffnete die Pappschachtel, in der sich eine kleine Schokotorte, mit einer großen 20 darauf, befand.

»Ja klar, bei so was kann man doch nicht nein sagen.«, erwiderte er und nahm den Pappteller mit dem Tortenstück darauf und eine Holzgabel entgegen. Selbst nahm ich mir ebenfalls ein Stück, rührte es allerdings erst nicht an, während Aiden schon die zweite Gabel voll in den Mund steckte. Als er bemerkte, dass ich regungslos dasaß, hielt er inne und musterte mich schon fast etwas besorgt.

»Ist alles okay, Xenara? Geht es Ihnen gut?« Ich nickte stumm und aß einen Biss meines Tortenstücks.

»Ja, alles in Ordnung.«, fügte ich dann noch hinzu, mit vollem Mund, so dass er das Zittern in meiner Stimme nicht hören konnte. Doch vergebens.

»Okay, was liegt Ihnen auf dem Herzen? Ich höre doch, dass sie etwas bedrückt.« Ich seufzte und ließ den Blick zu Boden sinken.

»Es ist so, dass ich natürlich auch unbedingt will, dass William wieder aufwacht und es ist schrecklich für mich, hier zu sitzen und nichts machen zu können. Aber ich dachte Will sei ins Koma gefallen, weil sein Gehirn lange ohne Sauerstoffversorgung auskommen musste und deswegen Schaden genommen hat. Was könnten Sie schon daran ändern? Ich verstehe nicht, was es für Methoden gibt, sein Gehirn wieder zu reparieren. Außerdem, wäre eine Operation kein erneutes Risiko für William? Was ist, wenn sein Herz wieder stehen bleibt? Die Anspannung und Angst könnte ich noch weniger ertragen, als hier bei ihm zu bleiben und nur zu hoffen, dass er wieder aufwacht.« Er nickte verständnisvoll und blinzelte ein paar Mal.

»Sie haben absolut recht, Xenara. Eine Operation würde ziemlich sicher nicht viel an seinem derzeitigen Zustand verändern. Ich verstehe vollkommen, dass Sie ein weiteres Risiko für William nicht ertragen können. Der Stress und die Anspannung sind nicht gut für das Baby. Und ich würde eine Operation nur dann in Betracht ziehen, wenn sich sein Hirndruck verändern oder andere operable Vorfälle auftreten würden. Es gibt aber andere Möglichkeiten, seine Hirnaktivität unter Beobachtung zu halten und seine Sinne zu stimulieren. Ich werde mir etwas überlegen und dann Bescheid sagen. Vielleicht lassen wir das jetzt lieber auf sich beruhen.« Er aß sein Stück Torte weiter und betrachtete William in seinem Bett. Während ich eine weitere Gabel voll Torte in den Mund steckte, schaute ich aus dem Fenster. Draußen war es schon dunkel geworden.

»Paige wollte später noch einmal vorbeikommen.«, merkte ich an, als ich die Stille nicht mehr aushielt.

»Das ist schön …« Ich wusste, diese Antwort gab Aiden nur aus Höflichkeit, um ebenfalls die Stille zu durchbrechen. Da summte plötzlich mein Handy und Aiden reichte es mir, da es sich in meiner Tasche befand, an die ich nicht herankam, weil sie auf dem Boden stand. Als ich auf das Display schaute, runzelte ich die Stirn.

»Eine unbekannte Nummer …«, erklärte ich Aiden meine Verwirrtheit.

Gespannt nahm ich den Anruf entgegen und führte das Handy an mein Ohr.

»Hallo?« Die Stimme auf der anderen Seite der Leitung war mir vollkommen fremd. Sie klang sehr weiblich, fast so hell wie ein Glockenspiel.

»Xenara Karev? Aarons Cousine?« Ich schluckte einmal schwer, bevor ich antworten konnte.

»Ja … das bin ich.« Die Stimme seufzte erleichtert.

»Es ist dringend, Xenara. Ich habe wahrscheinlich einen riesigen Fehler gemacht.«

vier Stunden früher

Aaron

Kurz vor 20 Uhr stand ich in Jeans und schwarzem Hemd vor Janes Wohnungstür und klopfte vorsichtig. Es dauerte nicht sehr lange bis die Tür geöffnet wurde. Mir stockte der Atem als Jane vor mir stand. Sie trug schwarze Leggins, hochhackige Schuhe und das Oberteil sah aus, wie ein Korsett nur dass es noch lange Ärmel besaß. Ihre dunklen Locken fielen ihr weich auf ihre Schultern, ihre grünen Augen leuchteten, als sie mich erblickte.

»Schön, dass du es einrichten konntest.«, begrüßte sie mich und lachte dabei etwas, dann trat sie zur Seite, »Komm rein.« Lächelnd trat ich in die Wohnung und schaute mich um. Hier gab es, im Gegensatz zum restlichen Gebäude, keine einzige weinrote Wand. Das Wohnzimmer war in einem Cappuccino-Ton gestrichen und die Küche, die genauso klein geschnitten und vom großen Wohnzimmer abgetrennt war wie meine, besaß matte, dunkle Fronten und Granitarbeitsplatten mit Hochglanzoberflächen. Nur dass sie an die Kochinsel, die auch hier zu finden war, einen Esstisch mit vier Stühlen gestellt hatte. Dieser war gedeckt mit zwei weißen quadratischen Tellern, edlem Besteck, unterschiedlich großen Gläsern und verschiedener Dekoration, darunter Kerzen.

»Du kannst dich schon setzten, wenn du möchtest. Oder du schaust dich noch etwas um. Die Lasagne müsste gleich fertig sein. Ich wusste nicht genau, was du magst und ich bin auch kein Koch, wie Ben, also ...« Ich unterbrach sie in ihrem Redeschwall und lächelte amüsiert.

»Lasagne ist perfekt.«, erwiderte ich und setzte mich an den Tisch. »Wir können ja erst essen. Danach zeigst du mir die Wohnung.« Sie nickte verlegen grinsend, was so gar nicht zu ihr passen wollte.

»Gute Idee ... Wein?«, bot sie dann an und holte hinter der Theke eine Flasche Rotwein hervor. Zur Antwort streckte ich die Hand aus, als Zeichen für sie, dass ich die Flasche öffnen würde. Dankbar reichte sie mir die Flasche und einen Korkenzieher. Zuerst betrachtete ich den Wein und pfiff anerkennend durch die Zähne.

»Wow ich habe keine Ahnung von Wein, sieht aber teuer aus.«, grinste ich und brachte sie damit zum Lachen, während sie den Ofen öffnete und eine Auflaufform herausholte.

»Tja, für deinen 20. Geburtstag nur das Beste.« Sie kam mit unserem Essen zum Tisch und stellte die Lasagne in die Mitte von diesem. Nachdem sie mir und dann sich selbst aufgetan hatte, setzte sie sich mir gegenüber.

»Eigentlich wollte ich dir noch Blumen besorgen, aber deine Einladung heute früh kam etwas unerwartet und ich hatte keine Zeit mehr. Sonst wäre ich zu spät gekommen.«, erklärte ich ihr, während ich uns etwas Wein in die Gläser füllte. Sie nahm ihr Glas entgegen und hielt es hoch.

»Das ist auch gar nicht nötig, denn heute geht es sowieso nur um dich. Cheers, auf deinen 20. Geburtstag.« Wir stießen die Gläser gegeneinander, woraufhin ein tiefer wohlklingender Ton entstand.

»Danke.«, erwiderte ich noch, dann nahm ich einen Schluck der dunkelroten Flüssigkeit. »Du siehst heute übrigens wunderschön aus.«, stellte ich dann fest, als ich das Glas wieder auf den Tisch gestellt hatte und meine Gabel in die Hand nahm. Sie lächelte, während sie ihren Wein ebenfalls zur Seite stellte.

»Danke.«, antwortete sie nun ihrerseits und wir aßen einige Momente schweigend.

»Der Wein ist auch sehr gut.«, merkte ich noch an und sie nickte.

»Und du bist viel angenehmer als Keith, wenn ich das mal so feststellen darf.«, ergriff sie dann das Wort und von da an erzählte sie mir alles über meinen Vorgänger und am Ende hätte ich Keith gern einmal kennengelernt, um herauszufinden, ob diese ganzen Geschichten tatsächlich einen wahren Kern enthielten. Beim Dessert erzählte ich ihr dann noch mehr über Xenara. Diese war die einzige Person, über die ich mit den Leuten aus Richmond redete. Nachdem wir in der Küche alles weggeräumt hatten, setzten wir uns mit unseren Weingläsern aufs Sofa und ich war verwundert, wie einfach es war mit Jane zu reden, ohne dass eine unangenehme Stille entstand. Dann plötzlich fiel Jane wieder ein, dass sie auch ein Geschenk für mich hatte, was sie eilig aus dem Schlafzimmer holte und mir überreichte. Es war in dunkles Papier eingewickelt und mit silbernem Band verziert.

»Das wäre echt nicht nötig gewesen, schließlich hast du mich schon eingeladen.«, seufzte ich, doch sie schüttelte ungeduldig den Kopf und verdrehte die Augen.

»Jetzt rede keinen Quatsch und tu nicht so bescheiden. Ein Geburtstag ohne Geschenke ...« Also begann ich es sehr bedächtig auszupacken und Jane neben mir kaute auf ihrer Unterlippe herum, vor Spannung, ob es mir gefallen würde.

Als ich das Papier abzog, musste ich augenblicklich grinsen. Ich hielt einen Karton mit hübschen Whiskygläsern in der Hand.

»Ich wusste, dass es dir gefallen würde ... außerdem dachte ich, dass du die vielleicht brauchen kannst, wenn jemand zu Besuch kommt.«, lächelte sie fast etwas verlegen und zuckte mit den Schultern. Ich stellte den Karton vor uns auf dem niedrigen Wohnzimmertisch ab und lächelte Jane an.

»Danke, das Geschenk ist super.« Ich zog sie in eine herzliche Umarmung, die sie glücklich erwiderte. Doch als ich mich wieder von ihr gelöst hatte, ließ sie mich nicht sofort los. Sie umfasste meinen Unterarm und schaute mir in die Augen. Ich war von ihrem Blick wie gefesselt und zog überrascht die Luft ein, als sie mich abermals an sich zog und ihre Lippen auf meine legte. Erst war ich zu verwirrt von der Situation, um zu reagieren, aber dann erwiderte ich den Kuss und grub eine Hand in ihre langen lockigen Haare.

»Dürfen wir das überhaupt? Ich meine, du bist meine Chefin.«, murmelte ich an ihrem Mund, als ich mich kurz ein paar Millimeter von ihr löste. Sie presste mich noch fester an sich und grinste.

»Gut erkannt. Ich bin deine Chefin und als solche ... kann ich mir alles erlauben.« Nun drückte ich meine Lippen auf ihre und ließ mich von ihr rücklings aufs Sofa drücken. Sie kletterte auf mich, strich ihre Haare beiseite und fuhr fort mich zu küssen. Als ich versuchte uns herumzudrehen, lachte sie und ließ ihre Lippen über meine Wange zu meinem Ohr gleiten.

»Wollen wir vielleicht ins Schlafzimmer? Hier ist es etwas ...« Noch bevor sie ihren Satz beendet hatte, richtete ich mich auf und hob sie mit mir hoch. Sie schlang ihre Beine um meine Hüfte, meine Lippen fuhren über ihre Schultern und ihren Ausschnitt.

»Die rechte Tür.«, murmelte sie, als ich mit ihr in den Armen durch den Raum lief, um zu ihrem Schlafzimmer zu gelangen. Ungelenk öffnete ich die Tür und legte Jane auf das große Bett. Hastig strich ich mir das Hemd vom Körper und schaute zu wie Jane ihr zugeschnürtes Oberteil an der Seite mit einem Reißverschluss öffnete und dann neben das Bett schmiss. Unter dem Korsettartigen Teil hatte sie nichts getragen, also stützte ich mich über ihr ab und ließ meine Lippen über ihren Mund, ihre Schultern und ihre Brust bis hin zu ihrem Bauch wandern, während ich ihr die Leggings von den Beinen schob. Als das fast geschafft war, drehte sie uns so, dass sie auf mir saß, schmiss die Hose und die Schuhe neben das Bett und öffnete den Verschluss meiner Hose. Sie grinste mir entgegen, bevor sie ihre Lippen auf meine Brust senkte und ihre Finger über meine Bauchmuskeln streifen ließ.

»Ich hätte nicht gedacht, dass mein 20. Geburtstag so wird.«, grinste ich und strich über Janes Rücken. Sie lag neben mir, ihr Kopf auf meine Brust gebettet und eine ihrer Hände erkundete die straffe Haut über meiner Bauchmuskulatur.

»Das nehme ich jetzt einfach mal als Kompliment.«, antwortete sie nach einem Moment und malte Muster um meinen Bauchnabel.

»So war es auch gemeint.«, pflichtete ich ihr bei und fuhr mit den Fingern durch ihre dunklen Locken.

»Kann ich dich etwas fragen, Aaron?«, flüsterte sie dann vorsichtig und schaute zu mir auf. Ich stimmte ihr langsam nickend zu.

»Ja, ich denke mal schon.« Sie setzte sich neben mich auf und schlang sich die Decke um den Körper. Ich blieb an ihrer Seite liegen und drehte nur meinen Kopf, um ihr ins Gesicht sehen zu können, meine Hände verschränkte ich in meinem Nacken.

»Okay ... also ich frage mich die ganze Zeit schon, warum du wirklich hier bist. Du bist vor deiner Familie und vor deiner Freundin davongelaufen, okay, aber warum ausgerechnet nach Richmond? Und jetzt erzähl mir nicht, du hättest einen Dartpfeil auf die Landkarte geschossen und er ist in Richmond stecken geblieben.« Ich seufzte, musste aber auch leicht lächeln.

»Da hast du wahrscheinlich recht. Ein Dartpfeil war es nicht. Es war die typische Finger-auf-Globus Entscheidung.«, antwortete ich und sie verdrehte die Augen nach oben.

»Sehr lustig. Nein wirklich, erzähl mal. Warum bist du ausgerechnet hier?« Abermals seufzte ich und überlegte kurz, wie viel ich ihr gefahrlos erzählen konnte.

»Ich ... ehrlich gesagt suche ich nach einer Person. Ich habe sie in Winston-Salem kennen gelernt und wollte sie wiederfinden. Dann habe ich herausgefunden, dass sie in Richmond gelebt hat.«

»*Sie* ... eine Frau?«, vermutete sie, doch ich schüttelte den Kopf.

»Nein. *Sie*, die Person. Es ist ein Mann. Er ist von hier weggezogen und jetzt versuche ich ihn von hier aus zu finden.« Sie nickte verständnisvoll.

»Und wie heißt er? Vielleicht kenne ich ihn ja. Ich habe mit vielen Leuten in Richmond zu tun, weil viele ins Baelfire kommen.« Die Idee war mir noch nicht gekommen. Ich hätte jeden fragen können. Jane, Ava, Cherry, sogar Ben. Sie hätten sicher keinen Verdacht geschöpft. Sie hatten doch keine Ahnung, was bei mir zu Hause passiert war. Das William angeschossen wurde und ich die verantwortliche Person finden wollte. Einen Versuch war es auf jeden Fall wert.

»Der Typ heißt Anthony Blake. Kennst du ihn?« Ihre Augen weiteten sich zuerst, doch dann grinste sie breit.

»Ob ich Tony kenne? Oh ja, ich kenne Anthony Blake. Er ist mein Ex. Ich war mal ein paar Monate mit ihm zusammen. Er ist kein schlechter Kerl, aber irgendwann hat er angefangen Drogen zu nehmen und da habe ich Schluss gemacht.« Meine Hoffnung wuchs mit einem Mal auf das Dreifache.

»Und hattest du nach eurer Trennung noch Kontakt zu ihm?« Sie lächelte abermals.

»Wir sind immer noch sehr gute Freunde. Er vertraut mir alles an und ich ihm ebenso.« Nun setzte ich mich ebenfalls auf, freudig erregt und voller Hoffnung.

»Hat er dir irgendetwas erzählt, warum er wegwollte oder etwas in der Art?« Sie nickte gedankenverloren.

»Ja, vor ein paar Monaten kam er zu mir und hat gesagt, er müsse abhauen von hier, weil er Scheiße gebaut hat. Ich gehe mal davon aus, dass er mit etwas Koks erwischt wurde. Auf jeden Fall hat er gesagt, dass er weg muss aus Richmond, weil man ihn sonst finden kann. Er hat niemandem erzählt, wohin er will. Keinem ... außer mir.« Ich schluckte schwer und versuchte mich unter Kontrolle zu halten. Natürlich. Anthony vertraute nur Jane, sie war seine große Liebe, nahm ich an. Ihr würde er offenbar sein Leben anvertrauen, was er in diesem Moment ja auch tat. Jetzt kam es auf meine nächsten Worte an. Wenn ich etwas Falsches sagte, konnte es das gewesen sein. Jane würde wohl keinem, dem sie nicht vertraute, den Aufenthaltsort ihres besten Freundes verraten.

»Jetzt verstehe ich das alles langsam. Deshalb konnte ich ihn nicht finden. Schade, dann werde ich wohl nach Hause zurückkehren müssen ... ich hätte Tony gerne mal wiedergesehen. Wir haben uns gut verstanden, er konnte mich immer so schön von meinen Problemen ablenken.« Sie zögerte nicht sehr lange, bevor sie abermals das Wort ergriff.

»Er ist nach Kinston gegangen, hat sich dort eine Wohnung gesucht. Die Adresse hat er mir erst letztens geschickt, warte, ich muss sie hier irgendwo haben.« Jane stand vom Bett auf und lief splitternackt im Zimmer umher. Nach einigen Momenten hielt sie einen Zettel in der Hand und lächelte triumphierend.

»Hier.«, sie gab mir den Zettel und legte sich wieder neben mich. »Vielleicht kannst du ihm ja helfen mit seinem

Problem, wenn ihr euch so gut verstanden habt.«, fügte sie hinzu und ich nickte.

»Ja klar, allerdings glaube ich, dass Anthony dir weniger anvertraut hat, als du denkst.«, erwiderte ich und stand auf.

»Warum?«, fragte sie leicht verwirrt, während sie mich dabei beobachtete, wie ich meine umherliegende Kleidung zusammensammelte. Nun da ich die Adresse von ihr bekommen hatte, konnte ich meinen Mund nicht mehr unter Kontrolle halten. Die Worte sprudelten sturzbachartig aus mir heraus, ohne dass ich es hätte unterbinden können.

»Er wurde nicht mit Koks erwischt. Er hat in Winston-Salem meinen besten Freund, von dem ich erfahren habe, dass er mein Halbbruder ist, getötet. Jetzt werde ich nach Kinston fahren und meinen Bruder rächen.« Ihr schönes Gesicht verzog sich zu einer entsetzten Grimasse. Doch es war mir egal, für mich zählte nur noch eins: Meine Mission endlich zu beenden. Ich wandte mich von ihr ab und knöpfte mein Hemd zu, bevor ich meine Hose vom Bett nahm, hineinschlüpfte und den Zettel in eine Hosentasche steckte. Schon im Türrahmen lehnend, wandte ich mich noch einmal zu Jane um, die in Schockstarre auf dem Bett lag und offensichtlich nicht wusste, was sie sagen oder tun sollte.

»Tut mir leid, Jane. Ich wollte eigentlich nicht, dass es so kommt. Das Kompliment von vorhin war ehrlich gemeint. Ich habe dich nicht benutzt, wie du jetzt vielleicht denkst, das musst du mir glauben. Ich habe den Sex mit dir echt genossen, aber jetzt muss ich los.« Sie war immer noch fassungslos. Zu überrascht, um irgendetwas zu sagen oder sich zu bewegen. Also wandte ich mich wieder ab und verließ die Wohnung ohne ein weiteres Wort.

Zwanzig

Jane

Als Aaron zur Tür hinaus war, schnappte ich mir mein Handy und suchte Anthonys Nummer. Wie hatte ich so auf Aaron hereinfallen können? Ich hatte ihn für einen netten und größtenteils aufrichtigen Kerl gehalten und meine Menschenkenntnis hatte mich bis jetzt noch nie im Stich gelassen, doch bei ihm war ich mir jetzt nicht mehr ganz so sicher. Irgendwie konnte ich ihn sogar verstehen, was mich noch mehr verwirrte. Ich würde mich wohl auch rächen wollen, wenn jemand meinen Bruder getötet hätte ... abgesehen davon, dass ich keinen Bruder hatte. Anthony ging nicht an sein Handy, die Mailbox sprang an und eine fröhliche Bandansage erklang.

»Du verdammter Idiot, Anthony. Ruf mich sofort an, wenn du das abhörst. Sonst könnte dich das vielleicht den Kopf kosten.«, sprach ich ihm aufs Band und schmiss mein Mobiltelefon von mir. Plan B war, Aarons Cousine Xenara anzurufen. Das war das Einzige, was mir in den fünfzehn Sekunden, die Aaron abgelenkt gewesen war, eingefallen war. Von ihr hatte er mir viel erzählt, sie würde mir sicher helfen können und wollen. Das Problem war, dass ich Aaron zwar gerne nachgefahren wäre, ich aber kein Auto besaß. Ich hatte es nie für notwendig erachtet, mir eines zuzulegen. Nun verfluchte ich mich dafür. Außerdem würde ich Aaron wahrscheinlich nicht aufhalten können. Also holte ich sein Handy unter der Bettdecke hervor, wo ich es hingesteckt hatte, als er sich angezogen hatte. Xenaras Nummer fand ich schnell und tippte sie in mein Handy, damit Aaron nicht auffiel, dass ich seine Cousine angerufen hatte, falls er noch bemerken sollte, dass sein Handy fehlte und er gleich vor meiner Wohnungstür stehen und es holen wollte. Nach einigen Ruftönen ging eine weibliche Stimme ran, sie klang angespannt.

»Xenara Karev? Aarons Cousine?«, fragte ich erst einmal nach, um sicher zu gehen und als sie bejahte, war ich so erleichtert, dass ich sie am liebsten durch das Handy hindurch umarmt hätte.

»Es ist dringend, Xenara. Ich habe wahrscheinlich einen riesigen Fehler gemacht.«, begann ich sofort mit dem Grund für meinen Anruf.

»Wer ist da denn überhaupt?«, fragte Aarons Cousine verwirrt.

»Hier ist Jane, ich bin eine Freundin von Aaron und ich war so blöd und habe ihm Anthonys Aufenthaltsort genannt.« Ich konnte nur hoffen, dass sie schnell verstand.

»Sie haben *was*?« Sie klang entsetzt, aber nicht etwa wütend, sondern eher ängstlich.

»... Sie sind doch mit Aarons Plänen vertraut?« Sie hörte sich fast etwas ungeduldig an, als sie etwas erwiderte.

»Ja bin ich natürlich ... aber woher wissen *Sie* denn, wo Anthony Blake sich befindet? Aaron meinte, er sei nicht mehr in Richmond.«

»Ist er auch nicht mehr, aber ich bin gut mit Anthony befreundet. Er ist abgehauen und ich bin mir sicher der Grund dafür ist, dass er Aarons Bruder umgebracht hat. Er ist nach Kinston, das hat er mir anvertraut, bevor er ging.« Das Mädchen am anderen Ende der Leitung stöhnte auf und es klang so, als würde sie nach etwas kramen.

»Kinston? Das ist von uns aus doch über drei Stunden entfernt. Hätte er sich nicht etwas Näheres aussuchen können? ... Außerdem ist William gar nicht tot. Hat Aaron Ihnen gesagt, er wäre tot? Ich bin mit William zusammen, er liegt im Koma. Aber er ist nicht tot.« Irgendwie erleichterte diese Nachricht mich ein wenig. Ich hatte mir nicht vorstellen können, dass Anthony irgendjemanden umbringen könnte. Trotzdem war im Moment für solche Überlegungen keine Zeit.

»Von hier aus ist es auch ungefähr drei Stunden entfernt. Ich habe leider kein Auto, um Aaron zu folgen ...« Würde Xenara mir immer noch helfen? Schließlich hatte Tony ihren Freund ins Koma geschickt.

»Ich verstehe. Okay, wir machen uns sofort auf den Weg, um Aaron aufzuhalten. Wo wohnt Anthony denn genau?« Auch ihr nannte ich die Adresse, die ich glücklicherweise in einem Chat mit Tony stehen hatte. Ich wollte schon auflegen, als Xenara noch einmal zu reden ansetzte.

»Ach Jane ... ich tue das nicht für Anthony, musst du wissen. Ich tue das für Aaron, weil ich nicht möchte, dass er zum Mörder wird. Aber ich will trotzdem, dass auch Anthony seine gerechte Strafe bekommt. Er wird nicht davonkommen. So viel muss dir klar sein.« Dann legte sie auf und ich hörte nur noch ein stetes Tuten.

Xenara

Nachdem ich aufgelegt hatte, überlegte ich fieberhaft, was ich am besten als Nächstes tun sollte. Aiden starrte mich verwirrt an, er hatte sogar aufgehört zu kauen und schien darauf zu warten, dass ich ihm erläuterte, was los war.

»Sorry Aiden, ich habe jetzt keine Zeit Ihnen etwas zu erklären, okay?« Er schnaubte und schüttelte ungläubig den Kopf.

»Ehrlich gesagt glaube ich, genug gehört zu haben. Ihr Cousin Aaron, ein junger Mann namens Anthony Blake, der in Kinston wohnt und das Versprechen, dass Sie nach Kinston fahren und Aaron davon abhalten werde, ein Mörder zu werden. Außerdem haben Sie der unbekannten Person ausdrücklich gesagt, dass William nicht tot ist ... ich bin nicht ganz dumm, Xenara. Aber wenn Sie glauben, dass ich Sie einfach nach Kinston fahren lasse ... in Ihrem Zustand ... dann sind Sie sehr naiv. Der ganze Stress schadet Ihrem Kind und das kann ich nicht zulassen. Ich fühle mich verantwortlich für Sie, Xenara. Wenn William aufwacht und erfährt, dass Sie …« Ich unterbrach ihn mit einer ruppigen Handbewegung.

»Sie *sind* aber nicht verantwortlich für mich. Ich habe Sie schon viel zu tief in mein Leben gelassen, Aiden. Hören Sie auf damit. Hören Sie auf so zu tun, als wäre da mehr zwischen uns. Ich bin *nicht* naiv. Ich habe von den Schwestern genug über Ihren Ruf hier gehört. Aber auch falls Sie tatsächlich schon mit der halben Belegschaft etwas hatten: Wie konnten Sie sich überhaupt Hoffnungen bei mir machen? Ich bin 17 Jahre alt und ich *liebe* William.« Er schluckte einmal und setzte sich dann auf seinen Stuhl zurück, von dem er vorher aufgestanden war, um mich zu überragen und zu überzeugen, nicht allein nach Kinston zu fahren. Er lächelte bitter und konnte mir nicht mehr in die Augen schauen. »Aber ich habe jetzt wirklich keine Lust und Zeit, das mit Ihnen auszudiskutieren. Sie können die Schwestern bitten, die Blumen, die ich mitgebracht habe, in eine Vase zu stellen. Und als Dankeschön für die Deko können Sie ihnen die Torte geben. Ich muss jetzt los.« Hastig schob ich die Glastür beiseite und machte mir nicht die Mühe, sie wieder zu schließen. Stattdessen eilte ich die Krankenhausgänge entlang zum Ausgang und wählte im Aufzug Paiges Nummer.

»Ja Xenara, tut mir leid. Ich bin schon unterwegs.«, begrüßte sie mich.

»Nein Paige, Planänderung. Dreh um, ruf Aarons Mom an und steig mit ihr ins Auto. Fahrt Richtung Krankenhaus, ich komme euch entgegengelaufen. Ich mach's kurz: Wir fahren jetzt nach Kinston, denn dort wohnt Anthony Blake, der Junge, der William angeschossen hat. Aaron ist auf dem Weg zu ihm, wir müssen ihn aufhalten, denn er hat vor, ihn heute Nacht umzubringen.«

Aaron

Ich hätte nie gedacht, dass ich an meinem 20. Geburtstag nach Kinston fahren würde, um einen Jungen zu töten, doch vielleicht wollte das Universum es so, dass mein Geburtstag der Todestag eines anderen wurde. Von Richmond nach Kinston benötigte man ungefähr drei Stunden mit dem Auto, deswegen stieg eine Mischung aus Anspannung und Erleichterung in mir auf, als ich die Stadtgrenze passierte. Es war schon mitten in der Nacht und nur ein paar Straßenlaternen brannten. Mit Hilfe des eingebauten Navigationssystems in meinem Auto fand ich die richtige Straße schnell und auch das Haus, in dessen dritten Stock Anthony Blake eine Wohnung gemietet hatte. Am Klingelbrett drückte ich einfach den Knopf für eine andere Wohnung und gab mich an der Freisprechanlage als angetrunkener Anthony aus, der seine Schlüssel an der Wohnungstür hatte stecken lassen. Leicht genervt, mitten in der Nacht aufgeweckt worden zu sein, drückte der Nachbar daraufhin einen Knopf, woraufhin ein Summen ertönte und ich die Tür öffnen konnte. Während ich die Treppen hinauflief, tastete ich vorsichtshalber noch einmal den Bund meiner Hose ab. Unter meiner Jacke konnte ich die Pistole spüren, geladen und gesichert. Mit sicheren Schritten erklomm ich die letzten paar Stufen bis in den dritten Stock, doch ich kam gar nicht dazu, an Anthonys Tür zu klingeln. Mein Finger schwebte gerade über dem Klingelschild ohne Namen, als die Tür sich öffnete.

»Ja Jane, keine Sorge, ich bin ja schon unterwegs.«, haspelte der Junge, der aus der Wohnung trat mit dem Handy am Ohr. Dann blickte er auf und sah mich. Hastig nahm er das Telefon vom Ohr und legte auf. Ich lächelte ihm falsch entgegen.

»Hallo Mr Blake, mein Name ist Baxter. Aaron Baxter. Ich weiß nicht, ob Sie mich noch kennen, aber wir haben uns schon einmal getroffen. Ich habe leider die Fliege vergessen, die Sie sich ausleihen wollten, aber ich hoffe einfach mal, dass das nicht so schlimm ist.« So wie er mich ansah, wusste er genau, wer ich war, obwohl er am Abend des Abschlussballs völlig betrunken gewirkt hatte. »Eigentlich finde ich, dass wir keine Förmlichkeiten brauchen. Damit haben wir letztes Mal gar nicht erst angefangen, also warum jetzt?« Es herrschte kurze Stille, in der Anthony stocksteif dastand und die Tasche, die er in der linken Hand gehalten hatte, auf den Boden fallen ließ. Dann befeuchtete er seine Lippen und räusperte sich.

»Was willst du von mir?« Ich lachte trocken und bitter.

»Was ich von dir will? *Nichts.* Was würde ich schon von einer dreckigen kleinen Ratte wie dir wollen? Das Einzige, was ich jetzt noch will ... ist, dass du fühlst, was William gefühlt hat, als er starb. Der Typ, den du umgelegt hast, ... er war zufällig mein Bruder und ich werde ihn rächen. Denn wenn mein Bruder sein Leben nicht zurückbekommt, verdienst du dein lächerliches, erbärmliches Leben auch nicht. Du hast kein Recht darauf zu leben und ich will, dass du das weißt, wenn du deinen letzten Atemzug tust.« Er stolperte vor mir zurück in die Wohnung und blickte sich hektisch nach etwas um, mit dem er sich verteidigen konnte.

»Scheiße Mann, ich wollte ihn doch nicht umbringen. Wirklich. Ich war voll drauf ...«, protestierte er und brachte mich damit fast zum Lachen.

»Nein, ich weiß. Das wolltest du nicht. Du wolltest eigentlich *mich* umbringen. ... weißt du, ich habe mir diese Begegnung hier oft vorgestellt ... aber das hier wird viel besser als all meine Vorstellungen.« Während die Worte über meine Lippen kamen, lief ich Schritt für Schritt auf Anthony zu und drängte ihn so den Flur entlang. Dann stieß ich hinter uns die Wohnungstür zu, ein zufriedenes Grinsen im Gesicht.

Paige

»Warum hast du mir nichts von alldem erzählt, Xenara? Wir hätten viel früher etwas tun müssen.« Das Mädchen neben mir schnaubte halb belustigt halb verzweifelt.

»Und was hätten wir ausrichten können? Denkst du wir hätten Aaron überreden können, nach Hause zu kommen? Das wird er erst, wenn er es selbst will.« Ich musste ihr insgeheim recht geben. Ihm jetzt nach Kinston zu folgen und zu versuchen ihn aufzuhalten war womöglich unsere beste Chance. Abgesehen davon war es auch unsere *einzige* Chance. Xenara hatte Luise und mir während der Autofahrt erzählt, was sie so alles von Aaron erfahren hatte, seit sie vor ein paar Monaten zum ersten Mal mit ihm am Telefon gesprochen hatte.

»Gut ... wann sind wir endlich da?«, wandte ich mich nun an Aarons Mutter, die am Steuer saß und Xenaras Erläuterungen ebenfalls gefolgt war.

»Wir haben die Stadtgrenze schon hinter uns gelassen, ich suche nur noch die Adresse.«, antwortete sie, angespannt wie wir alle. Plötzlich hielt sie an und stellte den Motor ab. Ich riss die Autotür auf und sprang augenblicklich heraus, Xenara brauchte mit ihrem Babybauch etwas länger.

»Das ist es also?«, fragte ich vorsichtshalber noch einmal nach und Luise nickte, während sie das Auto absperrte.

»Ja, das müsste es sein. Was machen wir jetzt?« Ich seufzte fieberhaft am Nachdenken, was wir unternehmen konnten.

»Ich vermute, Aaron ist schon da. Ich gehe jetzt rein und schau mal, was ich machen kann.«

»Denkst du das ist eine gute Idee?«, wandte Xenara ein, »Vielleicht sollte ich lieber ... ich bin seine Cousine, wir sind zusammen aufgewachsen. Er vertraut mir.« Ich schüttelte vehement den Kopf und legte ihr eine Hand auf die Schulter.

»Nein, ich lasse dich nicht da hoch. Du hast ein Kind in dir, auf das du aufpassen musst.« Sie schnaubte verächtlich und stemmte die Arme in die Hüften.

»Auch wenn Aaron bewaffnet ist, würde er mir niemals etwas tun.« Ich nickte, doch Luise kam mir zuvor.

»Paige hat recht, ich sollte gehen. Ihr beide seid noch Kinder. Ich bin Aarons Mutter und ich bin erwachsen. Ich muss dort hochgehen.« Doch ich schüttelte abermals den Kopf und hielt auch sie zurück.

»Wir verschwenden hier wertvolle Zeit. Ich werde hochgehen. Auf dich wird er nicht hören Luise, so leid es mir tut, das sagen zu müssen. Und Xenara, du darfst dich nicht in Gefahr bringen, also muss ich dort hoch.« Xenara sah nicht überzeugt aus, doch nun kam Luise mir zu Hilfe.

»Sei vernünftig, Xenara. Aaron liebt Paige, sie wird das schaffen.« Gleichzeitig sprach sie mir damit auch Mut zu und als Xenara schließlich nickend zustimmte, war ich mir sicher, dass ich es hinbekommen würde. Während ich zur Eingangstür lief, lauschte ich und erwartete fast schon einen Schuss zu hören, doch alles blieb still. In Kinston schien nachts nicht sehr viel los zu sein. Wahllos drückte ich einen Knopf auf dem Klingelbrett und schon einige Momente später ertönte ein Summen und ich konnte die Tür öffnen. Dieser Nachbar hatte heute Abend offensichtlich schon einmal jemanden ins Haus lassen müssen. Im Laufschritt erklomm ich die Treppenstufen, immer zwei auf einmal nehmend, bis ich im dritten Stock ankam, wo ich sofort die richtige Tür erkannte. Sie war nur angelehnt, Licht drang aus der Wohnung in den dunklen Flur. Eine Reisetasche im Eingang hatte das Zugehen der Tür verhindert und so konnte ich leise und unbemerkt die Wohnung betreten. Ich bezweifelte auch, dass mir jemand aufgemacht hätte, wenn ich einfach geklingelt hätte. Ich musste die beiden nicht lange suchen. Aaron stand im Wohnzimmer, den Rücken der Tür zugekehrt. Ihm gegenüber an einer Wand stand Anthony, sein Gesicht wies schon einige fleckige Stellen auf, wo Aaron ihn wahrscheinlich geschlagen hatte. Mein Ex hielt in seiner Hand die Pistole seines Vaters, der Lauf war auf die Brust des Jungen an der Wand gerichtet.

»Du hättest nicht kommen sollen, Paige. ... Mir war klar, dass Xenara irgendwie von meinem Vorhaben erfahren würde, aber *du* hättest nicht kommen sollen.«, flüsterte er, ohne mich ein einziges Mal angeschaut zu haben. Ich versuchte mich an Filme zu erinnern, die ich gesehen hatte und die von solchen Situationen handelten. Ein Killer, der kurz davor war jemanden zu erschießen und ein anderer, der ihn davon abhalten wollte. Was sagte man in solchen Momenten? Wenn der Ex mit erhobener Pistole vor einem stand, auch wenn die Waffe nicht auf einen selbst gerichtet war? Da fiel mir wieder dieser absurde Rat ein: Wenn jemand eine Waffe in der Hand hält, sollte man am besten über irgendwelche sinnlosen normalen Sachen reden, nur nicht über die Waffe in seiner Hand.

»Hi ... wie geht's?« Keine Antwort von ihm, also redete ich hastig weiter, ohne wirklich zu wissen, was ich sagen konnte. »Okay, also ... mir geht's so weit ganz gut. In der Schule läuft es eigentlich gar nicht mal schlecht, elfte Klasse und so, du weißt schon. Und zu Hause ist alles wie immer. Obwohl ... so kann man das wohl nicht sagen. Ethan kann langsam richtig gut reden und meine Mom wurde befördert. Sie muss jetzt zwar manchmal länger arbeiten und ich passe dann auf Ethan auf, aber wir haben dadurch auch mehr Geld.« Anthony starrte mich entsetzt an, doch ich bedeutete ihm still stehen zu bleiben und keine Bewegung zu machen. Selbst war ich noch ein paar Schritte in den Raum getreten, blieb nun jedoch stehen. »Aber ich vermisse dich. Ich habe mich in letzter Zeit öfters einmal mit Gabe getroffen. Du weißt schon, Gabriel, der den Krankenwagen ...« Hastig unterbrach ich mich, weil mir klar wurde, dass ich lieber nicht von dem Abend, an dem William angeschossen wurde, reden sollte. »... ähm mein Ex. Mit dem ich Schluss gemacht habe, als ich mich für dich entschied. Wir haben viel geredet und sind jetzt wieder gute Freunde, aber Aaron ... ich vermisse dich. Xenara, deine Mom, Lio ... alle vermissen dich. Komm zurück zu uns Aaron, wir brauchen dich.« Bei meinen letzten Sätzen hatte er den Blick langsam zu mir gewandt, doch nun hefteten sich seine Augen wieder auf Anthony, die Pistole war nach wie vor auf den sich an die Wand pressenden Mann gerichtet. Also half das alles doch nichts. Fieberhaft überlegte ich, was ich noch sagen konnte, es erschien mir in diesem Moment alles so unwichtig. »Du hast gesagt nichts und niemand könnte uns jemals trennen, warum hast du das gesagt, wenn du selbst nicht daran geglaubt hast. Ich wollte dir so gern glauben, ich habe dir vertraut. Dass du mich niemals verlassen würdest und nicht einmal zwei Tage später warst du weg, ohne ein Wort ohne einen Brief oder sonst etwas. Bedeute ich dir also so wenig, dass ich keinen Abschied verdient habe? Wir haben so viel durchgemacht zusammen, Aaron. Jordans lächerlicher Chat und all diese Streitigkeiten mit Xenara und ... William. Ich hätte doch nie gedacht, dass jemand wie du irgendetwas von einer wie mir wollen würde. Ich war schon so lange in dich verknallt und als du mich endlich gesehen hast ... wirklich gesehen hast, da war das so etwas wie eine Erleuchtung für mich. Ein Hoffnungsschimmer in der Dunkelheit meiner hoffnungslosen Situation nach Jacks und Abbys Affäre. Und als du mir dann sagtest, dass du mich liebst, ist mein Leben total aus dem Gleichgewicht geraten, alles wurde von dir auf den Kopf gestellt. Ich habe fest daran geglaubt, dass uns nichts mehr trennen kann, doch dann warst du weg. Du wolltest nicht mit mir reden, mich nicht sehen. Aber nach allem, was wir zusammen erlebt haben, finde ich, dass ich ein Recht darauf habe, zu erfahren, warum du nicht an unsere Liebe geglaubt hast. Warum ich für dich plötzlich so unwichtig geworden bin.« Er senkte den Blick für einen Moment zu Boden, dann starrte er wieder Anthony an.

»Mein Bruder ... er hat William auf dem Gewissen.«, knurrte Aaron und entsicherte die Pistole mit einem Klicken. Panische Angst machte sich in mir breit und aus meinem Mund drang kein selbstsicherer Ton mehr wie einige Momente zuvor noch.

»Aaron, bitte lege die Waffe weg.«, flehte ich mit hoher dünner Stimme. »Es bringt doch nichts, diesen Mann zu töten. Du wirst dadurch nur mehr Schuldgefühle kriegen. Du bist kein Killer Aaron, du bist nur wütend und traurig. Du empfindest *Trauer*, doch, wenn du Anthony tötest, wacht William deswegen auch nicht schneller auf. Denkst du er will das hier? Die Schuldgefühle werden dich nicht mehr loslassen, Aaron. Er ist es nicht wert, dass du für ihn deine Menschlichkeit verlierst, denn es ist *menschlich* zu trauern und wütend zu sein, wenn das Schicksal eines geliebten Menschen in Gefahr ist. Aber wenn du jetzt abdrückst, wirst du das niemals vergessen. Lass ihn von der Polizei festnehmen und verurteilen, aber du bist nicht so einer. Ich kenne dich Aaron, du bist kein Mörder. Du tötest keine Menschen. Also lege die Waffe weg, bitte Aaron. Leg sie weg.« Sein Kopf drehte sich noch einmal langsam zu mir, als wollte er mich ein letztes Mal betrachten. Er schaute mich schief an, prägte sich alles ein und in seinen Augen standen Tränen.

»Es tut mir leid Paige. Alles.« Und dann ertönte der Schuss und ich schlug mir die Hände vor den Mund und kniff die Augen reflexartig zu.

Als ich endlich wagte meine Augen erneut zu öffnen, stand Aaron immer noch in der Mitte des Raumes und Anthony hatte sich an der Wand hinabrutschen lassen. Aus seinem Oberschenkel quoll Blut und er keuchte vor Schmerz. Sein Schreckensschrei war schon verklungen, Aaron hatte tiefer geschossen, als vorher beabsichtigt. Er hatte ihm ins Bein geschossen, damit Anthony nicht abhauen konnte, bis die Polizei kam und ihn holen würde.

»Oh mein Gott, wie kannst du mir nur so einen Schreck einjagen.«, seufzte ich auf und rannte auf Aaron zu. Er hatte die Pistole auf einen kleinen Stubentisch gelegt und breitete jetzt die Arme nach mir aus. Ohne zu zögern, umklammerte ich ihn sofort und ließ mich fest an ihn ziehen. Er krallte seine Hände in den Rücken meiner Jacke und vergrub sein Gesicht in meinen Haaren, wobei er gegen mein Ohr atmete.

»Danke, dass du hergekommen bist. Du hättest das nicht tun sollen, aber ich bin froh, dass du es dennoch getan hast.«, flüsterte er und ich musste lächeln.

»Ich habe dich wirklich vermisst, Aaron und ich liebe dich immer noch.« Er drückte mich noch fester gegen seine Brust.

»Ich liebe dich auch und es tut mir leid, dass ich dich so verletzt habe ...« Ich löste mich von ihm und schaute ihm tief in die Augen.

»Das ist jetzt erst einmal egal, okay. Wir müssen hier raus, danach können wir reden. Wir rufen einfach die Polizei und dann fahren wir nach Hause.« Aaron nickte, doch er folgte mir nicht zur Wohnungstür.

»Anthony ... wo ist deine Pistole? Mit der du William angeschossen hast?« Der Junge am Boden war zu sehr mit seiner Wunde beschäftigt, um irgendetwas zu erwidern, mal angenommen, dass er etwas sagen *wollte*. »Ich wette sie liegt zwischen den Unterhosen.«, beantwortete Aaron seine Frage selbst. Ich hatte keine Ahnung, was er mit der Waffe wollte, doch schon ein paar Momente später kam er mit der Pistole in der Hand zurück. Er hatte den Ärmel seiner Jacke über die Finger gezogen, um keine Spuren zu hinterlassen. Er legte sie vor Anthony auf den Boden.

»War zwischen seinen Socken, nicht gerade das sicherste Versteck, muss ich sagen. Aber wir können jetzt wenigstens los.«, meinte er, nachdem er seine eigene Pistole wieder eingesteckt hatte und kam zu mir zur Wohnungstür. »Ich vermute, dass wir die Polizei gar nicht rufen werden müssen. Jemand anderes hat sie sicher schon informiert, um den besten Freund zu retten.«, murmelte er, während wir durch den Flur und die Treppen hinunterliefen. Er behielt natürlich recht. Bevor wir Xenara oder Luise überhaupt sehen konnten, blendeten mich die Blaulichter auf den Autos und die Taschenlampen, die man mir ins Gesicht hielt.

»Aaron, Paige, was ist passiert?«, rief Luise und kam auf uns zu gerannt.

»Alles okay Luise, keiner von uns ist verletzt.«, versicherte ich ihr, als sie uns genau inspizierte. Einige Polizisten drängten sie nun zur Seite.

»Entschuldigen Sie Ma'am, lassen Sie uns bitte durch.«, meinte einer von ihnen und wandte sich dann an uns, »Woher kam der Schuss, man rief uns an, dass ein gewisser Anthony Blake, der in diesem Haus wohnt, bedroht wird. Sind Sie Mr Blake oder Mr Baxter?«, fragte er mit fester Stimme und der Hand an seiner Waffe am Gürtel.

»Mr Baxter, aber ich musste aus Notwehr schießen.«, antwortete Aaron und zog mit einer erhobenen Hand die Pistole hervor. »Das ist die Waffe meines Vaters Michael Griffin, die ich ihm gestohlen hatte. Anthony Blake liegt oben im dritten Stock mit einem Beinschuss, er ist der Mann, der vor fast fünf Monaten William Parker in Winston-Salem anschoss, das können Sie nachschauen.«, berichtete er sachlich und händigte einem Polizisten seine Waffe aus.

»Und ich kann das bestätigen ... also, dass er William angeschossen hat. Und natürlich auch, dass der Schuss oben in der Wohnung Notwehr war.«, schaltete ich mich ein, Aaron an meiner Seite versteifte sich ein wenig, doch er reagierte für andere nicht merkbar auf meine Worte.

»Ich war auf Rache aus, das gebe ich zu. Paige wollte mich aufhalten und als ich abgelenkt war, zog Anthony seine eigene Waffe. Ich hatte Angst, dass er sie auch noch verletzt und habe ihm ins Bein geschossen, damit er sich nicht bewegen kann. Seine Waffe hat er dabei verloren, sie müsste noch irgendwo liegen, es ging alles sehr schnell, ich weiß nicht genau ... ich habe mich eher um Paige gesorgt.«, faselte Aaron, als stünde er unter Schock und ergriff meine Hand, um sie zu drücken.

»Ja, ich war gerade erst ins Zimmer gekommen und Aaron hat sich zu mir umgedreht, als Anthony die Waffe gezogen hat.«, beteuerte ich.

»Gut, die Aussagen würden wir gerne noch einmal auf dem Revier aufnehmen, kommen Sie bitte mit uns? Ein paar Kollegen holen Mr Blake aus seiner Wohnung. Mal sehen, ob er uns heute schon ein paar Fragen beantworten kann.« Ich wollte gerade nicken, als Xenara, die die ganze Zeit hinter uns gestanden hatte, einen lauten Schrei ausstieß. Wir drehten uns alle erschrocken zu ihr um und ich legte eine Hand auf ihren Rücken, weil sie sich vor Schmerzen zu krümmen schien.

»Das Baby. Ich glaube, es ist so weit.«, presste sie, zwischen zusammengebissenen Zähnen, hervor. Aaron kam ebenfalls angestürzt und hockte sich hin, um Xenara in die Augen schauen zu können, Luise war ebenfalls innerhalb von Sekunden abermals an meiner Seite.

»Xeni bist du dir sicher?«, flüsterte Aaron und strich seiner Cousine eine Haarsträhne hinters Ohr. Diese nickte und stieß wieder einen Schrei aus.

»Ja, bin ich. Wir müssen sofort zu meiner Mom.«, schluchzte sie und klammerte sich an den Arm des Polizisten, der sie entsetzt betrachtete.

»Bitte Officer, lassen Sie uns bitte erst einmal gehen. Aaron und Paige werden bald bei Ihnen vorbeikommen und ihre Aussagen machen, versprochen. Ich werde sie her schleifen, wenn nötig.«, flehte sie und der Polizist überlegte einen Sekundenbruchteil lang, dann nickte er.

»Na gut, Mr Baxter, Ms … Sie kommen beide so bald wie möglich zu uns aufs Revier und machen Ihre Aussagen.« Kaum hatte der Polizist seinen Satz beendet, eilte Luise mit Xenara zu ihrem Auto und Aaron zog mich eine Querstraße weiter zu seinem Sportwagen. Luise war zwar schon längst losgefahren, doch da fast niemand unterwegs war zu so später Stunde, holten wir sie schnell ein.

»Denkst du, wir kommen rechtzeitig ins Krankenhaus?«, sprach ich meine größte Sorge in diesem Moment laut aus und Aaron schüttelte den Kopf.

»Wir fahren nicht ins Krankenhaus, wir fahren nach Hause.«, meinte er fast nüchtern und ich starrte ihn verwirrt an.

»Aber das dauert viel zu lange Aaron, Xenara liegt in den Wehen.«, protestierte ich, woraufhin sich sein Mund sogar zu einem Lächeln verzog.

»Nein, tut sie nicht. Xenara hat nur gespielt, damit wir genügend Zeit haben, uns eine ausgefeilte Geschichte zu überlegen. Ich kenne sie. Sie hat mir zugezwinkert, was heißt, dass alles nur gespielt ist und ich mir keine Sorgen machen muss.«, erklärte er mir und ich riss erstaunt den Mund auf. Es wollte kein Ton aus meiner Kehle dringen vor Überraschung. Erst nach ein oder zwei Minuten fand ich meine Stimme wieder.

»Tja, was hätten wir wohl gemacht, wenn Xenara nicht schwanger wäre?«, lachte ich leicht, doch Aaron stimmte nicht in mein Lachen mit ein.

»Dann hätte Xenara einfach so *getan,* als wäre sie schwanger und irgendetwas würde nicht stimmen oder etwas in der Art. Sie hätte etwas vorgetäuscht, um uns aus der Situation zu bekommen. Das hat sie schon mit zwölf Jahren, wenn Will und ich in der Klemme steckten. Und in

New York steckten wir ganz schön oft ziemlich tief in der Scheiße, wenn ich es mir recht überlege.« Darauf wusste ich nichts zu antworten, also schaute ich einfach aus dem Fenster und stellte mir Aaron, William und Xenara vor. Von einer Party auf dem Weg nach Hause, von der Polizei angehalten und dabei halb betrunken oder jedenfalls nicht mehr ganz nüchtern, außerdem wahrscheinlich auch ziemlich bekifft. Doch dann lenkte ich meine Gedanken wieder weg von dieser Szene und zu Aaron in der Gegenwart, der neben mir saß und konzentriert auf die Straße vor uns blickte.

»Das Problem ist nicht eine Geschichte zu erfinden, sondern, dass Anthony eine komplett andere erzählen wird und dann steht Aussage gegen Aussage. Ich kann für uns alle nur hoffen, dass seine Vorstrafen ausreichen, dass sie ihm keinen Glauben schenken.« Ich nickte nur, denn was hätte ich auch hinzufügen können?

»Aaron?«, ergriff ich dann nach einigen weiteren ruhigen Momenten vorsichtig das Wort. Auf seinem Gesicht breitete sich abermals ein Lächeln aus.

»Ich liebe es, wenn du meinen Namen sagst. Es klingt wie süße, warme Musik in meinen Ohren.« Er schaute mich kurz von der Seite an, dann konzentrierte er sich wieder auf die Straße.

»Warum bist du nie rangegangen, wenn ich angerufen habe?« Er blieb still, als er dann endlich etwas erwiderte, war seine Stimme nur ein leises Gemurmel.

»Weil es ausgereicht hätte, wenn du meinen Namen nur ein paar Mal sagst, um mich dazu zu bringen, mein Vorhaben abzubrechen und zu dir zurückzukommen.« Nun musste *ich* unwillkürlich lächeln, allerdings auch etwas traurig.

»Ich habe gedacht, ich bin dir egal geworden. Dass du nie wirklich etwas für mich empfunden hast.«, hauchte ich zurück und sah, wie sich seine Hände am Lenkrad verkrampften.

»Das ist nicht wahr. Ich habe dich geliebt und das tue ich immer noch. Aber in dieser Sache durfte ich mich nicht von meinen Gefühlen zu dir ablenken lassen. Trotzdem bin ich dir dankbar, dass du mich davor bewahrt hast, ein Mörder zu werden.«, erklärte er mir, danach herrschte wieder Totenstille. Obwohl er mir schon gesagt hatte, dass er mich immer noch liebte und ich mir meiner Gefühle zu ihm ebenfalls sicher war, kam ich nicht an ihn heran. Irgendetwas stand zwischen uns, wie eine gewaltige Mauer, doch ich hatte keine Ahnung, was es war. Wir waren schon mehr als zwei Stunden unterwegs und fast in Winston-Salem angekommen, als Aaron abermals das Wort ergriff.

»Paige, bevor wir jetzt ankommen und vielleicht so weiter machen wie vor Williams Unfall, muss ich dir noch etwas beichten. Ich ... in New York bin ich auf meine Ex-Freundin getroffen, Claire. Wir haben etwas getrunken und geredet und dann ... hatten wir Sex. Wir waren beide betrunken und da kam das eine zum anderen ...« Ich starrte ihn entsetzt an, doch er schaute stur geradeaus durch die Windschutzscheibe.

»Du hast ... du und deine Ex? Du hast mit deiner Ex gevögelt? Was heißt, ihr wart ziemlich betrunken? Dass ihr es nicht wolltet und es ein Zufall war, dass ihr nackt aufeinander gefallen seid?« Er schüttelte den Kopf.

»Nein, ich wusste, was ich tat. Ich wollte es, aber ich bereue es, allerdings ist da noch etwas, was ich dir vermutlich sagen sollte. ... In Richmond habe ich in einem Restaurant als Kellner und Barmann gearbeitet. Die Chefin, Jane ... mit ihr habe ich auch geschlafen.« Nun stiegen mir die Tränen in die Augen.

»Du hast mit noch einer anderen geschlafen? Wann? Bevor oder nachdem du mir am Telefon sagtest, dass du mich nicht hasst?« Er räusperte sich, doch er schaute mich immer noch nicht an.

»Diese Nacht.«, murmelte er und ich wusste gar nicht sofort, was ich sagen sollte.

»Was meinst du mit ›diese Nacht‹?«, hauchte ich und er antwortete sofort.

»Bevor ich nach Kinston fuhr, hatte ich Sex mit Jane.« Nun strömten mir die Tränen in Bächen übers Gesicht.

»Du ... ich ... vor fünf Stunden hast du es mit einer anderen getrieben und jetzt sagst du zu mir, dass du mich liebst? Was bist du nur für ein Heuchler? Du bist so ein Mistkerl, ein ... ein Arschloch. Ich hasse dich. Warum tust du mir so einen Scheiß an? Ich habe dich geliebt, du Arsch und du treibst es mit anderen Frauen, sobald du dich endlich von mir lossagen konntest.«, brüllte ich und wischte mir die Tränen von den Wangen. »Halt an. Ich muss hier raus. Halt an Aaron und lass mich raus.«, befahl ich in barschem Ton und schnallte mich währenddessen schon ab.

»Paige, das bringt doch nichts. Es tut mir leid, das wollte ich eigentlich noch sagen.«, flehte er, doch wir fuhren zum Glück auf der rechten Spur einer Landstraße, wo es keine Leitplanke gab, also öffnete ich einfach die Autotür, woraufhin Aaron stark runterbremste und am Standstreifen anhielt. Noch bevor er sich abgeschnallt hatte, war ich schon aus dem Auto gesprungen und rannte den kleinen Abhang hinab auf eine große Wiese. Ich hörte, wie Aaron hinter mir herrannte, doch ich hielt nicht an.

»Paige, bitte warte. Wohin willst du denn? Jetzt warte doch mal. Ich ... es tut mir wirklich leid. Ich wollte nur nicht, dass etwas zwischen uns steht, ich wollte nichts geheim halten. Ich liebe dich ehrlich und es tut mir leid, außerdem hat es nichts bedeutet. Jane liebe ich nicht und Claire liebe ich auch schon lange nicht mehr. Ich wusste, was ich tat, doch ich *bereue* es.«, rief er immer atemloser, während er rannte. Plötzlich hatte er mich eingeholt und ergriff meinen rechten Arm. »Bitte bleib stehen.«, flehte er, doch ich drehte mich nur zu ihm um, um ihn mit meinen Fäusten zu bearbeiten. Er packte auch meinen zweiten Arm, doch ich hörte nicht auf, gegen seine Brust zu hämmern.

»Lass mich los. Ich hasse dich. Du sollst mich in Ruhe lassen.«, schrie ich dabei, doch er hielt mich weiterhin fest. »Seitdem du gegangen bist, habe ich dich vermisst. Ich habe mir *Sorgen* um dich gemacht, ich Trottel. Ich habe geheult, weil ich dachte du liebst mich nicht mehr, aber du warst keine einzige dieser Tränen wert. Während ich mir den Kopf darüber zerbrochen habe, ob ich dich jemals wiedersehen oder unsere Beziehung eine einzige riesengroße Lüge war, hast du keinen *einzigen* Gedanken an mich verschwendet und hast dich durch die Weltgeschichte gevögelt.« Nun kamen keine Tränen mehr. Ich war nicht mehr traurig, sondern einfach nur noch wütend und hasserfüllt.

»Natürlich habe ich an dich gedacht. Die ganze Zeit habe ich an dich gedacht.«, wollte er mir gut zureden, doch damit machte er alles nur noch schlimmer.

»Warum hast du dann mit den beiden Frauen geschlafen? Du hast kein Stück an mich gedacht. Wenn du mich wirklich lieben würdest und an mich gedacht hättest, hättest du es nicht mit einer anderen getan und schon gar nicht mit zwei anderen. Oder bin ich mal schnell ins Krankenhaus gefahren, habe es dort mit Gabriel im Bereitschaftsraum getrieben und habe mir dann noch einen Wildfremden gesucht, der es mir besorgt?« Sofort ließ er mich los und so hatte ich eine Hand frei, um ihm mit der flachen Hand ins Gesicht zu schlagen. Er war nicht darauf vorbereitet, das sah ich daran, wie sein Kopf zur Seite geschleudert wurde. »Ich habe dir hinterhergetrauert, während du dich mit irgendwelchen Flittchen vergnügt hast, du mieses Schwein. Ich wünsche dir, dass du dir dabei irgendetwas eingefangen hast.« Er schaute mich inzwischen wieder an und Schmerz spiegelte sich in seinen Augen wider. Doch es war mir recht. Ich wollte, dass er genau den Schmerz empfand, wie ich bei seiner Beichte. Und nun standen wir inmitten hüfthoher Gräser und Blumen, in der Dunkelheit. Es hätte eine schöne Szene sein können, unter anderen Umständen. Nur die Autos, die gelegentlich auf der Landstraße entlangfuhren, beleuchteten uns für jeweils einen kurzen Moment, bevor sie vorübergezogen waren und alles abermals in Dunkelheit getaucht wurde. In die Stille hinein ertönte mein Handyklingeln, als wollte es die Spannung aus der Situation entfernen. Es war Xenara, die uns sicher schon vermisste.

»Paige, wo seid ihr? Es geht los, das Baby kommt.« Xenara klang fast panisch.

»Xenara, ich weiß, dass du das vorhin nur gespielt hast, du kannst damit aufhören. Das hast du wirklich gut gemacht, wir kommen jetzt auch gleich nach … wir sind noch aufgehalten worden.«, antwortete ich und lief langsam an Aaron vorbei in Richtung des Autos, das am Straßenrand parkte.

»Ja Paige, ich habe das vorhin nur gespielt, aber dieses Mal ist es echt. Die Fruchtblase ist geplatzt.«, stöhnte sie und ich wusste gar nicht richtig, was ich nun erwidern konnte.

Einen Moment kam kein Ton aus meiner Kehle und ich hörte nur ihre Schmerzenslaute, dann hatte ich mich sofort wieder gefangen.

»Okay, halte durch, wir sind gleich da. Du schaffst das.«, wollte ich sie beruhigen, nahm das Handy vom Ohr und legte auf. »Wir müssen los, das Kind kommt. Dieses Mal nicht gespielt.«, rief ich über meine Schulter zu Aaron und rannte dann weiter über die Wiese und den Abhang hinauf.

»Wie, was meinst du damit?«, schrie Aaron verwirrt, während er sich ebenfalls rennend auf den Weg zu seinem Auto gemacht hatte.

»Na das, was ich gesagt habe. Xenara bekommt jetzt ihr Baby und wir müssen uns sputen, damit wir ihr beistehen können.«, erklärte ich genervt und schloss die Beifahrertür. Aaron setzte sich schweigend neben mich und ließ den Motor an. Auf der gesamten restlichen Fahrt nach Winston-Salem, die glücklicherweise nur noch zehn Minuten dauerte, wechselte ich kein weiteres Wort mit meinem Ex-Freund und als er sein Auto vor dem Krankenhaus regelrecht fallen ließ, sprangen wir immer noch schweigend heraus und stürmten in das riesige Gebäude. Ich hastete voraus, da ich mich wegen der vergangenen Monate besser auskannte als Aaron. Auf der Entbindungsstation angekommen blickten wir umher, doch ich sah Luise als erste und rannte auf sie zu. Sie saß auf einem Stuhl an einer Wand, den Kopf in die Hände gelegt, die Ellbogen auf den Knien abgestützt und mit nervös zuckendem Fuß.

»Luise, wo ist Xenara? Wie geht es ihr?«, fragte ich viel zu schnell und griff sie an den Schultern. Sie richtete sich ruckartig auf.

»Da seid ihr ja. Ich sollte auf euch hier draußen warten. Aaron komm, wir müssen hier rein.« Sie führte ihren Sohn zu einer Tür, doch als ich ihnen folgen wollte, hielt sie mich zurück und schüttelte bedauernd den Kopf.

»Tut mir leid Paige, aber du bist nicht mit ihr verwandt. Es würde sowieso viel zu voll werden da drin. Wir können Xenara nicht alle helfen, auch wenn wir es gerne möchten. Sie hat ja ihre Mom und Aaron. Ich komme gleich wieder zu dir zurück, versprochen.« Also blieb ich stehen und lauschte, ob ich Schreie meiner besten Freundin hörte, während die

Tür hinter Luise ins Schloss fiel. Ich hörte nur noch Aarons Stimme, wie er versuchte seine Cousine zu beruhigen: »Xeni, ist schon okay. Ich bin hier.« Und Xenara wie sie schluchzend antwortete. »Aaron, ich kann das nicht. Ich brauche ... ich kann das nicht, ich brauche William. Wo ist William?« Dann war die Tür zu und ich ließ mich wie betäubt auf einen Stuhl neben ihr fallen.

Einundzwanzig

Aaron

Seufzend trat ich durch die Tür des Krankenzimmers hinaus auf den Flur, wo Paige und meine Mom warteten. Erschöpft lehnte ich mich gegen die Holztür, schloss kurz die Augen und atmete einmal tief durch. Mir blieb allerdings keine besonders lange Verschnaufpause, da die zwei Frauen auf Neuigkeiten brannten.

»Und, ist alles gut gelaufen? Wie geht es ihr und dem Baby?« Ich hielt die Augen geschlossen und stieß mich dann von der Tür ab.

»Es ist ein Junge, beiden geht es gut, aber Xenara schläft erst einmal.«, antwortete ich so knapp wie möglich und wandte mich von den beiden ab. Ohne ein weiteres Wort lief ich den Gang entlang. Zum Glück wusste ich noch ungefähr, wo sich die Neurologie befand, ich brauchte nur einen Moment, um sie von meinem Standpunkt aus zu lokalisieren. Als ich dann einmal dort war, war es kein Problem Williams Zimmer zu finden. Ich schob die Tür auf, trat an das Krankenbett und stützte mich auf dem Plastikteil des Bettendes ab, wie an dem Tag, an dem ich mich gegen Paige und für die Rache an Anthony Blake entschieden hatte. »*Du wählst also die Rache und entscheidest dich gegen mich.*« hörte ich sie noch einmal sagen und danach meine Stimme total entschlossen, obwohl ich in diesem Moment so unentschlossen wie noch nie gewesen war. »*Ja ich wähle meinen Bruder, denn ich kann nicht anders.*« Gleich darauf sah ich Xenaras Gesicht vor meinem inneren Auge. Die

459

Augen rot vom Weinen und die kleinen Hände um das Bettgestell gekrallt. *»Ich kann das nicht ohne William. Ich brauche ihn, Aaron. Bring mir William, ich kann das nicht ohne ihn.«* Doch was hätten wir tun sollen? Den im Koma liegenden William mit samt Bett holen und neben sie stellen? Ich seufzte abermals und musterte meinen Halbbruder, der nach wie vor von Maschinen am Leben gehalten wurde.

»William, wach doch einfach auf. Wir brauchen dich hier dringend. Xenara braucht dich am meisten.« Ich betrachtete sein Gesicht eingehend. Es sah aus, als würde er nur tief und fest schlafen, ganz friedlich. »Du hast ja keine Ahnung, was hier zurzeit abgeht. Du kannst dich einfach aus allem raushalten, als würde dich das alles nichts angehen, aber das tut es.« Nun trat ich um sein Bett herum und fasste meinen Halbbruder an den Schultern. »Es geht dich alles etwas an. Du bist nämlich schuld daran, dass Xenara diese Schmerzen durchmachen musste, auch wenn ein anderer dafür verantwortlich ist, dass du ihr nicht beistehen konntest. Wach endlich auf, du Dreckskerl. Wach auf und stell dich deiner Verantwortung, du bist es Xenara schuldig. Nun wach schon auf.«, brüllte ich William an, während ich ihn durchschüttelte. Da griffen mich plötzlich zwei viel zu starke Hände von hinten an den Armen und zogen mich weg.

»Sind Sie wahnsinnig? Wissen Sie, was Sie mit so etwas anrichten können?«, blaffte der jemand, der sich nun an mir vorbeidrängelte. Es war ein schlanker und doch muskulös wirkender Mann im weißen Kittel und mit hellbraunen Haaren. »Wer sind Sie eigentlich, wenn ich fragen darf? Haben Sie einen guten Grund hier zu sein?«, erkundigte er sich mit tiefer Stimme, schaute mich kurz von der Seite an und prüfte dann wieder die Werte auf dem Herzmonitor. Anschließend holte er eine kleine Lampe aus seiner Kitteltasche und leuchtete nacheinander in Williams Augen.

»Ich bin Aaron … Aaron Baxter.«, antwortete ich zögernd. Ruckartig richtete der Arzt sich wieder auf und drehte sich mit einem interessierten Blick zu mir um. Die Lampe ließ er zurück in seine Tasche gleiten, die Krankenakte in seiner Hand klemmte er unter seinen Arm.

»Der Cousin und Williams Halbbruder, der letzte Nacht zum Mörder werden wollte. Schön Sie mal persönlich kennen zu lernen, ich habe schon viel von Ihnen gehört.« Ich war zwar etwas verwirrt, ließ es mir jedoch nicht anmerken.

»Ja, genau der bin ich. Und Sie? Mit wem habe ich es zu tun?« Er drängelte sich wieder an mir vorbei, zog die Glastür einen Spalt auf und trat einen Schritt auf den Gang.

»Goodwin, ordnen Sie bitte ein CT für Mr Parker an. Nur routinemäßig, danke.«, sprach er wohl mit einem anderen Assistenzarzt und kehrte dann wieder zu mir zurück. »Ich bin Dr. Banner, Williams behandelnder Arzt. ... Xenara hat es also geschafft Sie aufzuhalten. Wie geht es ihr?«, fragte er wie beiläufig, doch sein Unterton klang zu drängend für simples Interesse.

»Sie hat gerade ihr Baby bekommen ... ein Junge.«, antwortete ich fast tonlos, doch seine Reaktion überraschte mich dermaßen, dass ich ihn misstrauisch musterte. Er hatte bei meinen Worten aufgehorcht und legte hastig die Patientenakte beiseite.

»Sie hat was? Wie geht es ihr?«, wollte er, schon fast aufgeregt, wissen.

»Gut ... es geht beiden gut. Das Baby haben sie erst einmal auf die Säuglingsstation gebracht und Xenara schläft. Was interessiert Sie das überhaupt?« Doch er gab mir keine Antwort, drehte sich einfach um und rannte davon. *Komischer Kerl*«, dachte ich mir und setzte mich auf den Stuhl neben Williams Bett.

»Es tut mir leid, Bruder. Alles. Bitte wach einfach auf, dann können wir noch einmal von vorne beginnen.«, murmelte ich und betrachtete sein ausdrucksloses Gesicht.

Xenara

Als ich die Augen aufschlug, kam es mir so vor, als hätte ich mehrere Wochen lang geschlafen, doch es konnten höchstens ein paar Stunden gewesen sein. Durch das

Fenster im Krankenhauszimmer fiel warmes Licht herein und leuchtete alle Ecken und Winkel aus. Neben meinem Bett auf einem Stuhl saß Aiden, mit einem Tablet in der Hand, auf dem er herumtippte.

»Was machen Sie da?«, fragte ich leise und war sofort bestürzt, wie rau meine Stimme klang.

»Ich könnte jetzt sagen: Die nächste OP vorbereiten, doch dann wäre ich unehrlich, also gebe ich einfach zu, dass ich etwas spiele. Das trainiert die motorischen Fähigkeiten, was sehr nützlich für einen Neurochirurgen ist.« Er klappte eine Schutzhülle um das Tablet, legte es beiseite und betrachtete mich mit sorgenvollem und trotzdem warmem Blick. »Wie geht es Ihnen, Xenara?« Ich ging auf seine Frage nicht ein und stellte stattdessen eine Gegenfrage.

»Haben Sie keine Patienten, um die Sie sich kümmern müssen?« Ich hatte den Ausgang unseres letzten Gespräches noch gut im Kopf.

»Wozu hat man Anfänger? Sie machen das schon und piepen mich an, falls einer der Patienten vorhat zu sterben … oder mehrere. Was aber eigentlich nicht passieren dürfte, da die meisten schon vor Tagen operiert wurden und nur noch überwacht werden müssen.« Ich hörte ihm kaum zu, schaute mich lieber im Zimmer um.

»Wo sind die anderen?«, wollte ich anschließend wissen, als er geendet hatte.

»Paige und diese Frau – Mrs Baxter – holen sich gerade einen Kaffee und etwas zu Essen. Aaron sitzt seit Stunden an Williams Bett und redet mit ihm, hat wohl viel nachzuholen und Ihre Mutter wollte in einer halben Stunde kommen und Ihr Baby mitbringen, dem es übrigens blendend geht.«, zählte er sachlich auf.

»Wie spät ist es?«, fragte ich weiter, woraufhin er auf seine Uhr am Handgelenk schaute.

»Fast Mittag. Sie haben eine ganze Weile lang geschlafen.«, teilte er mir noch mit und stand dann auf, »Es tut mir leid, Xenara. Ich sollte nicht hier sein, das weiß ich. Sie waren gestern unmissverständlich.« Er stützte sich auf dem Fußende des Krankenhausbettes ab und seufzte. »Und Sie hatten recht. Bevor Sie kamen, war ich ganz anders. Gehirne und Gelegenheitssex haben mich glücklich gemacht. Ist ja auch keine schlechte Kombination und so war ich nun mal, bis ich Sie kennenlernte. Und das war komisch, weil ich die Veränderung erst gar nicht richtig gespürt habe. Doch Sie weckten in mir den Wunsch auf mehr als Sex. Mehr als eine schnelle Nummer im Bereitschaftsraum und diesen Wunsch zu haben, gefiel mir. Aber natürlich habe ich mir selbst ebenfalls die Frage gestellt, wie ich mir Hoffnungen machen konnte. Also habe ich versucht, weniger selbstsüchtig zu sein und mich um ihr Wohl und das von William zu kümmern. Am Ende hat es das offensichtlich nur schlimmer gemacht.« Er stieß sich vom Bett ab und schnappte sich sein Tablet vom Fensterbrett. »Die Antwort auf Ihre Frage von gestern ist also: Wie konnte ich mir überhaupt Hoffnungen machen? Nun ja ..., weil ich Optimist bin und egoistisch. Ich war schon immer ein egoistischer Arsch und das werde ich wohl auch bleiben, fürchte ich. Tut mir leid.« Dann durchquerte er den Raum mit langen Schritten und verließ ohne ein weiteres Wort mein Krankenzimmer. Und ich musste mir eingestehen, dass ich ihn verstanden hatte. Wenn jemand aus einem einen besseren Menschen machte, war es doch nur natürlich, dass man mit dieser Person Zeit verbringen und ihr nahe sein wollte. Plötzlich tat es mir ein wenig leid, dass ich ihn gestern so angeblafft hatte. Bei längerer Betrachtung der Sache schienen gar keine so unehrenhaften Absichten hinter seinem Handeln gesteckt zu haben. Und ich musste zugeben, dass Aiden mir das Leben in letzter Zeit mit seiner fürsorglichen Art nicht gerade erschwert hatte. Jetzt hätte ich ihn am liebsten zurückgerufen, um mich zu entschuldigen oder wäre ihm gerne gefolgt, doch aufstehen konnte ich nicht, da mir schon die kleinste Bewegung ungeahnte Schmerzen verursachte. Also drückte ich auf den roten Knopf neben meinem Bett, woraufhin eine Weile später die Tür aufging und eine Schwester das Zimmer betrat. Sie trug hellgrüne Hosen und ein passendes OP-Shirt, außerdem lächelte sie mir freundlich entgegen.

»Ah schön, dass Sie wach sind, Ms Karev. Haben Sie Schmerzen? Ihre Mutter hat mich Ihnen zugeteilt und angeordnet, dass ich die Schmerzmittel noch etwas erhöhen kann, wenn es nötig ist.«, meinte sie und kam zu mir ans Bett.

»Ja bitte, das wäre sehr nett.«, murmelte ich und sie tippte auf einem Bildschirm neben meinem Bett auf einigen Feldern herum.

»Dr. Karev wird sicher bald kommen, um nach Ihnen zu schauen. Kann ich Ihnen sonst noch irgendwie helfen?« Nach kurzem Überlegen nickte ich.

»Könnten Sie vielleicht Dr. Banner anpiepen?« Sie runzelte die Stirn und schien zu überlegen, was sie mir antworten konnte.

»Dr. Banner? Was wollen Sie von ihm?« Ich räusperte mich kurz und lächelte anschließend so nett wie es mir in dem Moment möglich war.

»Ich müsste mit ihm reden, können Sie ihn bitte rufen?« Sie schürzte die Lippen und lächelte anschließend traurig.

»Ist es denn sehr wichtig? Er hat eine 48 Stunden Schicht hinter sich und hat heute frei. Wenn es nicht sehr dringend ist, wäre es mir lieber ihn in Ruhe zu lassen … er ist sicher sehr müde. Er hatte mehrere lange OPs in den letzten Tagen zu bewältigen …« Ich nickte verständnisvoll, während ich schon meinen Gedanken nachhing.

»Ja okay, dann lassen Sie ihn lieber in Ruhe.« Sie nickte ebenfalls und verließ dann das Zimmer. Also war Aiden hier bei mir geblieben, obwohl er heute frei hatte und schrecklich müde gewesen sein musste. Er hatte höchstwahrscheinlich gelogen, als er mir erzählt hatte, all seine Patienten waren schon vor Tagen operiert worden. Allerdings blieb mir keine weitere Zeit zum Grübeln, da die Tür ein weiteres Mal aufging und meine Mutter eintrat. In einem Arm hielt sie ein kleines in eine Decke gewickeltes Bündel, im anderen Arm meine Krankenakte.

»Hi, mein Schatz. Na, wie geht's dir? Hast du schlimme Schmerzen?« Ich schüttelte wahrheitsgemäß den Kopf.

»Nein nicht mehr, seit die Schwester die Schmerzmittel erhöht hat.« Sie legte das Bündel, das natürlich mein Baby war, in ein Bettchen neben dem Krankenhausbett.

»Auf einer Skala von eins bis zehn?«, erkundigte sie sich und blätterte in meiner Akte umher.

»Eine vier?«, antwortete ich mit fragendem Unterton.

»Gut … das ist gut. Die Schmerzen lassen in den nächsten Tagen bis Wochen nach.«, berichtete sie mir, »Sonst irgendetwas? Ist dir etwas aufgefallen? Übermäßige Kopfschmerzen oder dergleichen?« Ich schüttelte abermals den Kopf, woraufhin sie meine Akte zuklappte und ans Fußende auf mein Bett legte.

»Gut, dann mache ich dich jetzt mit deinem Sohn bekannt.«, verkündete sie anschließend und nahm das kleine Deckenbündel wieder in ihre Arme. »Hier ist er … du musst ihn so halten, um seinen Kopf zu stützen.«, erinnerte sie mich, doch ich verdrehte nur die Augen. Als ob ich das, als Tochter einer Gynäkologin, nicht wusste. Sie legte mir den winzigen Jungen in die Arme und das erste, was mir auffiel, waren seine dunklen Haare, die wirr zu allen Seiten abstanden.

»Hatte er vorhin auch schon so viele Haare?«, fragte ich verwundert und meine Mutter lachte.

»Du meinst bei der Geburt? Ja, hübsch nicht?« Der Kleine schlief, doch als ich ihm mit dem Finger über die vollkommen glatte Wange streichelte, öffneten sich ganz langsam die Äuglein und ich erschrak. Es war, als würde ich in Williams Augen blicken. Erst später merkte ich den Unterschied. Seine Iris war karibikwasserblau, aber um die Pupille herum zeichnete sich ein hellbrauner Ring ab, wie bei meinen blauen Augen. Es sah fast so aus, als würde er mich anlächeln, so wie er den Mund verzog.

Es klopfte leise an der Tür und einen Moment später traten Aaron, seine Mutter und Paige ein.

»Hallo.«, begrüßte ich sie lächelnd und mit noch etwas rauer Stimme. Ich drückte Paige sofort das Baby in den Arm, als sie an meinem Bett angekommen war.

»Darf ich wirklich?«, fragte sie ehrfurchtsvoll, doch ich winkte ab.

»Für einen kleinen Moment werde ich ihn schon entbehren können.«, meinte ich nur, doch in Wirklichkeit war ich ziemlich froh, den kleinen Jungen jemand anderem geben zu können. Ich war mir noch nicht sicher, wie ich mit ihm umgehen sollte. Während meiner Schwangerschaft war mir immer wieder der Gedanke durch den Kopf gegangen, dass ich das Baby nicht wollte, falls William nicht wieder aufwachen würde. Und jetzt da es auf der Welt war, hatte sich dieser Gedanke noch immer nicht vollends verflüchtigt, was ich eigentlich gehofft hatte. Natürlich war der Kleine total niedlich und mein Kind, doch er würde mich ständig daran erinnern, einen wunderbaren Menschen verloren zu haben, falls William starb. Und ich war mir nicht sicher, ob ich das aushalten konnte.

In der folgenden Nacht kam ich kaum zum Schlafen, da meine Mutter den kleinen Jungen in seinem Bettchen neben mir liegen gelassen hatte, dieser allerdings dauernd aufwachte und zu schreien begann. Da ich selbst nicht aufstehen konnte, rief ich jedes Mal eine Schwester, die mir dann mein Baby gab. Ich hatte Glück, denn die Krankenschwester, die meine Mutter mir zugeteilt hatte, war die ganze Nacht lang da. Sie hieß Cami und war sehr nett, außerdem ging sie äußerst liebevoll und zärtlich mit meinem Sohn um, egal zu welcher Uhrzeit. Irgendwann schlug sie dann vor, ihn mitzunehmen, damit ich wenigstens ein kleines bisschen Schlaf abbekommen konnte. Doch ich hätte den Schlaf genauso gut auch am nächsten Vormittag nachholen können, denn Paige musste wieder in die Schule und Aaron hatte – vorgegeben oder nicht – auch etwas zu tun. Meine Mutter kam nur einmal, um nach mir zu schauen, sonst lag ich gelangweilt im Bett und schaute Fernsehen. Später bat ich eine Schwester – dieses Mal eine fremde, da Cami ab jetzt frei hatte – für mich Dr. Banner anzupiepen, weil ich unbedingt mit ihm reden wollte. Doch sie sagte mir, dass er eine wichtige OP hätte, also langweilte ich mich weiter, bis am Nachmittag Paige kam. Sie umarmte mich kurz, dann begrüßte sie den kleinen Jungen, der wieder in seinem Bettchen lag.

»Hat er eigentlich keinen Namen?«, fragte sie, als sie ihm mit dem Finger über die Wange strich. Ich zuckte daraufhin mit den Schultern und schaltete den Fernseher aus.

»Nein hat er nicht. Ich habe keine Ahnung, wie ich ihn nennen soll. Während der Schwangerschaft hatte ich keine Lust, mir darüber Gedanken zu machen und jetzt ...«, erwiderte ich und runzelte nachdenklich die Stirn.

»Du hast deine Meinung in Bezug auf das Kind nicht geändert, stimmt's? Du hältst ihn kaum im Arm, als wäre dir das unangenehm oder so.« Ich antwortete lieber nichts darauf. »Nenn ihn doch Harry oder so. Klingt wie ein Prinz und das ist er auf jeden Fall. Ein *kleiner* Prinz.«, witzelte sie und schaute mein Baby verliebt an.

»Vielleicht wärst du eine bessere Mutter als ich, Paige.«, flüsterte ich und sie starrte mich etwas entsetzt hat.

»Das ist doch Quatsch, Xeni. Du musst dich nur erst daran gewöhnen. Dich auf ihn einlassen. Du wirst eine super Mom, wenn du erst akzeptierst, dass es ihn gibt und dass er ein Geschenk ist. Ein kleines Wunder, kein Albtraum.« Tränen stiegen mir in die Augen. Wie konnte ich es denn aushalten den Kleinen lieben zu lernen, ohne dass überhaupt sicher war, ob sein Vater jemals wieder aufwachen würde?

»Schau ihn dir doch mal an. Er sieht aus wie William. Seine Augen, seine Haare ... und die Nase ist deine, genau wie der kleine Mund. Er ist ein Mix aus euch beiden und wenn du William liebst, dann liebst du auch seinen Sohn. Falls es wirklich so kommt und William nicht mehr aufwacht, wird dieser kleine Prinz keine unerwünschte Erinnerung an ihn sein, da bin ich mir ziemlich sicher.« Ich schaute sie verwirrt an.

»Woher weißt du ...?«, wollte ich fragen, doch sie unterbrach mich mit schief gelegtem Kopf.

»Das ist doch wohl offensichtlich. Du hast Angst, dass William nicht mehr aufwacht und dich der kleine Junge immer wieder aufs Neue daran erinnert. Aber ich bin mir sicher, dass William aufwacht und alles wieder gut wird. Also schau dir den Kleinen mal an. Er ist das niedlichste Baby aller Zeiten und er hat dich als seine Mom verdient, egal ob Will dabei sein wird oder nicht. Denn du wirst die beste Mom aller Zeiten sein.« Sie legte mir vorsichtig mein Kind in die Arme und strich die Decke beiseite, damit ich sein Gesicht betrachten konnte.

»Er sieht wirklich aus wie William.«, bestätigte ich lächelnd.

»Ja, aber das muss ja nichts Schlimmes sein.«, fügte sie hinzu und ich strich mit einem Finger über die glatte, weiche Wange meines Sohnes.

»Er heißt Wilson.«, flüsterte ich, als mir der Gedanke durch den Kopf schwirrte. Mein Sohn, *Wills* Sohn, Wilson. Sie lächelte mich an, da sie den Zusammenhang sofort verstand und betrachtete mein winziges, schwarzhaariges Baby mit den karibikwasserblauen Augen.

Nach einem Moment, in dem Ruhe herrschte, räusperte Paige sich und setzte sich am Fußende auf mein Bett.

»Ich würde allerdings gerne auch noch etwas Anderes mit dir besprechen. Mit dir als meiner besten Freundin und nicht mit dir als Aarons Cousine, okay?« Sie klang sehr traurig und auch etwas verzweifelt, also stimmte ich sofort nickend zu.

»Okay, ich werde ausschließlich Freundinnen-mäßig reagieren und kein bisschen Cousinen-mäßig, versprochen.« Sie schien zufrieden und räusperte sich noch einmal, bevor sie begann, mir ihr Problem zu schildern.

»Also ich dachte, dass, wenn Aaron jemals wiederauftauchen sollte, alles wieder so werden könnte, wie zuvor. Wir kommen wieder zusammen, sind glücklich, Friede Freude, Eierkuchen. Aaron ist zurückgekommen, das Problem ist nur, dass ich ihn *hasse*. Der Grund dafür oder eher *die Gründe* dafür: er hat mit seiner Ex und einem Flittchen namens Jane geschlafen, während wir getrennt waren. Im Grunde hat er mich nicht betrogen, das sehe ich ein, aber gestern hat er mir gesagt, dass er mich noch liebt und mich vermisst hat. Nachdem er fünf Stunden zuvor mit einer anderen Frau im Bett war. Das macht mich so wütend. Wie kann er mir ein Liebesgeständnis machen, wenn er kurz zuvor noch mit einer anderen geschlafen hat? Das kommt mir so vor, als erwische ich ihn in seinem Zimmer mit einer anderen und er riefe mir über die Schulter »ich liebe dich, es tut mir leid« zu, während er munter weitermacht.« Sie seufzte, sackte in sich zusammen und schien jetzt wohl auf eine Antwort von mir zu warten.

»Wow ... das ist hart. Ich weiß gerade gar nicht ... das muss ich erst einmal auf mich wirken lassen. Schwer zu verdauen ... bist du dir sicher? Das hätte ich echt nicht von Aaron erwartet. Ich meine, Claire hat ihn betrogen und das hat Aaron ganz schön getroffen. Er ist wegen ihr weggezogen und jetzt soll er wieder mit ihr geschlafen haben?« Sie zuckte mit den Schultern.

»Er hat es mir erzählt, weil er nicht wollte, dass etwas zwischen uns steht. Er wollte keine Geheimnisse haben. Er meinte sie waren beide betrunken, wussten aber was sie taten, und er bereut es jetzt. Ich weiß nicht, was ich machen soll. Einerseits kann ich nicht aufhören ihn zu lieben und andererseits hasse ich ihn dafür, was er mir antut.« Ich verstand sie völlig. Wenn William so etwas gemacht hätte, wäre ich ausgerastet.

»Ihr müsst miteinander reden.«, riet ich ihr und wiegte Wilson langsam hin und her, damit er die Augen schloss und einschlief.

»Ich weiß, aber was soll ich ihm sagen? Dass ich ihn hasse? Das habe ich bereits und er hat mir gesagt, dass ihm das alles schrecklich leidtut. Aber wie soll ich ihm glauben, dass er mich liebt, wenn er mich so verletzt hat? Wie soll ich ihm jemals wieder *irgendetwas* glauben?« Sie klang so verzweifelt, dass ich mich langsam etwas weiter aufsetzte und zu ihr rutschte, um sie halb in den Arm zu nehmen, während Wilson in meinem anderen Arm schlief.

»Dann tu erst einmal gar nichts. Geh ihm aus dem Weg und lass es auf sich beruhen. Ich könnte ja auch noch mit ihm reden.« Sie schüttelte hastig den Kopf.

»Nein, tu das lieber nicht. Ich muss das irgendwie allein hinbekommen. Er will in einer halben Stunde los nach Richmond, um seine Sachen zu holen und in Kinston einen Zwischenstopp einlegen, um seine Aussage zu machen. Er hat mich gefragt, ob ich mit ihm mitkommen möchte oder ob ich von meiner oder seiner Mutter nach Kinston gefahren werden will.«, teilte sie mir nach einer kurzen Pause mit.

»Das würde bedeuten, dass du erst einmal sechs Stunden am Stück mit ihm in einem Auto sitzt. Ich weiß, das klingt nicht gerade verlockend, aber du solltest mit ihm mitfahren. Lass dich für morgen freistellen und fahr mit ihm mit. In Richmond schaust du dir Jane an und vielleicht entsteht ja ein Gespräch … irgendwie.«, riet ich ihr und sie nickte zustimmend.

»Hatte ich mir schon gedacht, dass du das sagen würdest und wahrscheinlich hast du recht. Dann werde ich jetzt wohl mal gehen, um noch kurz etwas zusammen zu packen.«, seufzte sie und stand dann vom Bett auf. »Tschau, Wilson. Ich komme dich bald wieder besuchen, du Süßer.«, flüsterte sie und strich meinem Baby kurz über die Wange.

»Bis morgen, Xeni.« Sie küsste mich flüchtig auf die Wange und lief dann schnellen Schrittes zur Tür.

»Tschau Paige, könntest du vielleicht eine Schwester schicken?« Sie nickte noch, bevor sie aus dem Zimmer verschwand und die Tür hinter sich schloss. Ich drehte mich wieder richtig herum in meinem Bett und deckte mich zu, Wilson schlief einfach weiter. Keine zwei Minuten später kam Cami herein, nahm mir Wilson ab und legte ihn in sein Bettchen.

»Ich habe Dr. Banner nach seiner OP heute Nachmittag angepiept, doch er antwortet nicht, tut mir leid, Xenara.«, berichtete sie mir und schüttelte mein Kissen auf. Aiden ging mir sicher aus dem Weg, er hätte auf seinen Pieper reagieren müssen, aber wahrscheinlich hatte er irgendwie erfahren, dass es keinen neurologischen Notfall auf der Entbindungsstation gab und seine Schlüsse daraus gezogen.

»Ist er noch hier, im Krankenhaus?«, erkundigte ich mich, woraufhin sie lächelte.

»Er hat heute Nacht Bereitschaft, er wird wohl in einem Bereitschaftsraum schlafen, wenn er bei keinem seiner Patienten ist.« Sie zwinkerte mir zu und verließ dann den Raum. Noch geschlagene zehn Minuten überlegte ich hin und her, ob ich ihn wirklich suchen gehen sollte. Doch am Ende stand ich langsam auf und lief zu meinem Kleiderschrank, in dem die gewaschenen Sachen lagen, die ich während der Fahrt nach Kinston angehabt hatte. Zum Glück war eine Jogginghose darunter, die ich jetzt einfach über mein Krankenhausnachthemd zog. Ich hatte durch die Schmerzmittel nicht allzu große Schmerzen, also schlich ich zur Tür und öffnete sie einen Spalt. Auf dem Gang war ziemlich viel los. Hier und da unterhielten sich Ärzte und Ärztinnen, kritzelten in Krankenakten oder tippten etwas in Computer. Es war ein Leichtes, mich durch die Leute zu schlängeln und unbemerkt zu bleiben. Allerdings lief ich dieses Mal nicht zur neurologischen Station, um William zu besuchen, sondern um mit Aiden zu reden. Da dieser nirgendwo herumstand, vermutete ich, dass er, wie Cami gesagt hatte, in einem der Bereitschaftsräume lag. Also steuerte ich auf den ersten, den ich fand, zu. Ich hatte keine Ahnung in welchem er ein Bett bezogen hatte, also musste ich es einfach austesten, indem ich die Tür öffnete. In diesem hier war vollkommene Ruhe, es gab zwei Etagenbetten, von denen nur ein Liegeplatz besetzt war. Ich strengte mich weiter an, um erkennen zu können, wer dalag und holte im nächsten Moment erleichtert Luft. Ich hatte auf Anhieb den richtigen Raum gefunden. Damit wir nicht gestört wurden, schloss ich die Tür und schlich in der Dunkelheit zu ihm. Als ich mich neben das Bett hockte, sah ich, dass er sein Shirt ausgezogen und neben sich geschmissen hatte, die Bettdecke bedeckte ihn nur bis zum Bauchnabel. Er hatte einen Arm über seine Augen gelegt, als wollte er sich vor etwas abschirmen.

»Ist jemand am Sterben? Sonst verstehe ich nicht, warum Sie mich aufwecken.«, murmelte er mürrisch und ich musste leicht lachen.

»Ich bin's. Xenara.«, gab ich flüsternd zurück, woraufhin er den Arm vom Gesicht nahm und sich auf seine Ellbogen stützte.

»Xenara ... was machen Sie hier?« Ich seufzte und lächelte zugleich ein wenig.

»Lassen wir das ›Sie‹ doch endlich.« Er nickte und setzte sich auf, wobei er auf der Matratze an die Wand hinter sich rutschte und seine Hose bis fast unter seine Hüftknochen glitt.

»Du solltest in deinem Bett liegen.«, tadelte er mich, doch ich winkte ab.

»Mir geht's schon wieder halbwegs gut, außerdem muss ich mit dir reden und du hast auf deinen Pieper nicht reagiert. Du gehst mir aus dem Weg.«, warf ich ihm vor, woraufhin er den Blick kurz senkte, bevor er ihn wieder hob und mir direkt in die Augen schaute.

»Ja, das stimmt. Ich bin dir aus dem Weg gegangen.«, gab er zu und hielt meinem Blick stand.

»Es tut mir leid, dass ich dich so angegangen habe. Ist dein männliches Ego sehr angekratzt?« Er lächelte ein ganz kleines bisschen und nickte belustigt.

»Ja, ein klein wenig ist mein männliches Ego schon angekratzt.«, bestätigte er und ich musste ebenfalls lächeln.

»Weil ich dich nicht wollte?« Er zuckte mit den Schultern.

»Vielleicht … allerdings nicht so direkt. Es hat bis jetzt noch keine Frau zu mir *nein* gesagt. Aber bei dir ging es nicht um Sex. Bei dir war das ja nicht so.«, murmelte er und starrte auf seine Hände, die er im Schoß gefaltet hatte. Vorsichtig nahm ich seine Hände in meine und brachte ihn so dazu, mich wieder anzuschauen.

»Wie war es denn bei mir?«, fragte ich leise und starrte direkt in seine dunklen Augen.

»Anders.«, antwortete er mit kratziger Stimme, seine Kehle war wohl ganz trocken.

»Erzähl mir davon. Ich möchte wissen, was du gefühlt hast und was du jetzt fühlst.«, versicherte ich ihm und lächelte aufmunternd. Er rutschte im Bett ein wenig zur Seite und bedeutete mir damit, dass ich mich neben ihn setzten sollte. Ich kam seiner Bitte nach und lehnte mich, genau wie er, an die kühle Wand hinter uns. Dann nahm ich seine Hand in meine und verschränkte unsere Finger miteinander.

»Erzähl mir einfach alles. Ich will es wissen.«, meinte ich dann, während ich seine Hand einmal kurz drückte. Erst schaute er auf unsere Hände, danach räusperte er sich.

»Also als ich dich sah …« Ich unterbrach ihn kopfschüttelnd.

»Nein, alles. Auch das davor.« Er lachte trocken auf und schaute mich verwundert an.

»Willst du das wirklich wissen?« In seiner Stimme schwang ein skeptischer Unterton mit, doch ich nickte nur eifrig. Aiden zuckte mit den Schultern und räusperte sich erneut.

»Ich kam vor zwei Jahren nach meinem Medizinstudium an dieses Krankenhaus. Ich wollte hier meinen Facharzt in Unfallchirurgie machen. In so einer kleinen Stadt wie Winston-Salem ist es nicht schwierig, Frauen zu beeindrucken. Vor allem wenn man selbst auch ganz anderes gewohnt ist. Ich komme aus einem halbwegs reichen Elternhaus, war aber immer eher das schwarze Schaf. Als ich zum ersten Mal wegen einer Überdosis in der Notaufnahme landete, war ich gerade mal sechzehn. Ich schwor mir schon damals Arzt zu werden und mein Leben zu verändern.« Meine Hand verkrampfte sich, als seine

Geschichte auf Drogen stieß. Ich versuchte so zu tun, als wäre nichts gewesen, doch er hatte es natürlich gespürt und hielt inne. »Was ist los, Xenara? Alles in Ordnung?« Ich schluckte schwer und hielt die Tränen zurück, als meine Gedanken zu längst verdrängten Bildern zurückkehrten. *Das von der Sonne durchflutete Zimmer und das Bett. Darin liegt ein Junge, regungslos. Ich stürze hin, doch es ist zu spät. Er ist bleich und er atmet nicht mehr. Ich bin die, die ihn findet.* Mühsam reiße ich mich von den Erinnerungen los und schaue wieder Aiden an, der neben mir sitzt und mich besorgt mustert.

»Aaron war drogenabhängig und William auch. Als Aaron aufgehört hat, habe ich seinen Platz eingenommen, William hat mich mit hineingezogen, als ich 13 Jahre alt war. Wir haben es alle wieder aus der Sucht rausgeschafft ... außer mein bester Freund Joey. Er ist an einer Überdosis gestorben, ich habe ihn in seinem Bett gefunden.« Nun starrte ich auf unsere Hände, wie Aiden vorhin auf seine, ich konnte ihn nicht direkt anschauen.

»Was ... ich meine, was habt ihr ...?« Ich antwortete, ohne seine Frage zu Ende gehört zu haben.

»Oxy und Gras hauptsächlich. Ich bin froh, dass Wilson keinen Schaden davon hat.« Kurz herrschte Stille, doch ich war mir sicher, dass Aiden verstand, wen ich mit Wilson meinte.

»William wird der Name gefallen, wenn er wieder aufwacht.«, bestätigte Aiden meine Vermutung und drückte sanft meine Hand. Er wusste auch, dass ich das Thema an dieser Stelle nicht weiterverfolgen wollte und erzählte lieber weiter von sich.

»Na ja, wie gesagt, ich war das schwarze Schaf und niemand hat geglaubt, dass ich das Medizinstudium schaffe. Aber ich habe es allen gezeigt. Ich habe es durchgezogen und kam hier her, wo die meisten mich bewunderten. Vor allem, dass ich in dem Alter schon so erfolgreich war. Ich brachte einige Empfehlungen von bekannten und hochgeschätzten Chirurgen mit, die ich im Studium und während verschiedener Praktika kennengelernt hatte. Aber das ist jetzt egal. Das Beste hier war, dass mich niemand kannte. Keiner wusste etwas von meiner Vorgeschichte.

Also tat ich einfach so, als wäre ich immer schon so gewesen, erfolgreich, zielstrebig und so ein Zeug.« Er hielt einen Moment inne, als müsste er sich überwinden, den nächsten Abschnitt seiner Geschichte zu enthüllen. »Na ja und als einige Schwestern und andere Assistenzärztinnen Interesse an mir zeigte ... habe ich nicht nein gesagt. ... Und dann gab man mir einen Komapatienten mit zwei Schussverletzungen und einer ›Haltbarkeitszeit‹ von wenigen Monaten. Erst hatte ich auf so etwas gar keinen Bock, aber dann habe ich dich gesehen und habe mich gefragt, ob ich vielleicht verrückt bin. Du warst minderjährig und vergeben ... und doch wollte ich dich. Allerdings nicht auf die für mich übliche Weise. Ich wollte dir nur nahe sein und als ich dann erfuhr, dass du schwanger bist, wusste ich, dass ich alles für dich tun würde, falls William es nicht überleben sollte. Um für dich und dein Baby da zu sein. Als Freund oder als was du mich brauchen würdest. Bis dahin hatte ich mir noch nicht einmal vorstellen können, irgendwann ein Kind zu wollen. Doch da war irgendetwas an dir ... plötzlich war nichts mehr wie zuvor. Die langweiligsten Fälle erschienen mir auf einmal hochinteressant. Ich hatte nicht mehr das Bedürfnis mit jemanden im Bereitschaftsraum verschwinden zu müssen. Dafür aber den Drang, dir beistehen und helfen zu müssen. Ich hätte nie gedacht, dass du es bemerken könntest und als du mir das dann so an den Kopf geschmissen hast, schämte ich mich. Dafür, dass ich mich als 25-jähriger Mann derart auf eine 16-Jährige fixiert hatte und dafür, dass ich wirklich geglaubt hatte, du könntest mich brauchen. Es tut mir leid Xenara, ich bin so scheiß egoistisch. Ich gebe den Fall ab, damit du dich nicht länger mit mir abgeben musst.«, versprach er am Ende, doch ich legte ihm einen Finger auf den Mund, um ihn zu unterbrechen.

»Aiden was denkst du, warum ich hierhergekommen bin? Um dir zu sagen wie beschissen ich dich finde und dich noch mehr zu verletzten? Ich bin hierhergekommen, weil ich dir sagen will, dass ich dich verstehe. Ich finde dich nicht egoistisch. Du hast mir so geholfen ... du kannst gar nicht egoistisch sein. Du musst den Fall nicht abgeben, wenn du nicht willst. Wenn du allerdings sagst, du brauchst den

Abstand, dann solltest du ihn abgeben. Und du musst dich nicht schämen, weil du geglaubt hast, ich könnte dich brauchen. Ich wüsste nicht, was ich in den letzten Monaten ohne dich gemacht hätte. Denn ich mag dich. Ich mag dich sogar sehr, aber William *liebe* ich. Er ist die Liebe meines Lebens. Das war er schon immer und das wird er immer bleiben.« Er nickte, drückte meine Hand und führte sie dann an den Mund, um sie zu küssen.

»Na dann wollen wir alles geben, um ihn zurückzuholen.«, erwiderte er und kletterte über mich aus dem Bett, um sein OP-Shirt wieder anzuziehen. Ich erhob mich ebenfalls, setzte mich allerdings sofort wieder hin, als mich ein heftiger Schmerz durchfuhr und mich die Luft scharf durch die Zähne einatmen ließ.

»Ich hatte dir ja gesagt, du wärst lieber im Bett geblieben.«, tadelte Aiden mich erneut und kniete sich vor mich »Die Schmerzmittel haben nachgelassen, was?« Ich nickte und versuchte mich am Gestell des Etagenbettes festzuhalten, nachdem ich erneut aufgestanden war. Aiden richtete sich auf und blieb vor mir stehen, um mich notfalls aufzufangen. Langsam versuchte ich ein paar Schritte zu machen, doch jedes Mal ergriff mich der Schmerz aufs Neue und ich zuckte zusammen.

»Komm, ich trage dich zurück in dein Zimmer.«, bot Aiden an und breitete die Arme aus.

»Aber nur, wenn ich dir nicht zu schwer bin.« Er verdrehte die Augen, schob einen Arm in meine Kniekehlen und legte den anderen um meine Taille, damit ich mich an ihm festhalten konnte.

»Wie eine Feder.«, versicherte er mir, als er mit dem Ellbogen die Tür öffnete und mit mir auf den Flur trat. So ziemlich jeder schaute uns verwundert hinterher, einige fragte auch was los sei, doch Aiden gab nur knappe Antworten. Es dauerte nicht sehr lange, bis wir bei meinem Zimmer angekommen waren. Cami kam angestürzt und blickte uns entsetzt an.

»Xenara, Dr. Banner, was ist passiert?« Er legte mich in mein Bett und wandte sich dann an Cami.

»Keine Sorge, Ms Karev hat einen kleinen Spaziergang gemacht und sich dabei etwas übernommen. Geben Sie ihr etwas gegen die Schmerzen, mehr braucht sie nicht.«, versicherte er meiner Lieblingskrankenschwester und diese wurde unter seinem Blick knallrot und verschwand sofort, um meine Akte zu holen. Ich musste leicht grinsen und überlegte, zu welcher Gruppe Damen Cami wohl gehörte.

»Hattest du schon mal was mit ihr?«, fragte ich dann einfach frei heraus. Der Arzt im weißen Kittel starrte mich erstaunt an und lächelte dann. Auch auf seinem Gesicht zeigte sich kurz ein wenig Röte, die allerdings sofort wieder verschwand, als er den Blick hob.

»Mit Cami? Nein. Sie ist nichts für ... so was. Sie hat ... etwas Besseres verdient, als ... mich.«, stotterte er dann ein wenig und lief um mein Bett herum zu meinem Sohn, dem er über den Kopf strich.

»Er ist wunderschön.«, flüsterte er und lächelte.

»Ehrlich gesagt muss ich zugeben, dass ich gerade etwas Angst hatte, dass er nicht mehr hier ist. Ich habe ihn einfach so allein hier liegen gelassen.« Er drehte sich wieder zu mir und grinste.

»Wir sind im Krankenhaus, Xenara. Hier gibt es nur sehr wenige Babydiebe.«

Aaron

Praktisch während der gesamten sechsstündigen Fahrt nach Richmond herrschte Schweigen in meinem Auto, also hatte ich irgendwann das Radio angeschaltet, um die Stille ein wenig zu entschärfen.

»Warum bist du eigentlich doch mit mir gefahren? Als du sagtest, du würdest gleich mitkommen, hatte ich gedacht, du willst vielleicht reden ...?« Paige auf dem Beifahrersitz seufzte und starrte weiterhin aus dem Autofenster in die Landschaft, die an uns vorbeizog.

»Ich habe auch gedacht, dass ich mir dir reden will, aber jetzt ... kann ich nicht, ehrlich gesagt. Ich muss erst Jane sehen.«, antwortete sie und das war genau die Antwort, die ich eigentlich schon erwartet hatte. Sie wollte sich mit Jane vergleichen, doch das konnte sie nicht. Die beiden waren so verschieden, dass man sie nicht vergleichen konnte. Beide waren auf ihre ganz eigene Weise wunderschön. Nur, dass ich Paige liebte und Jane eher einen One-Night-Stand zur Ablenkung dargestellt hatte.

»Mal sehen, ob wir sie treffen, allerdings hatte ich nicht vor, extra noch einmal runter in die Bar zu gehen. Ich wollte nur schnell meine Sachen aus der Wohnung holen und dann weiter nach Kinston fahren.«, erwiderte ich, doch sie winkte ab.

»Ich werde sie schon finden, keine Sorge.« Doch genau das machte mir eben Sorge.

Und dann waren wir am Baelfire angekommen und mir graute schon fast davor hineinzugehen.

»Komm, ich stell dir Ben und Ava vor. Mit ihnen habe ich mich angefreundet in meiner Zeit hier, sie sind echt nett.«, schlug ich vor, als wir ausgestiegen waren und nebeneinanderher in Richtung des Backsteingebäudes liefen. Ich hielt ihr die Eingangstür auf und folgte ihr hastig, als sie schon die Treppen zur ersten Etage bestieg.

»Hast du mit der auch geschlafen? Mit Ava?«, fragte Paige in säuerlichem Ton, als ich neben ihr angekommen war. Ich blieb im ersten Obergeschoss vor Avas Wohnungstür stehen und starrte sie an. Sie war ebenfalls stehen geblieben und erwiderte meinen Blick.

»Ich weiß ja, dass du mich für einen Arsch hältst. Und ich weiß, dass das nicht ganz unberechtigt ist. Ja, nur ein paar Tage nachdem wir Schluss gemacht haben, hatte ich Sex mit meiner Ex und nur wenige Stunden bevor ich dir sagte, dass ich dich liebe, habe ich mit einer für dich völlig Fremden geschlafen. Aber ich bereue es. Das ist ganz ehrlich und aufrichtig gemeint. Ich liebe dich Paige, ich habe nie damit aufgehört. Ich musste die *ganze* Zeit an dich denken, deswegen habe ich versucht mich abzulenken ... von den Gedanken an dich. Gut, ich habe nicht gerade die beste Art zum Ablenken benutzt. Nenn mich von mir aus mieses Arschloch, Heuchler oder was dir sonst noch einfällt, aber du hast mich mal geliebt. Und du tust es immer noch, sonst wärst du jetzt nicht hier und würdest mich immer wieder daran erinnern, wie weh ich dir getan habe.«, konfrontierte ich sie mit der Wahrheit, die mir jetzt erst bewusst geworden war. Während ich ihr tief in die Augen schaute, drängte ich sie gegen die Wand gegenüber von Avas Wohnungstür, wo ich eine Hand rechts und eine links von ihrem Kopf dagegen stützte, so dass sie nicht fliehen konnte. »Als wir in Anthonys Wohnung standen, hast du aufgezählt, was wir alles durchgestanden haben, und das kannst du nicht vergessen haben. Das alles nur damit wir zusammen sein konnten ... das ist noch irgendwo dort in deinem Kopf.« Am Ende meines Satzes war meine Stimme nicht mehr als ein Flüstern und sie fixierte mich erstaunt und auch verwirrt.

»Ich ...«, setzte sie an, doch da kam ihr eine Stimme hinter uns zuvor.

»Aaron, bedräng die Frau nicht so. Sie ist doch schon ganz eingenommen von dir.«, sagte diese sarkastisch und ich wirbelte herum, als würde mir jemand eine Pistole an den Rücken halten.

»Ben.«, hauchte ich und grinste dann. Er stand im Türrahmen zu Avas Wohnung und lächelte mich an. Hinter ihm kam plötzlich die Besitzerin der Wohnung ins Blickfeld und nahm schüchtern Bens Hand in ihre.

»Hi Aaron.«, lächelte sie und musterte Paige interessiert. Bei dem Anblick von Ben und Ava Seite an Seite musste ich noch breiter grinsen.

»Ihr beide?« Ben nickte und verschränkte die Arme vor der Brust. »Von wegen der Koch bekommt nie eine ab.«, scherzte ich und er lachte daraufhin leicht.

»Du musst Paige sein.«, wandte er sich dann an die Frau, die nun neben mich trat, um Ben die Hand zu schütteln. »Ich habe schon viel von dir gehört. Aaron hat uns von dir erzählt.«, wollte er Paige wohl schmeicheln. Es gelang ihm nur zur Hälfte, Paige schien eher etwas verwundert zu sein.

»Tja, ich habe noch nie etwas von dir gehört.«, erwiderte sie und entzog Ben ihre Hand. Er lächelte weiter, ließ sich gar nicht beirren.

»Ich bin Ben, der Koch des Baelfire und das ist Ava, die beste Kellnerin, die man sich vorstellen kann.« Er legte einen Arm um Avas Schulter, zog sie an sich und zwinkerte mir dann zu. »Tut mir leid, dass ich euch so überrumpelt habe, aber ich hatte Aarons Stimme gehört und war neugierig mit wem er redet. Paige, Aaron lag mir dauernd in den Ohren, damit wie sehr er dich vermisst und dass du nie wieder mit ihm reden wirst, weil er einfach abgehauen ist.«, erklärte Ben und ich verdrehte die Augen.

»Habe ich gar nicht.«, protestierte ich, doch er winkte ab.

»Man konnte es aus deinen Aussagen schließen und an deinem Gesichtsausdruck. Also egal was er gemacht hat ... ihm tut es sicher leid. Ich an deiner Stelle würde ihm vergeben.«, riet er dem Mädchen neben mir.

»Tja, er hat mit seiner Ex in New York geschlafen und mit eurer Chefin gevögelt.«, fasste sie kurz meine schlimmsten Vergehen zusammen, woraufhin ich sie entsetzt von der Seite musterte. Ich hätte nicht gedacht, dass sie so etwas einfach irgendwelchen Fremden erzählen würde, schließlich kannte sie Ava und Ben kaum. Ben öffnete überrascht den Mund und grinste mich dann breit an.

»Jane, diese Füchsin. Wusste ich's doch, dass sie dich noch rumkriegen würde.«, murmelte er gerade so hörbar, räusperte sich im nächsten Moment allerdings. »Ich meine natürlich: Böser Aaron.«, tadelte er mich ein wenig zu spät. Ava legte eine Hand auf seinen Unterarm, da er sie losgelassen hatte und sie ihn zum Verstummen bringen wollte.

»Ben ich glaube, wir sollten hier nicht ...«, setzte sie an, doch Ben unterbrach sie.

»Ich will Paige doch nur klarmachen, dass das Ganze eher von Jane ausging und es sowieso keine Bedeutung hatte. Man hat Aaron wirklich angemerkt, dass er dich vermisst und nicht vergessen hat. Wolltest du dich noch nie von jemandem ablenken, weil es einfach zu weh tut, an denjenigen zu denken? Er hat hier als Barkeeper gearbeitet und hätte sich jede Nacht eine andere krallen können. Doch das hat er nicht, dass muss doch eine Bedeutung haben.« Ava zog an seinem Arm, um seine Aufmerksamkeit auf sich zu ziehen.

»Ben, lassen wir sie doch allein. Du hast mir versprochen, dass wir noch ...« Sie zwinkerte ihm zu und er lächelte daraufhin breit.

»Stimmt, du hast recht.«, antwortete er und küsste sie kurz, aber innig. »Gut, dann werden wir mal wieder verschwinden. War schön, dich kennen zu lernen, Paige.«, merkte er noch an, während er schon die Tür hinter sich zu schließen begann. Ich schüttelte belustigt den Kopf und lief die Treppen weiter hinauf, ohne darauf zu warten, dass Paige mir folgte oder etwas sagte. Ich stand schon vor meiner Wohnungstür und steckte den Schlüssel ins Schloss, als sie das Wort ergriff und mich damit wieder einmal überraschte.

»Er hat recht, oder? Ich wollte es *dir* zwar nicht glauben, aber du hast mich wirklich ziemlich vermisst und wolltest dich nur von mir ablenken. Du wolltest mich damit nicht verletzten, oder?« Verwundert hielt ich inne, die Tür stand schon einen Spalt offen.

»Ich ...«, krächzte ich und räusperte mich hastig, »ich habe dich immer geliebt, Paige. In jeder Sekunde seit unserem ersten richtigen Kuss in deinem Zimmer. Und ich liebe dich immer noch.«, antwortete ich nüchtern und schaute ihr dabei direkt in die Augen, um ihr zu zeigen, wie ehrlich ich das meinte. Sie wich meinem Blick nicht aus und trat plötzlich einen Schritt auf mich zu, umfasste mein Gesicht mit ihren Händen und legte ihre Lippen auf meine. Sanft drängte sie mich an die Wand neben der Tür und nach einem Moment, in dem der Kuss süß und leicht war, wurde er drängender. Auf einmal drehte sie uns herum, so dass wir durch die Tür in die Wohnung stolperten, meine Hände legten sich automatisch an ihre Hüften und hoben sie hoch, so dass sie ihre Beine um mich schlingen und ich sie in mein Schlafzimmer tragen konnte.

»Ich hoffe, dir reicht eine Matratze.«, murmelte ich, während ich sie wieder auf dem Boden abstellte und ihr Jacke und T-Shirt auszog.

»Die ist perfekt, keine Sorge.«, versicherte sie mir grinsend, als sie mein Hemd aufriss und meine Hose öffnete.

»Bist du dir ganz sicher? Vor zehn Minuten noch wolltest du mich am liebsten umbringen.« Sie verdrehte die Augen nach oben und führte meine Hände unter ihren Armen hindurch zum Verschluss ihres BHs.

»Du hast recht … ich liebe dich immer noch, wie wahnsinnig und ich kann dir vergeben.«, antwortete sie grinsend und legte ihre Arme um mich, so dass ich ihre nackte Haut überall an meinem Körper spürte. Ihre Lippen lagen wieder auf meinem Mund, meine Hände schoben ihr die Jeans und den Slip von den Hüften. »Nur, mach das nicht noch einmal. Entscheide dich nie wieder für eine andere. Nur noch für mich.«, flüsterte sie und schob die Daumen unter den Bund meiner Shorts.

»Keine Sorge, hatte ich sowieso vor.«, erwiderte ich schelmisch grinsend und zog sie fest an mich. Sie schmiegte sich in meine Umarmung und strahlte mich glücklich an, als ich sie auf der Matratze ablegte und mich über ihr abstützte. Dann beugte ich mich hinunter, um ihre Schlüsselbeine mit Küssen zu bedecken.

»Ich werde mich nie wieder für eine andere entscheiden, versprochen.«, murmelte ich noch und fuhr mit den Lippen über ihr Dekolleté, ihren Hals hinauf, bis mein Mund wieder den ihren fand.

»Das hier hatte ich eigentlich nicht geplant, als ich sagte, ich würde mit dir nach Richmond fahren.«, lächelte Paige, die neben mir lag, mit den Händen über meine nackte Brust fuhr und sie mit Küssen bedeckte.

»Tja, es kommt meistens anders als man denkt.«, entgegnete ich und ließ meine Finger Muster auf ihren glatten Rücken zeichnen. »Ich mag jedenfalls die Wendung, die unsere Beziehung genommen hat.« Sie lachte leise und bettete ihren Kopf auf meine Brust.

»Na ja, vor ein paar Stunden konnte man das zwischen uns wohl eher weniger eine Beziehung nennen. Aber ja … die Wendung hat mir durchaus gefallen.«, gab sie zu und schloss genüsslich die Augen. »Hattest du eigentlich kein Geld für ein Bettgestell?«, erkundigte sie sich belustigt, als sie sich zum ersten Mal richtig umschaute. Zuvor hatte sie kaum Gelegenheit gehabt, viel von meiner Wohnung zu sehen.

»Nein, ich fand es nur unnötig.«, antwortete ich und fuhr ihr mit einer Hand durch die verwuschelten Haare. Ich hielt in der Bewegung inne als plötzlich eine Stimme zu uns durchdrang.

»Aaron? Bist du da? Ich habe dein Auto gesehen und dachte ...« Sie verstummte, als sie ins Schlafzimmer schaute und uns erblickte. Anhand der Tatsache, dass sie einfach in meine Wohnung spaziert war, nahm ich an, dass wir sie nicht geschlossen hatten, als wir hereingestolpert waren. Oder aber sie hatte meinen Zweitschlüssel benutzt. Geklingelt oder angeklopft hatte sie jedenfalls nicht. Jane blieb für einen Moment der Mund offenstehen, bevor sie sich abwandte und sich räusperte. »Ich ... wow, ich wollte echt nicht stören. Es tut mir leid.«, erklärte sie fast etwas verlegen und wollte schon wieder gehen, doch Paige überraschte mich ein weiteres Mal. Sie stand auf, zog die Decke mit sich, so dass ihr Körper verhüllt war.

»Sind Sie Jane?« Bei Paiges Worten drehte Jane sich wieder zu uns und musterte das Mädchen ihr gegenüber. Ich stand ebenfalls auf, um mich der peinlichen Situation anzuschließen und war froh, dass ich meine Shorts bereits wieder angezogen hatte.

»Du bist sicher Paige ...« Jane hatte damit indirekt Paiges Frage beantwortet und es schien mir, als würden die beiden sich nun gegenseitig einschätzen. Zum Glück schienen sie eher neugierig als streitlustig.

»Sie sind also die Frau, mit der mein Freund geschlafen hat.« Paige hielt der Chefin des Baelfire ihre Hand entgegen. Jane schüttelte sie und schien noch perplexer als zuvor.

»Freund ... ich dachte ihr wärt getrennt?« Paige drückte sich wieder die Bettdecke fest an die Brust und nickte. Ihr Gesichtsausdruck zeigte deutlich weniger Missfallen, als ich erwartet hatte.

»Ja, waren wir. Ich meine, das sind wir ... oder ... ich habe keine Ahnung. Ich glaube es ist kompliziert?«, erklärte Paige und wandte sich mit einem fragenden Blick zu mir um. Überrascht, dass ich doch noch mit in das Gespräch eingebunden wurde, räusperte ich mich ebenfalls und wollte gerade etwas erwidern, als Jane mich unterbrach.

»Aaron ... können wir mal kurz reden? Allein?«, bat sie mich und wandte sich schon zur Tür, ohne die Antwort von mir abzuwarten.

»Ich bin gleich wieder da, okay?«, murmelte ich Paige zu und drückte ihr einen Kuss auf die Wange, dann folgte ich Jane ins Wohnzimmer. Sie lehnte an der Theke, die die Küche vom Wohnzimmer abtrennte.

»Du hast es ihr also erzählt ... und sie scheint es nicht zu stören. Das ist schön, aber ... hast du mich benutzt, um Anthonys Aufenthaltsort zu erfahren? Hatten wir deshalb Sex? Weil du geglaubt hast, ich würde dir dann sagen, was du wissen willst? War das alles ein abgekartetes Spiel?« Ich seufzte und schüttelte traurig den Kopf.

»Ich habe dich nicht benutzt, Jane. Jedenfalls nicht, um Anthonys Aufenthaltsort zu erfahren. Ich wusste nicht, dass du ihn kennst, aber ich ... es war nur Sex, Jane. In gewisser Weise habe ich dich vielleicht schon benutzt und das tut mir leid. Du bist echt toll und ich mag dich, aber ich glaube das zwischen uns ... war nicht mehr als eine Ablenkung für mich. Ich liebe Paige, deswegen habe ich ihr von uns erzählt. Weil ich nicht wollte, dass sie es irgendwann erfährt und mich dann beschuldigt, dass ich es geheim gehalten habe. Ich wollte nicht, dass sie es von einem anderen als mir erfährt. Kannst du das nicht irgendwie verstehen?« Sie seufzte und zog etwas aus ihrer Hosentasche.

»Hier, dein Handy. Das hattest du bei mir vergessen.« Das war anscheinend ihre Art, mir zu sagen, dass das Thema für sie gegessen war. Ich nahm ihr das Mobiltelefon ab und schnaubte belustigt.

»Du meinst wohl, du hast es dir geschnappt. Aber ist schon okay. Ich bin dir eigentlich sogar dankbar.« Sie lächelte leicht gezwungen und verschränkte die Arme vor der Brust.

»Wie geht es Anthony? Ich vermute mal du standest vor der Tür, als er plötzlich auflegte? Hast du ihn umgebracht? Hast du es geschafft?« Ich lachte trocken auf und schüttelte hastig den Kopf.

»Nein, Jane, ich habe ihn nicht umgebracht. Die Polizei hat ihn und wird ihn hoffentlich einsperren. Ich weiß ich habe dir einen ganz schönen Schreck eingejagt, an diesem Abend. Aber jetzt bist du mich los. Ich hole nur noch mein Zeug und fahre nach Hause zurück. Ich fürchte du brauchst einen neuen Barkeeper, tut mir leid.« Sie atmete erleichtert auf, als sie die Nachricht verarbeitet hatte, dass ihr bester Freund nicht tot war. Dann nickte sie und lächelte sogar ein kleines bisschen.

»Ich ... Danke. Und mir tut es auch leid. Ich hoffe das mit deinem ... Halbbruder wird wieder. Leb wohl Aaron, vielleicht sieht man sich ja nochmal irgendwann.« Sie drückte ihre Lippen kurz auf meine Wange, dann drehte sie sich um und lief zur Wohnungstür. »Leg en Schlüssel einfach auf die Theke und zieh die Tür hinter dir zu.«, rief sie über die Schulter und wollte die Wohnung verlassen, doch ich rief sie noch einmal zurück.

Sie blieb stehen und drehte sich kurz zu mir um. »Ich bewundere dich sehr, für alles, was du tust. Wie du das alles schaffst.« Sie lächelte leicht, dann schloss sie die Tür hinter sich und war verschwunden.

»Alles okay?«, erkundigte sich Paige, die nun auch ins Wohnzimmer trat. Sie hatte sich inzwischen Unterwäsche und mein Hemd übergezogen.

»Ja, natürlich. Alles okay.«, antwortete ich murmelnd, eher zu mir selbst als zu ihr und ließ es zu, dass sie ihre Arme um meinen Hals schlang. Ich erwiderte die Umarmungen und zog sie nah an mich. Es *war* alles okay und vielleicht würde sich ja bald wieder alles so entwickeln, dass es mehr als das war.

ein Monat später

Xenara

»Ist Aiden da?«, fragte ich Cami, die gerade etwas in einen Computer tippte. Sie schaute auf und lächelte sofort, als sie mich sah.

»Er ist bei William.«, antwortete sie und stand auf, um mir Wilson abzunehmen. »Wow, du wirst ja von Tag zu Tag größer.«, meinte sie zu Wilson und strich ihm vorsichtig durch die dunklen Haare.

484

»Und wie war dein Date gestern Abend?«, erkundigte ich mich schmunzelnd und zwinkerte ihr verschwörerisch zu. Sie kicherte und schaute hinüber in Williams Zimmer, wo Aiden stand und sich durch die kurzen hellbraunen Haare fuhr, während er konzentriert in Williams Akte blickte.

»Er war durch und durch Gentleman, hat mich in das beste Restaurant eingeladen, die Rechnung bezahlt und er ist über Nacht geblieben.« Nun zwinkerte sie mir zu. »Danke, dass du ihm einen Schubs gegeben hast.«, lächelte Cami etwas verlegen und übergab mir meinen Sohn.

»Über Nacht, he?«, grinste ich und zwinkerte ihr noch einmal zu, bevor ich mich auf den Weg zu Williams Zimmer machte. »Übrigens gern geschehen.«, rief ich noch über die Schulter, während ich mit dem Ellbogen an die Glastür klopfte. Da ich in einem Arm Wilson und in der anderen Hand eine Palette mit zwei Coffee to go Bechern trug, hatte ich keine Hand frei, um die Tür selbst zur Seite zu schieben. Aiden schreckte aus seinen Gedanken hoch und schaute sich um, dann lächelte er und ließ mich in das Zimmer, hinter mir schloss er die Tür wieder.

»Hey Mr ›sie verdient jemand besseren als mich‹.«, begrüßte ich ihn, woraufhin er die Augen verdrehte. »Ich habe gehört, du kamst letzte Nacht zu nicht viel Schlaf. Also habe ich dir Kaffee mitgebracht. Mocca Latte?« Er setzte sich auf einen der Stühle und nahm seinen Kaffee dankend entgegen.

»Dieser Flurfunk schon wieder. Ich wollte doch nur, dass sie gut zu Hause ankommt.« Ich legte Wilson in seinen Arm und setzte mich neben ihn auf einen anderen Stuhl.

»Nein, kein Flurfunk. Nur Geflüster unter Frauen und ich glaube eher, dass du wolltest, dass sie gut in ihrem *Bett* ankommt. Oder bist du über Nacht geblieben, um sie zu bewachen?«, lachte ich und trank einen Schluck von meinem Cappuccino. Er grinste ebenfalls ein kleines bisschen, während er an seinem Mocca Latte nippte.

»Eins kann ich mit Sicherheit sagen. Cami ist letzte Nacht *gut* in ihrem Bett angekommen.«, grinste er und zwinkerte anzüglich. Heute war wohl der Tag des Zwinkerns.

»Oh Mann, ich bin 17. So etwas will ich aus deinem Mund nicht hören.«, kicherte ich und er lachte ebenfalls ein klein wenig. »Meinst du es ernst mit ihr?«, fragte ich dann geradeheraus. »Cami ist nämlich super und sie hat dich verdient ... dein *wahres* Ich. Sie mag dich sehr und du magst sie auch, also versau es nicht. Sonst kriegst du Ärger mit mir.«, warnte ich ihn und er stand auf, lief hinüber zum Bett und legte Wilson zu seinem Vater. Mein Sohn war inzwischen eingeschlafen und mittags legte ich ihn oft zu William, in der Hoffnung, dass beide spüren konnten, wer der jeweils andere war. Aiden platzierte ihn neben William, so dass er eben lag und Körperkontakt zu der Person neben ihm hatte.

»Mit Cami meine ich es so ernst wie noch nie zuvor mit einer Frau. Sie ist wirklich etwas ganz Besonderes und ich will es nicht vermasseln. Allerdings glaube ich immer noch, dass sie jemand besseren verdient hätte.«, erwiderte er, sich neben mich setzend und abermals seinen Kaffeebecher an die Lippen hebend. Wir schauten beide eine Weile stumm zu William und seinem Sohn. Meine beiden Männer sahen aus, als würden sie friedlich schlafen, dabei war es nicht so. Nur einer schlief wirklich.

»Noch drei Monate, das ist dir doch klar, oder?«, unterbrach Aiden dann flüsternd die Stille und musterte mich von der Seite.

»Ich verdränge es, aber ich weiß es, ja. Noch drei Monate, bis mein Herz stehen bleibt.« Nun drehte ich den Kopf, um in Aidens tief dunkelblaue Augen schauen zu können.

»Das werden wir nicht zulassen, Xenara. Du hast so viele Leute, die dir alle helfen werden, falls es so weit kommt.«, versicherte er mir und nahm meine Hand in seine, um sie sanft zu drücken. Ich war ihm dankbar, aber ich wollte das Thema auch nicht weiterverfolgen, also wechselte ich es.

»Hast du heute keine OP mehr?« Er schüttelte den Kopf und faltete die Hände im Schoß.

»Nein, ich habe heute eigentlich frei. Ich gehe dann nach Hause, ich habe Cami nur zur Arbeit gebracht, weil ihr Auto immer noch kaputt ist und ich sie nicht mit dem Bus fahren lassen wollte. Dann hat mich noch der eine oder andere aufgehalten und dann dachte ich mir, ich könnte ja noch einmal nach William schauen ... tja und jetzt sitze ich hier mit dir, obwohl ich glaube, gleich einschlafen zu müssen. Ich weiß nicht, wie Cami das schafft. Wir sind gestern erst halb drei bei ihr angekommen, na ja und so auf um fünf sind wir dann wirklich eingeschlafen. Um sechs hat der Wecker geklingelt. Sie hatte genauso gerade mal eine Stunde Schlaf und sieht aus, als wäre sie total fit.« Ich musste leicht grinsen, als er Cami musterte, die an einem Computer saß und irgendetwas eintippte. Als würde sie spüren, dass wir sie beobachteten, blickte sie auf. Ihr Blick traf sich mit Aidens und ihre Mundwinkel hoben sich ein Stück. Er lächelte zurück und sie grinste noch breiter und senkte schnell wieder den Kopf.

»Meine Güte, dieses Augenflirten kann man ja nicht mit ansehen.«, stöhnte ich belustigt. Plötzlich wurden wir aufgeschreckt, da Wilson anfing zu wimmern.

»Was hat er denn?«, fragte ich verwirrt, sprang auf und nahm ihn in den Arm. Er hatte die Augen geschlossen und als er in meinem Arm ruhte, beruhigte er sich wieder und träumte weiter.

»Vielleicht hat er schlecht geträumt oder sonst etwas. Wird schon nichts gewesen sein.«, beschwichtigte Aiden mich, als ich mich wieder zu ihm setzte. Obwohl Wilson aufgehört hatte zu weinen, wurde es trotzdem nicht wieder so still im Zimmer wie zuvor. Neben dem Geräusch des Herzmonitors hörte man auch noch ein leises Röcheln, das zu einem Keuchen und Husten anschwoll. Erschrocken stürzte Aiden zum Bett und drehte sich ruckartig zu mir um, als er nachgeschaut hatte, was los war. Ich hatte mich ebenfalls erhoben, nur langsamer diesmal, weil ich meinen Sohn im Arm hatte.

»Er ist wach, Xeni.«, hauchte Aiden und rannte zur Glastür, um sie aufzuschieben. »Cami, nimm Xenara das Baby ab, ich brauche sie jetzt hier drin.«, rief er, woraufhin Cami herbeigeeilt kam und ich ihr Wilson übergab. Dann hastete ich an Williams Seite und betrachtete ihn aufgeregt, um nachzuschauen, ob Aiden sich nicht vertan hatte. Der Gedanke, dass das gerade wirklich passierte, war so abwegig, dass ich es mir kaum erlaubte zu hoffen Doch als ich William ansah, starrte er umher, mit weit aufgerissenen Augen und Todesangst im Gesicht.

»William, werden Sie jetzt bitte ganz ruhig. Ich möchte Sie gerne von dem Tubus befreien, aber Sie müssen bitte so still wie möglich halten.«, sprach er laut und deutlich an William gewandt. »Nimm seine Hand, Xenara.«, befahl er mir dann etwas leiser und ich folgte seiner Anweisung sofort. Ich umfasste Williams Hand, doch der Druck wurde nicht erwidert. Mit einer Hand Williams Kopf ruhig haltend nahm Aiden ganz vorsichtig den Schlauch, machte ihn vom Beatmungsgerät ab und zog ihn aus Williams Luftröhre. Cami trat an unsere Seite, sie hatte Wilson offensichtlich einer anderen Schwester gegeben, und nahm Aiden den Tubus ab.

»Gut, Xenara geh bitte mal für einen Moment raus, ich würde William gern kurz untersuchen. Danach kannst du wieder zu ihm und dann habt ihr alle Zeit der Welt.«, bat Aiden und als Cami mich an den Schultern fasste, um mich sanft vom Krankenbett wegzuziehen gehorchte ich, ließ Wills Hand los und lief wie betäubt nach draußen, wo mir mein Sohn in die Hand gedrückt wurde. Von der gesamten Situation überfordert ließ ich mich auf einen Stuhl sinken und atmete tief ein und aus. Vorher hatte ich gar nicht bemerkt, dass mein Herz raste, doch das Pochen in meinen Ohren zeigte mir nun, wie mein Puls sich beschleunigt hatte. Ich realisierte kaum, was gerade wirklich passierte und schaukelte Wilson geistesabwesend. Während ich Aiden und Cami beobachtete, zog ich mit der freien Hand mein Handy aus der Hosentasche und scrollte durch die Kontakte. Als ich das Handy ans Ohr führte, beruhigte sich mein Herzschlag langsam wieder und endlich überkam mich das Gefühl, dass das alles nicht nur ein Traum war, sondern wirklich passierte. Nach einigen Ruftönen ging Paige an ihr Handy. Sie klang außer Atem, als sie sich meldete.

»Ja.«, rief sie schon fast ins Telefon und kicherte nebenbei.

»Paige? Wo bist du gerade?«, fragte ich, verwirrt von ihrem Tonfall.

»Zuhause, wieso?«, antwortete sie und kicherte erneut, »Hör doch mal kurz auf, Aaron.«, murmelte sie, doch ich verstand trotzdem jedes Wort.

»Ich störe euch doch hoffentlich nicht gerade bei etwas Wichtigem?« Ich wusste natürlich genau, was sie gerade trieben, denn nachdem sie aus Richmond wiedergekommen waren und ihre Aussagen in Kinston gemacht hatten, war es schwer für mich gewesen, Paige allein anzutreffen. Vormittags war sie in der Schule und die Nachmittage hatte sie größtenteils mit Aaron verbracht.

»Natürlich nicht.«, lachte sie, »Was gibt's denn?« Ich seufzte hörbar und fuhr dann mit der eigentlichen Information fort.

»William ist aufgewacht.« Die Antwort kam nicht sofort, sondern erst nach einem Moment Stille und ertönte schließlich aus zwei Mündern gleichzeitig.

»*Was*?« Das Rascheln im Hintergrund sagte mir, dass die beiden aufgesprungen waren und hastig ihre Klamotten zusammensuchten. »Er ist … wir sind sofort da.«, fügte Paige noch hinzu, dann hatte sie aufgelegt und ich hörte nur noch das Tuten in der Leitung. Als ich das Handy vom Ohr nahm und ebenfalls auflegte, tat sich neben mir die Tür auf.

»Und, ist alles in Ordnung mit ihm?«, drängte ich auf Aiden ein und erhob mich sofort wieder von dem Stuhl.

»Ja es geht ihm gut. Wir machen später noch ein paar Tests, aber es scheint alles in Ordnung zu sein. Ich habe ihm schon gesagt, dass er sieben Monate lang im Koma lag und was davor geschehen ist. Er scheint sich an alles bis zu seinem kurzzeitigen Tod zu erinnern. Er kann auch sprechen. Seine Stimme ist zwar etwas eingerostet, da sie so lange nicht benutzt wurde, aber das wird schon wieder.« Aiden legte mir eine Hand auf die Schulter und lächelte mir aufmunternd zu, da er wahrscheinlich wusste, welch schweren Weg William noch vor sich hatte. »Er kann sich noch sehr schwer bewegen, aber das wird die Physiotherapie bald angehen. Also sei nicht entsetzt, wenn er jetzt nicht sofort aus dem Bett springt und dich fest umarmt. Das braucht alles seine Zeit, aber es sieht alles gut aus.« Ich strahlte Williams behandelnden Arzt an und umarmte ihn stürmisch.

»Das heißt also, dass jetzt alles wieder gut wird?«, rief ich aufgeregt und meine Stimme sprang drei Oktaven in die Höhe. Er erwiderte die Umarmung und lachte an meiner

Schulter. Er schien ähnlich erleichtert wie ich und strich mit beruhigend über den Rücken.

»Ja, jetzt wird alles wieder gut.«, bestätigte Aiden, dann löste er sich von mir. »Ich werde Williams Eltern Bescheid sagen, geh du zu ihm.«, erklärte er noch und schob für mich die Tür auf.

Etwas zögerlich lief ich zum Bett. Was würde er wohl zu Wilson sagen? Wäre es womöglich besser, ihn noch nicht mit seinem Sohn zu konfrontieren? Er hatte nicht einmal gewusst, dass ich schwanger war und jetzt setzte ich ihm gleich ein Baby vor. Doch dann war ich auch schon in seinem Blickfeld und Will lächelte selig und versuchte die Hand nach mir auszustrecken. Als er das Baby in meinem Arm bemerkte, ließ er seinen Arm sofort wieder sinken und runzelte verwirrt die Stirn. Ich wusste nicht, was ich zuerst sagen sollte, also blieb ich stumm und Will teilte mein Schweigen für einen Moment. Der Augenblick der Stille ließ mich zwar fast umkommen vor Spannung, aber ich wollte William lieber Zeit geben.

»Du und der Arzt?«, fragte er dann zögerlich. »... ich habe gehört, wie er mit dir spricht. Ist von ihm, oder?«, krächzte William mit einigen Pausen zum Luftholen. Ich starrte ihn verwirrt an und lachte dann.

»Aiden und ich? Was denkst du denn von mir? Er ist 25 Jahre alt und ich erst 17.« Er schloss kurz die Augen, bevor er sie wieder öffnete und ich Tränen darin erkennen konnte.

»Er meinte ich wäre einige Monate abwesend gewesen. Würde doch passen. Außerdem war nicht klar, ob ich wieder aufwache. Er hat dich sicher getröstet ...« Ich unterbrach ihn und ergriff seine Hand.

»Stopp. Das ist Quatsch. Zwischen Aiden und mir läuft absolut nichts. Natürlich hat er versucht mir so gut wie möglich zu helfen, aber deswegen mach ich doch nicht gleich Babys mit ihm. Ich habe nie aufgehört dich zu lieben, William Parker. Schau ihn dir an.« Ich hielt Wilson in meinem Arm etwas höher, damit er ihn genauer betrachten konnte und sein Mund verzog sich langsam, aber sicher zu einem Lächeln. »Siehst du seine schwarzen verstrubbelten Haare? Er kann kaum leugnen, dass er dein Sohn ist. Wilson ist von dir. Der Schwangerschaftstest, den wir vor längerer

Zeit einmal gemacht haben, war falsch. Ich war schon damals schwanger.« William schaute unseren Sohn genau an und schaute mir dann tief in die Augen.

»Wilson? Du hast ihn Wilson genannt?« Ich nickte, woraufhin seine Augen noch glasiger wurden und er ganz verträumt lächelte. »Wir sind Eltern? Ich ... ich wollte schon immer Kinder.«, hauchte er und erwiderte langsam den Druck meiner Hand.

»Komm, ich stell dein Kopfteil mal ein wenig höher und setz ihn dir in den Schoß, dann kannst du ihn mal halten.«, schlug ich vor und drückte einen Knopf neben dem Bett, damit er sich aufrichtete. Dann legte ich ihm Wilson vorsichtig auf die Brust und er winkelte die Arme an, um seine Hände an seinem Sohn zu platzieren. Ich setzte mich zu ihm aufs Bett und legte eine Hand auf sein Bein. Will schmiegte seine Wange an Wilsons Kopf und schloss die Augen.

»Er hat nicht einmal Schäden von unserem Drogenkonsum.«, merkte ich an und William lachte in sich hinein. »Du hast das vielleicht nicht gehört, aber über so etwas habe ich mir echt Sorgen gemacht. Das habe ich dir alles erzählt.«

»Ich dachte du wolltest gar keine Kinder.«, erwiderte er mit kratziger Stimme.

»Ich wollte ihn anfangs auch nicht, aber ich wollte ihn auch nicht wegmachen lassen, ohne deine Meinung zu wissen. Das konnte ich einfach nicht und inzwischen liebe ich ihn. Du hättest mich doch geköpft, wenn ich ihn weggegeben oder abgetrieben hätte, oder etwa nicht?« Er verdrehte die Augen nach oben und strich seinem Sohn langsam über den Rücken. »Außerdem muss ich ja noch sagen, dass ich froh bin, dass er keine Inzuchtschäden hat.« Will schien erst verwirrt, dann klärte sich sein Gesichtsausdruck.

»Der Brief. ... Ihr habt ihn gefunden. ... Ich vermute mal, Aaron will nichts mehr mit mir zu tun haben.« Ich schüttelte den Kopf und fuhr mit der Hand sanft über sein Bein.

»Da kennst du deinen Bruder aber schlecht. Als er es erfahren hat, ist er fortgegangen, um den Typ, der dich angeschossen hat, zu finden und ihn umzubringen. Lange Geschichte, aber er hat dir alles verziehen und jetzt im

Moment ist er mit Paige auf dem Weg hierher. Du hast keinen Grund mehr nach Boston abzuhauen. Im Gegenteil. Du hältst den besten Grund, um hier zu bleiben, gerade im Arm.« Er betrachtete seinen Sohn liebevoll.

»Aaron? Aaron wollte mich rächen? Das kann ich ja kaum glauben.« Ich zuckte mit den Schultern und legte meine Hand auf seine. Der Drang ihn zu berühren war, jetzt da er wieder wach war, übermächtig.

»Danke.«, hauchte ich dann und er schaute mich verwundert an.

»Danke? Danke wofür? Dafür, dass ich dich im Stich gelassen habe?«, wundert er sich, doch bevor ich ihm eine Antwort gab, stand ich auf, lief ans Kopfende des Bettes und drückte seinen Kopf sanft in die Kissen, so dass ich ihn küssen konnte. Der Kuss war vorsichtig und sanft und schon ewig von mir ersehnt gewesen. William erwiderte den Druck meiner Lippen auf seinen und schnappte nach Luft, als ich ihn wieder frei gab, was noch nie nötig gewesen war.

»Danke dafür, dass du wieder aufgewacht bist und mich hier nicht allein gelassen hast.«, antwortete ich nun endlich und er lächelte milde. »Allerdings heißt dieser kleine Mann hier …« Ich deutete auf Wilson, der die Augen geöffnet hatte und auf Williams Krankenhauskleidung sabberte. »…, dass wir unsere Verhütungsmethoden noch einmal überprüfen sollten.« Er verzog den Mund belustigt und hob langsam einen Arm, um eine Hand an meine Wange zu legen. Ich beugte mich abermals zu ihm hinunter und er küsste mich zärtlich und warm.

»Ich hätte nie darüber nachdenken dürfen, dich allein hier zu lassen. Ich liebe dich, Xenara.«, murmelte er, als er sich von mir gelöst hatte, »Und ab jetzt gehöre ich dir und bleibe, wenn du das willst.« Ich lächelte ihn sanft an und küsste ihn noch einmal auf den Mund.

»Wehe, du denkst auch nur daran, nach Boston abzuhauen. Dann werde ich dir nämlich folgen, genau wie du mir, als ich New York verließ und hierherkam. Ich liebe dich auch, William und das wird sich so schnell nicht ändern.« Er ließ mich los und lächelte seinen Sohn an, während er seine Hände wieder auf dessen Rücken legte und ihn streichelte. Ich sah ihm an, wie schwer ihm die kleinsten Bewegungen fielen und einen Moment später bestätigte er meine Vermutung.

»Ich freu mich schon drauf, wenn ich ihn das erste Mal hochheben kann. Da arbeite ich drauf hin.«, lächelte er und schmiegte sein Gesicht abermals an Wilsons Haarschopf.

»Ist er zu schwer? Ich kann ihn wieder nehmen, damit du besser Luft bekommst.« Ich befürchtete, dass das zusätzliche Gewicht auf seinem Brustkorb ihm das Atmen erschweren könnte, doch er schüttelte abwehren den Kopf und ich gönnte ihm die Zeit mit seinem Kind.

»Nein, das passt schon so.«, meinte er leise, um Wilson nicht aufzuwecken, da dieser schon wieder eingenickt war.

»Das ist ja hier ein trautes Beisammensein.«, ertönte plötzlich Aarons Stimme hinter mir. Er und Paige traten ein, mit strahlendem Lächeln in den Gesichtern. William schaute auf zu ihnen und reagierte noch etwas verhalten, vielleicht aus Angst er könnte etwas Falsches sagen. Nach der anfänglichen Überschwänglichkeit schien nun auch Aaron verunsichert zu sein und schwieg. Die beiden schauten sich an, als hätten sie sich noch nie zuvor gesehen. Aaron war stehen geblieben. Keiner von ihnen sagte ein Wort, aber die Blicke, die sie sich zuwarfen, waren warm und freundlich.

»Xeni, kannst du mir Wilson bitte doch kurz abnehmen?« Ich reagiert etwas verzögert und nahm ihm unseren Sohn vom Körper, woraufhin er mich anlächelte und sich dann wieder Aaron zuwandte.

»Dr. Banner meint, es sei ein Wunder, dass du nach deinem Erwachen direkt wieder reden und dich an alles erinnern kannst. Er sagt, dein Gehirn habe sich in der Zeit deines Komas gut erholt.«, merkte Paige an, um die abermals aufkommende Stille zu unterbrechen. William schien mäßig interessiert in diesem Moment, Aaron war wohl einfach wichtiger.

»Es tut mir leid.«, ergriff William das Wort. Aarons Starre fiel von ihm ab und er kam seinem Bruder entgegen und setzte sich zu ihm aufs Bett.

»Dir braucht nichts mehr leid zu tun. Ich habe dir schon längst vergeben. Aber *ich* muss mich entschuldigen. Wie ich dich behandelt habe, als du aus New York kamst, war absolut unangemessen. Ich hoffe, du kannst mir auch verzeihen, *Bruder*?« William starrte Aaron erstaunt an und nickte dann.

»Natürlich. Da gibt es gar nichts, dass ich dir verzeihen müsste ... Bruder.« Aaron nahm Williams Hand und beugte sich dann noch etwas nach vorne, um ihn umarmen zu können. Während sie sich in den Armen lagen, lief ich hinüber zu Paige und bedeutete ihr, mit mir leise das Zimmer zu verlassen. Nachdem ich die Schiebetür hinter uns geschlossen hatte, setzte ich mich auf einen Stuhl, der im Flur an der Wand stand. Paige tat es mir gleich und setzte sich neben mich.

»Sie haben bestimmt einiges zu bereden, dabei will ich sie nicht stören. Außerdem haben wir jetzt ja alle Zeit der Welt mit William. Wir brauchen uns nicht zu beeilen.«, murmelte ich, so dass Paige mich gerade so verstehen konnte. Sie seufzte daraufhin und nickte.

»Ja, du und William ... ihr habt alle Zeit.« In ihrer Stimme klang ein Ton mit, der mir sagte, dass sie etwas bedrückte. Ich schaute sie verwundert an und bedeutete ihr mit den Augen, dass sie mir erzählen sollte, was sie belastete, doch sie schüttelte den Kopf. »Es ist nicht ... William ist gerade erst aufgewacht ... das kann warten.« Doch nun schüttelte ich vehement den Kopf und ergriff ihre Hand mit meiner freien.

»Nein, das muss es nicht, Paige. Was ist los? Erzähl es mir?« Sie seufzte leicht, entschied sich dann allerdings offenbar dazu, mir ihre Sorge mitzuteilen.

»Aaron ... er hatte schon vor Monaten eine Zusage von Berkeley erhalten und darf dort bald anfangen zu studieren. Er will Rechtsanwalt werden, wegen der Sache mit Anthony. Das Ganze hat ihm irgendwie zu denken gegeben ... tja, in ein paar Monaten ist er in Berkeley.« Ich schaute sie überrascht an.

»Kalifornien? Hätte er sich nicht etwas Näheres suchen können? Die *Duke* soll auch nicht ganz schlecht sein.« Sie lachte traurig auf und schnaubte.

»Die *Duke* steht nur auf Platz Elf der besten Law Schools.« Ich schnaubte.

»Und Berkeley schneidet so viel besser ab?« Sie zuckte mit den Schultern.

»Platz acht. Auf jeden Fall heißt das, dass wir eine Fernbeziehung führen müssen, und darauf habe ich nach dieser ganzen Claire und Jane Geschichte überhaupt keine Lust.« Ich streichelte ihr mit einer Hand über den Rücken, im anderen Arm hielt ich Wilson.

»Er wird sicher so oft er kann heimkommen. Er liebt dich doch.« Sie zuckte die Achseln und lächelte gezwungen.

»Und wenn das nicht genug ist?« Ich erwiderte ihr Schulterzucken und versuchte sie mit einem Scherz aufzumuntern.

»Tja ... dann fängst du was mit Aiden an. Er wird wohl noch eine Weile in Winston-Salem bleiben, ist Arzt und er steht auf jüngere Mädels. Obwohl nein, er hat ja jetzt Cami. Tut mir leid, er ist doch schon vergeben.« Sie lachte auf, wohl ernsthaft überrascht von meinen Worten.

»Wusste ich es doch, dass er sich an dich ranmachen wollte.«, schloss sie aus meiner Aussage und ich musste unwillkürlich grinsen.

»Nein, wusstest du nicht.« Sie nickte ertappt und hob beschwichtigend einen Finger.

»Nein, du hast recht, ich wusste es nicht. Aber ich hatte da so ein komisches Gefühl.« Wieder schüttelte ich den Kopf, leise lachend und den Blick auf meiner besten Freundin.

»Nein, hattest du nicht.« Sie schwieg kurz, dann nickte sie abermals.

»Nein, du hast recht. Ich hatte keine Ahnung. Mann, bin ich eine schlechte Freundin, dass ich so etwas nicht bemerkt habe.« Ich winkte ab und schaute zu William und Aaron ins Zimmer.

»Du warst mit anderen Sachen beschäftigt. Es sei dir verziehen.« Sie schwieg und folgte meinem Blick, ehe sie wieder das Wort ergriff.

»Heute scheint der große Tag der Entschuldigungen und Vergebungen zu sein.«, murmelte sie, da wir beide beobachteten, wie sich die zwei Jungs angeregt über etwas unterhielten und lachten.

»Ja, scheint wohl so.«, flüsterte ich, vollkommen gefangen in der Glückseligkeit dieses Moments und drückte Wilson noch fester an mich.

Outro

ein dreiviertel Jahr später

Paige

»Es tut mir leid, Paige, ich kann leider doch nicht kommen. Ich weiß, ich hatte es dir versprochen, aber ich komme in drei Wochen wieder und dann holen wir alles nach, versprochen. Hier ist gerade mega viel los. Ich kann hier jetzt nicht einfach weg, das verstehst du doch sicher. Es tut mir wirklich wahnsinnig leid, Schatz, aber es geht eben nicht. Mach dir einen schönen Tag mit Xenara, William und den ganzen anderen Leuten. Wir feiern dann mal privat, irgendwann. Ich habe dich lieb.« Genervt nahm ich das Handy vom Ohr und schmiss es auf mein Bett, wo das Kleid lag, dass ich hatte anziehen wollen. Allerdings hatte ich jetzt gleich viel weniger Lust auf die Party, die oben auf mich wartete.

»Mann, es ist mein 18. Geburtstag, du Arsch.«, fluchte ich und ließ mich auf meinen Schreibtischstuhl fallen. Aaron hatte versprochen, zu der Feier zu kommen, doch offensichtlich war ihm etwas dazwischengekommen. Ich wusste, dass Xenara, ihre ganze Familie, meine Familie, William und noch einige Freunde oben in Xenaras und Williams Wohnung auf mich warteten, doch ich spielte mit dem Gedanken, mich einfach aus dem Staub zu machen, um die Feier zu verpassen. Es war einfach nicht das Gleiche ohne Aaron. Doch damit machte ich Xenara nur noch mehr

Stress und das musste vielleicht auch nicht sein. Gerade als ich mir dann doch das Shirt über den Kopf ziehen wollte, um mich für die Party fertig zu machen, klingelte es und ich ließ den Bund des T-Shirts wieder fallen und lief in den Flur, um die Tür zu öffnen. Als ich allerdings hinaus in den Flur schaute, war da niemand. Die kahle Wand gegenüber, treppauf treppab nichts und niemand. Doch plötzlich tauchte eine rote Rose in meinem Blickfeld auf und gleich darauf ein junger Mann mit einem breiten Grinsen im Gesicht.

»Überraschung.«, hauchte er und nachdem ich meinen, vor Verwunderung offen stehen gebliebenen, Mund wieder geschlossen hatte, warf ich mich ihm in die Arme und quiekte vor Glück.

»Ich dachte, du kannst nicht kommen, weil du noch so viel zu tun hast.« Er drückte mich fest an sich und vergrub sein Gesicht in meinen Haaren.

»Als würde ich deinen 18. Geburtstag verpassen. Ich hätte nicht gedacht, dass du dich so einfach würdest täuschen lassen.«, flüsterte er nahe an meinem Ohr und küsste dann meine Wange.

»Happy Birthday, noch einmal.«, grinste er dann, als ich mich ein klein wenig von ihm gelöst hatte, und küsste mich sanft.

»Ich bin froh, dass du da bist, ich hatte wirklich schon gedacht, den ganzen Tag ohne dich verbringen zu müssen. Eine Horrorvorstellung.« Ich musste wohl ziemlich erleichtert aussehen, denn er lächelte noch breiter und schob mich dann in meine Wohnung.

»Ich möchte dir dein Geschenk gerne hier geben.«, meinte er, während er die Tür hinter sich schloss und mir in mein Zimmer folgte.

»Aber die warten oben schon alle auf uns.«, wendete ich ein, doch er winkte ab und zog aus seiner Hosentasche ein Kästchen.

»Dann können sie auch noch etwas länger warten. Ich muss dich einfach unbedingt etwas fragen und das geht nicht, wenn wir oben sind. Ich weiß es erscheint dir vielleicht noch etwas zu früh und es kommt auch überraschend, aber ich will dich trotzdem fragen, weil du 18 bist und antworten darfst, ohne deine Mom um Erlaubnis zu bitten. Und weil ich mir ganz sicher bin, dass es das Richtige ist, was ich tue.« Er kniete sich vor mich gab mir die Rose und öffnete vor meinen Augen das kleine Kästchen. Darin lag ein wunderschöner Silberring mit kunstvollen Verzierungen. »Wir haben im letzten Jahr so viel durchgemacht, aber ich war mir die ganze Zeit sicher, dass es nur eine gibt, die ich liebe. Dich. Ich liebe dich von ganzem Herzen, Paige und ich will, dass wir auf ewig zusammenbleiben. Also willst du mich heiraten?« Ich riss erschrocken die Augen auf, meine Kinnlade klappte herunter und meine Kehle war ganz trocken.

»Das ... ähm ... das ist wirklich sehr ... überraschend. Ich ... ich bin doch erst 18.« Er musste etwas lachen und ließ den Blick zu Boden sinken, einen Moment später schaute er mir wieder tief in die Augen, sein Blick so warm, dass ich fast dahinschmolz.

»Ich wusste, dass du das sagen würdest. Aber verlobt zu sein heißt nicht, dass wir im nächsten Jahr heiraten müssen. Wir können uns Zeit lassen, soviel wir wollen. Aber ich wollte dir etwas Besonderes zu deinem Geburtstag schenken und nur das erschien mir angemessen. Also wenn du noch warten willst, dann warten wir, solange du möchtest. Nur sag bitte ja. Ich liebe dich und ich will den Rest meines Lebens nur mit dir verbringen.«, versicherte er mir abermals und nun fasste ich ihn an den Armen und zog ihn wieder auf die Füße.

»Ja, Aaron. Ja ich will.«, antwortete ich, woraufhin er mich überglücklich anstrahlte.

»Wirklich? Kein Scherz? Das wäre nämlich ein verdammt schlechter Scherz.« Ich musste ebenfalls etwas lächeln und schüttelte nebenbei den Kopf.

»Bei so einer Sache würde ich niemals Scherze machen.«, erwiderte ich und nun nahm er den Ring aus dem Kästchen. »Wenn wir wirklich noch etwas warten, könnten mit der Hochzeit, ist es mir eine Ehre, deinen Antrag anzunehmen.«, fügte ich noch hinzu und ließ mir meinen Verlobungsring an den Finger stecken.

»Du klingst ja so förmlich.«, murmelte Aaron und schlang seine Arme um meine Taille.

»Sollte man das bei einem Heiratsantrag nicht?« Er zog mich noch fester an sich und küsste mich auf den Mund. Ich schob meine Hände langsam unter sein Hemd und klemmte meine Daumen unter den Bund seiner Hose.

»Hast du dich so schick angezogen, weil ich Geburtstag habe oder gibt es da eine Vorschrift beim Jurastudium, dass man ein Jackett tragen muss?«, flüsterte ich, während ich meine Hände wieder über seine Brust wandern ließ und die Ärmel seines Jacketts von seinen Schultern schob.

»Vielleicht beides. Aber vor allem, weil ich es cool finde, du etwa nicht? Sehe ich im Jackett nicht einfach total scharf aus?« Er ließ das Kleidungsstück auf den Boden fallen, öffnete sein Hemd selbst und schmiss es einen Moment später hinter sich.

»Ja schon … vor allem siehst du amtlich aus.« Ich zog mir das Shirt einfach über den Kopf und schlüpfte aus meinem Faltenrock, bevor ich die Hände unter seinen Gürtel schob und die Schnalle, sowie den Reisverschluss und den Knopf öffnete.

»Amtlich? Ich weiß nicht, ob ich das erstrebenswert finde …?«, grinste er, zog mich wieder an sich und senkte seine Lippen auf mein nacktes Schlüsselbein. »Ich liebe dich.«, hauchte er und wanderte mit dem Mund meinen Hals hinauf, bis er seine Lippen abermals auf meine legte und mich sanft rückwärts zu meinem Bett drängte.

Xenara

»Wo sind denn immer alle, wenn man sie mal braucht?«, seufzte ich und schlängelte mich durch die Menge unserer Freunde und unserer Familien, die sich fröhlich unterhielten, lachten und darauf warteten, dass die Torte angeschnitten werden würde.

»Mom, hast du William irgendwo gesehen? Oder Paige? Meinen Sohn vielleicht?«, fragte ich meine Mutter, während ich sie von hinten an der Schulter fasste und zu mir umdrehte. Sie zuckte allerdings die Achseln und schaute suchend im Raum umher.

»Ich glaube, Paige habe ich hier heute noch gar nicht gesehen und Wilson ist bei William, aber wo sie hin sind, kann ich dir leider nicht sagen. Tut mir leid.« Ich nickte dankend, seufzte dann allerdings und suchte weiter nach ihnen. Erst schaute ich im Schlafzimmer nach, doch dort war gar niemand, also lief ich weiter in die Küche. Am erhöhten Küchentisch saßen Aiden mit Cami, William und unser Sohn. Erleichterung kam in mir auf und ich ließ die Tür hinter mir zuklappen. Aiden hatte ein Glas mit hellbrauner Flüssigkeit in der Hand, Cami hatte ihre Finger mit Aidens gekreuzt. Mein Freund hatte vor sich auf dem Tisch ebenfalls ein Glas stehen und Wilson auf seinem Schoß.

»Will, musst du vor unserem Sohn Whisky trinken? Von Aiden erwarte ich gar nichts anderes, aber du könntest wenigstens jetzt ein Vorbild für Wilson sein.«, stöhnte ich und nahm ihm Wilson ab.

»Das ist Wilsons Apfelsaft.«, antwortete mir mein Freund mit einem leichten Augenrollen.

»Oh ach so, na gut von mir aus. Weiß jemand von euch, wo Paige ist? Wir wollen die Torte anschneiden und sie ist immer noch nicht hier.« Ich setzte Wilson zurück auf Williams Schoß und betrachtete Aiden und Cami, wie sie Hand in Hand dasaßen und sich gegenseitig anlächelten.

»Na ja, wenn sie noch nicht da ist, vielleicht ist sie dann unten bei sich in der Wohnung. Hast du da schon einmal nachgesehen?« Ich schüttelte den Kopf und wandte mich wieder an meinen Freund.

»Du hast recht, vielleicht ist sie dort. Ich schau mal schnell nach.« Ich küsste ihn ganz kurz auf die Wange, dann drehte ich mich wieder zur Küchentür, um den Raum zu verlassen.

»Was soll das eigentlich heißen, dass ich wenigstens *jetzt* ein Vorbild sein könnte?«, rief William mir dann in vorwurfsvollem Ton hinterher.

»Ich liebe dich.«, gab ich über die Schulter zurück und ließ die Schwingtür zur Küche hinter mir zufallen. Abermals schlängelte ich mich durch die ganze Menschenmenge zur Wohnungstür, um meine Gäste hier allein zu lassen und das zweite Geburtstagskind zu suchen. Selbst nach dreimaligen Klingeln öffnete niemand bei Paige. Da ich mir allerdings keinen anderen Platz vorstellen konnte, an dem sie sein könnte, nahm ich den Ersatzschlüssel vom Türrahmen und sperrte die Tür auf. Sie war nur herangezogen, nicht verschlossen. Die Wohnung allerdings war vollkommen still und verlassen. Alle Räume, an denen ich vorbeikam, waren wie ausgestorben.

»Paige, was machst du denn noch so lange? Wir wollen die Torte anschneiden und da *du* heute Geburtstag hast und ich meinen nur nachfeiere, solltest du schon anwesend sein. Ich weiß, es ist dumm, dass Aaron nicht kommen konnte, er hat mir eine Nachricht geschickt, aber ...« Während ich sprach, machte ich die Tür zu ihrem Zimmer auf, was ich lieber nicht getan hätte. Paige befand sich zwar in ihrem Zimmer, allerdings nicht allein. Sie lag im Bett mit einem Mann, beide vollkommen nackt und mit zerzausten Haaren. Erst als sich der Mann erschrocken umdrehte, erkannte ich ihn.

»... Aaron? Ich dachte du wärst an der Westküste und hättest so viel zu tun, dass du nicht kommen kannst.« Er lachte auf und ließ sich neben meine beste Freundin aufs Bett fallen.

»Tja, Überraschung, Cousinchen.« Paige kreuzte ihre Hände über der Brust und ich drehte mich hastig zum Gehen.

»Okay, darüber reden wir später ... macht einfach ... weiter.« Verlegen schloss ich die Tür und verließ im Laufschritt die Wohnung. In meiner eigenen Küche, wo immer noch William, Cami, Aiden und Wilson saßen, setzte ich mich neben meinen Freund auf den erhöhten Stuhl und musste kurz lachen.

»Und, hast du Paige gefunden?«, erkundigte er sich neugierig und setzte mir meinen Sohn auf den Schoß. Ich nickte immer noch lachend.

»Oh ja, ich habe sie gefunden.« William runzelte die Stirn über meinen belustigten Ton und die tiefere Bedeutung, die ich in meine Worte legte.

»Und was macht sie?«, fragte er weiter und ich ließ Wilson auf meinem Knie ein wenig auf und ab hüpfen.

»Du solltest eher fragen: *Mit wem* macht sie.« William schaute mich verwundert und auch etwas entsetzt an. Plötzlich schlug sich Aiden mit der flachen Hand auf den Oberschenkel und stand auf.

»Gut, beschäftigt euch mal miteinander, ich beschäftige mich mal mit Cami. Wir sehen uns dann.«, verkündete er und verließ mit Cami an der Hand die Küche.

»*Mit wem* macht sie?«, wiederholte William seine Frage und hob die Augenbrauen, gespannt auf meine Antwort.

»Aaron ist da. Er meinte eigentlich noch, dass er nicht kommen kann.« William seufzte erleichtert und lachte anschließend über meinen Gesichtsausdruck, angesichts der Tatsache, dass er von Aarons plötzlichem Erscheinen nicht überrascht zu sein schien.

»Ach so ... ja ich wusste, dass er kommen würde. Es sollte eine Überraschung für euch sein. Und ich habe jetzt echt einen Moment geglaubt, sie würde ihn mit jemandem betrügen. Meine Güte hast du mir einen Schreck eingejagt.« Ich stimmte in sein Lachen ein und schüttelte nebenbei den Kopf. Da wir Aarons Auftauchen abgehandelt hatten, fiel mir wieder ein anderes Detail ein, das ich zuvor durch die Suche nach Paige ausgeblendet hatte.

»Ich glaube ich habe vorhin deine Eltern gesehen, wie sie durch die Tür kamen. Vielleicht willst du sie ja begrüßen?« Er schnaubte verächtlich und verneinte mein Angebot entschieden.

»Was glaubst du denn, warum ich mich in die Küche verzogen habe? Denkst du ich habe Lust auf ein Gespräch mit Kol Parker?«

»Vielleicht hat er sich ja geändert ... zum Besseren.«, erwiderte ich und er schnaubte erneut.

»Nur, weil ich mal ein paar Monate im Koma lag? Komm Xeni, mach dich nicht lächerlich.« Ich seufzte und betrachtete meinen Sohn liebevoll.

»Ich dachte ihr hättet euch damals ausgesöhnt, als ihr so lange gesprochen habt.« Aus dem Augenwinkel sah ich, wie William mit den Schultern zuckte.

»Da er mich früher immer wie eine lästige kleine Kakerlake behandelt hat, war das damals wahrscheinlich schon ein riesiger Schritt. Er akzeptiert mich jetzt wenigstens, aber beste Freunde werden wir wohl nicht mehr. Müssen wir ja aber auch nicht. Ich habe schon eine Familie.« Er schaute mich warm von der Seite an und legte eine Hand an meinen Rücken.

»Weißt du noch, als wir vor mehr als einem Jahr genau hier saßen? Du warst gerade erst aus New York angekommen und hast eine Einzugsparty geschmissen.« Er nickte lächelnd und streichelte mich beruhigend im Schulterbereich.

»Ja, damals meintest du, dass es eine beschissene Idee gewesen wäre, hierher zu kommen. Ich allerdings fand die Idee ganz ausgezeichnet. Einen Abend später hast du mir alles vergeben.« Ich lächelte ihn ebenfalls an und nickte.

»Zugegeben ... vielleicht war es nicht die schlechteste Idee, die ich jemals hatte. Ich bin auf jeden Fall froh, wie es dann gekommen ist. Ich bereue nichts.« Er schaute mir tief in die Augen und zog mich in seinen Bann. Wie immer, wenn ich in seinen Augen versank.

»Ich auch nicht.«, flüsterte er noch, bevor er sich dann meinem Gesicht näherte und mich sanft küsste. Auf einmal ging die Tür auf und unterbrach unseren privaten Moment. Luise trat ein und entschuldigte sich sofort.

»Oh ... soll ich später noch einmal wiederkommen?« Ich musste grinsen und wandte mich ihr zu.

»Nicht nötig, Luise. Was gibt's?«

»Paige ist da, wir können die Torte anschneiden.«, teilte sie uns mit, woraufhin wir ihr ins Wohnzimmer folgten, wo all unsere Gäste in einem Kreis standen. Paiges Mom mit Ethan, meine Mom und mein Dad, Margarete und Kol Parker lächelten mir entgegen -der eine mehr der andere weniger. Genau wie die ganzen anderen Leute, die hier waren, um mit Paige und mir zu feiern. Nicht nur Aiden und Cami waren anwesend, sondern auch noch andere Freunde. Gabriel war mit einer Freundin aufgetaucht und Aarons Freunde aus Richmond – Ben und Ava – waren ebenfalls gekommen.

»Ich nehme Wilson, wenn du möchtest.«, meinte meine Mom und nahm mir meinen Sohn aus den Armen. Auf einem Tisch in der Mitte des Raums stand zweistöckige Torte mit 18 Kerzen darauf und einer wunderschönen geschwungenen Schrift, die die Worte ›Happy Birthday.‹ verkündeten.

Paige wartete daneben auf mich in einem atemberaubenden kurzen Kleid und einem strahlenden Lächeln im Gesicht. Ich erwiderte ihr Lächeln, fasste sie an der Hand und dann pusteten wir zusammen die Kerzen aus. Mit geschlossenen Augen wünschte ich mir, dass mein Leben mit William ab jetzt so schön weitergehen würde und wir zusammen alle Probleme, die sich möglicherweise auftun könnten, meisterten. Das Klatschen der Leute um uns her war das Zeichen für Paige und mich, dass alle Kerzen ausgepustet waren, also öffneten wir wieder die Augen und umarmten uns warm.

»Tut mir leid wegen vorhin. Das war nicht geplant, versprochen.«, flüsterte meine beste Freundin mir ins Ohr und ich strich ihr mit einer Hand sanft über den Rücken.

»Ist schon okay, Paige. Ist ja nicht so, als hätte ich noch nie etwas von Sex gehört.«, erwiderte ich leise und sie lachte auf, wahrscheinlich anhand des Babys in den Armen meiner Mutter, das meinen Scherz noch einmal verdeutlichte.

»Gut.«, riss William uns aus unserer leisen Unterhaltung und trat in den Kreis, den unsere Verwandten und Freunde um uns gebildet hatten. »Ich würde mal sagen, die Rede übernehme ich heute mal für die Geburtstagskinder, wenn ihnen das nichts ausmacht.« Ich löste mich von Paige und betrachtete ihn stirnrunzelnd. Ich hatte nicht die geringste Ahnung, was er vorhatte. »Xeni, ich denke du weißt noch, was ich dir vor längerer Zeit in einem Brief versprochen habe. Wahrscheinlich hattest du es inzwischen vergessen, aber *ich* nicht und an deinem Gesichtsausdruck kann ich erkennen, dass in deinem hübschen Kopf gerade ein Lämpchen angeht.« Mein Mund öffnete sich vor Erstaunen und mein Gedächtnis kramte das Bild eines Zettels hervor, den ich nach Williams Erwachen weggeschmissen hatte, weil ich ihn nicht mehr brauchte, um mich an meinen Freund zu erinnern.

»Du ... nein, du bist *verrückt*.«, hauchte ich und er grinste schelmisch.

»Ich habe dir damals versprochen, ich würde dir heute eine ganz bestimmte Frage stellen, da du sie mir jetzt auch ohne die Erlaubnis deiner Eltern beantworten darfst. Keine Sorge, ich habe deinen Vater trotzdem gefragt.« Er zwinkerte meinem Dad zu, der die Hand meiner Mutter genommen hatte und zu uns herüberstrahlte. Inzwischen wusste wohl jeder im Raum, was William vorhatte und alle warteten gespannt und still auf meine Reaktion. »Nun mutmaßen die Leute ja oft, ob ein Mädchen wegen einer Schwangerschaft früh heiratet. Das hast du schon hinter dir, also entstehen solche Gerüchte in unserem Fall hoffentlich nicht. Ich weiß, ich habe dir schon oft gesagt, wie leid es mir tut in diesen Monaten nicht gänzlich anwesend gewesen sein zu können. Aber wenn ich mir unseren Sohn anschaue, bin ich froh über all deine Entscheidungen. Deswegen denke ich, dass die Frage, die nun gleich folgt, berechtigt ist. Wir haben schon so viel gemeinsam durchgemacht und angestellt und was mir all das gelehrt hat, ist, dass du stärker als ich bist. Von mir kann ich nur sagen, dass meine Liebe zu dir im Laufe der Zeit um ein Vielfaches gewachsen ist. Auch wenn ich viel länger gebraucht habe, um das zu begreifen, was du offenbar schon im Kindergarten wusstest. Nämlich, dass wir zusammengehören. Ich kann jetzt zweifellos sagen, dass ich dich mehr liebe als alles andere auf dieser Welt. Mit Ausnahme von Wilson vielleicht, aber auf jeden Fall mehr als mich selbst. Also frage ich dich jetzt einfach.« Er trat einen Schritt von mir zurück, kniete sich vor mich und holte aus einer Tasche ein kleines Kästchen. Paige ließ meine Hand los, lief zu Aaron hinüber und lenkte die Aufmerksamkeit aller somit nur noch auf William und mich. »Xenara Karev ... willst du mich heiraten und den ganzen Rest deines Lebens mit mir zusammen verbringen?« Er öffnete die Schachtel mit einem leisen Klicken, darin glitzerte ein silberner Ring mit winzig kleinen grünen Steinen, die in ein filigranes Muster aus Ranken eingelassen waren. William lächelte vom Boden zu mir herauf, seine karibikwasserblauen Augen leuchteten vor Erwartung auf das, was ich antworten würde.

»Ich ... nichts lieber als das.«, erwiderte ich nach einem Moment fast tonlos und mit Tränen in den Augen. Will stand schwungvoll auf, steckte mir den Ring an den Finger, küsste mich dann federleicht und wirbelte mich anschließend im Kreis herum. Ich klammerte mich an ihm fest und lachte ausgelassen, da mich seine Fröhlichkeit ansteckte. Als er mich wieder absetzte, umarmte ich ihn noch einmal und führte meinen Mund dicht an sein Ohr.

»Ich hasse dich dafür, dass du das vor all den Leuten machen musstest.«, flüsterte ich zischend und er antwortete prompt, doch ebenso leise wie ich.

»Sag mir das heute Nacht im Bett noch einmal, wenn deine Mom auf Wilson aufpasst, damit wir unsere Verlobung privat feiern können.« Er küsste mich ein wenig unterhalb meines Ohrläppchens am Hals, löste sich von mir und zwinkerte mir verschmitzt zu, während er den Arm um meine Taille legte und sich zu unseren Verwandten und Freunden wandte, die sich nun dicht um uns scharrten. Zuerst sah ich meine Mutter mit meinem Dad neben sich und meinem Sohn auf ihrem Arm, der mir entgegen lachte. Meine Eltern standen Arm in Arm da und strahlten vor Glück. Ich hatte mir nie vorstellen können Benjamin Karev einmal so zufrieden zu sehen, bei dem Gedanken daran, dass seine einzige Tochter, die mit 16 schwanger geworden war, den Vater ihres Kindes, der sie mit 13 Jahren in die Drogensucht gezogen hatte, heiraten würde. Aiden neben den beiden zwinkerte mir zu und Cami lächelte mild und ich wünschte den beiden, dass sie genauso glücklich werden würden, wie William und ich. Luise hatte sich mit zu Margaret und Kol Parker gesellt. Alle drei, sogar Kol, schienen sich für uns zu freuen und Maggie wischte sich sogar Tränen aus den Augenwinkeln. Mein Blick fiel auf meinen Cousin und Paige, die sich eng umschlungen hielten. An der Hand meiner besten Freundin glitzerte verräterisch ein Ring, der mir vorher nicht aufgefallen war. Ich vermutete zu wissen, was sie vorhin so spontan gefeiert hatten. Meine Augen wanderten zu William und dann wieder zu Aaron. Obwohl sie nicht unterschiedlicher hätten sein können, glichen sich die beiden Brüder in manchen Dingen aufs Haar und da bemerkte ich, dass ich es schon viel früher hätte ahnen müssen. Sie ergänzten sich einfach zu gut. Ein Gedanke wirbelte durch meinen Kopf und ich musste unwillkürlich schmunzeln, während ich durch die Menge meiner Verwandten und Freunde blickte und William mich sanft auf die Wange küsste. *Na, das kann ja lustig werden.*

Danksagung

Besonders danken möchte ich meinen Freunden, die mich durch meine Teenager- und Schulzeit hindurch begleitet und an mich und diese Geschichte geglaubt haben, in Momenten, in denen ich es selbst nicht getan habe.

An meine langjährigste Freundin Bianca geht ein großer Dank, weil du immer sagtest: »Ich lese das Buch mal, wenn du es ausgedruckt hast.« Dieser Satz brachte das letzte Fünkchen Motivation, die Geschichte zu Ende zu Papier zu bringen und zu veröffentlichen. Und jetzt hoffe ich einfach mal, dass das Buch dir schlussendlich gefallen hat und nicht zu sehr »voll das Klischee« ist.

An Jule – auch obwohl unsere Schulzeit lang vorbei ist und sich unsere Lebenswege in vollkommen unterschiedliche Richtungen gewunden haben – du warst meine treueste Leserin, durch Schreibblockaden und andere Miseren. Ich danke dir für deine Unterstützung.

Michelle hatte ihren Anteil an dieser Story, als eine gute Freundin und meine Banknachbarin in der Schule. Danke, dass du dir mein Gerede über Romantik angetan und mit mir geplottet hast. Hier ist es nun endlich, Michelle. Ich hoffe es hat dir gefallen.

Meiner Familie gebührt ein riesiger Dank. Auch wenn die meisten von euch nicht direkt zu diesem Buch beigetragen haben. Aber ihr seid immer für mich da, unterstützt meine Hobbys, spornt mich an und versucht mit mir zusammen all meine Probleme zu lösen.

Viktor – meinem Bruder – kommt ein Extradank zu. Zum einen, weil du immer meintest: »Egal wie schlecht dein Buch wird, ist es immerhin von einer Sechzehnjährigen. Und das ist schon beeindruckend.« Inzwischen bin ich zwar nicht mehr 16, aber immer, wenn ich Paige, Aaron, Xenara und William besuche, bin ich es noch einmal für kurze Zeit. Und zum anderen gebührt dir der Dank, weil du dich bei jedem meiner Buchprojekte geduldig mit mir hinsetzt und mit deiner Expertise und deinem Auge fürs Detail daran arbeitest, dass sowohl das Cover als auch der Buchblock genauso werden, wie ich es mir vorstelle.

Das Schreiben erleichtert haben mir außerdem zahlreiche Bands wie Bloc Party oder Violet Sedan Chair und Künstler:innen wie Birdy oder Florence and the machine.

Und einen riesengroßen Dank sende ich auch an Jessica, die sich vor gefühlt ewiglanger Zeit die Arbeit gemacht hat, diese ganzen Seiten zu lesen und zu korrigieren. Ich weiß, Kommas sind nicht so mein Ding. Und auch obwohl seitdem noch sehr viel mit der Rohfassung passiert ist, hattest du einen großen Anteil daran, dass dieses Buch jemals veröffentlicht wird.

Ohne zu selbstverliebt klingen zu wollen, möchte ich noch einmal an mein 16-jähriges Ich zurückdenken, ihr ein großes Lob aussprechen und ihr dafür danken, dass sie nie aufgegeben hat, Geschichten zu erfinden und diese auch tatsächlich zu Papier zu bringen.

Und zu guter Letzt möchte ich ein großes Dankeschön an dich richten. Den Menschen, der oder die das gerade liest. Danke, dass auch du meine Leidenschaft zum Geschichtenschreiben unterstützt und dieser Geschichte eine Chance gegeben hast.